MICHAEL MOORCOCK

Michael Moorcock naît à Londres le 18 décembre 1939, à temps pour voir les bombes allemandes rythmer sa petite enfance : de là sa vision du monde comme apocalypse lente sous l'obscure clarté de l'entropie. Son père, ingénieur, l'inscrit en vain dans des cours privés successifs ; à quinze ans, il rompt avec l'entropie scolaire. Ce qui lui plaît, c'est le rock : il est guitariste et chanteur dans plusieurs groupes, dont l'un part en Europe du Nord, où le feu des soirées brûle sur les paysages glacés. Il aime écrire : il publie son premier texte dans un fanzine, à 12 ans. À 18 ans il devient le rédacteur en chef de *Tarzan Adventures*, un périodique pour la jeunesse. Les premières aventures d'*Elric* publiées en 1961 donnent le branle à une cascade de héros qui survolent les horreurs de la Terre avec un détachement cynique ; Sojan, Kane, Corum, Dorian Hawkmoon, Erekosë, Jerry Cornelius, Von Bek, Oswald Bastable, ont chacun leur monde crépusculaire, mais leur errance les conduit sur les routes du multivers où ils se rencontrent et comprennent qu'ils sont des incarnations d'un seul et même antihéros archétypal : le Champion Éternel, déstabilisé par la guerre sans merci de l'Ordre et du Chaos. Autre bataille : celle que Moorcock, à la tête de la revue *New Worlds* et des auteurs modernes (1964-1969), livre aux traditionalistes.

LA LÉGENDE DE HAWKMOON

INTÉGRALE 1

L'HISTOIRE DU SECRET DES RUNES

DU MÊME AUTEUR
CHEZ POCKET

En collaboration avec Fabrice Colin
ELRIC – LES BUVEURS D'ÂMES

LE CYCLE D'ELRIC
(cycle réédité sous la forme d'intégrales)

1. ELRIC DES DRAGONS
2. LA FORTERESSE DE LA PERLE
3. LE NAVIGATEUR SUR LES MERS DU DESTIN
4. ELRIC LE NÉCROMANCIEN
5. LA SORCIÈRE DORMANTE
6. LA REVANCHE DE LA ROSE
7. L'ÉPÉE NOIRE
8. STORMBRINGER
9. ELRIC À LA FIN DES TEMPS

LA QUÊTE D'EREKOSË
(1 intégrale)

LE CHAMPION ÉTERNEL
LES GUERRIERS D'ARGENT
LE DRAGON DE L'ÉPÉE

LA LÉGENDE DE HAWKMOON
(cycle réédité sous la forme d'intégrales)

1. LE JOYAU NOIR
2. LE DIEU FOU
3. L'ÉPÉE DE L'AURORE
4. LE SECRET DES RUNES
5. LE COMTE AIRAIN
6. LE CHAMPION DE GARATHORM
7. LA QUÊTE DE TANELORN

SCIENCE-FICTION

Collection dirigée par David Camus

MICHAEL MOORCOCK

LA LÉGENDE DE HAWKMOON

INTÉGRALE 1

L'HISTOIRE DU SECRET DES RUNES

POCKET

Titres originaux :
THE JEWEL IN THE SKULL
THE MAD GOD'S AMULET
THE SWORD OF THE DAWN
THE RUNESTAFF

MIXTE
Papier issu de sources responsables
FSC® C003309

Pocket, une marque d'Univers Poche, est un éditeur qui s'engage pour la préservation de son environnement et qui utilise du papier fabriqué à partir de bois provenant de forêts gérées de manière responsable.

ISBN : 978-2-266-24554-8

SOMMAIRE

LE JOYAU NOIR

Traduit de l'anglais par
Jean-Luc Fromental et François Landon

LIVRE PREMIER

CHAPITRE I

LE COMTE AIRAIN

> Et la Terre devint vieille, ses paysages se patinèrent, montrant les signes de l'âge, et ses voies se firent étranges et capricieuses, comme celles d'un vieillard à l'approche de la mort.
>
> *Haute Histoire du Bâton Runique*

Le comte Airain, seigneur gardian de Kamarg, enfourcha son cheval cornu et s'en alla inspecter ses terres. Il mena sa monture jusqu'à une petite colline, au sommet de laquelle se dressaient des ruines d'une extrême antiquité. C'étaient les vestiges d'une église gothique, et les vents et les pluies en avaient poli les murs. La pierre était recouverte de lierre. Les fleurs, qui avaient envahi les fenêtres, mettaient des taches d'ambre et de pourpre là où naguère s'étaient trouvés des vitraux colorés.

À chacune de ses sorties, le comte Airain venait faire halte au pied de ces ruines. Il éprouvait à leur égard un sentiment d'affinité, car, comme lui, elles étaient vieilles ; comme lui, elles avaient survécu à de nombreuses tourmentes et, comme lui encore, elles avaient été endurcies, et non pas affaiblies, par les atteintes du temps. La colline elle-même était un océan de hautes herbes, que le vent agitait. Elle était entourée par les marais luxuriants de Kamarg, qui s'étendaient à perte de vue, peuplés de taureaux blancs sauvages, de bandes de chevaux cornus et de flamants écarlates géants, assez forts pour emporter un homme adulte.

Dans le ciel gris pâle, chargé de pluie, un soleil humide brillait, reflétant ses rayons sur l'armure du comte. Le métal bruni étincelait de mille feux. Au côté, le comte portait un sabre gigantesque, et son crâne était protégé par un casque d'airain. Son corps entier était caparaçonné de ce métal ; même ses bottes et ses gants étaient faits d'écailles d'airain cousues sur du cuir. Le cavalier, de haute stature, bien découplé, avait une tête massive et des épaules larges. Son visage buriné aurait pu être de bronze. Deux yeux d'or brun y luisaient. Ses moustaches épaisses étaient rousses, comme sa chevelure. En Kamarg, et même plus loin, il n'était pas rare d'entendre la légende qui affirmait que le comte n'était pas un homme, mais plutôt une vivante statue d'airain, un Titan, invincible, indestructible, immortel.

Mais ses proches et ses familiers savaient bien qu'il était homme dans toute l'acception du terme : ami loyal, terrible ennemi, au rire facile et à la colère féroce, buveur redoutable, gourmet à l'insatiable appétit, bel esprit, pourfendeur et cavalier hors pair, sage et philosophe, amant tendre et sauvage à la fois. Le comte Airain, avec sa voix vibrante et sa vitalité débordante, ne pouvait être qu'une légende, car, si l'homme était exceptionnel, ses actions ne l'étaient pas moins.

Le comte Airain flatta sa monture, passant son gantelet entre les cornes spiralées et aiguës de l'animal. Il regardait au loin, vers le sud, là où se rejoignaient la mer et le ciel. Le cheval grogna de plaisir, et le cavalier sourit, puis se rassit sur sa selle. Fouettant de ses rênes l'encolure de la bête, il lui fit descendre la pente herbeuse, pour rejoindre l'invisible chemin qui serpentait entre les marais et aboutissait, au nord, devant les tours qui se dressaient contre l'horizon.

Le ciel s'assombrissait lorsqu'il atteignit la première tour et aperçut la sentinelle, dont la silhouette massive se découpait sur les nuages. Bien qu'aucune attaque n'eût été menée contre la Kamarg depuis que le comte Airain avait remplacé son prédécesseur, corrompu, il restait néanmoins la possibilité d'une invasion organisée par les armées errantes, qui regroupaient les soldats que le Ténébreux Empire de l'ouest avait repoussés et qui cherchaient des villes et des villages à piller. Le guetteur, comme tous ses compagnons, était équipé d'une lance feu d'allure baroque, d'une épée de quatre pieds de long, d'un flamant dressé pour la monte, attaché aux remparts, et d'un héliographe qui lui servait à communiquer avec les tours voisines. Mais ces bâtiments recelaient aussi d'autres armes, que le comte lui-même avait construites et installées. Les guetteurs n'avaient qu'une connaissance théorique de leur fonctionnement, ils n'avaient jamais eu l'occasion de les voir en action. Leur maître leur avait assuré qu'elles étaient plus puissantes que toutes les armes dont pouvait disposer le Ténébreux Empire de Granbretanne, et ils lui faisaient confiance, bien que ces machines mystérieuses les laissent encore un peu méfiants.

En voyant le comte Airain s'approcher de la tour, le guetteur pivota sur lui-même. Le visage de l'homme était presque entièrement dissimulé par un casque de fer noir, qui protégeait ses joues et l'arête de son nez. Son corps était dissimulé par une lourde cape de cuir. Il salua, levant haut son bras tendu.

Le comte l'imita.

— Tout va bien, gardian ?

— Tout va bien monseigneur.

La sentinelle fit glisser sa main le long de la lance feu et remonta le col de sa cape, tandis que les premières gouttes de pluie commençaient à tomber.

— Tout va bien, à part le temps.

Le comte partit d'un grand rire.

— Attends le mistral. Alors, tu pourras te plaindre.

Puis il s'éloigna, prenant le chemin de la tour suivante.

Le mistral était ce vent sauvage et glacé, qui soufflait sur la Kamarg pendant des mois et des mois, hurlant son lamento farouche jusqu'au printemps. Le comte aimait à chevaucher lorsque le mistral se levait. Il exposait son visage à la tourmente, jusqu'à ce que la peau couleur de bronze prenne une teinte écarlate.

La pluie, à présent, venait frapper son armure, et le cavalier s'empara de la cape qui était attachée à l'arrière de sa selle, la jeta sur ses épaules et remonta le capuchon sur son casque. Partout, sous le ciel assombri, les roseaux se pliaient, agités par le vent, et les lourdes gouttes d'eau, frappant le sol spongieux, produisaient un bruit mouillé, dessinant sans cesse de nouveaux cercles concentriques sur la surface des petites lagunes. Des nuages noirs s'accumulaient, promettant une pluie diluvienne, et le comte décida de remettre au lendemain sa tournée d'inspection et de rentrer à son château d'Aigues-Mortes, par le sentier qui traversait les marécages. Il lui faudrait quatre bonnes heures de cheval pour regagner sa demeure.

Il fit volter sa monture et la mena au début de la piste, sachant que la bête retrouverait instinctivement son chemin. La pluie tombait plus dru, imprégnant l'étoffe de sa cape, et la nuit vint très vite, érigeant un mur d'obscurité rayé seulement par les gouttes argentées. Le cheval ralentit, mais ne s'arrêta pas. Une forte odeur montait de la peau trempée de l'animal, et le comte se promit de demander à ses écuyers de lui octroyer un traitement de faveur, sitôt qu'ils auraient rejoint Aigues-Mortes. De sa main gantée, il brossa la crinière luisante, puis, plissant les yeux, il essaya de percer les ténèbres. Il ne pouvait discerner que les roseaux les plus proches et n'entendait que l'occasionnel caquetage d'un canard sauvage qui s'enfuyait, poursuivi par un renard ou une loutre. Il crut voir à plusieurs reprises une forme sombre se profiler sur le ciel, et il sentit le frôlement de l'aile d'un flamant qui regagnait son nid. Il reconnut aussi le cri d'une poule d'eau, qui se livrait à une lutte sans merci contre une chouette. À un moment, des taches claires dansèrent sur sa gauche, et il regarda passer un troupeau de taureaux blancs, lancés à la recherche d'un terrain plus ferme où ils dormiraient. Un peu plus tard apparut un ours des marais, marchant sur les traces du troupeau, prenant soin de faire le moins de bruit possible. Tout cela était familier au comte Airain et ne l'inquiétait nullement.

Même lorsqu'il entendit le hennissement aigu de chevaux effrayés et le roulement de leurs sabots, au loin, il ne montra aucun émoi. Pourtant, sa monture s'arrêta sur place, piaffant nerveusement. La bande venait directement sur lui, galopant, affolée, le long de l'étroit sentier. À présent, le comte pouvait apercevoir l'étalon de tête, et il vit que les yeux de la bête reflétaient la terreur, tandis que ses naseaux écumaient.

Le cavalier agita les bras en poussant des hurlements, espérant détourner la course de l'étalon, mais la panique qui s'était emparée de l'animal était trop forte. Il ne pourrait plus s'arrêter. Talonnant sa monture, le comte l'engagea dans le marais, souhaitant ardemment que le sol soit assez solide pour supporter leur poids. Le cheval s'enfonça dans les roseaux, vacillant tandis que ses sabots cherchaient un appui plus ferme, dans la boue spongieuse. Puis ils arrivèrent à l'eau, et le cavalier vit voler l'écume. Une vague vint frapper sa poitrine. Le cheval faisait de son mieux pour rester à la surface, se débattant dans l'eau glacée pour soutenir son fardeau de chair et de métal.

La horde sauvage disparut bientôt, et le comte se demanda quelle pouvait être la raison de cette terreur. Les chevaux de Kamarg n'étaient pas si faciles à effrayer. L'explication vint presque aussitôt, sous la forme d'un bruit qui força le cavalier, alors qu'il regagnait la berge, à poser la main sur la garde de son sabre.

C'était un son visqueux, humide – le bruit du baragoin, le balbutieur des marais. Il subsistait très peu de ces monstres, que le précédent seigneur gardian avait créés pour terroriser le peuple de Kamarg. Le comte Airain et ses hommes avaient presque entièrement détruit la race, mais les quelques survivants avaient appris à chasser la nuit et à éviter soigneusement l'affrontement avec des groupes d'humains trop nombreux.

Autrefois, les baragoins avaient été des hommes. Mais le prédécesseur du comte en avait fait des esclaves, avant de les donner à ses sorciers pour qu'ils les transforment.

À l'issue de cette opération, ils étaient devenus des monstres de huit pieds de haut et de cinq pieds de large, couleur de fiel, rampant sur leur panse dans les marais, ne se dressant que pour attaquer, dépeçant leur proie de leurs serres dures comme l'acier. Lorsqu'ils avaient la chance de rencontrer un voyageur solitaire, ils exerçaient leur vengeance, se repaissant sur-le-champ de ses propres membres qu'ils lui arrachaient l'un après l'autre.

Alors que son cheval reprenait pied sur la terre ferme, le comte Airain discerna la silhouette du baragoin et sentit la fétide puanteur que dégageait la créature. Une nausée le fit hoqueter. Il se mit en garde.

Le baragoin, qui l'avait vu, s'arrêta.

Le comte mit pied à terre et se plaça devant son cheval, tenant son sabre à deux mains. D'une démarche rendue raide par l'armure, il s'approcha du monstre.

Aussitôt, celui-ci commença à balbutier, et sa voix était aiguë, répugnante. Il se dressa, exhibant ses griffes, comme pour effrayer le comte. Mais, pour ce dernier, la créature n'avait rien de terrifiant. Il avait maintes fois vu pire. Cependant il n'ignorait pas que ses chances de sortir victorieux d'un combat avec le monstre étaient minces : le baragoin voyait dans le noir, et le marais lui était familier. Au comte Airain il restait la ruse.

— Pourriture nauséabonde, lança-t-il d'une voix presque joviale, je suis le comte Airain, l'ennemi de ta race. C'est moi qui ai détruit ton espèce maudite, et c'est à cause de moi qu'il te reste si peu de frères et de sœurs, à présent. Tes semblables te manquent-ils ? Souhaites-tu les rejoindre ?

Les balbutiements suraigus du baragoin ressemblaient maintenant à des cris de rage, mêlés cependant d'un soupçon d'incertitude. La créature se dandina, mais n'approcha pas du comte.

L'homme partit d'un grand rire.

— Eh bien, que réponds-tu à cela, couarde créature engendrée par la sorcellerie ?

Le monstre ouvrit la gueule et essaya, de ses lèvres informes, d'articuler quelques mots. Mais les sons qui sortirent de sa gorge n'avaient que peu de ressemblance avec un langage humain. Ses yeux évitaient le regard du comte Airain.

Avec ostentation, l'homme planta calmement son sabre dans la terre meuble du chemin et posa ses deux mains gantées sur le pommeau massif.

— Je vois que tu as honte d'avoir effrayé les chevaux que je protège, et, comme je suis d'humeur clémente, je vais te pardonner. Va-t'en, et je te laisserai vivre quelques jours encore. Si tu restes, au contraire, tu mourras.

Il avait parlé avec une telle assurance que le monstre reprit sa position de reptation. Pourtant, il ne battit pas en retraite. Le comte arracha son sabre du sol et, le levant, marcha vers le baragoin d'un pas décidé. L'odeur fétide lui assaillit les narines ; il s'arrêta et fit de la main un geste impatient.

— Retourne au marais, retourne à la vase dont tu n'aurais jamais dû sortir. Je suis empli de compassion, ce soir.

La créature montra les dents mais ne bougea pas.

Le comte Airain fronça les sourcils, attentif au moindre mouvement de son adversaire. Il savait que le baragoin ne reculerait pas. Il leva son sabre.

— Ainsi, tu as choisi ton destin ?

La créature se dressa de nouveau, mais Airain avait calculé son coup avec une rigoureuse exactitude. La lourde lame vint frapper le cou du monstre.

Il griffa l'air de ses serres en poussant un cri de haine et de terreur. Il y eut un terrible crissement, lorsque les ongles acérés vinrent creuser des sillons dans le métal de l'armure, forçant le comte à reculer. La gueule du monstre s'ouvrit, et ses mâchoires claquèrent à un pouce du visage de l'homme. Les gros yeux noirs flamboyaient de colère. En partant en arrière, Airain arracha son sabre du corps de son ennemi. Puis, sans attendre, il frappa de nouveau.

Un sang noir jaillit de la blessure, aspergeant le comte. La bête eut un nouveau hurlement, et ses mains griffues étreignirent l'ignoble tête, pour l'empêcher de rouler à terre. Mais cette tentative fut vaine : le chef arraché, le baragoin chut dans la mare de son propre sang.

Le comte Airain, immobile, haletant, contempla sa victime avec une expression de sombre satisfaction. Il essuya d'un geste las le sang qui maculait son visage, puis lissa d'un revers de main sa moustache rousse, se félicitant intérieurement de n'avoir rien perdu de sa ruse ni de son adresse. Il avait parfaitement prévu le déroulement du combat, ayant en tête dès le début de mettre à mort la monstrueuse créature. Il avait distrait son attention, pour pouvoir frapper au moment opportun. Il ne voyait aucun mal dans le fait d'avoir trompé le baragoin. S'il lui avait offert la chance de se battre loyalement, il aurait couru au suicide, et ce serait sa tête casquée qui aurait roulé dans la fange.

Il prit une profonde inspiration, emplissant ses poumons de l'air froid de la nuit, et retourna vers son cheval.

Au passage, il fit rouler, de la pointe de sa botte, l'énorme cadavre qui glissa jusqu'à l'eau.

Puis le comte Airain remonta sur son cheval cornu et regagna Aigues-Mortes sans autre incident.

CHAPITRE II

YISSELDA ET NOBLEGENT

Le comte Airain avait dirigé des troupes au cours de la plupart des grandes batailles du temps ; il avait installé sur leurs trônes la moitié des souverains d'Europe, il avait fait et défait des princes et des rois. C'était un maître en intrigues, que l'on venait consulter sitôt que se présentait une affaire où la politique était prépondérante. À dire vrai, Airain était un mercenaire ; mais un mercenaire épris d'un idéal. Le comte avait voué sa vie à la pacification et à l'unification du continent européen. C'est pour cela qu'il s'était allié aux forces dont il pensait qu'elles apporteraient une quelconque contribution à cette cause. Plus d'une fois il avait refusé de régner sur un empire qu'on lui proposait, sachant que l'époque permettait à un homme d'ériger un empire en cinq années et de le voir s'écrouler en six mois. L'Histoire n'avait pas encore trouvé son point d'équilibre, et ne l'atteindrait pas du vivant d'Airain. Celui-ci cherchait uniquement à infléchir son cours dans la direction qui lui semblait la meilleure.

Las des guerres, des intrigues, las aussi, dans une certaine mesure, des idéaux, le vieux brave avait fini par accepter, à la requête du peuple de Kamarg, de devenir seigneur gardian.

L'antique territoire de marécages et de lagunes s'étendait à proximité de la côte méditerranéenne. Il avait fait partie, à une époque, d'une nation appelée France, qui s'était morcelée en une vingtaine de duchés aux noms sonores. La Kamarg, avec ses vastes horizons, ses ciels de pourpre, de rouge, d'orange et de jaune, ses reliques d'un passé oublié, ses rites et ses coutumes immuables, avait séduit le vieux comte, qui s'était attribué la tâche d'assurer la sécurité de son pays d'adoption.

Au cours de ses séjours dans toutes les cours d'Europe, il avait surpris plus d'un secret, et, grâce à cela, les impressionnantes tours qui délimitaient les frontières de Kamarg étaient équipées d'armes plus puissantes et moins évidentes que les épées et les lances feu.

Au sud, les marais se fondaient graduellement à la mer, et parfois des vaisseaux venaient mouiller devant les petits ports ; mais les passagers descendaient rarement à terre – cela en raison de la nature même du terrain. Les paysages sauvages de Kamarg recelaient nombre d'embûches pour ceux qui ne les connaissaient pas, et les chemins qui serpentaient entre les marécages étaient difficiles à repérer. D'autre part, le pays était délimité, sur trois côtés, par des chaînes de montagnes. Le voyageur désireux de se diriger vers le nord débarquait plutôt à l'est, pour remonter le Rhône en bateau. Ainsi, la Kamarg ne recevait que peu de nouvelles du monde extérieur, et celles qui lui parvenaient n'étaient pas de première fraîcheur.

Pour cette raison, le comte avait choisi la Kamarg. Il aimait cette sensation d'isolement. Il avait trop longtemps été impliqué dans les affaires du monde pour accorder beaucoup d'intérêt aux événements, même les plus importants. Dans sa jeunesse, il avait guerroyé, partout en Europe, participant aux conflits qui secouaient sans cesse le continent. À présent, fatigué de la guerre, il repoussait toute requête, toute demande d'aide ou de conseil qui lui parvenait, quelle que soit la cause qu'on lui proposât de défendre.

À l'ouest s'étendait l'empire insulaire de Granbretanne, la seule nation dotée d'une véritable stabilité politique, avec sa science quasi démente et ses ambitions territoriales. Grâce à l'immense pont d'argent, qui enjambait trente milles de mer, qu'il s'était construit, grâce à ses arts ténébreux et à ses machines de guerre, tels les ornithoptères de bronze au rayon d'action de plus de cent milles, l'empire pouvait donner libre cours à sa soif de conquêtes. Mais l'intrusion de la Granbretanne sur le continent n'inquiétait pas le comte Airain. Il pensait que c'était la loi de l'Histoire que de telles choses arrivent, et il voyait le bien qui pouvait résulter d'une semblable puissance, capable de regrouper tous les États menacés en une seule nation.

La philosophie du comte Airain était celle de l'expérience, celle d'un homme d'action plutôt que celle d'un érudit. Aussi longtemps que la Kamarg, le seul territoire dont il fût responsable, serait assez forte pour résister à la poussée de la Granbretanne, il ne voyait aucune raison de changer d'opinion.

Étant à l'abri, lui-même, des attaques de l'empire insulaire, il pouvait observer avec une admiration lointaine la façon cruelle et implacable avec laquelle cette nation étendait son ombre sur l'Europe, toujours plus loin au fil des ans.

Sur la Scandie et sur tous les pays du Nord, la Granbretanne avait déjà posé ses griffes, suivant une ligne qui passait par des cités fameuses : Parye, Munchein, Wien, Krahkov, Kerninsburg (enclave dans le mystérieux pays de Moskovie). Un vaste demi-cercle de conquêtes au cœur du continent, un demi-cercle qui s'élargissait jour après jour et qui ne tarderait pas à englober les principautés septentrionales de l'Italia, de la Magyarie et de la Slavie. Bientôt, pensait le comte, le Ténébreux Empire aurait la mainmise sur toutes les terres comprises entre la mer Norvégienne et la Méditerranée, et seule la Kamarg ne serait pas tombée sous sa coupe. C'est aussi à cause de cette idée qu'il avait accepté d'assumer la fonction de seigneur gardian, lorsque son prédécesseur, sorcier médiocre et corrompu venu du pays des Bulgares, avait été massacré par les gardians qu'il avait eus sous ses ordres.

Ainsi, Airain avait garanti la Kamarg des attaques de l'extérieur et des périls intestins. Il restait peu de baragoins, les autres dangers avaient été supprimés, et les habitants des nombreux petits villages pouvaient dormir en paix.

Le comte vivait dans son confortable château d'Aigues-Mortes, jouissant des plaisirs simples de l'existence campagnarde, tandis que le peuple, pour la première fois depuis longtemps, goûtait les joies de la tranquillité.

L'endroit était connu sous le nom de Château Airain. Construit plusieurs siècles auparavant, l'édifice s'élevait sur une ancienne pyramide qui avait dominé la ville. À présent, la terre avait recouvert l'antique monument ; on y avait fait pousser de l'herbe, des fleurs, des plantes grimpantes, et on avait créé des jardins potagers, qui s'échelonnaient en terrasses. Il y avait des pelouses bien entretenues, sur lesquelles venaient jouer les enfants du château et se promener les adultes ; il y avait des vignes qui donnaient le meilleur vin de Kamarg ; il y avait, plus bas, des jardins plantés de haricots, de tomates, de choux-fleurs, de carottes, de laitues, de toute une variété de légumes courants – sans compter d'autres, plus exotiques, comme les citrouilles-tomates géantes, les arbres à céleri et les douces ambroisines. Il y avait en outre des arbres fruitiers, assez nombreux et assez divers pour subvenir pendant toute l'année aux besoins du château.

La bâtisse était faite de la même pierre blanche que les maisons de la ville. Ses fenêtres étaient de verre épais (portant la plupart du temps des peintures chatoyantes), ses tours étaient richement ornées et ses remparts d'architecture délicate. De ses plus hautes tourelles, on pouvait apercevoir la presque totalité de la Kamarg, et ceux qui l'avaient conçu avaient fait en sorte que par temps de mistral, et grâce à un ensemble d'évents, de trappes et de poulies, le château entier se mette à chanter comme un orgue gigantesque, dont la musique, portée par le vent, s'entendait à des milles à la ronde.

Il dominait les toits rouges de la ville et l'arène, dont on disait qu'elle était l'œuvre, plusieurs fois millénaire, des Romaniens.

Le comte Airain poussa son cheval fourbu le long du chemin sinueux qui montait jusqu'au château et cria aux gardes de lui ouvrir les portes. La pluie avait diminué, mais la nuit était froide, et le cavalier avait hâte de se réchauffer devant un bon feu. Il franchit le lourd portail de fer et, dans la cour intérieure, il confia sa monture à un écuyer. Puis, d'un pas lourd, il gravit les marches qui menaient au bâtiment lui-même et, par un petit couloir, gagna la grande salle.

Un feu ronflait dans l'âtre. Devant la cheminée, enfoncés dans de profonds fauteuils, étaient assis Yisselda, sa fille, et Noblegent, son vieil ami. Ils se levèrent lorsqu'il entra. Yisselda se dressa sur la pointe des pieds pour déposer un baiser sur sa joue, tandis que Noblegent, se tenant légèrement en retrait, lui adressait un sourire.

— On dirait que vous avez besoin d'un bon repas et de vêtements plus douillets que cette armure, dit Noblegent en tirant le cordon qui actionnait une cloche. Je m'en occupe.

Airain acquiesça, reconnaissant, et s'approcha du feu tout en se débarrassant de son casque. Il le posa sur le manteau de la cheminée, et le métal sonna sur la pierre. Déjà Yisselda s'agenouillait, défaisant les courroies qui retenaient les jambières du comte. Très belle, elle avait dix-neuf ans et sa peau était rose et dorée à la fois ; sa chevelure, ni tout à fait blonde ni tout à fait rousse, avait une couleur plus subtile et plus agréable. Elle portait une robe vague, orange flamboyant, qui la faisait ressembler à un farfadet, à un esprit du feu, tandis qu'elle se déplaçait avec une grâce vive pour aller remettre les jambières au valet qui venait d'arriver, porteur d'une nouvelle tenue destinée au comte.

Un autre domestique aida Airain à se débarrasser de son pectoral et du reste de son armure, et bientôt le maître des lieux put passer une chemise de laine blanche, de larges culottes et un confortable vêtement d'intérieur.

Près du feu, on dressa une petite table chargée de plats où fumaient d'épaisses tranches de bœuf de Kamarg, des pommes de terre, une sauce épaisse et délicieuse, voisinant avec un plein saladier de laitue et un flacon de vin chaud et épicé. Avec un sourire d'aise, le comte Airain s'assit à la table et commença à manger.

Debout près de l'âtre, Noblegent l'observait, tandis qu'Yisselda, blottie dans un fauteuil, en face de lui, attendait qu'il eût fini de calmer son formidable appétit.

— Eh bien, monseigneur, dit-elle avec un sourire, comment s'est passée cette journée ? Notre territoire est-il bien défendu ?

Le comte hocha la tête avec une gravité feinte.

— Certes, madame ; cependant je n'ai pu inspecter qu'une seule des tours du Nord. La pluie m'a surpris et j'ai décidé de regagner le château.

Il leur conta ensuite sa rencontre avec le baragoin. Yisselda écoutait, les yeux écarquillés, et Noblegent n'approuvait pas toujours les exploits de son ami et semblait penser que le comte Airain allait au-devant de ce genre d'aventures.

— Reconnaissez au moins, déclara-t-il lorsque le narrateur eut fini son récit, que je vous ai conseillé, ce matin, de vous faire accompagner de von Villach et de quelques autres.

Von Villach était le principal lieutenant du comte. Vieux soldat loyal, il avait été son compagnon au cours de la plupart de ses campagnes.

Airain releva la tête et éclata de rire devant l'expression austère de son ami.

— Von Villach ? Il se fait vieux, il devient lent. Ce serait inhumain de le forcer à sortir par un temps pareil !

Un sourire quelque peu lugubre se peignit sur le visage de Noblegent.

— Il n'a qu'un an ou deux de moins que vous, comte…

— C'est possible, mais pourrait-il, à lui seul, occire un baragoin ?

— Là n'est pas la question, reprit Noblegent d'une voix ferme. S'il vous avait suivi, si quelques hommes d'armes vous avaient accompagné, vous n'auriez pas eu besoin de combattre ce monstre.

Le comte signifia d'un geste de la main qu'il voulait mettre fin à cette discussion.

— Il faut bien que je me donne un peu d'exercice ; je ne veux pas devenir aussi faible que von Villach.

— Père, vous vous devez à votre peuple, intervint Yisselda d'une voix douce. Si vous vous faisiez tuer...

— Je ne serai pas tué !

Airain eut un sourire de mépris, comme si la mort ne pouvait exercer son emprise sur lui. À la lumière des flammes, son visage ressemblait à un masque de guerre de quelque antique tribu barbare, un masque de métal fondu, qui paraissait indestructible.

Yisselda haussa les épaules. Elle avait hérité la plupart des traits de caractère de son père, et elle était convaincue de l'inutilité d'engager une discussion avec des gens aussi entêtés que le comte Airain. Noblegent, dans un poème faisant partie de ses écrits intimes, avait dit d'elle : Elle est comme la soie, forte et douce à la fois. Regardant le père et la fille, il constata avec une affection tranquille que l'expression de l'un se reflétait exactement chez l'autre.

Le philosophe orienta la conversation vers un autre sujet :

— J'ai ouï dire aujourd'hui que la Granbretanne s'est emparée de la province de Köln, il n'y a pas six mois. Ils se propagent comme la peste !

— Cette peste est plutôt bienfaisante, répliqua le comte Airain en se renversant sur son siège. Au moins, ils établissent l'ordre.

— Un ordre politique, sans doute, rétorqua Noblegent avec fougue, mais les aspects spirituels ou moraux sont totalement négligés. Ils font montre d'une cruauté sans précédent. Ce sont des déments. Leurs âmes sont emplies d'amour pour tout ce qui touche au mal et de haine pour tout ce qui est noble.

Le comte lissa sa moustache.

— Des vices semblables ont déjà existé, auparavant. Le sorcier bulgare qui m'a précédé les valait bien, par exemple.

— Il s'agissait d'un individu. De même que le marquis de Pesht, Roldar Nikolayeff, et d'autres. Ce sont des exceptions, et, dans la plupart des cas, le peuple sur lequel ils régnaient s'est tourné contre eux et les a éliminés. Mais le Ténébreux Empire est une nation, une nation entièrement constituée d'hommes de cette sorte, et les vilenies qu'ils commettent sont considérées comme tout à fait normales. À Köln, leur jeu favori était de crucifier les petites filles de la cité, de châtrer les garçons et de forcer les adultes à se livrer en public à des exhibitions infâmes, pour sauver leur vie. Cette cruauté n'est pas naturelle, comte, et là n'est pas le pire. Leur plus grand plaisir est de traîner l'homme dans la fange.

— De telles histoires se gonflent d'une certaine exagération, mon ami. Vous devriez le comprendre. N'ai-je pas moi-même été accusé de...

— Pour ce que j'en sais, l'interrompit Noblegent, les rumeurs ne sont pas une exagération, mais une simplification de la vérité. Si leurs activités publiques sont si effroyables, songez à ce que doivent être leurs plaisirs intimes...

Yisselda frissonna.

— Je n'ose imaginer...

— Juste, dit Noblegent, se tournant vers elle. Et il y a peu de gens qui osent répéter ce qu'ils ont vu. L'ordre qu'ils instaurent est superficiel, mais le chaos qu'ils apportent détruit jusqu'à l'âme des hommes.

Le comte Airain haussa ses larges épaules.

— Quoi qu'ils fassent, leurs actions ne sont que temporaires. L'unification qu'ils imposent, par contre, durera, vous pouvez m'en croire.

Noblegent croisa les bras sur sa poitrine vêtue de noir.

— Le prix à payer est trop élevé, comte Airain.

— Il ne sera jamais trop élevé ! Vers quoi allons-nous ? Les principautés d'Europe se divisent de plus en plus, la guerre est devenue une habitude dans la vie de chaque homme. Ils sont rares, de nos jours, ceux qui peuvent goûter la paix de l'esprit de la naissance au tombeau. Les choses ne cessent de changer. La Granbretanne, au moins, apporte la continuité.

— Et la terreur ! Non, mon ami, il m'est impossible de vous approuver.

Airain se versa une coupe de vin, la vida d'un trait et bâilla.

— Vous prenez trop au sérieux ces événements, Noblegent. Si vous aviez mon expérience, vous comprendriez que cette sorte de mal n'a qu'un temps, soit que ceux qui le font se lassent, soit que ceux qui le subissent se révoltent d'une manière ou d'une autre. Il suffira de cent ans pour que la Granbretanne devienne une nation juste et morale.

Le comte adressa un clin d'œil à sa fille, qui, semblant s'être rangée à l'avis de Noblegent, ne lui répondit pas par un sourire.

— Leur folie est trop profonde pour que cent ans suffisent à la guérir. Leur apparence est là pour le prouver. Ces masques d'animaux sertis de joyaux qu'ils ne quittent jamais, ces vêtements grotesques qu'ils portent même au cours des plus grandes canicules, leur manière de marcher, leurs attitudes, tout cela les montre tels qu'ils sont. Leur folie est héréditaire, et leur progéniture en héritera. (Noblegent frappa du plat de la main l'un des piliers de la cheminée.) Notre passivité elle-même est une approbation à leurs malversations. Nous devrions...

Le comte Airain se leva.

— Nous devrions aller dormir, ami. Demain, il nous faut nous rendre aux arènes pour assister au début des festivités.

Il fit un signe de tête à Noblegent, déposa un baiser léger sur le front de sa fille et s'en fut.

CHAPITRE III

LE BARON MELIADUS

À cette époque de l'année, commençaient, pour le peuple de Kamarg, les grandes festivités. Les labeurs de l'été étaient terminés, les maisons se couvraient de fleurs, hommes et femmes se vêtaient de soie et de lin richement brodés, des taurillons, lâchés dans les rues, chargeaient les passants amusés et les gardians paradaient, dans leurs parures martiales. Les après-midi étaient consacrés aux courses de taureaux, qui se déroulaient dans l'antique amphithéâtre de pierre situé aux limites de la ville.

Les sièges des arènes étaient de granit, disposés en rangées régulières. Au sud, près du haut mur qui ceignait la piste, une tribune couverte, dont le toit d'ardoise rouge était soutenu par des piliers sculptés, avait été édifiée. On y avait accroché des tentures brunes et écarlates. C'était là que trônaient le comte Airain, Yisselda, sa fille, Noblegent et le vieux von Villach.

D'où ils étaient, le comte et ses compagnons pouvaient voir la totalité de l'amphithéâtre, qui commençait à se remplir, et entendre les conversations animées qui se mêlaient aux bruits des sabots et aux mugissements des taureaux, encore prisonniers.

Bientôt six gardians vêtus de capes bleu ciel et équipés de casques à plumet, qui se tenaient de l'autre côté du théâtre, levèrent leurs trompettes de bronze. La fanfare fit écho aux renâclements des taureaux et aux hurlements de la foule. Le comte avança d'un pas.

L'ovation redoubla d'intensité lorsqu'il apparut, souriant et levant la main en un geste amical. Quand le tumulte se fut apaisé, il commença le discours traditionnel qui devait marquer l'ouverture des festivités.

— Antique peuple de Kamarg, que le destin a préservé des fléaux du Tragique Millénaire, vous qui avez reçu la vie, fêtez-la aujourd'hui. Vous dont les ancêtres furent sauvés par le farouche mistral, qui nettoya les cieux des poisons qui apportèrent aux autres la mort et les difformités, remerciez par cette fête la venue du Vent de Vie !

À nouveau les vivats s'élevèrent, et les trompettes sonnèrent une seconde fois. Puis, dans l'arène, douze gigantesques taureaux firent irruption. Affolés, ils parcouraient la piste en tous sens, la queue dressée, les naseaux dilatés, les yeux flamboyants, leurs cornes acérées brillant dans le soleil. C'étaient là les meilleurs taureaux de combat de Kamarg, qu'on avait entraînés pendant un an en vue de ce moment. Ils allaient affronter des hommes aux mains nues, qui tenteraient d'arracher les guirlandes qu'on avait enroulées autour de leur garrot et de leurs cornes.

Ensuite, des gardians à cheval entrèrent dans l'arène, saluant la foule, et regroupèrent les bêtes pour les ramener à leurs stalles.

Lorsque cette opération délicate s'acheva, le maître de cérémonie fit son entrée. Il était vêtu d'une cape couleur d'arc-en-ciel, d'un chapeau à larges bords, d'un bleu soutenu, et portait à la main un porte-voix doré, à l'aide duquel il allait annoncer la première course.

Amplifiée à la fois par l'instrument et par l'acoustique étudiée du théâtre, la voix de l'homme ressemblait presque au mugissement d'un taureau en colère. Il nomma d'abord l'animal, Cornerouge, d'Aigues-Mortes, à Pons Yachar, le célèbre éleveur, et, immédiatement après, le principal toréador, Mahtan Just, d'Arles. Puis il fit volter son cheval et quitta la piste. Immédiatement, Cornerouge jaillit du toril, frappant l'air de ses cornes. Les rubans rouges qui les ornaient flottaient dans le vent.

Cornerouge était un taureau gigantesque, de plus de cinq pieds au garrot. Sa queue fouettait ses flancs, comme celle d'un lion ; ses yeux rouges flamboyaient, fixant la foule qui l'acclamait. Des fleurs furent lancées dans l'arène, et certaines tombèrent sur son large dos blanc. Il fit volte-face, frappant le sable du sabot, piétinant les fleurs.

Puis, avec légèreté, sans ostentation, un personnage mince et musclé apparut, portant une cape de lin noir et de soie pourpre, un pourpoint ajusté et des culottes brodées de fil d'or et chaussé de hautes bottes de cuir noir décorées d'argent. Son visage était brun, jeune et alerte. Il leva son large chapeau pour saluer la foule, pirouetta et se retrouva face à Cornerouge. Bien qu'il eût à peine vingt ans, Mahtan Just s'était déjà distingué dans les trois festivals précédents. À présent les femmes lui jetaient des fleurs et lui envoyaient des baisers, auxquels il répondait d'un salut, tout en avançant vers le taureau écumant et en retirant gracieusement sa cape. Il dévoila à l'animal la doublure rouge du vêtement. Cornerouge fit quelques pas en avant, souffla bruyamment, baissa ses cornes.

Et il chargea.

Mahtan Just s'écarta et, tendant le bras, cueillit l'un des rubans qui ornaient les cornes de son adversaire. La foule hurla et trépigna. Le taureau fit volte-face et se rua à nouveau sur le jeune homme. À nouveau, ce dernier attendit l'ultime moment pour se dérober et s'empara d'un autre ruban. Serrant ses trophées entre ses dents blanches, il adressa un sourire ironique d'abord au taureau, puis au public.

Just savait que les deux premières guirlandes, fixées à l'extrémité des cornes de la bête, étaient les moins difficiles à prendre ; il s'en était emparé presque sans effort. Mais il lui fallait à présent arracher les autres, et c'était là un jeu beaucoup plus dangereux.

Le comte Airain se pencha en avant, admirant l'exhibition du toréador.

— N'est-il pas merveilleux, père ? On croirait un danseur ! dit Yisselda en souriant.

— Oui, il danse avec la mort, intervint Noblegent, affectant la sévérité.

Le vieux von Villach se cala dans son siège, comme si

le spectacle l'ennuyait. Peut-être la faute en incombait-elle à ses yeux, qui n'étaient plus ce qu'ils avaient été – ce qu'il refusait d'admettre.

Maintenant, Cornerouge se ruait sur Mahtan Just qui, les mains sur les hanches, la cape à ses pieds, attendait. Lorsque le taureau fut sur lui, le jeune homme fit un bond et, effleurant les cornes, exécuta un saut périlleux par-dessus le dos de l'animal. Cornerouge, interdit, s'arrêta sur place et renâcla, avant de tourner la tête vers Just qui riait derrière lui.

Sans laisser à son adversaire le temps d'agir, le garçon sauta à nouveau, pour retomber cette fois à califourchon sur le taureau, qui se mit à s'agiter frénétiquement sous lui. Agrippé à l'une des cornes, Just s'efforçait de détacher d'une seule main l'un des rubans de l'autre. Il fut rapidement jeté au sol par sa monture, mais, agitant triomphalement sa nouvelle prise, il roula sur lui-même et se remit d'un bond sur ses pieds, à l'instant précis où le taureau le chargeait.

La foule en délire hurlait, trépignait et tapait des mains, produisant un formidable bruit. Un véritable océan de fleurs multicolores couvrait la piste poussiéreuse. Just, poursuivi par le taureau, courait gracieusement autour de l'arène.

Il s'arrêta et, comme hésitant, fit lentement demi-tour, semblant fort surpris de voir que l'animal était déjà sur ses talons.

Un nouveau bond. Mais une corne acérée accrocha son pourpoint et déséquilibra le jeune homme. Le tissu se déchira. Une main posée sur l'échine du monstre, Just boula, se reçut mal et roula sur lui-même. Le taureau chargea.

Le toréador, toujours conscient mais incapable de se relever, s'écarta en rampant. Cornerouge baissa la tête, et l'une de ses cornes laboura le corps du jeune homme. Des gouttes de sang brillèrent dans le soleil, et la foule, mue à la fois par un sentiment de pitié et d'excitation, se mit à gémir.

— Père ! (Yisselda étreignit le bras du comte.) Il va le tuer ! Faites quelque chose !

Airain secoua la tête, mais il s'était instinctivement penché en avant.

— C'est son affaire. Il connaissait les risques.

Le corps du garçon fut plusieurs fois projeté en l'air, bras et jambes ballants comme ceux d'une poupée de chiffon. Des gardians à cheval, armés de longues lances, entrèrent dans l'arène pour écarter le taureau de sa victime.

Mais Cornerouge refusait de bouger et restait immobile au-dessus du corps du Just, comme se tient un chat devant sa proie inconsciente.

Le comte Airain, avant d'avoir compris ce qu'il faisait, avait déjà sauté sur la piste. Vêtu de son armure d'airain, il courait vers le taureau. On aurait dit un géant de métal.

Les gardians firent reculer leurs chevaux, tandis que le comte se jetait contre le mufle de la bête, prenait ses cornes à pleines mains. Sur le visage tanné de l'homme, les veines saillaient. Irrésistiblement, il força Cornerouge à s'écarter.

L'animal releva la tête, et les pieds du comte quittèrent le sol, mais il ne lâcha pas prise. Il porta son poids d'un côté, poussant les cornes vers l'arrière dans un mouvement inexorable.

Un silence de mort s'était abattu sur l'amphithéâtre. Dans la tribune, Yisselda, Noblegent et von Villach, tous trois très pâles, tendus et immobiles, regardaient. L'assistance entière partageait leur angoisse.

Les membres de Cornerouge tremblaient. Il soufflait et mugissait, faisant tressauter sa croupe. Le comte, étreignant les cornes, ne relâchait pas son effort. Les muscles de sa nuque étaient devenus rouges, sa moustache et sa chevelure se hérissaient, mais, peu à peu, le taureau faiblit, et il finit par s'agenouiller.

Des hommes se précipitèrent pour emporter le blessé hors de l'arène. Cependant, la foule restait toujours silencieuse.

Alors, en une torsion titanesque, le comte Airain coucha Cornerouge sur le flanc.

Le taureau ne tenta pas de se relever. Il avait trouvé son maître et reconnaissait sa défaite.

Airain fit un pas en arrière. Le taureau ne bougea pas, se bornant à regarder son vainqueur avec des yeux où brillait l'étonnement. Sa queue balayait lentement la poussière et son puissant poitrail se soulevait au rythme de sa respiration.

Et les vivats éclatèrent.

Et les vivats retentirent si fort qu'il semblait que la Terre entière pourrait les entendre.

Et la foule se leva, saluant son seigneur gardian d'une ovation extraordinaire, tandis que Mahtan Just, une main plaquée sur sa blessure, rentrait à nouveau dans l'arène et s'approchait en titubant, pour étreindre le bras du comte en signe de reconnaissance.

Dans la tribune, Yisselda pleurait à la fois de fierté et de soulagement, tandis que, sans gêne aucune, Noblegent essuyait les larmes qui coulaient de ses propres yeux. Seul von Villach ne pleurait pas, se contentant de hocher gravement la tête, en signe d'approbation.

Le comte Airain revint vers les siens, leur adressant son plus large sourire. Il posa les mains sur le rebord du mur et s'y hissa d'une traction, pour regagner sa place. Il riait, à présent, et saluait la foule qui continuait à l'acclamer.

Puis il leva la main pour obtenir le silence et dit :

— Ce n'est pas moi qu'il faut acclamer, c'est Mahtan Just. Lui seul s'est emparé des rubans. Regardez – il montra ses paumes vides – je n'ai rien. (Un rire parcourut l'assistance.) Que la fête continue !

Puis il se rassit.

Noblegent avait repris son expression habituelle. Il se pencha vers Airain :

— Alors, mon ami, continuerez-vous à prétendre que vous ne souhaitez pas vous mêler des combats des autres ?

Le comte lui sourit.

— Vous êtes obstiné, Noblegent. Cette affaire était de mon ressort, après tout.

— Si le rêve d'une Europe unie vous hante toujours, alors les affaires du continent sont de votre ressort... – Noblegent se gratta le menton – après tout.

Airain reprit un instant une physionomie grave.

— Peut-être..., commença-t-il.

Mais il secoua la tête et éclata de rire.

— Oh ! rusé Noblegent, vous parviendrez toujours à me prendre en défaut, n'est-ce pas ?

Mais plus tard, lorsqu'ils quittèrent la tribune pour regagner le château, un pli soucieux barrait le front du seigneur gardian.

Tandis que le comte Airain et sa suite pénétraient dans la cour du château, un homme d'armes se précipita vers eux, leur montrant du doigt un attelage luxueux et un groupe d'étalons noirs à plumet, équipés de selles étranges, que les écuyers s'employaient, à ce moment précis, à enlever.

— Messire, haleta le soldat, tandis que vous étiez aux arènes, des visiteurs sont arrivés à notre château. De nobles visiteurs, bien que j'ignore si leur présence vous réjouira.

Les sourcils froncés, Airain examina la voiture. Elle était faite de métal martelé, d'or sombre, d'acier, de cuivre serti de nacre, d'argent et d'onyx. On s'était efforcé de la faire ressembler à une bête grotesque, dont les pattes se terminaient par des griffes, qui se refermaient sur les essieux. La tête était celle d'un reptile aux yeux de rubis, et le haut, creux, formait le siège du cocher. Sur les portes étaient figurées des armes aux nombreux quartiers, où se mêlaient d'étranges animaux, des machines de guerre et d'obscurs et inquiétants symboles. Le comte reconnut à la fois l'attelage et le blason. Le premier était l'œuvre des ferronniers fous de Granbretanne ; le second appartenait à l'un des plus puissants et des plus infâmes seigneurs de cette nation.

— C'est le baron Meliadus de Kroiden, murmura Airain en mettant pied à terre. Quelle affaire peut attirer un aussi puissant personnage en une province si retirée ?

Il avait parlé avec une certaine ironie mais semblait

réellement soucieux. Il se tourna vers Noblegent, qui venait d'arriver à côté de lui.

— Nous veillerons à le traiter avec courtoisie, Noblegent, avertit le comte. Nous allons le recevoir avec toute notre hospitalité. Nous n'avons aucun grief envers les seigneurs de Granbretanne.

— Pas pour le moment, du moins, répliqua le poète-philosophe, comme à contrecœur.

Yisselda et von Villach sur leurs talons, Airain et Noblegent montèrent l'escalier et pénétrèrent dans la grande salle, où ils trouvèrent le baron Meliadus qui les attendait, seul.

L'homme était presque aussi grand que le comte Airain. Ses habits étaient d'un noir brillant et d'un bleu profond. Même le masque d'animal serti de joyaux qui, comme un casque, couvrait la totalité de son crâne était fait d'un étrange métal noir, où des saphirs bleus figuraient les yeux. Il avait la forme d'une gueule de loup aux babines retroussées. Les mâchoires ouvertes dévoilaient des crocs acérés. Debout dans la pénombre de la salle, son armure sombre dissimulée par sa cape noire, le baron Meliadus aurait pu être l'un de ces mythiques dieux animaux qui étaient encore adorés dans les contrées situées au-delà de la Méditerranée. En apercevant ses hôtes, il porta sa main gantée de noir à son visage et arracha son masque, révélant une face blanche aux traits épais, ornée d'une moustache et d'une barbe noires, bien taillées. Ses cheveux épais étaient noirs eux aussi, et ses yeux, bleu pâle. De toute apparence, l'homme n'était pas armé, peut-être pour montrer qu'il venait en paix. Il s'inclina profondément et se mit à parler d'une voix grave et musicale.

— Je vous salue, grand comte Airain, et vous prie de pardonner cette soudaine intrusion. J'avais pris soin de me faire précéder de messagers, mais ils sont arrivés après votre départ. Je suis le baron Meliadus de Kroiden, grand connétable de l'ordre du Loup, premier chèvetain des armées de notre grand roi-empereur Huon...

Le comte inclina la tête.

— Je connais vos hauts faits, baron Meliadus, et j'ai

reconnu vos armes sur l'attelage. Soyez le bienvenu. Le Château Airain sera vôtre aussi longtemps que vous jugerez bon d'y demeurer. J'ai grand-peur que notre train ne soit modeste, comparé à celui que mène le moindre des sujets du puissant empire de Granbretanne ; mais veuillez considérer cette maison comme la vôtre.

Le baron Meliadus sourit, avant de répondre :

— Votre courtoisie et votre hospitalité rendent honteux le Granbreton que je suis. Je vous remercie, puissant héros.

Le comte Airain présenta sa fille, et Meliadus s'avança, fit une profonde révérence et lui baisa la main, visiblement très impressionné par sa beauté. Avec Noblegent, le visiteur se montra courtois, laissant voir qu'il connaissait bien les écrits du poète-philosophe ; mais la voix de l'autre tremblait légèrement : Noblegent avait du mal à se contenir. Meliadus rappela à von Villach maintes batailles au cours desquelles le vieux soldat s'était distingué, ce qui sembla flatter ce dernier.

Malgré ces belles manières et cette politesse fleurie, une certaine tension régnait dans la pièce. Noblegent fut le premier à prendre congé, suivi peu de temps après par Yisselda et von Villach, qui laissèrent le baron Meliadus exposer à son hôte l'objet de sa visite, quel qu'il fût. Lorsque la jeune fille sortit, le baron la suivit un instant du regard.

On apporta du vin et des rafraîchissements, et les deux hommes s'assirent dans de profonds fauteuils de bois sculpté.

Par-dessus sa coupe de vin, Meliadus regardait le comte.

— Vous êtes un homme d'action, monseigneur, déclara le visiteur. En vérité, on ne pourrait vous donner meilleure définition. Il vous agréera donc, sans doute, d'apprendre que ma visite est motivée par autre chose que le simple plaisir de découvrir votre charmante province.

Le comte eut un petit sourire. Il appréciait la franchise de son interlocuteur.

— Vous dites vrai, reconnut-il. Mais, pour ma part,

c'est un honneur que de recevoir un pair aussi fameux du grand Roi-Empereur Huon.

— J'éprouve à votre égard le même sentiment, répondit le baron Meliadus. Vous êtes certainement le plus fameux héros de toute l'Europe, et peut-être le plus fameux de toute son histoire. Il est presque effrayant de découvrir que vous êtes fait de chair et de sang, et non point de métal.

Il rit, et le comte Airain fit écho à son rire.

— J'ai eu ma part de chance, dit-il. Et le destin m'a accordé le privilège de valider mes jugements. Qui pourra dire si c'est cette époque qui me convient, ou si c'est moi qui suis fait pour elle ?

— Votre philosophie égale celle de votre ami Noblegent, reprit le baron, et vient corroborer ce que j'avais ouï de votre sagesse et de la justesse de vos vues. Nous autres Granbretons, nous targuons à juste titre de posséder ces qualités, mais il semble que nous ayons trouvé notre maître.

— Je n'ai qu'une vue fragmentaire des choses, alors que vous avez le don d'en voir la totalité.

Il essayait de deviner où voulait en venir son interlocuteur, mais le visage du baron Meliadus demeurait impénétrable.

— C'est justement de détails que nous avons besoin, lança le Granbreton, si nous voulons voir nos desseins se réaliser avec toute la célérité voulue.

Maintenant, le comte Airain comprenait quelles étaient les raisons de la présence de Meliadus ; mais il n'en laissa rien voir, se bornant à prendre une expression légèrement étonnée et à remplir de vin la coupe vide de son hôte.

— Notre destin est de conquérir l'Europe, continua le baron.

— Il semble, en effet, que ce soit là votre destin. Et, en principe, je suis favorable à vos plans.

— Vous m'en voyez ravi, comte Airain. On donne souvent de nous une image déformée, et nos ennemis sont nombreux, qui répandent sur notre compte les pires calomnies.

— Que ces rumeurs soient vraies ou fausses, je ne m'en soucie guère. Seuls vos buts m'intéressent.

— Ainsi, vous ne vous opposeriez pas à une extension de l'empire ?

En disant ces mots, le baron Meliadus scrutait attentivement le visage de son interlocuteur.

— Certes, répondit le comte dans un sourire, je ne m'y opposerais pas, si votre avance ne vise pas le territoire que je protège, la Kamarg.

— Seriez-vous donc favorable à la signature d'un traité de paix entre nos deux nations ?

— Je n'en vois pas la nécessité. Mes tours offrent une protection suffisante.

— Hmmm…

Le baron gardait les yeux fixés sur le sol.

— Ainsi, tel était l'objet de votre visite ? Proposer un traité de paix ? Et même une alliance, peut-être ?

Le baron acquiesça.

— Oui, en quelque sorte.

— Je ne souhaite pas m'opposer à la Granbretanne, expliqua Airain. Je ne me dresserais contre vous que si mon territoire était menacé. Quant à vous soutenir, je le fais uniquement parce que je pense que l'Europe a besoin en ce moment d'une force unificatrice.

Avant de répondre, Meliadus prit le temps de réfléchir.

— Et si cette unification était en péril ? finit-il par dire.

— Je ne crois pas que ce soit le cas, rétorqua Airain, amusé. À l'heure actuelle, personne n'est assez puissant pour s'opposer à la Granbretanne.

Le baron fit la moue.

— Vous avez raison. La liste de nos victoires est si longue qu'elle en devient presque ennuyeuse. Mais plus nous avançons dans nos conquêtes, plus nos forces se trouvent disséminées. Si nous connaissions mieux les cours d'Europe, comme vous par exemple, nous saurions à qui nous confier, de qui nous défier, et ainsi nous pourrions centrer plus particulièrement notre attention sur les points délicats. Pour ne vous citer qu'un exemple, nous avons choisi le grand-duc Ziminon pour gouverner la Normandia. (Meliadus fixa le comte avec intensité.) Pensez-vous que nous ayons agi avec sagesse ? Il convoitait ce trône à l'époque où son cousin Joaillet l'occupait. Croyez-vous que notre marché le satisfasse ?

— Ziminon ? J'ai aidé à le vaincre devant Rouen.

Il souriait.

— Je sais. Mais que pensez-vous de lui ?

Au fur et à mesure que le baron s'énervait, le sourire du comte se faisait plus large. À présent, il savait exactement ce que la Granbretanne attendait de lui.

— C'est un excellent cavalier et il éprouve à l'égard des femmes une véritable fascination.

— Cela ne nous dit pas dans quelle mesure nous pouvons lui faire confiance.

Meliadus reposa sa coupe avec un geste qui trahissait l'impatience.

— C'est tout à fait vrai, admit le maître des lieux.

Puis il leva la tête pour regarder la grande horloge murale qui était installée au-dessus de la cheminée. Ses aiguilles dorées indiquaient onze heures. À chacune de ses lentes oscillations, son énorme balancier promenait sur le mur une ombre incertaine.

— Nous nous couchons tôt, au Château Airain, déclara le comte d'un ton détaché. Nous vivons au rythme de la vie campagnarde. (Il se leva.) Un domestique va vous conduire à vos appartements. On a attribué à vos hommes les chambres voisines.

Un nuage vint obscurcir le visage du baron.

— Comte Airain..., nous connaissons votre adresse politique, votre sagesse, votre science extraordinaire de toutes les forces et de toutes les faiblesses des cours d'Europe. Nous souhaitons utiliser vos talents. En retour, nous vous offrons la richesse, la puissance, la sécurité...

— Les deux premières ne me font pas défaut. Quant à la troisième, je me la suis assurée, répondit Airain tout en tirant le cordon qui actionnait une cloche. Vous me pardonnerez d'invoquer la fatigue et le sommeil. J'ai eu un après-midi harassant.

— Écoutez la voix de la raison, monseigneur, je vous en conjure.

Le baron Meliadus faisait des efforts désespérés pour cacher sa colère.

— J'espère, baron, que vous allez demeurer quelque temps en notre compagnie et que vous aurez le loisir de nous raconter ce qui se passe hors de Kamarg.

Un valet entra.

— Conduis notre hôte à ses appartements, ordonna le comte.

Il s'inclina légèrement.

— Bonne nuit, baron Meliadus. Je pense avoir le plaisir de vous voir demain à huit heures pour le déjeuner du matin.

Quand le baron, précédé du domestique, eut quitté la grande salle, le comte Airain laissa enfin transparaître un peu de l'amusement qu'il éprouvait. Il était agréable de savoir que la Granbretanne demandait son aide ; mais il n'avait nullement l'intention de la lui accorder. Il espérait pouvoir repousser avec courtoisie la requête de son visiteur, car il n'avait guère envie de se mettre en mauvais termes avec le Ténébreux Empire. De plus, il appréciait le baron Meliadus. Tous deux semblaient avoir en commun certaines qualités.

Chapitre IV

COMBAT AU CHÂTEAU AIRAIN

Le baron Meliadus demeura une semaine au Château Airain. Passé la première nuit, il parvint à retrouver son calme et ne laissa plus jamais poindre aucun signe d'impatience devant la persistance du comte à refuser d'entendre les requêtes et les raisons de la Granbretanne.

Peut-être n'était-ce pas seulement sa mission qui le retenait au château, car il était évident qu'il accordait beaucoup de son attention à Yisselda. Avec elle, plus spécialement, il se montra agréable et courtois, tant et si bien que la fille d'Airain, peu accoutumée aux manières particulières des grandes cours d'Europe, ne resta pas indifférente.

Le comte ne semblait guère se soucier de cet état de choses. Un matin, alors qu'il se promenait avec Noblegent sur les terrasses supérieures des jardins du château, le poète-philosophe lui parla ainsi :

— On dirait que le baron Meliadus ne cherche pas seulement à s'attirer vos faveurs. Il a visiblement un autre objet de séduction en tête, ne pensez-vous pas ?

— Comment ? (Le comte détourna son attention des plantes qu'il était en train d'admirer.) De quoi parlez-vous ?

— De votre fille, répondit Noblegent d'une voix douce.

— Allons, Noblegent, dit le comte en riant. Vous prêtez à l'homme de bien mauvaises intentions. C'est un gentilhomme, un seigneur. De plus, il cherche à obtenir quelque chose de moi. Il n'irait pas tout gâcher pour une amourette. Je vous trouve bien injuste avec le baron Meliadus. Je dois vous avouer que je me suis pris à l'apprécier.

— Alors, monseigneur, il serait grand temps que vous repreniez le jeu de la politique, rétorqua Noblegent d'une voix qu'il contenait avec peine. Car il semblerait que votre jugement ait perdu de son acuité.

L'autre haussa les épaules.

— Quoi qu'il en soit, je pense que vous devenez nerveux comme une vieille femme, mon ami. Meliadus a montré, depuis son arrivée, la plus grande retenue. Avouons-le : je pense qu'il perd son temps ici, et j'aimerais qu'il se décide à partir. Mais s'il a une quelconque intention à l'égard de ma fille, je n'en ai pas perçu le moindre signe. Peut-être pourrait-il souhaiter l'épouser afin d'établir entre nous les liens du sang, et de m'amener ainsi à servir la Granbretanne. Mais Yisselda n'y consentirait pas plus que moi.

— Et si votre fille tombait amoureuse de Meliadus ? Si le baron se mettait à l'aimer ?

— Comment pourrait-il en être ainsi ?

— Elle n'a pas souvent l'occasion de rencontrer des hommes aussi beaux, aux si brillantes manières, en Kamarg.

— Hmmm..., grogna le comte d'un air dubitatif. Si elle était amoureuse du baron, elle serait venue me le dire, n'est-ce pas ? Je ne croirai votre fable que lorsque j'en aurai reçu confirmation de la bouche d'Yisselda elle-même.

Noblegent se demanda si le refus du comte à voir en face la vérité venait d'une volonté secrète de tout ignorer du caractère de ceux qui régnaient sur la Granbretanne, ou s'il relevait au contraire de la légendaire incapacité qu'ont les pères à remarquer chez leurs enfants ce qui est évident pour tous les autres. Le poète-philosophe se promit de surveiller et Yisselda et le baron Meliadus, dans les jours à venir. Il ne pouvait croire que le comte juge correctement l'homme qui était responsable du massacre de Liège, qui avait décidé du sac de Sahbruck, celui dont les appétits pervers faisaient trembler tous les humbles, du cap Nord à Tunis. Comme il l'avait dit, Airain avait séjourné trop longtemps dans ce pays isolé et trop longtemps respiré l'air sain et pur de la campagne. À présent, il n'était plus capable de reconnaître la puanteur de la corruption, même lorsqu'elle se dégageait sous ses yeux.

Bien que le comte se montrât réticent dans ses conversations avec Meliadus, le Granbreton semblait désireux de l'informer plus avant. Même dans les contrées qui n'étaient pas sous la férule de la Granbretanne, lui expliquait-il, on trouvait des nobles et des paysans mécontents, désireux de passer des traités secrets avec les agents du Ténébreux Empire et d'aider à éliminer les ennemis du roi-empereur, en échange du pouvoir. De toute évidence, les ambitions de l'empire ne se bornaient pas à l'Europe, mais débordaient sur l'Asie. Au-delà de la Méditerranée existaient des groupes bien constitués, prêts à se rallier à la Granbretanne, lorsque serait venu le temps de l'attaque. L'admiration d'Airain pour ces subtiles tactiques ne cessait de croître.

— Dans vingt ans, déclara le baron, l'Europe entière sera entre nos mains. Il nous faudra encore dix années pour conquérir l'Arabie et les pays qui l'entourent. Dans cinquante ans d'ici, nous aurons assez de force pour attaquer ce pays mystérieux qui figure sur nos cartes sous le nom d'Asiacommunista…

— Un nom antique et évocateur, commenta le comte Airain en souriant. Une terre riche en sorcelleries, à ce qu'on raconte. N'est-ce point là que se trouve le Bâton Runique ?

— C'est ce qu'affirme la légende. On dit qu'il est planté au sommet de la plus haute montagne du monde, où la neige tourbillonne sans cesse et où le vent ne se calme jamais. Il serait protégé par des hommes velus d'un âge et d'une sagesse infinis, grands de dix pieds et aux traits simiesques. (Meliadus prit le temps de sourire.) Mais on prétend aussi que le Bâton Runique se trouve en bien d'autres endroits. En Amarehk, même…

Airain hocha la tête.

— Ah ! l'Amarehk... Cette terre entre-t-elle aussi dans vos rêves de conquêtes ?

L'Amarehk était le vaste continent dont on disait qu'il s'étendait à l'ouest, de l'autre côté de l'Océan, et sur lequel régnaient des êtres aux pouvoirs quasi divins. On racontait qu'ils menaient une vie tranquille, retirée, peu matérielle. Selon les contes, leur civilisation avait été entièrement épargnée par le Tragique Millénaire, alors que le reste du monde était tombé en ruine, à des degrés divers. En mentionnant l'Amarehk, le comte Airain avait plaisanté. Mais le baron lui lança un regard en coin, une lueur glaciale dansant dans ses yeux pâles.

— Pourquoi pas ? Je renverserais les murailles des cieux, si je les découvrais.

Troublé, le comte quitta son hôte peu de temps après. Il commençait à se demander si sa décision de rester neutre était aussi judicieuse qu'il l'avait d'abord pensé.

Yisselda, bien qu'elle fût aussi intelligente que son père, ne bénéficiait pas, malgré tout, de son expérience et de sa sagacité. Elle trouvait même que la réputation d'infamie que l'on faisait au baron le rendait attirant ; mais, en même temps, elle se refusait à croire toutes les histoires que l'on racontait à son sujet. Quand il lui parlait de sa voix douce et posée, chantant les louanges de sa beauté et de sa grâce, elle pensait avoir en face d'elle un homme forcé de dissimuler la douceur de son caractère sous des dehors de cruauté et de dureté, de par la nature même de sa fonction et de sa place dans l'Histoire.

Or, pour la troisième fois depuis l'arrivée du Granbreton, Yisselda quitta nuitamment sa chambre, pour se rendre dans la tour de l'Ouest, où il lui avait donné rendez-vous. Cette partie du château était inutilisée, depuis que l'ancien seigneur gardian y avait trouvé une mort affreuse.

La rencontre avait été bien innocente : il avait pris sa main, avait effleuré ses lèvres, avait murmuré des mots d'amour, évoqué le mariage. Bien que la jeune fille hésitât encore à se prononcer sur ce dernier point – elle aimait son père et savait qu'une union avec Meliadus lui déplairait et lui ferait grand-peine – elle ne pouvait rester insensible aux attentions de son soupirant. Elle n'était pas certaine d'éprouver de l'amour à son égard, mais elle goûtait le sentiment d'aventure et d'interdit que ces rendez-vous lui donnaient.

Cette nuit-là, alors qu'elle courait, pieds nus, le long des couloirs obscurs, elle était loin de se douter qu'on la suivait. Derrière elle se hâtait une silhouette, l'ombre d'un homme vêtu d'une cape noire et qui tenait dans la main droite un long poignard gainé de cuir. Le cœur battant, ses lèvres rouges écartées dans un demi-sourire, la jeune fille montait en courant l'escalier en pas de vis. Elle atteignit la petite pièce ronde où le baron l'attendait déjà.

Il s'inclina profondément, puis la prit dans ses bras. Il caressa sa peau douce, à travers le fin tissu soyeux de sa chemise de nuit. Cette fois, son baiser fut plus ardent, presque brutal. Haletante, Yisselda le lui rendit, étreignant de ses bras le puissant torse vêtu de cuir. La main de l'homme se posa sur la taille de la jeune fille, puis descendit jusqu'à ses cuisses, et pendant un moment elle se pressa plus fort contre lui, avant de tenter de se dégager de l'étreinte, sentant grandir en elle une frayeur inconnue jusqu'alors.

Le souffle court, il la retint. À la lumière d'un rayon de lune, qui pénétrait dans la pièce par une étroite lucarne, elle vit son visage aux sourcils froncés et aux yeux flamboyants.

— Yisselda, tu dois devenir ma femme. Si nous quittons le château ce soir même, nous aurons franchi demain la ligne des tours de guet. Ton père n'osera pas nous poursuivre jusqu'en Granbretanne.

— C'est mal le connaître, répondit-elle avec une assurance tranquille, mais quoi qu'il en soit, monseigneur, je ne souhaite pas lui donner tel souci.

— Que veux-tu dire ?

— Je veux dire que je ne vous épouserai pas sans son consentement.

— Le donnera-t-il ?
— Je ne pense pas.
— En ce cas...

Elle essaya une nouvelle fois de se dégager, mais les mains puissantes de l'homme s'étaient refermées sur ses bras. Elle était effrayée, à présent, et se demandait comment la passion qui l'habitait encore quelques instants plus tôt avait pu se transformer si rapidement en peur.

— Il faut que je regagne ma chambre.

— Non ! Yisselda, je n'ai pas l'habitude que l'on s'oppose à mes volontés. D'abord, c'est ton père, cet obstiné, qui refuse de m'accorder ce que je viens lui demander, et maintenant c'est toi ! Plutôt te tuer que de te laisser aller sans avoir ta promesse que tu me suivras en Granbretanne !

Il la serra violemment contre lui et lui arracha un baiser. En grognant, elle essaya de résister.

Alors, la silhouette à la cape noire pénétra dans la chambre ronde, dégainant le long poignard. L'acier brilla, à la lumière de la lune, et le baron Meliadus leva les yeux vers l'intrus, mais ne relâcha pas sa prisonnière.

— Lâchez-la ! ordonna l'ombre. Si vous n'obéissez pas, j'oublierai mes principes et je vous tuerai sur-le-champ.

— Noblegent ! sanglota Yisselda. Va prévenir mon père. Tu n'es pas assez fort pour lutter contre cet homme !

Le baron Meliadus éclata de rire et repoussa Yisselda vers le mur.

— Lutter ? Ce ne serait pas un combat, philosophe ! Mais une boucherie ! Écarte-toi et je m'en irai, avec la fille, bien entendu.

— Partez seul, répliqua Noblegent. Partez, je ne veux pas avoir votre mort sur la conscience. Yisselda reste.

— Elle s'en va avec moi ce soir même, qu'elle le veuille ou non !

Meliadus rejeta sa cape en arrière, dévoilant la courte épée qui pendait à son côté.

— Écarte-toi, Noblegent. Si tu n'obéis pas, je peux te promettre que tu ne vivras pas assez longtemps pour écrire un sonnet en t'inspirant de cette affaire !

Noblegent ne bougea pas, pointant au contraire sa lame vers la poitrine du baron.

La main du Granbreton se posa sur la garde de l'épée, qu'il tira du fourreau en un éclair.

— Ta dernière chance, philosophe !

L'autre ne répondit rien. Ses yeux fixes ne cillèrent pas. Seul son bras armé trembla légèrement.

Yisselda hurla – un hurlement aigu et déchirant, qui se répercuta dans tout le château.

Avec un grognement de rage, le baron Meliadus se retourna, levant son épée.

Noblegent se rua en avant, frappant maladroitement. La lame glissa sur le cuir épais du vêtement du baron. Meliadus pivota sur lui-même avec un rire méprisant et son arme vint frapper Noblegent par deux fois, à la tête et à la poitrine. Le poète-philosophe tomba à terre, dans une flaque de son propre sang. Yisselda hurla encore, et cette fois son cri reflétait l'horreur. Le baron se pencha, saisit le bras de la jeune fille, qui se débattait de son mieux, le tordit cruellement et la jeta sur son épaule. Puis, quittant la pièce, il commença à dévaler les marches de l'escalier.

Il devait traverser la grande salle pour rejoindre ses appartements et, lorsqu'il y pénétra, un rugissement s'éleva en face de lui. À la lumière du feu mourant, il aperçut le comte Airain, vêtu seulement d'une large robe, son grand sabre à la main, debout sur le seuil de la porte, lui en interdisant l'accès.

— Père ! gémit Yisselda.

Le Granbreton la laissa tomber au sol et brandit sa courte épée en direction du comte Airain.

— Ainsi, Noblegent avait raison, gronda le maître des lieux. Vous bafouez mon hospitalité, baron !

— Je veux votre fille. Elle m'aime.

— C'est visible, en effet.

Le comte Airain regarda Yisselda, qui se remettait debout en sanglotant.

— Défends-toi, Meliadus !

Le baron fronça les sourcils.

— Vous avez un sabre… Comparée à la vôtre, ma lame ressemble à un couteau de table. De plus, je ne souhaite pas me battre contre un homme de votre âge. Nous pouvons sans aucun doute trouver un terrain d'entente…

— Père ! Il a tué Noblegent !

À ces mots, Airain frémit de colère. Il se précipita vers le mur, où pendait une panoplie, et choisit la plus grande et la mieux équilibrée des épées qui s'y trouvaient. Il la lança au baron, et elle atterrit sur le sol dallé avec un fracas sonore. Le Granbreton lâcha sa propre lame et se baissa pour ramasser la nouvelle. Il avait l'avantage, à présent, car il était vêtu de cuir épais, alors que le comte ne portait que du lin.

Airain marcha sur son adversaire, sabre haut, et frappa de taille. L'autre para. Comme des bûcherons qui s'acharnent sur le tronc d'un chêne séculaire, les deux hommes balançaient leurs lourdes lames, avec d'amples et puissants mouvements. Le bruit métallique de l'acier contre l'acier résonnait dans la salle, ce qui ne tarda pas à alerter les domestiques et les hommes d'armes de Meliadus. Ces derniers, déconcertés, ignoraient quelle attitude adopter. Bientôt von Villach arriva à son tour, suivi de ses hommes ; les Granbretons, se voyant inférieurs en nombre, décidèrent de ne pas intervenir.

Des étincelles jaillissaient parfois du choc des deux lames, que les combattants manipulaient avec une extraordinaire maestria. Leur visage ruisselait de sueur, leur poitrine se soulevait au rythme de leur respiration haletante, tandis qu'ils frappaient et paraient les coups, se déplaçant dans la vaste et sombre salle.

Le baron Meliadus atteignit l'épaule de son adversaire, mais ne parvint qu'à l'égratigner, et le sabre du comte Airain s'abattit sur le flanc du Granbreton, mais le cuir épais dont était fait son pourpoint arrêta la lame. Il y eut une série d'assauts extrêmement rapides, et l'on aurait pu croire que les deux combattants allaient mutuellement se tailler en pièces ; mais, quand le comte et le baron s'écartèrent et se remirent en garde, les spectateurs virent qu'Airain ne portait qu'une estafilade au front et qu'une déchirure ornait son vêtement. Meliadus, pour sa part, n'était pas blessé ; son pourpoint, en revanche, était en loques.

Leurs souffles courts et le bruit de leurs pieds sur le sol se mêlaient au fracas de leurs armes, tandis qu'ils s'affrontaient, inlassables.

Le comte, butant contre une table basse, trébucha, et partit à la renverse, déséquilibré, lâchant dans sa chute la poignée de son sabre. Meliadus ricana et leva haut sa lame. Airain roula sur lui-même ; tirant son adversaire par les chevilles, il le fit basculer à son tour.

Délaissant le fer, ils se battirent à poings nus, luttant farouchement, les lèvres retroussées, entraînant dans leurs mouvements leurs sabres, retenus à leur poignet par des dragonnes de cuir.

Soudain le baron se jeta en arrière et se remit d'un bond sur ses pieds. À son tour, Airain se releva. Lançant promptement sa lourde lame, il frappa l'épée du baron, qui partit sous le coup et traversa la pièce pour venir se planter dans un pilier de bois en vibrant comme la corde d'un luth.

Nulle pitié ne se lisait dans le regard du comte Airain. Seules y brillaient la détermination et la volonté d'occire le baron Meladius.

— Tu as tué mon meilleur, mon plus sincère ami, rugit-il, levant haut sa lame.

Le baron Meliadus croisa lentement les bras sur sa poitrine, attendant le coup. Les yeux baissés, il avait presque l'air de s'ennuyer.

— Tu as tué Noblegent, donc je vais te tuer.

— Comte Airain !

Le sabre au-dessus de sa tête, le vieux brave s'arrêta, hésitant.

La voix était celle de Noblegent.

— Comte Airain, il n'a pas pris ma vie. J'ai simplement été étourdi par le plat de sa lame, et la blessure de mon flanc est sans gravité.

Le poète-philosophe se fraya un chemin dans l'assistance,

une main plaquée contre sa plaie. Une meurtrissure livide barrait son front.

— Loué soit le destin, mon ami..., soupira le comte. Néanmoins... (Il se tourna vers Meladius.) Ce félon a méprisé les lois de l'hospitalité, il a bafoué ma fille, il a blessé mon ami...

Le Granbreton releva la tête, pour fixer l'autre droit dans les yeux.

— Pardonnez-moi, comte Airain. La passion que la beauté d'Yisselda a attisée en moi était telle que mon esprit s'en est trouvé obscurci, possédé comme par un démon. Lorsque vous vouliez m'ôter la vie, je ne vous ai pas imploré ; mais, à présent, je vous supplie de croire que ce sont uniquement des sentiments purs et respectables qui m'ont poussé à agir ainsi.

Le comte secoua la tête.

— Baron, je ne puis vous accorder mon pardon. Je ne veux plus écouter vos paroles insidieuses. Je veux que dans l'heure vous ayez passé les portes du Château Airain ; je veux que demain, avant l'aube, vous ayez franchi les limites de mes terres. Autrement, vous périrez, ainsi que les vôtres.

— Vous oseriez offenser la Granbretanne ?

Le comte haussa les épaules.

— Je n'offense nullement le Ténébreux Empire. Si vos compatriotes apprennent ce qui s'est passé cette nuit, ils vous puniront de vos erreurs et ne viendront certes pas me demander raison. Vous avez échoué dans votre mission. C'est vous qui m'avez offensé et non pas moi qui ai bafoué la Granbretanne.

Le baron Meliadus n'ajouta pas un mot et, exaspéré, s'en alla préparer son départ. Dépité et furieux, il monta bientôt dans son étrange voiture, puis l'attelage se mit en branle et franchit les portes du château. Il s'était à peine écoulé une demi-heure et le Granbreton n'avait même pas pris le temps de saluer ses hôtes.

Airain, Yisselda, Noblegent et von Villach, debout dans la cour, le regardèrent partir.

— Vous aviez raison, ami Noblegent, reconnut le

comte. L'homme nous a trompés, Yisselda et moi. Je ne recevrai plus jamais d'émissaire du Ténébreux Empire en ce château.

— Comprenez-vous enfin qu'il faut combattre et détruire cet empire ? lui demanda le poète-philosophe d'un ton rempli d'espoir.

— Je n'ai pas dit cela. Laissons-les agir à leur guise. Nous, en tout cas, n'aurons plus à souffrir ni de la Granbretanne ni du baron Meliadus.

— Vous vous trompez, lança Noblegent avec conviction.

Et dans son ténébreux attelage, qui filait dans la nuit vers les frontières septentrionales de la Kamarg, le baron Meliadus se parlait à lui-même, à voix haute, prêtant serment sur le plus mystérieux des objets sacrés qu'il pût connaître. Il jurait par le Bâton Runique, ce symbole perdu dont on disait qu'il recelait tous les secrets de la destinée, qu'il soumettrait le comte d'une manière ou d'une autre, qu'il prendrait Yisselda et que la Kamarg deviendrait un tel brasier que nulle créature ne pourrait y survivre.

Il jura cela par le Bâton Runique, et ainsi la destinée du baron Meliadus, celle du comte Airain, de sa fille Yisselda, du Ténébreux Empire, la destinée de tous ceux que les événements du Château Airain avaient touchés ou toucheraient fut irrévocablement fixée.

Les rôles étaient distribués, les décors étaient en place, le rideau se levait.

Aux acteurs, à présent, de jouer leur destin.

LIVRE SECOND

Chapitre I

DORIAN HAWKMOON

> Ceux qui osent jurer par le Bâton Runique doivent ensuite profiter ou souffrir des conséquences de l'inexorable destinée qu'ils ont ainsi mise en branle. Depuis qu'existe le Bâton Runique, plusieurs serments semblables ont été prononcés ; mais aucun n'eut d'aussi vastes et terribles effets que celui que prêta le baron Meladius de Kroiden, un an avant que Dorian Hawkmoon von Köln n'apparaisse dans les pages de cet antique récit.
>
> *Haute Histoire du Bâton Runique*

Le baron Meliadus s'en retourna à Londra, capitale aux tours obscures du Ténébreux Empire. Il lui fallut un an pour élaborer son plan ; les affaires impériales l'accaparèrent tout ce temps. Il y avait des rébellions à juguler, des exemples à faire pour mettre au pas les villes conquises de fraîche date, de nouvelles batailles à préparer et à livrer, des gouvernements fantoches à constituer et à mettre en place.

Le baron Meliadus remplit ces diverses tâches avec dévouement et compétence, mais sa passion pour Yisselda et sa haine du comte Airain restaient toujours vivaces dans sa mémoire. Bien que son échec à rallier le comte à la cause de la Granbretanne n'eût entraîné pour lui aucune conséquence fâcheuse, le baron ne s'en sentait pas moins frustré. De plus, il devait constamment affronter des problèmes pour lesquels l'aide du comte lui eût été d'un grand secours. Chaque fois qu'une telle difficulté se présentait, l'esprit de Meliadus se remettait à fourmiller de multiples projets de vengeance ; mais aucun ne le satisfaisait totalement. Il lui fallait s'emparer d'Yisselda, s'adjoindre la collaboration d'Airain et rayer de la carte du monde la province de Kamarg. Ces trois souhaits étaient incompatibles.

Dans sa haute tour d'obsidienne, qui surplombait les eaux rouge sang de la Tames où passaient des péniches de bronze et d'ébène qui revenaient de la côte, lourdement chargées, le baron Meliadus arpentait son cabinet aux tapisseries brunes, noires et bleues, fanées par les ans, aux oratoires de métal précieux sertis de pierres rares, aux globes et aux astrolabes de fer battu, de cuivre et d'argent, aux meubles de bois sombre et poli et aux épais tapis couleur d'automne.

Autour de lui, sur chaque mur, sur chaque étagère, dans chaque recoin, se trouvaient ses horloges. Toutes étaient parfaitement synchronisées, et toutes sonnaient l'heure, le quart et la demie. Beaucoup possédaient un carillon. Elles empruntaient les formes et les tailles les plus diverses, coffrées de bois, de métal ou d'autres matières plus difficiles à identifier. Elles étaient très richement ornées, à un point tel qu'il était parfois presque impossible d'y lire l'heure. Elles provenaient des quatre coins de l'Europe, du Moyen-Orient, collectées au hasard des conquêtes. Parmi toutes ses richesses, elles étaient ce que le baron Meliadus préférait. Chacune des pièces de la haute tour en était pleine. Au sommet de l'édifice il y avait une gigantesque horloge de bronze, d'onyx, d'or, d'argent et de platine, dotée de quatre cadrans. Lorsque les automates, façonnés à l'image de femmes nues, venaient frapper ses énormes cloches, tout Londra résonnait de ce fracas. Les horloges du baron rivalisaient en variété avec celles de son beau-frère Taragorm, maître du Palais du Temps, que Meliadus haïssait, le considérant comme un rival auprès de son étrange sœur, à l'affection perverse et fantasque.

Le baron cessa de tourner en rond et prit un parchemin sur son bureau. Le document rapportait les informations les plus récentes sur la province de Köln, où, deux ans auparavant, Meliadus avait mis en œuvre, pour l'exemple, sa plus farouche cruauté. Or il semblait à présent que l'on avait dépassé la mesure, car le fils du vieux duc de Köln, que le baron avait étripé de sa main sur la grand-place de la capitale, avait levé une armée rebelle, réussissant presque à écraser les forces d'occupation du Ténébreux Empire. Si des ornithoptères, armés de lances feu à longue portée, n'avaient pas été, en toute hâte, envoyés à la rescousse, la Granbretanne aurait pu perdre temporairement le contrôle de Köln.

Mais les ornithoptères avaient décimé les troupes du jeune duc, que l'on avait fait prisonnier. Il devait arriver sous peu à Londra, où le spectacle de ses souffrances distrairait les nobles granbretons. C'était là encore une situation où le comte Airain aurait pu être fort utile : avant de se lancer dans une rébellion ouverte, le duc de Köln avait proposé ses services à l'empire de Granbretanne, en tant que mercenaire. L'on avait accepté, et le jeune homme, qui s'était bien battu devant Nürnberg et Ulm, avait gagné la confiance du Ténébreux Empire. On l'avait placé à la tête d'une force qui comprenait principalement des soldats ayant servi sous son père. Il s'était alors rebellé, marchant sur Köln pour attaquer la province.

Le baron Meliadus fronça les sourcils. L'exemple du jeune duc pouvait bien être suivi par d'autres. Dans les provinces germaines, il était déjà un héros. Bien peu s'étaient aventurés à défier l'empire comme il l'avait fait.

Si seulement le comte Airain avait accepté...

Un sourire se dessina sur le visage du Granbreton, comme si un plan venait de germer dans son esprit. Peut-être allait-on pouvoir utiliser le jeune duc de Köln d'une façon plus profitable qu'à divertir les gentilshommes de l'empire.

Il reposa le parchemin et tira le cordon d'une cloche. Une jeune esclave fit son entrée, nue, le corps entièrement fardé ; elle tomba à genoux, attendant les ordres de son maître. Les esclaves du baron étaient des femmes. Par peur de la trahison, il ne permettait à aucun homme de pénétrer dans sa tour.

— Porte un message au maître des geôles, ordonna-t-il. Dis-lui que le baron Meliadus désire interroger le prisonnier Dorian Hawkmoon von Köln dès son arrivée.

— Oui, maître.

La fille se releva et sortit à reculons, laissant Meliadus contempler la rivière de sa fenêtre, un léger sourire flottant sur ses lèvres sensuelles.

Dorian Hawkmoon, entravé par des chaînes de fer doré – aux yeux des Granbretons, cet égard était dû à son rang – descendit en chancelant la planche jetée entre la péniche et le quai. La lumière de la fin d'après-midi le fit cligner des yeux, tandis qu'il regardait autour de lui, observant les immenses et menaçantes tours de Londra. S'il avait jamais eu besoin d'une preuve tangible de la démence des habitants de l'Île Ténébreuse, ce qu'il découvrait maintenant suffisait à achever de le convaincre. Dans les détails de l'architecture, dans le choix des couleurs et celui des sculptures, apparaissait un élément contre nature. Pourtant on y lisait aussi la puissance, l'intention et l'intelligence. Rien d'étonnant, pensa Dorian, à ce qu'il fût si ardu de définir la psychologie des gens du Ténébreux Empire ; le paradoxe était trop profondément enraciné en eux.

Un garde, vêtu de cuir blanc et dont le masque de métal figurait une tête de mort, emblème de son ordre, le fit avancer. Malgré la douceur de l'homme qui l'entraînait, Hawkmoon tituba. Il n'avait pas mangé depuis près d'une semaine. Un voile obscurcissait son esprit engourdi ; il n'avait qu'à peine conscience de la situation dans laquelle il se trouvait. Depuis qu'il avait été capturé à la bataille de Köln, personne ne lui avait adressé la parole. Il était resté presque continuellement allongé dans l'obscurité des cales du navire, buvant de temps en temps l'eau croupie de l'écuelle qu'on avait posée à côté de lui. Une barbe sale couvrait ses joues, il avait les yeux vitreux, ses longs cheveux blonds étaient hirsutes, sa cotte de mailles et ses culottes déchirées étaient maculées. Le frottement des chaînes avait mis ses chairs à vif et des marques rouges apparaissaient à son cou et à ses poignets. Pourtant il n'éprouvait aucune douleur. En fait, il n'éprouvait presque rien, marchant tel un somnambule, percevant le monde extérieur comme au travers d'un rêve.

Il fit deux pas sur le quai de quartz, vacilla et tomba, un genou à terre. Les gardes qui l'encadraient le relevèrent et l'aidèrent à marcher jusqu'à un mur noir qui s'élevait au bout du quai. Une petite grille s'y ouvrait. Deux soldats dont le visage s'abritait derrière des masques de cochon, couleur de rubis, vinrent se placer à ses côtés. L'ordre du Cochon contrôlait les prisons de Londra. Les deux hommes échangèrent quelques phrases brèves, dans le langage secret de leur ordre, composé de grognements. L'un d'eux éclata de rire, saisit le bras de Hawkmoon et, sans lui dire un mot, le poussa à l'intérieur, tandis que l'autre refermait la grille.

L'obscurité régnait. Une porte claqua dans le dos de Dorian, et, pendant un moment, il fut seul. Bientôt, à la faveur de la faible lumière qui filtrait sous le battant, il discerna un masque. Une tête de cochon, encore, mais plus travaillée que celles des gardes qui l'avaient reçu. Puis il en aperçut un second et un troisième. Des mains se saisirent de lui et le guidèrent à travers les ténèbres nauséabondes, jusqu'aux catacombes, les prisons de l'empire. Sans grande émotion, il comprit que sa vie s'achevait.

Il entendit s'ouvrir une nouvelle porte. On le fit pénétrer dans une minuscule cellule ; le battant se referma derrière lui et la poutre qui bloquait l'issue fut mise en place.

L'atmosphère qui régnait dans l'oubliette était fétide et une couche de crasse couvrait les murs et les dalles du sol. Hawkmoon, s'adossant à la paroi, se laissa lentement glisser à terre. Il ne put dire s'il était en train de s'endormir ou de perdre conscience, mais ses yeux se fermèrent, puis vint l'oubli.

Une semaine plus tôt il était encore le héros de Köln, le champion de la lutte contre les occupants, un homme à l'esprit sardonique et à la grande prestance, un guerrier exceptionnel. Et maintenant les Granbretons avaient fait de lui un animal, un animal à qui faisait même défaut l'instinct de conservation. Un autre se serait raccroché de toutes ses forces à sa dignité, se serait nourri de sa haine, aurait fait des plans d'évasion ; mais Dorian Hawkmoon, ayant tout perdu, ne souhaitait plus rien.

Peut-être parviendrait-il à sortir de son hébétude. S'il en était ainsi, l'homme qui se réveillerait serait différent de celui qui avait combattu avec tant d'insolence et de courage à la bataille de Köln.

CHAPITRE II

LE MARCHÉ

La lumière des torches, les reflets sur les masques ; un cochon grimaçant et le rictus d'un loup, métal rouge et noir ; des yeux ironiques, l'éclat blanc du diamant, l'éclat bleu du saphir. Le bruissement des lourdes capes, le murmure d'une conversation à voix basse.

Hawkmoon soupira faiblement et ferma les yeux, avant de les rouvrir en entendant des pas. Le loup se pencha sur lui, approcha la torche de son visage. La chaleur était déplaisante, mais Hawkmoon ne fit aucun effort pour s'en écarter.

Le loup se redressa et s'adressa au cochon :

— Inutile d'essayer de lui parler. Donnez-lui à manger, lavez-le. Efforcez-vous de raviver un peu son esprit.

Cochon et loup s'en furent, fermant la porte derrière eux. Les paupières de Hawkmoon retombèrent.

Lorsqu'il s'éveilla à nouveau, on le transportait le long de couloirs éclairés par des torches. On le conduisit ainsi jusqu'à une chambre où brûlaient des lampes. Il y avait un lit couvert de somptueuses fourrures et de soieries, une table sculptée portait de la nourriture, une baignoire d'un métal orange et brillant, à côté de laquelle attendaient deux jeunes esclaves, fumait, pleine d'eau bouillante.

On lui ôta ses chaînes, puis ses vêtements. Ensuite on le souleva et il perçut la chaleur de l'eau dans laquelle on le plongeait. Tandis que les esclaves s'employaient à le laver, il sentit comme une brûlure sur sa peau. Un homme entra, porteur d'un rasoir, et commença à égaliser ses cheveux et à raser sa barbe. Hawkmoon subissait tout cela sans réagir, gardant ses yeux vides fixés sur le plafond de mosaïque. Il se laissa ensuite habiller de lin doux et on lui passa une chemise de soie et des culottes de velours. Lentement, un vague sentiment de bien-être renaissait en lui. Mais, lorsqu'ils l'assirent à la table et qu'ils lui mirent un fruit dans la bouche, son estomac se contracta et il eut une nausée sèche. Aussi se contentèrent-ils de lui faire boire un peu de lait auquel on avait ajouté une drogue, puis ils l'allongèrent sur le lit et quittèrent la pièce, ne laissant qu'une esclave devant la porte, pour le veiller.

Quelques jours passèrent. Petit à petit, Hawkmoon réapprit à manger et commença à prendre goût à son existence luxueuse. Il y avait des livres dans la pièce et les femmes étaient à son entière disposition, mais il n'avait pas encore envie de se remettre à la lecture ou à l'amour.

Hawkmoon, dont l'esprit s'était endormi dès le début de sa captivité, mit longtemps à se réveiller tout à fait, et, lorsque enfin il y parvint, sa vie passée lui apparut comme un rêve. Un jour, il ouvrit un livre, et les caractères qu'il y découvrit lui parurent étranges, bien qu'il parvînt à les déchiffrer assez facilement. Simplement, il n'y trouvait aucun intérêt, il ne voyait aucune importance dans les mots et dans les phrases qu'ils formaient. Pourtant ce livre était l'œuvre d'un érudit qui avait été autrefois l'un des philosophes préférés du jeune homme. Il haussa les épaules et reposa l'ouvrage sur la table. L'une des esclaves, apercevant son geste, vint s'appuyer contre lui et caressa sa joue. Sans brutalité, il la repoussa et alla s'allonger sur le lit, les mains croisées derrière la nuque.

Enfin, il dit :

— Pourquoi suis-je ici ?

C'étaient les premiers mots qu'il eût prononcés.

— Monseigneur, je l'ignore. Tout ce que je sais, c'est que vous êtes traité comme un prisonnier de marque.

— Un jeu, j'imagine, avant que les seigneurs de Granbretanne ne se servent de moi pour leur plaisir.

Hawkmoon avait parlé sans émotion. Sa voix était égale, quoique bien timbrée. Même les mots qu'il prononçait lui paraissaient étrangers. Puis son regard perdit de sa fixité et se posa sur la fille, qui se mit à trembler. Elle avait des formes gracieuses et de longs cheveux blonds. Une fille de Scandie, à en juger par son accent.

— Je ne sais rien, monseigneur, sinon que je dois me complaire à tous vos désirs.

Hawkmoon hocha légèrement la tête et ses yeux parcoururent la pièce.

« Je suis presque sûr qu'ils me préparent pour quelque supplice ou quelque spectacle », se dit-il à lui-même.

La pièce n'avait pas de fenêtres, mais, d'après la qualité de l'air, Hawkmoon comprit qu'ils étaient toujours sous terre, probablement même dans les catacombes. Il mesurait le temps grâce aux lampes ; on les remplissait à peu près une fois par jour. Il resta dans cette chambre la moitié d'un mois, avant de revoir le loup qui lui avait rendu visite dans sa cellule.

Sans avertissement, la porte s'ouvrit et la haute silhouette, vêtue de cuir noir de la tête aux pieds et armée d'une longue épée à la garde noire, glissée dans un fourreau de cuir sombre, entra. Le masque de loup cachait la tête entière du nouveau venu. Une voix vibrante et mélodieuse résonna.

— Eh bien, il semble que notre prisonnier ait retrouvé à la fois sa vigueur et ses esprits.

Les deux esclaves s'inclinèrent avant de se retirer. Hawkmoon se leva, quittant le lit sur lequel il était resté allongé la plupart du temps depuis son arrivée.

— Fort bien. Vous avez repris des forces, duc von Köln ?

— Certes, répondit Hawkmoon d'une voix neutre.

Il bâilla sans ostentation, décida qu'après tout il n'y avait pas grand intérêt à rester debout et reprit sur le lit sa position allongée.

— Je suppose que vous me connaissez, dit le loup avec une nuance d'impatience dans la voix.

— Non.

— Vous ne devinez pas ?

Hawkmoon ne répondit rien.

Le loup traversa la pièce et vint se placer près de la table, sur laquelle était disposée une énorme coupe de cristal remplie de fruits. De sa main gantée il saisit une grenade, et son masque s'inclina tandis qu'il l'examinait.

— Êtes-vous complètement rétabli, monseigneur ?

— Il semble qu'il en soit ainsi, répondit Hawkmoon. J'éprouve une profonde sensation de bien-être. Tous mes besoins sont satisfaits, ainsi que, je le suppose, vous l'avez ordonné. À présent, je pense, vous avez l'intention de vous distraire à mes dépens.

— Cela n'a pas l'air de vous effrayer.

Hawkmoon haussa les épaules.

— La fin viendra, de toute façon.

— Cela pourrait bien durer une vie. Nous avons de l'imagination, nous autres Granbretons.

— Une vie, ce n'est pas si long.

— D'ailleurs, reprit le loup, jonglant distraitement avec le fruit, nous songions à vous épargner cette peine.

Le visage du jeune homme resta sans expression.

— Je vous trouve bien imperturbable, monseigneur, continua le loup. C'est étrange, si l'on songe que vous ne vivez que par la volonté de vos ennemis, de ces gens mêmes qui ont mis à mort votre père d'une façon si affreuse.

Les sourcils de Hawkmoon s'arquèrent, comme si un vague souvenir lui revenait à la mémoire.

— Je me rappelle cela, dit-il à mi-voix. Mon père... Le vieux duc !

Le loup jeta la grenade sur le sol et leva son masque. Des traits réguliers, une barbe noire apparurent.

— C'est moi, Meliadus, baron de Kroiden, qui l'ai mis à mort.

Un sourire provocant s'inscrivit sur les lèvres pleines de l'homme.

— Baron Meliadus... ? Ah !... qui l'a mis... à mort ?

— Votre virilité vous a abandonné, monseigneur, murmura Meliadus. Ou bien cherchez-vous à nous faire perdre l'espoir de vous voir à nouveau vous dresser contre nous ?

Les lèvres du jeune homme se serrèrent.

— Je suis fatigué, dit-il.

Dans les yeux du baron se lisait l'étonnement, presque la colère.

— J'ai tué votre père.

— C'est ce que vous m'avez dit.

— Bien !

Déconcerté, Meliadus fit demi-tour et marcha vers la porte. Puis il se retourna.

— Je n'étais pas venu ici pour parler de cela. Cependant il me paraît étrange que vous n'ayez à mon égard ni haine ni désir de vengeance.

Hawkmoon prit un air ennuyé. Il souhaitait que Meliadus le laisse en paix. La nervosité de l'homme, ses expressions à demi hystériques le dérangeaient, comme le bourdonnement d'un moustique peut déranger quelqu'un qui cherche le sommeil.

— Je ne ressens absolument rien, répliqua Hawkmoon, espérant ainsi satisfaire l'intrus.

— Vous n'avez plus d'énergie ! s'exclama le baron, en colère. Plus d'énergie ! Votre défaite, votre capture vous en ont privé !

— C'est possible. Mais je suis fatigué, et...

— Je suis venu vous proposer de regagner vos terres, continua Meliadus. Je vous offre un État totalement autonome, au sein de notre empire. C'est plus que nous n'en avons jamais fait pour des territoires occupés.

Une vague curiosité s'éveilla dans l'esprit du jeune homme.

— Pourquoi cela ? demanda-t-il.

— Nous espérons conclure un marché avec vous, au bénéfice des deux parties. Il nous faut un homme à la fois rusé et versé dans les arts de la guerre. Vous êtes celui-là... (Le baron s'arrêta, fronçant les sourcils.) Ou plutôt vous l'étiez. Nous avons besoin de quelqu'un à qui feraient confiance ceux qui se défient de la Granbretanne.

Ce n'était pas ainsi que Meliadus avait projeté de présenter son offre, mais l'absence d'émotions chez son prisonnier l'avait complètement déconcerté.

— Nous souhaitons que vous accomplissiez pour nous une mission. En échange..., vos terres.

— J'aimerais rentrer chez moi, confirma Hawkmoon. Retrouver les prairies de mon enfance...

Ce souvenir le fit sourire.

Choqué par cet étalage de ce qu'il pensait à tort être de la sensiblerie, le baron Meliadus coupa :

— Ce que vous ferez en rentrant chez vous, que vous tressiez des guirlandes de marguerites ou bâtissiez des châteaux, ne nous intéresse en rien. Cependant sachez que vous ne pourrez regagner vos terres qu'à la condition expresse que vous remplissiez parfaitement votre mission.

Les yeux vides de Hawkmoon se posèrent sur Meliadus.

— Peut-être, monseigneur, pensez-vous que j'ai perdu la raison ?

— Je l'ignore encore. Mais nous avons des moyens pour nous en assurer. Nos savants-sorciers vous soumettront à certains examens...

— Je suis sain d'esprit, baron Meliadus. Moins fou, sans doute, que je ne l'ai été. Vous n'avez rien à redouter de moi.

Le Granbreton leva les yeux au ciel.

— Par le Bâton Runique ! Une telle décision est-elle si difficile à prendre ? (Il ouvrit la porte.) Nous verrons bien si vous nous cachez quelque chose. On viendra vous chercher dans quelques heures.

Dès que le baron eut quitté la pièce, Hawkmoon, toujours allongé sur le lit, oublia l'entrevue. Il ne s'en souvenait qu'à peine quand, deux ou trois heures plus tard, des gardes au masque de cochon pénétrèrent dans la chambre et lui intimèrent l'ordre de les suivre.

On conduisit Hawkmoon à travers un dédale de couloirs. Il finit par arriver devant une haute porte de fer. L'un des hommes qui l'escortaient frappa le lourd battant de la crosse de sa lance feu. La porte s'ouvrit en grinçant ; une bouffée d'air frais et la lumière du jour pénétrèrent dans le couloir. Dans l'encadrure se découpait un détachement de gardes, vêtus d'armures et de capes pourpres. Leurs visages étaient dissimulés par des masques de la même couleur, propres à l'ordre du Taureau. On leur confia Hawkmoon. Le prisonnier, regardant autour de lui, vit qu'il se trouvait dans une vaste cour dont le sol, à l'exception d'une allée de gravier, était couvert de gazon. La pelouse était ceinte d'un haut mur dans lequel s'ouvrait une porte. Sur le faîte, des hommes de l'ordre du Cochon montaient la garde. Les tours ténébreuses de la capitale se découpaient sur le ciel.

Hawkmoon parcourut l'allée de gravier, franchit la porte et se retrouva dans une rue étroite où attendait une voiture d'ébène doré, figurant un cheval bicéphale. Il y prit place, imité aussitôt par les deux hommes qui l'encadraient, lesquels gardaient un mutisme complet. Le véhicule s'ébranla et, par l'interstice laissé entre les rideaux fermés, Hawkmoon put voir les tours embrasées par le soleil mourant ; toute la ville était baignée d'une lumière fauve.

Au bout d'un moment la voiture s'arrêta. Le prisonnier, passif, laissa les gardes l'entraîner à l'extérieur. Au premier coup d'œil, il comprit qu'il se trouvait devant le palais du roi-empereur Huon.

Le bâtiment était si haut que son sommet semblait toucher les nuages. Quatre tours immenses le surmontaient, irradiant une chaude lumière dorée. Le palais était orné de bas-reliefs représentant des cérémonies étranges, des scènes de batailles, les épisodes les plus fameux de la longue histoire de la Granbretanne, des gargouilles, des statues, des formes abstraites. Le tout, accumulé au fil des siècles, constituait un grotesque et fantastique agrégat. Toutes sortes de matériaux avaient été utilisées pour la construction de l'édifice ; on les avait ensuite colorés, si bien que toutes les nuances du prisme y étaient représentées. Aucune volonté délibérée n'avait présidé à l'agencement des couleurs. On ne s'était préoccupé ni de les assortir ni de les faire contraster. Les teintes se mêlaient les unes aux autres, fatiguant l'œil, épuisant le cerveau – le palais d'un fou qui dépassait en folie tout le reste de la ville.

Aux portes, un nouveau détachement de gardes attendait Hawkmoon. Ceux-là portaient les vêtements et les masques de l'ordre de la Mante, ordre dont le Roi-Empereur Huon lui-même faisait partie. Leurs masques ouvragés étincelaient de pierreries, les antennes étaient de platine et les yeux à facettes formés d'une vingtaine de gemmes, toutes différentes. Les hommes avaient de longs membres maigres, et leurs corps minces étaient pris dans des armures annelées de métal noir, vert et doré. Quand ils parlaient entre eux leur langage secret, on eût dit le bruissement des insectes.

Pour la première fois, la compagnie de ces hommes mit Hawkmoon mal à l'aise. On le guida dans les souterrains du palais, dont les murs étaient d'un métal écarlate, qui réfléchissait des images monstrueuses.

Enfin, ils parvinrent à une vaste salle, haute de plafond, aux parois noires veinées, comme du marbre, de blanc, de vert et de rose. Mais ces veines étaient constamment en mouvement, se déplaçant de manière indécise, sur toute la surface.

Sur le sol de la salle – qui devait faire près d'un quart de mille, dans sa longueur, pour une largeur presque égale – étaient posés, par endroits, des objets qu'Hawkmoon, qui ne comprenait pas leur fonction, supposa être des machines quelconques. Comme tout ce qu'il avait vu depuis son arrivée à Londra, elles étaient ouvragées, richement ornées, faites de métaux précieux et de pierres rares. On y avait adjoint des instruments qui ne ressemblaient à rien de ce qu'il avait connu auparavant ; la plupart étaient en train de fonctionner, enregistrant, comptant, mesurant, surveillés par des hommes qui portaient les masques de l'ordre du Serpent, ordre réservé aux sorciers et aux savants de la suite du roi-empereur. Ils étaient vêtus de capes ocellées, dont les capuchons dissimulaient leur crâne.

Une silhouette avançait le long de l'allée centrale, marchant vers Hawkmoon ; elle fit signe aux gardes qu'ils pouvaient disposer.

Le prisonnier supposa que le nouveau venu devait être un dignitaire de l'ordre, car son masque de serpent était beaucoup plus richement orné que ceux des autres. À en juger par son port et son allure, il pouvait même en être le grand connétable.

— Bienvenue, monseigneur, lança l'homme en s'inclinant.

Hawkmoon répondit par un salut plus réservé – une des habitudes de sa vie passée qui ne l'avait pas abandonné.

— Je suis le baron Kalan de Vitall, premier savant du roi-empereur. À ce que je sais, vous allez être mon hôte pour une journée ou deux. Soyez donc le bienvenu dans mes appartements et dans mes laboratoires.

— Je vous remercie. Et qu'attendez-vous de moi ?

Hawkmoon avait parlé d'une voix absente.

— D'abord, que vous me fassiez l'honneur de partager mon dîner.

Le baron Kalan fit courtoisement signe à Hawkmoon de le précéder, et ils traversèrent l'immense salle, passant entre les rangées de machines mystérieuses, avant d'arriver devant une porte qui, de toute évidence, donnait sur les appartements privés du baron. Sur une table, un repas attendait. En comparaison de ce que le prisonnier avait mangé au cours des quinze jours précédents, les mets étaient relativement simples. Cependant, préparés avec talent, ils s'avérèrent succulents. Lorsqu'ils eurent fini de manger, le baron Kalan, qui avait déjà ôté son masque, dévoilant son visage pâle, entre deux âges, orné d'une petite barbe blanche et d'une chevelure clairsemée, remplit leurs coupes de vin. Au cours du repas, ils n'avaient presque pas parlé.

Hawkmoon dégusta le vin, qu'il trouvait excellent.

— Cette boisson est mon œuvre, dit Kalan en souriant d'un air affecté.

— Elle est étrange, admit le jeune homme. De quelles vignes provient-elle ?

— Elle n'est pas faite à partir de raisin, mais à partir de grains. On emploie un procédé tout à fait différent.

— C'est fort ?

— Plus fort que la plupart des vins, répondit le baron. Bien. Vous n'êtes pas sans savoir que l'on m'a demandé d'établir si vous êtes sain d'esprit, de jauger votre tempérament et de décider si vous êtes apte ou non à servir Sa Majesté le roi-empereur Huon.

— Il me semble, en effet, que c'est ce que m'a dit le baron Meliadus. (Un léger sourire illumina le visage du jeune duc.) Je prendrai grand intérêt aux conclusions que vous pourrez tirer.

— Hmmm… (Kalan regarda Hawkmoon plus intensément.) Je comprends pourquoi on m'a demandé de vous divertir. Je dois admettre que vous me semblez doué d'un esprit fort raisonnable.

— Grand merci.

Sous l'influence de l'étrange vin, Hawkmoon retrouvait un peu de son ironie passée.

Son hôte passa ses mains sur son visage et, pendant un moment, fut en proie à une toux sèche et discrète. Depuis qu'il avait retiré son masque, ses manières s'étaient empreintes de nervosité. Hawkmoon avait déjà eu l'occasion de remarquer que les Granbretons préféraient garder le visage couvert dans la plupart des occasions. Kalan tendit la main vers l'objet et se le replaça sur la face. La toux cessa immédiatement et le corps de l'homme se détendit visiblement. Bien que le jeune duc sût que c'était manquer à l'étiquette de Granbretanne que de conserver son masque en présence d'un invité de haut rang, il prit soin de ne rien laisser voir de sa surprise.

— Ah ! monseigneur, reprit la voix du baron, étouffée par le métal et les pierreries, qui suis-je pour parler de santé mentale ? D'aucuns nous tiennent pour déments, nous autres Granbretons…

— Ils ont tort.

— Certes. Les gens qui jugent à court terme, ceux qui ne peuvent concevoir dans son ensemble notre plan grandiose, ceux-là doutent de la noblesse de notre grande croisade. Ils prétendent, je ne vous apprends rien, que nous sommes fous, ha, ha ! (Kalan se leva.) Mais à présent, si vous voulez bien me suivre, nous allons en venir aux premiers examens.

Ils traversèrent à nouveau la salle aux machines et pénétrèrent dans une autre salle, à peine moins vaste que la première. Elle possédait les mêmes murs sombres, mais ceux-ci vibraient d'une énergie qui parcourait sans relâche tout l'éventail du spectre, du violet au noir et du noir au violet. L'endroit ne comportait qu'une seule machine, de métal brillant, rouge et bleu. Munie de bras, de prolongements, elle comptait plusieurs éléments. Un objet ressemblant à une grosse cloche pendait, attaché à une sorte de potence qui était partie intégrante de la machine. Sur l'un des côtés se trouvait une console, sur laquelle étaient penchés une douzaine d'hommes, portant l'uniforme de l'ordre du Serpent. Sur le métal de leurs masques, les pulsations lumineuses des murs venaient se refléter. Un bruit emplissait la pièce, provenant de l'appareil, mélange de cliquetis discrets, de ronronnements et de sifflements, qui faisaient ressembler la machine à une bête haletante.

— Voici notre sondeuse mentale, déclara fièrement le baron Kalan. C'est elle qui procédera aux examens.

— Elle est énorme, dit Hawkmoon en s'en approchant.

— C'est l'une des plus grosses que nous possédions. Cette taille se justifie pleinement. Elle doit accomplir des tâches très complexes. Vous avez devant vous le résultat de la sorcellerie scientifique, monseigneur. Rien à voir avec ces envoûtements incertains et empiriques que l'on utilise sur le continent. C'est notre science qui nous a donné le pas sur d'autres nations.

Au fur et à mesure que les effets de la boisson s'estompaient, Hawkmoon redevenait peu à peu celui qu'il avait été dans sa cellule des catacombes. Son détachement grandissait, et quand on le poussa en avant pour le placer sous la cloche, quand on abaissa celle-ci, il ne ressentit ni angoisse ni curiosité.

Bientôt la cloche le recouvrit entièrement et ses parois

mouvantes, semblables à de la chair, se refermèrent sur lui. Cette étreinte immonde aurait horrifié le Dorian Hawkmoon qui s'était illustré à la bataille de Köln, mais sa nouvelle personnalité n'éprouvait qu'une vague impatience, qu'un certain inconfort. Il lui sembla que quelque chose rampait sous son crâne, comme si des fils extrêmement ténus pénétraient son cerveau et le sondaient. Puis lui vinrent les hallucinations. Il vit de lumineux océans de couleur, des visages distordus, des maisons et des arbres à la perspective improbable. Il plut des joyaux pendant un siècle, puis des vents noirs soufflèrent sur ses yeux et se déchirèrent pour laisser apparaître des mers à la fois gelées et mouvantes, des animaux d'une infinie bonté, d'une immense compassion, des femmes d'une incroyable humanité. À ces visions se mêlèrent des souvenirs précis de son enfance, de sa vie, de son existence entière, jusqu'au moment où il avait pénétré dans la machine. Pièce par pièce, les souvenirs s'assemblèrent, pour former un tout. Cependant il ne ressentait aucune émotion, si ce n'est le reflet de celles qu'il avait éprouvées dans le passé. Lorsque enfin les flancs de la cloche s'écartèrent et que l'instrument remonta, le libérant, Hawkmoon demeura immobile, impassible, comme s'il venait d'être le témoin de l'existence d'un autre.

Kalan se tenait près de lui et lui prit le bras, pour l'éloigner de la sondeuse mentale.

— Les examens préliminaires nous révèlent que vous êtes plus que sain d'esprit, monseigneur. La sondeuse nous fournira un rapport détaillé dans quelques heures. Il faut à présent que vous vous reposiez. Nous reprendrons nos analyses demain matin.

Le lendemain, on soumit à nouveau Hawkmoon à l'étreinte de la sondeuse, et cette fois on le fit s'allonger sous la cloche. La tête levée, il regardait défiler des images ; les visions qu'elles éveillaient dans son esprit étaient à leur tour projetées sur un écran. Le visage du jeune duc n'avait rien perdu de son impassibilité. On provoqua ensuite une série d'hallucinations, qui le plongeaient dans des situations effroyablement dangereuses. Une goule aquatique l'attaquait ; il était pris dans une avalanche ; il se battait contre trois hommes armés d'épées ; poussé par les flammes d'un terrible incendie, il devait sauter du troisième étage d'une grande bâtisse. Chaque fois, il sauvait sa vie avec courage et adresse, mais ses réflexes n'étaient que mécaniques, et ni la peur ni l'instinct de conservation n'en étaient responsables. On procéda ainsi à de nombreux examens, qu'il subit sans montrer aucun signe d'émotion. Même lorsque la sondeuse l'obligea à rire, à pleurer, à haïr ou à aimer, ses réactions ne furent que physiques.

Puis on le libéra une nouvelle fois, et il se retrouva face au masque de serpent du baron Kalan.

— D'une certaine façon, monseigneur, il semblerait que vous soyez un peu trop sain d'esprit, murmura le Granbreton. Paradoxal, n'est-ce pas ? Mais j'ai bien dit trop sain d'esprit. Comme si une partie de votre cerveau s'était estompée ou s'était détachée du reste. Cependant je ne peux que signaler au baron Meliadus que vous paraissez parfaitement apte à servir ses desseins, à condition de prendre quelques précautions élémentaires.

— Et quels sont ses projets ? demanda Hawkmoon, sans grand intérêt.

— C'est à lui de vous répondre.

Peu après, le baron Kalan prit congé de Hawkmoon, que deux gardes de l'ordre de la Mante escortèrent le long d'un dédale de couloirs. Ils s'arrêtèrent enfin devant une porte d'argent satiné, qui s'ouvrit, révélant une pièce meublée avec parcimonie, dont les murs, le sol et le plafond avaient été recouverts de miroirs. Une seule fenêtre, percée dans le mur opposé, éclairait la pièce. Elle donnait sur un balcon, qui surplombait la ville. Près de la fenêtre se tenait un personnage au visage dissimulé par un masque noir, figurant une tête de loup, et qui ne pouvait être que le baron Meliadus.

L'homme se retourna et fit signe aux gardes de quitter la pièce. Puis il tira un cordon, et des tentures tombèrent sur les murs, dissimulant les miroirs. S'il avait désiré contempler son propre reflet, Hawkmoon n'aurait eu qu'à baisser ou à lever les yeux. Au lieu de cela, il regarda par la fenêtre.

Un brouillard épais couvrait la ville, s'enroulant en lambeaux vert sombre autour des tours, obscurcissant les eaux du fleuve. C'était le soir, le soleil avait presque complètement disparu. Les tours ressemblaient à d'étranges et surnaturelles formations rocheuses, émergeant d'une mer primordiale. Il n'eût pas été surprenant de voir un grand saurien en sortir et venir coller son œil à la fenêtre tachée d'humidité.

Une fois les miroirs muraux occultés, la pièce était devenue plus sombre, car il n'y avait aucune source de lumière artificielle. Le baron, dont la silhouette se découpait toujours sur le ciel obscur, chantonnait, semblant ignorer la présence de Hawkmoon.

Monté des profondeurs de la ville, un cri sourd et déformé traversa le brouillard et mourut. Le baron Meliadus releva son masque de loup et regarda attentivement le jeune duc, qui se tenait dans l'ombre.

— Approchez-vous de la fenêtre, monseigneur, dit-il.

Hawkmoon s'exécuta, trébuchant en posant le pied sur le tapis qui couvrait partiellement le sol de miroir.

— Bien, reprit le Granbreton. J'ai parlé au baron Kalan. Il est perplexe, car il ne peut expliquer certaines choses. Selon lui, il semblerait qu'une partie de votre esprit soit morte. Je me demande ce qui a bien pu la tuer. Le chagrin ? L'humiliation ? La peur ? Je ne m'attendais pas à de telles complications. J'espérais traiter avec vous d'homme à homme, vous offrir quelque chose que vous désiriez, en échange d'un service que vous m'auriez rendu. Bien que je ne voie aucune raison d'abandonner mes projets, je ne suis plus aussi sûr de la justesse de mon plan initial. Accepteriez-vous de prendre un marché en considération, monseigneur ?

— Qu'avez-vous à me proposer ?

Hawkmoon, l'air absent, contemplait le ciel.

— Vous avez entendu parler du comte Airain, n'est-ce pas ?

— Certes.

— Il est à présent seigneur gardian, protecteur de la province de Kamarg.

— C'est ce qu'on dit, en effet.

— Il s'est opposé avec obstination à la volonté du roi-empereur et il a insulté la Granbretanne. Nous souhaiterions le ramener à la raison. Pour ce faire, il faudra s'emparer de sa fille, qu'il chérit par-dessus tout, et la ramener en Granbretanne, où elle sera gardée comme otage. Cependant le comte se défierait de l'émissaire que nous pourrions lui envoyer, aussi bien que d'un voyageur ordinaire. Il a, à coup sûr, entendu le récit de vos exploits à la bataille de Köln et la sympathie qu'il vous porte ne fait aucun doute. Si vous alliez en Kamarg, vous mettre à l'abri des atteintes de l'empire, il vous accueillerait certainement de grand cœur. Une fois dans la place, un homme tel que vous n'aurait aucune difficulté à enlever la fille, à un moment propice, et à la ramener ici. Dès que vous auriez franchi les frontières de Kamarg, nous pourrions, bien entendu, vous accorder toute l'aide nécessaire. Et, comme cette province n'a qu'une étendue limitée, votre fuite ne devrait pas poser de problèmes.

— Est-ce là ce que vous attendez de moi ?

— Exactement. En échange, vous pourrez régner sur vos terres sans aucune contrainte, aussi longtemps que vous ne vous dresserez pas contre le Ténébreux Empire, en paroles ou en actes.

— L'occupation des Granbretons a réduit mon peuple à la misère, lâcha brusquement Hawkmoon, comme s'il venait de découvrir quelque chose. Il vaudrait mieux pour eux que ce soit moi qui les gouverne.

Il avait parlé sans passion, comme si sa décision n'avait d'incidence qu'au niveau d'une morale abstraite.

— Ah ! s'exclama Meliadius en souriant. Ainsi, mes conditions vous semblent raisonnables ?

— Oui, bien que je doute que vous respectiez vos engagements.

— Pourquoi cela ? Il est tout à fait à notre avantage

qu'un État agité trouve un chef en qui il ait toute confiance et auquel nous pouvons, nous-mêmes, nous fier.

— J'irai en Kamarg, je réciterai la fable que vous m'avez apprise. J'enlèverai la fille et je vous la livrerai. (Hawkmoon soupira et regarda le baron Meliadus.) Pourquoi pas ?

Démonté par l'étrangeté des manières du jeune homme, peu habitué à affronter semblable personnalité, Meliadus fronça les sourcils.

— Nous ne pouvons affirmer que vous ne cherchez pas à vous jouer de nous selon un plan compliqué, pour recouvrer votre liberté. Bien que la sondeuse mentale n'ait jamais commis d'erreur dans son analyse des sujets que nous lui avons soumis, il se peut qu'à l'aide d'une quelconque sorcellerie vous soyez parvenu à l'abuser.

— J'ignore tout de la sorcellerie.

— J'en suis presque persuadé. (Le ton du baron Meliadus s'était empreint d'une certaine chaleur.) Mais nous n'aurons rien à craindre, car nous comptons prendre une précaution pour prévenir toute tentative de trahison. Une précaution qui vous forcera à revenir, ou qui vous tuera si nous avons quelque raison de nous défier de vous. Il s'agit d'un dispositif découvert récemment par le baron Kalan, bien qu'il n'en soit pas, à ce que je sache, l'inventeur original ; on l'appelle le Joyau Noir. Il vous sera remis demain. Ce soir, vous dormirez dans les appartements que l'on vous a préparés, au palais. Vous aurez l'honneur, avant votre départ, d'être présenté à Sa Majesté le roi-empereur. Fort peu d'étrangers bénéficient de ce privilège.

Sur ces mots, le baron Meliadus appela les gardes de l'ordre de la Mante et leur ordonna d'escorter Hawkmoon jusqu'à ses quartiers.

Chapitre III

LE JOYAU NOIR

Le lendemain matin, on ramena Dorian Hawkmoon chez le baron Kalan. Le masque de serpent semblait le regarder avec une expression presque cynique, mais, tandis qu'il le guidait par une enfilade de chambres et de vestibules jusqu'à une pièce où s'ouvrait une porte d'acier poli, le Granbreton ne prononça que quelques rares paroles. Le battant pivota, révélant une seconde porte similaire, qui s'ouvrit à son tour, pour en laisser voir une troisième. Celle-là donnait dans une chambre de métal blanc, à l'éclairage aveuglant, au milieu de laquelle trônait une machine d'une beauté extraordinaire. Elle était faite presque entièrement de délicates trames rouges, or et argent, dont les brins caressèrent le visage de Hawkmoon ; elles avaient la tiédeur et la vie de la peau humaine. Une lointaine musique s'en élevait, tandis qu'elles ondulaient, comme agitées par une brise légère.

— On dirait qu'elle est vivante, dit Hawkmoon.

— Elle l'est, murmura fièrement le baron Kalan. Elle est vivante.

— Est-ce un animal ?

— Non. C'est une création de la sorcellerie. J'ignore moi-même ce qu'elle est exactement. Je l'ai construite selon les instructions d'un grimoire que j'ai acheté il y a bien longtemps à un Oriental. C'est la machine du Joyau Noir. Vous n'allez pas tarder à faire plus ample connaissance avec elle, monseigneur.

Au plus profond de lui-même, Hawkmoon sentit sourdre une peur imprécise, mais cette émotion n'atteignit pas un niveau conscient. Il laissa les fils de pourpre, d'or et d'argent le caresser.

— Elle n'est pas complète, dit Kalan. Pas encore. Elle doit tisser le Joyau. Approchez-vous, monseigneur. Pénétrez dans la machine. Vous ne ressentirez aucune douleur, je vous l'assure. Elle doit tisser le Joyau Noir.

Hawkmoon obéit au baron, et les trames bruirent et commencèrent à chanter. Les sons se brouillèrent, la pourpre, l'or et l'argent se mêlèrent devant ses yeux. La machine du Joyau Noir le caressa, le pénétra ; il devint la machine, et la machine devint Hawkmoon, il soupira, et sa voix fut la musique qui émanait des toiles ; il bougea, et ses membres étaient devenus des fils ténus.

Il y eut une pression à l'intérieur de son crâne, et son corps fut submergé d'une chaleur et d'une douceur absolues. Il dérivait, comme désincarné, comme si le temps avait perdu toute signification, mais il savait que la machine sécrétait, tissait quelque chose qui devenait dur et dense et qui s'incrustait dans son front, si bien qu'il eut brusquement le sentiment de posséder un troisième œil et d'observer le monde avec une vision nouvelle. Puis ces sensations s'estompèrent lentement et il se retrouva face au baron Kalan, qui avait ôté son masque pour mieux le regarder.

Hawkmoon éprouva ensuite une douleur aiguë à la tête. La douleur disparut presque aussitôt. Il tourna à nouveau ses yeux vers la machine, mais ses couleurs s'étaient ternies et ses trames avaient rétréci. Il porta la main à son front et, avec stupeur, constata la présence de quelque chose qui n'avait jamais été là auparavant. C'était dur et lisse. Cela faisait partie de lui. Il frissonna.

Le baron Kalan avait l'air inquiet.

— Eh ? Vous n'êtes pas fou, n'est-ce pas ? L'opération ne pouvait que réussir ! Vous n'êtes pas fou ?

— Fou ? Non, je ne le suis pas, répondit Hawkmoon. Mais je crois que j'ai peur.

— Vous vous habituerez au Joyau.

— C'est le Joyau, que j'ai dans la tête ?

— Oui. Le Joyau Noir. Attendez.

Kalan se tourna, pour ouvrir un rideau de velours écarlate, dévoilant une surface ovale de quartz laiteux, haute d'environ deux pieds. Dans la pierre, une image commença à se former. Hawkmoon vit qu'elle représentait le baron Kalan, en train d'observer l'écran, et qu'elle se répétait à l'infini. Le quartz reproduisait exactement ce que regardait Hawkmoon. Lorsqu'il tourna légèrement la tête, l'image se modifia en conséquence.

— Comme vous pouvez le constater, c'est parfaitement au point, murmura le Granbreton d'un air réjoui. Ce que vous percevez, le Joyau le perçoit aussi. Où que vous alliez, nous serons en mesure de voir tout ce que vous verrez.

Hawkmoon essaya de parler, mais n'y parvint pas. Il avait la gorge serrée et sa poitrine était prise dans un étau. Une fois encore, il porta la main au Joyau tiède, si semblable à la chair par sa matière, et si différent d'elle pour le reste.

— Que m'avez-vous fait ? demanda-t-il, sur un ton toujours égal.

— Nous nous sommes simplement assuré votre loyauté, glousa Kalan. Vous vivez désormais avec la machine. Si nous le désirons, nous pouvons insuffler toute son énergie au Joyau Noir, et dans ce cas...

D'un geste brusque, Hawkmoon posa sa main sur le bras du baron.

— Que se passera-t-il ?

— Il dévorera votre esprit, duc de Köln. Il dévorera votre esprit.

Le baron Meliadus guida Hawkmoon, en toute hâte, le long des scintillants couloirs du palais. Maintenant, le jeune homme portait une épée au côté ; ses habits et sa cotte de mailles étaient semblables à ceux qu'il avait à la bataille de Köln. Hormis la présence du Joyau dans son crâne, il n'avait conscience que de peu de chose. Les couloirs s'élargirent, jusqu'à prendre les dimensions d'artères de bonne taille. Des gardes, arborant le masque de l'ordre de la Mante, se pressaient en ces lieux. Des portes gigantesques, une multitude de gemmes disposées en mosaïque s'élevaient au-dessus de leur tête.

— La salle du trône, souffla le baron. Le roi-empereur veut vous voir.

Lentement, les battants s'ouvrirent, révélant la salle du trône dans toute sa splendeur. Sa magnificence, son éclat aveuglèrent presque Hawkmoon. Il y avait de la musique, il y avait de la lumière ; d'une douzaine de galeries, qui montaient jusqu'au toit concave, pendaient les bannières multicolores des cinq cents plus nobles maisons de Granbretanne. Alignés le long des murs, raides, l'arme haute, se tenaient les soldats de l'ordre de la Mante, avec leurs masques d'insectes et leurs armures annelées, vertes, dorées et noires. Derrière eux se pressait la foule des courtisans, assemblée hétéroclite de masques aux vêtements somptueux. Lorsque Meliadus et Hawkmoon entrèrent, on leur jeta des regards curieux.

Les rangs de soldats s'étiraient à l'infini. À l'autre extrémité de la salle, presque invisible, il y avait une chose que Hawkmoon ne parvint pas immédiatement à identifier. Il fronça les sourcils.

— Le trône. Le globe impérial, chuchota Meliadus. Maintenant, faites exactement comme moi.

Le baron s'avança.

Les murs de la salle du trône étaient d'un vert et d'un pourpre éclatants ; les couleurs des bannières, celles des étoffes, des métaux et des pierres précieuses qu'arboraient les courtisans recréaient l'arc-en-ciel ; mais les yeux de Hawkmoon étaient fixés sur le globe.

Écrasés par les proportions gigantesques de la salle, le jeune homme et son guide marchaient d'un pas mesuré vers le trône, tandis que les trompettes qui se tenaient dans les galeries latérales embouchaient leurs instruments.

Hawkmoon put enfin observer le globe impérial, et ce spectacle le stupéfia. La sphère contenait un fluide laiteux qui se mouvait paresseusement, presque hypnotiquement. De temps à autre, le fluide semblait doté d'une radiance irisée, qui s'estompait pour revenir ensuite. Baignant dans ce liquide, flottait un homme d'une vieillesse incommensurable. En le voyant, Hawkmoon pensa à un fœtus. Sa peau avait l'antiquité du parchemin, ses membres semblaient inutiles, sa tête était énorme. Il avait un regard vif et malfaisant.

Suivant l'exemple du baron, Hawkmoon s'inclina devant la créature.

— Relevez-vous, fit une voix.

Le jeune homme comprit avec stupeur qu'elle provenait de la sphère. C'était la voix d'un homme à la fleur de l'âge, mélodieuse, vibrante, envoûtante. Le duc se demanda à quelle gorge juvénile on l'avait arrachée.

— Roi-empereur, je vous présente Dorian Hawkmoon, duc von Köln, qui a accepté d'accomplir une mission à notre service. Vous vous souvenez sans doute, noble Sire, du plan dont je vous ai fait part.

Tandis qu'il parlait, Meliadus avait gardé la tête baissée.

— Nous déployons une grande énergie et nous mettons en œuvre beaucoup d'ingéniosité pour nous assurer les services de ce fameux comte Airain, reprit la voix mélodieuse. Nous savons toute la valeur de votre jugement en ce domaine, baron Meliadus.

— Si vous vous fondez sur mes actions passées, vous avez raison de m'accorder votre confiance, Majesté, répondit Meliadus, s'inclinant plus profondément.

— A-t-on averti le duc von Köln du châtiment inévitable qui l'attend s'il ne nous sert pas en toute loyauté ? dit la voix d'un ton sardonique. Lui a-t-on dit que nous pouvons à tout instant, où qu'il se trouve, le détruire ?

Meliadus passa la main sur la manche de son vêtement, avant de répondre :

— Il a été prévenu, puissant roi-empereur.

— Lui avez-vous appris que le Joyau qu'il porte au front, continua la voix, avec une satisfaction évidente, voit tout ce qu'il voit et nous le transmet sur l'écran placé dans la chambre de la machine du Joyau Noir ?

— Certes, noble monarque.

— Et lui avez-vous bien fait comprendre que s'il montre la moindre volonté de trahison, la plus infime velléité, nous pourrons immédiatement la détecter en scrutant le visage de ses interlocuteurs ? Sait-il qu'en ce cas nous rendrons toute sa vie au Joyau ? Nous libérerons l'énergie de la machine. Lui avez-vous dit, baron Meliadus, que le Joyau, une fois animé, pourra alors se repaître de son cerveau, dévorer son esprit et en faire une créature débile ?

— En substance, c'est ce que nous lui avons dit, grand empereur.

Dans la sphère, la chose gloussa.

— À le voir, baron, il ne semble pas qu'être privé d'esprit représente, pour lui, une grande menace. Êtes-vous bien sûr que le Joyau n'a pas déjà accompli son œuvre ?

— Semblable attitude est dans sa nature, prince immortel.

Maintenant, les yeux se détournèrent pour plonger dans ceux de Dorian Hawkmoon, et la voix vibrante et sardonique monta à nouveau de l'antique gorge.

— Vous avez, duc von Köln, conclu un pacte avec l'immortel roi-empereur de Granbretanne. C'est une preuve de notre libéralisme que d'accorder un tel privilège à un homme qui n'est après tout que notre esclave. Vous devez, en retour, nous servir avec une grande loyauté, conscient de prendre part à la destinée de la plus glorieuse race qui ait jamais existé sur cette planète. Il nous appartient de régner sur ce monde, par la grâce de notre omniscient intellect et par celle de notre force toute-puissante. Bientôt nous ferons triompher notre droit à la totale suprématie. Tous ceux qui nous auront aidés à faire aboutir ce noble dessein profiteront de nos faveurs. Allez, duc ! Méritez ces faveurs.

Le visage desséché se détourna et une langue préhensile jaillit de la bouche pour venir toucher une minuscule gemme qui flottait à l'intérieur de la sphère, près de la paroi. Le globe impérial s'obscurcit progressivement, si bien que la silhouette fœtale du roi-empereur, dernier et immortel descendant d'une dynastie fondée près de trois mille ans auparavant, se découpa un moment sur la paroi sphérique.

— Et souvenez-vous du pouvoir du Joyau Noir, lança la voix juvénile, à l'instant où le globe prenait l'apparence d'une boule de matière compacte et noire.

L'audience était terminée. Profondément inclinés, Meliadus et Hawkmoon firent quelques pas à reculons. Ils reprirent ensuite une position normale, pour quitter la salle du trône.

Cette entrevue avait eu une conséquence que ni le baron ni son maître n'avaient prévue. Dans l'étrange esprit de Hawkmoon, au plus profond de lui-même, une sourde irritation était apparue. Et cette réaction n'avait pas pour cause la présence du Joyau Noir dans le crâne du jeune duc. Son origine était ailleurs, beaucoup moins tangible.

Peut-être était-elle un signe du retour de Hawkmoon à une dimension humaine ; peut-être marquait-elle la naissance d'une faculté nouvelle et sans précédent ; peut-être était-elle due à l'influence du Bâton Runique.

Chapitre IV

LE VOYAGE

On ramena Hawkmoon à ses appartements des catacombes et il y demeura deux jours. Enfin, le baron Meliadus vint le voir, apportant avec lui un costume de cuir noir, des bottes, des gantelets, une lourde cape noire dotée d'un capuchon, un sabre à la poignée d'argent et son fourreau de cuir noir, ainsi qu'un heaume dont la visière figurait la gueule d'un loup aux babines retroussées. De toute évidence, armes et vêtements avaient été faits à l'image de ceux du baron.

— C'est une très jolie fable que vous raconterez, en arrivant au Château Airain, commença Meliadus. Comme je vous avais fait prisonnier, vous vous êtes arrangé, avec l'aide d'un esclave, pour me droguer et pour prendre ma place. Ainsi déguisé, vous avez traversé la Granbretanne et toutes les provinces qu'elle contrôle, avant même que je ne retrouve mes esprits. Plus l'histoire est simple, meilleure elle est, et celle-ci ne se borne pas à expliquer comment vous êtes parvenu à vous enfuir de Granbretanne, elle vous grandit encore aux yeux de ceux qui me haïssent.

— Je comprends, dit Hawkmoon, jouant distraitement avec la lourde étoffe de la cape. Mais comment expliquer la présence du Joyau Noir ?

— Je devais vous soumettre à une quelconque expérience, mais vous vous êtes échappé avant que je puisse vous faire grand mal. Soyez convaincant, Hawkmoon, votre vie en dépend. Nous observerons les réactions du comte Airain, ainsi que celles de Noblegent, ce damné rimailleur. Quoique incapables d'entendre ce que vous direz, nous serons parfaitement à même de lire sur les lèvres de vos interlocuteurs. Au moindre signe de trahison, nous rendrons sa vie au Joyau.

— Je comprends, répéta Hawkmoon d'une voix monocorde.

Meliadus fronça les sourcils.

— Ils remarqueront, bien sûr, l'étrangeté de votre comportement, mais, avec un peu de chance, les épreuves que vous avez traversées constitueront à leurs yeux une explication suffisante. Cela ne peut qu'accroître leur sollicitude.

Absent, Hawkmoon hocha la tête.

Meliadus lui jeta un regard soucieux.

— Vous m'inquiétez encore, Hawkmoon. Je ne pourrais affirmer que vous ne vous êtes pas joué de nous, en employant la ruse ou la sorcellerie. Cependant je suis convaincu de votre loyauté. Le Joyau Noir en est la garantie. (Il sourit.) Un ornithoptère vous attend. Il vous mènera à Deauvre. Préparez-vous, monseigneur, et soyez fidèle à la Granbretanne. Si vous réussissez dans votre mission, vous pourrez bientôt régner à nouveau sur vos terres.

L'ornithoptère attendait, posé sur les pelouses qui s'étendaient à l'extérieur de la ville, près de l'entrée des catacombes. C'était une machine d'une grande beauté, faite à l'image d'un griffon, une machine gigantesque de cuivre, d'argent, d'acier noir et d'airain, assise sur son puissant arrière-train, semblable à celui d'un lion, ses ailes de quarante pieds repliées dans le dos. Sous la tête, dans le petit habitacle, était installé le pilote, le visage dissimulé par le masque d'oiseau de son ordre – l'ordre du Corbeau, qui regroupait tous ceux qui volaient – ses mains gantées reposant sur les commandes ornées de pierreries.

Hawkmoon, qui portait à présent le costume que Meliadus lui avait fourni, monta dans l'appareil avec une certaine méfiance. Son sabre le gêna lorsqu'il voulut s'asseoir dans le siège étroit et profond qui lui était réservé. Il finit malgré tout par trouver une position relativement confortable et s'agrippa aux flancs nervurés de l'appareil, tandis que le pilote abaissait un levier. Les ailes se déployèrent brutalement et commencèrent à battre l'air, avec un bruit sourd et étrange. Un long frisson parcourut l'ornithoptère, qui s'inclina fortement sur un côté. Avec un juron, le pilote reprit le contrôle de sa machine. Hawkmoon avait entendu dire que ces appareils présentaient de sérieux dangers ; au cours de la bataille de Köln, il en avait vu plusieurs, les ailes repliées, s'écraser au sol. Mais, malgré leurs défauts, les ornithoptères du Ténébreux Empire avaient joué un rôle prépondérant dans la fulgurante conquête de l'Europe, car les Granbretons étaient les seuls à posséder des machines volantes.

Maintenant, agité de désagréables soubresauts, le griffon de métal entamait son ascension. Les ailes frappaient l'air, imitant le vol animal, et ils montèrent toujours plus haut, jusqu'à dépasser le sommet des plus hautes tours de Londra. Bientôt ils mirent le cap sur le sud-est. Hawkmoon, qui détestait cette sensation nouvelle, respirait avec peine.

Lorsque le monstre eut crevé le toit de nuages noirs, le soleil apparut, embrasant ses écailles de métal. Le visage et les yeux protégés par le masque, regardant à travers les gemmes qui figuraient les pupilles du loup, Hawkmoon vit la lumière éclater en un million d'étincelles multicolores. Il ferma les paupières.

Un moment s'écoula, puis il sentit que l'engin amorçait sa descente. Il ouvrit les yeux et s'aperçut qu'ils traversaient à nouveau les nuages. Enfin, des champs couleur de cendre, les fortifications d'une ville et un morceau de côte battue par la mer grise apparurent.

En un vol maladroit, la machine se dirigeait vers une vaste terrasse de pierre qui s'élevait au centre de la ville.

Elle se posa, rebondissant lourdement, battant frénétiquement des ailes, et finit par s'immobiliser près du bord du plateau artificiel.

Le pilote fit signe à Hawkmoon de descendre. Celui-ci s'exécuta, engourdi, les jambes tremblantes, tandis que l'homme verrouillait ses commandes et sautait à son tour sur le sol. D'autres ornithoptères étaient posés sur la terrasse. Comme ils traversaient le terrain, sous le ciel qui se chargeait de nuages, l'un des appareils prit son essor et Hawkmoon sentit l'air lui fouetter le visage, à l'instant où l'engin passait au-dessus de sa tête.

— Deauvre, déclara le pilote au masque de corbeau. Une ville presque entièrement consacrée à notre flotte aérienne, bien que le port soit encore utilisé par quelques navires de guerre.

Bientôt Hawkmoon aperçut une trappe circulaire, en métal. Le pilote s'arrêta devant et, de son pied botté, frappa l'acier selon un rythme compliqué. La trappe s'ouvrit, révélant un escalier de pierre. Dès que les deux hommes eurent commencé à descendre les marches, elle se referma derrière eux. À l'intérieur régnait l'obscurité. On distinguait des gargouilles de pierre luisante et quelques bas-reliefs.

Ils franchirent enfin une porte gardée et débouchèrent dans une rue pavée, entre les édifices massifs, ornés de tourelles, qui se dressaient partout dans la cité. Une foule de guerriers granbretons se pressaient dans les rues. Les hommes volants, aux masques de corbeau, côtoyaient les marins, les fantassins et les cavaliers, dont les visages s'abritaient derrière toute une variété de masques : poissons, serpents de mer, cochons, loups, mantes, taureaux, boucs, et bien d'autres. Les épées sonnaient contre les jambières, les lances feu s'entrechoquaient. Partout retentissait le fracas sinistre de l'attirail militaire.

Frayant son chemin dans cette foule, Hawkmoon s'étonna de pouvoir avancer aussi aisément. Puis il se rappela qu'il portait les mêmes vêtements et les mêmes armes que le baron Meliadus.

Aux portes de la ville, un cheval sellé l'attendait. Les fontes étaient bourrées de vivres. Hawkmoon avait été prévenu et savait quelle route il devait emprunter. Il enfourcha l'animal et prit la direction de la côte.

Les nuages s'entrouvrirent pour laisser passer les rayons du soleil et, pour la première fois, Dorian Hawkmoon aperçut le pont d'argent qui enjambait trente milles de mer. Il brillait dans la lumière, extraordinairement beau, semblant trop fragile pour résister au moindre souffle de vent, mais assez solide, en réalité, pour supporter toutes les armées de Granbretanne. Il s'étirait en une courbe gracieuse au-dessus de l'Océan, pour disparaître derrière l'horizon. Le tablier lui-même, large de près d'un quart de mille, était flanqué d'un réseau de câbles d'argent que le vent faisait vibrer. Des pylônes, ornés de motifs guerriers, supportaient l'ensemble.

Une grande animation régnait sur le pont. Hawkmoon aperçut les attelages des plus nobles maisons, si somptueux, si compliqués, qu'on avait peine à croire qu'ils puissent avancer ; il aperçut des escadrons de cavaliers, montant des chevaux parés d'armures aussi magnifiques que les leurs ; des bataillons de fantassins, marchant en rang par quatre et manœuvrant avec une précision incroyable ; d'interminables caravanes, avec leurs charrettes et leurs bêtes de somme, ployant sous l'oscillant fardeau de toutes les marchandises imaginables : fourrures, soieries, quartiers de viande, fruits, légumes, coffres, chandelles, meubles… Hawkmoon comprit qu'il s'agissait, dans la plupart des cas, de biens volés aux États nouvellement conquis.

Il vit aussi des machines de guerre, des choses de fer et de cuivre, armées de becs acérés pour enfoncer les défenses, munies de hautes tours pour enlever les places fortes et dotées de longs bras pour projeter les boulets et les bombes incendiaires. À côté, portant les masques de la taupe, du blaireau et du furet, s'avançaient les sapeurs du Ténébreux Empire, corps trapus et musclés, mains puissantes. Écrasés par la majesté du pont, bêtes, hommes et machines semblaient des fourmis. L'ouvrage gigantesque avait, comme les ornithoptères, largement contribué au succès des conquêtes de la Granbretanne.

Les hommes d'armes qui gardaient l'entrée du pont avaient reçu la consigne de laisser passer Hawkmoon.

Les barrières s'ouvrirent donc devant lui. Il s'engagea sur la chaussée parcourue de vibrations. Les sabots de son cheval claquaient sur le métal. Vu de plus près, le tablier perdait un peu de sa magnificence. Le trafic incessant avait fini par dégrader sa surface polie. Çà et là, on voyait des excréments d'animaux, de la paille, des morceaux d'étoffe déchirés et maculés de boue, ainsi que d'autres détritus moins aisément identifiables. Il était évidemment impossible d'entretenir parfaitement une voie aussi fréquentée ; mais, d'une certaine manière, cette chaussée souillée symbolisait l'esprit de l'étrange civilisation granbretonne.

Ainsi, Hawkmoon franchit le pont d'argent, et atteignit le continent européen. Il prit la route de la Cité de Cristal, l'une des plus récentes conquêtes du Ténébreux Empire ; Parye, la Cité de Cristal, où il se reposerait une journée avant de reprendre son voyage vers le sud.

Quelle que soit son allure, il lui faudrait plus d'un jour pour rallier Parye. Il décida de ne pas faire étape à Karlay, la ville la plus proche du pont ; il préférait passer la nuit dans un village et repartir au matin.

Au crépuscule, il entra dans un bourg plaisant dont les maisons et les jardins portaient les stigmates de la guerre. Certains des bâtiments, en effet, étaient en ruine. Un calme étrange régnait. Quelques lumières éclairaient déjà les fenêtres. Lorsqu'il atteignit l'auberge, dont les portes étaient closes, il ne perçut aucun bruit. Il mit pied à terre, traversa la cour et frappa l'huis de son poing fermé. Il dut attendre plusieurs minutes avant que le battant ne s'entrouvre, laissant apparaître le visage d'un jeune garçon. Découvrant le masque de loup, ce dernier sembla effrayé. Comme à contrecœur, il ouvrit entièrement pour laisser entrer le voyageur. Sitôt à l'intérieur, Hawkmoon retira son masque et essaya de sourire à l'enfant pour le rassurer. Mais le sourire était artificiel, car l'homme avait oublié jusqu'à la manière d'exprimer la joie. Le jeune garçon, croyant lire la désapprobation sur le visage du visiteur, recula, le regard craintif, comme s'il s'attendait à être frappé.

— Je ne te veux pas de mal, réussit à articuler Hawkmoon. Je désire simplement que tu prennes soin de mon cheval et que tu me fournisses un lit et de la nourriture. Je repars à l'aube.

— C'est que, maître, nous n'avons à vous offrir que d'humbles aliments, murmura l'enfant, presque rassuré.

À cette époque, ceux d'Europe étaient habitués à subir l'occupant, et la présence de conquérants – fussent-ils granbretons – n'avait pour eux rien de surprenant. La cruauté des hommes du Ténébreux Empire était en revanche une nouveauté, et expliquait la crainte et la haine de l'enfant, qui s'attendait au pire, face à un visiteur qui ne pouvait être qu'un noble de Granbretanne.

— Je me contenterai de ce que tu as. Ne sors pas pour moi ton meilleur vin et ta nourriture la plus fine. Je ne cherche qu'à apaiser ma faim et à dormir.

— Seigneur, nos meilleurs mets sont…

D'un geste de la main, Hawkmoon l'interrompit.

— Peu importe, mon garçon. Fais comme je t'ai dit, et je serai content.

Il parcourut la pièce du regard et découvrit deux vieillards assis dans l'ombre, buvant dans de lourdes chopes. Ils détournèrent les yeux. Hawkmoon se dirigea vers le centre de la salle et s'assit à une petite table, après s'être débarrassé de sa cape et de ses gantelets. Du revers de la main, il enleva la poussière de la route qui maculait son visage et ses vêtements. Il laissa tomber le masque de loup sur le sol, à côté de sa chaise. C'était là un geste bien étrange pour un noble du Ténébreux Empire. Il remarqua que l'un des hommes le dévisageait avec surprise, et quand, quelques instants plus tard, des chuchotements se firent entendre, Hawkmoon comprit qu'ils avaient vu le Joyau Noir. Le garçon revint, apportant de la bière largement coupée d'eau et quelques misérables tranches de porc. Le voyageur eut le sentiment que cette maigre pitance était bien ce qu'ils avaient de mieux à lui offrir. Après avoir bu et mangé, il demanda à être conduit à sa chambre. Dans la pièce chichement meublée, il se débarrassa de ses vêtements, se lava, puis se glissa entre les draps rugueux et ne tarda pas à s'endormir.

Au cours de la nuit il se réveilla, mal à l'aise. Sans savoir pourquoi, il se sentit attiré vers la fenêtre. Il regarda à l'extérieur. À la lumière de la lune, il crut distinguer la silhouette d'un cavalier monté sur un robuste destrier. Il lui sembla que l'homme regardait dans sa direction. C'était un guerrier, et le heaume de son armure dissimulait son visage. Il y eut comme un éclair d'or et de jais, puis l'homme fit volter sa monture et disparut.

Persuadé que cet incident avait son importance, Hawkmoon retourna se coucher. Il se rendormit et son sommeil fut presque aussi profond qu'avant la mystérieuse apparition. Au matin, il se demanda s'il avait rêvé. Si tel était le cas, c'était la première fois que cela lui arrivait depuis sa capture. La curiosité lui fit froncer légèrement les sourcils, tandis qu'il s'habillait, mais il finit par hausser les épaules et descendit dans la salle commune de l'auberge pour y prendre son repas du matin.

Le soir, Hawkmoon atteignit la Cité de Cristal. Ses bâtiments, faits du quartz le plus pur, étincelaient de couleur, et partout l'on entendait le tintement des ornements de verre, dont les habitants décoraient maisons, monuments et édifices publics. Cette ville était si belle que même les guerriers du Ténébreux Empire l'avaient laissée quasiment intacte, préférant perdre plusieurs mois pour s'en emparer par la ruse plutôt que de l'attaquer en force.

Dans la ville même, cependant, les signes de l'occupation étaient nombreux : la peur se lisait sur les visages des gens du peuple ; dans les rues se pavanaient des guerriers aux masques d'animaux et des drapeaux étrangers flottaient sur les maisons qui avaient, autrefois, appartenu à la noblesse de Parye. Ces drapeaux étaient ceux de Jarak Nankenseen, seigneur de la guerre de l'ordre de la Mouche, d'Adaz Promp, grand connétable de l'ordre du Chien, de Mygel Holst, archiduc de Londra, et d'Asrovak Mikosevaar, transfuge de Moskovie, seigneur de la guerre mercenaire de la légion du Vautour, destructeur et pervers. Les troupes de ce dernier s'étaient rangées aux côtés de la Granbretanne, avant même que son plan de conquête apparaisse clairement. Plus fou encore que ces nobles déments qu'il avait pris pour maîtres, Asrovak Mikosevaar précédait toujours les armées granbretonnes dans leur avance implacable. Son infâme bannière, sur laquelle étaient brodés en lettres écarlates les mots Mort à la Vie, semait la terreur dans les rangs de ses adversaires. Hawkmoon supposa que l'homme devait se trouver à Parye pour y prendre quelque repos, car il n'était pas dans ses habitudes de s'éloigner du front. Les cadavres attiraient le Moskovien comme les roses attirent les abeilles.

Il n'y avait pas d'enfants dans les rues de la Cité de Cristal. Ceux qui n'avaient pas été massacrés avaient été capturés et servaient d'otages ; ils garantissaient la soumission des adultes que l'on avait laissés en vie.

Le soleil couchant semblait tacher de sang les bâtiments de cristal. Hawkmoon, trop épuisé pour continuer sa route, gagna l'auberge que Meliadus lui avait recommandée. Il y dormit une nuit et un jour entier, avant de reprendre son voyage vers le Château Airain. Il n'avait parcouru que la moitié de son chemin.

La Granbretanne n'avait pu étendre ses conquêtes au-delà de la ville de Lyon. La route qui y menait était lugubre, bordée de gibets et de croix de bois, qui supportaient les corps d'hommes et de femmes, jeunes et vieux, d'enfants, filles et garçons, et même, dans une volonté de dérision morbide peut-être, des animaux familiers, chiens, chats et lapins apprivoisés. Sur les bas-côtés de cette route, des familles entières pourrissaient – des maisonnées complètes, du dernier-né au plus vieux serviteur, clouées sur les croix, tordues dans des poses grotesques, figées par la mort à l'issue d'indicibles souffrances.

L'odeur de charogne écœurait Hawkmoon, et la puanteur de la mort le prenait à la gorge, tandis que sa monture avançait péniblement en direction de Lyon. Le feu avait noirci champs et forêts, rasé villes et villages et chargé l'air d'une poussière grise et âcre. Riches ou pauvres, tous ceux qui avaient survécu étaient devenus des mendiants, à part ces femmes qui s'étaient fait putains pour suivre la piétaille de l'empire et ces hommes qui, abandonnant toute fierté, avaient juré fidélité au roi-empereur.

Comme la curiosité quelques jours auparavant, un sentiment de dégoût naquit en Hawkmoon, sans qu'il en eût vraiment conscience. Le masque sur le visage, il faisait route vers Lyon. Personne ne l'arrêta, personne ne lui posa de questions, car ceux de l'ordre du Loup se battaient surtout au nord. Ainsi, le jeune homme ne risquait-il pas de rencontrer un loup qui lui adresse la parole dans le langage secret de l'ordre.

Après Lyon, Hawkmoon prit à travers champs, car des patrouilles de guerriers granbretons sillonnaient les routes de la région. Il glissa son masque dans l'une des fontes, vides à présent, et pénétra au galop dans le territoire libre, dont l'air n'était pas encore chargé de mort, mais où régnait malgré tout la terreur.

Dans la ville de Valence, où des guerriers se préparaient à affronter les armées du Ténébreux Empire, en élaborant des stratégies vouées à l'échec ou en construisant des machines de guerre inefficaces, Hawkmoon raconta pour la première fois son histoire.

— Je suis Dorian Hawkmoon von Köln, déclara-t-il au capitaine devant lequel les soldats l'avaient conduit.

L'officier, botté de cuissardes, un pied sur le banc d'une salle d'auberge pleine à craquer, le dévisagea attentivement.

— Le duc von Köln doit être mort, à l'heure qu'il est. Il a été capturé par les Granbretons, lâcha-t-il. Je pense que vous êtes un espion.

Hawkmoon se garda de protester, mais raconta l'histoire que Meliadus lui avait apprise. D'une voix monocorde, il décrivit sa capture et son évasion, et son étrange façon de parler convainquit plus le capitaine que la fable elle-même. Puis un soldat à la cotte de mailles déchirée fendit la foule et se dirigea vers Hawkmoon en criant son nom. Se retournant, le jeune homme vit que le nouveau venu portait l'emblème de sa ville, les armes de Köln. C'était l'un des rares survivants de la bataille au cours de laquelle Hawkmoon avait été fait prisonnier. S'adressant à la fois au capitaine et à la foule, le soldat décrivit l'intelligence et la bravoure de son seigneur. Alors, Dorian Hawkmoon devint le héros de Valence.

Cette nuit-là, tandis que l'on célébrait sa venue, il expliqua au capitaine qu'il se rendait en Kamarg pour convaincre le comte Airain de prendre les armes contre la Granbretanne. L'officier secoua la tête.

— Le comte Airain veut rester neutre, déclara-t-il. Mais il vous écoutera certainement avec plus d'attention que tout autre. Je vous souhaite de réussir, monseigneur.

Le lendemain matin, Hawkmoon quitta Valence et prit la direction du sud, croisant sur son chemin des cavaliers aux visages durs ; ils ralliaient les troupes qui s'apprêtaient à affronter les armées du Ténébreux Empire.

Le vent soufflait de plus en plus fort, à mesure que Dorian Hawkmoon se rapprochait de son but. Enfin, il aperçut les étendues marécageuses de Kamarg, les lagunes miroitantes, les roseaux pliés par le mistral. Lorsque, passant au pied de l'une des hautes tours où veillaient les sentinelles, il vit l'héliographe lancer son message lumineux, il comprit que l'annonce de sa venue arriverait avant lui au Château Airain.

Le visage glacé, Hawkmoon poussa sa monture le long du chemin qui serpentait entre les marais. Les buissons s'agitaient dans le vent, l'eau frissonnait et quelques oiseaux planaient dans le ciel triste et antique.

Un peu avant la nuit, le Château Airain se profila à l'horizon, perché sur sa colline en terrasses. Ses tours gracieuses se découpaient en clair-obscur sur la lumière du crépuscule.

CHAPITRE V

L'ÉVEIL DE HAWKMOON

Le comte Airain tendit une coupe de vin à Hawkmoon et murmura :

— Continuez, je vous prie, monseigneur.

Le jeune homme racontait son histoire pour la deuxième fois. Dans la grande salle se tenaient Yisselda, rayonnante de beauté, Noblegent, pensif, et von Villach, qui caressait distraitement sa moustache en contemplant le feu.

Hawkmoon achevait son récit.

— Ainsi, je viens demander l'aide de la Kamarg, car je sais que seule cette terre échappe à la menace du Ténébreux Empire.

— Vous êtes le bienvenu en ces lieux, répondit le comte Airain, soucieux, pour autant que vous ne cherchiez qu'un asile.

— C'est le cas.

— Vous ne venez pas nous demander de prendre les armes contre la Granbretanne ? intervint Noblegent, une nuance d'espoir dans la voix.

— J'ai moi-même trop souffert en luttant contre le Ténébreux Empire pour pousser qui que ce soit à affronter un destin auquel j'ai échappé de justesse.

Yisselda semblait presque déçue. Il était clair que toutes les personnes présentes, à l'exception de l'avisé comte Airain, souhaitaient la guerre. Leurs raisons étaient sans doute diverses : Yisselda désirait se venger de Meliadus,

Noblegent était convaincu qu'il fallait lutter contre tant d'ignominie et von Villach avait simplement envie de reprendre du service.

— Bien, dit le comte. Je suis fatigué de répondre aux arguments de ceux qui voudraient me voir épouser telle ou telle cause… Mais vous semblez épuisé, monseigneur. Nous vous avons retenu trop longtemps. Je vais vous mener moi-même à vos appartements.

Hawkmoon n'éprouvait aucune satisfaction à avoir réussi à tromper ses hôtes. Il mentait parce que Meliadus en avait décidé ainsi. Lorsqu'il serait temps pour lui d'enlever Yisselda, il agirait dans le même esprit.

Le comte Airain conduisit Hawkmoon jusqu'à une chambre à coucher qui communiquait avec un cabinet de toilette et un petit bureau.

— J'espère que ceci vous convient, monseigneur, s'enquit le maître des lieux.

— C'est parfait, répliqua le jeune homme.

Le comte s'arrêta sur le pas de la porte.

— Cette pierre que vous portez au front…, commença-t-il. Meliadus, dites-vous, a échoué dans son expérience ?

— C'est bien cela.

— Ah !…

Airain contempla le sol un instant, puis releva la tête.

— Si elle vous gêne, je connais peut-être le moyen de…

— Elle ne me gêne pas, l'interrompit Hawkmoon.

— Ah ! répéta le comte.

Puis il quitta la pièce.

Cette nuit-là, Hawkmoon se réveilla en sursaut, comme il l'avait fait quelques jours auparavant, à l'auberge. Il crut voir, dans la chambre, la silhouette d'un guerrier à l'armure d'or et de jais. Ses paupières lourdes de sommeil se refermèrent quelques secondes. Lorsqu'il les rouvrit, l'homme avait disparu.

Un conflit était en train de naître dans le cœur du jeune duc. Une lutte entre l'humain et le non-humain, peut-être ; ou bien une lutte entre la conscience et la non-conscience, si de tels affrontements étaient possibles.

Quelle que fût la nature exacte du conflit, il n'en demeurait pas moins que la personnalité de Hawkmoon se transformait pour la seconde fois. Ce n'était plus le jeune chef qui avait combattu à Köln, ce n'était plus le prisonnier amorphe des catacombes de Londra. Un nouveau Dorian Hawkmoon se dessinait, totalement différent des deux précédents.

Mais les signes de cette naissance étaient encore difficilement discernables. Sans doute manquait-il un catalyseur, et les conditions objectives n'étaient-elles pas réunies.

Au matin, Hawkmoon s'éveilla en se demandant comment il pourrait enlever Yisselda le plus vite possible, afin de retourner en Granbretanne pour y être débarrassé du Joyau Noir, et de revoir sa patrie au plus tôt.

En sortant de ses appartements, il rencontra Noblegent.

Le poète-philosophe lui prit le bras.

— Ah ! monseigneur… Pourriez-vous me parler de Londra ? J'ai fait, dans ma jeunesse, de nombreux voyages, mais je ne connais pas cette cité.

Hawkmoon se retourna pour regarder son interlocuteur. Il savait que, grâce au Joyau Noir, les Granbretons pouvaient voir, en même temps que lui, le visage de Noblegent. Les yeux du poète exprimaient la curiosité, et rien d'autre. Hawkmoon n'y discerna aucune trace de suspicion.

— Elle est étendue, haute et sombre, répondit le jeune homme. Son architecture est complexe et la décoration de ses bâtiments est aussi compliquée que variée.

— Mais l'esprit ? Quel est l'esprit de Londra ? Donnez-moi vos impressions…

— La puissance, répliqua Hawkmoon. La confiance.

— La folie ?

— Je suis incapable de distinguer ce qui est fou de ce qui ne l'est pas, sire Noblegent. Sans doute me trouvez-vous étrange ? Sans doute mon comportement est-il choquant ? Sans doute suis-je différent des autres hommes ?

Décontenancé par le tour qu'avait pris la conversation, Noblegent examina attentivement le visage du jeune duc.

— Eh bien…, oui… Mais pourquoi me posez-vous ces questions ?

— Parce que ce que vous me demandez est vide de sens. Je dis cela sans… Je ne veux pas vous insulter. (Hawkmoon se caressa le menton.) Vide de sens, c'est tout.

Ils descendirent l'escalier qui menait à la grande salle, où ils devaient prendre leur repas du matin. Le vieux von Villach, déjà attablé, s'apprêtait à attaquer l'énorme tranche de viande que venait de lui servir un domestique.

— Vide de sens, fit Noblegent, pensif. Vous vous demandez ce qu'est la folie ; moi, je me demande ce qu'est le sens.

— Je n'en sais rien, répondit Hawkmoon. Je ne connais que ce que je fais.

— Les épreuves que vous avez traversées vous ont forcé à vous replier sur vous-même. Vous avez perdu moralité et conscience, n'est-ce pas ? (Dans la voix de Noblegent, il y avait une nuance de compassion.) Votre cas n'est pas unique. Les textes anciens nous apprennent que ceux qui souffrent perdent souvent ces deux qualités. La bonne chère et la présence d'amis véritables devraient vous permettre de les recouvrer. Il est heureux que vous soyez venu jusqu'ici. Peut-être est-ce une voix intérieure qui vous a fait prendre la route du Château Airain.

Hawkmoon écoutait distraitement ces propos, tout en regardant Yisselda qui venait d'apparaître dans l'escalier leur faisant face. Elle sourit aux deux hommes quand elle les aperçut.

— Avez-vous bien dormi, monseigneur ? demanda la jeune fille.

Avant qu'Hawkmoon n'ait eu le temps de répondre, Noblegent déclara :

— Il a enduré plus de souffrances que nous ne l'avions d'abord supposé. À mon avis, il lui faudra une semaine ou deux pour se rétablir complètement.

— Peut-être voudrez-vous rester en ma compagnie, monseigneur ? proposa Yisselda. Je vais vous faire visiter nos jardins. Même en hiver, ils sont splendides.

— Volontiers, répondit Hawkmoon. J'aimerais les découvrir.

Noblegent sourit. Il avait compris que les tourments du jeune homme avaient ému le cœur sensible de la fille du comte. Et personne ne pourrait mieux qu'elle, pensait-il, rendre son équilibre à Dorian Hawkmoon.

Ils se promenèrent dans les jardins en terrasse du château, parmi les pins et les fleurs d'hiver. Le ciel était clair, le soleil brillait, et leurs lourdes capes les protégeaient de la morsure du vent. Ils contemplèrent les toits des maisons, en contrebas. Tout était paisible. Yisselda avait pris le bras de son compagnon et lui parlait sur un ton enjoué ; elle n'attendait pas de réponse de l'homme au visage triste qui se tenait à ses côtés. Le Joyau Noir qui ornait son front avait tout d'abord décontenancé la jeune fille, mais elle avait fini par décider qu'il n'était guère différent du bandeau orné de pierres précieuses dont elle ceignait sa tête pour retenir ses longs cheveux.

Son cœur juvénile débordait de chaleur et d'affection. De cette affection qui s'était faite passion pour le baron Meliadus, tant il était vrai qu'Yisselda avait besoin d'aimer. Il lui plaisait de la dédier à présent à cet étrange et gauche héros. Elle espérait ainsi guérir les blessures de son âme.

Très vite, elle remarqua que seule l'évocation de la patrie du jeune homme allumait dans ses yeux une lueur d'intérêt.

— Parlez-moi de Köln, dit-elle. Pas du Köln actuel, mais de celui qui fut, et qui sera un jour…

Entendant ces mots, Hawkmoon pensa à la promesse de Meliadus. Il détourna son regard de la jeune fille, pour contempler le ciel. Il croisa ses bras sur sa poitrine.

— Köln, reprit Yisselda. Votre pays ressemble-t-il à la Kamarg ?

— Non… (Hawkmoon fixait à présent les toits de la ville.) Non… La Kamarg est sauvage et l'a toujours été. La marque de l'homme est partout présente dans la région de Köln, dans ses champs réguliers, dans ses cours d'eau rectilignes, dans ses routes tortueuses, dans ses fermes et dans ses villages. Ce n'était qu'une petite province. Le bétail était gras, les lapins et les mulots couraient dans les vertes prairies et gîtaient dans les meules de foin. Il y avait des barrières jaunes, des bois ombreux, et il n'était pas nécessaire de marcher bien longtemps pour apercevoir la fumée d'une cheminée. Les gens étaient simples et amènes ; ils aimaient les enfants. Les maisons étaient anciennes et pittoresques et aussi peu compliquées que les hommes et les femmes qui les habitaient. Il n'y avait rien de sombre à Köln avant l'arrivée des Granbretons. Puis le métal et le feu ont traversé le Rhin. Et la Granbretanne a imprimé à son tour la marque de l'homme sur la province..., la marque de l'épée et de la torche...

Il soupira, et sa voix se teinta d'émotion.

— La marque de l'épée et de la torche a remplacé la marque de la charrue et de la herse... (Il baissa les yeux vers le visage de la jeune fille.) Avec le bois des barrières jaunes, ils ont fait des croix et des gibets. Les cadavres des vaches et des moutons ont pourri dans l'eau des rivières, ont empoisonné la terre. Les pierres des maisons ont servi de projectiles pour les catapultes. Et les gens se sont faits cadavres ou se sont faits soldats. Il n'y avait pas d'autre solution.

Yisselda posa doucement sa main sur le bras nerveux de Hawkmoon.

— Vous en parlez comme d'un très lointain souvenir, murmura-t-elle.

Les yeux du jeune duc perdirent leur expression et son regard redevint froid.

— Oui, c'est comme un rêve très ancien. Tout cela signifie bien peu pour moi, à présent.

Mais, tandis qu'ils marchaient dans les jardins, Yisselda le regardait, songeuse. Elle pensait avoir trouvé le moyen de communiquer avec lui et de l'aider.

Hawkmoon, de son côté, avait pris conscience de tout ce qu'il perdrait s'il ne ramenait pas Yisselda aux Ténébreux Seigneurs ; il acceptait donc ses attentions pour des raisons bien différentes de tout ce qu'elle pouvait imaginer.

Dans la cour, ils rencontrèrent le comte Airain. Il examinait un vieux destrier tout en parlant à l'un de ses palefreniers.

— Envoie-le aux pâturages. Il a bien mérité son repos.

Puis il se retourna vers Hawkmoon et Yisselda.

— Noblegent m'a appris que vous étiez plus malade qu'il n'y paraissait, dit-il au jeune homme. Mais vous pouvez demeurer en ces lieux aussi longtemps qu'il vous plaira. J'espère qu'Yisselda ne vous fatigue pas, avec ses bavardages.

— Sa conversation, au contraire, est... apaisante.

— Fort bien ! Des réjouissances sont prévues pour ce soir. J'ai demandé à Noblegent de nous lire ses œuvres les plus récentes. Il m'a promis quelque chose de léger et de spirituel. J'espère que cela vous distraira.

Hawkmoon remarqua que le comte, malgré son attitude chaleureuse, l'observait avec la plus grande attention. Se pouvait-il qu'Airain ait quelque soupçon ? Il était renommé pour sa sagacité et pour son aptitude à cerner les individus. Cependant, si le jeune duc était parvenu à déconcerter le baron Kalan, il devait, en toute logique, arriver à tromper le comte Airain. Hawkmoon décida qu'il n'y avait rien à craindre. Il laissa Yisselda le ramener au château.

Ce soir-là, il y eut un banquet. Assis autour de la grande table, se tenaient plusieurs notables de Kamarg, des éleveurs de taureaux en renom, ainsi que des toréadors célèbres, parmi lesquels Mahtan Just, à qui le comte Airain avait sauvé la vie, un an auparavant. Des poissons et des volailles, des viandes, rouges et blanches, toute une variété de légumes, douze sortes de vins, de la bière et des sauces succulentes et parfumées encombraient la table. À la droite du comte était assis Hawkmoon, et Mahtan Just, qui avait triomphé lors des dernières festivités, était placé à sa gauche. Just vénérait le comte et s'adressait à lui avec un respect que son interlocuteur semblait trouver presque embarrassant. Yisselda se tenait à côté de Hawkmoon, faisant face à Noblegent. À l'autre extrémité de la table il y avait le vieux Zhonzhac Ekare, le plus fameux de tous les éleveurs. Il était vêtu de lourdes fourrures et son visage était dissimulé par une énorme barbe et une épaisse crinière. Il riait et buvait beaucoup. Son voisin était von Villach, et les deux hommes avaient l'air de s'entendre à merveille.

Lorsque le festin toucha à sa fin, après que les hôtes eurent fait un sort au fromage de Kamarg, aux pâtisseries et aux douceurs, on plaça devant chacun trois flacons de vin contenant trois crus différents, un tonnelet de bière et une grande coupe. Yisselda, seule, n'eut droit qu'à un flacon et à une coupe plus petite. Au cours du repas, elle avait bu autant que ses compagnons, et cette restriction semblait venir d'elle et non de son père.

Le vin avait quelque peu embrumé l'esprit de Hawkmoon, lui rendant un semblant d'humanité. Il sourit une ou deux fois, et, s'il ne répondait pas toujours à la plaisanterie par la plaisanterie, du moins n'offensait-il pas son hôte et les convives par une expression amère.

Le comte Airain rugit le nom de Noblegent :

— Noblegent ! Tu nous as promis une ballade !

L'interpellé se leva en souriant, le visage empourpré par le vin et la bonne chère.

— J'ai intitulé cette ballade *l'Empereur Glaucome* et j'espère qu'elle vous distraira, dit-il.

Puis, il commença :

L'empereur Glaucome
Passant la revue
Pénètre sans heaume
Dans le Grand Bazar.
Des combats récents
Les tristes vaincus
Guerriers ottomans
Preux de l'Alcazar
Le Khan oublié
Et les templiers
Assis sur les pierres
Demandent l'aumône

À l'Altesse altière
L'empereur Glaucome.
Mais l'empereur passe
Sans se retourner
Sur ces têtes lasses,
Il va parader.

Le comte Airain observait avec attention le visage grave de Noblegent en souriant légèrement. Tandis que le poète continuait sa spirituelle ballade, Hawkmoon balaya l'assistance du regard, découvrant des figures amusées et d'autres ébahies. Lui n'avait ni souri ni froncé les sourcils. Yisselda se pencha et lui parla à voix basse, mais il ne comprit pas.

Dans la rade
Canonnade
La poudre tonne en l'honneur
Du souverain empereur
Qui expose ses
Stigmates devant
L'ambassadeur
Du Vatican...

— Mais de quoi parle-t-il ? grogna von Villach.
— De choses très anciennes, lui répondit le vieux Zhonzhac Ekare, survenues avant le Tragique Millénaire.
— J'aurais préféré un chant de guerre.
Zhonzhac Ekare posa un doigt sur ses lèvres cernées par le poil et fit taire son ami. Noblegent continuait.

Qui venait chargé d'albâtre
Et de lames
De Damas
Qui venait chargé de plâtre
D'asphodèles
D'oléastres
Du tombeau de Zoroastre.

Hawkmoon ne comprenait pas les paroles, mais les rythmes semblaient avoir sur lui un effet particulier. Il crut d'abord que la faute en incombait au vin, puis il comprit qu'à certains passages du poème son esprit frissonnait et des sensations oubliées renaissaient dans sa poitrine. Il se balançait sur son siège.

Noblegent fixait le jeune homme, déclamant de plus belle et gesticulant d'une façon outrée.

Le poète-lauréat
Couronné de lauriers
Orné de falbalas
Parfumé et poudré
Myrrhe
Encens
Lavande
Couvert de pierreries
Saphir
Diamant
Rubis
Trésor de Samarcande
Joyau de Samothrace
S'effondre dans un râle
Prostré sur la grand-place…

— Comment vous sentez-vous, monseigneur ? demanda Yisselda d'une voix où perçait l'inquiétude.

Hawkmoon esquissa un mouvement de tête.

— Bien, je vous remercie.

Il se demandait s'il n'avait pas, d'une manière ou d'une autre, offensé les seigneurs de Granbretanne, et s'ils n'étaient pas en train de rendre sa vie au Joyau Noir. Sa tête tournait.

Tandis qu'un chœur
À mille voix
De l'empereur
Chante l'éclat.
Et Glaucome apparaît

Chaussé d'or et d'ivoire
Piétinant le poète
Il passe sans le voir.
Le peuple en fête
Lui fait la haie
On interpelle
Le dieu mortel.

À présent, Hawkmoon ne voyait plus que le visage de Noblegent, n'entendait plus que le rythme des phrases. Il se demanda si le poète n'essayait pas de l'envoûter. Mais pour quelles raisons agirait-il ainsi ?

Des fenêtres
Et des tours
Où s'enroulent les guirlandes
Des enfants
À l'entour
Font à pleines mains l'offrande
De pétales
De jasmin
De roses et d'oranger.
L'empereur
En chemin
Se laisse ainsi aduler.
Des clochers
Des bastides
Les enfants jettent des fleurs
Puis s'élancent
Dans le vide
Lorsque passe l'empereur.

Hawkmoon but une longue gorgée de vin et prit une profonde inspiration. Il était toujours fasciné par le visage de Noblegent.

Et dans les cieux
L'astre lunaire

Quoique envieux
Ne brille guère.
Le soleil ralentit
Son cours vers le midi
Tandis qu'au firmament
Chantent les séraphins
Car l'empereur
Vient d'arriver
Au pied de la
Ruine sacrée.
Sur la porte du temps
Il posera la main
Privilège inconnu
Du reste des humains.

Hawkmoon haletait, comme un homme que l'on vient de plonger dans un bain glacé. Yisselda, le regard empli d'inquiétude, avait posé sa main sur le front mouillé de sueur du jeune duc.

— Monseigneur… ?

Les yeux de Hawkmoon étaient toujours rivés au visage du poète, qui, impassible, continuait son récit.

Or Glaucome franchit
Les portes ancestrales
Ornées d'os et d'opale
De perle et de rubis.
À cet instant les buccins
Les conques, les tympanons
Ébranlent les fondations
De l'univers incertain.
La Terre oscille et dans les nues
On voit s'assembler des armées.
De l'ambre lourd et parfumé
L'odeur s'épand sans retenue.

Hawkmoon avait vaguement conscience du contact de la main d'Yisselda sur son visage, mais ne parvenait pas à comprendre ce qu'elle lui disait. Il ne quittait pas Noblegent des yeux et n'entendait que les mots sonores qui sortaient de sa bouche. Sa coupe de vin avait roulé à terre. De toute évidence, il souffrait, mais le comte Airain n'esquissa pas le moindre mouvement dans sa direction. Il se contentait de regarder tour à tour le jeune duc et le poète, dissimulant l'expression ironique de ses lèvres derrière son gobelet.

Maintenant l'empereur
Libère une colombe
Voici l'amour
Voici la paix
Un chant monte des tombes
Mille voix, mille chœurs.

Hawkmoon gémit. À l'autre extrémité de la table, le vieux von Villach fit sonner sa coupe contre un flacon vide.

— D'accord avec lui ! Pourquoi pas la Montagne sanglante ? C'est une très bonne…

L'empereur libère
Le blanc messager
Qui, fendant les airs,
Disparaît au cœur
Du soleil brûlant,
De l'astre embrasé,
Et au firmament
Meurt pour l'empereur.

Hawkmoon se mit péniblement debout, essaya vainement de parler à Noblegent, puis s'écroula en travers de la table, bousculant les flacons et les coupes.

— Il est ivre ? demanda von Villach, méprisant.

— Il est souffrant ! cria Yisselda. Il est malade !

— Je ne crois pas que ce soit le vin, intervint le comte. (Il se pencha sur le jeune homme et lui souleva la paupière.) De toute façon, il est inconscient.

Airain releva la tête et adressa un sourire à Noblegent. Le poète le lui rendit, avant de hausser les épaules.

— J'espère que vous ne vous trompez pas, ami, lança-t-il.

Hawkmoon resta toute la nuit dans un état comateux. Lorsqu'il s'éveilla, au matin, il trouva Noblegent à son chevet. Le poète-philosophe jouait aussi le rôle de médecin au Château Airain. Le jeune homme ignorait toujours si sa perte de conscience était due à la boisson, au Joyau Noir ou à Noblegent. Il se sentait faible et son front était brûlant.

— La fièvre, monseigneur, murmura le poète. Mais, n'ayez crainte, nous vous guérirons.

Ce fut au tour d'Yisselda d'entrer dans la pièce. Elle s'assit près du malade et lui fit un sourire.

— Noblegent affirme que votre état est sans gravité. Je vais m'occuper de vous. Vous vous rétablirez rapidement.

Hawkmoon leva les yeux vers le visage de la jeune fille et sentit l'émotion le submerger.

— Yisselda...

— Oui, monseigneur ?

— Je... Je vous remercie...

Désorienté, il balaya la pièce du regard. Derrière lui, une voix autoritaire résonna. C'était celle du comte Airain.

— Taisez-vous, à présent. Reposez-vous. Essayez de vous contrôler et dormez si c'est possible.

Hawkmoon ne s'était pas rendu compte de la présence du maître des lieux. Yisselda approcha une timbale de ses lèvres. Il but avidement le frais liquide et ne tarda pas à se rendormir.

Le lendemain, sa fièvre était tombée et son absence d'émotions avait cédé le pas à une sensation d'engourdissement à la fois physique et mental. Il se demanda si on lui avait fait absorber une drogue.

Alors qu'il achevait son repas du matin, Yisselda vint

le trouver et lui proposa une promenade dans les jardins. Le temps était exceptionnellement beau.

Il se passa une main sur le front et sentit sous sa paume l'étrange chaleur qui se dégageait du Joyau Noir. Presque effrayé, il retira sa main.

— Vous sentez-vous mieux, monseigneur ? s'enquit la jeune fille.

— Oui... Je... (Il soupira.) Je ne sais pas. Je me sens... C'est étrange...

— Un peu d'air frais vous fera du bien.

Comme un automate, Hawkmoon se leva et la suivit. Les jardins étaient parfumés, le soleil brillait, et sa lumière embrasait les arbres et les buissons qui se détachaient sur le ciel limpide de l'hiver.

Le contact du bras d'Yisselda sur le sien émut le jeune duc. C'était une sensation agréable, qui venait s'ajouter à la délicieuse caresse du vent sur son visage et au spectacle plaisant des jardins et des maisons en contrebas. Cependant la peur et la méfiance survivaient toujours en Hawkmoon. Il avait peur du Joyau Noir, car il était certain de son sort si, par mégarde, il laissait transparaître les émotions qui l'habitaient, et il se méfiait du comte Airain et de ses compagnons, car il pensait que, d'une manière ou d'une autre, ses hôtes se jouaient de lui et soupçonnaient le motif réel de sa visite. Il pouvait s'emparer de la fille sur-le-champ, voler un cheval et tenter de s'enfuir. Il la regarda brusquement.

Elle lui adressa un sourire charmant.

— Cette promenade vous a-t-elle fait du bien, monseigneur ?

Un violent conflit se déroulait en lui, tandis qu'il la dévisageait.

— Du bien ? (Il avait parlé d'une voix rauque.) Du bien ? Je ne sais...

— Êtes-vous las ?

— Non.

La douleur réapparut dans son crâne et, à nouveau, il eut peur du Joyau Noir. Tendant le bras, il agrippa l'épaule de la jeune fille.

Croyant qu'il allait se trouver mal, elle s'efforça de le soutenir. La main de Hawkmoon retomba, paralysée.

— Vous êtes bonne, bredouilla-t-il.

— Vous êtes un homme étrange, dit Yisselda, comme pour elle-même. Vous devez être malheureux...

— Certes...

Il s'écarta et se remit en marche, se dirigeant vers le bord de la terrasse. Les seigneurs de Granbretanne pouvaient-ils être au courant ? C'était peu probable. En revanche, il était fort possible que leurs soupçons les amènent à rendre sa vie au Joyau. Il prit une profonde inspiration et se redressa. « Essayez de vous contrôler », avait dit le comte Airain.

La douleur s'était faite plus violente. Il se retourna.

— Je crois qu'il vaudrait mieux que nous rentrions au château, déclara-t-il.

La jeune fille acquiesça et lui reprit le bras. Côte à côte, ils regagnèrent le bâtiment.

Dans la grande salle, le comte les attendait. La compassion et l'inquiétude se lisaient sur son visage ; rien dans son expression ne pouvait expliquer le ton autoritaire qu'il avait employé pour parler à Hawkmoon, la nuit précédente. Le jeune homme se demanda s'il avait rêvé ou si son hôte avait effectivement deviné la nature du Joyau Noir, et agissait de façon à tromper les Ténébreux Seigneurs qui, depuis leurs laboratoires de Londra, l'observaient.

— Le duc von Köln ne se sent pas bien, annonça Yisselda.

— Je suis navré de l'apprendre, répondit le comte. Y a-t-il quelque chose que je puisse faire pour vous, monseigneur ?

— Non, rétorqua Hawkmoon d'une voix sourde. Non, je vous remercie.

D'une démarche aussi assurée que possible, il se dirigea vers l'escalier. Yisselda l'accompagna jusqu'à ses appartements, en le soutenant. Sur le pas de la porte il s'arrêta et baissa les yeux vers elle. Elle lui toucha doucement la joue, et ce contact le laissa frissonnant et haletant. Puis la fille du comte tourna les talons et s'en fut en courant.

Hawkmoon pénétra dans la chambre et se jeta sur son

lit, le souffle court, les muscles tendus, essayant désespérément de comprendre ce qui lui arrivait et de découvrir la cause de la douleur qui lui vrillait le crâne. Après un moment, il s'endormit.

Il s'éveilla dans l'après-midi, encore faible ; la douleur avait presque disparu. Noblegent, qui se tenait à côté du lit, était en train de poser une coupe de fruits sur la table de chevet.

— Je m'étais trompé en pensant que la fièvre vous avait quitté, dit-il.

— Que m'arrive-t-il ? murmura Hawkmoon.

— Pour autant que je sache, il s'agit d'une fièvre bénigne, conséquence des épreuves que vous avez traversées et, j'en ai bien peur, de notre hospitalité. De toute évidence, vous n'étiez pas prêt à absorber une nourriture si riche et des vins si capiteux. Nous aurions dû le comprendre. Mais, quoi qu'il en soit, votre rétablissement sera prompt, monseigneur.

Hawkmoon savait que ce diagnostic était erroné, mais il se garda bien de protester. On toussa sur sa gauche, ce qui lui fit tourner la tête. Il n'y avait personne : cependant la porte qui conduisait au bureau attenant à la chambre était entrouverte. Il jeta à Noblegent un regard interrogateur, mais les traits du poète ne reflétaient aucune expression, tandis qu'il affectait de lui tâter le pouls.

— N'ayez aucune crainte, fit une voix qui venait du bureau. Nous voulons vous aider. (C'était la voix du comte Airain.) Nous connaissons la nature du Joyau enchâssé dans votre front. Lorsque vous serez suffisamment reposé, levez-vous et descendez dans la grande salle. Vous aurez avec Noblegent une conversation très banale. Ne soyez pas surpris s'il agit d'une façon quelque peu étrange.

Noblegent fit une petite moue et se redressa.

— Vous serez bientôt sur pied, monseigneur. Je dois vous quitter, à présent.

Hawkmoon le regarda s'en aller et entendit le grincement d'une porte. Le comte Airain s'éloignait à son tour. Comment avaient-ils pu découvrir la vérité ? Qu'allait-on faire de lui, maintenant ? Les Ténébreux Seigneurs devaient déjà s'inquiéter de la tournure que prenaient les événements. Si leurs soupçons devenaient trop précis, ils animeraient le Joyau Noir. Pour quelque obscure raison, cette perspective lui parut plus effrayante encore qu'auparavant.

Hawkmoon conclut que la seule chose à faire était de suivre les conseils du comte Airain, même s'il était probable que l'attitude de son hôte ne s'avère guère plus clémente que celle des Granbretons, lorsqu'il aurait compris le but véritable de la présence du jeune homme. La position de Hawkmoon était donc particulièrement inconfortable.

Quand vint la nuit et que l'obscurité emplit la chambre, Hawkmoon se leva et descendit dans la grande salle. L'endroit était désert. À la faveur du feu qui brûlait dans la cheminée, le jeune homme parcourut la pièce du regard. Il se demandait si on ne l'avait pas attiré dans un piège.

Alors Noblegent entra par la porte qui s'ouvrait à l'autre extrémité de la salle et lui adressa un sourire. Ses lèvres se mirent en mouvement, mais aucun son ne sortait de sa gorge. Le poète s'arrêta un instant, comme pour laisser à Hawkmoon le temps de répondre, et ce dernier comprit qu'il s'agissait là d'une ruse destinée à abuser ceux qui contemplaient son interlocuteur par l'intermédiaire du Joyau Noir.

Quand il entendit un bruit de pas derrière lui, Hawkmoon se garda bien de se retourner, mais fit au contraire semblant de poursuivre sa conversation avec Noblegent.

La voix du comte Airain résonna dans son dos.

— Nous connaissons la fonction du Joyau Noir, monseigneur. Nous savons que ce sont ceux de Granbretanne qui vous ont envoyé en ces lieux et nous pensons avoir deviné la raison de votre visite. Je vais vous expliquer…

Hawkmoon fut frappé par le caractère insolite de cette situation. Devant lui, Noblegent faisait semblant de parler, alors que la voix grave du comte montait de nulle part.

— Dès votre arrivée au Château Airain, reprit le maître des lieux, j'ai compris que le Joyau Noir avait une importance plus grande que celle que votre récit voulait bien lui prêter. Peut-être n'en aviez-vous pas conscience vous-même. J'ai bien peur que les gens du Ténébreux Empire n'aient de moi une piètre idée ; ma connaissance de la sorcellerie et de la science égale pourtant la leur, et je possède un antique grimoire qui décrit la machine du Joyau Noir. Mais j'ignorais si vous connaissiez la véritable nature de cette pierre et j'ai dû m'en assurer sans éveiller l'attention des Granbretons.

« Donc, le soir du banquet, j'ai demandé à Noblegent de donner à une certaine incantation l'apparence d'un délicieux poème. Son but était de vous faire perdre conscience et, du même coup, de rendre le Joyau inopérant, pour nous permettre de vous examiner à l'insu des Granbretons. Nous espérions qu'ils expliqueraient votre évanouissement par le fait que vous aviez bu plus qu'il n'était raisonnable et qu'ils ne s'intéresseraient pas trop aux poésies de maître Noblegent.

« L'incantation commença, et son rythme et ses cadences, prévus pour n'affecter que vous, parvinrent à vous plonger dans un profond coma. Plus tard, il nous fut possible de sonder les couches les plus lointaines de votre esprit, qui se terrait comme un animal effrayé dont le gîte est si étroit qu'il ne peut plus respirer. Certains événements avaient déjà ranimé quelque peu votre réelle personnalité, que votre séjour en Granbretanne avait complètement annihilée. Nous découvrîmes ainsi tout ce qui vous était arrivé à Londra, et, lorsque j'appris la véritable nature de votre mission, je faillis vous envoyer de vie à trépas. Mais je compris qu'un violent conflit intérieur vous déchirait, un conflit dont vous n'aviez qu'à peine conscience. Si tel n'avait pas été le cas, je vous aurais tué, ou j'aurais laissé le Joyau Noir faire son œuvre.

Tout en feignant de répondre aux questions muettes de Noblegent, Hawkmoon ne put réprimer un frisson.

— Malgré tout, continuait Airain, je m'étais rendu compte que vous n'étiez pas responsable de cet état de choses et qu'en vous supprimant je risquais de détruire un ennemi potentiel de la Granbretanne. Bien que je désire rester neutre, je ne puis pardonner au Ténébreux Empire tout ce qu'il m'a fait subir et jamais je ne tournerai ma lame contre un homme tel que vous. C'est pourquoi nous avons choisi d'employer ce stratagème pour vous avertir que nous savons tout et que votre situation n'est pas désespérée. J'ai les moyens de neutraliser pendant un certain temps les pouvoirs du Joyau Noir. Lorsque j'en aurai fini, vous accompagnerez Noblegent jusqu'à mon cabinet et nous ferons le nécessaire. Nous n'avons que peu de temps avant que les seigneurs de Granbretanne ne perdent patience et ne rendent sa vie au Joyau...

Hawkmoon entendit le comte quitter la salle. Alors, Noblegent sourit et dit à haute voix :

— Ainsi, si vous voulez bien m'accompagner, monseigneur, je vous ferai visiter certaines parties du château que vous ne connaissez pas encore. Peu d'étrangers ont eu le privilège de pénétrer dans le cabinet privé du comte Airain.

Le jeune duc comprit que ces paroles étaient destinées aux Granbretons. Noblegent espérait sans doute gagner du temps en stimulant leur curiosité.

Le poète-philosophe conduisit donc son hôte le long d'un passage qui semblait finir en cul-de-sac. Les deux hommes s'arrêtèrent devant un mur masqué par une tapisserie, et Noblegent écarta la lourde étoffe. Il posa le doigt sur une saillie de la pierre, et aussitôt une section de la paroi sembla s'embraser, puis disparut, révélant une ouverture assez large pour laisser passer un homme. Hawkmoon s'y engagea, suivi de Noblegent, et se retrouva dans une pièce exiguë, sur les murs de laquelle étaient accrochés des cartes et des diagrammes. Quittant la première chambre, ils pénétrèrent dans une autre, plus vaste, bourrée d'instruments alchimiques. Sur les étagères qui couraient tout autour de la pièce étaient alignés des livres anciens consacrés à la chimie, à la sorcellerie et à la philosophie.

Noblegent ouvrit un rideau, dévoilant un passage obscur.

— Par ici, murmura-t-il.

Les yeux de Hawkmoon s'écarquillèrent, mais les ténèbres étaient trop profondes pour qu'il puisse distinguer quoi que ce soit. Il avançait précautionneusement, lorsqu'une lumière aveuglante jaillit.

La silhouette du comte Airain se découpait à contre-jour. Il brandissait en direction de Hawkmoon une arme d'aspect insolite.

Le jeune homme poussa un cri étouffé et tenta de s'écarter, mais le passage était trop étroit. Un bruit violent lui déchira les tympans, suivi d'un ronronnement étrangement mélodieux, puis il bascula en arrière, perdant connaissance.

Il se réveilla dans une semi-obscurité dorée et éprouva aussitôt un extraordinaire sentiment de bien-être. Jamais il ne s'était senti aussi vivant ; il lui semblait renaître. Il sourit et s'étira. Il était allongé sur une table métallique. Portant la main à son front, il s'aperçut que le Joyau Noir était toujours présent. Mais sa texture avait changé : il avait perdu cette apparence de chair, cette chaleur anormale. Ce n'était plus qu'une gemme ordinaire, dure, lisse et froide.

Une porte s'ouvrit, laissant le passage au comte, qui regarda Hawkmoon avec une expression de profonde satisfaction.

— Je suis navré de vous avoir effrayé, hier soir, commença-t-il, mais il me fallait agir rapidement si je voulais neutraliser le Joyau Noir et m'emparer de sa force vitale. Je suis désormais en possession de cette force, que je contrôle par des moyens relevant à la fois de la physique et de la sorcellerie, mais je ne pourrai la maîtriser éternellement. Elle est trop puissante. Elle finira par m'échapper pour regagner le joyau enchâssé dans votre front, où que vous vous trouviez.

— Je suis donc un condamné en sursis, déclara le jeune homme. Et quelle est la durée de ce sursis ?

— Je ne pourrais le dire avec précision. Six mois, un an, deux ans peut-être... Il est possible, aussi, que cela soit une question d'heures. Je ne veux pas vous tromper, Dorian Hawkmoon, mais je peux vous apporter un nouvel espoir. Je connais un sorcier, dans les contrées orientales, qui pourrait vous débarrasser du Joyau Noir. C'est un ennemi du Ténébreux Empire, et, si vous parvenez à le trouver, il vous aidera sans doute.

— Quel est son nom ?

— Malagigi d'Hamadan.

— Ce sorcier vit donc en Perse ?

— Certes, acquiesça le comté. Un pays si lointain qu'il est presque hors de votre portée.

Hawkmoon soupira et s'assit sur la table de métal.

— Eh bien, je n'ai plus qu'à espérer que votre sorcellerie sera assez efficace pour me protéger quelque temps. Je vais quitter vos terres, comte Airain, pour me rendre à Valence. Je rejoindrai l'armée qui s'y prépare à affronter les forces granbretonnes. Il nous sera impossible de remporter la victoire, mais du moins aurai-je la satisfaction d'entraîner avec moi dans la mort quelques-uns des chiens du roi-empereur. Ce sera ma vengeance, le prix de tout ce qu'ils m'ont fait subir.

Le comte eut un sourire ironique.

— Je vous rends votre vie, et vous voulez déjà la perdre… Je vous conseille plutôt de réfléchir un moment, avant de prendre une quelconque décision. Comment vous sentez-vous, monseigneur ?

Dorian Hawkmoon se mit debout et s'étira de nouveau.

— Neuf… Je me sens… neuf.

Il fronça les sourcils et reprit :

— Je suis d'accord avec vous, comte Airain. La vengeance peut attendre son heure.

— En vous sauvant la vie, constata le vieux gentilhomme avec une certaine amertume, je vous ai privé de votre jeunesse. Vous ne la retrouverez jamais plus.

Chapitre VI

LA BATAILLE DE KAMARG

— Ils n'avancent ni à l'est ni à l'ouest, remarqua Noblegent, deux mois plus tard. Au contraire, ils concentrent leurs efforts sur le sud. Il ne fait aucun doute, comte Airain, qu'ils ont deviné la vérité et qu'ils projettent de se venger.

— Peut-être est-ce moi qu'ils visent, intervint Hawkmoon, assis dans un profond fauteuil à côté de l'âtre. Si je me rendais, sans doute leur courroux s'apaiserait-il. Ils me considèrent certainement comme un traître.

Le comte Airain hocha la tête.

— Tel que je connais le baron Meliadus, je peux vous affirmer que c'est notre sang à tous qu'il réclame. Ils sont, lui et ses loups, à la tête de toutes les armées. Ils ne s'arrêteront pas avant d'avoir atteint nos frontières.

Le vieux von Villach, qui était resté jusqu'alors devant la fenêtre, perdu dans la contemplation de la ville, se retourna et dit :

— Laissons-les venir. Nous les balaierons, comme le mistral balaie les feuilles mortes.

— Espérons qu'il en sera ainsi, lança Noblegent, dubitatif. Ils ont concentré leurs forces. C'est la première fois qu'ils n'appliquent pas leur tactique habituelle.

— Les insensés ! murmura Airain. J'avoue que j'admirais leur façon de progresser en demi-cercle. Ils pouvaient ainsi renforcer leurs arrières avant de se remettre en marche. Mais, à présent, ils sont flanqués de territoires insoumis et les armées rebelles pourraient bien les isoler complètement. Si nous remportons la victoire, il leur sera difficile de battre en retraite. La colère qui anime le baron Meliadus lui fait perdre son bon sens.

— Mais, s'ils remportent la victoire, ils auront ouvert un couloir d'une mer à l'autre et leurs conquêtes ultérieures n'en seront que plus aisées.

Hawkmoon avait parlé d'une voix douce.

— C'est peut-être ainsi que Meliadus justifie son action, convint Noblegent. Et j'ai bien peur que son optimisme ne soit fondé.

— Balivernes ! ronchonna von Villach. La Granbretanne ne pourra venir à bout de nos tours.

— Elles ont été conçues pour résister à une offensive terrestre, remarqua Noblegent. Nous n'avions pas compté avec la flotte aérienne du Ténébreux Empire.

— Nous avons aussi notre armée de l'air, dit le comte Airain.

— Les flamants sont de chair et non de métal, objecta le poète-philosophe.

Hawkmoon se leva. Il portait toujours le pourpoint et les culottes de cuir noir que lui avait donnés Meliadus. Le cuir crissa.

— Avant quelques semaines, les forces du Ténébreux Empire seront à nos frontières. Quelles mesures est-il nécessaire de prendre ?

Noblegent tapota la carte qu'il tenait roulée sous son bras.

— Nous devons d'abord étudier ceci.

— Étalez-la sur cette table, lui conseilla le maître des lieux.

Noblegent s'exécuta, plaçant des coupes aux quatre coins du document pour le maintenir à plat. Les autres s'approchèrent. Sur la carte figuraient la Kamarg et les territoires limitrophes, dans un rayon de quelques centaines de milles.

— Ils suivent approximativement la rive orientale du fleuve, précisa le comte en désignant le Rhône. D'après le récit de notre messager, ils devraient se trouver ici dans moins d'une semaine. (Son doigt s'était posé sur les contreforts des Cévennes.) Nous enverrons nos éclaireurs, pour nous tenir informés de leurs mouvements, heure par heure. Et, lorsqu'ils atteindront nos frontières, nous devrons avoir groupé nos troupes aux points stratégiques.

— Que se passera-t-il, s'ils envoient leurs ornithoptères en avant-garde ? demanda Hawkmoon.

— Nous aurons nos propres patrouilles aériennes, et nous serons avertis, le cas échéant, grogna von Villach. Et, si les flamants n'en viennent pas à bout, ils se heurteront aux tours.

— Vos forces réelles sont faibles, intervint Hawkmoon. Vous dépendrez presque exclusivement de ces fameuses tours, et vous en serez réduits à rester sur la défensive.

— C'est bien ce que nous comptons faire, lui dit le comte. Nous attendrons aux frontières ; les espaces qui séparent les tours seront tenus par l'infanterie ; nous utiliserons les héliographes et les autres moyens de communication pour employer au mieux les défenses fixes.

— Tout ce que nous désirons, c'est arrêter leur offensive, lança Noblegent d'une voix quelque peu sarcastique. Les contenir, en quelque sorte.

Le comte lui jeta un bref regard, et un pli soucieux barra son front.

— C'est cela même, mon ami. Il serait insensé de prendre l'initiative. Nous sommes trop peu nombreux. Les tours représentent notre seule chance de survie. Il nous faut montrer au roi-empereur et à ses favoris que la Kamarg est en mesure de résister aux poussées de ses troupes, aux attaques terrestres, maritimes ou aériennes, aux affrontements directs ou aux sièges prolongés. Lancer nos hommes au-delà des limites de notre territoire ne serait que folie.

— Qu'en dites-vous, Hawkmoon ? s'enquit Noblegent. Vous avez l'expérience des combats contre le Ténébreux Empire.

Hawkmoon, qui consultait la carte, releva la tête.

— Je pense que la tactique du comte Airain est bonne. J'ai appris à mes dépens ce qu'il en coûte de livrer bataille suivant les règles traditionnelles contre les armées granbretonnes. Mais il me semble que nous pourrions augmenter nos chances de succès en choisissant nous-mêmes le lieu de l'affrontement. Quels sont les endroits les mieux défendus ?

Von Villach lui montra une zone située au sud-est du Rhône.

— Ici. Les tours sont plus rapprochées les unes des autres et le terrain, légèrement élevé, est suffisamment ferme pour que nous puissions y concentrer nos troupes. L'ennemi, par contre, devra traverser des terres marécageuses que les pluies de la saison ont complètement détrempées. Cela leur causera quelques difficultés. (Il haussa les épaules.) Mais à quoi servent de tels bavardages ? Ce sont les Granbretons qui choisiront l'emplacement de la bataille.

— À moins que nous ne les forcions à se plier à notre choix, rétorqua Hawkmoon.

— Et comment les y forcer ? Par une pluie de couteaux ?

Airain souriait.

— Je m'en charge, continua le jeune duc. Avec l'aide de deux cents cavaliers. Je ne rechercherai pas l'affrontement direct, mais je les harcèlerai sans répit et, avec un peu de chance, je les conduirai aussi sûrement que vos chiens dirigent les taureaux. De plus, nous pourrons vous tenir constamment au courant de leurs mouvements.

Le comte lissa sa moustache, considérant Hawkmoon avec un respect nouveau.

— Vous êtes un stratège comme je les aime. Sans doute l'âge me rend-il trop circonspect. Plus jeune, j'aurais à coup sûr conçu un plan semblable au vôtre. Cela peut réussir, Hawkmoon, mais il faudra que la chance soit de notre côté.

Von Villach s'éclaircit la gorge.

— De la chance, et de l'endurance aussi. Vous rendez-vous compte, mon garçon, de l'ampleur de votre tâche ? Vous n'aurez guère le temps de dormir, vous devrez vous tenir jour et nuit sur vos gardes. Cette mission sera épuisante. Serez-vous assez résistant pour la mener à bien ? Et les soldats que vous choisirez pourront-ils vous suivre ? Il faut penser aussi à ces machines volantes...

— Il nous suffira de nous garder de leurs éclaireurs, rétorqua Hawkmoon. Nous frapperons et nous nous replierons bien avant qu'ils aient pu faire décoller leurs appareils. Vos hommes connaissent bien le terrain, ses moindres replis, les endroits les plus propices pour se dissimuler.

Noblegent fit la moue.

— Il faut tenir compte d'un autre facteur. S'ils suivent le fleuve, c'est pour rester à proximité de leur matériel. En effet, ils transportent leurs vivres, leurs montures de rechange, leurs machines de guerre et leurs ornithoptères par bateaux. C'est pour cette raison que leur avance est si rapide. Comment pourriez-vous les amener à se séparer de leurs barges ?

Hawkmoon resta quelques instants songeur, puis adressa un sourire satisfait à son interlocuteur.

— À cette question aussi je peux répondre. Écoutez...

Le lendemain, Dorian Hawkmoon traversa les marécages, Yisselda galopant à ses côtés. Depuis le rétablissement du jeune homme, ils avaient passé de nombreuses heures ensemble et son affection pour elle n'avait fait que croître, même s'il s'efforçait de n'en rien laisser paraître. Heureuse d'être si souvent en sa compagnie, la jeune fille regrettait cependant qu'il ne se montrât pas plus chaleureux. Elle ignorait qu'Hawkmoon ne désirait rien tant que de lui faire une cour assidue, mais qu'il refrénait cette envie, se sentant responsable de la fille de son hôte. Il savait en effet qu'à tout moment du jour ou de la nuit il pouvait devenir une créature débile, privée de toute humanité. La pensée que la force du Joyau Noir risquait d'échapper au contrôle d'Airain et de retourner dans la pierre, la pensée que les seigneurs de Granbretanne pourraient à cet instant rendre sa vie à la gemme, ne le quittait pas.

C'est pourquoi il taisait son amour, c'est pourquoi il lui cachait que l'éveil de cet amour avait ranimé son esprit et que, sans son existence, le comte Airain lui eût ôté la vie. Quant à Yisselda, elle était trop timide pour faire le premier pas.

Côte à côte, ils galopaient dans les marécages, le visage fouetté par le vent, enroulés dans leurs capes, poussant leurs chevaux plus qu'il n'était raisonnable, le long des chemins étroits et tortueux qui serpentaient entre les lagunes et les mares. Des cailles et des canards s'envolaient à leur approche, des bandes de chevaux sauvages se dispersaient en les voyant venir et les taureaux blancs s'écartaient pour les laisser passer.

Ils se dirigeaient vers les grandes plages désertes, battues par les vagues glacées. Bientôt ils arrivèrent sous les tours, et les sabots de leurs montures frappèrent le sable, tandis qu'ils levaient la tête vers le ciel chargé de nuages en riant à pleine gorge. Enfin ils firent halte, contemplèrent la mer et hurlèrent jusqu'à en couvrir les hurlements du mistral.

— Noblegent m'a dit que vous partiez demain, cria Yisselda.

Le vent tomba brusquement et un grand calme se fit.

— Oui, demain. (Il la regarda, et son visage était triste.) Demain. Mais je ne tarderai pas à revenir.

Il s'était déjà détourné.

— Ne te laisse pas tuer, Dorian.

Il eut un rire confiant.

— Ce n'est pas mon destin que de périr sous les coups des Granbretons. Si telle chose avait dû m'arriver, il y a bien longtemps que je serais mort.

Elle ouvrit la bouche pour répondre, mais le vent se leva aussi soudainement qu'il était tombé, et ses longs cheveux vinrent cacher son visage. Il se pencha vers la jeune fille pour remettre en place les mèches rebelles, et, lorsqu'il sentit sous ses doigts la peau satinée de sa joue, il eut envie de l'attirer contre lui et de poser ses lèvres sur les siennes. La main d'Yisselda se referma sur le poignet de Hawkmoon, mais le jeune homme se dégagea avec douceur. Il fit volter son cheval et reprit la direction du Château Airain.

Les nuages assombrissaient le ciel, le vent courbait les hautes herbes et ridait la surface des lagunes. Une pluie fine se mit à tomber, mais elle n'eut pas le temps d'incommoder les deux jeunes gens. Flanc à flanc, leurs montures les ramenaient vers la demeure d'Airain et ils avançaient en silence, perdus dans leurs pensées…

Le corps entièrement protégé par une cotte de mailles, la tête et le visage couverts par un heaume d'acier, un long sabre au côté et un bouclier sans blason au bras, Dorian Hawkmoon leva la main pour arrêter ses hommes. Ils étaient hérissés d'armes-arcs, frondes, lances feu, haches de jet, javelots, tout ce qui pouvait semer la mort à distance. Ils les portaient dans le dos, accrochés au pommeau de leur selle, passés dans leur ceinture, fixés sur les flancs de leurs chevaux, quand ils ne les tenaient pas à la main.

Hawkmoon mit pied à terre et suivit son éclaireur jusqu'à la crête de la colline, le dos courbé, avançant précautionneusement.

En arrivant au sommet, il se coucha sur le sol et observa la vallée où serpentait le fleuve. Pour la première fois, il pouvait contempler la Granbretanne dans toute sa puissance.

C'était comme une vaste légion surgie de l'enfer, qui progressait lentement vers le sud, les bataillons succédant aux bataillons, les escadrons suivant les escadrons, et cette multitude de soldats masqués faisait penser à une armée d'animaux avançant implacablement vers les frontières de Kamarg. Des bannières immenses flottaient sur cette mer, des étendards de métal se balançaient au bout de longues hampes. Il y avait la bannière d'Asrovak Mikosevaar, ornée du cadavre ricanant surmonté d'un vautour, et qui portait, en lettres écarlates, la devise Mort à la Vie. La silhouette minuscule qui chevauchait près de ce drapeau devait être Mikosevaar en personne, le plus impitoyable des seigneurs de la guerre granbretons, après le baron Meliadus. Suivant l'emblème félin du duc Vendel, grand connétable de l'ordre du Chat, avançaient les troupes aux masques de mouches du seigneur Jarak Nankenseen. Il y avait ainsi plus de cent bannières, parmi lesquelles Hawkmoon remarqua celle de l'ordre de la Mante. Seul le grand connétable de cet ordre était absent – il s'agissait de l'empereur Huon. En tête marchaient les loups de Meliadus. Le baron portait lui-même son étendard, et son cheval caparaçonné arborait un chanfrein qui le faisait ressembler à un loup gigantesque.

Le sol tremblait sous le pas des hommes et des bêtes, l'air était empli du cliquetis métallique des armes et des armures et l'atmosphère était chargée de l'odeur des chevaux et des soldats ruisselants de sueur.

Hawkmoon ne s'absorba pas longtemps dans la contemplation de cette fantastique armée. Rapidement, il reporta son attention au fleuve, observant les péniches lourdement chargées, qui progressaient bord contre bord. Elles étaient si nombreuses qu'elles cachaient presque totalement les eaux du Rhône. Il sourit et se tourna vers l'éclaireur qui se tenait à ses côtés.

— Tu vois, cela nous convient à merveille, murmura-t-il. Toutes leurs embarcations sont regroupées. Viens, nous allons contourner leurs troupes et nous éloigner.

En courant, ils dévalèrent la colline. Hawkmoon remonta en selle et donna le signal du départ. Ses hommes le suivirent au galop, sachant qu'il n'y avait pas de temps à perdre.

Ils chevauchèrent presque tout le jour, jusqu'à ce que l'armée de Granbretanne ne fût plus qu'un nuage de poussière qui se déplaçait au sud. Les barges de l'empire avaient disparu à l'horizon.

Ils firent halte en un endroit où le Rhône s'étrécissait et devenait peu profond. Les eaux du fleuve s'écoulaient par un canal très ancien, qu'enjambait un pont de pierre. Sur une rive le sol était plat, tandis que sur l'autre il descendait en pente douce pour former une vallée.

La nuit tombait. Pataugeant dans l'eau, Hawkmoon étudiait avec attention les berges de pierre. Puis il se dirigea vers le pont et l'examina soigneusement, pour se pencher ensuite sur le lit du fleuve proprement dit. L'eau glacée coulait entre ses jambes et passait entre les mailles d'acier de ses chausses, le faisant frissonner. Le canal était en bien mauvais état. Construit avant le Tragique Millénaire, il n'avait jamais été entretenu.

Sa fonction était de détourner le cours du fleuve. Mais Hawkmoon entendait l'utiliser d'une tout autre façon.

Sur la rive, attendant son signal, se tenaient les lanciers, portant leurs longues lances feu. Hawkmoon revint vers eux et leur indiqua certains points précis de la berge et du pont. Les soldats saluèrent et vinrent se poster aux endroits choisis par leur chef. Ils levèrent leurs armes. Du bras, Hawkmoon désigna l'ouest, là où le terrain descendait en pente douce. Ils avaient compris.

Tandis que le ciel s'obscurcissait, des flammes rouges jaillirent des gueules des lances feu, entamant la pierre et faisant bouillonner les eaux du fleuve.

Dans la nuit, les armes formidables accomplissaient leur œuvre ; il y eut soudain un bruit sourd, et le pont s'écroula dans une gerbe d'eau et de vapeur. Les lanciers se tournèrent alors vers la rive occidentale, qu'ils entreprirent de découper. D'énormes blocs de pierre roulèrent dans le fleuve barré, dont les eaux commençaient à contourner le pont effondré.

Au matin, le Rhône coulait dans la vallée, et seul un mince filet d'eau courait encore au fond de l'ancien lit.

Épuisés mais satisfaits, Hawkmoon et ses hommes se congratulèrent, avant de se remettre en selle pour repartir vers le sud.

Le premier coup venait d'être porté à l'armée granbretonne, et c'était un coup sévère.

La petite troupe s'accorda quelques heures de repos dans les collines, puis se remit en route pour rattraper l'ennemi.

Hawkmoon, blotti derrière un buisson, contemplait en souriant la confusion qui régnait dans la vallée.

Le fleuve n'était plus qu'un bourbier, où gisaient, comme des baleines échouées, les péniches granbretonnes. Certaines avaient la poupe profondément enfoncée dans la vase, d'autres reposaient sur le flanc, d'autres enfin, retournées, avaient répandu leur chargement autour d'elles : machines de guerre brisées, animaux affolés, vivres gâtés. Enfoncés jusqu'à mi-cuisse dans la boue, les soldats essayaient de haler le matériel jusqu'à la rive, de libérer les chevaux entravés et de rattraper les moutons, les porcs et les bœufs qui s'étaient enfuis, pris de panique.

Les grognements des bêtes et les cris des hommes emplissaient l'atmosphère. L'armée avait perdu sa belle ordonnance. Sur les berges, de fiers cavaliers se voyaient forcés de transformer leurs pur-sang en vulgaires animaux de trait, pour tenter de rapprocher de la terre ferme les barges enlisées. Un peu plus loin on dressait le camp, car Meliadus avait compris qu'il était impossible de continuer à avancer avant d'avoir sauvé du désastre la plus grande partie du matériel et des vivres. Les gardes que l'on avait postés autour du camp s'intéressaient plus au spectacle de leurs compagnons enfoncés dans la vase qu'aux collines, où Hawkmoon et ses hommes attendaient leur heure.

La nuit venait et, comme il était impossible aux ornithoptères de voler dans l'obscurité, le baron Meliadus ne pourrait apprendre la raison exacte de l'assèchement brutal du fleuve que le lendemain. Alors, songea Hawkmoon, il enverrait sans doute ses sapeurs réparer les dégâts. Mais, cela, le jeune duc l'avait prévu aussi.

Il était temps à présent de se préparer. Il rampa jusqu'à la cuvette où bivouaquaient ses hommes et réunit ses lieutenants. Il visait un objectif précis et il espérait que le succès de son projet démoraliserait complètement les guerriers de Granbretanne.

La nuit était tombée. À la lumière des torches, les soldats continuaient à travailler, tirant les lourdes machines de guerre jusqu'à la rive, rapportant sur la terre ferme des caisses de vivres. Meliadus, pressé d'atteindre les frontières de Kamarg, n'avait accordé aucun répit à ses hommes. Monté sur son destrier, il parcourait le terrain, exhortant les soldats épuisés et suants. Au camp, chaque ordre avait monté ses tentes autour de sa bannière, mais rares étaient ceux qui se reposaient.

Personne ne remarqua l'approche des guerriers vêtus de capes noires dont les chevaux descendaient sans bruit les flancs de la colline.

Hawkmoon arrêta sa monture et porta sa main droite à son côté, où pendait le sabre que Meliadus lui avait donné. Il le tira du fourreau, le leva lentement, puis, d'un geste énergique, le pointa vers l'avant. C'était le signal de la charge.

Sans pousser un cri, accompagnés seulement par le roulement des sabots de leurs bêtes et le cliquetis métallique de leurs armes, les hommes de Kamarg s'élancèrent, suivant leur chef qui, couché sur l'encolure de son cheval, fondait sur un garde surpris. La pointe de son sabre s'enfonça dans la gorge du soldat, qui trépassa avec un gargouillis étouffé. Ils arrivèrent devant les premières tentes, coupèrent les cordes qui les retenaient et occirent les rares ennemis qui essayaient de les arrêter. Les Granbretons ignoraient toujours qui les attaquait. Hawkmoon atteignit le centre du premier cercle, et son bras armé décrivit une large courbe. La lourde lame brisa la hampe de l'étendard – c'était celui de l'ordre du Chien – qui s'effondra dans le feu de camp, éclaboussant la nuit d'une gerbe d'étincelles.

Le jeune duc ne prit pas le temps de contempler son œuvre. Talonnant sa monture, il s'engagea plus avant parmi les tentes de l'armée granbretonne. Les soldats qui travaillaient dans le lit du fleuve ne s'étaient aperçus de rien, car leur tumulte couvrait le bruit de l'attaque.

Trois fantassins, équipés seulement de la moitié de leur armure, coururent à la rencontre de Hawkmoon, l'arme haute. Le cheval du jeune homme fit un écart, et le cavalier en profita pour frapper de taille. L'acier heurta l'acier, et l'épée de l'un des assaillants tomba au sol. Le second fut blessé au poignet et le troisième essaya de s'enfuir. Hawkmoon le rattrapa et le perça de part en part.

Sa monture se cabra, et Dorian dut lutter un instant pour reprendre son contrôle. Suivi de ses hommes, il galopa ensuite vers une nouvelle rangée de tentes. Il arriva en terrain découvert, pour tomber nez à nez avec un groupe de guerriers vêtus de leurs seules chemises et armés de boucliers et d'épées. Hawkmoon lança un ordre à ses compagnons, qui se déployèrent pour charger. En quelques instants, ils avaient tué ou mis hors de combat la totalité de leurs adversaires. Ils se précipitèrent vers de nouvelles tentes, dont ils tranchèrent les cordes, emprisonnant leurs occupants sous les épaisses toiles.

Hawkmoon, dont le sabre ruisselait de sang, se fraya un chemin jusqu'au centre du cercle, où se dressait ce qu'il était venu chercher, la fière bannière de l'ordre de la Mante, la bannière du roi-empereur. Plusieurs soldats s'apprêtaient à la défendre, plaçant en toute hâte leurs casques sur leurs têtes, bouclant précipitamment leurs armures et empoignant leurs boucliers. Sans prendre la peine de s'assurer que ses hommes le suivaient, Hawkmoon se jeta sur eux en poussant un hurlement sauvage. Une secousse lui parcourut le bras lorsque sa lame vint frapper le bouclier du guerrier le plus proche. Il doubla son coup, et le bouclier vola en éclats. La pointe de sa lame creusa un sillon sanglant dans le visage de son adversaire. L'homme vacilla et s'écroula en arrière, le torse inondé de sang. Sans s'attarder, le jeune duc frappa de nouveau, décapitant un second Granbreton. Il eut le temps d'en pourfendre un troisième, avant que ses hommes ne le rejoignent. Ensemble, ils obligèrent les défenseurs de l'étendard à reculer.

La cotte de mailles de Hawkmoon était déchirée en plusieurs endroits, il avait perdu son bouclier, mais il continua à se battre jusqu'à ce qu'il ne reste plus qu'un seul survivant, debout au pied de la bannière.

Alors il sourit, se pencha en avant, fit sauter de la pointe de sa lame le casque du soldat et lui fendit le crâne. Tendant la main, il saisit la hampe et l'arracha du sol. Il brandit l'étendard, et un cri de triomphe monta de la gorge de ses compagnons. Ensuite il fit volter son cheval et repartit vers les collines, forçant son destrier à sauter les cadavres et les tentes abattues.

— Vous avez vu ? hurla dans son dos un soldat blessé. Il porte une pierre noire au front.

Le baron Meliadus apprendrait bien vite l'identité de l'assaillant, de celui qui avait dérobé le plus précieux emblème de son armée.

Hawkmoon se retourna sur sa selle, agita son trophée et partit d'un grand rire.

— Hawkmoon ! cria-t-il. Hawkmoon !

C'était le cri de guerre de ses ancêtres, jailli de sa gorge presque sans qu'il en eût conscience. Il fallait que le baron Meliadus, l'assassin de son peuple, sache qui osait ainsi le défier.

L'étalon noir de Hawkmoon se cabra, les naseaux écumants, les yeux flamboyants, puis volta et partit au galop.

Des cavaliers granbretons, rendus fous de rage par le rire méprisant du jeune duc, se lancèrent bientôt à sa poursuite.

La troupe de Hawkmoon atteignit enfin les collines et prit le chemin du campement secret qui avait été préparé plusieurs jours auparavant. Derrière eux, les hommes de Meliadus avançaient à l'aveuglette. En se retournant, Dorian vit que la confusion la plus complète régnait dans le camp des Granbretons et dans le lit du fleuve asséché. Des soldats couraient en tous sens, portant des torches et s'interpellant, affolés.

Grâce à leur parfaite connaissance du terrain, les compagnons du jeune duc ne tardèrent pas à distancer leurs poursuivants. Ils arrivèrent bientôt devant une colline rocheuse, dans le flanc de laquelle s'ouvrait une grotte, dont l'entrée avait été soigneusement camouflée. Ils y pénétrèrent, mirent pied à terre et coururent replacer les branchages qui masquaient l'ouverture. L'endroit était spacieux et donnait sur d'autres salles, plus vastes encore. Là, ils pourraient tout à leur aise prendre du repos et abriter leurs chevaux. Un ruisseau souterrain coulait dans la caverne la plus éloignée, où l'on avait entassé assez de provisions pour tenir plusieurs jours. D'autres camps secrets les attendaient, tout le long de la route de Kamarg.

On alluma des torches et Hawkmoon descendit de sa monture. Il jeta dans un coin l'étendard de l'ordre de la Mante, puis, souriant, se tourna vers Pelaire, son premier lieutenant.

— Dès demain, les ornithoptères iront survoler le barrage et Meliadus enverra ses sapeurs. Nous devons faire en sorte qu'ils ne détruisent pas notre ouvrage.

Pelaire acquiesça.

— Certes. Mais, même si nous parvenons à massacrer ce premier détachement, un second suivra…

Hawkmoon haussa les épaules.

— Et un troisième, sans aucun doute. Cependant, je compte sur le fait que le baron est pressé d'atteindre la Kamarg. Il finira bien par comprendre qu'il est inutile de perdre du temps et des hommes à essayer de rétablir le cours du fleuve. Alors il reprendra sa marche et, si nous sommes toujours en vie, nous nous efforcerons de l'amener à l'endroit choisi.

Pelaire le quitta pour aller compter ses troupes. Hawkmoon attendit qu'il ait fini, puis lui demanda :

— Beaucoup de pertes ?

La joie et l'incrédulité se lisaient sur le visage rond du lieutenant.

— Aucun homme ne manque à l'appel, monseigneur. Aucun !

— C'est un bon présage, lança le jeune duc en envoyant une claque amicale dans le dos de Pelaire. Nous devons, à présent, prendre un peu de repos. Demain, la journée sera dure.

À l'aube, le guetteur posté à l'entrée de la grotte vint annoncer une mauvaise nouvelle.

— Une machine volante, expliqua-t-il à Hawkmoon,

qui se lavait dans l'eau froide du ruisseau. Elle tourne au-dessus de nous depuis dix minutes.

— Pensez-vous que le pilote ait deviné quelque chose ? Se pourrait-il qu'il ait retrouvé nos traces ? demanda Pelaire.

— C'est impossible, lâcha Hawkmoon tout en s'essuyant le visage. Le terrain est trop dur pour garder la moindre empreinte. Il nous suffit d'attendre ; ces ornithoptères ne peuvent pas voler très longtemps et doivent retourner à leur base pour se ravitailler.

Cependant le garde revint une heure plus tard pour annoncer qu'une seconde machine était venue remplacer la première. Hawkmoon, pensif, se mordit la lèvre inférieure, puis finit par prendre une décision.

— Nous ne pouvons plus attendre. Nous devons arriver au barrage avant les sapeurs. C'est pourquoi nous allons changer de tactique et adopter un plan plus audacieux...

Sans perdre un instant, il prit l'un de ses hommes à part et échangea quelques phrases avec lui. Ensuite, il fit signe à deux de ses lanciers de s'avancer, leur parla brièvement, et, s'adressant enfin au reste de ses compagnons, il leur demanda de seller leurs chevaux et de se préparer à quitter la grotte.

Un peu plus tard, un cavalier solitaire sortait de la caverne et entreprenait de descendre lentement le flanc de la colline.

De sa cachette, Hawkmoon vit le disgracieux appareil, sur lequel se reflétaient les rayons du soleil, entamer sa descente, battant bruyamment des ailes. Il avait compté sur la curiosité du pilote, et ne fut pas déçu.

Sa main se leva, et les lanciers pointèrent leurs longues armes, dont les spires commençaient déjà à rougeoyer. Les lances feu présentaient un certain nombre d'inconvénients : leur mise en marche n'était pas instantanée et il arrivait que leur maniement soit rendu impossible par la chaleur qu'elles dégageaient.

L'ornithoptère descendait en spirale. Les lanciers visèrent soigneusement leur cible. Dans l'appareil, on pouvait apercevoir le pilote, penché à l'extérieur, son masque de corbeau regardant vers le sol.

— Maintenant ! souffla Hawkmoon.

Ensemble, deux lignes de feu jaillirent de la bouche des lances. La première vint frapper le flanc de l'ornithoptère ; elle ne réussit qu'à élever légèrement la température de la paroi métallique. Mais la seconde toucha le pilote, dont le corps sembla s'embraser instantanément. Affolé, l'homme lâcha les commandes pour essayer d'étreindre de ses mains gantées le feu qui dévorait ses vêtements. Les ailes se mirent à battre d'une façon désordonnée et l'engin, basculant sur le côté, perdit brusquement de l'altitude. Le pilote tenta de reprendre le contrôle de son appareil, mais il était trop tard. L'ornithoptère s'écrasa sur une colline, rebondit, les ailes toujours battantes, puis se fracassa sur le sol rocheux. Le corps désarticulé de l'homme au masque de corbeau fut projeté à plusieurs pas. L'appareil ne prit pas feu, mais explosa avec un bruit sec. Hawkmoon ignorait quelle source d'énergie permettait aux ornithoptères de fonctionner, mais leur manière d'exploser était fort curieuse.

Il enfourcha son noir étalon et fit signe à ses hommes de le suivre. Quelques instants plus tard, ils dévalaient le flanc de la colline, en direction du barrage qu'ils avaient édifié la veille.

Cette journée d'hiver était froide et ensoleillée et l'air qui emplissait leurs poumons était vivifiant. Ils avançaient, confiants et optimistes, rendus joyeux par le succès de la nuit dernière. Enfin ils aperçurent le barrage, virent le fleuve rouler ses eaux dans son nouveau lit et distinguèrent un détachement de guerriers et de sapeurs qui venait d'arriver sur les lieux. Certains des Granbretons étaient déjà en train d'inspecter le pont écroulé.

Ils chargèrent.

En tête, les lanciers se calèrent sur leurs selles pour mettre en action leurs armes capricieuses.

Dix traînées flamboyantes vinrent semer l'effroi dans les rangs des Granbretons. Certains, transformés en torches vivantes, se ruaient vers l'eau en hurlant. Le feu dispersa les taupes et les blaireaux et fit reculer les troupes qui les protégeaient, les vautours de Mikosevaar.

Les hommes de Hawkmoon étaient sur eux, et l'air résonna du fracas de leurs armes. Des haches ensanglantées fendaient l'air en sifflant, des sabres se levaient et retombaient lourdement, des agonisants hurlaient, des chevaux renâclaient et hennissaient, se cabrant au-dessus des cadavres.

La monture de Hawkmoon, protégée par une cotte de mailles, vacilla sous le choc d'une hache à double tranchant que venait d'abattre sur elle un guerrier gigantesque. La bête tomba, entraînant son cavalier dans sa chute et l'immobilisant sous elle. Le soldat au masque de vautour s'avança, brandissant sa hache au-dessus de Hawkmoon. Ce dernier parvint à dégager son bras, et le sabre qu'il tenait à la main amortit le coup. Déjà le destrier se remettait sur ses jambes. Le jeune duc se releva et empoigna les rênes tout en parant les assauts de son adversaire.

À trois reprises, le fer de la hache rencontra la lame du sabre. L'effort avait rendu douloureux le bras de Hawkmoon. Enfin il réussit à faire glisser le tranchant de son arme le long du manche de la hache et l'abattit sur le poignet du mercenaire, qui laissa échapper un juron. Profitant de la surprise du géant, il frappa de toutes ses forces le masque de métal, y imprimant une marque profonde. L'homme grogna et vacilla. Les deux mains sur la poignée de son sabre, Hawkmoon frappa de taille, et le masque de vautour se fracassa, révélant un visage couvert de sang, dont la bouche béante demandait merci. Les yeux du jeune homme s'étrécirent, car il méprisait les mercenaires plus encore que les soldats granbretons. Il porta un troisième coup à son adversaire, avec une telle violence que l'autre, quoique déjà mort, fit quelques pas en arrière pour aller s'écrouler sur l'un de ses compagnons aux prises avec un homme de Kamarg.

Hawkmoon se remit en selle et mena ses hommes à l'attaque des survivants de la légion du Vautour, frappant autour de lui avec une fureur sanguinaire. Bientôt il ne resta plus que quelques sapeurs, armés seulement de courtes épées. Ils n'offrirent qu'une médiocre résistance et subirent le même sort que leurs frères d'armes. Leurs corps furent jetés sur le barrage ou dans l'eau du fleuve auquel ils avaient projeté de rendre son cours initial.

Tandis qu'ils regagnaient les collines, Pelaire se tourna vers Hawkmoon.

— N'avez-vous donc aucune pitié, monseigneur ?

— Aucune, répliqua Hawkmoon, distant. Hommes, femmes, enfants, s'ils sont granbretons ou simplement favorables au Ténébreux Empire, sont tous mes ennemis, et je dois les traiter comme tels.

Cette fois, ils avaient perdu huit des leurs. Compte tenu de l'importance des forces qu'ils avaient détruites, ils avaient eu, encore une fois, beaucoup de chance. Les Granbretons avaient coutume de massacrer leurs adversaires, mais n'étaient pas habitués à subir de semblables assauts. Peut-être cela expliquait-il le nombre peu élevé des pertes dans les rangs kamarguais.

Meliadus envoya quatre autres détachements, à chaque fois mieux armés, pour tenter de détruire le barrage. Les cavaliers de Kamarg les massacrèrent. Eux-mêmes ne laissèrent qu'une cinquantaine d'hommes sur le terrain. Hawkmoon, à la tête des cent cinquante survivants, allait pouvoir aborder la seconde partie du plan, le harcèlement des armées du Ténébreux Empire. Celles-ci n'avançaient plus que lentement, encombrées par les machines de guerre et les vivres, qu'il leur fallait désormais transporter par voie de terre.

Hawkmoon se garda bien d'attaquer le jour, alors que les ornithoptères patrouillaient dans le ciel. La nuit, en revanche, ses lanciers incendièrent des dizaines de tentes, brûlant leurs occupants, ses archers massacrèrent des centaines de sentinelles et tuèrent tous ceux qui partaient à la recherche de leurs campements secrets. Le sang qui couvrait les lames n'avait guère le temps de sécher, le tranchant des haches était émoussé, tant elles avaient frappé, et les lourds javelots venaient à manquer. Hawkmoon et ses compagnons étaient devenus hâves, avaient le teint blême, les yeux rouges, et éprouvaient parfois des difficultés à se tenir en selle. Ils manquèrent à plusieurs reprises de se faire surprendre par des ornithoptères ou des patrouilles lancées à leur recherche. Ils prirent soin d'abandonner sur les routes qui partaient du fleuve les cadavres des Granbretons qu'ils avaient mis à mort et forcèrent l'armée du Ténébreux Empire à les emprunter.

Comme l'avait supposé Hawkmoon, Meliadus ne consacra pas suffisamment de temps à cette guérilla pour y mettre fin. Son impatience d'atteindre la Kamarg l'emportait sur la haine qu'il éprouvait à l'égard de Hawkmoon, et sans doute pensait-il qu'une fois conquises les terres du comte Airain il lui serait facile de se débarrasser du jeune duc.

Une seule fois, les deux hommes faillirent s'affronter. Hawkmoon et ses cavaliers passaient entre les tentes et les feux de camp, frappant au hasard, avant de s'enfuir au galop, lorsque Meliadus arriva, à la tête d'un détachement de loups. Il aperçut Dorian, qui mettait à mort deux soldats empêtrés dans la toile d'une tente abattue, et fondit sur lui, l'épée haute.

Le jeune homme releva la tête et, de son sabre, arrêta le coup. Un sourire ironique sur les lèvres, il força l'autre à reculer.

— Grand merci, baron Meliadus, lança-t-il. Les soins dont vous m'avez entouré, lors de mon séjour à Londra, semblent avoir décuplé mes forces...

— Oh ! Hawkmoon, répliqua le Granbreton, contenant à grand-peine la rage qui faisait trembler sa voix, j'ignore de quelle manière vous êtes parvenu à échapper au Joyau Noir, mais sachez que vous connaîtrez un sort mille fois plus horrible que celui qui vous attendait, quand j'aurai soumis la Kamarg et que je vous aurai à nouveau capturé.

Brusquement, le jeune homme engagea la pointe de sa lame sous la garde du sabre de Meliadus et, d'un mouvement du poignet, le lui arracha des mains. Il s'apprêtait à frapper, lorsqu'il s'aperçut qu'un fort parti de soldats granbretons arrivait vers lui au triple galop.

— Il est temps pour moi de prendre congé, baron. Mais je me souviendrai de votre promesse... quand vous serez mon prisonnier.

Il fit volter son cheval et, dans un grand éclat de rire, s'éloigna à bride abattue. Avec un mouvement de la main qui trahissait sa colère, Meliadus mit pied à terre et ramassa son arme.

— Avant un mois, il se traînera à mes pieds, siffla-t-il entre ses dents.

Vint le jour où Hawkmoon et ses compagnons cessèrent de harceler leurs ennemis pour regagner, en traversant les marécages, les collines où les attendaient le comte Airain, Léopold von Villach et le gros des troupes kamarguaises. Les hautes et sombres tours, presque aussi vieilles que la terre qui les portait, dominaient la région, hérissées d'armes étranges dont les gueules pointaient par chacune de leurs meurtrières.

Hawkmoon engagea son cheval sur la pente de la colline et se dirigea vers la silhouette solitaire du comte Airain, qui sourit à la fois de plaisir et de soulagement en le reconnaissant.

— Je suis heureux d'avoir choisi de vous laisser en vie, duc von Köln, lança-t-il chaleureusement. Vous avez accompli votre mission, et vous revenez avec la plus grande partie de vos effectifs. Même au cours de ma jeunesse, je crois que je n'aurais pas fait mieux.

— Merci, comte Airain. À présent, nous devons nous préparer. Nous n'avons guère qu'une demi-journée d'avance sur les troupes de Meliadus.

En contrebas, sur l'autre versant de la colline, il aperçut les forces kamarguaises, composées principalement de fantassins.

Il y avait au plus un millier d'hommes. Comparés aux troupes granbretonnes, ils semblaient ridiculement peu nombreux. Ils devraient se battre à un contre vingt, sinon à un contre quarante.

Le comte surprit l'expression de Dorian.

— N'ayez crainte, mon garçon. Nous avons bien mieux que des épées à leur opposer.

Le jeune duc s'était trompé en pensant que l'armée ennemie mettrait une demi-journée à atteindre la frontière. Les Granbretons avaient en effet décidé de faire halte avant de continuer leur marche, et ce ne fut que le lendemain vers midi que les guetteurs annoncèrent leur approche. Ils marchaient dans la plaine, en ligne de bataille. Chaque bataillon, chaque escadron était constitué des membres d'un même ordre, et chaque soldat avait fait le serment de défendre ses compagnons, qu'ils soient vivants ou morts. C'était là une des raisons de la suprématie militaire de l'empire. Aucun homme ne pouvait reculer, à moins d'en avoir reçu l'ordre, de la bouche même de son grand connétable.

Le comte Airain, sur sa monture, regardait l'ennemi avancer. Dorian Hawkmoon et Léopold von Villach se tenaient à ses côtés, mais c'était le vieux gentilhomme qui dirigerait les opérations. « La vraie bataille va commencer », songea Dorian, et il était difficile de concevoir qu'ils puissent remporter la victoire. Le comte n'était-il pas trop sûr de soi ?

Hommes et machines s'immobilisèrent à un demi-mille de la colline. Deux cavaliers sortirent des rangs et s'avancèrent. Lorsqu'ils furent plus près, Hawkmoon reconnut l'étendard de Meliadus, et il comprit un instant plus tard que l'un des deux émissaires était le baron en personne. Le héraut qui l'accompagnait tenait à la main un porte-voix de bronze, ce qui signifiait qu'ils avaient l'intention de parlementer.

— Il n'a tout de même pas l'intention de se rendre, grogna von Villach. Et il n'est pas assez fou pour espérer que nous allons capituler.

— J'en doute, en effet, sourit Hawkmoon. Il s'agit à coup sûr de l'une de ses fameuses ruses.

Remarquant le sourire particulier du jeune homme, le comte Airain lui lança :

— Méfie-toi de la haine, Dorian Hawkmoon. Ne la

laisse pas l'emporter sur ta raison. Ne suis pas l'exemple de Meliadus.

Le jeune duc continua à regarder droit devant lui et ne répondit rien.

Le héraut porta lentement à ses lèvres le lourd mégaphone de bronze.

— Je parle au nom du baron Meliadus, grand connétable de l'ordre du Loup, premier chèvetain des armées du très noble roi-empereur, souverain de Granbretanne et futur maître de l'Europe entière.

— Dis à ton maître d'ôter son masque et de parler lui-même, rétorqua le comte Airain de sa voix sonore.

— Mon maître vous offre une paix honorable. Si vous vous rendez sur-le-champ, il promet que le sang ne coulera pas. Il se bornera à assurer le gouvernement de votre province au nom du Roi-Empereur Huon, pour que justice soit faite et que l'ordre s'installe sur cette terre rebelle. Nous vous offrons le salut. Si vous refusez, toute la Kamarg devra en supporter les conséquences. Tout ce que le feu n'aura pas détruit sera englouti par la mer. Le baron Meliadus dit que vous savez fort bien qu'il est en son pouvoir d'agir ainsi et que toute résistance entraînerait votre mort, ainsi que celle de vos sujets.

— Dis au baron Meliadus, qui se dissimule derrière son masque, trop honteux pour parler puisqu'il sait qu'il n'est qu'un roquet misérable, qui a abusé de mon hospitalité et que j'ai défait en un combat loyal, dis-lui que nous sommes capables de le mettre à mort, lui, comme ses semblables. Dis-lui qu'il n'est qu'un chien peureux et que mille de ses pareils ne pourraient venir à bout d'un taureau de Kamarg. Dis-lui que nous méprisons l'offre de paix qu'il nous fait, que nous la considérons comme une ruse grossière qui n'aurait même pas abusé un enfant. Dis-lui que nous n'avons nul besoin d'un gouverneur et que nous sommes très satisfaits de la manière dont nous nous gouvernons. Dis-lui…

Airain partit d'un grand rire en voyant Meliadus, fou de rage, faire demi-tour et, suivi du héraut, rejoindre ses hommes.

Ils attendirent un quart d'heure, puis virent décoller les ornithoptères. Dorian soupira. Les machines volantes avaient déjà causé sa défaite, à Köln. L'Histoire allait-elle se répéter ?

Le comte leva son sabre, et l'on entendit un grand bruissement d'ailes. Regardant derrière lui, le jeune duc vit les flamants écarlates prendre leur essor. Comparés aux maladroits ornithoptères, qui s'efforçaient d'imiter leur vol, ils avaient une grâce extraordinaire. Les grands oiseaux montaient toujours plus haut, et leurs cavaliers, juchés sur leurs hautes selles, chacun muni d'une lance feu, les guidèrent à la rencontre des ornithoptères de bronze.

Les flamants, qui volaient à une altitude supérieure, étaient mieux placés que les lourds appareils, mais il était difficile de croire qu'ils pourraient sortir vainqueurs de l'affrontement. Des traînées rouges, presque invisibles à cette distance, venaient frapper les flancs des ornithoptères. Un pilote fut touché. Tué sur le coup, il tomba de son appareil, dont les ailes, après avoir battu l'air quelques instants d'une façon désordonnée, se replièrent. Comme une pierre, l'engin vint s'écraser au pied de la colline. Hawkmoon vit un pilote granbreton braquer sur un flamant les canons jumeaux de son ornithoptère. Deux traits de feu rayèrent le ciel, et l'oiseau écarlate, touché, bascula sur le flanc. Dans un nuage de plumes, il s'abattit sur le sol. L'air était brûlant et empli du bruit infernal des machines volantes, mais le comte Airain s'était détourné du spectacle pour s'intéresser à la cavalerie du Ténébreux Empire, qui venait de lancer la charge.

Pendant un moment, le comte resta immobile, se contentant de regarder la foule des cavaliers qui se rapprochait. Puis il leva son sabre une nouvelle fois et rugit :

— Que les tours ouvrent le feu !

Les museaux de certaines des armes étranges qui hérissaient les tours se tournèrent en direction des assaillants et un sifflement aigu se fit entendre, presque insoutenable. Hawkmoon remarqua que les armes n'avaient envoyé aucun projectile ; cependant, à l'instant où ils atteignaient les marécages, les chevaux se cabraient, affolés, les naseaux écumants et les yeux révulsés. Les cavaliers étaient désarçonnés et, pataugeant dans la boue, essayaient de calmer les bêtes malades de peur.

Le comte Airain se tourna vers son compagnon.

— Cette arme émet un rayon invisible qui porte le son. Le sifflement que vous avez entendu n'est rien auprès de ce qu'ont dû subir les montures de nos ennemis.

— Devons-nous charger sur-le-champ ? demanda Hawkmoon.

— Non, non, attendons. Refrénez votre impatience.

Les chevaux s'écroulaient les uns après les autres, inconscients, les membres raidis.

— Cela les tue, ce qui est regrettable, murmura Airain.

Bientôt toutes les bêtes furent couchées dans la vase et leurs cavaliers, jurant et pestant, regagnèrent la terre ferme, indécis.

Au-dessus de leur tête, les flamants plongeaient sur les ornithoptères, les contournaient, rachetant en grâce la puissance qui leur faisait défaut. Mais les machines, avec leurs cliquetis et leur maladresse, avaient pris l'avantage.

De grosses pierres vinrent s'écraser à proximité des tours.

— Les machines de guerre ! Ils utilisent leurs catapultes, gronda von Villach. Ne pouvons-nous pas…

— Patience, répondit le comte Airain d'une voix apparemment sereine.

Une violente vague de chaleur les submergea et un rayon fulgurant d'un stupéfiant calibre vint frapper l'édifice le plus proche.

— Un canon à feu ! C'est le plus gros que j'aie jamais vu ! s'exclama Hawkmoon. Il va tous nous détruire !

Le comte Airain galopait déjà vers la tour qui subissait les assauts de l'arme formidable. Ils le virent sauter de son cheval et pénétrer dans le bâtiment, qui semblait ne plus pouvoir résister longtemps. Quelques instants plus tard, la tour se mit à tourner sur elle-même, de plus en plus vite, et Hawkmoon, surpris, constata qu'elle était en train de s'enfoncer dans le sol. Les flammes, à présent, passaient nettement au-dessus d'elle. Le canon fut pointé sur la tour suivante, qui commença elle aussi à tourner. Pendant ce temps, la première reprenait sa position initiale. Une arme étrange apparut entre les créneaux. Il s'en dégageait une lueur vert et pourpre, et sa gueule avait la forme d'une cloche. Lorsqu'elle fit feu, une série de sphères blanches en jaillit, et les projectiles tombèrent à proximité du canon. Hawkmoon les vit rebondir entre les pieds des artilleurs. À cet instant, son attention fut distraite par un ornithoptère qui s'écrasa dans le marécage, tout près de la colline. Sans réfléchir, il fit volter sa monture et partit au galop se mettre à l'abri de l'explosion de l'appareil. Von Villach le rejoignit.

— Connaissez-vous ces choses ? demanda le jeune duc.

Le lieutenant du comte secoua négativement la tête. Il semblait aussi intrigué que son compagnon.

Puis Hawkmoon remarqua que les sphères blanches avaient cessé de rebondir et que le canon ne crachait plus de feu. Quant à la centaine de soldats qui se trouvaient autour de la pièce, ils demeuraient parfaitement immobiles. Ébahi, Dorian comprit qu'ils étaient gelés. De nouvelles sphères sortirent de la bouche de l'arme, pour aller rebondir au pied des catapultes et des autres machines de guerre. Bientôt les servants furent tous pétrifiés par le froid et les quartiers de roc cessèrent de pleuvoir sur les tours.

Airain vint rejoindre ses compagnons. Il souriait.

— Nous n'avons pas fini de surprendre ces imbéciles, lança-t-il.

— Vos armes seront-elles en mesure de repousser tant d'hommes à la fois ? demanda Hawkmoon en désignant du doigt l'infanterie qui se mettait en marche.

Les fantassins étaient si nombreux qu'il semblait impossible qu'il pût exister une arme assez puissante pour les arrêter.

— Nous verrons bien, répliqua le comte en faisant un signe à l'un des guetteurs de la tour la plus proche.

Au-dessus d'eux, le combat faisait rage. Le ciel était zébré de traits de feu ; des morceaux de métal, des plumes ensanglantées tombaient autour des trois hommes. La confusion était telle qu'il était difficile de dire quel parti avait l'avantage.

L'infanterie était presque sur eux, lorsque Airain pointa son sabre vers les nues. La tour braqua en direction des troupes granbretonnes des armes aux mufles épais. Des boules de verre, qui, dans le soleil, brillaient d'un éclat bleuté, traversèrent les airs pour aller rouler entre les rangs des fantassins. Aussitôt les hommes se débandèrent et commencèrent à courir en tous sens, comme saisis par la démence, agitant leurs bras d'une façon grotesque ou arrachant les masques de leurs ordres.

— Que s'est-il passé ? s'enquit Hawkmoon, stupéfait.

— Ces sphères contiennent un gaz hallucinatoire, lui répondit le seigneur gardian. Il provoque chez celui qui le respire des visions horribles.

Il se tourna sur sa selle et fit un signe à ses troupes. Elles se mirent en marche.

— L'heure est venue d'affronter la Granbretanne avec des armes ordinaires, dit-il à mi-voix.

Les fantassins qui avaient échappé aux sphères bleues leur décochèrent une grêle de flèches et les lanciers granbretons ouvrirent le feu. Immédiatement, les archers d'Airain ripostèrent, tandis que les lances feu kamarguaises entraient en action. Les traits rebondirent sur les armures ; plusieurs hommes tombèrent. Les terribles lances semèrent la mort dans les rangs des protagonistes. Dans ce chaos, l'infanterie granbretonne avançait, résolue, malgré les pertes sévères qu'elle avait subies. Les soldats du Ténébreux Empire furent forcés de s'arrêter lorsqu'ils atteignirent l'étendue marécageuse, encombrée des cadavres de leurs chevaux, et leurs officiers durent user de la menace pour les inciter à reprendre leur progression.

Le comte Airain appela son héraut, et l'homme s'approcha, portant le drapeau de son maître, gantelet rouge sur fond blanc.

Ils attendirent, tandis que l'infanterie s'engageait dans le marécage, brisant les rangs pour contourner les dépouilles des chevaux, pataugeant dans la vase pour rejoindre la colline où étaient massées les forces de Kamarg.

Hawkmoon distingua Meliadus, légèrement en retrait, puis il reconnut le masque de vautour d'Asrovak Mikosevaar, qui, le premier, à la tête de sa légion, atteignit la terre ferme.

Le jeune duc fit avancer son cheval de quelques pas, de façon à barrer le chemin du mercenaire moskovien.

Il entendit un rugissement et vit que le vautour aux yeux de rubis le regardait.

— Ah, ah ! Voici Hawkmoon ! Ce chien vicieux qui nous a causé tant de tracas ! Voyons si tu sais te battre loyalement, traître !

— Je t'interdis de me qualifier ainsi, renifleur de cadavres ! gronda Hawkmoon.

Mikosevaar brandit sa lourde hache, rugit à nouveau et courut sus à Hawkmoon, qui sauta au sol, le bouclier au bras et le sabre à la main, prêt à défendre sa vie.

La hache, faite entièrement de métal, vint s'abattre sur le bouclier, et, sous le choc, Dorian partit en arrière. Un second coup suivit, qui arracha la partie supérieure du bouclier. Hawkmoon balança son sabre et toucha l'épaule de son adversaire, que sa cuirasse protégeait. Une gerbe d'étincelles jaillit. Aucun des deux ne reculait, rendant coup pour coup, tandis qu'autour d'eux la bataille faisait rage. Le jeune duc jeta un coup d'œil dans la direction de von Villach et vit qu'il luttait contre Mygel Holst, archiduc de Londra, qui avait à peu près son âge et sa force. Quant au comte Airain, il se frayait un chemin parmi les hommes de troupe, pour essayer de trouver Meliadus qui, de toute évidence, avait décidé de diriger de loin le déroulement des opérations.

Grâce à l'avantage que leur donnait le terrain, les Kamarguais pouvaient résister à la poussée des Granbretons.

Le bouclier de Hawkmoon n'était plus qu'une ruine de métal déchiré. Comme il était inutilisable, il s'en débarrassa et, saisissant son sabre à deux mains, le leva pour parer le coup que Mikosevaar s'apprêtait à lui porter. Les deux hommes ahanaient comme des bûcherons, tandis qu'ils essayaient de conserver leur équilibre sur le sol glissant de la colline. Chacun tentait de faire tomber l'autre, poussant de toutes ses forces, s'effaçant, parant pour revenir aussitôt à la charge.

Hawkmoon suait abondamment sous sa cotte de mailles et l'effort lui arrachait des grognements sauvages. Brusquement, son pied se déroba et il tomba, un genou en terre. Mikosevaar levait déjà sa hache pour lui trancher la tête. Le jeune homme se jeta à plat ventre, agrippa les jambes de son protagoniste et le déséquilibra. Ils roulèrent tous deux, se battant farouchement, se rapprochant lentement du marécage.

Jurant et grognant, ils pataugèrent un moment dans la boue. Aucun n'avait perdu son arme, et ils se remirent debout, chancelants, pour reprendre le combat. Hawkmoon s'adossa au cadavre d'un destrier et fit décrire à sa lame un large demi-cercle. Si Mikosevaar n'avait pas courbé la tête, le coup eût été fatal. La pointe du sabre avait arraché le masque de vautour du mercenaire moskovien, révélant un visage orné d'une épaisse barbe blanche et des yeux révulsés, flamboyants de démence. Mikosevaar releva sa hache, pour frapper l'abdomen de Hawkmoon, mais celui-ci, plus rapide, arrêta le coup d'un revers de son arme.

Délaissant un instant son sabre, il appuya ses deux mains sur la poitrine de son adversaire et poussa de toutes ses forces. Le Moskovien partit à la renverse. À l'instant où il essayait de se relever, Hawkmoon s'empara à nouveau de son arme, la leva et en plongea la pointe dans le visage du mercenaire. Mikosevaar hurla. La lame remonta pour s'abattre à nouveau. Le moribond poussa un long mugissement, puis se tut. Le duc frappa une troisième fois, faisant éclater le crâne du cadavre sur lequel il s'acharnait.

Autour de lui, dans la mêlée, des hommes tombaient, des Granbretons pour la plupart. La bataille aérienne était presque achevée ; dans le ciel, on ne voyait plus que quelques ornithoptères, mais les flamants, en revanche, étaient nombreux.

La Kamarg allait-elle remporter la victoire ?

Deux guerriers de la légion du Vautour couraient vers Hawkmoon. Il se baissa pour ramasser le masque ensanglanté de Mikosevaar et éclata de rire.

— Regardez ! Votre grand connétable est mort ! J'ai tué votre seigneur !

Les deux hommes hésitèrent, puis battirent hâtivement en retraite. La légion du Vautour était moins disciplinée que les troupes des autres ordres.

Dorian se mit en marche, contournant les cadavres des chevaux, auxquels était venue s'ajouter une quantité appréciable de dépouilles humaines. On ne se battait presque plus dans le marécage. Sur la colline, von Villach, hurlant son triomphe à pleine gorge, retourna du pied le cadavre de Mygel Holst, avant de faire face à un petit groupe de guerriers qui se précipitaient sur lui, armés de javelots. Comme le lieutenant du comte ne semblait pas avoir besoin d'aide, Hawkmoon se dirigea rapidement vers le sommet, pour contempler la bataille dans son ensemble.

Il lui fallut tuer trois hommes avant d'atteindre son but. La gigantesque armée que Meliadus leur avait opposée avait perdu plus des cinq sixièmes de ses effectifs, alors que les forces de Kamarg étaient encore considérables.

La moitié des étendards et des bannières des seigneurs de la guerre gisait sur le sol, maculés de boue. Les rangs de l'infanterie étaient sérieusement clairsemés et, chose sans précédent, les membres des différents ordres s'étaient mêlés, ce qui ne faisait qu'ajouter à la confusion des soldats, habitués à combattre aux côtés des leurs.

Le comte Airain, toujours en selle, se battait contre plusieurs Granbretons armés d'épées. Un peu plus loin, Hawkmoon aperçut la bannière de Meliadus, défendue par les loups. Le baron avait assuré avec beaucoup de soin sa propre sécurité. Il remarqua aussi Adaz Promp et Jarak Nankenseen, accompagnés de quelques autres seigneurs, qui galopaient en direction de Meliadus. De toute évidence, ils désiraient battre en retraite, mais, pour cela, il leur fallait l'accord du baron.

Hawkmoon devina les arguments qu'allaient invoquer les connétables : leurs meilleurs guerriers se faisaient massacrer et une si petite province ne méritait pas un tel sacrifice.

Mais les hérauts, postés à proximité, n'embouchèrent par leurs trompettes. Meliadus refusait sans aucun doute d'entendre raison.

Von Villach arriva, monté sur un cheval d'emprunt. Il ôta son casque et sourit à Hawkmoon.

— Je crois bien que la victoire nous appartient, dit-il. Mais où se trouve donc le comte Airain ?

— Il se bat, répondit Hawkmoon en désignant du doigt le pied de la colline. Que devons-nous faire ? Attendre ou lancer une offensive ? Je pense que les seigneurs du Ténébreux Empire désirent battre en retraite. Si nous attaquons sans tarder, toutes leurs hésitations s'envoleront.

Von Villach acquiesça :

— J'envoie un messager au comte. C'est à lui de prendre semblable décision.

Il se tourna vers un cavalier et lui glissa quelques mots à l'oreille. L'homme partit au galop et disparut bientôt dans la mêlée.

Hawkmoon le vit réapparaître, près du comte Airain. Celui-ci leva la tête et leur fit un grand signe, volta et, piquant des deux, entreprit de les rejoindre.

Quelques minutes plus tard il était à leurs côtés.

— J'ai occis cinq connétables, déclara le vieux gentilhomme avec une satisfaction évidente. Mais Meliadus m'a échappé.

Hawkmoon répéta ce qu'il avait déjà dit à von Villach. Le comte Airain donna son accord, et, quelques instants plus tard, l'infanterie kamarguaise se mettait en branle, faisant refluer l'ennemi.

Hawkmoon enfourcha une monture fraîche et prit la

tête des troupes. En hurlant, il frappait autour de lui, moissonnant crânes et membres. Il était couvert de sang et sa cotte de mailles, déchirée, s'en allait en pièces. Malgré ses blessures, ses plaies, malgré son épuisement, il allait, abattant régulièrement, mécaniquement, la lourde lame de son sabre.

Profitant d'un instant de répit, von Villach lui lança :

— Vous semblez décidé à occire plus de ces chiens que notre armée entière ne pourra le faire.

— Même si le sang des Granbretons remplaçait l'eau des marécages, rétorqua Hawkmoon avec une détermination farouche, je n'aurais de cesse que périsse l'ami de l'ami de ces porcs immondes.

— Votre soif de carnage égale la leur, remarqua von Villach, ironique.

— Elle la dépasse, cria le duc en éperonnant sa monture.

Puis il se remit à massacrer.

Les Ténébreux Seigneurs avaient sans doute réussi à convaincre le baron Meliadus, car les trompettes sonnèrent la retraite. Aussitôt les survivants rompirent le contact et s'enfuirent à toutes jambes.

Hawkmoon ôta la vie à plusieurs soldats qui, dans un geste de reddition, venaient de jeter leurs armes à terre.

— Les Granbretons vivants ne m'intéressent pas, siffla-t-il en pourfendant un combattant qui venait de retirer son masque et dont le visage juvénile l'implorait.

Mais Hawkmoon finit par étancher sa soif de vengeance. Il retourna une nouvelle fois auprès de ses compagnons, et tous trois regardèrent l'armée granbretonne reformer ses rangs et se replier sur un semblant de dignité.

À cet instant, le duc crut entendre un hurlement de rage, jailli des rangs des vaincus. Il lui sembla reconnaître la voix de Meliadus, et un sourire vint s'inscrire sur ses lèvres.

— Nous reverrons le baron, un jour ou l'autre, dit-il.

Silencieux, le comte hocha la tête en signe d'assentiment.

— Il a compris que la Kamarg est inexpugnable, et il sait que ses ruses ne peuvent en aucun cas nous abuser. Mais bientôt tous les territoires limitrophes appartiendront au Ténébreux Empire ; c'est alors qu'il nous faudra nous tenir sur nos gardes.

Le soir, Noblegent les accueillit au Château Airain.

— Comprenez-vous maintenant, comte Airain, déclara-t-il, que la Granbretanne est la terre de la démence, le cancer de l'Histoire, la puissance qui, non contente de conduire l'espèce humaine à sa perte, sera en outre responsable de la destruction de toutes les créatures intelligentes de l'univers ?

Le comte Airain sourit.

— Vous exagérez, ami Noblegent. Comment pouvez-vous affirmer de telles choses ?

— Je me suis attaché à comprendre les différentes forces qui composent ce que nous appelons le destin. Je vous le répète, comte Airain, le Ténébreux Empire infectera l'univers si on ne lui fait pas rendre gorge sur cette planète ou, mieux, sur ce continent.

Hawkmoon était assis, les jambes étendues, et essayait de reposer ses muscles endoloris.

— Je n'ai aucune connaissance des principes philosophiques sur lesquels vous fondez vos affirmations, sire Noblegent, commença-t-il. Mais, au plus profond de moi-même, je sais que vous avez raison. Nous croyons n'avoir en face de nous qu'un ennemi implacable dont l'ambition est de dominer le monde ; le Ténébreux Empire n'est pas le premier dans ce cas, mais il n'en présente pas moins un caractère particulier. N'oubliez pas, comte Airain, que j'ai séjourné à Londra et que j'ai été le témoin de certains de leurs débordements les plus insensés. Vous n'avez vu que leurs armées, qui, comme toutes les autres, combattent avec courage et emploient les tactiques conventionnelles, tant il est vrai que ce sont les meilleures. Mais le roi-empereur, ce cadavre immortel enfermé dans son trône sphérique, n'a rien de conventionnel, lui ; quant à leurs coutumes secrètes, quant à l'atmosphère de folie qui baigne la capitale…

— Vous pensez donc que nous ne les connaissons que sous leur jour le plus anodin ? l'interrompit le comte, soucieux.

— C'est cela, reprit Hawkmoon. Ce n'est pas uniquement pour assouvir ma vengeance que je les tue, c'est aussi parce que j'ai la certitude qu'ils mettent en péril les forces mêmes de la vie.

Airain soupira.

— Peut-être avez-vous raison, je n'en sais rien. Seul le Bâton Runique pourrait nous l'apprendre.

Le duc se leva.

— Je n'ai pas eu le plaisir de voir Yisselda, ce soir.

— Elle a dû rejoindre sa chambre de bonne heure, suggéra Noblegent.

Le jeune homme était déçu, car il avait espéré qu'elle l'accueillerait à son retour. Son absence le surprenait.

— Je crois que je vais faire comme elle, dit-il en haussant les épaules. Bonne nuit, mes amis.

Ils avaient peu parlé de leur victoire en arrivant au château. Ils subissaient le contrecoup de leur harassante journée et le souvenir de la bataille leur paraissait un peu lointain. Demain, sans doute, festoieraient-ils pour célébrer dignement leur triomphe.

Hawkmoon pénétra dans sa chambre obscure. Brusquement, il détecta une présence étrangère et tira son sabre du fourreau, avant de traverser la pièce pour allumer la lampe placée au chevet de son lit.

Yisselda, allongée sur la couche, le regardait en souriant.

— On m'a parlé de vos exploits, commença-t-elle, et j'ai voulu vous féliciter en personne. Vous êtes un héros, Dorian.

Le souffle court, les tempes battantes, Hawkmoon ne put que murmurer :

— Oh ! Yisselda…

Lentement, il s'approcha de la jeune fille, tandis que sa conscience et son désir se livraient un duel sans merci.

— Vous m'aimez, Dorian, je le sais, murmura-t-elle. Oseriez-vous le nier ?

C'était impossible. Lorsqu'il parla, sa voix était rauque.

— Je... Je vous trouve bien hardie..., bredouilla-t-il, esquissant un pauvre sourire.

— Quant à moi, je vous trouve extraordinairement timide.

— Je... Je ne le suis pas, Yisselda. Mais ce serait une impasse. Je suis condamné... Le Joyau Noir...

— Le Joyau Noir ?

Hésitant, il lui conta son histoire. Il lui avoua qu'il ignorait combien de temps encore son père pourrait contrôler la force vitale de la gemme. Il lui révéla que, lorsque cette force serait à nouveau libre, les Ténébreux Seigneurs seraient à même de faire de lui une créature débile.

— C'est pourquoi vous ne devez pas vous attacher à moi.

— Mais, ce Malagigi, pourquoi n'essayez-vous pas d'obtenir son aide ?

— Le voyage à lui seul me prendrait plusieurs mois. Je ne veux pas gaspiller le temps qui me reste en une quête stérile.

— Si vous m'aimiez, répondit la jeune fille, tandis que Dorian s'asseyait près d'elle et lui saisissait la main, vous prendriez ce risque.

— Certes..., si je vous aimais... (Il resta songeur un instant.) Peut-être avez-vous raison...

Prenant le visage du jeune homme dans ses mains, elle l'attira contre le sien, et leurs lèvres se touchèrent.

Il ne pouvait plus refréner sa passion. Il serra la jeune fille contre lui et l'embrassa longuement.

— Je vais partir pour la Perse, finit-il par déclarer. Le voyage sera périlleux, car, sitôt sorti de Kamarg, je devrai me défier des hommes de Meliadus.

— Tu reviendras, Dorian, dit-elle avec conviction. Tu reviendras, je le sais. Mon amour te ramènera à moi.

— Sans doute ! Peut-être en sera-t-il ainsi…
Il caressa doucement son visage.
— Demain, reprit Yisselda. Pars dès demain. Mais ce soir…
De nouveau, elle attira Dorian à elle et l'embrassa passionnément.

LIVRE TROISIÈME

Chapitre I

OLADAHN

> Il est raconté, ensuite, comment Hawkmoon, quittant la Kamarg, s'envola vers l'est, monté sur un gigantesque oiseau écarlate qui le porta mille milles jusqu'aux montagnes qui bordent les terres des Grecs et des Bulgares...
>
> *Haute Histoire du Bâton Runique*

Surpris, Hawkmoon constata que la monte du flamant, comme le lui avait affirmé le comte Airain, ne présentait aucune difficulté particulière. Pour le diriger, il suffisait de manœuvrer les rênes fixées à son bec crochu, et son vol était si régulier que Dorian ne songea pas une seule fois qu'il pourrait tomber. Bien que l'oiseau refusât de prendre l'air lorsqu'il pleuvait, il le menait dix fois plus vite que ne l'aurait fait un cheval, ne se posant qu'au milieu du jour, pour se reposer un moment, et à la tombée de la nuit, pour dormir, comme son maître.

La selle haute et bien rembourrée, avec son pommeau incurvé et ses fontes emplies de provisions, était fort confortable. Un harnais maintenait le cavalier. Le cou tendu, battant l'air de ses ailes puissantes, l'oiseau écarlate survolait les montagnes, les vallées, les forêts et les plaines. Hawkmoon s'efforçait de faire étape près des cours d'eau ou des lacs, où le flamant pouvait trouver une nourriture à son goût.

De temps à autre, une douleur sourde faisait battre les tempes du voyageur, lui rappelant l'importance vitale de sa quête ; mais au fur et à mesure qu'il se rapprochait de l'Orient, au fur et à mesure que l'air devenait plus chaud, son optimisme grandissait et les chances qu'il avait de revoir Yisselda lui semblaient croître.

Environ une semaine après son départ, alors qu'il survolait une chaîne de montagnes déchiquetées, il décida de chercher un endroit où passer la nuit. Il était déjà tard et l'oiseau, fatigué, perdait régulièrement de l'altitude. Les hautes cimes les encerclaient, et ils n'avaient toujours pas trouvé de point d'eau. Soudain, Hawkmoon aperçut en contrebas la silhouette d'un homme. Presque au même instant, le flamant poussa un cri strident et se mit à battre frénétiquement des ailes, tanguant violemment. Une longue flèche était fichée dans son flanc. Un second trait vint traverser le cou de l'animal, qui, avec un gémissement plaintif, tomba comme une pierre. Hawkmoon étreignit le pommeau de sa selle. L'air lui giflait le visage et le sol rocheux se rapprochait à une vitesse vertigineuse. Un choc violent, et son crâne heurta une surface dure. Il sombra dans un gouffre obscur et sans fond.

Le duc s'éveilla, en proie à la panique. Il semblait que l'on eût rendu sa vie au Joyau, et que celui-ci, tel un rat sur un cadavre, fût déjà en train de se repaître de son cerveau. Se passant la main sur le front, Dorian se rendit compte qu'il portait plusieurs bosses ainsi que des plaies ; la douleur n'était donc que physique et devait résulter de sa chute. Autour de lui régnait l'obscurité. Il se trouvait dans une caverne. Scrutant les ténèbres, il devina le rougeoiement d'un feu devant l'entrée de la grotte. Il se leva et marcha vers la lumière.

Après quelques pas, son pied buta sur un obstacle. Se baissant, il reconnut son équipement. Tout était soigneusement rangé – selle, fontes, épée et poignard. Il s'empara de l'épée et, sans faire de bruit, la tira du fourreau. Puis il reprit sa progression.

Bientôt, sur son visage, il sentit la chaleur d'un feu de camp. Au-dessus du brasier tournait une broche, sur laquelle était empalé le gigantesque flamant, plumé, vidé, privé de sa tête et de ses pattes. La broche était entraînée par tout un enchaînement de courroies de cuir, qu'actionnait un homme trapu et de taille si réduite qu'il arrivait à peine à la ceinture du jeune duc.

Entendant du bruit dans son dos, le petit être se retourna, poussa un cri de terreur en apercevant l'épée et s'écarta vivement. Dorian était ébahi, car le visage de la créature était couvert d'un duvet roux, alors qu'une toison plus épaisse, rousse également, dissimulait son corps entier. Il était vêtu d'un pourpoint et d'un kilt de cuir, retenu par un large ceinturon. Ses pieds étaient chaussés de bottes de daim et il portait une casquette, ornée de quatre ou cinq des plus belles plumes du flamant.

Il recula, les mains levées dans un geste de supplication.

— Pardonnez-moi, maître. Croyez que je regrette amèrement mon acte. Je me serais gardé de tuer l'oiseau, si j'avais su qu'il portait un homme. Mais je n'ai vu, en ce flamant, qu'un dîner inespéré…

Hawkmoon abaissa son épée.

— Qui es-tu ? Plus exactement, qu'es-tu ?

Il porta une main à son front. L'accident l'avait affaibli et la chaleur qui se dégageait du brasier lui faisait tourner la tête.

— Je suis Oladahn, de la race des Géants de la Montagne, commença le petit homme. Je suis bien connu dans la contrée…

— Géant ? Géant !

Hawkmoon partit d'un rire sonore, vacilla et perdit à nouveau connaissance.

Lorsqu'il revint à lui, ce fut pour humer la délicieuse odeur d'une volaille en train de rôtir. Il s'en emplit les narines avant de comprendre que c'était sa monture qui cuisait. On l'avait adossé à la paroi rocheuse, près de l'entrée de la grotte, et son épée avait disparu. Le petit homme velu s'avança, hésitant, et lui tendit un énorme pilon.

— Mangez, maître, cela vous donnera des forces, conseilla Oladahn.

Hawkmoon accepta le colossal morceau de viande.

— Je crois que c'est ce que j'ai de mieux à faire, soupira-t-il, puisque tu m'as presque certainement privé de tout ce que je désirais.

Il mordit à belles dents dans la chair ferme.

— L'oiseau était-il votre ami, maître ?

— Non, c'était mon seul espoir de salut. Je suis en danger de mort, lâcha Hawkmoon, la bouche pleine.

— Quelqu'un est à vos trousses ?

— Quelque chose est à mes trousses, qui fait peser sur moi une terrible menace…

Et Hawkmoon entreprit de raconter son histoire à celui qui avait mis, sans le vouloir, de nouveaux obstacles sur son chemin. Il n'aurait pu expliquer pourquoi il faisait confiance à Oladahn. Peut-être était-ce à cause de la gravité de ce visage mi-humain, mi-animal, à cause de l'attention et de l'intérêt que l'on lisait dans ces yeux.

— Et voilà pourquoi je suis ici, conclut le jeune duc, à dévorer l'oiseau qui devait m'apporter le salut.

— C'est une bien cruelle histoire, monseigneur, soupira Oladahn, essuyant du revers de sa main la graisse qui lui maculait le menton. Mon cœur se brise à la pensée que mon estomac est responsable de ce nouveau coup du sort. Dès demain, je vais essayer de racheter ma faute en vous fournissant une bête capable de vous transporter jusqu'en Orient.

— Par la voie des airs ?

— Non, hélas ! Je pensais à une chèvre.

Avant qu'Hawkmoon n'ait eu le temps d'ouvrir la bouche, le petit homme reprit :

— Je jouis d'une certaine influence dans les montagnes, car on m'y considère comme un phénomène. Je suis, voyez-vous, le rejeton d'un intrépide jeune homme aux goûts particuliers – une espèce de sorcier – et d'une Géante de la Montagne. Las ! je suis orphelin, à présent, car, au cours d'un hiver extrêmement rigoureux, ma mère a mangé mon père, pour être dévorée à son tour par mon oncle Barkyos, la terreur de la contrée, le plus grand et le plus farouche des Géants de la Montagne. Depuis lors, je vis seul, n'ayant pour compagnie que les livres de mon pauvre père. Je suis un proscrit, rejeté à la fois par les hommes et par les Géants, et, si je n'étais pas si petit, oncle Barkyos m'aurait sans doute déjà croqué…

Malgré le côté tragique de ces révélations, le visage d'Oladahn avait une expression si comique qu'Hawkmoon fut bien obligé d'oublier sa rancœur. D'autre part, la chaleur du feu et l'abondante nourriture l'ayant rendu somnolent, le duc déclara :

— Assez, ami Oladahn. Ne pensons plus à l'irréparable et allons dormir. Demain matin, nous nous mettrons en quête d'une monture qui me permette de continuer ma route.

Le lendemain, ils s'éveillèrent à l'aube. Les braises rougeoyaient encore sous la carcasse du flamant. Un groupe d'hommes, vêtus de cuirasses et de peaux de bêtes, étaient en train de se repaître des restes du festin de la veille.

— Des brigands ! s'exclama Oladahn, se relevant d'un bond. J'aurais dû couvrir le feu…

— Où as-tu caché mon épée ? lui demanda Hawkmoon, à l'instant où deux des hommes, empestant la graisse rance, commençaient à marcher sur eux, tirant du fourreau leurs lames grossières.

Tandis qu'Hawkmoon, bien décidé à défendre chèrement sa vie, se mettait debout, Oladahn s'adressa aux intrus.

— Je te connais, Rekner, lança-t-il, pointant vers le plus grand des deux hommes un doigt accusateur. Et tu devrais savoir que je suis Oladahn, des Géants de la Montagne. Maintenant que tu t'es restauré, passe ton chemin. Sinon, ceux de ma race viendront et te tueront.

Rekner eut un sourire grimaçant et, visiblement peu impressionné, entreprit de se curer les dents d'un ongle sale.

— Je te connais aussi, géant nain, et je ne te crains pas, bien que je sache que les villageois des environs t'évitent. Mais les villageois n'ont pas le courage des brigands, hein ? Tais-toi, à présent, ou nous te ferons mourir lentement plutôt que de te tuer vite.

Oladahn frémit, mais ne détourna pas son regard. Le chef des brigands rit bruyamment et reprit :

— Eh bien, quels trésors caches-tu dans cette caverne ?

Le petit homme, comme terrorisé, se balançait d'un pied sur l'autre, fredonnant d'une étrange manière. Les yeux de Hawkmoon allaient du brigand à Oladahn et le jeune homme se demandait s'il lui serait possible de plonger dans la caverne pour tenter d'y récupérer son épée. Maintenant, la créature velue chantait d'une voix plus forte et le sourire de Rekner se figea. Lorsque Oladahn planta son regard dans celui du brigand, les pupilles de ce dernier devinrent vitreuses. Sans crier gare, le nouvel ami de Hawkmoon leva une main et ordonna, d'une voix assurée :

— Dors, Rekner !

L'autre s'écroula sur le sol. Ses hommes, jurant et sacrant, se portèrent en avant, mais s'arrêtèrent lorsque la main d'Oladahn se leva de nouveau.

— Défiez-vous de mes pouvoirs, charognards, car Oladahn est fils de sorcier.

Les brigands hésitèrent, jetant des regards apeurés à leur chef inconscient. Hawkmoon, interloqué, contempla un moment la créature minuscule qui tenait en respect ces solides gaillards, puis se précipita dans la caverne pour s'emparer de son arme. Rapidement, il boucla autour de sa taille le ceinturon auquel pendaient le fourreau de son épée et la gaine de son poignard, puis retourna auprès de son compagnon.

— Allez chercher vos vivres, lui glissa le petit homme. Leurs montures sont attachées au bas de cette pente. Nous allons nous en emparer et nous enfuir, car Rekner peut s'éveiller à tout instant, et il sera fou de rage.

Hawkmoon s'exécuta et revint, portant ses fontes. Oladahn et lui entreprirent de descendre à reculons le flanc glissant et rocailleux de la montagne. Déjà le chef des brigands remuait. Il grogna et se redressa péniblement. Ses hommes l'aidèrent à se relever.

— Maintenant ! lança Oladahn.

Et les deux hommes se retournèrent pour se mettre à courir. Ils arrivèrent bientôt, à la grande surprise de Hawkmoon, devant une demi-douzaine de chèvres aussi grosses que des poneys, équipées chacune d'une selle de peau de mouton. Oladahn enfourcha l'une des bêtes et tendit à son compagnon les rênes d'une seconde. Le duc de Köln hésita un instant, puis sourit et sauta en selle. Rekner et ses brigands s'étaient déjà lancés à leur poursuite. Du plat de son épée, Hawkmoon frappa la croupe des autres chèvres, qui se dispersèrent.

— Suivez-moi ! cria Oladahn, poussant sa monture le long d'une étroite piste qui descendait vers la vallée.

Mais les hommes de Rekner étaient déjà sur Hawkmoon, et l'acier brillant de son épée rencontra le métal terne des leurs. Il perça la poitrine d'un premier homme, atteignit le second au flanc et frappa Rekner à la tête. Puis, talonnant sa bête, il se lança sur les traces de la créature velue. Hurlant et gesticulant, les brigands le regardèrent s'enfuir.

La chèvre avançait en bondissant, secouant son cavalier, mettant ses os à rude épreuve. Les cris des brigands étaient à présent à peine audibles. Oladahn se tourna vers Hawkmoon, le visage éclairé par un sourire de triomphe.

— Nous avons donc nos montures, seigneur Hawkmoon. Les choses ont été plus faciles que je ne l'espérais. C'est un bon présage ! Suivez-moi, je vais vous conduire jusqu'à la route que vous devrez emprunter.

Hawkmoon ne put s'empêcher de sourire. La compagnie de ce petit homme lui plaisait de plus en plus.

Oladahn insista pour faire route avec lui pendant quelques jours. Ils traversèrent ainsi les montagnes et finirent par atteindre une vaste plaine jaune.

La créature au pelage roux tendit le bras vers l'horizon.

— C'est cette direction que vous devez prendre, dit-il.

— Je te remercie, lui répondit Hawkmoon, regardant à l'est. Je regrette que nous devions nous séparer.

— Aha ! s'exclama Oladahn, souriant largement. Je partage ce sentiment. Venez, nous allons traverser ensemble cette plaine.

Sur ces mots, il fit avancer sa monture.

Hawkmoon éclata de rire, haussa les épaules et l'imita.

CHAPITRE II

LA CARAVANE D'AGONOSVOS

À peine avaient-ils atteint la plaine que la pluie se mit à tomber. Les chèvres, qui s'étaient avérées d'excellentes montures en terrain accidenté, ne progressaient plus qu'avec difficulté sur ce sol meuble. Pendant un mois, ils avancèrent, enroulés dans leurs capes, frissonnant de froid et d'humidité. La tête de Hawkmoon le faisait souvent souffrir. Lorsque la douleur renaissait, il oubliait son prévenant compagnon, se prenait le front dans les mains et, le visage blême et les dents serrées, les yeux vides, s'enfermait dans le mutisme le plus complet. Il savait qu'au Château Airain la force vitale du Joyau avait commencé à faire craquer les murs de sa prison, et il désespérait de revoir un jour Yisselda.

La pluie tombait, le vent soufflait, glacial. Devant lui, Hawkmoon distinguait l'étendue désolée et marécageuse, dont la monotonie n'était rompue que par quelques bouquets d'ajoncs et quelques arbres rabougris, au tronc noir. Les nuages, qui obscurcissaient le ciel, l'empêchaient de s'orienter. La seule indication était fournie par les arbustes, qui, dans cette partie du monde, inclinaient presque invariablement leur tronc vers le sud. Il était surpris de trouver une telle contrée si loin à l'est, et il se demanda si son climat et sa végétation n'avaient pas été modifiés par des événements survenus au cours du Tragique Millénaire.

Hawkmoon rejeta en arrière ses cheveux trempés et

toucha par mégarde le Joyau qu'il portait au front. Il frissonna, contempla un instant le pauvre visage de son compagnon, puis regarda de nouveau droit devant lui. Il aperçut au loin une ligne sombre, qui était peut-être l'orée d'une forêt. Si tel était le cas, ils pourraient au moins s'abriter de la pluie. Les sabots aigus des chèvres s'enfonçaient dans la terre gorgée d'eau. Une sourde douleur réapparut dans le crâne du jeune duc, et il éprouva derechef cette sensation pénible, l'impression qu'un animal lui rongeait le cerveau. Respirant avec peine, il cacha son visage dans son bras, tandis qu'Oladahn, compatissant, l'observait en silence.

Enfin, ils atteignirent la lisière de la forêt. Leur progression devint encore plus difficile, et ils durent contourner les mares d'eau noirâtre qui s'étaient formées partout. Les branches et les troncs des arbres semblaient difformes, tournés vers le sol plutôt que vers le ciel. Leur écorce était noire ou d'un brun très sombre et ils ne portaient aucun feuillage. Malgré cela, la forêt semblait dense, presque impénétrable. À l'orée, un fossé empli d'eau, telle une douve, protégeait les arbres.

Les chèvres pataugèrent un instant dans l'eau bourbeuse, tandis que leurs cavaliers se baissaient pour passer sous les branches basses. Bien que le sol fût tout aussi spongieux qu'ailleurs, les arbres les protégeaient au moins de la pluie.

Cette nuit-là, ils firent halte en un endroit presque sec. Hawkmoon essaya d'aider son compagnon à préparer un feu, mais il dut bien vite s'asseoir, le dos contre un tronc, haletant, étreignant son front de ses mains tremblantes.

Le lendemain matin, ils reprirent leur marche, coupant à travers la forêt. Oladahn menait la monture de Hawkmoon, car le duc de Köln était incapable, à présent, de se tenir autrement qu'affalé sur l'encolure de sa bête. Vers la fin de la matinée, ils perçurent des voix humaines et se dirigèrent vers l'endroit d'où elles semblaient provenir.

C'était une sorte de caravane, qui progressait péniblement dans la boue, se frayant un chemin entre les arbres.

Une quinzaine de chariots, dont les bâches de soie rouges, jaunes, bleues et vertes ruisselaient de pluie. Des bœufs et des mules les tiraient, muscles bandés par l'effort, sabots dérapant sur le sol spongieux, tandis que les conducteurs les excitaient de la voix, du fouet et de la badine. À l'arrière des chariots, des hommes arc-boutés poussaient de toutes leurs forces, pendant que d'autres pesaient sur les roues pour les aider à tourner. Malgré tout cela, la caravane avançait à peine.

Plus que les véhicules, ce furent leurs occupants qui stupéfièrent les deux voyageurs. À travers la brume qui obscurcissait sa vue, Hawkmoon les discerna et resta interloqué.

Tous, sans exception, étaient difformes. Nains, géants, obèses, créatures couvertes de poils (un peu semblables à Oladahn, à cette exception près que leurs fourrures étaient moins plaisantes à contempler que la sienne). D'autres, en revanche, blêmes et maladifs, étaient totalement dépourvus de système pileux. Il y avait un homme à trois bras, un manchot, deux êtres aux pieds fourchus, des enfants barbus, des hermaphrodites, des créatures à la peau ocellée comme celle des serpents. Certains avaient des queues, des membres déformés, des corps contrefaits, des visages où manquaient les yeux, le nez ou la bouche. Les uns étaient bossus, d'autres dépourvus de cou, d'autres enfin dotés de membres atrophiés. Il y avait même un homme aux cheveux violets, dont le front s'ornait d'une corne. Ils n'avaient qu'une chose en commun : leur regard. Une expression de désespoir intense se lisait dans leurs yeux, tandis qu'ils s'affairaient pour faire avancer de quelques pieds leur étrange caravane.

On aurait dit des damnés cherchant à s'échapper de l'enfer.

À l'odeur d'humus et d'écorce moisie étaient venues s'ajouter des senteurs plus difficiles à identifier. Un mélange de sueur, la sueur des hommes et des bêtes, et de parfums lourds – des épices, peut-être. Oladahn frissonna. Hawkmoon, lui, s'était redressé sur sa selle et humait l'air comme un loup aux aguets. Soucieux, il jeta un bref regard à son compagnon. Les créatures difformes ne semblaient pas avoir remarqué les nouveaux venus et continuaient à œuvrer en silence. Seul résonnait le bruit des essieux qui craquaient, auquel faisait écho, parfois, la plainte d'une bête ou l'appel d'un conducteur.

Oladahn poussa sa monture, comme s'il avait voulu dépasser la caravane, mais Hawkmoon ne suivit pas son exemple. Pensif, il continuait à contempler l'étrange procession.

— Venez, supplia le petit homme. Cet endroit est dangereux, seigneur Hawkmoon.

— Il faut que nous sachions où nous sommes, murmura Dorian. Il faut que nous connaissions la distance qui nous reste encore à parcourir. D'autre part, nos vivres sont presque épuisés...

— Nous pourrions chasser, dans la forêt.

Hawkmoon secoua négativement la tête.

— Inutile. Je crois savoir à qui appartient cette caravane.

— Ah ?

— Un homme dont j'ai entendu parler, mais que je n'ai jamais rencontré. Un homme de mon pays, de ma race, même. Il a quitté Köln voici près de neuf siècles.

— Neuf siècles ! Mais c'est impossible !

— Absolument pas. Agonosvos est immortel, ou presque. Si c'est à lui que nous avons affaire, sans doute pourra-t-il nous aider. Je suis toujours son suzerain...

— Pensez-vous que sa loyauté à Köln aura résisté à neuf siècles d'exil ?

— Nous allons voir.

Hawkmoon fit avancer sa chèvre et remonta la caravane, pour rattraper un chariot plus spacieux que les autres, à la bâche de soie dorée, dont les montants sculptés étaient peints de couleurs vives. Plus méfiant que son ami, Oladahn restait en arrière. À l'avant du chariot, assis suffisamment en retrait pour éviter de se faire tremper par la pluie, se tenait un homme, blotti dans une somptueuse cape de fourrure d'ours et dont le visage était dissimulé par un heaume de métal noir à la visière baissée.

— Seigneur Agonosvos, dit Hawkmoon, je suis le duc von Köln, dernier prince de cette lignée millénaire.

Une voix basse lui répondit :

— Ah ! un Hawkmoon ! Seriez-vous en exil, vous aussi ? La Granbretanne a pris Köln, à ce qu'il paraît.

— En effet...

— Ainsi, nous sommes tous deux des proscrits. Moi, chassé par votre ancêtre, et vous par les conquérants.

— Quoi qu'il en soit, je suis toujours votre suzerain, lança Hawkmoon, fixant l'homme avec intensité.

— Mon suzerain ? Je n'ai plus de maître, depuis le jour où le duc Dietrich m'a forcé à quitter ma patrie.

— Vous savez fort bien qu'il n'en est pas ainsi. Les hommes de Köln n'échappent jamais à l'autorité de leur prince.

— Jamais ? (Agonosvos riait.) Jamais ?

Hawkmoon s'apprêtait à s'éloigner, mais son interlocuteur leva une main blanche, aux doigts décharnés, pour le retenir.

— Restez. Je vous ai offensé, et je vous dois réparation. De quelle manière puis-je vous aider ?

— Me reconnaissez-vous comme votre seigneur ?

— Je reconnais en vous un homme épuisé. Je vais faire arrêter ma caravane et vous serez mon hôte. Quant à votre serviteur...

— Ce n'est pas mon serviteur. C'est mon ami Oladahn, des montagnes bulgares.

— Votre ami ? Mais il n'est pas de votre race ! Enfin, qu'il se joigne à nous !

Agonosvos se pencha hors de son véhicule et, d'une voix languide, ordonna à ses hommes de cesser le travail. Aussitôt, les monstres s'immobilisèrent, bras ballants, tête basse, mais le désespoir ne quitta pas leurs yeux.

— Que pensez-vous de ma collection ? demanda Agonosvos aux deux voyageurs, lorsque ceux-ci eurent pénétré dans sa voiture. Naguère, le spectacle de ces difformités m'amusait, mais maintenant il m'ennuie, et c'est pourquoi je fais travailler ces monstres. Il faut bien qu'ils servent à quelque chose. Je possède un exemplaire de chaque variété existante. (Il regarda Oladahn.) Il y a même un de vos semblables, résultat d'un croisement que j'ai pratiqué moi-même.

Sur son siège, le petit homme remua, mal à l'aise. À l'intérieur du chariot régnait une chaleur anormale, et pourtant aucun poêle, aucun dispositif de chauffage ne semblait y être installé. Leur hôte leur offrit du vin, qu'il versa d'une calebasse bleue. Le liquide était de la même couleur. Agonosvos avait gardé son casque noir et seuls ses yeux sardoniques apparaissaient derrière la visière. Ils dévisageaient Hawkmoon avec une attention particulière.

Le duc faisait des efforts inouïs pour dissimuler sa souffrance, mais il était clair qu'Agonosvos avait déjà compris dans quel pitoyable état se trouvait le jeune homme.

— Ceci vous redonnera des forces, dit-il en lui tendant un gobelet doré.

Le vin bleu, en effet, réconforta Hawkmoon, et bientôt sa douleur s'estompa. Lorsque son hôte lui demanda la raison de sa présence dans cette contrée, il lui raconta la majeure partie de son histoire.

— Ainsi, déclara son interlocuteur lorsque Dorian eut achevé son récit, vous avez besoin de mon aide ? Au nom du passé, n'est-ce pas ? Je vais réfléchir. En attendant, un chariot sera mis à votre disposition et vous pourrez y prendre quelque repos. Nous continuerons cette discussion demain matin.

Hawkmoon et Oladahn ne s'endormirent pas immédiatement. Allongés sur les fourrures et les soieries qu'Agonosvos leur avait prêtées, ils échangèrent quelques propos sur leur hôte mystérieux.

— Il me fait penser à ces seigneurs du Ténébreux Empire que vous m'avez décrits, dit Oladahn. Je crois qu'il nous veut du mal. Peut-être désire-t-il se venger sur vous de ce que lui ont fait vos ancêtres... Ou peut-être a-t-il l'intention de m'ajouter à sa collection.

Il frissonna.

— Oui, dit Hawkmoon, songeur. Mais il serait peu prudent de nous en faire un ennemi. Il peut nous servir. Dormons, la nuit nous portera conseil.

— Dormons, certes, mais d'un œil seulement, répliqua Oladahn.

Négligeant cet avis, Hawkmoon dormit d'un sommeil lourd et profond. Lorsqu'il se réveilla, ce fut pour constater que de minces lanières de cuir l'entravaient. Il se débattit un moment, avant d'apercevoir l'homme au masque noir qui l'observait en riant doucement.

— Vous me connaissiez, dernier des Hawkmoon, mais pas assez, cependant. Pas assez, par exemple, pour savoir que j'ai passé bien des années à Londra, enseignant mon savoir secret aux seigneurs du Ténébreux Empire. Lorsque je l'ai vu pour la dernière fois, le baron Meliadus m'a parlé de vous. En échange de votre personne, il me donnera tout ce que je lui demanderai.

— Où est mon compagnon ?

— La créature velue ? Entendant nos pas, elle s'est enfuie dans la nuit. Ces monstres font de bien piètres amis.

— Vous avez donc l'intention de me livrer au baron Meliadus ?

— Je vois que vous m'avez compris. Nous allons abandonner cette caravane à son triste sort. Nous utiliserons des montures plus rapides, que je réservais pour une semblable occasion. J'ai déjà envoyé un message au baron, pour l'avertir de votre capture.

Sur l'ordre d'Agonosvos, deux nains aux longs bras musculeux se saisirent de Hawkmoon et le transportèrent hors du chariot, dans la lumière grise du petit matin.

À travers le rideau de pluie, Dorian distingua deux superbes chevaux dont la robe luisante était d'un bleu profond. L'intelligence brillait dans leur regard et ils avaient des membres puissants.

— Je les ai élevés moi-même, expliqua Agonosvos. Cette fois, je ne cherchais pas la difformité, mais la vélocité. Nous serons bientôt à Londra, vous et moi.

On jeta Hawkmoon en travers de la selle de l'une des deux montures et on l'attacha aux étriers.

Agonosvos enfourcha le second animal, prit les rênes

du premier dans sa main gantée et se mit en route. Tout d'abord, Hawkmoon fut effrayé par la vitesse de la course de l'animal qui le portait. Ses mouvements avaient une fluidité extraordinaire et il égalait presque en célérité le flamant qui était tombé sous les traits d'Oladahn. Mais, alors que l'oiseau écarlate l'avait conduit vers son salut, le cheval bleu le rapprochait de sa perte. Désespéré, le duc songea qu'il ne reverrait jamais Yisselda.

Ils galopèrent longtemps entre les arbres rabougris de l'étrange forêt. Le visage de Dorian était à présent couvert de boue et il devait, pour voir autre chose que le sol spongieux, tordre le cou et plisser les yeux.

Plus tard, il entendit Agonosvos pousser un hurlement :

— Écarte-toi ! Écarte-toi !

Hawkmoon essaya de comprendre ce qui se passait, mais tout son champ visuel était occupé par la croupe du coursier de tête et par la cape de son cavalier. Il lui sembla percevoir une seconde voix, mais il ne parvint pas à distinguer ce qu'elle disait.

— Aaah ! Puisse Kaldreen te dévorer les yeux !

Comme un homme ivre, Agonosvos oscillait sur sa selle. Les deux chevaux ralentirent l'allure, puis s'arrêtèrent, et le cavalier, après s'être effondré sur l'encolure de sa bête, glissa lentement sur le côté et s'écroula dans la boue. Lorsqu'il se retourna, pour tenter de se relever, Hawkmoon découvrit qu'une flèche était fichée dans son flanc. Impuissant, le jeune homme se demanda quel nouveau danger le guettait. Allait-il trouver la mort au cœur de cette forêt lugubre, plutôt que sous les coups des sbires du Roi-Empereur Huon ?

Une minuscule silhouette apparut, qui enjamba le corps agité de soubresauts d'Agonosvos, pour venir trancher les liens de Dorian. Ce dernier se laissa tomber au sol et s'employa à masser ses membres engourdis. Un large sourire éclairait le visage velu d'Oladahn.

— Votre épée se trouve dans les bagages du sorcier, déclara-t-il.

Hawkmoon grimaça de plaisir.

— J'avais peur que tu ne sois retourné te cacher dans tes montagnes !

Le petit homme ouvrit la bouche pour répondre, mais son compagnon lança un cri d'alarme :

— Agonosvos !

Le sorcier, une main plaquée sur sa blessure, se dirigeait en chancelant vers la petite créature rousse. Oubliant sa propre douleur, Hawkmoon se rua vers le cheval de son ennemi, ouvrit les fontes et, avec frénésie, rechercha son épée. Lorsqu'il revint, l'arme haute, les deux hommes avaient déjà roulé à terre et se battaient dans la boue.

De peur de blesser son ami, Hawkmoon se garda d'utiliser sa lame. Il se pencha, saisit Agonosvos par l'épaule et le força à se relever. Un grognement haineux sortit de sous le heaume, et le sorcier tira son épée. Dorian, qui tenait à peine sur ses jambes, eut du mal à parer le premier coup. Sans attendre, l'autre frappa de nouveau. Le jeune homme esquiva et, visant le casque noir, voulut porter un coup à son adversaire. La lame manqua son but et n'eut que le temps de revenir protéger son maître. Profitant d'une hésitation d'Agonosvos, le duc frappa d'estoc, enfonçant son épée dans le ventre du sorcier. L'homme poussa un hurlement et recula en chancelant, les jambes curieusement raides, étreignant de ses deux mains le fer qui saillait de son abdomen. Il écarta ensuite les bras, essaya de parler, puis s'écroula dans l'eau bourbeuse d'une mare.

Haletant, Hawkmoon s'appuya au tronc d'un arbre. Il tremblait de tous ses membres.

Oladahn se releva, rendu méconnaissable par la boue. Le carquois qui pendait à sa ceinture avait été arraché au cours de la lutte. Il se baissa pour le ramasser, puis examina attentivement les flèches qu'il contenait.

— Certaines sont inutilisables, mais je m'en procurerai de nouvelles, déclara-t-il.

— Où les as-tu trouvées ?

— La nuit dernière, j'ai décidé de procéder à une inspection de la caravane d'Agonosvos. Dans un chariot, il y avait cet arc et ces flèches, et j'ai pensé qu'ils pourraient s'avérer utiles. Comme je m'en retournais, j'ai vu le sorcier se glisser dans notre véhicule. C'est pourquoi je suis resté caché et qu'au matin je vous ai suivis.

— Mais comment as-tu fait ? Ces chevaux bleus sont incroyablement rapides.

— Je me suis assuré le concours d'un allié encore plus véloce, expliqua le petit homme avec un sourire malicieux. Voici Vlespeen. Il hait Agonosvos et il a accepté de m'aider.

Une créature grotesque aux jambes extraordinairement longues surmontées d'un torse de taille normale se dirigeait vers eux.

Vlespeen regarda le cadavre, puis Hawkmoon.

— Vous l'avez tué, c'est bien.

Oladahn fouillait les bagages du sorcier. Il brandit un rouleau de parchemin en criant joyeusement :

— Il y a une carte ! Et suffisamment de provisions pour que nous puissions atteindre la côte sans problème. (Il déroula le parchemin.) Regardez.

Ensemble, ils se penchèrent sur le document. Avec satisfaction, Hawkmoon constata qu'ils se trouvaient à moins d'une centaine de milles de la mer Mermienne. Vlespeen s'éloigna en direction du cadavre d'Agonosvos, sans doute pour se délecter du spectacle de son maître mort. Il se passa quelques instants, puis ils l'entendirent hurler sur un mode aigu. Se retournant, ils virent que le cadavre s'était relevé et que, brandissant l'épée qui l'avait occis, il marchait sur le monstre aux longues jambes. La lame s'enfonça dans l'estomac de Vlespeen, qui chancela et, désarticulé, tomba face contre terre. Hawkmoon était horrifié. Le heaume laissa passer un ricanement sinistre.

— Imbéciles ! Je vis depuis neuf cents ans, et c'est plus qu'il n'en faut pour apprendre à déjouer toutes les ruses de la mort.

Sans réfléchir, Hawkmoon se jeta sur le sorcier. S'il ne parvenait pas à le détruire, c'en était fait de lui. Ils luttèrent sur le bord de la mare, tandis qu'Oladahn dansait autour d'eux. Enfin le petit homme agrippa le heaume d'Agonosvos et le lui arracha. L'autre poussa un cri rauque, et Hawkmoon sentit une nausée lui monter à la gorge. La tête décharnée était celle d'un homme mort depuis des siècles, celle d'un cadavre sur lequel les vers avaient eu le temps de festoyer. Abritant derrière ses mains son horrible visage, Agonosvos recula.

Dorian ramassa son épée. À l'instant où il s'apprêtait à enfourcher le cheval bleu, il entendit une voix, venue des bois, résonner dans son dos.

— Je n'oublierai jamais cela, Dorian Hawkmoon. Le jour où tu tomberas dans les griffes du baron Meliadus, je serai là pour assister à ton supplice !

Le jeune homme frissonna et lança sa monture, prenant au sud, en direction de la mer Mermienne.

Deux jours plus tard ils galopaient sous un ciel bleu dans lequel brillait le soleil, et devant eux, face à la mer, se dressait une ville où ils pourraient embarquer pour la Turkia.

Chapitre III

LE GUERRIER D'OR ET DE JAIS

Le lourd navire marchand fendait les eaux calmes de l'Océan et le vent s'engouffrait dans sa voile latine, déployée comme l'aile d'un oiseau. Le capitaine, coiffé d'un chapeau à aigrette, vêtu d'une veste brodée, sa culotte bouffante retenue aux chevilles par des bracelets d'or, se tenait à la poupe, en compagnie de Hawkmoon et d'Oladahn. Le marin désigna du pouce les deux grands chevaux bleus parqués dans l'entrepont.

— Belles bêtes, messeigneurs. Je n'en ai jamais vu de semblables, dans ces contrées. (Il caressa sa barbe pointue.) Les vendriez-vous ? Je possède en partie ce navire, et je pourrais vous proposer un bon prix.

Hawkmoon secoua la tête.

— Pour moi, ces chevaux sont plus précieux que toutes les richesses du monde.

— Je vous comprends, répondit le capitaine, se méprenant sur le sens des paroles du jeune homme.

Dans son nid-de-pie, la vigie poussa un cri et gesticula, désignant un point à l'ouest.

Hawkmoon tourna son regard dans cette direction et vit trois voiles minuscules se profiler à l'horizon. Le capitaine leva sa lorgnette.

— Par Rakar ! Ce sont des vaisseaux du Ténébreux Empire !

Il tendit l'instrument à Dorian, qui put ainsi distinguer les voiles noires frappées du requin rouge, caractéristiques de la flotte de guerre de l'empire.

— En ont-ils après nous ? s'enquit Hawkmoon.

— Ils en ont après tous ceux qui ne sont pas de leur race, répondit le capitaine, soucieux. Notre seul espoir est qu'ils ne nous aient pas vus. Les mers sont infestées de ces navires. Il y a un an…

Il s'arrêta, le temps de lancer des ordres à ses hommes. Toute sa toile dehors, le vaisseau bondit en avant.

— Il y a un an, ils étaient encore peu nombreux et ils se bornaient, la plupart du temps, à commercer paisiblement. Maintenant, ils font la loi sur l'eau. Leurs armées sont présentes en Turkia, en Perse, en Syrie, partout, et sèment le désordre, encouragent les luttes fratricides. Donnez-leur deux ans, et ils soumettront l'Orient, comme ils ont fait pour l'Occident.

Bientôt les sinistres voiles noires disparurent derrière l'horizon et le capitaine poussa un soupir de soulagement.

— Je ne serai parfaitement rassuré, avoua-t-il, que lorsque nous aurons atteint le port.

Au crépuscule, la rade était en vue. Ils durent mouiller au large et attendre le lever du jour, pour profiter de la marée et rentrer dans le port.

Peu de temps après, les trois navires granbretons franchirent le môle à leur tour, et Hawkmoon et son compagnon estimèrent prudent de se procurer sans tarder les vivres nécessaires et de se remettre en route.

Une semaine plus tard, les coursiers bleus les avaient menés au-delà d'Ankara. Ils traversaient à présent une contrée vallonnée dont le soleil ardent avait bruni les paysages. À plusieurs reprises, ils avaient aperçu des troupes, mais étaient toujours parvenus à les éviter. Il s'agissait de soldats autochtones, souvent encadrés par des guerriers masqués du Ténébreux Empire. Cette découverte inquiéta Hawkmoon, qui ne s'était pas attendu à voir la Granbretanne étendre aussi loin son influence. Ils assistèrent même à une bataille, qui s'acheva, bien entendu, par la victoire des forces granbretonnes et le massacre de leurs ennemis.

Ce spectacle incita Hawkmoon à forcer l'allure.

Un mois passa. Un jour où les deux voyageurs longeaient au trot la rive d'un grand lac, ils furent surpris par une vingtaine de guerriers qui apparurent au sommet d'une colline et fondirent sur eux. Le soleil faisait briller leurs masques – les masques de l'ordre du Loup.

— Ce sont les deux hommes que recherche notre maître ! s'écria l'un des cavaliers de tête. Une forte récompense attend celui qui prendra vivant le plus grand des deux !

— J'ai grand-peur, seigneur Dorian, que notre dernière heure vienne de sonner, déclara calmement Oladahn.

— Faisons-nous tuer, alors, répliqua Hawkmoon en tirant son épée.

Si leurs chevaux n'avaient pas été épuisés, ils auraient facilement distancé les Granbretons. Mais le duc savait qu'il ne servirait à rien de prendre la fuite.

Les loups, à présent, les entouraient. Hawkmoon souhaitait tuer, alors que ses assaillants voulaient le prendre vivant ; peut-être était-ce là son seul avantage. Du pommeau de son arme, il écrasa un masque ; du tranchant, il ouvrit un bras ; de la pointe, il perfora un ventre et, du plat, il fit choir de son cheval l'un de ses adversaires. On se battait maintenant dans l'eau, près de la rive. Les sabots des bêtes faisaient jaillir des gerbes d'écume. Hawkmoon constata que son compagnon se défendait vaillamment ; mais, soudain, le petit homme poussa un cri et roula à terre. Il était désormais impossible au duc de l'apercevoir, car il disparaissait sous le nombre de ses assaillants. Dorian poussa un juron et se remit à tuer.

Mais les ennemis se pressaient autour de lui, et il avait à peine la place de manier son épée. Il comprit, la mort dans l'âme, qu'ils allaient le capturer. Il se reprit et frappa de plus belle, les oreilles emplies du fracas des armes, les narines pleines de l'odeur du sang.

Soudain la meute sembla relâcher sa pression et, à travers une forêt d'épées, le jeune duc constata qu'un nouvel allié l'avait rejoint. Il avait déjà vu cet homme, mais seulement dans des rêves ou dans des hallucinations.

C'était l'apparition de l'auberge, le fantôme du Château Airain. C'était le guerrier à l'armure d'or et de jais. Un heaume dissimulait entièrement son visage. Il brandissait un sabre long de six pieds et montait un destrier blanc aussi puissant que le cheval bleu de Hawkmoon. Chacun de ses coups apportait la mort. Bientôt les Granbretons encore en selle furent rares. Les survivants prirent la fuite, galopant dans l'eau du lac, abandonnant derrière eux leurs blessés et leurs morts.

Hawkmoon vit l'un des loups se relever, imité bien vite par Oladahn. Le petit homme tenait encore son arme, et se défendait contre le Granbreton avec l'énergie du désespoir. Dorian fondit sur l'adversaire de son compagnon et, d'un seul coup d'épée, lui trancha la tête. Le soldat, décapité, tomba en avant, et son sang se mêla à celui de ses frères d'armes, dans les eaux rougies du lac.

Hawkmoon fit volter son cheval et se dirigea au trot vers le Guerrier d'Or et de Jais qui le regardait, silencieux.

— Je vous remercie, monseigneur, déclara Dorian. Vous m'avez suivi longtemps.

Il remit son épée au fourreau.

— Plus longtemps que vous ne croyez, Dorian Hawkmoon, répondit le guerrier, d'une voix profonde et mélodieuse. Vous faites route vers Hamadan ?

— Oui. Je suis à la recherche du sorcier Malagigi.

— Bien. Nous chevaucherons donc un moment ensemble. Vous n'êtes plus très loin de votre but, à présent.

— Qui êtes-vous ? s'enquit le duc. À qui dois-je adresser mes remerciements ?

— Je suis le Guerrier d'Or et de Jais. Ne me remerciez pas de vous avoir sauvé la vie. Vous ignorez encore quelles raisons m'ont poussé à le faire. Venez.

Et, suivant le guerrier, ils quittèrent le lac.

Un peu plus tard, alors qu'ils avaient fait halte pour se restaurer, Hawkmoon demanda à l'étranger :

— Connaissez-vous Malagigi ? Pensez-vous qu'il accepte de m'aider ?

— Je le connais, répliqua le Guerrier d'Or et de Jais. Il est possible qu'il vous aide. Mais sachez ceci. Hamadan est en proie à la guerre civile. Nahak, le frère de la reine Frawbra, a tramé contre elle un complot. Nombreux parmi ses conjurés sont ceux qui portent le même masque que les soldats que nous avons défaits près du lac.

Chapitre IV

MALAGIGI

Une semaine après ces événements, ils contemplaient la cité d'Hamadan, ville blanche inondée de soleil, avec ses tours, ses dômes, ses minarets, ornés d'or, d'argent et de nacre.

— Je dois vous quitter, à présent, déclara l'énigmatique guerrier en arrêtant sa monture. À bientôt, Dorian Hawkmoon. Nul doute que nous nous reverrons.

Et il s'éloigna au galop.

Le duc le regarda disparaître dans les collines, puis, suivi d'Oladahn, il prit le chemin de la ville.

Comme ils approchaient des portes, un grand tumulte se fit derrière les remparts. C'était l'écho d'un combat, les grognements des hommes et les cris des bêtes, les plaintes des blessés et le fracas des armes. Un groupe de cavaliers en fuite les croisa, et Hawkmoon entendit l'un des hommes s'exclamer :

— Tout est perdu ! C'est Nahak qui triomphe !

Derrière eux apparut un énorme char de guerre, fait de bronze, tiré par quatre chevaux noirs et conduit par une femme aux cheveux de jais, qui portait une cuirasse bleue. Elle criait, exhortant ses hommes à reprendre le combat. Elle était jeune, très belle, et ses grands yeux sombres flamboyaient de colère et de dépit. Dans sa main droite elle tenait un cimeterre, qu'elle brandissait haut au-dessus de sa tête.

En apercevant les deux voyageurs, qui observaient la scène, médusés, elle arrêta son attelage.

— Qui êtes-vous ? Des mercenaires du Ténébreux Empire, sans doute ?

— Non, répondit Hawkmoon. Je suis un ennemi des Granbretons. Que se passe-t-il ?

— Une insurrection. Mon frère Nahak et ses alliés ont réussi à nous surprendre, en empruntant les souterrains secrets. Si vous êtes l'ennemi de la Granbretanne, prenez la fuite sans tarder ! Ils ont des bêtes de guerre, capables de…

Sans achever sa phrase, elle lança son char et repartit à la poursuite des fuyards.

— Peut-être serait-il plus prudent de regagner les collines, murmura Oladahn.

Hawkmoon secoua négativement la tête.

— Je dois trouver Malagigi. Il est quelque part dans cette ville, et le temps nous est compté.

Ils se frayèrent un chemin jusqu'aux portes de la cité. Dans les rues, on se battait encore, et les casques pointus des soldats indigènes se mêlaient aux masques des loups du Ténébreux Empire. Hawkmoon et Oladahn se jetèrent dans une rue latérale, où les combats étaient plus sporadiques, et finirent par arriver sur une place. De l'autre côté de l'esplanade, ils virent d'énormes bêtes ailées, semblables à des chauves-souris, à ceci près qu'elles possédaient de longs bras et des griffes acérées, occupées à mettre en pièces les soldats vaincus et à se repaître des cadavres.

Soudain l'une des chauves-souris tourna la tête et les aperçut. Hawkmoon cria à Oladahn de le suivre et enfila une ruelle tortueuse. Mais la bête monstrueuse s'était déjà lancée à leur poursuite, mi-courant, mi-volant, laissant échapper un sifflement écœurant et dégageant une puanteur immonde. Elle se faufilait entre les maisons, tandis que les deux hommes fuyaient à bride abattue. Alors, venant à leur rencontre, s'avancèrent six cavaliers, portant les masques de l'ordre du Loup. Hawkmoon tira son épée du fourreau et chargea. Il n'y avait rien d'autre à tenter.

Il parvint à faire basculer le premier homme de sa

selle ; une lame s'abattit sur son épaule et il sentit dans sa chair la morsure de l'acier, mais, malgré la douleur, il continua à frapper. Le monstre ailé poussa un cri et les Granbretons, pris de panique, firent reculer leurs chevaux.

Passant au milieu d'eux, Hawkmoon et Oladahn reprirent leur course et arrivèrent sur une place plus vaste que la précédente. Le sol pavé était jonché de cadavres. Un silence absolu pesait sur cet endroit. Puis Hawkmoon vit un homme vêtu de jaune sortir de l'ombre d'une porte et se pencher sur un mort, pour lui voler sa bourse et son poignard serti de joyaux. En apercevant Dorian, le voleur, terrifié, essaya de s'enfuir, mais Oladahn lui barrait le chemin. Le duc de Köln pressa la pointe de son épée contre la joue du détrousseur de cadavres.

— Où se trouve la maison de Malagigi ?

L'homme pointa un doigt tremblant et croassa :

— C'est par là, maître. Elle est surmontée d'un dôme et son toit d'argent porte les signes du zodiaque. Par là. Ne me tuez pas, je...

Il poussa un profond soupir de soulagement lorsque Hawkmoon fit volter son grand cheval bleu et s'éloigna dans la direction qu'il venait de lui indiquer.

Ils s'arrêtèrent bientôt devant la demeure de Malagigi. Du pommeau de son épée, le duc frappa le portail. Sa tête recommençait à le faire souffrir, et il comprit que le comte Airain ne pourrait plus retenir très longtemps la force vitale du Joyau Noir. Sans doute eût-il été judicieux d'aborder le sorcier de façon plus courtoise, mais les Granbretons quadrillaient les rues de la ville, et l'heure n'était plus aux ronds de jambe.

Enfin, le battant s'ouvrit, et quatre Noirs gigantesques, armés de piques et vêtus de robes pourpres, apparurent. Derrière eux, Hawkmoon remarqua une cour. Il essaya de pénétrer dans la maison, mais les lances se braquèrent immédiatement sur lui.

— Que veux-tu à Malagigi, notre maître ? demanda l'un des gardes.

— Je viens réclamer son aide. Je suis en grand danger.

Une silhouette apparut sur les marches qui menaient à la maison. L'homme portait une simple toge blanche, ses cheveux gris lui tombaient sur les épaules. Son visage était glabre, sillonné de rides, mais sa peau n'était pas celle d'un vieillard.

— Pourquoi Malagigi devrait-il vous aider ? lança le nouveau venu. Vous venez de l'Occident, à ce que je vois. Ceux de l'Occident ont apporté la guerre et le malheur à Hamadan. Allez-vous-en !

— Seriez-vous le seigneur Malagigi ? Commença Hawkmoon. Bien qu'Occidental, j'ai eu moi-même à souffrir de ceux dont vous parlez. Aidez-moi et je pourrai, à mon tour, vous aider à les chasser. Je vous en conjure...

— Allez-vous-en ! Je ne veux pas être mêlé à vos querelles intestines.

Les gardes les forcèrent à reculer, et le portail se referma devant eux.

D'un poing rageur, Hawkmoon se remit à frapper le battant de bois, mais Oladahn lui agrippa le bras et le força à se retourner. Six cavaliers granbretons arrivaient vers eux, conduits par un masque de loup que Dorian reconnut aussitôt.

C'était celui du baron Meliadus.

— Ton heure a sonné, Hawkmoon ! hurla triomphalement Meliadus, tirant son épée et chargeant.

Malgré la haine farouche qui l'animait, le duc comprit qu'il serait inutile d'engager le combat. Il fallait fuir. Suivi d'Oladahn, il partit au galop, et bientôt leurs puissantes montures eurent distancé celles des Granbretons.

Agonosvos, ou son messager, était certainement parvenu à prévenir Meliadus et le baron avait dû trouver judicieux de se rendre en personne à Hamadan, pour aider ses hommes à enlever la place et pour mettre fin aux jours de son plus mortel ennemi.

Ils avaient semé leurs poursuivants.

— Nous devons quitter la ville, dit Hawkmoon à Oladahn. C'est notre seule chance. Peut-être pourrons-nous revenir ultérieurement et tenter de convaincre Malagigi.

Avec un bruissement d'ailes, l'une des gigantesques chauves-souris vint se poser devant les deux hommes et commença à avancer, toutes griffes dehors. Une porte se découpait derrière la créature. La porte de la liberté !

Le refus du sorcier avait à ce point désespéré Hawkmoon que le jeune homme se jeta sur la bête de guerre, frappant à l'aveuglette pour lacérer les chairs immondes et pour trancher la tête cruelle. La créature siffla et, lançant ses serres en avant, saisit Hawkmoon par son épaule blessée. L'épée du jeune homme montait et descendait mécaniquement, tandis qu'il tailladait le bras décharné de la chauve-souris. Un sang noir gicla. Le bec denté claqua dans le vide, se rapprochant dangereusement du visage de Dorian. Son cheval se cabra et le duc put enfoncer son fer dans l'œil globuleux du monstre, qui poussa un long hurlement. Un liquide jaunâtre coula de la blessure.

Hawkmoon frappa de nouveau. La chose vacilla et commença à tomber sur lui. Il eut à peine le temps de faire reculer sa monture. La chauve-souris géante s'effondra sur le sol avec un bruit sourd. Sans attendre davantage, le jeune homme franchit la porte et prit la direction des collines.

Dans son dos, il entendit Oladahn crier d'une voix ravie :

— Vous l'avez tuée, seigneur Dorian ! Les héros des chansons de geste n'auraient pas fait mieux !

Puis, fier et joyeux, le petit homme éclata de rire.

Ils atteignirent rapidement les collines, où ils retrouvèrent les soldats qui avaient survécu au massacre d'Hamadan. Ils ralentirent l'allure et, au creux d'un vallon, découvrirent le char de bronze que la reine à l'armure bleue avait arrêté un instant près d'eux, quelques heures auparavant. La femme aux cheveux noirs passait entre les soldats épuisés, qui s'étaient affalés dans l'herbe. Une autre silhouette se tenait auprès du char.

C'était le Guerrier d'Or et de Jais, et on eût dit qu'il attendait Hawkmoon.

En arrivant près de lui, le duc mit pied à terre. La

femme s'approcha et, s'adossant à son véhicule de bronze, contempla Dorian, les yeux toujours brillants de rage.

La voix profonde du Guerrier d'Or et de Jais s'éleva :

— Ainsi, Malagigi vous refuse son aide ?

Hawkmoon acquiesça, tout en adressant à la reine un regard dépourvu de curiosité. La déception subsistait en lui, mais, lentement, elle était remplacée par le détachement et le fatalisme.

— Je suis perdu, déclara-t-il. Mais j'aurai tout de même la satisfaction d'occire Meliadus.

— Nous partageons cette ambition, répondit la guerrière aux cheveux noirs. Je suis la reine Frawbra. Mon frère Nahak, ce traître, convoite le trône et veut s'en emparer, avec l'aide de votre Meliadus et de ses sbires. Peut-être a-t-il déjà pris ma place, je n'en sais rien encore. Quoi qu'il en soit, nos troupes sont inférieures en nombre et nous aurons le plus grand mal à reprendre la ville.

Pensif, Hawkmoon l'observa un instant en silence.

— Croyez-vous pouvoir y parvenir ?

— J'essaierai de toute façon, n'y aurait-il aucun espoir de succès.

Elle hésita, avant de reprendre :

— Mais j'ignore si mes guerriers accepteront de me suivre.

À ce moment, trois cavaliers arrivèrent à bride abattue.

— Venez-vous d'Hamadan ? leur demanda la reine.

— Oui, répondit l'un d'entre eux. Ils ont commencé à piller. On n'a jamais vu conquérants plus cruels que ces masques venus de l'Occident. Leur chef s'est même introduit dans la maison de Malagigi et l'a fait prisonnier !

— Comment ! s'exclama Hawkmoon. Le sorcier est entre les mains de Meliadus ? Alors, il ne me reste aucun espoir.

— Erreur, intervint le Guerrier d'Or et de Jais. L'espoir subsiste, tant que Meliadus garde Malagigi en vie. Et nul doute qu'il le fera, car le sorcier détient certains secrets que le baron brûle de connaître. Il vous faut retourner à Hamadan avec les troupes de la reine Frawbra, reconquérir la cité et délivrer Malagigi.

Dorian haussa les épaules.

— En aurai-je le temps ? Déjà la chaleur du Joyau emplit mon crâne, et bientôt je ne serai plus qu'une créature privée de raison...

— Alors, vous n'avez rien à perdre, Dorian Hawkmoon, commença Oladahn. (Il posa sa main velue sur le bras de son compagnon et le serra affectueusement.) Rien à perdre.

Hawkmoon eut un rire sans joie et repoussa la main du petit homme.

— Tu as raison, je n'ai rien à perdre. Eh bien, reine Frawbra, qu'en dites-vous ?

— Allons haranguer ce qui reste de mes troupes, répliqua la femme à la cuirasse bleue.

Quelques instants plus tard, Hawkmoon, debout sur le char, s'adressait aux guerriers épuisés.

— Hommes d'Hamadan, je viens de l'ouest, je viens de ces contrées sur lesquelles le Ténébreux Empire a posé sa botte. Mon père a été torturé à mort par le baron Meliadus, cet homme qui, aujourd'hui, apporte son soutien aux ennemis de votre reine. J'ai vu des provinces entières réduites à l'état de cendres, leurs populations massacrées ou vendues comme esclaves. J'ai vu des enfants crucifiés, j'ai vu des enfants pendus. J'ai vu des guerriers courageux devenir plus veules que des chiens.

« Vous pensez, je le sais, qu'il est inutile de résister aux hommes masqués du Ténébreux Empire, mais vous avez tort. À la tête de mille combattants, j'ai mis en déroute des troupes granbretonnes vingt fois supérieures en nombre. C'est notre volonté de vivre qui nous a menés à la victoire, c'est la conviction que, si nous prenions la fuite, nous serions immanquablement poursuivis, rejoints et massacrés.

« Sachez mourir comme des braves et sachez qu'il vous est possible de vaincre ceux qui, aujourd'hui, se sont emparés de votre cité...

Peu à peu, les soldats épuisés se redressaient. Quelques-uns l'acclamèrent. Alors, la reine Frawbra monta à son tour sur le char et ordonna à ses hommes de suivre Hawkmoon jusqu'à Hamadan, pour frapper l'ennemi au moment où il s'y attendait le moins, au moment où les conquérants ivres commençaient à se battre entre eux pour le partage du butin.

Les paroles de Dorian leur avaient donné du courage et les phrases de la reine Frawbra avaient achevé de les convaincre. Ils ramassèrent leurs armes, bouclèrent leurs armures et prirent leurs chevaux.

— Nous attaquerons ce soir, cria la reine, pour qu'ils n'aient pas le temps de deviner nos intentions.

— Je vais venir avec vous, déclara le Guerrier d'Or et de Jais.

Et, tandis que le soleil déclinait à l'horizon, tandis que les vainqueurs ripaillaient, tandis que s'endormaient les sentinelles ivres de fatigue et de vin, ils marchèrent sur la ville.

Chapitre V

LA VIE DU JOYAU NOIR

Avant même que l'ennemi ait eu le temps de comprendre ce qui se passait, ils galopaient dans les rues de la cité, blessant et massacrant tout ce qui se dressait devant eux. Hawkmoon les conduisait. Dans son crâne, la douleur était arrivée à son paroxysme, et le Joyau Noir pulsait lentement. Le jeune homme était blême, les traits tirés, et sa souffrance devait conférer à son visage un aspect effrayant, car les soldats s'enfuyaient à son approche. Debout sur ses étriers, l'épée haute, il tuait, hurlant le cri de guerre de ses ancêtres d'une voix hystérique.

À ses côtés se tenait le Guerrier d'Or et de Jais, qui se battait avec méthode, avec détachement, presque. La reine Frawbra les suivait, lançant son char de bronze au milieu de la mêlée, et Oladahn des montagnes, perché sur son coursier bleu, décochait ses flèches meurtrières.

Ils refoulaient les partisans de Nahak et les mercenaires aux masques de loup vers le centre de la ville. Lorsqu'il aperçut le dôme de la demeure de Malagigi, Dorian talonna son cheval et le força à sauter par-dessus les têtes des combattants qui en défendaient l'accès. Ensuite, il se mit debout sur sa selle et, agrippant le rebord du mur d'enceinte, il se hissa d'une traction.

Il sauta dans la cour, près du cadavre écartelé de l'un des gardes du sorcier. La porte de l'habitation avait été enfoncée. À l'intérieur, les pillards n'avaient pas laissé un seul objet intact.

Enjambant les meubles brisés, Hawkmoon se dirigea vers un escalier étroit, qui conduisait sans doute aux laboratoires de Malagigi. À peine avait-il gravi la moitié des marches qu'une porte s'ouvrit à l'étage et que deux masques de loup apparurent. L'arme au poing, ils se précipitèrent sur le duc. Ce dernier se mit en garde. Un rictus mauvais lui déformait les lèvres et dans ses yeux flamboyait la folie, mêlée de fureur et de désespoir. Deux fois sa lame s'abaissa, et deux cadavres roulèrent au pied de l'escalier. Déjà Hawkmoon avait franchi le seuil et découvrait Malagigi enchaîné à un mur, des marques de torture visibles sur le corps.

En toute hâte, le duc libéra le vieillard et le porta avec précaution jusqu'à la couche qui occupait un angle de la pièce. Sur des tables étaient disposés des instruments d'alchimiste, des tubes, des cornues et des machines mystérieuses. Malagigi s'agita faiblement, puis ouvrit les yeux.

— Vous devez m'aider, dit Hawkmoon d'une voix rauque. Je suis venu pour vous sauver la vie. Alors, essayez de sauver la mienne !

Grimaçant de douleur, le sorcier se redressa sur un coude.

— Je vous l'ai déjà dit. Je refuse de prendre parti. Vous pouvez me torturer, comme l'ont fait vos semblables, mais je ne...

— Soyez maudit ! jura Hawkmoon. J'ai la tête en feu. J'ignore si, à l'aube, je serai encore en vie. Vous ne pouvez pas refuser. J'ai parcouru deux milliers de milles pour venir à vous, et je suis, comme vous, une victime du Ténébreux Empire. Je...

— Prouvez-le, et j'accepterai peut-être de vous aider, lui répondit Malagigi. Chassez les envahisseurs de la cité et revenez me trouver.

— Il sera trop tard, alors. Le Joyau reprend vie. À tout instant, il...

— Prouvez-le, répéta le vieillard, avant de se laisser retomber sur la couche.

Hawkmoon esquissa un geste de menace. Sa fureur, son désespoir étaient tels qu'il aurait pu tuer le sorcier sur-le-champ. Il parvint cependant à se maîtriser et, se précipitant hors de la pièce, il dévala l'escalier, traversa la cour, franchit le portail et sauta en selle.

Il retrouva bientôt Oladahn.

— Où en sont les choses ? lui demanda-t-il, criant pour couvrir le fracas des armes.

— Cela pourrait aller mieux, rétorqua le petit homme, sans cesser de se battre. Meliadus et Nahak ont regroupé leurs soldats et tiennent une bonne moitié de la ville. Le gros de leurs troupes se trouve sur la place centrale, là où se dresse le palais. La reine Frawbra et votre ami à l'armure brillante se préparent à les attaquer, mais je crains qu'il n'y ait guère d'espoir.

— Voyons cela nous-mêmes, rugit le duc, enfonçant ses talons dans les flancs de sa monture et se frayant un chemin dans la mêlée.

Ami ou ennemi, il pourfendait quiconque gênait sa progression.

Oladahn le suivit, et bientôt ils atteignirent la vaste esplanade, pour découvrir les deux armées, massées de part et d'autre de la place, s'observant. En tête de leurs troupes, montés sur leurs destriers, se tenaient Meliadus et Nahak au visage fou, qui avait choisi d'être l'instrument du Ténébreux Empire.

La reine Frawbra et le Guerrier d'Or et de Jais attendaient.

À l'instant où Hawkmoon et Oladahn faisaient leur entrée, ils entendirent le baron pousser un cri de défi :

— Où est donc Hawkmoon, ce traître, ce couard ? Où se terre-t-il donc ?

Dorian traversa les rangs de ses soldats, remarquant au passage que leur nombre était bien faible, et s'avança vers le centre de la place.

— Me voici, Meliadus. Je suis venu te tuer.

Le baron éclata de rire.

— Me tuer ! Ignores-tu que, si tu es encore en vie, c'est parce que je le veux bien ? Ne sens-tu pas le Joyau Noir, Hawkmoon ? Il est prêt à dévorer ton esprit…

Sans le vouloir, le jeune homme porta une main à son

front brûlant, et il sentit sous ses doigts la pulsation de la pierre. Il sut que Meliadus n'avait pas menti.

— Qu'attends-tu, alors ?

— Je veux te proposer un marché. Dis à ces imbéciles que leur cause est perdue. Dis-leur de jeter leurs armes, et je t'épargnerai le pire.

Hawkmoon comprit qu'il ne devait sa survie qu'au bon plaisir de ses ennemis. Meliadus avait sans aucun doute refréné son désir de vengeance immédiate, dans l'espoir d'utiliser le jeune duc pour épargner de nouvelles pertes à la Granbretanne.

Incapable de formuler une réponse, en proie à un violent conflit intérieur, Dorian garda le silence. Ses troupes l'observaient, attendant sa décision. Il savait à présent que le sort d'Hamadan reposait entièrement entre ses mains.

Soudain, Oladahn s'approcha de lui, lui saisit le bras et murmura à son oreille :

— Prenez ceci, seigneur Dorian.

Hawkmoon tourna la tête pour regarder ce que lui tendait le petit homme au pelage roux. C'était un heaume, qu'il ne reconnut pas, tout d'abord. Puis il comprit qu'il s'agissait du casque noir d'Agonosvos. Se rappelant l'horrible visage décharné, il frissonna.

— Pourquoi ? Cette chose me soulève le cœur.

— Mon père était sorcier, lui rappela Oladahn. Il m'a enseigné certains de ses secrets. Ce heaume possède de bien particulières propriétés. Il comporte des circuits qui vous protégeront un moment de l'influence du Joyau Noir. Prenez-le, monseigneur, je vous en conjure.

— Comment puis-je…

— Prenez-le, vous verrez bien.

Résigné, Dorian ôta son propre casque et posa sur sa tête celui du sorcier. Il était très ajusté et lui comprimait un peu la face, mais, dès qu'il l'eut placé, les pulsations du Joyau s'estompèrent. Il sourit, et une jouissance sauvage le submergea. Il brandit son épée.

— Voici ma réponse, baron Meliadus ! hurla-t-il.

Et, sans attendre, il fondit sur son adversaire médusé.

Le Granbreton jura et se hâta de tirer son propre fer du fourreau. À peine avait-il dégainé que la pointe de l'épée de Hawkmoon faisait voler son masque, révélant son visage déformé par la haine et la peur. Sur les talons du jeune duc venaient les soldats de Hamadan, conduits par Oladahn, la reine Frawbra et le Guerrier d'Or et de Jais. Ils enfoncèrent littéralement les lignes de l'adversaire, forçant mercenaires et rebelles à reculer jusqu'aux portes du palais.

Du coin de l'œil, Hawkmoon vit la femme à la cuirasse bleue se pencher hors de son char, encercler de son bras la gorge de son frère et le soulever de sa selle. Par deux fois sa main s'abattit, et, lorsqu'elle arracha son poignard dégouttant de sang de la poitrine de Nahak, le corps de ce dernier roula au sol, piétiné aussitôt par les sabots des destriers de la garde de la reine.

Hawkmoon savait que le heaume d'Agonosvos ne pourrait retarder longtemps l'issue fatale, et son désespoir n'en était que plus grand. Il faisait tourner son épée, portant coup après coup au baron Meliadus, qui parait adroitement. Le visage du Granbreton avait pris une expression qui rappelait celle du masque grimaçant qui l'avait si longtemps dissimulé. Dans ses yeux brûlait une haine qui égalait celle du duc de Köln.

Ils se battaient avec une régularité d'automates, esquivant et parant, rendant coup pour coup, et il semblait que leur duel n'aurait jamais de fin. Pourtant, un cavalier, faisant reculer sa monture, effraya le cheval bleu de Hawkmoon, qui fit un écart. Son maître perdit l'équilibre, et Meliadus, avec un rictus mauvais, en profita pour le frapper à la poitrine. Le coup avait manqué de force, mais fut suffisant pour faire basculer le jeune homme. Il roula au sol, sous les sabots de la bête du baron.

S'écartant vivement, tandis que Meliadus essayait de le faire piétiner par son cheval, il se remit debout et tenta de se protéger au mieux de la grêle de coups que son adversaire faisait pleuvoir sur lui.

Par deux fois la lame du Granbreton sonna contre le casque noir, entamant le métal. Le Joyau, au front de Hawkmoon, sembla retrouver son énergie. Hurlant, Dorian se jeta sur son adversaire.

Surpris par cette action inattendue, Meliadus ne parvint à parer qu'à moitié. La pointe de l'épée du duc traça en travers de son visage nu un sillon rouge. Le sang gicla, et la bouche du baron se tordit. Tandis qu'il essayait d'essuyer le sang qui l'aveuglait, Hawkmoon le saisit par le bras droit et le tira à lui. Une fois à terre, Meliadus se dégagea, recula d'un pas, leva sa lourde épée et l'abattit si violemment sur celle de Dorian que les deux lames se brisèrent.

Pendant un instant, les adversaires se regardèrent, immobiles. Puis, d'un même mouvement, ils tirèrent une dague de leur ceinture et, le corps fléchi, commencèrent à tourner en s'observant. Meliadus était défiguré. S'il survivait à cet affrontement, il porterait à jamais la marque de l'épée de Hawkmoon. Le sang, qui coulait encore de sa plaie béante, ruisselait sur son pectoral.

Dorian était au bord de l'épuisement. Sa blessure de la veille le faisait souffrir et le Joyau emplissait son crâne d'une douleur insoutenable. Il y voyait à peine. À deux reprises, il chancela, et eut grand mal à se redresser lorsque Meliadus feinta.

Puis les deux hommes se jetèrent l'un contre l'autre, luttant corps à corps, essayant désespérément de porter le coup qui mettrait fin au combat.

Le Granbreton frappa aux yeux, mais la lame de sa dague, mal dirigée, glissa sur le côté du heaume. Le duc de Köln tenta d'atteindre la gorge de son adversaire, mais ce dernier, plus rapide, saisit son poignet et le tordit.

Ainsi, la danse de mort continuait, ponctuée par les grognements des combattants et par le choc sonore de leurs armures. La gorge brûlante, les membres douloureux, ils se battaient. Seul le trépas, désormais, pourrait souffler la flamme haineuse qui brûlait dans leurs prunelles.

À l'entour, la bataille faisait rage et les forces de la reine Frawbra avaient acculé rebelles et conquérants aux murs du palais. La mêlée s'étant déplacée, les deux protagonistes se trouvaient seuls, au milieu d'un champ de cadavres.

Le jour se levait à peine.

Le bras de Meliadus tremblait tandis qu'Hawkmoon le repoussait, essayant de dégager son poignet. De sa main libre, il avait agrippé l'avant-bras du baron, et éprouvait de plus en plus de difficultés à tenir éloignée de sa gorge la dague acérée de son adversaire. Sous l'effort, la blessure de son épaule s'était rouverte et saignait abondamment. Pour en finir, le duc envoya son genou cuirassé dans l'aine de Meliadus. L'autre recula, son pied se prit dans le harnais d'un cheval mort et il tomba. Il lutta pour se dégager, ne parvenant qu'à s'empêtrer davantage. Les yeux emplis de terreur, il regarda Hawkmoon s'avancer lentement, d'une démarche lourde et vacillante.

Le duc leva sa dague. Il était pris de vertiges. Il se laissa tomber sur le baron, sentit une grande faiblesse l'envahir et lâcha son arme.

Aveugle, il tenta fébrilement de la récupérer, mais l'inconscience venait. La rage le faisait haleter. Puis, même ce sentiment s'estompa. Avant de sombrer, il songea que Meliadus allait le tuer.

... Le tuer à l'instant précis où il atteignait son but.

CHAPITRE VI

AU SERVICE DU BÂTON RUNIQUE

Dorian Hawkmoon ouvrit les paupières et regarda au travers des fentes pratiquées dans la visière de son casque, clignant des yeux dans la lumière blanche. Son crâne était toujours douloureux, mais la colère et le désespoir semblaient l'avoir abandonné. Tournant la tête, il découvrit Oladahn et le Guerrier d'Or et de Jais, penchés sur lui, qui l'observaient. Le visage du petit homme reflétait l'inquiétude, mais le heaume qui dissimulait les traits du guerrier empêchait de connaître l'expression de sa face.

— Je… ne suis pas mort ? demanda Hawkmoon, dans un souffle.

— Il ne semble pas, répondit l'inconnu, laconique. Mais cela peut être.

— Vous êtes épuisé, voilà tout, se hâta d'ajouter Oladahn, jetant au guerrier un regard désapprobateur. Nous avons pansé la blessure de votre épaule. Elle guérira bien vite.

— Où suis-je ? s'enquit le duc. Cette chambre…

— Vous êtes dans le palais de la reine Frawbra. Elle a repris le contrôle de la ville, et ceux parmi nos ennemis que nous n'avons pas tués ou capturés sont en fuite. Vous étiez affalé sur le corps du baron Meliadus. Nous avons cru d'abord que vous étiez morts tous les deux.

— Ainsi, Meliadus a péri ?

— C'est probable. Mais, lorsque nous sommes revenus chercher son cadavre, il avait disparu. Sans doute sont-ce les fuyards qui l'ont emporté.

— Mort... mort, enfin, murmura Hawkmoon, et la satisfaction perçait dans sa voix.

Ainsi, le baron avait payé. Le jeune duc sentit une paix profonde l'envahir, en dépit des souffrances que lui infligeait toujours le Joyau Noir. Une pensée lui traversa l'esprit :

— Malagigi ! Trouvez-le ! Dites-lui que...

— Malagigi est en route. Dès qu'il a eu connaissance de vos exploits, il a décidé de vous rendre visite.

— Va-t-il m'aider ?

— Je l'ignore, répondit Oladahn, coulant un nouveau regard au Guerrier d'Or et de Jais.

Sur ces entrefaites, la reine Frawbra fit son entrée, précédant le sorcier, qui portait un objet dissimulé sous un linge – un objet qui avait approximativement la taille et la forme d'une tête humaine.

— Seigneur Malagigi, geignit Hawkmoon, essayant de se dresser sur son séant.

— Êtes-vous bien ce jeune homme qui me harcèle depuis plusieurs jours ? Ce heaume m'empêche de voir votre visage.

Malagigi avait parlé d'une voix sèche, et le désespoir renaquit en Hawkmoon.

— Je suis Dorian Hawkmoon et j'ai prouvé ma loyauté à la cause d'Hamadan. Meliadus et Nahak sont morts, leurs troupes sont en déroute.

— Hmmm ! (Le sorcier fronça les sourcils.) On m'a parlé de ce Joyau que vous avez au front. Je connais ces choses, et je n'ignore pas leurs propriétés. Mais je serais bien en peine de dire s'il est possible d'en débarrasser ceux qui les portent...

— On m'a affirmé que vous étiez le seul à pouvoir le faire, plaida Hawkmoon.

— Je sais comment procéder, mais je ne suis pas certain de réussir. Je suis vieux, et sans doute n'aurai-je plus assez de force pour...

Le Guerrier d'Or et de Jais s'avança d'un pas et posa sa main gantée sur l'épaule de Malagigi.

— Me connais-tu, sorcier ?

— Certes.

— Sais-tu quelle Puissance je sers ?

— Certes, répéta le vieillard, le front barré d'un pli soucieux. Mais quel rapport cela peut-il avoir avec ce jeune homme ?

— Il est au service de la même Puissance, bien qu'il n'en sache rien.

Brusquement, le visage ridé du sorcier se fit résolu.

— Alors, je vais lui accorder mon aide, dit-il d'une voix assurée, même si cela doit me coûter la vie.

À nouveau, Hawkmoon se redressa.

— Que signifie tout ceci ? Quelle est cette Puissance que je suis censé servir ? J'ignorais...

Malagigi dévoila l'objet qu'il avait apporté avec lui. C'était un globe à la surface irrégulière couverte de taches de couleurs diverses, qui se mouvaient rapidement, se mêlaient et se séparaient. En le regardant, Dorian cligna des yeux.

— Vous devez avant tout vous concentrer, lui expliqua Malagigi en approchant le globe de son visage. Fixez la sphère. Fixez-la intensément. Fixez-la longtemps. Les couleurs, Hawkmoon..., les couleurs...

Dorian ne cillait plus, incapable de détacher son regard du globe aux couleurs mouvantes. Il éprouva une sensation de légèreté absolue. Une sensation de bien-être. Il esquissa un sourire, et la brume l'entoura, et il lui sembla flotter, dériver hors du temps, hors de l'espace. Quoique toujours conscient, il ne percevait plus le monde extérieur.

Il demeura ainsi pendant un long moment, eut vaguement l'impression que l'on déplaçait son corps, qui lui paraissait désormais étranger, et vit se modifier plusieurs fois les couleurs tendres de la brume. Jamais il ne s'était senti aussi serein, sauf peut-être dans les bras de sa mère, alors qu'il n'était qu'un enfant.

Puis les jaunes, les roses et les bleus se veinèrent de couleurs plus sombres, et l'impression de paix s'estompa. Des éclairs rouges et noirs dansèrent devant ses yeux, il eut une atroce sensation de déchirure et hurla de douleur.

Il souleva les paupières et contempla, horrifié, la machine qui se trouvait devant lui. Elle était identique à celle qu'il avait vue, si longtemps auparavant, dans les laboratoires du Roi-Empereur Huon.

L'avait-on ramené à Londra ?

Les réseaux de fil noir, les trames d'or et d'argent lui parlèrent dans un murmure, mais ne le caressèrent pas, comme ils l'avaient fait par le passé. Au contraire, ils se rétractèrent, s'écartant de lui, se rapprochant les uns des autres jusqu'à ne plus occuper qu'une infime partie de son champ visuel. Hawkmoon regarda autour de lui et vit Malagigi. Il reconnut le laboratoire du sorcier.

Le vieillard semblait épuisé, mais une expression d'intense satisfaction illuminait son visage.

Malagigi s'avança, porteur d'une boîte métallique. Il démonta la machine du Joyau Noir, en plaça les différents éléments dans la boîte, dont il ferma et verrouilla soigneusement le couvercle.

— La machine, articula Dorian d'une voix rauque. Comment vous l'êtes-vous procurée ?

— Je l'ai fabriquée, sourit le vieillard. Eh oui, duc Hawkmoon, je l'ai fabriquée ! Il ne m'a pas fallu moins d'une semaine d'efforts pour y parvenir, tandis que vous gisiez, protégé par mes sortilèges de l'influence de sa sœur de Londra. J'ai bien cru ne jamais y arriver, mais ce matin la machine était complète, à l'exception d'un élément…

— Lequel ?

— La force vitale. C'était le point décisif. Je devais permettre au Joyau Noir de retrouver toute sa vie, en espérant que ma machine l'absorberait, avant que la pierre ne commence à vous dévorer le cerveau.

— Et vous avez réussi ?

Le soulagement se lisait sur le visage du jeune homme.

— J'ai réussi. Voilà au moins un péril qui ne vous menace plus.

— J'accepte les autres avec sérénité et je suis prêt à les affronter, répliqua Hawkmoon avant de se mettre debout. Je suis désormais votre débiteur, seigneur Malagigi. Si je peux vous aider d'une quelconque façon…

— Vous ne me devez rien, fit le sorcier avec un sourire affecté. Je suis heureux de posséder cette machine. Peut-être me servira-t-elle un jour… (Il hésita un instant, regardant pensivement son interlocuteur.) De plus…

Il s'arrêta.

— De plus… ?

— Rien. Rien qui vaille la peine d'être mentionné.

Malagigi haussa les épaules.

Hawkmoon se passa la main sur le front. Le Joyau Noir était toujours là, mais il avait perdu sa chaleur.

— Vous avez laissé la pierre ?

— Oui, mais, si vous le désirez, il sera facile de vous en débarrasser. Cela ne présente aucun danger, il s'agit seulement d'un problème de chirurgie.

Dorian s'apprêtait à lui demander quand il serait possible de procéder à cette opération, lorsqu'une pensée lui vint.

— Ce ne sera pas la peine, je conserve le Joyau, comme symbole de ma haine pour le Ténébreux Empire. Et j'espère que bientôt ce symbole les remplira de terreur.

— Vous allez donc reprendre la lutte ?

— Oui. Plus ardemment que jamais.

— La Granbretanne représente une force qui doit être combattue, déclara Malagigi. (Il poussa un profond soupir.) Je dois dormir, à présent. Je suis épuisé. Vos amis vous attendent dans la cour.

Hawkmoon descendit les marches de l'escalier, ébloui par le soleil de l'étincelante matinée. Oladahn, son visage velu fendu d'un large sourire, le regarda s'approcher. Le Guerrier d'Or et de Jais se tenait aux côtés du petit homme.

— Comment vous sentez-vous ? demanda leur énigmatique compagnon.

— Parfaitement bien.

— Alors, je peux m'en aller. Adieu, Dorian Hawkmoon.

— Soyez remercié pour votre aide, lança Dorian à l'homme qui enfourchait déjà son blanc destrier.

Soudain, un souvenir lui revint à l'esprit.

— Attendez !

— Qu'y a-t-il ?

— C'est vous qui avez convaincu Malagigi de me venir en aide. Vous lui avez dit que nous étions, vous et moi, au service de la même Puissance. Quel est donc ce maître que je ne me connaissais pas ?

— Vous l'apprendrez un jour.

— Répondez. Quelle Puissance servez-vous ?

— Je suis au service du Bâton Runique, répondit le Guerrier d'Or et de Jais.

Il talonna sa monture et, sans laisser à Hawkmoon le loisir de lui poser d'autres questions, franchit au galop le portail de la demeure du sorcier.

— Le Bâton Runique..., répéta Oladahn à mi-voix. Je croyais que c'était un mythe.

— C'en est un, en effet. Ce guerrier plaisantait, sans doute. (Hawkmoon sourit et envoya au petit homme une bourrade amicale.) Si nous le revoyons un jour, nous nous efforcerons de lui extirper la vérité. Je suis affamé. Allons dîner...

— Un banquet se prépare au palais de la reine. (Oladahn fit un clin d'œil à son compagnon.) Il s'annonce somptueux. De plus, je pense que l'intérêt que vous porte la souveraine n'est pas motivé par sa seule gratitude.

— Vraiment ? Eh bien, souhaitons que sa déception ne soit pas trop grande. Vois-tu, Oladahn, j'aime une femme dont la beauté éclipse celle de toutes les reines de l'Orient.

— Est-ce possible ?

— Certes. Viens, petit Oladahn, allons festoyer chez la reine et préparer notre voyage de retour.

— Devons-nous partir si vite ? Ici, nous sommes des héros ! Et, de toute façon, nous avons bien mérité un repos.

— Reste, si tu le désires. Pour ma part, je dois aller à un mariage. Le mien.

— Fort bien, fort bien, soupira le petit être avec une tristesse feinte. Je ne peux manquer pareil événement, et il me faudra, j'imagine, renoncer à prolonger mon séjour dans ces lieux enchanteurs.

Le lendemain matin, la reine Frawbra les conduisit en personne aux portes d'Hamadan.

— Es-tu toujours décidé, Dorian Hawkmoon ? Songe que je t'offre un trône. Le trône dont mon frère voulait s'emparer.

Hawkmoon regarda vers l'ouest. Là-bas, à deux milliers de milles, à plusieurs mois de voyage, Yisselda l'attendait, ignorant s'il avait atteint son but ou si le Joyau Noir avait dévoré son esprit. Airain devait l'attendre aussi, bouillant d'entendre le récit des nouvelles exactions du Ténébreux Empire. Hawkmoon imagina Noblegent en compagnie d'Yisselda, au sommet de la plus haute tour du Château Airain, scrutant l'horizon, prononçant des paroles apaisantes pour essayer de consoler la jeune fille.

Se penchant sur sa selle, il baisa la main de la reine.

— Je vous remercie, Madame, et je suis flatté d'apprendre que vous me jugez digne de régner à vos côtés. Cependant, ma parole est déjà engagée ailleurs, et je n'y manquerais pas, dussé-je pour cela refuser vingt royaumes. De plus, il me faut reprendre la lutte contre le Ténébreux Empire.

— Pars, murmura tristement la reine, mais souviens-toi d'Hamadan et de sa souveraine.

— Je n'oublierai pas.

Il engagea son étalon bleu sur la piste rocailleuse qui traversait la plaine. Derrière lui, Oladahn se retourna, envoya un baiser à la reine Frawbra, lui fit un clin d'œil et se hâta de rattraper son ami.

Dorian Hawkmoon, duc von Köln, galopait vers l'Occident, porté par son amour et sa soif de vengeance.

LE DIEU FOU

Traduit de l'anglais par Jacques Guiod

LIVRE PREMIER

Nous savons à présent comment Dorian Hawkmoon, dernier duc de Köln, est parvenu à se débarrasser de puissant Joyau Noir et à empêcher la cité de Hamadan d'être conquise par le Ténébreux Empire de Granbretanne. Après avoir défait son ennemi juré, le Baron Meliadus, Hawkmoon repartit vers l'Ouest et la Kamarg où l'attendait sa promise Yisselda, fille du comte Airain. Escorté de son fidèle compagnon Oladahn, homme sauvage venu des Montagnes Bulgares, Hawkmoon quitta la Perse et se dirigea vers la Mer de Chypre et le port de Tarabulus où ils espéraient trouver un navire capable de les ramener en Kamarg. Mais ils se perdirent dans le Désert de Syrie et furent bien près de mourir de soif et d'épuisement ; ce fut alors qu'ils virent les ruines paisibles de Soryandum s'étendre au pied d'une rangée de collines sur les flancs desquelles paissaient des troupeaux de moutons sauvages...

Pendant ce temps, en Europe, le Ténébreux Empire étendait toujours plus loin sa terrible domination et, loin de là, le Bâton Runique vibrait et exerçait son influence sur des milliers de kilomètres, afin d'infléchir les destinées de quelques âmes humaines d'ambitions et de caractères bien différents...

Haute Histoire du Bâton Runique

Chapitre I

SORYANDUM

La ville était ancienne et souillée par les siècles. Ses pierres étaient déchirées par les vents et ses briques branlantes ; les murailles s'écroulaient et les tours vacillaient. Des moutons sauvages paissaient entre les dalles craquelées qui recouvraient le sol tandis que des oiseaux aux couleurs chatoyantes nichaient dans les colonnes aux mosaïques ternies. Jadis, cette ville avait été splendide et terrible ; elle était à présent belle et tranquille. Les deux voyageurs arrivèrent dans la brume légère du matin et un vent de mélancolie dispersa le silence de ces rues séculaires. Les sabots des chevaux faisaient un bruit feutré tandis que les voyageurs avançaient entre des tours verdies par les années ou passaient à côté de ruines couvertes de fleurs pourpres, orange et ocre. C'était bien là Soryandum, la cité abandonnée par ses habitants.

La poussière qui les entourait avait enlevé toute couleur aux chevaux et à leurs cavaliers, les faisant ressembler à des statues vivantes. Ils avançaient avec lenteur et contemplaient avec admiration les merveilles de la ville morte.

Le premier homme était grand et mince ; il était épuisé mais marchait pourtant avec toute la grâce du cavalier aguerri. Ses longs cheveux blonds avaient été blanchis par le soleil et ses yeux bleu pâle jetaient des lueurs de folie. Pourtant, ce qu'il y avait de plus remarquable en lui était le sinistre joyau noir enfoncé dans son front, stigmate qu'il devait aux pervers agissements des sorciers-savants de Granbretanne. Il s'appelait Dorian Hawkmoon, duc von Köln, et avait été chassé de la terre de ses ancêtres par les conquérants du Ténébreux Empire, une puissance formidable qui semblait vouloir gouverner le monde entier. Oui, Dorian Hawkmoon avait juré de se venger de la nation la plus puissante ayant jamais existé sur cette planète déchirée par la guerre.

La créature qui accompagnait Hawkmoon portait un grand arc d'os et un carquois de flèches qui lui pendaient dans le dos. Il n'avait pour tout vêtement qu'une paire de braies et des bottes de cuir souple ; mais son corps tout entier, visage compris, était recouvert d'un épais poil roux. Sa tête arrivait à la hauteur de l'épaule de Hawkmoon et il s'appelait Oladahn, rejeton d'un sorcier et d'une géante des Montagnes Bulgares.

Oladahn épousseta le sable de sa toison et eut l'air perplexe :

— Je n'ai jamais vu une ville aussi belle. Pourquoi est-elle abandonnée ? Qui donc pourrait quitter un tel endroit ?

Hawkmoon caressa le sombre joyau qui ornait son front, geste familier indiquant son étonnement :

— La maladie, peut-être – qui sait ? Dans ce cas, espérons qu'il ne reste pas de traces. J'y réfléchirai plus tard. Je suis persuadé d'avoir entendu de l'eau couler quelque part – c'est là mon premier souci. Mon second, c'est la nourriture et mon troisième, le sommeil. J'en ai aussi un quatrième, ami Oladahn, un souvenir bien lointain…

Ils trouvèrent sur l'une des places de la ville un mur gris bleuté qui avait été orné de sculptures aux formes agréables. Des yeux d'une de ces vierges de pierre tombait une eau pure qui rebondissait dans un bassin creusé à cet effet. Hawkmoon se pencha pour boire puis passa ses mains humides sur son visage sali par la poussière. Il céda ensuite la place à Oladahn et amena les chevaux afin qu'ils se désaltèrent.

Hawkmoon ouvrit l'un des sacs et en sortit la carte craquelée qui lui avait été donnée à Hamadan. Son doigt se promena avant de s'immobiliser sur le mot « Soryandum ». Soulagé, il se mit à sourire :

— Nous ne sommes pas très éloignés de la route que nous souhaitions prendre, dit-il. L'Euphrate coule derrière ces collines ; plus loin encore, à une semaine de marche, se trouve le port de Tarabulus. Nous resterons ici jusqu'à demain matin puis reprendrons la route. Reposés, nous voyagerons plus rapidement.

Oladahn sourit :

— Oui, et je me doute bien que nous explorerons cette ville avant notre départ. (Il jeta de l'eau sur sa toison puis se pencha pour ramasser son arc et ses flèches.) Quant à votre seconde préoccupation, trouver de la nourriture, cela ne sera pas très long. J'ai vu un bélier sauvage le long de ces collines. Ce soir, nous mangerons du mouton rôti.

Il monta en selle puis s'éloigna vers les anciennes portes de la ville. Hawkmoon se débarrassa de ses vêtements et plongea ses mains dans l'eau froide de la source, puis hoqueta de plaisir quand l'eau se répandit sur sa tête et sur son corps. Il prit ensuite des habits propres dans une sacoche et enfila une chemise de soie que lui avait donnée la Reine Drawbra de Hamadan ainsi qu'une paire de braies de coton bleues au fond flamboyant. Heureux de quitter le cuir et l'acier qui l'avaient protégé pendant la traversée du désert des attaques éventuelles du Ténébreux Empire, Hawkmoon enfila une paire de sandales qui complétèrent son équipement. La seule concession qu'il fit à ses anciennes craintes fut l'épée qu'il accrocha à son côté.

Il était assez improbable qu'ils aient été suivis jusqu'ici ; de plus, la ville était si tranquille qu'il ne pouvait se résoudre à la trouver menaçante.

Hawkmoon enleva la selle de son cheval puis se dirigea vers l'ombre d'une tour et s'allongea en attendant Oladahn et le mouton.

Midi passa et Hawkmoon commença à se demander ce qu'il était advenu de son ami. Il sommeilla une heure de plus mais ne put surmonter son inquiétude et se décida à remonter à cheval.

Hawkmoon savait qu'il était impensable qu'un archer aussi doué qu'Oladahn puisse mettre si longtemps pour abattre un mouton sauvage. Le danger semblait pourtant tout à fait improbable. Peut-être Oladahn s'était-il fatigué et avait-il décidé de dormir une ou deux heures avant de ramener la carcasse du mouton. Même dans une telle situation, il avait besoin d'aide, se dit Hawkmoon.

Il enfourcha sa monture et parcourut les rues de la ville en direction des murailles croulantes et des collines qui se dressaient au-delà. Le cheval retrouva toute sa vigueur quand ses sabots frappèrent l'herbe et Hawkmoon dut réduire la longueur de ses rênes pour aller au petit galop parmi les collines.

Devant eux se tenait un troupeau de moutons sauvages menés par un vieux mâle d'allure farouche ; il s'agissait peut-être de celui qui avait été vu par Oladahn mais il n'y avait aucune trace du petit homme des montagnes.

— Oladahn ! cria Hawkmoon tout en regardant autour de lui. Oladahn !

Mais seule lui répondit la voix feutrée de l'écho.

Hawkmoon fronça les sourcils puis lança son cheval au galop afin d'escalader une colline plus élevée que les autres ; cette position dominante lui permettrait, du moins l'espérait-il, d'apercevoir son compagnon. Les moutons sauvages s'enfuyaient devant lui, tandis que son cheval parcourait au galop des arpents d'herbe tendre. Il atteignit le sommet de la colline et cligna des yeux pour se protéger des rayons du soleil. Il regarda partout, mais ne découvrit pas la moindre trace d'Oladahn.

Après quelques instants passés en observation, il se tourna vers la ville et crut voir quelque chose remuer sur la place, non loin de la fontaine. Ses yeux lui avaient-ils joué un tour ? Avait-il bien vu quelqu'un disparaître dans l'ombre des rues qui s'étendaient à l'est de la place ? Oladahn serait-il revenu par un autre chemin ? Mais alors, que n'avait-il répondu aux appels de Hawkmoon ?

La terreur commençait à s'insinuer dans son esprit,

mais il ne pouvait se résoudre à croire que la cité elle-même présentait quelque danger.

Il força son cheval à redescendre le long de la colline puis à sauter par-dessus un fragment de muraille.

Étouffé par la poussière, le bruit des sabots résonnait dans les rues tandis que Hawkmoon se dirigeait vers la place, criant sans arrêt le nom d'Oladahn. Encore une fois, il n'eut d'autre réponse que celle de l'écho. Le petit homme sauvage ne se trouvait nulle part.

Hawkmoon fronça les sourcils, persuadé à présent qu'Oladahn et lui n'étaient pas les deux seuls occupants de cette ville. Pourtant, il n'y avait toujours pas de signe de vie de la part des habitants.

Il dirigea son cheval vers les rues quand ses oreilles perçurent un faible bruit venu d'en haut. Il leva les yeux et scruta le ciel, certain d'avoir reconnu ce bruit. Et il vit finalement une forme noire et lointaine qui volait dans le ciel. Les rayons du soleil se réfléchirent sur le métal et le bruit devint plus distinct, sifflement et cliquetis de gigantesques ailes de bronze. Le cœur de Dorian Hawkmoon fit un bond dans sa poitrine.

L'appareil qui descendait du ciel était indubitablement un ornithoptère. Bariolé de bleu, de vert et d'écarlate, sa forme était celle d'un condor géant. Une seule nation possédait de tels appareils. C'était une machine volante du Ténébreux Empire de Granbretanne.

La disparition d'Oladahn ne nécessitait plus d'explication. Les guerriers du Ténébreux Empire se trouvaient à Soryandum. Il était également plus que probable qu'ils avaient reconnu Oladahn, comprenant ainsi que Hawkmoon ne pouvait se trouver très loin. Et Hawkmoon était le plus farouche ennemi du Ténébreux Empire.

CHAPITRE II

HUILLAM D'AVERC

Hawkmoon se dirigea vers les rues sombres dans l'espoir que l'ornithoptère ne l'avait pas repéré.

Les Granbretons l'avaient-ils suivi pendant toute la traversée du désert ? C'était improbable. Mais pouvait-on donner une autre explication à leur présence en ce lieu retiré ?

Hawkmoon tira de son fourreau son épée de combat, puis mit pied à terre. Ses vêtements de soie et de coton le faisaient paraître anormalement vulnérable tandis qu'il courait dans les rues à la recherche d'un abri.

L'ornithoptère se trouvait à présent à quelques mètres au-dessus des plus hautes tours de Soryandum. Il était très certainement à la recherche de Hawkmoon, l'homme dont le Roi-Empereur Huon avait juré de se venger après qu'il eut « trahi » le Ténébreux Empire. Hawkmoon aurait très bien pu tuer le Baron Meliadus à la bataille de Hamadan, mais le Roi-Empereur Huon se serait certainement empressé d'envoyer un nouvel émissaire chargé de traquer sans répit le félon.

Le jeune Duc de Köln n'avait jamais pensé que le voyage serait sans dangers mais ne s'attendait pas à les trouver si tôt.

Il arriva près d'un sombre bâtiment qui tombait en ruine et dont le portail pouvait lui servir d'abri. Il pénétra à l'intérieur de la bâtisse et se retrouva dans une salle dont les murs de pierre blanche et ciselée étaient en partie recouverts de mousses et de lichens colorés. Un escalier se dressait à l'autre bout de la salle et Hawkmoon, l'épée à la main, franchit plusieurs degrés moussus avant d'entrer dans une petite pièce éclairée par le soleil qui filtrait ses rayons au travers des ruines. Il s'appuya contre le mur afin de regarder au travers de la brèche et découvrit ainsi une grande partie de la ville. Dans le ciel, l'ornithoptère tournait en rond tandis que son pilote à tête de vautour scrutait les rues du regard.

Une tour de granit verdâtre se dressait non loin de là, indiquant grossièrement le centre de Soryandum. L'ornithoptère en fit plusieurs fois le tour et Hawkmoon crut d'abord que le pilote pensait qu'il s'y cachait. Mais la machine volante se posa sur le chemin de ronde de la tour et plusieurs silhouettes apparurent qui s'empressèrent de se joindre au pilote.

Il s'agissait indubitablement de guerriers de Granbretanne. Ils portaient des capes, de lourdes armures et des masques de métal qui leur cachaient tout le visage. Les hommes du Ténébreux Empire avaient l'esprit si torturé qu'ils ne se débarrassaient de leurs casques en aucune circonstance et que ces derniers devaient avoir avec leur esprit des liens très étroits.

Les masques étaient de couleur rouge et jaune sombre et représentaient des gueules de porc sauvage ; leurs farouches yeux gemmés resplendissaient au soleil et leurs grandes défenses d'ivoire partaient de chaque côté de leur groin proéminent.

C'était bien là les hommes de l'Ordre du Sanglier, célèbre dans toute l'Europe pour sa sauvagerie. Ils étaient six qui se tenaient aux côtés de leur chef, un homme grand et mince dont le masque d'or et de bronze était si délicatement ciselé qu'il avait l'air d'une caricature du masque de l'Ordre. Il s'appuyait sur les épaules de deux compagnons – l'un petit et trapu, l'autre presque un géant aux bras et jambes nues mais recouvertes d'un poil incroyablement serré. Hawkmoon se demanda si leur chef était malade ou blessé. La manière dont il s'appuyait sur les deux hommes avait quelque chose d'artificiel

– quelque chose de théâtral. Hawkmoon comprit qu'il connaissait cet homme. Il s'agissait du traître français Huillam D'Averc, peintre et architecte de renom, qui avait rejoint les rangs de la Granbretanne bien avant que celle-ci n'entreprenne de conquérir la France. D'Averc était un homme dangereux et mystérieux. Pourquoi donc faisait-il semblant d'être malade ?

Le chef des Sangliers parla au pilote qui portait un masque de vautour. Celui-ci secoua la tête. Il n'avait pas vu Hawkmoon, mais tendit la main vers l'endroit où celui-ci avait abandonné son cheval. D'Averc – si c'était bien de lui qu'il s'agissait – fit un signe rapide à l'un de ses hommes. Le guerrier disparut quelques instants, puis revint, accompagné d'un Oladahn furieux et grimaçant.

Rassuré, Hawkmoon regarda deux des guerriers au masque de sanglier entraîner Oladahn près des remparts. Au moins, son ami était bien vivant.

Le Sanglier fit un nouveau signe et le pilote-vautour se pencha à l'intérieur de sa machine volante pour en ressortir un mégaphone qu'il tendit au géant velu. Celui-ci le plaça tout près de la bouche de son maître.

Tout à coup, l'air paisible de la ville fut empli de la voix fatiguée du Sanglier.

— Duc von Köln, nous savons que vous êtes ici, car nous avons fait prisonnier votre serviteur. Dans une heure, le soleil se couchera. Si vous ne vous êtes pas livré à nous à ce moment-là, nous nous verrons dans l'obligation de commencer à tuer le petit homme…

Hawkmoon savait maintenant avec certitude qu'il s'agissait bien de D'Averc. Aucun homme ne pouvait parler et agir ainsi. Hawkmoon vit le géant rendre le mégaphone au pilote puis, assisté par son petit compagnon, aider son maître à s'approcher des créneaux pour voir ce qui se passait dans la rue.

Hawkmoon dut retenir sa colère et étudia la distance qui séparait la tour de la maison dans laquelle il se trouvait. En passant par la brèche du mur, il pourrait atteindre une suite de toits en terrasse qui le mèneraient à un tas de gravats posés le long de la tour. Il lui serait ensuite aisé de grimper jusqu'aux créneaux mais serait découvert à l'instant même où il quitterait sa cachette. Seul le couvert de la nuit lui permettrait d'emprunter ce chemin – mais, à ce moment-là, ils auraient déjà commencé à torturer Oladahn.

Soucieux, Hawkmoon passa ses doigts sur le joyau noir, symbole de son esclavage passé. Il savait que, s'il se rendait, il serait tué sur-le-champ ou ramené en Granbretanne ; sa mort serait alors terrible et lente et servirait aux distractions perverses des seigneurs du Ténébreux Empire. Il pensa à Yisselda à qui il avait promis de revenir, au Comte Airain à qui il avait juré assistance dans sa lutte contre la Granbretanne – et il pensa à Oladahn avec qui il avait échangé des serments d'amitié après que le petit homme lui eut sauvé la vie.

Pourrait-il sacrifier son ami ? Pourrait-il justifier un tel acte, même si la logique lui dictait que sa propre vie avait beaucoup plus de valeur dans la lutte contre le Ténébreux Empire ? Hawkmoon savait que, dans une telle situation, la logique n'était pas de grande assistance. Mais il savait aussi que son sacrifice pourrait être inutile car rien ne garantissait que le Sanglier libérerait Oladahn après avoir fait prisonnier Hawkmoon.

Il se mordit les lèvres et serra son épée avec force ; puis, s'étant finalement décidé, il passa par la brèche et, se tenant d'une main aux pierrailles, fit miroiter sa lame au soleil. D'Averc leva lentement les yeux.

— Vous devez relâcher Oladahn avant que je ne me rende, cria Hawkmoon, car je sais que tous les hommes de Granbretanne sont des menteurs. En tout cas, vous avez ma parole que je me rendrai à vous dès que vous aurez libéré Oladahn.

— Nous sommes peut-être des menteurs, dit-il avec difficulté, mais nous ne sommes pas des imbéciles. Comment pourrais-je avoir confiance en vous ?

— Je suis Duc de Köln, dit simplement Hawkmoon. Nous ne mentons jamais.

Un faible rire s'éleva du masque de sanglier :

— Vous êtes peut-être naïf, Duc de Köln, mais Sire

Huillam D'Averc ne l'est pas. Est-il cependant possible que je vous propose un compromis ?

— Lequel ? demanda Hawkmoon avec prudence.

— Je vous propose de faire la moitié du chemin qui nous sépare, de sorte que vous soyez à portée du lance feu de notre ornithoptère. Je libérerai ensuite votre serviteur. (D'Averc toussa avec ostentation puis s'appuya sur les créneaux.) Que dites-vous de cela ?

— Ce n'est pas un compromis, cria Hawkmoon. Il vous serait aisé de nous tuer tous les deux sans grand effort ni danger pour vous-même.

— Mon cher Duc, le Roi-Empereur préfère de loin vous avoir vivant. Vous devez savoir pourquoi. C'est mon propre intérêt qui est ici en jeu. Si je vous tuais maintenant, j'obtiendrais au plus un rang de baronnet – en vous livrant au Roi-Empereur, je serai très certainement récompensé par une principauté. Vous ne me connaissez donc pas, Duc Dorian ? Je suis l'ambitieux Huillam D'Averc.

Les arguments de D'Averc étaient très convaincants, mais Hawkmoon ne pouvait oublier quelle était la réputation de traîtrise et de fourberie du Français. Il était vrai qu'il avait beaucoup plus de valeur vivant, mais le renégat pouvait très bien renoncer aux récompenses et se débarrasser de lui dès qu'il serait à portée du lance-flammes.

Hawkmoon réfléchit un instant puis soupira :

— Je ferai selon vos désirs, Sire Huillam.

Puis il se prépara à sauter sur les toits en terrasse.

Oladahn se mit alors à crier :

— Non, Duc Dorian ! Laissez-les me tuer ! Ma vie n'a pas de valeur !

Hawkmoon agit comme s'il n'avait rien entendu et sauta sur le toit le plus proche. Celui-ci trembla un instant et Hawkmoon craignit que la maison ne s'écroulât sous son propre poids. Mais rien de tel ne se produisit et il s'avança vers la tour d'un air décidé.

Oladahn cria à nouveau et commença à se débattre pour échapper à ses ravisseurs.

Hawkmoon n'y prêta pas attention et continua de marcher, l'épée à la main.

Oladahn réussit alors à s'échapper et se mit à courir, poursuivi par deux guerriers masqués. Hawkmoon le vit courir vers le parapet, hésiter un instant, puis se jeter dans le vide.

Hawkmoon resta un instant immobile, paralysé par la terreur et comprenant à peine la nature du sacrifice de son ami.

Ses doigts se serrèrent sur le pommeau de son épée et il leva la tête pour regarder D'Averc et ses hommes. Puis il courut vers le rebord du toit quand le lance-flammes se dirigea sur lui. Un éclair de chaleur passa au-dessus de sa tête et l'obligea à sauter du toit. Par bonheur, il parvint à s'accrocher par les mains et resta quelques instants immobile au-dessus de la rue.

Non loin de lui se trouvait toute une série de bas-reliefs. Il se balança pour s'agripper au plus proche mais la pierre était presque pourrie. Allait-elle quand même résister ?

Hawkmoon ne s'arrêta pas. Il se balança de bas-relief en bas-relief et réussit finalement à arriver au niveau du sol. Puis il se mit à courir, non pas à l'opposé de la tour, mais bien vers celle-ci.

Il n'avait plus qu'une chose à l'esprit, se venger de Huillam D'Averc qui avait poussé Oladahn à se suicider.

Il découvrit l'entrée de la tour et y pénétra pour entendre un bruit métallique : c'étaient les hommes de D'Averc qui redescendaient en compagnie de leur chef. Il choisit un endroit de l'escalier en colimaçon qui lui permettrait de combattre un à un les Granbretons. D'Averc fut le premier à apparaître et s'arrêta subitement quand il vit Hawkmoon. Puis il tira lentement son épée.

— Il faut être sot pour ne pas profiter de l'occasion que votre ami vous a offerte en se suicidant, dit avec mépris le mercenaire au masque de sanglier. Maintenant, que cela vous plaise ou non, je suppose que nous allons devoir vous tuer…

Il se mit à tousser avec difficulté et s'appuya au mur

avant de faire un signe à l'un des hommes qui se trouvaient derrière lui. Il s'agissait du petit homme trapu, celui qui avait aidé D'Averc sur le chemin de ronde.

— Pardonnez-moi, cher Duc Dorian… mais ma maladie peut m'affaiblir au moment le plus critique. Ecardo, s'il te plaît…

Celui-ci bondit en grognant et en tirant la petite hache qui était passée dans sa ceinture. Sa main libre se saisit de son épée et il poussa un cri de joie sauvage.

— Merci, maître. Voyons un peu comment le petit Duc va s'en tirer.

Hawkmoon se prépara à recevoir les coups du petit homme qui bondit subitement avant d'abattre sa hache sur l'épée de Hawkmoon. Au même instant, il leva sa courte épée et Dorian Hawkmoon dut se reculer promptement pour ne pas être éventré. La lame trancha pourtant le coton de ses braies et il ressentit le contact froid de l'acier sur sa peau.

Hawkmoon donna un coup d'épée qui s'abattit sur le masque de sanglier d'Ecardo et arracha l'une des défenses d'ivoire. Ecardo se mit à jurer et voulut lui porter un nouveau coup mais Hawkmoon le saisit par le bras après avoir lâché son arme. Il l'accula contre le mur et le genou d'Ecardo s'enfonça dans l'aine de Hawkmoon, mais celui-ci résista à la douleur qui lui déchirait le bas-ventre et projeta Ecardo dans l'escalier de pierre.

L'homme roula pendant quelques secondes puis heurta les dalles avec un bruit terrible qui se répercuta dans toute la tour. Il resta immobile.

Hawkmoon leva les yeux vers D'Averc :

— Eh bien, Sire, êtes-vous guéri ?

D'Averc releva son masque ciselé pour révéler les yeux pâles et le visage livide d'un malade. Sa bouche se tordait en un sourire grotesque.

— Je ferai de mon mieux, lui dit-il.

Mais quand il s'avança, ce fut avec agilité et adresse.

Hawkmoon prit l'initiative et porta un coup à son ennemi qui se dégagea avec une rapidité incroyable. Le ton traînant de sa voix n'était pas du tout en rapport avec ses réflexes.

Hawkmoon comprit que D'Averc était aussi dangereux qu'Ecardo. Mais si ce dernier n'était qu'assommé, il pourrait bientôt se retrouver au milieu de ces deux combattants.

Le duel était si rapide que l'on pouvait à peine voir les lames. Le masque de D'Averc était toujours relevé et il souriait d'un air énigmatique et féroce.

Épuisé par son voyage dans le désert et affamé, Hawkmoon savait qu'il ne pourrait résister très longtemps. Il cherchait désespérément une ouverture dans la défense magistrale de D'Averc. À un moment, celui-ci tituba légèrement sur une marche pourrie et Hawkmoon en profita pour se fendre mais son coup fut aussitôt paré.

Derrière D'Averc, les guerriers à tête de sanglier attendaient avec impatience, l'épée à la main, le moment où ils pourraient se jeter sur Hawkmoon.

Hawkmoon se fatiguait rapidement et ne se contentait plus que de se tenir sur la défensive, repoussant la lame qui se présentait devant ses yeux ou devant son cœur. Il fit un pas en arrière, puis un autre.

Ce fut alors qu'il entendit un grognement et comprit qu'Ecardo avait repris connaissance. Il n'aurait plus beaucoup à attendre avant que les Sangliers ne le massacrent.

Maintenant qu'Oladahn était mort, il n'avait plus rien à perdre. Ses coups d'épée se firent plus violents et D'Averc sentit que la victoire était à portée de sa main.

Au lieu d'être attaqué par-derrière par Ecardo, Hawkmoon sauta en arrière sans regarder. Son épaule alla se cogner contre le mur et il fit une rapide volte-face, prêt à affronter une nouvelle fois le puissant Ecardo.

Il faillit laisser tomber son épée d'étonnement.

— Oladahn !

Le petit homme sauvage était en train de lever une épée – celle-là même du guerrier-sanglier – au-dessus de la tête d'Ecardo.

— Oui, je suis vivant. Mais ne me demandez pas pourquoi. C'est là quelque chose que je ne comprends pas.

Le plat de l'épée s'abattit une nouvelle fois sur le casque d'Ecardo qui retomba sur le sol.

Il n'était plus temps de discuter. Hawkmoon parvint péniblement à parer le coup que D'Averc lui portait, mais les yeux de celui-ci s'emplirent d'étonnement quand il vit qu'Oladahn était bien en vie.

Hawkmoon réussit à transpercer l'armure de D'Averc à la hauteur de l'épaule mais celui-ci repoussa la lame et se jeta à nouveau dans le combat. Hawkmoon avait perdu l'avantage et les masques sauvages des guerriers se précipitèrent sur lui.

Hawkmoon et Oladahn reculèrent vers la porte, espérant ainsi reprendre le dessus. Pendant près de dix minutes, ils tinrent tête à leurs assaillants, tuant deux Granbretons et en blessant trois autres. Mais ils s'épuisaient rapidement et Hawkmoon n'avait plus la force de tenir son épée.

Ses yeux vitreux purent à peine voir leurs ennemis se jeter sur eux pour l'hallali. Il entendit D'Averc pousser un cri de triomphe : « Je les veux vivants ! », puis s'écroula sous une avalanche de métal.

Chapitre III

LE PEUPLE DES OMBRES

Entourés de chaînes qui les empêchaient presque de respirer, Oladahn et Hawkmoon furent emmenés dans les sous-sols de la tour.

Après avoir descendu plusieurs étages, les guerriers-sangliers arrivèrent dans une pièce qui avait jadis servi d'entrepôt et remplissait à présent le rôle de cachot.

Ils furent jetés sur le sol rocailleux et restèrent immobiles jusqu'au moment où un pied botté vint les retourner. Leur visage se trouva éclairé par la torche fumante du puissant Ecardo dont le masque bariolé semblait ricaner de plaisir. Le masque de D'Averc était toujours relevé sur son visage livide ; il se tenait entre Ecardo et le géant velu qu'Hawkmoon avait vu un peu plus tôt. D'Averc tenait une écharpe de brocart devant ses lèvres et s'appuyait lourdement sur le bras du géant.

D'Averc toussa d'un air peu naturel et regarda ses prisonniers en souriant.

— Je crains devoir vous quitter bientôt, Messieurs. L'air de ces caves ne m'est pas recommandé. Toutefois, il ne fera pas de mal aux deux solides gaillards que vous êtes. Vous ne resterez pas plus d'une journée en ce lieu, je vous le promets. J'ai demandé que l'on m'envoie un ornithoptère suffisamment grand pour vous ramener en Sicilia. C'est là que le gros de mes troupes se trouve concentré.

— Vous êtes déjà en possession de la Sicilia ? demanda

Hawkmoon d'une voix neutre. Vous avez fait la conquête de cette île ?

— Oui. Le Ténébreux Empire n'aime pas perdre son temps. En fait, c'est moi – D'Averc toussa avec modestie dans son écharpe –, c'est moi qui suis le héros de Sicilia. C'est grâce à mon commandement que cette île est tombée aussi rapidement. Ce triomphe n'a pourtant rien d'extraordinaire, car le Ténébreux Empire possède d'autres capitaines aussi valeureux que moi. Depuis quelque temps, nous avons conquis pas mal de pays en Europe – ainsi qu'en Orient.

— La Kamarg résiste toujours, dit Hawkmoon. Cela doit irriter le Roi-Empereur.

— Oh, la Kamarg ne pourra résister très longtemps, dit D'Averc d'un ton dégagé. Nous nous intéressons d'une manière très particulière à cette petite province. En fait, elle est peut-être déjà tombée…

— Pas tant que le Comte Airain vivra, dit en souriant Hawkmoon.

— Justement, répliqua D'Averc. J'ai appris qu'il avait été grièvement blessé et que son lieutenant von Villach avait été tué dans une récente bataille.

Hawkmoon ne parvint pas à savoir si D'Averc mentait. Son visage resta impassible bien que ces nouvelles l'eussent ébranlé. La Kamarg était-elle sur le point de tomber ? Et dans ce cas, qu'adviendrait-il de Yisselda ?

— Je vois que cette nouvelle ne vous laisse pas indifférent, murmura D'Averc. Mais ne craignez rien, Duc, car la Kamarg me reviendra quand elle sera conquise. Ce sera ma récompense pour vous avoir capturé. Quant à mes fidèles compagnons que voici – il montra du doigt ses deux monstrueux serviteurs –, je leur apprendrai à diriger la Kamarg en mon absence. Ils partageront chaque moment de ma vie – mes secrets, mes plaisirs. Ce n'est que justice qu'ils participent aussi à mes triomphes. Je ferai d'Ecardo le Grand Chambellan de ma province, tandis que Peter recevra le titre de Comte.

Un grognement animal sortit du masque du géant. D'Averc sourit :

— Peter n'a pas beaucoup d'esprit, mais sa force et sa loyauté sont indiscutables. Peut-être le mettrai-je à la place du Comte Airain.

Hawkmoon secoua ses chaînes de rage.

— Vous n'êtes qu'une bête cruelle, D'Averc, mais je ne me mettrai pas en colère puisque c'est cela que vous désirez. J'ai tout mon temps ; il se peut que je parvienne à m'enfuir. Dans ce cas, vous vivrez dans la crainte du jour où nous aurons échangé les rôles. Ce sera alors vous qui serez en mon pouvoir.

— Je crains que vous ne soyez trop optimiste, Duc. Reposez-vous et jouissez de la paix qui vous est donnée car vous ne connaîtrez plus un instant de félicité quand vous vous retrouverez en Granbretanne.

D'Averc fit une courbette grotesque et s'en alla, suivi de ses hommes. La lumière mourut et les deux prisonniers restèrent dans le noir.

— Ah, dit Oladahn après un instant de silence, je ne pense pas grand-chose de l'état dans lequel je me trouve après ce qui s'est passé aujourd'hui. Je ne sais même pas si c'est là le rêve, la réalité de la vie, ou la mort.

— Que t'est-il arrivé, Oladahn ? lui demanda Hawkmoon. Comment as-tu fait pour survivre après une telle chute ? Je pensais que tu t'étais écrasé au sol.

— J'aurais dû l'être, acquiesça Oladhan. Si des fantômes ne m'avaient arrêté au beau milieu de ma chute.

— Des fantômes ? Tu dois plaisanter.

— Non. Ces êtres – ces fantômes – sont apparus aux fenêtres de la tour et m'ont porté doucement à terre. Leur taille et leur forme étaient celles des hommes, mais ils étaient à peine tangibles…

— Tu as dû te cogner la tête pour inventer tout cela !

— Vous pourriez avoir raison. (Oladahn s'arrêta subitement de parler.) Mais dans ce cas, je dois continuer de rêver. Regardez sur votre gauche.

Hawkmoon tourna la tête et poussa un petit cri d'étonnement. Devant lui se dressait la silhouette d'un homme. Pourtant, il parvenait également à voir le mur de pierre qui se trouvait derrière.

— Un fantôme tout à fait classique, dit Hawkmoon. Il est étrange que nous partagions ce rêve…

La silhouette se mit à rire d'une manière enjoué :

— Vous ne rêvez pas, étrangers. Nous sommes des hommes comme vous. La structure de notre corps est simplement quelque peu altérée. C'est tout. Les dimensions dans lesquelles nous existons ne sont pas exactement les mêmes que les vôtres. Nous avons toutefois une certaine réalité. Nous sommes les habitants de Soryandum.

— Ainsi, vous n'avez pas abandonné votre ville, dit Oladahn. Mais comment se fait-il que vous soyez… ainsi ?

L'ombre rit à nouveau.

— Une certaine emprise sur l'esprit, une expérience scientifique, la maîtrise du temps et de l'espace. Je regrette de ne pouvoir vous expliquer par le détail notre démarche exacte ; cet état a été atteint, entre autres choses, par la création d'un vocabulaire entièrement nouveau. Le langage que j'utiliserais vous serait tout à fait incompréhensible. Soyez cependant assurés d'une chose : nous sommes toujours capables de juger les esprits des hommes, ce qui fait que nous reconnaissons en vous des amis potentiels tandis que les autres sont nos véritables ennemis.

— Vos ennemis ? Comment cela ? demanda Hawkmoon.

— Je vous l'apprendrai plus tard.

L'ombre s'avança vers Hawkmoon et se tint au-dessus de lui. Le jeune Duc de Köln sentit un contact étrange sur son corps et fut soulevé en l'air. L'ombre était peut-être intangible, mais certainement bien plus robuste que n'importe quel mortel. Des murailles sortirent deux autres ombres : l'une d'elles souleva Oladahn et l'autre tendit la main pour produire une sorte de lumière qui éclaira tout le cachot. Hawkmoon vit que les ombres étaient minces et dotées de beaux visages. Mais leurs yeux ressemblaient à ceux des aveugles.

Hawkmoon avait d'abord supposé les habitants de Soryandum capables de traverser les murs mais il voyait à présent qu'ils étaient venus par une grande ouverture pratiquée dans le plafond du cachot. C'était très certainement par là que tombaient les sacs de grain à l'époque où cette pièce sombre ne servait que d'entrepôt.

Les ombres s'élevèrent ensuite vers le tunnel et continuèrent de monter jusqu'à ce qu'une lueur apparut au-dessus d'eux – la clarté de la lune et des étoiles.

— Où nous emmenez-vous ? demanda Hawkmoon à voix basse.

— Dans un endroit tranquille où nous pourrons vous débarrasser de vos chaînes, lui répondit celui qui le portait.

Quand ils furent arrivés à l'extrémité du tunnel et qu'ils eurent senti la fraîcheur de la nuit, ils s'arrêtèrent un instant pour vérifier qu'aucun Granbreton ne se trouvait à proximité. Puis ils partirent dans les rues désolées de la cité silencieuse et atteignirent finalement une maison à trois étages. Elle paraissait en meilleure condition que les autres mais ne possédait aucune entrée visible au niveau du sol.

Les ombres portèrent Hawkmoon et Oladahn jusqu'au second étage, puis franchirent une large fenêtre.

La pièce était dépourvue de toute décoration et les deux ombres déposèrent doucement leur fardeau humain.

— Où sommes-nous ? demanda Hawkmoon qui n'avait toujours pas confiance en ses sens.

— C'est ici que nous vivons, lui répondit l'ombre. Nous ne sommes pas très nombreux. Bien que nous puissions vivre plusieurs siècles, nous sommes incapables de nous reproduire. C'est ce que nous avons perdu en acquérant cet état.

D'autres silhouettes apparurent alors et plusieurs d'entre elles étaient celles de femmes. Elles avaient toutes la même grâce et la même beauté ; elles ne portaient pas de vêtements et leur corps avait une apparence laiteuse. Les corps et les visages n'avaient pas d'âge et étaient à peine humains mais s'entouraient d'une aura de paix que Dorian Hawkmoon trouvait particulièrement rassurante.

L'un des nouveaux venus avait apporté avec lui un petit instrument, à peine plus grand que l'index de Dorian Hawkmoon, qu'il appliqua sur les diverses serrures retenant les chaînes. Elles s'ouvrirent l'une après l'autre et les deux prisonniers se retrouvèrent libres de toute entrave.

Hawkmoon se redressa et frotta ses muscles endoloris :

— Merci, dit-il. Vous m'avez évité un sort désagréable.

— Nous sommes heureux de vous avoir été utiles, répondit l'une des ombres, légèrement plus petite que les autres. Je m'appelle Rinal et j'étais jadis Grand Conseiller de Soryandum. (Il s'avança en souriant.) Nous nous demandons si cela vous plairait de nous rendre un service.

— Je serais heureux de pouvoir vous être utile après ce que vous venez de faire, dit Hawkmoon en toute sincérité. Que faudra-t-il faire ?

— Nous sommes menacés par ces étranges guerriers aux grotesques masques d'animaux, lui dit Rinal. Car ils ont décidé de détruire Soryandum.

— La détruire ? Mais pour quoi faire ? Cette ville ne les menace nullement – et elle est trop éloignée pour être annexée.

— Ce n'est malheureusement pas le cas, lui dit Rinal. Nous avons écouté leurs conversations et avons ainsi appris que Soryandum a beaucoup de valeur pour eux. Ils souhaitent construire une immense bâtisse qui abritera des centaines de machines volantes. Ces machines pourront alors être envoyées contre les nations environnantes.

— Je comprends, murmura Hawkmoon. Tout cela se tient très bien. C'est dans ce but que D'Averc a été choisi : ses talents d'architecte ne seront pas négligeables. Les matériaux de construction sont disponibles et peuvent servir à élever cette base d'ornithoptères. De plus, cet endroit est si éloigné que personne ne remarquera leur activité. Le Ténébreux Empire pourra attaquer par surprise et détruire les autres nations. Il faut absolument les arrêter !

— Oui, il le faut, même si ce n'est que pour notre bien, reprit Rinal. Vous voyez, nous faisons partie de cette ville d'une manière que vous ne pourrez peut-être pas comprendre. La ville et nous formons un tout. La destruction de la ville signifie notre mort.

— Mais comment pouvons-nous les arrêter ? demanda

Hawkmoon. À quoi puis-je vous servir ? Vous devez disposer d'une science très évoluée. Quant à moi, je n'ai qu'une épée – et encore est-elle entre les mains de ce D'Averc !

— Je vous ai dit que nous étions liés à cette ville, dit Rinal d'un air patient. Nous ne pouvons nous en éloigner. Il y a bien longtemps, nous nous sommes débarrassés des objets inutiles comme les machines, par exemple. Celles-ci furent enfouies sous une colline située à quelques kilomètres de Soryandum. À présent, nous avons besoin d'une machine bien précise, mais ne pouvons nous la procurer personnellement. Toutefois, votre mobilité mortelle vous permet de le faire à notre place.

— Volontiers, dit Hawkmoon. Si vous nous indiquez l'emplacement exact de la machine, nous vous la rapporterons. Il vaut mieux que nous partions bientôt, avant que D'Averc ne s'aperçoive de notre fuite.

— Je suis d'accord sur ce point, dit Rinal en hochant la tête, mais j'ai oublié de vous dire quelque chose. Nous avons caché ces machines à une époque où nous pouvions encore quitter Soryandum. Nous avons voulu nous assurer que personne ne s'en emparerait et les avons défendues par une bête mécanique – une horrible invention créée pour éloigner tous ceux qui découvriraient notre cachette. Mais cette créature de métal peut aussi tuer : elle détruira tous ceux qui, n'appartenant pas à notre race, oseront pénétrer à l'intérieur de la caverne.

— Comment peut-on éviter cette bête ? demanda Oladahn.

— Il n'y a qu'un seul moyen, dit Rinal en soupirant. Vous devrez la combattre – et la détruire.

— Je vois, dit Hawkmoon en souriant. J'ai échappé à un danger pour en affronter un autre presque aussi terrible.

Rinal leva la main.

— Non. Vous n'êtes nullement obligés. Si vous croyez que votre vie est plus utile au service d'une autre cause, n'hésitez pas à nous abandonner.

— Je vous dois la vie, dit Hawkmoon. Et ma conscience

ne serait pas en paix si je m'éloignais de Soryandum en sachant pertinemment que votre ville serait détruite et votre race exterminée. De plus, le Ténébreux Empire aurait l'occasion de causer des dégâts encore plus grands. Non – je ferai de mon mieux, bien que cela ne soit pas facile sans armes d'aucune sorte.

Rinal fit un signe à l'une des ombres qui quitta la pièce pour revenir quelques instants plus tard. Elle tenait l'épée de Dorian Hawkmoon ainsi que l'arc, les flèches et l'épée d'Oladahn.

— Il nous a été facile de nous en emparer, dit en souriant Rinal. Nous avons également une autre arme à votre disposition. (Il tendit à Hawkmoon le petit objet qui avait servi à ouvrir les serrures.) Nous avons gardé ceci quand les autres machines ont été rangées dans la caverne. Il peut ouvrir n'importe quelle serrure – il suffit de le poser dessus. Cela vous sera utile pour pénétrer dans la grande salle où la bête mécanique protège les anciennes machines de Soryandum.

— Quelle est donc la machine que vous désirez nous voir rapporter ? demanda Oladahn.

— C'est un petit objet, gros comme une tête humaine. Il est étincelant et ses couleurs sont celles de l'arc-en-ciel. Il ressemble à du cristal, mais son contact est celui du métal. Sa base est faite d'onyx et se termine par un objet octogonal. La salle renferme peut-être deux de ces objets ; si vous le pouvez, rapportez-les tous les deux.

— À quoi sert-il ? demanda Hawkmoon.

— Vous le saurez à votre retour.

— Si nous revenons, dit Oladahn d'un air particulièrement sombre.

CHAPITRE IV

LA BÊTE MÉCANIQUE

Après s'être restaurés de vin et de nourritures volés aux hommes de D'Averc par le peuple des ombres, Hawkmoon et Oladahn reprirent leurs armes et se préparèrent à quitter la maison.

Deux des hommes de Soryandum les portèrent doucement jusqu'à terre.

— Que le Bâton Runique vous protège, dit l'un d'eux tandis que son compagnon se dirigeait vers les murailles de la ville, car nous avons appris que vous êtes son serviteur.

Hawkmoon voulut lui demander comment il savait cela. C'était la seconde fois que quelqu'un lui disait qu'il était le serviteur de Bâton Runique et lui-même n'en savait rien. Mais l'ombre disparut avant même qu'il ait pu ouvrir la bouche.

Soucieux, Hawkmoon sortit de la ville.

Quand il fut dans les collines, à plusieurs kilomètres de Soryandum, Hawkmoon s'arrêta pour réfléchir un instant. Rinal lui avait dit de chercher un cairn de granit érigé plusieurs siècles auparavant par ses ancêtres. Il vit enfin le tumulus dont les pierres antiques brillaient comme de l'argent au clair de lune.

— Nous devons à présent nous diriger vers le nord, dit-il, et chercher la colline d'où ce granit a été extrait.

Ils découvrirent la colline une demi-heure plus tard. On eût dit qu'une épée gigantesque en avait tranché la paroi. Mais le temps avait passé et l'herbe avait repoussé de sorte que cette étrange caractéristique avait pris une allure naturelle.

Hawkmoon et Oladahn foulèrent un tapis de tendre gazon et se dirigèrent vers un endroit où des buissons touffus poussaient le long du flanc de la colline. Ils écartèrent les branches et découvrirent une faille dans la paroi rocheuse. C'était l'entrée secrète qui menait à la salle des machines des habitants de Soryandum.

Ils pénétrèrent dans la faille et se retrouvèrent au sein d'une vaste caverne. Oladahn alluma la torche qu'ils avaient apportée avec eux et la flamme vacillante leur révéla une grande caverne carrée, visiblement creusée de main d'homme.

Hawkmoon se souvint de ce qui lui avait été dit et s'avança vers le fond de la grotte pour y rechercher la petite marque qui devait se trouver à hauteur d'épaule. Il la découvrit finalement – une inscription aux caractères étranges sous laquelle se trouvait un trou minuscule. Hawkmoon sortit le petit instrument qui lui avait été donné et le dirigea sur le trou.

Il ressentit un léger chatouillement quand sa main appuya avec plus de vigueur sur le petit objet. La paroi rocheuse se mit à trembler et un puissant courant d'air s'éleva qui faillit souffler la torche. La paroi devint luisante, puis transparente et disparut finalement à leurs yeux. « Elle sera toujours là, lui avait expliqué Rinal, mais passera temporairement dans une autre dimension. »

Prudemment, l'épée à la main, ils entrèrent dans un profond tunnel empli d'une lumière verte et froide qui fusait de murs semblables à du verre fondu.

Devant eux se dressait une autre paroi, marquée d'une petite tache rouge sur laquelle Hawkmoon dirigea son instrument.

Il y eut un nouveau courant d'air, si puissant qu'ils faillirent tomber à terre. Puis la paroi se mit à pâlir avant de prendre une couleur d'un bleu laiteux et de disparaître à leurs yeux.

Cette partie du tunnel avait la même couleur bleu opaque, mais devant eux se dressait une nouvelle paroi, d'un noir profond cette fois. Quand cette dernière eut également disparu, ils pénétrèrent dans un tunnel de pierre jaune et comprirent qu'ils se trouvaient à présent devant l'entrepôt des machines et son féroce gardien.

Hawkmoon s'arrêta un instant avant d'appliquer son instrument sur la muraille blanche.

— Nous devons être rusés et agir avec promptitude, dit-il à Oladahn, car la créature qui dort derrière cette paroi se réveillera à l'instant même où notre présence lui sera signalée.

Il fut interrompu par un formidable bruit métallique et la paroi blanche vacilla comme si quelque chose d'énorme s'était précipité dessus.

Oladahn regarda la paroi d'un air dubitatif.

— Nous devrions peut-être revenir sur notre décision. Après tout, si nous perdions inutilement la vie, nous…

Mais Hawkmoon avait déjà commencé à activer son instrument ; la paroi changea de couleur et l'étrange courant d'air les frappa une nouvelle fois. Un cri de douleur et d'étonnement s'éleva de l'autre côté de la muraille. Celle-ci prit une teinte rosée, puis disparut, pour découvrir la bête mécanique.

La disparition de la paroi avait dû la surprendre, car elle resta un instant immobile. Elle reposait sur des pieds de métal que ses écailles multicolores dissimulaient à moitié ; son échine était entièrement recouverte de cornes acérées tandis que son corps avait l'allure générale du singe. Ses membres antérieurs étaient assez courts tandis que ses bras se terminaient par de puissantes griffes métalliques. Ses yeux étaient à facettes comme ceux de la mouche et resplendissaient de couleurs changeantes tandis que son groin était doté de dents métalliques tranchantes comme des lames de rasoir.

Derrière la bête mécanique se trouvaient plusieurs groupes de machines, rangés soigneusement le long de la paroi rocheuse. La pièce était très vaste ; au milieu de celle-ci, un peu sur la gauche de Dorian Hawkmoon, étaient posés sur le sol les deux objets de cristal décrits par Rinal. Sans dire un seul mot, Hawkmoon tendit la main vers ceux-ci puis se précipita dans l'entrepôt.

La course des deux hommes tira le monstre de sa somnolence ; il poussa un hurlement avant de se jeter sur eux tout en sécrétant une étrange odeur métallique particulièrement nauséabonde.

Hawkmoon vit du coin de l'œil une puissante main griffue s'abattre sur lui, mais il parvint à faire un bond de côté ; il heurta une délicate machine qui s'écrasa au sol en répandant des morceaux de verre et de petites pièces d'acier. La main giffla l'air à quelques centimètres de son visage, mais Hawkmoon fit un nouveau bond de côté.

Une flèche vint s'écraser sur le groin de la bête avec un bruit sonore mais ne parvint pas à entamer les écailles jaunes et noires.

La bête poussa un rugissement de surprise et regarda autour d'elle avant de se jeter sur Oladahn.

Celui-ci voulut reculer mais ne fut pas assez prompt : le monstre le saisit dans sa main afin de le porter à sa gueule. Voyant cela, Hawkmoon poussa un cri et frappa du tranchant de son épée la cuisse de la bête qui hurla de douleur et relâcha son prisonnier. Oladahn resta immobile sur le sol, mort ou tout simplement assommé.

Hawkmoon recula de quelques pas quand la bête s'avança vers lui puis, changeant de tactique, plongea entre ses jambes. Surprise, elle chercha à se retourner mais Hawkmoon avait plongé à nouveau.

Le monstre de métal renifla de rage tout en agitant ses bras puissants. Hawkmoon profita de ce moment de trouble pour se cacher entre deux machines, mais la bête partit aussitôt à sa recherche, renversant tout sur son passage. Toujours dissimulé, Hawkmoon arriva auprès d'un objet doté d'un bec en forme de cloche au bout duquel se trouvait un levier. Ce devait être une arme et, sans même réfléchir, Hawkmoon tira sur le levier. Un léger bruit sortit de la machine, mais rien d'autre ne se produisit.

Le monstre se rua une nouvelle fois sur lui.

Hawkmoon se prépara à l'affronter et décida de planter son épée dans les yeux de la bête, car c'était là le point le plus sensible de son étrange anatomie. Rinal lui avait dit que la bête ne pouvait être tuée au sens habituel du mot ; mais si elle était aveuglée, il aurait peut-être sa chance.

La bête marcha directement sur la machine et poussa un grognement subit. Un rayon invisible avait dû la frapper et déranger quelque partie de son mécanisme compliqué. Elle s'écroula sur le sol et Hawkmoon pensa un instant avoir triomphé mais elle se releva pour s'avancer d'une manière lente et pénible.

Hawkmoon comprit qu'elle allait bientôt recouvrer toute sa vigueur ; il devait frapper sans plus attendre et se précipita sur le monstre qui tourna lentement la tête. Hawkmoon fit un bond en l'air et grimpa sur les puissantes épaules de l'étrange créature qui poussa un grognement de colère et chercha à se débarrasser de ce parasite.

Hawkmoon se pencha alors en avant et, se servant du pommeau de son épée, brisa l'un après l'autre les yeux à facettes du monstre de métal.

Ils éclatèrent en mille morceaux et le monstre poussa un hurlement de douleur avant de porter ses mains, non pas sur celui qui l'avait mutilé, mais sur ses yeux crevés. Le jeune Duc eut alors le temps de sauter à terre et de courir vers les deux objets qu'il était venu chercher.

Il prit le sac qui était accroché à sa ceinture et y enferma les deux objets de cristal.

Le monstre tournait sur lui-même et déchirait l'air de ses pattes. Sa cécité ne lui avait rien fait perdre de sa force et de sa vigueur.

Hawkmoon évita les griffes acérées et se précipita sur le malheureux Oladahn qui gisait toujours à terre. Puis il jeta le petit homme sur ses épaules et courut vers la sortie.

Le monstre de métal avait entendu le bruit de ses pas et s'était lancé à sa poursuite. Hawkmoon s'efforça d'aller plus rapidement encore tandis que son cœur battait à tout rompre.

Il franchit un à un les couloirs avant de se retrouver

dans la caverne que seule une faille étroite séparait du monde extérieur. Le monstre de métal serait tout à fait incapable de passer par un tel endroit.

Dès qu'il eut franchi la faille et senti l'air de la nuit emplir ses poumons, il s'arrêta et regarda attentivement le petit homme. Oladahn respirait régulièrement et ne devait pas avoir d'os de cassé. Sa seule blessure apparente était une marque blanche sur sa tempe, cause de son évanouissement. Hawkmoon continua de palper le corps de son compagnon quand celui-ci ouvrit péniblement les yeux. Ses lèvres laissèrent échapper un léger sifflement.

— Oladahn, comment te sens-tu ? demanda Hawkmoon avec anxiété.

— Hon ! J'ai la tête en feu, dit Oladahn dans un grognement. Où sommes-nous ?

— En sécurité. Essaye de te lever. L'aube va bientôt poindre et nous devons être revenus à Soryandum avant le jour pour ne pas être découverts par les hommes de D'Averc.

Oladahn parvint à se relever, non sans difficulté. Un hurlement s'éleva dans la caverne et des coups sourds retentirent contre le flanc de la colline.

— En sécurité ? dit Oladahn en tendant la main vers la faille. Peut-être – mais pas pour longtemps.

Hawkmoon se retourna brusquement. La bête mécanique était parvenue à agrandir l'ouverture et à engager la moitié de son corps dans celle-ci.

— Raison de plus pour nous hâter, dit Hawkmoon en ramassant son fardeau.

Puis il se mit à courir dans la direction de Soryandum.

Ils n'avaient pas encore parcouru plus de quelques centaines de mètres quand un bruit formidable se fit entendre derrière eux. Ils se retournèrent pour voir le flanc de la colline s'ébouler. Le monstre de métal apparut alors et poussa des hurlements qui se répercutèrent dans toutes les collines.

— Je l'ai aveuglée, dit Hawkmoon. Elle ne peut donc pas nous suivre. Mais il nous faut atteindre la ville si nous voulons vraiment lui échapper.

Ils accélérèrent le pas et atteignirent bientôt les abords de Soryandum.

L'aube se leva quelques instants plus tard mais les deux hommes couraient déjà dans les rues à la recherche de la maison du peuple des ombres.

CHAPITRE V

LA MACHINE

Rinal et deux autres ombres les rencontrèrent non loin de la maison et s'empressèrent de les porter jusqu'à la fenêtre.

Le soleil se leva et la lumière du jour entra par la fenêtre, rendant le peuple des ombres encore moins tangible qu'auparavant. Rinal se hâta de sortir les boîtes du sac de Dorian Hawkmoon.

— Elles sont exactement comme je me les rappelais, murmura-t-il tout en se mettant dans la lumière pour mieux voir les machines de cristal. (Sa main spectrale caressa l'octogone attenant à la base d'onyx.) À présent, nous n'avons plus rien à craindre des étrangers masqués. Nous pouvons leur échapper à tout instant…

— Je croyais que vous n'aviez pas la possibilité de vous enfuir hors de la ville, remarqua Oladahn.

— Oui, c'est vrai – mais grâce à ces machines, nous pourrons emporter toute la ville avec nous, si nous avons de la chance.

Hawkmoon voulut poser une question à Rinal quand il entendit un grand bruit dans la rue. Il s'approcha doucement de la fenêtre et vit D'Averc entouré de ses deux stupides lieutenants et d'une vingtaine de guerriers. L'un d'entre eux montrait la fenêtre du doigt.

— Ils ont dû nous repérer, dit Hawkmoon dans un hoquet. Nous devons nous enfuir, ces hommes sont trop nombreux.

Rinal eut l'air soucieux.

— Nous ne pouvons non plus nous en aller car, en utilisant notre machine, nous vous abandonnerons aux mains de D'Averc. Je ne sais que faire.

— Servez-vous donc de votre machine, dit Hawkmoon, et laissez-nous nous occuper de ce D'Averc.

— Nous ne pouvons vous laisser mourir ! Pas après tout ce que vous avez fait.

— Servez-vous de votre machine !

Mais Rinal hésitait encore.

Hawkmoon entendit un autre bruit à l'extérieur et jeta un nouveau coup d'œil par la fenêtre.

— Ils ont apporté des échelles et vont arriver d'un moment à l'autre. Faites fonctionner cette machine, Rinal !

Une femme du peuple des ombres dit d'une voix douce :

— Il a raison, Rinal. Sers-toi de cette machine. Si ce que l'on nous a dit est vrai, il est improbable que notre ami soit maltraité par D'Averc. Pas pour l'instant, en tout cas.

— Que voulez-vous dire ? lui demanda Hawkmoon. Qui vous a appris cela ?

— Nous avons un ami. Il n'appartient pas à notre peuple, lui expliqua la femme, mais vient parfois nous rendre visite et nous apporter des nouvelles du monde. C'est également un serviteur du Bâton Runique...

— Est-ce un guerrier vêtu d'une armure d'or et de jais ? l'interrompit Hawkmoon.

— Oui. Il nous a dit que...

— Duc Dorian ! s'écria Oladahn, la main tendue vers la fenêtre à laquelle apparaissait le premier des guerriers-sangliers.

Hawkmoon tira vivement son épée de son fourreau, fit un bond en avant et enfonça sa lame dans la gorge du sanglier qui retomba en arrière en poussant un cri d'horreur. Hawkmoon se saisit de l'échelle et essaya de la repousser ; mais en vain, car elle était fermement maintenue par en bas. Un autre guerrier se présenta à la fenêtre et Oladahn lui porta un coup à la tête afin de le déséquilibrer ; l'homme resta pourtant accroché et Hawkmoon dut abattre son épée sur les doigts du guerrier qui lâcha prise et s'écrasa au sol.

— La machine, dit Hawkmoon d'un air désespéré. Je vous en prie, Rinal, faites-la fonctionner. Nous ne tiendrons plus très longtemps.

Un bourdonnement s'éleva alors, léger et musical, et Hawkmoon sentit la tête lui tourner quand son épée rencontra celle d'un nouvel attaquant.

Tout se mit alors à vibrer rapidement et les murs de la maison prirent une teinte rouge vif. Dans la rue, les sangliers poussaient des cris – non pas de surprise mais bien de terreur. Hawkmoon ne parvenait pas à comprendre ce que ce spectacle pouvait avoir de si effrayant.

Il regarda par la fenêtre et vit que la ville tout entière avait pris la même coloration ; elle semblait vibrer en harmonie avec les bourdonnements rythmés de la machine. Puis, tout à coup, la ville et le bourdonnement disparurent et Hawkmoon tomba doucement vers le sol.

Il entendit Rinal lui dire d'une voix mourante :

— Nous vous avons laissé la seconde machine ; j'espère que ce présent vous aidera à combattre vos ennemis. Elle a la faculté d'envoyer de grandes portions de paysage dans une dimension spatio-temporelle quelque peu différente. Nos ennemis ne pourront s'emparer de Soryandum...

Hawkmoon atteignit alors le sol rocailleux ; Oladahn se trouvait à ses côtés. Il constata qu'il n'y avait plus aucune trace de la ville et que le terrain semblait avoir été passé à la charrue.

À quelque distance d'eux se trouvaient les hommes de D'Averc et Hawkmoon comprit la raison de leur frayeur.

La bête mécanique était parvenue à entrer dans la ville et à attaquer les guerriers masqués. Sur le sol gisaient les cadavres sanglants des Granbretons. Poussés par D'Averc qui luttait l'épée à la main, les sangliers essayaient de détruire le monstre.

Ses écailles de métal s'agitaient furieusement, ses dents claquaient dans sa gueule et ses griffes d'acier déchiraient armures et poitrines.

— La bête s'occupera d'eux, dit Hawkmoon. Regarde – voilà nos chevaux.

Deux étalons terrorisés se tenaient à trois cents mètres

de là ; Hawkmoon et Oladahn coururent dans leur direction puis montèrent en selle et s'enfuirent à toute bride tandis que la bête mécanique continuait de massacrer les sangliers de D'Averc.

L'étrange cadeau du peuple des ombres soigneusement rangé dans la sacoche de Dorian Hawkmoon, les deux aventuriers purent continuer leur voyage vers la côte.

Les herbes drues facilitèrent l'avance des chevaux qui franchirent rapidement les collines et atteignirent finalement la vaste vallée où coule l'Euphrate.

Ils assirent leur camp près des rives de ce fleuve puissant et discutèrent du meilleur moyen de franchir ses eaux impétueuses. Hawkmoon consulta sa carte et vit qu'il leur faudrait parcourir plusieurs kilomètres avant de pouvoir passer à gué.

Hawkmoon contempla les eaux teintées de sang par les premiers rayons du soleil couchant. Il poussa un profond soupir qui attira l'attention d'Oladahn.

— Quelque chose vous chagrine, Duc Dorian ? Je pensais que notre fuite vous avait mis de bonne humeur…

— L'avenir m'inquiète, Oladahn. Si D'Averc a dit la vérité au sujet de la blessure du Comte Airain, de la mort de von Villach et du siège de la Kamarg, je crains bien de ne trouver que la boue et les cendres promis par le Baron Meliadus.

— Attendons d'y être arrivés, dit Oladahn d'un air qui se voulait léger, car il est probable que D'Averc a cherché à vous attrister. La Kamarg résiste certainement toujours. Après ce que vous m'avez appris sur les défenses naturelles et la grande valeur de cette province, je ne doute pas un seul instant qu'ils tiennent encore tête au Ténébreux Empire. Vous verrez…

— Ah, Oladahn ! (Hawkmoon baissa les yeux vers le sol assombri.) Que puis-je savoir ? D'Averc avait très certainement raison quand il parlait des autres conquêtes de la Granbretanne. La Sicilia leur appartient et il doit en être de même pour les autres régions de l'Italia et de l'Espanyia. Est-ce que tu comprends ce que cela signifie ?

— Sorti des Montagnes Bulgares, je ne connais pas grand-chose en géographie, dit Oladahn d'un air quelque peu gêné.

— Cela signifie que toutes les routes – terrestres et maritimes – menant à la Kamarg sont bloquées par les hordes du Ténébreux Empire. Même si nous atteignons la mer et nous procurons un bateau, quelles chances aurons-nous de franchir sans encombre le détroit de Sicilia ? Les eaux doivent être noires de vaisseaux du Ténébreux Empire.

— Devons-nous absolument suivre cette route ? N'est-il pas possible de prendre le chemin que vous avez emprunté pour aller vers l'Est ?

Hawkmoon fronça les sourcils.

— J'ai traversé la plus grande partie de ce territoire par la voie des airs et cela nous prendrait deux fois plus de temps. Sans compter que la Granbretanne a dû faire de considérables gains de territoires dans ces régions.

— Il est possible de faire le tour des régions tombées entre leurs mains, dit Oladahn. Nous réussirons peut-être en passant par les terres, car la voie des mers me semble bloquée, d'après ce que vous dites.

— Oui, dit Hawkmoon d'un air pensif. Il faudrait alors traverser la Turkia – ce qui prendrait plusieurs semaines. Nous pourrions ensuite traverser la mer Noire qui ne doit pas porter trop de navires granbretons. (Il consulta sa carte.) Oui – la mer Noire puis la Roumanie – mais les difficultés augmenteront au fur et à mesure que nous approcherons de la France, car les forces du Ténébreux Empire se trouvent partout en ce lieu. Mais tu as raison, nos chances sont plus grandes par cette route. Il nous faudra peut-être tuer une paire de Granbretons afin de nous emparer de leurs masques. Le seul problème est que l'on ne peut lire sur leur visage s'ils sont amis ou ennemis. Si nous connaissions les langages secrets de leurs différents Ordres, nous pourrions voyager sans encombre, munis d'armures et de masques de bêtes.

— Alors, changeons de route, dit Oladahn.
— Oui. Nous partirons vers le Nord quand le soleil se lèvera.

Ils passèrent plusieurs journées à marcher le long des rives de l'Euphrate puis franchirent la frontière séparant la Syrie de la Turkia et arrivèrent finalement à la ville paisible de Birachek, où l'Euphrate prend le nom de Firat.

À Birachek, un aubergiste soupçonneux les prit tout d'abord pour des serviteurs du Ténébreux Empire et leur dit qu'il ne restait plus de chambres ; mais Hawkmoon lui montra le joyau noir qui ornait son front et lui dit :

— Je m'appelle Dorian, dernier Duc de Köln, et je suis l'ennemi juré de la Granbretanne.

L'aubergiste avait entendu parler de lui, en dépit de son isolement, et le laissa entrer dans sa maison.

Un peu plus tard, ils s'installèrent dans la grande salle de l'auberge et burent du vin tout en discutant avec des caravaniers arrivés peu avant eux à Birachek.

Les marchands étaient des hommes au teint basané, aux cheveux bleu-noir et à la barbe luisante. Ils portaient des chemises de cuir et des jupes de laine aux couleurs bigarrées et avaient jeté sur leurs épaules des capes de laine ornées de dessins géométriques pourpres, rouges et jaunes. Ils expliquèrent que ces capes montraient qu'ils étaient les hommes de Yenahan, marchand d'Ankara. À leur côté pendaient des sabres recourbés au pommeau richement décoré et à lame nue mais gravée. Ces marchands avaient la même habitude du duel que du commerce.

Leur chef, Saleem, avait un nez crochu et des yeux vifs ; il s'inclina devant eux et parla doucement au Duc de Köln et à son compagnon.

— Vous avez certainement appris que les émissaires du Ténébreux Empire font leur cour au Calife d'Istanbul et subventionnent ce monarque prodigue pour qu'il autorise un grand nombre de guerriers masqués à stationner dans les murs de la ville.

Hawkmoon secoua la tête.

— Je n'ai que peu de nouvelles du monde, mais je vous crois. Les Granbretons ont l'habitude d'utiliser l'or avant l'épée. Mais si l'or ne sert plus à rien, ils avancent leurs armes et leurs troupes.

Saleem hocha la tête.

— C'est ce que je pensais. Vous pensez donc que la Turkia n'est pas à l'abri des loups occidentaux ?

— Aucune partie du monde, pas même l'Amarekh, n'échappe à leurs ambitions. Ils rêvent de conquérir des pays qui n'existent peut-être que dans les fables. Ils veulent s'emparer de l'Asiacommunista, mais celle-ci doit d'abord être découverte. L'Orient et l'Arabie ne sont pour eux que des étapes.

— Ont-ils donc le pouvoir de faire tout cela ? demanda Saleem d'un air étonné.

— Oui, dit Hawkmoon avec assurance, mais ils ont également la démence, ce qui les rend sauvages, rusés – et ingénieux. J'ai vu Londra, la capitale de Granbretanne : ses vastes architectures sont celles de cauchemars devenus bien réels. J'ai vu le Roi-Empereur en personne flotter dans son trône sphérique – un immortel desséché dont la voix d'or est celle d'un jeune homme. J'ai vu les laboratoires des sorciers-savants, des cavernes innombrables emplies de machines étranges dont le fonctionnement reste bien souvent à redécouvrir. J'ai conversé avec les nobles et appris quelles étaient leurs ambitions – je sais à présent qu'ils sont encore plus déments que tout ce que l'on peut imaginer. Ils n'ont pas de sentiments humains, peu de considération les uns pour les autres et une haine farouche pour tous ceux qu'ils considèrent comme inférieurs – c'est-à-dire tous ceux qui ne sont pas granbretons. Ils crucifient des hommes, des femmes, des enfants et des animaux pour décorer et marquer les routes des territoires qu'ils ont conquis…

Saleem fit un geste de la main.

— Voyons, Duc Dorian, il me semble que vous exagérez…

Hawkmoon dit d'une voix puissante, tout en regardant Saleem dans les yeux :

— Écoutez bien ceci, marchand de Turkia : il est impossible d'exagérer les actes cruels de la Granbretanne !

Saleem fronça les sourcils et frissonna :

— Je... je vous crois, dit-il. Mais j'aimerais mieux que cela ne soit pas. Comment la petite Turkia pourra-t-elle affronter tant de force et de cruauté ?

Hawkmoon soupira :

— Il n'y a malheureusement pas de solution toute faite. Je crois que vous devez vous unir et ne pas les laisser vous affaiblir en s'infiltrant progressivement dans votre peuple – mais je sais que les hommes sont avides et ne peuvent résister à la vue de l'or. Vous devez les affronter avec votre honneur et votre courage, votre sagesse et votre idéalisme. Pourtant, ceux qui leur résistent sont torturés et voient leurs femmes violées et déchirées devant eux ; leurs enfants servent d'amusement aux guerriers fous avant de terminer sur les bûchers qui embraseront la ville tout entière. Si toutefois vous ne cherchez pas à leur résister, vous serez tombés plus bas que la bête et ne mériterez plus le nom d'êtres humains. Croyez-moi, c'est en toute franchise que je vous parle. Je cherche à les détruire, car je suis leur ennemi juré ; mais, en dépit de mes alliés et de ma chance incroyable, je ne puis échapper à leur vengeance. Le seul conseil que je puis donner à ceux qui désirent s'opposer aux créatures du Roi-Empereur Huon, c'est de se servir de la ruse. Soyez rusé, mon ami. C'est la seule arme qui nous reste pour affronter le Ténébreux Empire.

— Vous voulez dire que nous devons faire semblant de les servir ? demanda Saleem.

— C'est ce que j'ai fait. C'est pour cela que je suis vivant et relativement libre...

— Je me souviendrai de vos paroles, Duc Dorian.

— Souvenez-vous-en bien, l'avertit Hawkmoon. Le moment le plus difficile de votre compromis sera celui où vous déciderez de faire semblant de vous compromettre. Bien souvent, la deception devient réelle avant même que vous ne l'ayez compris.

Saleem caressa sa barbe :

— Je vous ai compris. (Il regarda les ombres qui dansaient, menaçantes, sur les murs de la salle.) Faudra-t-il attendre longtemps ?... L'Europe est déjà entre leurs mains.

— Savez-vous quelque chose sur une province portant le nom de Kamarg ? demanda Hawkmoon.

— La Kamarg, ce pays de monstres cornus et d'hommes aux pouvoirs étranges. Elle a résisté contre le Ténébreux Empire, sous le commandement de son chef, un géant de métal portant le nom de Comte Airain...

Hawkmoon se mit à sourire :

— Il y a beaucoup de légende là-dedans. Le Comte Airain est fait de chair et il n'y a plus beaucoup de monstres dans les marais de Kamarg. Les seules bêtes à cornes sont les chevaux et les taureaux de combat. Mais résistent-ils toujours au Ténébreux Empire ? Savez-vous quelque chose sur le Comte Airain, son lieutenant von Villach – et la fille du Comte, Yisselda ?

— J'ai entendu dire que le Comte Airain était mort, ainsi que son lieutenant. Mais je ne sais rien de la fille. D'après ce que l'on m'a dit, la Kamarg tient toujours.

Hawkmoon caressa le joyau noir :

— Vos informations ne sont pas assez précises. Je ne crois pas que la Kamarg puisse résister après la mort du Comte Airain. Si l'un périt, l'autre s'effondrera.

— Ce ne sont que de vagues rumeurs, lui dit Saleem. Nous autres, marchands, sommes certains de ce que l'on raconte dans les villages, mais les informations venues d'Occident sont obscures et imprécises. Vous venez de Kamarg ?

— C'est ma terre d'adoption. (Hawkmoon hésita un instant :) Si elle existe toujours.

Oladahn posa sa main sur l'épaule de Hawkmoon :

— Ne soyez pas abattu, Duc Dorian. Vous avez dit vous-même que les informations du marchand n'étaient pas assez précises. Attendez pour perdre tout espoir d'être plus près de votre but.

Hawkmoon fit un effort pour se débarrasser de ses noires pensées et commanda du vin et des pièces de mouton grillé accompagné de pain azyme chaud. Il réussit à paraître joyeux mais ne put s'empêcher de penser que tous ceux qu'il connaissait étaient morts et que la beauté sauvage des marais de Kamarg avait cédé la place à des ruines fumantes.

Chapitre VI

LE BATEAU DU DIEU FOU

Hawkmoon et Oladahn voyagèrent en compagnie de Saleem et des autres marchands jusqu'à la ville d'Ankara et le port de Zonguldak situé sur la mer Noire ; entrés en possession de papiers que leur avait fourni le maître de Saleem, ils purent s'embarquer à bord de la Sémillante, seul bâtiment désireux de les emmener à Simferopol, sur la côte rocheuse d'un pays appelé Crimiée. La Sémillante n'avait rien d'un fier vaisseau : le capitaine était aussi sale que son équipage et les ponts inférieurs embaumaient d'un millier de remugles différents. Ils durent pourtant payer un prix exorbitant pour traverser sur ce rafiot, bien que leurs appartements fussent à peine plus propres que les sentines situées en dessous. Le Capitaine Muzo, avec ses moustaches graisseuses et ses yeux fuyants, ne leur inspirait pas confiance, de même que la bouteille de mauvais vin qui se trouvait constamment dans la patte velue du second.

Philosophe, Hawkmoon se dit que le bateau ne risquait pas d'attirer l'attention des pirates – et, pour la même raison, celle d'un bâtiment du Ténébreux Empire – puis se décida à monter à bord en compagnie d'Oladahn peu avant que la Sémillante ne quitte le port.

Elle leva l'ancre avec la marée ; ses voiles rapiécées se gonflèrent, faisant craquer chaque madrier. Puis elle mit lentement le cap au nord/nord-est tandis que le ciel assombri s'emplissait de pluie. La matinée froide et humide feutrait chaque bruit et rendait chaque geste pénible.

Drapé dans sa cape, Hawkmoon se tenait sur le gaillard d'avant et regardait Zonguldak s'éloigner derrière eux.

Le port disparut complètement et la pluie se mit à tomber à grosses gouttes quand Oladahn quitta le pont inférieur pour aller à la rencontre de Hawkmoon.

— J'ai fait de mon mieux pour nettoyer nos quartiers, Duc Dorian, mais il n'est pas possible de se débarrasser de la puanteur qui règne sur tout ce navire – sans parler des énormes rats qui se promènent un peu partout.

— Cela ira, lui dit Hawkmoon, stoïque. Nous avons connu bien d'autres épreuves et notre voyage ne dure que deux jours. (Il jeta un coup d'œil au second qui sortait péniblement de la timonerie.) Évidemment, je serais plus heureux si l'équipage et les officiers m'avaient l'air un peu plus capable. (Il se mit à sourire.) Si le second continue de boire et le capitaine de ronfler, nous allons bientôt nous retrouver sans commandement !

Les deux hommes ne descendirent pas et préférèrent rester sur le pont, occupés qu'ils étaient à regarder vers le nord et à essayer d'imaginer les épreuves qu'ils allaient devoir affronter avant d'arriver en Kamarg.

La pitoyable embarcation se traîna toute la journée sur une mer démontée par des vents sournois qui menaçaient à chaque instant de se changer en tempête. Le capitaine venait parfois sur le pont pour gueuler après ses hommes ou leur ordonner de monter dans la mâture pour ferler ou rentrer telle ou telle voile. Les ordres du capitaine Muzo semblaient d'ailleurs tout à fait arbitraires à Hawkmoon et à Oladahn.

Le soir venu, Hawkmoon alla rejoindre le Capitaine sur la passerelle et Muzo le regarda d'un air chafouin.

— Bonsoir, dit-il tout en reniflant et en essuyant son nez après ses manches. J'espère que la croisière vous plaît.

— À peu près, merci. Combien de temps avons-nous mis ?

— Ce qu'il faut, répondit le patron pour ne pas devoir

regarder Hawkmoon dans les yeux. Ce qu'il faut. Dois-je demander au cuistot de vous préparer quelque chose ?

Hawkmoon hocha la tête :

— Oui.

Le second apparut alors sous la passerelle ; il chantait à voix basse et avait l'air d'être complètement saoul.

Une saute de vent soudaine bouscula le bateau qui se mit à rouler d'une manière dangereuse. Hawkmoon s'accrocha au bastingage, avec précaution toutefois, comme si ce dernier allait lui rester dans la main. Le capitaine Muzo ne s'occupait pas du danger et le second était couché sur le pont ; la bouteille quittait sa main tandis qu'il se rapprochait doucement du bord du vaisseau.

— Il vaudrait mieux lui donner un coup de main, dit Hawkmoon.

Le capitaine Muzo se mit à rire.

— Ne vous en faites pas, il a une veine d'ivrogne.

Le corps du second se trouvait à présent contre le bastingage de tribord et l'une de ses épaules pendait dans le vide. Hawkmoon descendit en courant l'escalier des coursives et rattrapa in extremis le second qui passait par-dessus bord. Il le déposa sur le plancher du pont tandis qu'une nouvelle rafale jetait sur l'embarcation des paquets de mer écumeuse.

Hawkmoon regarda celui qu'il venait de secourir : le second était allongé sur le dos, les yeux fermés, tandis que ses lèvres continuaient de former les mots de sa chanson.

Hawkmoon se mit à rire, secoua la tête et appela le capitaine :

— Vous aviez raison, il a une veine d'ivrogne.

Il tourna ensuite sa tête vers le côté de bâbord et crut voir quelque chose flotter sur l'eau. La lumière diminuait rapidement mais il était certain d'avoir aperçu une embarcation de quelque sorte.

— Capitaine, est-ce que vous voyez quelque chose par là ? cria-t-il tout en s'approchant du bastingage pour mieux voir la masse mouvante des eaux.

— On dirait une sorte de radeau, lui répondit Muzo.

Une vague rapprocha la frêle embarcation et Hawkmoon fut capable de voir que trois hommes s'accrochaient désespérément au radeau.

— Ils ont dû faire naufrage, dit Muzo d'un ton neutre. Pauvres types ! (Puis il haussa les épaules.) Après tout, cela ne nous regarde pas...

— Capitaine, il faut les sauver, dit Hawkmoon. Oladahn, va me chercher une corde.

Le petit homme des Montagnes Bulgares trouva une longue corde dans la timonerie et revint en courant. Le radeau était toujours en vue et ses occupants continuaient de lutter contre la mort. Il disparaissait parfois au creux d'une vague pour réapparaître quelques instants plus tard ; mais il s'éloignait continuellement de la Sémillante et Hawkmoon comprit qu'il devait agir vite s'il voulait les sauver. Après avoir noué une extrémité de la corde autour du bastingage et passé l'autre autour de sa taille, il déposa sa cape et son épée et plongea dans la mer en furie.

Hawkmoon vit alors dans quelle situation il se trouvait. Il était presque impossible de lutter contre ces vagues gigantesques ; d'autre part, il pouvait à tout moment être précipité et assommé contre le flanc du bateau. Il lutta pourtant contre l'élément déchaîné, empêchant l'eau de pénétrer dans sa bouche et ses yeux.

Les naufragés venaient d'apercevoir le bateau et se tenaient tant bien que mal debout, agitant leurs bras et appelant au secours car ils n'avaient pas vu Hawkmoon s'approcher d'eux.

Hawkmoon apercevait de temps en temps les malheureux mais ne pouvait les voir avec précision. Deux d'entre eux se battaient, semblait-il, tandis que le troisième les regardait sans rien faire.

— Tenez bon ! cria Hawkmoon par-dessus le fracas de la mer et le gémissement du vent.

Il rassembla toute sa force et nagea vers le radeau qu'agitait un chaos furieux de vagues noires et blanches.

Hawkmoon s'agrippa finalement au bord du radeau et vit que les deux hommes se battaient réellement. Mais il vit aussi qu'ils portaient les masques d'animaux de l'Ordre du Sanglier. Ces hommes étaient des guerriers de Granbretanne.

Hawkmoon pensa un instant les abandonner à leur destin, mais se dit que cet acte le rabaisserait à leur niveau bestial et qu'il devait faire de son mieux pour les sauver. Ensuite seulement pourrait-il débattre de leur sort.

Il appela les deux lutteurs mais ceux-ci ne l'entendirent certainement pas. Ils poussaient des grognements sauvages et Hawkmoon se demanda si leur aventure ne leur avait pas fait perdre l'esprit.

Hawkmoon essaya de se hisser sur le radeau mais la mer et la corde qui le ceignait l'empêchèrent d'y parvenir. Le troisième homme lui fit un signe de tête qui ne voulait rien dire de particulier.

— Aidez-moi, dit Hawkmoon avec difficulté, ou je ne pourrai vous sauver.

L'homme se leva, se traîna sur le radeau puis, quand il fut à la hauteur des deux combattants, les prit par le cou et les poussa dans les flots déchaînés qui les engloutirent aussitôt.

— Ce cher Duc Hawkmoon ! dit la voix du sanglier. Comme je suis heureux de vous revoir. Voilà, je vous ai aidé. J'ai allégé votre fardeau.

Hawkmoon leva les yeux vers le sanglier qui se penchait pour lui tendre le bras.

— Vous avez assassiné vos amis, D'Averc ! J'ai bien envie de vous voir périr avec eux !

— Des amis ? Mon cher Hawkmoon, ils n'étaient rien de tels. Des serviteurs, oui, mais pas des amis. (D'Averc se rattrapa aux planches du radeau quand ce dernier fut soulevé par une grosse vague, obligeant presque Hawkmoon à lâcher prise.) Ils étaient peut-être loyaux, mais terriblement ennuyeux. Et puis, ils se sont conduits comme des imbéciles. Je ne puis tolérer ce genre de chose. Allons, montez à bord de mon navire. Ce n'est pas grand-chose mais…

Hawkmoon se hissa sur le radeau puis fit un signe au

bateau. Il sentit alors la corde se tendre quand Oladahn se mit à tirer.

— Je suis bien content que vous soyez là, dit D'Averc très calmement, car je me voyais déjà noyé. Heureusement que ce cher Duc de Köln est arrivé sur son splendide vaisseau. Le destin nous réunit à nouveau, Duc.

— Oui, mais je crois que je vais vous jeter à l'eau comme vous l'avez fait de vos amis si vous ne tenez pas votre langue et ne m'aidez à tirer sur cette corde, gronda Hawkmoon.

Le radeau atteignit finalement la coque pourrie de la Sémillante. On leur jeta une échelle de corde et Hawkmoon grimpa rapidement pour enjamber avec soulagement le bastingage.

Quand Oladahn reconnut celui qui montait derrière, il poussa un juron et tira son épée mais Hawkmoon lui ordonna de ne rien faire.

— D'Averc est notre prisonnier et nous ferions mieux de le garder vivant ; nous en aurons peut-être besoin plus tard.

— Quel noble cœur ! s'écria D'Averc. (Puis il se mit à tousser.) Pardonnez-moi, mon équipée m'a encore affaibli. Après de nouveaux vêtements, un bon grog et une nuit de repos, je serai à nouveau moi-même.

— Vous avez de la chance que nous ne vous jetions pas dans la cale, dit Hawkmoon. Oladahn, conduis-le dans notre cabine.

Blottis dans la petite cabine qu'éclairait faiblement une lampe accrochée au plafond, Hawkmoon et Oladahn regardèrent D'Averc se débarrasser de son masque, de son armure et de ses vêtements mouillés.

— Comment êtes-vous arrivé sur ce radeau, D'Averc ? lui demanda Hawkmoon, tandis que le Français s'efforçait de se sécher.

Il était tout de même étonné par sa froideur apparente et se demanda s'il n'admirait pas D'Averc. Peut-être était-ce dû à son étonnante honnêteté autant qu'à son manque de désir de justifier ses actions, même si celles-ci étaient parfois sanglantes.

— C'est une longue histoire, mon cher ami. Ecardo, Peter et moi avons laissé les autres se débrouiller avec le monstre de métal que vous avez lâché sur nous. Nous avons regagné les collines et attendu l'arrivée de l'ornithoptère qui devait vous emmener en Sicilia. Celui-ci s'est mis à tourner en rond, étonné par la disparition de la ville, il va d'ailleurs falloir que vous m'expliquiez ce phénomène. Nous avons fait signe au pilote qui s'est posé à terre.

D'Averc s'arrêta un instant :

— Est-ce qu'il y a quelque chose à manger ?

— Le patron a demandé au cuistot de vous préparer un repas, lui dit Oladahn. Continuez.

— Nous étions trois hommes sans chevaux, perdus dans un coin retiré du reste du monde. Le pilote était, à ma connaissance, la seule personne à savoir que nous vous avions capturés et laissé échapper…

— Vous l'avez tué ? demanda Hawkmoon.

— C'était nécessaire. Nous sommes ensuite montés dans sa machine avec l'intention de regagner la base la plus proche.

— Vous saviez conduire l'ornithoptère ? dit Hawkmoon.

D'Averc se mit à sourire.

— Vous êtes tombé juste. J'ai une connaissance très limitée de ce genre de choses. Nous avons réussi à nous élever mais pas à nous diriger où nous voulions ; cette saleté d'appareil nous a transportés d'une manière quelque peu chaotique avant de s'écraser tout près d'une rivière. Le terrain était tendre, heureusement, et nous n'avons été que légèrement blessés. Ecardo et Peter commencèrent à se disputer et devinrent de plus en plus difficiles à commander. Nous avons ensuite construit un radeau qui devait nous emporter sur la rivière…

— C'était le même radeau ? demanda Hawkmoon.

— Oui, le même.

— Comment avez-vous fait pour vous retrouver en pleine mer ?

— Les marées, mon bon ami. Les courants, dit D'Averc avec un geste imprécis. Je ne savais pas que nous étions si près de l'estuaire. Pendant plusieurs jours, nous avons dérivé ; Peter et Ecardo n'arrêtaient pas de se chamailler et en venaient souvent aux mains, s'accusant mutuellement d'une chose dont j'étais le seul responsable. Vous ne pouvez pas savoir à quel point cette expédition fut pénible, Duc Dorian.

— Vous méritiez pire, répondit sèchement Hawkmoon.

Quelqu'un frappa à la porte de la cabine. Oladahn répondit et fit entrer un moussaillon rachitique qui portait un plateau avec trois bols pleins de bouillon.

Hawkmoon tendit à D'Averc un bol de bouillon ; il hésita un instant puis se mit à boire avec avidité. Quand il eut terminé, il reposa le bol sur le plateau.

— Délicieux, dit-il. Pour une cuisine de bateau, ce n'est vraiment pas mal du tout.

Écœuré par l'odeur, Hawkmoon tendit son bol au Français, imité peu après par Oladahn.

— Je vous remercie, dit D'Averc. Mais je suis partisan de la modération.

Hawkmoon admira une fois de plus la froideur du Français. La nourriture lui avait paru aussi mauvaise qu'aux autres mais il s'était efforcé de l'absorber sans sourciller et sans faire la moindre remarque.

D'Averc se détendit et se mit à bâiller.

— Si vous voulez bien m'excuser, messieurs, je crois que je vais dormir. Ces derniers jours ont été épuisants.

— Prenez ma couchette, lui dit Hawkmoon avec un geste de la main. (Il oublia volontairement de préciser que toute une famille de cafards y avait fait son nid et ajouta d'un air détaché :) Je vais demander au capitaine s'il a un hamac.

— Je vous suis très reconnaissant, dit D'Averc d'un air étonnamment sérieux qui fit se retourner Dorian Hawkmoon.

— De quoi donc ?

D'Averc se mit à tousser avec ostentation puis leva les yeux et dit de son habituel ton moqueur :

— Eh bien, mon cher Duc, de m'avoir sauvé la vie, évidemment.

La tempête se calma au matin et, quoique la mer fût toujours agitée, elle était bien plus calme que la veille au soir.

Hawkmoon retrouva D'Averc sur le pont du bateau. Il portait une chemise et des braies de velours vert et s'inclina devant Hawkmoon quand celui-ci s'approcha.

— Vous avez bien dormi ? demanda Hawkmoon.

— Excellemment, répondit D'Averc dont les yeux étaient pleins d'humeur, signe qu'il avait été piqué un bon nombre de fois.

— Nous devrions arriver ce soir, lui dit Hawkmoon. Vous serez mon prisonnier, mon otage, si vous préférez.

— Votre otage ? Vous croyez donc que le Ténébreux Empire s'intéresse à moi maintenant que j'ai échoué dans ma mission ?

— Nous verrons, dit Hawkmoon tout en caressant le joyau sombre qui ornait son front. Si vous essayez de vous enfuir, je vous tuerai certainement, avec autant de pitié que vous en avez eu pour vos hommes.

D'Averc toussa dans le mouchoir qu'il tenait à la main.

— Je vous dois la vie, lui dit-il. Vous pouvez en faire ce que bon vous semblera.

Hawkmoon parut soucieux. D'Averc avait l'esprit trop torturé pour qu'il parvienne à le comprendre tout à fait. Il commençait même à regretter la décision qu'il avait prise ; le Français était peut-être plus fort qu'il ne le croyait.

Oladahn déboucha en courant sur le pont.

— Duc Dorian, cria-t-il en tendant la main vers les flots. Une voile, elle vient tout droit sur nous !

— Nous ne craignons pas grand-chose, lui dit calmement Hawkmoon. Les pirates ne s'intéressent pas à nous.

Mais, quelques instants plus tard, Hawkmoon remarqua que l'équipage était pris de panique ; le capitaine passa à côté de lui en courant et il l'attrapa par le bras.

— Capitaine Muzo, que se passe-t-il ?

— Nous sommes en danger, sire, dit le capitaine d'une voix haletante. En grand danger. Vous n'avez donc pas vu la voile ?

Hawkmoon scruta l'horizon du regard et vit que le bateau ne portait qu'une seule et unique voile noire. Sa seule décoration était un emblème que Dorian Hawkmoon ne parvenait pas à distinguer.

— Ils ne nous ennuiront certainement pas, dit-il. Pourquoi chercherait-il à attaquer une coquille de noix comme celle-là ? Et puis, vous avez dit vous-même que nous ne transportions aucune cargaison.

— Ils se moquent complètement de ce que nous pouvons transporter, sire. Ils attaquent tout ce qui bouge sur l'océan. Ils sont comme les baleines en furie, Duc Dorian, leur plaisir n'est pas de voler mais de détruire !

— Qui sont-ils ? Ce n'est certainement pas un navire de Granbretanne, dit D'Averc.

— Même eux nous laisseraient passer, dit à voix basse le capitaine Muzo. Non, ceux qui conduisent ce bateau pratiquent le Culte du Dieu fou. Ils viennent de Moskovie et cela fait maintenant plusieurs mois qu'ils font régner la terreur sur cette mer.

— Visiblement, ils ont l'intention de nous attaquer, dit D'Averc. Avec votre permission, Duc Dorian, je vais aller chercher mon armure et mon épée.

— J'y vais aussi, dit Oladahn. Je vous rapporterai votre épée.

— Ce n'est même pas la peine de vous battre ! s'écria le second qui secouait sa bouteille en tous sens. Autant vous jeter tout de suite à la mer !

— Oui, dit le capitaine Muzo tout en regardant D'Averc et Oladahn descendre chercher leurs armes. Il a raison. Ils sont bien plus nombreux que nous et nous mettrons en pièces. S'ils nous font prisonniers, nous serons torturés pendant des jours d'affilée.

Hawkmoon voulut dire quelque chose au capitaine,

mais sursauta en entendant un bruit de chute. Le second avait sauté à l'eau. Hawkmoon courut jusqu'au bastingage mais ne put rien voir.

— N'allez pas à son secours, laissez-le, dit Muzo. Il est le moins fou d'entre nous.

Le bateau maléfique n'était plus très loin d'eux ; sa voile noire était décorée d'une paire d'ailes rouges qui entouraient un visage bestial et grimaçant. Sur le pont se trouvaient plusieurs dizaines d'hommes complètement nus mais armés de lourdes épées. Un bruit étrange s'éleva alors qu'Hawkmoon ne put d'abord reconnaître. Puis il regarda à nouveau la voile noire et comprit de quoi il s'agissait.

C'était un rire sauvage et démentiel, pareil à celui de tous les damnés de l'enfer.

— Le bateau du Dieu fou, dit le capitaine Muzo dont les yeux commençaient à s'emplir de larmes. C'est la fin.

Chapitre VII

L'ANNEAU

Appuyés sur le bastingage, Hawkmoon, Oladahn et D'Averc regardaient s'approcher l'étrange embarcation.

Les membres de l'équipage s'étaient regroupés autour de leur capitaine, le plus loin possible des attaquants.

Hawkmoon comprit, en voyant les yeux exorbités et les bouches écumantes des marins fous, qu'ils n'avaient aucun espoir de s'en sortir. Des grappins jaillirent du bateau du Dieu fou et vinrent mordre dans le bois tendre de la Sémillante. Les trois hommes n'attendirent pas un seul instant pour essayer de trancher les cordages et réussirent à en détruire la plus grande partie.

Hawkmoon cria au capitaine :

— Faites monter vos hommes dans la mâture ! (Mais les marins terrorisés ne bougèrent pas.) Vous serez plus en sûreté dans les gréements !, cria à nouveau Hawkmoon aux marins qui n'osaient pas faire le moindre geste.

Hawkmoon dut porter son attention sur le bateau des attaquants et fut horrifié de voir qu'il n'était plus qu'à quelques mètres d'eux : son équipage dément se tenait debout sur le bastingage, prêt à bondir sur le pont de la Sémillante. Les lames des poignards étaient découvertes, leur rire sauvage emplissait l'air et le goût du sang se lisait sur leur visage grimaçant.

Le premier d'entre eux se jeta sur Hawkmoon, le corps luisant et l'épée à la main. Mais le Duc de Köln l'accueillit de la pointe de son arme et l'homme retomba lourdement dans l'espace étroit qui séparait encore les deux navires. En un instant, l'air fut plein de corps nus et brillants, de clameurs sauvages et de ricanements démentiels. Les trois hommes parvinrent à stopper la première vague, taillant les corps en pièces et éclaboussant toute chose de leur sang rouge sombre, mais durent reculer progressivement quand les dizaines d'attaquants se jetèrent sur le pont, combattant sans technique mais dotés d'un mépris total de leur propre existence.

Hawkmoon se trouva séparé de ses camarades et ne parvint plus à voir s'ils vivaient encore ou étaient déjà massacrés. Les hommes nus formaient des grappes humaines qui s'accrochaient à lui et il devait pour se défendre faire de terribles moulinets qui tranchaient les chairs et les membres. Couvert de sang de la tête aux pieds, il luttait inlassablement. Seuls luisaient ses yeux bleus et froids sous la visière de son casque.

Et pendant tout ce temps, les hommes du Dieu fou continuaient de rire, même quand l'épée les transperçait ou leur arrachait une partie du corps.

Hawkmoon savait qu'il serait finalement écrasé. Déjà son épée se faisait lourde dans ses mains ; déjà ses genoux fléchissaient. Appuyé contre le mât principal, il taillait sans répit dans la chair des déments qui n'avaient d'autre désir que de lui ôter la vie.

Deux épées l'attaquèrent au même instant : il parvint à parer le coup, mais tomba sur les genoux. Le rire des marins fous se fit alors plus violent, comme s'ils sentaient la victoire à portée de leurs mains.

Il parvint à arracher la lame d'un de ses attaquants et à se relever péniblement ; après un terrible moulinet qui fit reculer les hommes du Dieu fou, il courut en direction de l'escalier des cabines et monta rapidement jusqu'à la passerelle de commandement. Puis il se retourna pour lutter à nouveau, avantagé par le fait que les marins fous se bousculaient dans le petit escalier et ne se présentaient à lui que deux par deux. Un regard en arrière lui apprit qu'Oladahn et D'Averc se trouvaient dans les gréements, tenant ainsi leurs ennemis en échec. Puis il jeta un coup d'œil vers le bateau du Dieu fou, maintenant déserté : l'équipage au complet se trouvait sur la Sémillante et Hawkmoon eut une idée en voyant les quelques grappins qui subsistaient entre les deux bateaux.

Après un nouveau moulinet, il sauta sur le pont afin de s'emparer d'un cordage qui pendait de la mâture puis, prenant son élan, s'élança dans les airs.

Il fit des vœux pour que la corde soit assez longue et retomba lourdement sur le pont du bateau du Dieu fou. Il fut debout en un instant et commença à trancher les derniers grappins tout en criant : « Oladahn ! D'Averc ! Avec moi ! »

Les deux hommes l'aperçurent et montèrent plus haut dans les gréements afin d'échapper aux marins nus qui s'étaient lancés à leur poursuite.

Déjà le bateau du Dieu fou s'éloignait de la Sémillante. Marchant avec précaution sur le bout de vergue du mât principal, D'Averc s'élança vers la voile noire et se rattrapa péniblement à un cordage qui pendait. Il resta quelques instants accrochés dans le vide puis parvint à reprendre son équilibre et à descendre sur le pont.

Oladahn l'imita mais sa tentative fut moins fructueuse et il tomba sur le pont, les bras en croix.

Plusieurs marins essayèrent de les suivre et un certain nombre d'entre eux parvint effectivement à sauter sur le pont de leur propre navire. Sans s'arrêter de rire, ils se jetèrent tous ensemble sur Hawkmoon, délaissant Oladahn qu'ils croyaient déjà mort.

Hawkmoon avait du mal à se défendre comme il l'aurait souhaité. Une lame le blessa au bras, une autre au visage. Quand, tout à coup, quelqu'un s'élança sur les guerriers nus, happant sans pitié les corps luisants.

C'était D'Averc qui, revêtu de son armure à tête de sanglier et dégoulinant du sang de ceux qu'il avait massacrés, paraissait aussi furieux que les marins eux-mêmes. Oladahn se releva ensuite et, après avoir poussé son cri de guerre, se jeta sur les quelques marins qui résistaient encore.

Le combat ne dura plus que quelques instants. Ceux

qui n'avaient pas été taillés en pièces s'étaient jetés à l'eau, imités par les quelques guerriers qui étaient restés sur le pont de la Sémillante.

Hawkmoon jeta un coup d'œil vers la mâture de la Sémillante et vit que la plus grande partie de l'équipage du capitaine Muzo était saine et sauve – pour s'être réfugiée à la dernière minute dans le mât d'artimon.

D'Averc prit alors la barre du bateau du Dieu fou et mit une distance convenable entre celui-ci et la Sémillante.

— Eh bien, dit Oladahn tout en essuyant son épée et en inspectant ses blessures, nous nous en sommes bien tirés. Ce bateau a même l'air plus rapide que l'autre.

— Avec un peu de chance, nous arriverons à destination avant la Sémillante, dit Hawkmoon avec un sourire. J'espère qu'elle va toujours en Crimiée car toutes nos affaires se trouvent à bord.

D'Averc maintint la barre sur le nord et la voile unique se gonfla, laissant derrière elle les marins fous qui continuaient de rire, même quand la mer les engloutissait à jamais.

Après avoir aidé D'Averc à bloquer la barre pour que le navire suive seul sa course, ils entreprirent d'explorer les ponts et les cabines. Ces dernières étaient pleines du fruit de nombreux pillages mais contenaient également bon nombre de choses sans valeur – armes brisées et instruments de navigation, paquets de vêtements. Çà et là gisaient quelques cadavres pourrissants et quelques corps atrocement mutilés.

Les trois hommes décidèrent de commencer par se débarrasser des cadavres ; ce travail fut long et pénible car il fallait envelopper dans les vêtements les corps déchiquetés avant de les lancer à la mer.

Oladahn s'arrêta subitement au beau milieu de sa funeste occupation, les yeux rivés sur une main humaine momifiée. Il la ramassa à contrecœur et remarqua qu'un anneau était passé au petit doigt. Puis il jeta un coup d'œil à Hawkmoon.

— Duc Dorian…

— Que se passe-t-il ? Ne t'occupe pas de cette bague. Jette le tout à la mer.

— Non, regardez cette bague. Elle porte un dessin étrange…

Hawkmoon traversa rapidement la cabine sombre. Il s'empara de la main momifiée et poussa un cri de surprise :

— Non ! Ce n'est pas possible !

La bague appartenait à Yisselda. C'était celle que le Comte Airain avait glissée à son doigt à l'occasion de ses fiançailles avec Dorian Hawkmoon.

Sans prononcer une parole, Hawkmoon regardait, hébété, la main coupée.

— Qu'y a-t-il ? murmura Oladahn. Qu'avez-vous vu ?

— C'est la sienne. C'est la bague de Yisselda.

— Mais que ferait-elle sur cet océan, à des centaines de miles de la Kamarg ? C'est impossible, Duc Dorian.

— Cette bague lui appartient. (Hawkmoon regarda à nouveau la main momifiée et dit, avec un certain soulagement :) Mais… cette main n'est pas la sienne. Regarde, l'anneau rentre difficilement au petit doigt. Le Comte Airain l'avait glissé au majeur et encore était-elle un peu trop grande. Ce doit être la main d'un quelconque voleur. (Il arracha le précieux anneau avant de rejeter la main sur le plancher de la cabine.) Peut-être quelqu'un qui se trouvait en Kamarg et qui a eu la possibilité de s'emparer de l'anneau… (Il secoua la tête :) Non, c'est improbable. Mais quelle est donc la véritable explication ?

— Elle a peut-être voyagé dans cette contrée ? Peut-être était-elle à votre recherche ? proposa Oladahn.

— Ce serait de la folie mais cela n'a malheureusement rien d'improbable. Dans ce cas, où se trouverait-elle à présent ?

Oladahn voulut lui répondre mais un rire terrible retentit au-dessus d'eux. Ils levèrent la tête vers l'entrée des coursives.

Un visage grimaçant et démentiel les contemplait. L'un des guerriers fous avait dû réussir à monter à bord du bateau et était maintenant prêt à leur sauter dessus.

Hawkmoon réussit à tirer son épée avant que le démon ne l'attaque, et le métal résonna.

Oladahn tira également son épée, imité par D'Averc, mais Hawkmoon leur cria :

— Prenez-le vivant ! Je veux qu'il parle !

Oladahn et D'Averc se jetèrent sur le guerrier qui chercha à les rejeter sans y parvenir. Oladahn lui passa une corde autour du corps et il se trouva bientôt immobilisé, ce qui ne l'empêcha pas de ricaner, les yeux fermés et la bouche écumante.

— Pourquoi le garder en vie ? demanda D'Averc. Pourquoi ne pas lui couper la gorge et se débarrasser de lui ?

— Voici, dit Hawkmoon, un anneau que je viens de trouver. (Il le lui montra.) Il appartient à Yisselda, la fille du Comte Airain. Je veux savoir comment ces hommes s'en sont emparé.

— C'est étrange, dit D'Averc en fronçant les sourcils. Je croyais que la fille était toujours en Kamarg où elle soignait son père.

— Ainsi donc, le Comte Airain est blessé ?

D'Averc sourit :

— Oui. Mais la Kamarg résiste toujours. J'ai cherché à vous troubler, Duc Dorian. Je ne sais pas si le Comte Airain est grièvement blessé, mais il est toujours vivant. C'est l'un de ses compagnons, Noblegent, qui s'occupe du commandement des troupes. J'ai appris cela alors que je faisais la liaison entre la Kamarg et le Ténébreux Empire.

— Vous ne savez rien sur Yisselda ? Vous ne savez pas si elle a quitté la Kamarg ?

— Non, dit D'Averc qui avait l'air soucieux. Mais je crois me souvenir… Ah, oui… un homme qui servait dans l'armée du Comte Airain… je crois qu'on lui a commandé d'enlever la fille mais sa tentative a été infructueuse.

— Comment le savez-vous ?

— Juan Zhinaga, c'est son nom, a disparu. Il est probable que le Comte Airain l'a fait assassiner après avoir découvert sa perfidie.

— J'ai du mal à croire que Zhinaga puisse être un traître. Je l'ai connu, il était capitaine de la cavalerie.

— Nous l'avons capturé pendant la seconde bataille de Kamarg, dit D'Averc avec un sourire. Une partie de sa famille était sous notre protection…

— C'est du chantage !

— Oui, mais je n'en suis pas responsable. J'ai appris cela à Londra, pendant un conseil réunissant les principaux capitaines du Roi-Empereur Huon.

Hawkmoon eut l'air sombre.

— En supposant que Zhinaga ait réussi, et qu'il ait été arrêté par des hommes du Dieu fou avant de pouvoir regagner la Granbretanne…

D'Averc secoua la tête.

— Ils ne sont jamais allés au sud de la France. Nous l'aurions su…

— Alors, que s'est-il passé ?

— Demandons à ce gentilhomme, proposa D'Averc en s'avançant vers le dément dont le rire n'était plus qu'un inaudible gargouillis.

— Espérons que nous en tirerons quelque chose, dit Oladahn d'un air soupçonneux.

— Faudra-t-il employer la force ? demanda D'Averc.

— J'en doute, répondit Hawkmonn. Ils ne connaissent pas la peur. Il nous faut employer une autre méthode. (Il jeta un regard dégoûté au marin fou et ajouta :) Nous allons le laisser pendant quelque temps. Espérons qu'il se calmera.

Ils remontèrent sur le pont avant de refermer la trappe qui menait aux coursives. Le soleil allait se coucher et les côtes de Crimiée apparaissaient au loin – rochers noirs sur un ciel de pourpre. La mer était calme et teintée du soleil couchant tandis que le vent soufflait constamment en direction du nord.

— Je vais rectifier notre course, dit D'Averc. Il me semble que nous allons un peu trop vers le nord.

Il s'approcha de la barre, enleva les cordages qui la maintenaient et la fit tourner de plusieurs degrés.

Hawkmoon hocha la tête d'un air absent tout en regardant D'Averc qui, la visière de son casque relevée, conduisait habilement le bateau.

— Il faudra jeter l'encre ce soir, dit Oladahn, et repartir demain matin.

Mais Hawkmoon ne lui répondit pas. Son esprit était accablé de questions laissées sans réponses. Les combats des vingt-quatre dernières heures l'avaient épuisé et il craignait de devenir semblable au marin dément qui dormait maintenant dans une cabine.

Un peu plus tard, les lampes accrochées au plafond leur permirent de contempler le visage du dormeur. Le bateau était à l'ancre et les vagues qui l'agitaient faisaient mouvoir les ombres sur les murs de la cabine. Quelque part, un rat poussa son cri mais les trois hommes n'y prêtèrent pas attention. Ils avaient dormi quelques heures et se sentaient plus reposés.

— Comment t'appelles-tu ? demanda Hawkmoon. Le marin ouvrit les yeux et regarda Hawkmoon d'un air étonné. Les lueurs de folie avaient disparu de son regard.

— Comment t'appelles-tu ? répéta Hawkmoon.

— Coryanthum de Kerch… Qui êtes-vous ? Où suis-je ?

— Tu devrais le savoir, lui dit Oladahn. À bord de ton propre navire. Tu ne t'en souviens pas ? Tes compagnons et toi-même avez attaqué notre bateau. Nous nous sommes battus avant de nous enfuir. Tu as nagé derrière nous et as essayé de nous tuer.

— Je me souviens d'avoir appareillé, dit Coryanthum d'un air terrorisé. Mais c'est tout. (Il essaya de se relever mais n'y parvint pas.) Pourquoi suis-je ligoté ?

— Parce que tu es dangereux, dit D'Averc. Tu es fou.

Coryanthum se mit à rire d'une manière tout à fait naturelle.

— Moi, fou ? C'est ridicule !

Les trois hommes se regardèrent, abasourdis. Leur prisonnier n'était plus du tout le même.

Hawkmoon entrevit alors la vérité.

— Quelle est la dernière chose dont tu te souviennes ?

— Le capitaine nous a parlé.

— Et qu'a-t-il dit ?

— Nous devions participer à une cérémonie. Boire un certain breuvage… c'est tout. (Coryanthum parut soucieux.) J'ai bu…

— Comment est votre voile ? lui demanda Hawkmoon.

— Notre voile ? Pourquoi ?

— Est-ce qu'elle a quelque chose de particulier ?

— Pas spécialement. Elle est bleu foncé. C'est tout.

— C'est un navire marchand, n'est-ce pas ? demanda Hawkmoon.

— Oui.

— C'est ton premier voyage sur ce bateau ?

— Oui.

— Quand t'es-tu enrôlé ?

Coryanthum avait l'air impatient.

— La nuit dernière, mon ami – c'était le Jour du Cheval, selon le calendrier de Kerch.

— Et selon le calendrier universel ?

Le marin leva les sourcils.

— Oh… le onzième jour du troisième mois.

— Il y a trois mois, dit D'Averc.

— Eh ? (Coryanthum tourna la tête vers le Français.) Trois mois ? Qu'est-ce que vous voulez dire ?

— Tu as été drogué, lui expliqua Hawkmoon. On t'a ensuite poussé à commettre les pires actes de piraterie dont on a jamais entendu parler. Est-ce que tu sais quelque chose sur le culte du Dieu fou ?

— Oui. Je sais qu'il se pratique en Ukranie et que ses adorateurs se sont disséminés un peu partout, même sur les océans.

— Sais-tu que ta voile porte maintenant l'emblème du Dieu fou ? Qu'il y a quelques heures, tu poussais des hurlements de dément ? Regarde ton corps…

Hakmoon se pencha pour trancher les liens.

Coryanthum de Kerch se leva lentement et regarda son corps avec surprise.

— Je… je ne comprends pas. Est-ce une plaisanterie ?

— Oui, une mauvaise plaisanterie dont nous ne sommes pas responsables, dit Oladahn. La drogue t'a rendu fou et on t'a ensuite ordonné de tuer et de piller.

Ton capitaine était certainement le seul à connaître les effets de cette drogue et il est évident qu'il ne se trouve plus à bord. Te souviens-tu d'autre chose ? Du pays où tu devais aller ?

— Non.

— Le capitaine voulait assurément rejoindre son bateau un peu plus tard afin de le conduire dans son port habituel, dit D'Averc. Ce bateau est peut-être en contact régulier avec les autres.

— Il doit y avoir de grosses cargaisons de drogue à bord, dit Oladahn. Ils devaient en absorber régulièrement. C'est parce que nous l'avons ligoté qu'il a pu retrouver ses esprits.

— Comment te sens-tu ? demanda Hawkmoon au marin.

— Faible, comme si ma vie s'en allait lentement.

— Cela ne m'étonne pas, dit Oladahn. Cette drogue doit finir par les tuer. C'est monstrueux ! Prendre des innocents, leur donner une drogue qui les rend fous et les obliger à commettre des crimes ignobles, récolter le butin qu'ils ont amassé et les laisser mourir. Je croyais que le culte du Dieu fou n'était pratiqué que par d'innocents fanatiques, mais il semble qu'il y ait quelqu'un de très intelligent derrière tout cela !

— Sur la mer, en tout cas, poursuivit Hawkmoon. J'aimerais cependant tenir le responsable de tout cela. Lui seul pourra me dire où se trouve Yisselda.

— Il faut d'abord se débarrasser de cette voile, dit D'Averc. Nous rentrerons au port avec la marée. Je ne pense pas que nous serions très bien accueillis si nous gardions cette voile maudite. De plus, nous pourrons utiliser ce trésor. Nous sommes riches !

— Vous êtes toujours mon prisonnier, D'Averc, lui rappela Hawkmoon. Mais il est vrai que nous pouvons disposer d'une partie de cette fortune puisque les pauvres diables à qui elle appartenait sont tous morts à présent. Nous donnerons le reste à ceux qui ont perdu parents et fortunes à cause des marins du Dieu fou.

— Et ensuite ? demanda Oladahn.

— Nous appareillerons à nouveau, et nous attendrons la venue du propriétaire de ce bateau.

— Nous ne sommes pas sûrs qu'il viendra. Il apprendra peut-être que nous sommes allés à Simferopol, dit Oladahn.

Hawkmoon sourit d'un air malicieux :

— Dans ce cas, son désir de nous retrouver sera encore plus fort.

Chapitre VIII

LE SERVITEUR DU DIEU FOU

Une partie du butin servit à acheter de nouveaux équipements, des chevaux et des provisions pour le bateau tandis que le reste fut confié à un marchand que chacun considérait comme le plus honnête de toute la Crimiée. La Sémillante arriva peu après l'embarcation de Hawkmoon qui s'empressa d'acheter le silence du capitaine pour tout ce qui concernait la voile noire et les hommes du Dieu fou. Il retrouva ensuite ses affaires, parmi lesquelles se trouvait le sac qui contenait le cadeau de Rinal. Puis, accompagné d'Oladahn et de D'Averc, il regagna son navire et appareilla avec la marée du soir après avoir laissé Coryanthum aux bons soins du marchand.

Le sombre navire dériva pendant plus d'une semaine sur une mer que n'agitait aucun vent. Hawkmoon reconnut pourtant qu'ils s'approchaient lentement du détroit séparant la mer Noire de la mer d'Azov et qu'ils se trouvaient non loin de la ville de Kerch où Coryanthum avait été recruté.

D'Averc se reposait dans un hamac qu'il avait accroché au beau milieu du navire et toussait parfois d'une manière théâtrale tout en faisant des remarques sur la monotonie de sa croisière. Oladahn passait des journées entières à scruter l'horizon du haut du nid-de-pie tandis qu'Hawkmoon arpentait le pont tout en se demandant si le seul intérêt de son plan n'était pas de savoir ce qu'il était advenu de sa fiancée, Yisselda. Il commençait même à douter que l'anneau fût le sien et se disait que des bagues semblables avaient peut-être été fabriquées en Kamarg, plusieurs années auparavant. Quand, un matin, une voile apparut à l'horizon, dans la direction du nord-ouest.

Ce fut Oladahn qui la vit en premier et il cria à Hawkmoon de monter sur le pont. Celui-ci grimpa quatre à quatre l'escalier des coursives et porta ses regards vers la mer : c'était peut-être le bateau qu'ils attendaient.

— Descendez, cria-t-il. Tout le monde en bas !

Oladahn se laissa glisser le long des gréements tandis que D'Averc sautait de son hamac et se dirigeait rapidement vers la trappe menant aux coursives. Tapis dans l'obscurité de la cabine centrale, ils attendirent…

Après ce qui leur parut être une heure, ils entendirent un choc sourd et comprirent qu'un navire s'était rangé le long du leur. Mais ce n'était peut-être qu'un innocent bâtiment curieux de savoir ce que signifiait cette embarcation où ne s'affairait aucun marin.

Quelques instants plus tard, Hawkmoon entendit des bruits de pas résonner sur le pont principal, signe que quelqu'un arpentait le navire sur toute sa longueur. Puis il y eut un silence quand l'intrus pénétra dans une cabine ou monta sur la passerelle de commandement.

Les bruits de pas se firent entendre à nouveau qui, cette fois-ci, se dirigeaient franchement vers la cabine centrale.

Hawkmoon vit une silhouette penchée au-dessus des ténèbres où ils restaient immobiles puis l'homme descendit lentement l'échelle : ce fut ce moment que choisit Hawkmoon pour se jeter sur lui.

Ses bras se refermèrent sur un homme mesurant près de deux mètres de haut, à la barbe noire et fournie, aux cheveux nattés et à la poitrine protégée par une épaisse plaque de bronze. Il poussa un rugissement de surprise et se retourna brusquement, entraînant Hawkmoon avec lui. Le géant était incroyablement fort et ses mains épaisses défaisaient déjà l'étreinte des bras de Dorian Hawkmoon.

— Vite, aidez-moi à le tenir, cria Hawkmoon à ses

amis qui se précipitèrent sur le colosse et le renversèrent à terre.

D'Averc tira son épée. Son masque de métal ciselé lui donnait un air terrible et il posa délicatement la pointe de son arme sur la gorge du géant.

— Comment t'appelles-tu ? demanda D'Averc d'une voix sonore.

— Capitaine Shagarov. Où est mon équipage ?

Le géant barbu les regarda dans les yeux, comme s'il se moquait totalement d'avoir été fait prisonnier.

— Où est mon équipage ?

— Tu veux peut-être parler des fous que tu as envoyés à la mort ? lui dit Oladahn. Ils se sont tous noyés, tous sauf un qui nous a tout raconté !

— Imbéciles ! s'écria Shagarov. Vous n'êtes que trois et vous croyez que vous allez pouvoir me faire prisonnier ? Vous ne savez donc pas que mon bateau est plein d'hommes en armes ?

— Tu peux remarquer que nous avons déjà pris ce bateau, lui dit D'Averc d'un air amusé. Nous pouvons très bien recommencer l'opération, ce n'est qu'une question d'habitude.

Les yeux de Shagarov s'emplirent un instant de terreur mais son visage retrouva bientôt ses traits sévères.

— Je ne vous crois pas. Ceux qui étaient à bord de ce navire ne vivaient que pour tuer. Comment auriez-vous pu… ?

— Pourtant, nous sommes là, dit D'Averc en se tournant vers Hawkmoon. Irons-nous sur le pont pour passer à la suite de nos opérations ?

— Un instant. (Hawkmoon se pencha vers Shagarov.) Je veux le questionner. Shagarov, tes hommes ont-ils capturé une jeune fille ?

— Ils avaient l'ordre de ne tuer aucune fille mais de me les amener.

— Et pourquoi cela ?

— Je n'en sais rien, j'ai reçu l'ordre de lui envoyer des filles, c'est ce que j'ai fait. (Shagarov se mit à rire.) Vous n'allez pas me garder longtemps. Vous serez tous morts dans une heure, vous savez ? Mes hommes vont se douter de quelque chose.

— Que n'en as-tu fait monter à bord avec toi ? Peut-être est-ce parce qu'ils ne sont pas fous, peut-être même parce qu'ils seraient dégoûtés par ce qu'ils trouveraient.

Shagarov haussa les épaules.

— Ils viendront si je les appelle.

— C'est possible, dit D'Averc. Lève-toi, à présent.

— Ces filles, continua Hawkmoon, où les as-tu envoyées, et à qui ?

— Vers les terres, évidemment. Pour mon maître, le Dieu fou.

— Ainsi donc tu sers le Dieu fou, tu ne trompes personne en faisant croire que ces actes de piraterie sont commis par ses fidèles.

— Oui, je suis son serviteur bien que je ne pratique pas son culte. Ses suivants me payent pour écumer les mers et leur ramener du butin.

— Ne peuvent-ils faire autrement ?

Shagarov se mit à ricaner.

— Ce culte ne possède pas de marins. L'un d'eux a eu cette idée et est venu me demander mes services. (Il se releva lentement.) Allons, montons sur le pont. J'ai envie de voir ce que vous allez faire.

D'Averc fit un signe à ses deux compagnons qui s'emparèrent de torches de résine. D'Averc dit ensuite à Shagarov de marcher derrière Oladahn et de monter l'escalier des coursives.

Quand ils arrivèrent sur le pont, ils virent qu'un superbe trois-mâts était ancré à côté d'eux.

Les hommes qui se trouvaient à bord comprirent ce qui s'était passé et voulurent s'avancer, mais Hawkmoon appuya son épée sur les côtes de Shagarov et cria :

— Pas un geste ou je tue votre capitaine !

— Tuez-moi, ils vous tueront ensuite, gronda Shagarov. Vous serez bien avancés.

— Silence, lui dit Hawkmoon. Oladahn, allume les torches.

Oladahn obéit aussitôt et tendit à chacun de ses compagnons une torche allumée, en en gardant une pour lui-même.

— Écoutez, vous tous, s'écria Hawkmoon. Ce bateau est recouvert d'huile et le moindre contact de nos torches déchaînera un incendie généralisé. Votre vaisseau prendra également feu et nous vous conseillons de ne pas faire le moindre geste pour sauver votre capitaine.

— Nous brûlerons tous, dit Shagarov. Vous êtes aussi fous que ceux que vous avez tués.

— Oladahn, apprête la barque.

Oladahn se dirigea vers la trappe la plus éloignée. Après l'avoir ouverte, il en approcha un palan et descendit dans la cale en emportant le câble avec lui.

Hawkmoon vit les marins commencer à s'agiter et brandit sa torche d'un air menaçant. La chaleur donnait à son visage des teintes rougeâtres et les flammes se reflétaient dans ses yeux.

Oladahn remonta sur le pont et, sans poser sa torche allumée, fit tourner la manivelle du treuil. Quelque chose apparut alors qui tira à Shagarov un cri de surprise.

C'était une grande barque dans laquelle se trouvaient trois chevaux parfaitement harnachés ; les montures avaient un air terrorisé tandis que la barque se balançait en l'air avant de redescendre lentement vers la mer.

Oladahn s'arrêta un instant et se reposa contre le treuil mais prit bien garde de ne jamais mettre en contact sa torche et le bois du navire.

Shagarov fronça les sourcils.

— C'est astucieux, mais vous n'êtes toujours que trois. Qu'allez-vous donc faire à présent ?

— Vous pendre, dit Hawkmoon. Devant votre équipage. Deux choses m'ont poussé à vous tendre ce piège. Premièrement, je voulais savoir quelque chose. Et deuxièmement, je vais faire régner la justice.

— Quelle justice ? (Shagarov avait l'air effrayé et ses yeux jetaient des regards fous.) Pourquoi vous mêlez-vous des affaires des autres ? Nous ne vous avons pas fait de mal. Quelle justice ?

— La justice de Dorian Hawkmoon, dit le Duc de Köln, le visage blême.

Sous l'action des rayons du soleil, le sinistre joyau noir semblait pulser de sa propre vie.

— Mes hommes ! cria Shagarov. Venez à mon secours ! Aidez-moi !

D'Averc leur cria :

— Si vous faites un seul pas, nous le tuons et mettons le feu au bateau. Vous n'avez rien à gagner. Nous n'avons rien à faire de vous et c'est Shagarov qui nous intéresse !

Comme ils s'y étaient attendu, l'équipage du pirate ne fit pas preuve de beaucoup de loyauté et, voyant leur vie en danger, les marins ne s'empressèrent pas de lui venir en aide. Ils n'ôtèrent cependant pas les grappins et préférèrent attendre la suite des événements.

Hawkmoon monta alors au grand mât, emportant avec lui une corde terminée par un nœud coulant. Quand il fut arrivé à hauteur de la vergue, il lança la corde au-dessus de l'eau et l'attacha solidement au croisillon du mât. Puis il redescendit sur le pont.

Chacun devint silencieux quand Shagarov comprit subitement qu'il ne devait espérer aucune aide de ses hommes.

Il essaya alors de s'enfuir, mais trois épées se plaquèrent aussitôt contre son dos, son ventre et son flanc.

— Vous ne pouvez pas… commença Shagarov.

Mais il ne continua pas sa phrase, lisant la détermination des trois hommes sur leur visage impassible.

Oladahn tendit le bras et attrapa le nœud coulant de la pointe de son épée avant de l'amener près du bastingage. D'Averc poussa Shagarov et Hawkmoon plaça le nœud autour du cou du capitaine. Le nœud se referma et le géant poussa un cri étouffé tout en donnant un coup de pied à Oladahn. Le petit homme tomba dans l'eau et Hawkmoon se précipita pour voir comment il allait s'en tirer. Désespéré, Shagarov se tourna alors vers D'Averc et chercha à lui prendre sa torche mais D'Averc pointa son épée sur la gorge du capitaine.

Ce dernier cracha à la figure de D'Averc et se jeta par-dessus le bastingage.

Le nœud se resserra, la vergue se plia et craqua avant de se redresser tandis que le corps du capitaine Shagarov se balançait librement dans le vide.

D'Averc se précipita sur la torche mais celle-ci avait déjà touché le plancher imbibé d'huile. Pendant ce temps-là, Hawkmoon avait lancé une corde à Oladahn qui enjambait à présent le bastingage.

L'équipage de l'autre navire commençait à s'émouvoir, mais ne faisait toujours rien et cette attitude hésitante intrigua Dorian Hawkmoon.

— Allez-vous-en ! cria Oladahn. Vous ne pouvez plus rien faire pour votre capitaine, et le feu vous menace !

Mais les marins ne bougèrent pas.

— Regardez, bande d'imbéciles ! hurla Oladahn en leur montrant les flammes qui léchaient déjà la plus grande partie du pont du navire, s'en prenant même au mât et à la superstructure.

D'Averc se mit à rire.

— Regagnons notre petit bateau.

Hawkmoon jeta également sa torche sur le pont et dit à l'adresse de D'Averc :

— Pourquoi ne s'enfuient-ils pas ?

— C'est à cause du trésor, dit D'Averc tout en faisant descendre la barque vers la mer. (Les chevaux reniflaient et piaffaient de terreur.) Ils croient que le trésor se trouve toujours à bord.

Dès que l'embarcation fut posée sur les vagues, ils se laissèrent descendre le long des cordages et coupèrent ceux-ci derrière eux. Le sombre navire n'était plus qu'une masse gigantesque de flammes et de fumée épaisse dans laquelle apparaissait de temps à autre le corps supplicié du capitaine Shagarov.

Ils hissèrent la voile de la barque et le vent s'y engouffra, les emportant rapidement loin du navire en feu. Derrière eux, le navire pirate commençait également à prendre feu après qu'un cordage enflammé fut tombé sur sa voile principale. Quelques marins cherchaient à éteindre les flammes en jetant des seaux d'eau tandis que d'autres essayaient de trancher les grappins qui les unissaient à l'autre embarcation. Mais déjà, il était trop tard.

La barque à voile s'éloigna rapidement en direction des côtes rocheuses de Crimiée derrière lesquelles s'étendait l'immense Ukranie.

Quelque part en Ukranie, ils découvriraient le Dieu fou, ses serviteurs et, peut-être, Yisselda…

LIVRE SECOND

Or, tandis que Dorian Hawkmoon et ses compagnons faisaient voile vers les côtes rocheuses de Crimiée, les armées du Ténébreux Empire assiégeaient sans trêve la Kamarg sur les ordres du Roi-Empereur Huon qui leur avait demandé de ne ménager ni l'énergie, ni l'inspiration, ni même les vies humaines pour écraser et détruire les impudents qui osaient résister à la Granbretanne. Sur le Pont d'Argent qui enjambait trente miles de mer passaient les hordes du Ténébreux Empire : porcs, loups, vautours, chiens, mantes et crapauds aux armures étranges et aux épées resplendissantes. Dans son trône sphérique, lové comme un fœtus dans le liquide qui lui assurait l'immortalité, le Roi-Empereur Huon brûlait de colère contre Hawkmoon, le Comte Airain et d'autres personnages qu'il ne parvenait pas à manipuler comme le reste du monde. On eût dit qu'une force contraire était venue à leur secours, et cette pensée était intolérable au Roi-Empereur…

Le sort du monde était entre les mains de ceux qui échappaient au pouvoir du Roi-Empereur Huon, ces quelques âmes libres ayant pour nom Hawkmoon, Oladahn, D'Averc, peut-être, le mystérieux Guerrier d'Or et de Jais, Yisselda, le Comte Airain et une poignée d'autres. Car c'était grâce à eux que le Bâton Runique allait pouvoir modeler la destinée…

Haute Histoire du Bâton Runique

CHAPITRE I

LE GUERRIER SUR LA PLAGE

Quand ils furent arrivés tout près des rochers noirs qui marquaient l'emplacement de la côte, Hawkmoon jeta un coup d'œil étonné à D'Averc qui avait relevé son masque de sanglier et regardait fixement la mer, le sourire aux lèvres. Comme si le regard de Dorian Hawkmoon lui avait brûlé la chair, D'Averc se retourna brusquement.

— Vous paraissez déconcerté, Duc Dorian, dit-il. Vous n'êtes donc pas satisfait de la tournure des événements ?

— Oui, lui répondit Hawkmoon. Mais je me pose des questions à votre sujet, D'Averc. Vous vous êtes lancé spontanément dans cette aventure, bien qu'il n'y ait rien que vous puissiez y gagner. Je suis persuadé que vous n'aviez aucun intérêt à condamner Shagarov et vous n'êtes certainement pas aussi désireux que moi de connaître le sort de Yisselda. De plus, vous n'avez pas, à ma connaissance du moins, essayé de vous enfuir.

Le sourire de D'Averc s'élargit quelque peu.

— Pourquoi le ferais-je ? Vous n'avez pas cherché à porter atteinte à mon existence. En fait, vous m'avez sauvé la vie. Aujourd'hui, mon destin semble bien plus proche du vôtre que de celui du Ténébreux Empire.

— Mais vous n'êtes pas loyal envers ma cause et moi-même.

— Comme je vous l'ai déjà expliqué, mon cher Duc, ma loyauté va à ce qui est le plus proche de mes ambitions futures. Je dois admettre que j'ai changé d'avis et que je ne considère plus votre cause comme désespérée – la chance semble vous favoriser à un tel point que je pense parfois que vous pourrez vaincre le Ténébreux Empire. Si cela se fait, je me joindrai à vous, de la manière la plus enthousiaste possible.

— Peut-être cherchez-vous à temporiser dans l'espoir que les rôles seront à nouveau échangés et que vous pourrez me livrer à vos maîtres.

— Un démenti ne vous satisferait pas, dit D'Averc en souriant. Aussi ne vous en offrirai-je pas.

Cette réponse énigmatique rendit une nouvelle fois perplexe Dorian Hawkmoon.

Comme s'il était désireux de changer de conversation, D'Averc fut pris d'une quinte de toux qui le plia en deux et l'obligea à se coucher sur le plancher de la petite embarcation.

Quelques instants plus tard, Oladahn poussa un grand cri :

— Duc Dorian ! Regardez… sur la plage !

Hawkmoon se tourna vers la côte et aperçut une étroite bande de galets qui s'étendait au pied des falaises. Un cavalier se tenait sur la plage, immobile et tourné vers eux, comme s'il les attendait.

La quille de la barque vint se frotter aux galets de la plage et Hawkmoon reconnut le cavalier qui attendait à l'ombre des falaises.

Hawkmoon sauta hors du bateau et s'approcha de lui. Une armure de métal le recouvrait de la tête aux pieds et son heaume puissant s'inclinait vers le sol, comme s'il était perdu dans quelque profonde réflexion.

— Vous saviez donc que je viendrai ? lui dit Hawkmoon.

— Cet endroit m'a paru favorable à un débarquement, lui répondit le Guerrier d'Or et de Jais. Voilà pourquoi je vous y ai attendu.

— Je vois… (Hawkmoon le regarda, ne sachant pas très bien ce qu'il allait dire.) Je vois…

D'Averc et Oladahn débarquèrent également et s'approchèrent d'eux.

— Vous connaissez ce gentilhomme ? demanda D'Averc.

— C'est une vieille connaissance, répondit Hawkmoon.

— Vous êtes le Sire Huillam D'Averc, dit d'une voix sonore le Guerrier d'Or et de Jais. Je vois que vous portez toujours l'insigne de Granbretanne.

— Cela me plaît, répondit D'Averc. Il ne me semble pas que vous vous soyez présenté.

Le Guerrier d'Or et de Jais ne prêta pas attention à la remarque de D'Averc et tendit vers Hawkmoon une main lourdement gantée.

— Voici celui que je dois rencontrer. Vous cherchez votre bien-aimée, Yisselda, Duc Dorian, et vous êtes également à la recherche du Dieu fou.

— Yisselda est-elle sa prisonnière ?

— D'une certaine manière, oui. Mais vous avez une autre raison pour vous mettre en quête du Dieu fou.

— Yisselda est vivante ? Est-elle vivante ? dit Hawkmoon avec insistance.

— Elle vit.

Le Guerrier d'Or et de Jais se redressa avant d'ajouter :

— Mais il vous faut détruire le Dieu fou avant de pouvoir la retrouver. Il faut détruire le Dieu fou et lui dérober l'Amulette Rouge, car elle vous appartient de plein droit. Voici deux choses que le Dieu fou vous a volées, deux choses qui vous appartiennent, la jeune fille et l'amulette.

— Yisselda est mienne, certainement, mais je n'ai pas connaissance de cette amulette. Je n'en ai jamais possédée.

— L'Amulette Rouge vous appartient. Le Dieu fou n'a pas le droit de la porter et c'est cela qui l'a rendu fou.

Hawkmoon se mit à sourire.

— Le Dieu fou peut bien la garder si c'est là la propriété de cette amulette.

— L'heure n'est pas aux plaisanteries, Duc Dorian. L'Amulette Rouge l'a rendu fou parce qu'il l'a dérobée à un serviteur du Bâton Runique. Quand celle-ci se trouve entre les mains d'un serviteur du Bâton Runique, il peut en tirer une puissance formidable. Seul devient fou celui qui n'a pas le droit de la porter – tandis que celui qui possède ce privilège est le seul à pouvoir la récupérer. Ainsi donc, je ne pourrais la lui prendre, de même que nul être ne pourrait venir au secours de Dorian Hawkmoon von Köln, serviteur du Bâton Runique.

— Encore une fois, vous me dites serviteur du Bâton Runique, bien que je ne sache pas ce que je dois faire. Je ne sais même pas si tout cela est une invention ou si vous-même êtes un autre dément.

— Pensez comme vous le désirez. Il est néanmoins évident que vous êtes à la recherche du Dieu fou et que votre plus grand désir est de le retrouver.

— Pour sauver Yisselda, sa prisonnière…

— Si vous voulez. Eh bien, je n'ai donc pas à vous convaincre de votre mission.

Hawkmoon fronça les sourcils :

— Il y a eu une bien étrange suite de coïcidences depuis que je me suis embarqué à Hamadan. C'est à peine croyable.

— Il n'y a pas de coïncidences quand le Bâton Runique est concerné. Il arrive que ses buts soient aisés à découvrir mais ce n'est pas toujours le cas. (Le Guerrier d'Or et de Jais se retourna sur son cheval et montra un sentier escarpé creusé dans le flanc de la colline.) Nous pouvons passer par là. Nous camperons et nous reposerons là-haut. Demain matin, nous partirons pour le château du Dieu fou.

— Vous savez donc où il se trouve ? demanda Hawkmoon chez qui tout soupçon s'était envolé.

— Oui.

Une autre pensée lui traversa l'esprit.

— Vous n'avez pas… arrangé l'enlèvement de Yisselda pour m'obliger à partir à la recherche du Dieu fou ?

— Yisselda a été enlevée par un traître qui s'était glissé au sein de l'armée de son père. Il s'appelait Juan Zhinaga et devait l'emmener en Granbretanne. Il fut attaqué en chemin par des soldats du Ténébreux Empire qui voulaient avoir tout le bénéfice de sa capture ; Yisselda est parvenue à s'enfuir pendant la bataille et à se joindre à une caravane de réfugiés qui traversait l'Italia. Elle s'est ensuite embarquée sur un navire croisant en Adriatique et qui devait terminer son périple en Provence ; mais il s'agissait en fait d'une embarcation chargée d'envoyer des filles en Arabie. Le bateau fut attaqué par un navire pirate dans le golfe de Sidra.

— C'est dur à croire. Et ensuite ?

— Les Karpathes qui possédaient ce navire décidèrent de demander une rançon car ils ne savaient pas que la Kamarg était assiégée ; quand ils l'apprirent un peu plus tard et comprirent qu'ils ne pourraient la monnayer, ils décidèrent de la vendre à Istanbul mais trouvèrent le port noir de vaisseaux du Ténébreux Empire. Ils continuèrent leur périple en direction de la mer Noire et c'est là que le bateau fut attaqué par le vaisseau que vous venez d'incendier…

— Je connais le reste. La main que j'ai trouvée devait être celle du pirate qui avait volé la bague de Yisselda. Pourtant, cette histoire est à peine plausible, Guerrier. Les coïncidences…

— Je vous l'ai déjà dit – il n'y a pas de coïncidences dans tout ce qui dépend du Bâton Runique. Le cours de l'histoire est parfois plus simple, c'est tout.

Hawkmoon soupira :

— Aucun mal ne lui a été fait ?

— Pas vraiment.

— Que voulez-vous dire ?

— Attendez d'être arrivé au château du Dieu fou.

Hawkmoon chercha à poser de nouvelles questions au Guerrier d'Or et de Jais mais cet homme énigmatique demeura silencieux. Il resta en selle, comme perdu dans de profondes réflexions, tandis que les trois hommes s'occupaient à faire descendre les chevaux et à décharger les provisions. Hawkmoon rentra en possession de sa sacoche, émerveillé d'avoir pu la conserver malgré toutes ses péripéties.

Quand ils eurent terminé, le Guerrier d'Or et de Jais tourna son cheval vers la falaise et s'engagea sur le sentier escarpé.

Les trois compagnons durent cependant mettre pied à terre et le suivre beaucoup plus lentement. Hommes et chevaux titubèrent à plusieurs reprises et faillirent aller s'écraser sur la plage de galets qui semblait maintenant minuscule. Ils arrivèrent enfin au faîte de la falaise et purent contempler un paysage vallonné qui devait s'étendre à l'infini.

Le Guerrier d'Or et de Jais tendit la main en direction de l'Ouest.

— Nous prendrons ce chemin, en direction du Pont de la Vie. Il mène aux portes de l'Ukranie, et le château du Dieu fou se trouve à plusieurs jours de voyage à l'intérieur du pays. Prenez garde, car les troupes du Ténébreux Empire écument le pays.

Il les regarda installer leur campement. D'Averc leva les yeux vers lui tout en disant :

— Voudriez-vous partager notre repas, sire ?

L'imposante tête casquée resta cependant courbée tandis que cheval et cavalier ne bougèrent pas de la nuit ; on eût dit qu'ils les surveillaient, mais peut-être veillaient-ils à ce qu'ils ne partent pas seuls.

Allongé dans sa tente, Hawkmoon regardait la silhouette du Guerrier et se posait de nombreuses questions. Cette créature était-elle humaine ? Son intérêt pour Hawkmoon était-il si humanitaire ? Il soupira. Il ne désirait qu'une seule chose, retrouver Yisselda et la ramener en Kamarg pour découvrir avec joie que la province tenait toujours contre le Ténébreux Empire. Mais sa vie était rendue complexe par les mystères du Bâton Runique ; son destin devait s'accorder avec les « plans » de celui-ci. Ce n'était pourtant ni un objet inanimé, ni une créature intelligente. Une créature intelligente ? C'était de toute façon la chose la plus puissante que l'on pouvait invoquer en prêtant serment. Certains disaient que le Bâton Runique était le maître de l'histoire humaine. Mais que faisait-il de ces « serviteurs » puisque tous les hommes étaient ses sujets ?

Non, certains y échappaient peut-être. Des forces apparaissaient parfois – comme le Ténébreux Empire – qui s'opposaient au plan dressé par le Bâton Runique. C'était peut-être pour combattre ces forces que des serviteurs étaient appelés.

Hawkmoon ne savait que penser : il n'avait pas la tête à la réflexion et ne pouvait s'adonner à la philosophie spéculative. Le sommeil le prit quelques instants plus tard.

Chapitre II

LE CHÂTEAU DU DIEU FOU

Après deux journées passées à cheval, ils arrivèrent au Pont de la Vie, immense arche jetée entre deux falaises séparées par un bras de mer de plusieurs miles de large.

Le Pont de la Vie constituait un spectacle exceptionnel et ne paraissait constitué d'aucun matériau solide ; sa charpente tout entière semblait faite de rayons lumineux entrecroisés et solidifiés par quelque magie. Certains d'entre eux étaient couleur d'or ou de bleu étincelant ; d'autres resplendissaient de vert et d'écarlate ; d'autres encore vibraient de toutes les nuances du jaune. Le Pont tout entier tremblait comme un organe vivant tandis que, bien en dessous, les vagues s'écrasaient en écumant sur les rochers acérés.

— Qu'est-ce donc ? demanda Hawkmoon au Guerrier d'Or et de Jais. Ce n'est certainement pas naturel.

— C'est une ancienne construction, lui répondit le Guerrier, fruit d'une science oubliée, cueilli par une race apparue entre la chute de la Pluie de Mort et l'avènement des Principautés. Qui étaient-ils, comment vinrent-ils à exister ? Nous ne le savons pas.

— Vous devez le savoir, dit D'Averc sur un ton joyeux. Vous me décevez, je croyais que vous étiez omniscient.

Le Guerrier d'Or et de Jais ne répondit pas. Les lueurs du Pont de la Vie se reflétaient sur son armure ainsi que sur la peau des compagnons. Les chevaux se mirent à piaffer et devinrent plus difficiles à maîtriser au fur et à mesure qu'ils se rapprochaient du grand pont de lumière.

Le destrier de Dorian Hawkmoon renâcla mais son cavalier l'obligea à avancer. Ses sabots touchèrent finalement les lueurs pulsantes du Pont et l'animal se calma comme s'il comprenait que le pont était capable de le porter.

Déjà le Guerrier d'Or et de Jais était engagé sur le pont ; son corps tout entier paraissait entouré d'une aura multicolore et Hawkmoon put voir l'étrange lueur se refermer doucement sur sa monture. Puis il se retourna pour voir D'Averc et Oladahn, éclatants comme des êtres venus d'un autre monde, s'avancer doucement sur le pont de lumière.

L'entrecroisement de rayons lumineux leur permettait pourtant de voir la mer grise et l'écume blanche s'étendre au-dessous d'eux. Les oreilles de Hawkmoon s'emplirent d'un bourdonnement musical et charmeur et il crut sentir son corps vibrer à l'unisson avec le Pont de la Vie.

Quand ils parvinrent finalement de l'autre côté de l'immense arche irradiante, Hawkmoon se sentit frais et dispos, comme s'il avait profité de plusieurs journées de repos. Il fit part de ses réflexions au Guerrier d'Or et de Jais qui lui dit : « Oui, on m'a dit que c'était là une autre de ses propriétés. »

Puis ils continuèrent de chevaucher, séparés du repaire du Dieu fou par d'immenses étendues de plaines vallonnées.

Le troisième jour de leur voyage, une pluie fine se mit à tomber qui glaça les corps et épuisa les esprits. Les chevaux piétinaient dans les vastes plaines d'Ukranie, et ce monde gris ne devait pas avoir de fin.

Le sixième jour de leur voyage, le Guerrier d'Or et de Jais leva la tête et fit arrêter son cheval ; d'un signe de la main, il demanda aux trois compagnons de l'imiter. Il écoutait.

Hawkmoon entendit bientôt ce qui avait attiré l'attention du Guerrier – des bruits de sabots. Sur leur gauche arrivèrent quelques dizaines de cavaliers vêtus de capes et de coiffures de peaux et porteurs de sabres ou de longs épieux.

Pris de panique, ils ne remarquèrent pas les quatre compagnons et continuèrent leur chemin à une vitesse incroyable, fouettant la croupe de leurs montures jusqu'à ce que le sang éclate sur leur peau.

— Qu'y a-t-il ? cria Hawkmoon. Qui fuyez-vous ?

Un cavalier se retourna sans toutefois ralentir son allure :

— L'armée du Ténébreux Empire ! cria-t-il avant de disparaître, vif comme l'éclair.

Hawkmoon eut l'air soucieux :

— Nous devrions peut-être emprunter un autre chemin. Une autre direction ne serait-elle pas meilleure ? dit-il à l'adresse du Guerrier d'Or et de Jais.

— Aucune route n'est sûre, lui répondit le Guerrier. Nous pouvons donc continuer sur celle-là.

Après une demi-heure, ils virent de la fumée s'élever au loin, une fumée épaisse et nauséabonde qui restait près de la terre. Hawkmoon savait très bien ce que cette fumée signifiait mais ne fit aucune remarque ; quand ils arrivèrent dans la ville en flammes, ils virent un immense bûcher composé de cadavres nus – hommes, femmes, enfants auxquels étaient mêlés les dépouilles des animaux.

C'était cette pyramide de chair fumante qui dégageait cette odeur aussi atroce, et Hawkmoon savait qu'une seule race était capable de telles actions. Les cavaliers étaient dans le vrai. Les soldats du Ténébreux Empire étaient tout proches. Un bataillon entier avait dû s'emparer de la ville, la piller et y mettre le feu.

Ne pouvant faire quoi que ce soit, ils passèrent leur chemin et continuèrent d'avancer, attentifs au moindre signe leur indiquant la présence des guerriers de Granbretanne.

Oladahn était celui des quatre qui n'avait jamais vraiment assisté aux atrocités du Ténébreux Empire et il paraissait à présent profondément ému.

— Des mortels ordinaires ne pourraient pas… répétait-il, … ne pourraient pas…

— Ils ne se considèrent pas comme des mortels ordinaires, lui expliqua D'Averc. Ils pensent que leurs chefs sont des dieux et qu'eux-mêmes sont des demi-dieux.

— Ce qui excuse à leurs yeux leurs actions immorales, dit Hawkmoon. De plus, ils aiment apporter la destruction, répandre la terreur, torturer et tuer. Ils sont semblables aux gloutons pour qui le désir de tuer est plus fort que le désir de vivre. Voilà comment sont les hommes du Ténébreux Empire. La Granbretanne a donné le jour à une race d'hommes dont les pensées et les actions sont étrangères à tous ceux qui ne vivent pas dans cette île.

La pluie fine se remit à tomber et ils laissèrent derrière eux la ville dévastée et son funeste bûcher.

— Nous ne sommes plus très loin du château du Dieu fou, leur dit d'une voix tranquille le Guerrier d'Or et de Jais.

Le lendemain matin, ils arrivèrent près d'une vallée large et profonde et d'un lac couvert par la brume. De l'autre côté du lac se dressait une bâtisse sombre et sinistre faite de pierres grossièrement taillées.

Au bord du lac se trouvaient quelques misérables masures ainsi que quelques barques de pêcheurs. Les filets avaient été mis à sécher mais il n'y avait nulle part trace des mariniers qui les utilisaient.

Il y avait un climat étrange et froid qui donnait un air mystérieux au village, au lac et au château. Les trois hommes suivirent à contrecœur le Guerrier d'Or et de Jais qui contournait le lac en direction du château.

— Que savez-vous du culte du Dieu fou ? demanda Oladahn d'une voix murmurante. Combien d'hommes commande-t-il ? Sont-ils aussi dangereux que ceux que nous avons rencontrés sur le bateau ? Je me demande si le Guerrier ne surestime pas sa force…

Hawkmoon haussa les épaules, car il ne pensait qu'à Yisselda. Il jeta un regard sévère à la grande bâtisse noire et se demanda où elle pouvait bien se trouver.

Ils arrivèrent ensuite au village de pêcheurs et comprirent pourquoi il était aussi silencieux. Tous les habitants avaient été massacrés à la hache ou à l'épée. Des armes étaient encore plantées dans des crânes d'hommes ou de femmes.

— Le Ténébreux Empire ! s'écria Hawkmoon.

Mais le Guerrier d'Or et de Jais secoua la tête :

— Ce n'est ni leur œuvre, ni leurs armes, ni même leur manière d'agir.

— Alors… qu'est-ce donc ? demanda Oladahn, tremblant. Le culte ?

Le Guerrier ne répondit pas et se contenta de mettre pied à terre après avoir arrêté son cheval. Il se dirigea vers le plus proche cadavre et les autres l'imitèrent, l'air soucieux, tandis que la brume du lac les enveloppait comme quelque maligne entité.

Le Guerrier montra le cadavre :

— Ils faisaient tous partie du culte. Certains d'entre eux pêchaient pour approvisionner le château. D'autres vivaient à l'intérieur du repaire du Dieu fou.

— Ils se sont battus entre eux ? dit timidement D'Averc.

— Peut-être, oui.

Le Guerrier était toujours aussi énigmatique.

— Que voulez-vous dire ? commença Hawkmoon.

Mais un cri perçant retentit dans les masures. Chacun tira son épée de son fourreau et se prépara à subir une attaque qui pouvait venir de n'importe quel côté.

Quand celle-ci se produisit, la nature même des attaquants provoqua la surprise de Dorian Hawkmoon qui ne put que baisser son épée.

Les guerriers arrivèrent en courant, l'épée ou la hache à la main ; ils portaient des armures légères et des kilts de cuir mais une lueur féroce resplendissait dans leurs yeux. Leurs lèvres étaient relevées en un rictus bestial et leurs dents blanches resplendissaient tandis que l'écume coulait de leur bouche.

Ce ne fut pourtant pas cela qui étonna Hawkmoon et ses compagnons. Ce fut leur sexe qui les prit par surprise, car tous ces guerriers à l'allure féroce étaient en fait des femmes d'une beauté incroyable.

Désespérément, Hawkmoon chercha dans leurs rangs les traits délicats de sa bien-aimée, Yisselda ; mais il ne la trouva pas et se remit sur la défensive.

— Voilà donc pourquoi le Dieu fou réclamait tant de femmes ! s'écria D'Averc d'une voix étranglée par la surprise.

— C'est aussi un dieu pervers, expliqua le Guerrier d'Or et de Jais tout en se préparant à subir les premiers assauts.

Hawkmoon faisait de son mieux pour se défendre des guerrières mais ne pouvait se résoudre à contre-attaquer. Maintes fois, il aurait pu trancher des membres ou mutiler des corps mais quelque chose de plus fort que sa volonté l'empêchait d'agir de la sorte. Il en était d'ailleurs de même pour ses compagnons. Une idée lui vint alors à l'esprit.

— Reculez lentement, dit-il à ses amis. Suivez-moi. Nous allons remporter la victoire, d'une manière toute pacifique.

Les quatre combattants reculèrent jusqu'aux piquets qui soutenaient les filets des pêcheurs. Puis, sans même lâcher son épée, Hawkmoon se saisit d'un filet et le jeta sur ses assaillantes. Ses compagnons l'imitèrent en un instant et les guerrières furent bientôt prisonnières des mailles des filets.

Certaines d'entre elles parvinrent pourtant à se dégager et cherchèrent aussitôt à se lancer à nouveau dans la bataille.

D'Averc s'empara d'un autre filet et emprisonna les dernières combattantes tandis que ses trois compagnons s'occupaient déjà à désarmer les femmes dont ils jetaient les épées dans le lac.

Haletant, Hawkmoon dit :

— Le Dieu fou n'est peut-être pas aussi fou que cela. Des femmes entraînées au combat auront toujours un certain avantage sur des hommes. Mais cette première escarmouche n'est sans doute qu'une partie d'un plan plus général...

— Vous voulez dire que l'argent obtenu par la piraterie n'était qu'un moyen pour lever une armée de femmes ? lui dit Oladahn qui continuait de jeter les épées dans l'eau.

— C'est bien probable, rétorqua D'Averc. Mais je ne comprends toujours pas pourquoi ces femmes ont massacré les autres.

— Nous connaîtrons peut-être la réponse en arrivant au château, dit le Guerrier d'Or et de Jais.

— Voilà en tout cas un combat qui n'offense pas mon sens de la chevalerie, dit D'Averc. Nous ne les avons pas tuées – et elles ne nous ont pas tués. Cela fait un bel équilibre.

— Je me demande si elles sont les seules, dit Hawkmoon d'un air sombre.

— Vous pensez à Yisselda ? lui dit Oladahn.

— Oui, je pense à Yisselda. Allons. (Hawkmoon monta en selle.) Rendons-nous au château du Dieu fou.

Il se lança au grand galop en direction de la sombre bâtisse en pierre, suivi de près par ses trois compagnons. Loin derrière eux, les guerrières furieuses continuaient de se débattre pour sortir des filets qui les emprisonnaient.

Quand le château ne fut plus qu'à une courte distance des quatre cavaliers, Hawkmoon ralentit quelque peu puis s'arrêta définitivement à l'entrée du pont-levis.

Tout était calme à l'intérieur du château. Une brume légère enveloppait les tourelles et sur le pont-levis abaissé gisaient les cadavres de quelques gardes.

Quelque part, dans l'une des plus hautes tours, un corbeau poussa son cri lugubre avant de s'envoler au-dessus du lac.

Des nuages gris occultaient le soleil et l'on eût dit que la lumière du jour n'avait jamais inondé cette sinistre construction. C'était un peu comme s'ils avaient quitté le monde pour regagner quelque autre univers où ne régnaient éternellement que le désespoir et la mort.

Devant Hawkmoon se dressait l'entrée du château, bouche sombre et rébarbative. La brume dessinait des formes grotesques, tandis qu'une atmosphère oppressante baignait toute chose. Le Duc de Köln respira profondément, puis tira son épée. Et tout à coup, il éperonna sa monture et bondit sur le pont-levis qui menait au château du Dieu fou.

Chapitre III

LE DILEMME

La grande cour du château était jonchée de cadavres. Certains d'entre eux appartenaient aux guerrières, mais la plupart étaient ceux des soldats du Dieu fou à qui la mort avait donné une attitude grotesque.

Le cheval de Dorian Hawkmoon renifla de terreur quand l'odeur de chair en décomposition chatouilla ses naseaux, mais son cavalier le força plus en avant, craignant sans cesse de reconnaître Yisselda parmi les cadavres.

Hawkmoon mit pied à terre et retourna plusieurs dépouilles mortelles, mais aucune d'elles n'était celle de Yisselda.

Le Guerrier d'Or et de Jais pénétra dans la cour, suivi de D'Averc et Oladahn.

— Elle n'est pas ici, dit le Guerrier. Elle est en vie, à l'intérieur.

Hawkmoon releva la tête. Ses mains tremblaient tandis qu'il tenait son cheval par la bride.

— Lui... lui a-t-il fait du mal ?

— Vous le découvrirez par vous-même, Duc Dorian.

Le Guerrier d'Or et de Jais désigna de la main l'entrée principale du château.

— C'est là que se trouve le repaire du Dieu fou. Ce couloir étroit mène à la grande salle dans laquelle il attend votre venue...

— Il sait donc que je vais venir ?

— Il sait que le véritable propriétaire de l'Amulette Rouge viendra un jour la lui réclamer…

— Je me moque de cette amulette et ne désire que Yisselda. Où est-elle, Guerrier ?

— À l'intérieur. Elle se trouve dans ce château. Allez reprendre les deux choses qui vous ont été volées – l'Amulette Rouge et votre bien-aimée. Toutes deux ont leur importance dans le plan du Bâton Runique.

Hawkmoon se détourna et courut vers la porte pour disparaître ensuite dans les ténèbres du château.

Le couloir était glacial. Une eau sale suintait de la pierre et de la mousse poussait sur les murailles. L'épée à la main, Hawkmoon avançait doucement, prêt à subir l'attaque la plus imprévue.

Mais rien ne se produisit et Hawkmoon arriva finalement devant une grande porte de bois.

Derrière la porte s'élevait un étrange grondement, murmure profond qui semblait emplir toute la salle. Hawkmoon poussa lentement la porte puis passa la tête pour découvrir une scène étrange.

La salle avait des proportions étonnantes ; en certains endroits, les plafonds étaient très bas tandis que, en d'autres, ils se dressaient à plus de quinze mètres de hauteur. Il n'y avait pas de fenêtres et la seule lumière était celle des nombreuses torches disposées tout le long des murs.

Au centre de la salle, sur un dallage où gisaient deux cadavres atrocement mutilés, se trouvait un grand trône de bois noir incrusté de plaques de cuivre. Devant le trône pendait du plafond une vaste cage, semblable à celles utilisées pour enfermer des oiseaux. Une forme humaine était accroupie à l'intérieur de l'enceinte métallique.

Hawkmoon s'avança doucement vers la cage et comprit que c'était là la source des plaintes qu'il avait entendues. Ce devait être l'acoustique particulière de l'endroit qui avait transformé en grondements les gémissements du malheureux prisonnier.

Hawkmoon s'arrêta à quelques pas de la cage, mais le

mauvais éclairage ne lui permit pas de distinguer comme il l'aurait voulu les traits de l'infortuné.

— Qui êtes-vous ? demanda-t-il. Un prisonnier du Dieu fou ?

Les gémissements cessèrent et la silhouette se redressa. Une voix profonde et mélancolique s'éleva alors qui dit :

— Oui… vous avez raison. Je suis son plus infortuné prisonnier.

Hawkmoon pouvait mieux voir de qui il s'agissait. Son corps était long et mince et sa tête était couverte de cheveux gris emmêlés par la crasse ; sa barbe malpropre saillait étrangement de son menton et ses yeux mélancoliques se cachaient dans de profondes orbites.

— Puis-je vous sauver ? demanda Hawkmoon. Puis-je briser ces barreaux ?

Le malheureux haussa les épaules.

— La porte de cette cage n'est pas fermée à clef. Ce ne sont pas des barreaux qui me retiennent prisonnier, mais bien mon propre crâne. Ah, vous pouvez me plaindre !

— Qui êtes-vous ?

— Je m'appelais jadis Stalnikov, de la grande famille des Stalnikov.

— Et le Dieu fou s'est emparé de vous ?

— Oui. C'est cela. (Il tourna ensuite sa tête triste pour mieux voir son interlocuteur.) Mais qui êtes-vous donc ?

— Je suis Dorian Hawkmoon, Duc de Köln.

— Un Germain ?

— Köln faisait jadis partie d'un pays appelé Germanie.

— J'ai peur des Germains.

Stalnikov se recula dans sa cage.

— Vous n'avez rien à craindre de moi.

— Non ? dit Stalnikov en riant. (Ses ricanements sauvages se répercutèrent dans toute la salle.) Non ?

Il plongea la main dans sa chemise et en sortit quelque chose qui était relié à son cou par une fine cordelette. On eût dit un énorme rubis, resplendissant d'une flamme intérieure et sur lequel Hawkmoon discerna la marque du Bâton Runique.

— Non ? Vous n'êtes donc pas le Germain qui doit me voler ma puissance ?

Hawkmoon s'écria avec surprise :

— L'Amulette Rouge ! Comment l'avez-vous eue ?

Stalnikov se redressa et regarda Hawkmoon d'un air méchant.

— Je l'ai trouvée il y a trente ans sur le corps d'un guerrier que mes serviteurs avaient dévalisé et assassiné. (Il caressa l'amulette dont les lueurs éclatantes obligeaient Hawkmoon à cligner des yeux.) Voici le Dieu fou ! Voici la source de ma folie et de ma puissance ! Voici ce qui me retient prisonnier !

— Ainsi vous êtes le Dieu fou ! Où est Yisselda ?

— Yisselda ? La nouvelle ? La fille aux cheveux blonds et à la blanche peau si douce ? Pourquoi me demandez-vous cela ?

— Elle m'appartient !

— Vous ne voulez donc pas de l'amulette ?

— Je veux Yisselda !

Le Dieu fou se mit à rire comme un dément et hurla finalement :

— Vous pouvez la reprendre, Germain !

Il frappa dans ses mains tordues et sauta en tous sens dans la cage de métal qui se balança au bout de sa corde :

— Yisselda, ma fille ! Yisselda, viens servir ton nouveau maître !

Des ténèbres de la salle sortit une jeune fille. L'obscurité ne permit pas à Hawkmoon de la reconnaître tout de suite, mais il rangea tout de même son épée dans son fourreau. Oui, pourtant… cette démarche, cette silhouette – c'était Yisselda.

Un sourire de soulagement se dessina sur ses lèvres alors qu'il tendait les bras pour se préparer à l'enlacer.

Avec un hurlement de bête, la fille se jeta sur lui ; ses doigts armés de griffes de métal se portèrent sur son visage et sur ses yeux. La robe qu'elle portait était garnie de pointes de fer et chacun de ses gestes aurait pu mutiler horriblement Dorian Hawkmoon.

— Tue-le, jolie Yisselda, cria en riant le Dieu fou. Tue-le, ma biche, et tu seras récompensée !

Hawkmoon tendit les mains pour se protéger des griffes acérées qui lui déchiraient la chair. Il se recula promptement en disant :

— Non, Yisselda, je suis votre fiancé, Dorian…

Les yeux fous de la jeune fille ne le reconnaissaient toujours pas et les griffes de métal frappèrent à nouveau. Hawkmoon fit un bond de côté tout en la suppliant de bien vouloir le reconnaître.

— Yisselda…

Pendant tout ce temps, le Dieu fou continuait de rire aux éclats et de secouer ses barreaux comme une bête féroce :

— Tue-le, ma jolie fleur. Arrache-lui les yeux…

Hawkmoon était en pleurs et sautait en tous sens pour échapper aux griffes de sa fiancée.

Il cria à l'adresse de Stalnikov :

— Quelle est donc cette puissance capable de lui faire oublier l'amour qu'elle me porte ?

— Elle obéit au pouvoir du Dieu fou, tout comme moi ! lui répondit Stalnikov. L'Amulette Rouge fait de chacun son esclave !

— Uniquement dans les mains d'une créature mauvaise…

Hawkmoon fit un nouveau bond de côté et se mit à courir vers la cage.

— Elle rend mauvais tous ceux qui la portent, dit Stalnikov qui riait en voyant les griffes de Yisselda déchirer la manche de Hawkmoon. Tous…

— Tous sauf les serviteurs du Bâton Runique !

La voix venait de la porte de bois et appartenait au Guerrier d'Or et de Jais.

— Venez à mon secours, lui cria Hawkmoon.

— Je ne peux pas, répondit le Guerrier qui se tenait immobile, la pointe de son épée enfoncée dans le sol.

Hawkmoon sentit alors les griffes de Yisselda s'enfoncer dans son dos. Il voulut la saisir par les poignets, mais poussa un cri de douleur quand les pointes de ses vêtements lui entamèrent les chairs ; il réussit pourtant à se libérer et se jeta sur la cage dans laquelle le Dieu fou hurlait de plaisir.

Hawkmoon sauta vers les barreaux et parvint à entrer dans la cage de métal tandis que Stalnikov se réfugiait dans le coin le plus éloigné de sa prison. Folle de colère, Yisselda poussait des hurlements de hyène en folie et cherchait à atteindre les barreaux derrière lesquels se tenait celui qu'elle voulait détruire avec tant d'acharnement.

Hawkmoon pleurait à chaudes larmes en voyant sa bien-aimée agir de la sorte mais réussit pourtant à se tourner vers le Dieu fou.

Celui-ci caressait l'Amulette Rouge et dit, d'une voix profonde qui résonna contre les murs de la salle :

— En arrière, mortel. Obéis-moi, obéis au pouvoir de l'Amulette…

Hawkmoon cligna des yeux et se sentit subitement affaibli. Il ne pouvait s'empêcher de regarder l'amulette et de s'abandonner totalement à son pouvoir.

— Allons, dit Stalnikov, livre-toi à ta destructrice.

Hawkmoon continua d'avancer vers le Dieu fou au lieu de se retourner : la barbe pointue de Stalnikov en tomba d'étonnement.

— Au nom de l'Amulette Rouge, je t'ordonne…

La voix sonore du Guerrier d'Or et de Jais s'éleva à nouveau.

— Il est le seul à pouvoir résister au charme de l'Amulette, car il en est le juste propriétaire.

Stalnikov se mit à trembler et à arpenter sa cage tandis que Hawkmoon continuait d'avancer sur lui.

— En arrière ! hurla le Dieu fou. Sors de cette cage !

Yisselda était enfin parvenue à saisir les barreaux d'acier et à se hisser à hauteur de la cage, les yeux toujours fixés sur la gorge de Hawkmoon.

La main griffue de Yisselda partit comme un éclair et s'abattit sur la tête de Stalnikov qui poussa un hurlement de douleur.

Hawkmoon comprit qu'il ne devait plus essayer de

raisonner sa fiancée et, rassemblant toute sa force, ouvrit la porte et sauta sur le dallage de la grande salle.

Un instant plus tard, Yisselda sauta également sur le sol, mais il parvint à se relever juste à temps.

Stalnikov les imita et se précipita sur le grand trône de bois incrusté et s'y installa ; l'Amulette Rouge pendait toujours à son cou et lançait de tous côtés son étrange rayonnement. Du sang coulait sur ses épaules de la blessure que lui avaient infligée les griffes de Yisselda.

Stalnikov hurla de terreur quand il vit Hawkmoon s'installer sur le bras du trône.

— Non... Je vous en prie... Laissez-moi, je ne vous ferai pas de mal...

— Tu m'as déjà fait trop de mal, lui dit Hawkmoon d'un air sombre tout en tirant son épée. Oui, trop de mal. Ma vengeance sera douce à mon cœur, Dieu fou...

Stalnikov commença à grimper sur le dossier de son trône et se mit à crier à l'adresse de la fille :

— Yisselda ! Assez ! Redeviens celle que tu étais ! Je te le demande, au nom de l'Amulette Rouge !

Hawkmoon se retourna et vit que Yisselda s'était arrêtée. La bouche ouverte, elle contemplait les griffes qui terminaient ses doigts ainsi que l'étrange vêtement qu'elle portait.

— Que s'est-il passé ? Que m'a-t-on fait ?

— Ce monstre vous avait hypnotisée, lui dit Hawkmoon tout en agitant son épée devant Stalnikov. Mais je vous vengerai et lui ferai payer le mal qu'il vous a fait endurer !

— Non ! hurla Stalnikov. Ce n'est pas juste !

Yisselda éclata en sanglots.

Stalnikov regarda tout autour de lui d'un air hébété.

— Où sont donc mes suivantes, mes guerrières ?

— Votre plaisir pervers les a fait se détruire les unes les autres, lui dit Hawkmoon. Celles qui n'ont pas été tuées ont été faites prisonnières !

— Mon armée de femmes ! Je voulais que la beauté parte à la conquête de l'Ukranie ! Pour me rendre l'héritage des Stalnikov...

— Le voilà, ton héritage ! dit Hawkmoon en levant son épée.

Stalnikov parvint à sauter du trône et se mit à courir vers la porte, mais fit un bond de côté quand il s'aperçut qu'elle était gardée par le Guerrier d'Or et de Jais.

En quelques sauts, il disparut dans l'ombre de la salle.

Hawkmoon descendit du trône et se tourna vers Yisselda qui gisait, en pleurs, sur le sol. Il s'approcha d'elle et enleva délicatement les griffes d'acier qui ornaient toujours ses doigts frêles.

Elle leva les yeux.

— Oh, Dorian. Comment avez-vous pu me retrouver ? Mon amour…

— Remerciez le Bâton Runique, dit la voix ténébreuse du Guerrier d'Or et de Jais.

Hawkmoon se tourna subitement et lui dit en riant de soulagement :

— Au moins, vous êtes constant dans vos admirations, Guerrier.

Le Guerrier ne répondit rien et resta immobile devant la porte.

Hawkmoon ouvrit la bouche de l'étrange vêtement de Yisselda et commença à la déshabiller.

— Trouvez le Dieu fou, lui dit le Guerrier d'Or et de Jais. L'Amulette vous appartient, souvenez-vous-en. C'est elle qui vous donnera la puissance.

Hawkmoon fronça les sourcils.

— Et qui me rendra fou, peut-être ?

— Mais non, insensé, elle vous appartient de plein droit !

Hawkmoon s'arrêta, impressionné par le ton de la voix du guerrier. Yisselda lui toucha la main.

— Je ferai le reste toute seule, dit-elle.

Hawkmoon leva son épée et scruta du regard les ténèbres dans lesquelles le Dieu fou avait disparu.

— Stalnikov !

Quelque part dans l'obscurité, une flamme rouge scintilla. Hawkmoon s'en approcha et entendit des sanglots nerveux.

Hawkmoon se rapprocha de la source lumineuse et vit finalement Stalnikov qui pleurait, l'épée à la main et l'amulette autour du cou.

— Je t'attends depuis trente années, Germain, lui dit Stalnikov, dont les sanglots avaient subitement cessé. Je savais que tu devais venir détruire mon plan et mon idéal. J'espérais pourtant repousser cette menace et cela m'est peut-être toujours possible.

Avec un cri de bête fauve, il leva son épée et se jeta sur Hawkmoon.

Celui-ci n'eut pas de mal à parer le coup et à désarmer le Dieu fou. Sa propre épée se retrouva posée sur la gorge de Stalnikov.

Pendant un instant, Hawkmoon regarda fixement le dément. La lueur de l'Amulette Rouge teintait d'écarlate leurs deux visages et Stalnikov s'éclaircissait la gorge comme s'il allait dire quelque chose. Puis ses épaules s'affaissèrent et il n'offrit plus aucune résistance.

Hawkmoon enfonça lentement la pointe de son épée dans la gorge du Dieu fou puis se retourna et laissa derrière lui le cadavre du dément au cou duquel pendait toujours l'Amulette Rouge.

CHAPITRE IV

LE POUVOIR DE L'AMULETTE

Hawkmoon jeta sa cape sur les épaules d'une Yisselda frissonnante et sanglotante de joie. Près d'eux, le Guerrier d'Or et de Jais se tenait toujours immobile.

Hawkmoon prit alors Yisselda dans ses bras et le Guerrier se décida à bouger : son corps puissant arpenta la salle et se dirigea vers l'endroit où gisait le cadavre de Stalnikov, le Dieu fou.

— Oh, Dorian, je ne puis vous raconter toutes les épreuves que j'ai dû endurer depuis plusieurs mois… Sans cesse, j'ai été faite prisonnière et je ne sais même pas où nous nous trouvons à présent. Je n'ai aucun souvenir des dernières heures et je sais seulement que j'ai dû lutter contre moi-même pour ne pas vous tuer…

Hawkmoon la serra contre lui.

— Ce n'était qu'un cauchemar. Nous allons quitter cet endroit pour retrouver la Kamarg et la sécurité. Dites-moi, qu'est-il advenu de votre père et des autres ?

Ses yeux s'agrandirent.

— Comment ? Vous ne savez pas ? Je croyais que vous vous étiez rendu en Kamarg avant de venir à mon secours…

— Je ne connais que des rumeurs. Comment vont Noblegent, von Villach, le Comte Airain ?…

Elle baissa les yeux.

— Von Villach a été tué par un lance-flammes sur la frontière nord. Le Comte Airain…

— Qu'y a-t-il ?

— La dernière fois que je l'ai vu, mon père gisait sur son lit de malade, et même les remèdes de Noblegent ne semblaient rien n'y faire. On eût dit qu'il avait perdu tous ses sentiments – ou qu'il ne souhaitait plus vivre. Il disait que la Kamarg devait bientôt tomber, il croyait que vous étiez mort et que tout était perdu.

Hawkmoon dit d'un air farouche :

— Je dois revenir en Kamarg – même si ce n'est que pour redonner le goût de la vie au Comte Airain. Après votre départ, il a dû se laisser aller et ne plus s'intéresser à rien.

— S'il vit toujours, dit-elle doucement comme pour repousser la terrible éventualité.

— Il doit vivre. Si la Kamarg tient toujours, c'est que le Comte Airain est encore en vie.

Un bruit de cavalcade s'éleva du couloir qui menait à la grande salle. Hawkmoon tira son épée et se plaça devant Yisselda.

La porte s'ouvrit tout à coup sur un Oladahn essoufflé suivi de près par D'Averc.

— Les soldats de Granbretanne, dit Oladahn. Ils sont trop nombreux pour que nous puissions les combattre. Ils doivent fouiller le château et les environs à la recherche du butin ou de survivants.

D'Averc bouscula le petit homme.

— J'ai essayé de les raisonner, j'ai dit que j'avais le droit de les commander et que mon rang était plus élevé que celui de leur chef, mais (il haussa les épaules) il semble bien que D'Averc n'ait plus de grade dans les légions de Granbretanne. Le pilote de l'ornithoptère a dû vivre assez longtemps pour raconter ma maladresse. Je suis un hors-la-loi à présent, tout comme vous...

Hawkmoon fronça les sourcils.

— Entrez, vous deux, et fermez cette grande porte. Cela devrait les tenir à l'écart un moment.

— C'est la seule sortie ? demanda D'Averc tout en repoussant la porte.

— Je le crois, oui, dit Hawkmoon. Mais nous nous occuperons de cela plus tard.

Le Guerrier d'Or et de Jais sortit de l'ombre. Il tenait à la main une cordelette tachée de sang à laquelle pendait l'Amulette Rouge.

Il s'avança vers Hawkmoon et lui tendit l'amulette tout en prenant bien soin de ne pas la toucher directement.

— Voilà, dit le Guerrier d'Or et de Jais. Elle est à vous.

Hawkmoon se recula.

— Je n'en veux pas, et ne la prendrai pas. C'est une chose mauvaise, elle a conduit trop d'hommes à la mort ou à la folie. Stalnikov lui-même était une victime. Gardez-la ou trouvez quelqu'un d'autre qui accepte de la porter !

— Vous devez la porter, dit d'une voix sonnante le Guerrier. Vous êtes le seul à y avoir droit.

— Non ! (Il tendit la main vers Yisselda.) Cette amulette a fait d'elle une bête sauvage. Tous ceux que nous avons vus dans le village de pêcheurs ont été tués par le pouvoir de cette amulette. Tous ceux qui se sont opposés à nous, l'Amulette les avait rendus fous. Tous ceux qui sont morts dans cette cour – détruit par l'Amulette Rouge ! (Il la fit tomber des mains du Guerrier.) Je n'en veux pas. Si c'est là ce que le Bâton Runique souhaite, je ne désire pas faire partie de son plan !

— C'est ce que les hommes, les insensés de votre espèce, en font qui corrompt son influence, dit le Guerrier d'Or et de Jais d'une voix grave. Il est de votre devoir, en tant que serviteur élu du Bâton Runique, de prendre cet objet. Il ne vous fera pas de mal et ne vous apportera que le pouvoir.

— Le pouvoir de détruire et de rendre les hommes fous !

— Le pouvoir de faire le bien, le pouvoir de combattre les hordes du Ténébreux Empire !

Hawkmoon ricana. La porte commença à craquer et il comprit que les soldats de Granbretanne les avaient découverts.

— Ils sont trop nombreux, dit Hawkmoon. Cette

amulette nous donnera-t-elle le pouvoir de leur échapper même s'il n'y a qu'une sortie – celle-là même ?

— Elle vous aidera, dit le Guerrier d'Or et de Jais tout en se baissant pour ramasser l'amulette par son cordon.

La porte craqua une nouvelle fois.

— Si l'Amulette Rouge peut faire tant de bien, que ne la touchez-vous vous-même ? dit Hawkmoon.

— Je n'en ai pas le droit. Il pourrait m'arriver ce qui est advenu à ce misérable Stalnikov. (Le Guerrier s'avança vers lui.) Prenez-la. C'est pour elle que vous êtes venu.

— Je suis venu pour sauver Yisselda. Mon rôle est terminé.

— C'est aussi pour cela qu'elle est venue.

— Ainsi donc, tout cela était arrangé…

— Non. C'était une partie du plan. Mais vous dites que vous êtes venu pour la sauver et vous refusez cependant le seul moyen de vous enfuir avec elle. Une fois que les soldats seront entrés dans cette salle, ils détruiront tout et nous massacreront tous. Et il y a de grandes chances pour que le sort de Yisselda soit pire que le vôtre…

La porte commença à se fendre et Oladahn et D'Averc reculèrent, l'épée à la main.

— Dans un instant, ils seront là, dit D'Averc. Adieu, Oladahn, et vous aussi, Hawkmoon… vous étiez meilleurs compagnons que certains…

Hawkmoon regarda l'amulette.

— Je ne sais pas…

— Croyez-moi, lui dit le Guerrier d'Or et de Jais. Je vous ai déjà sauvé dans le passé. Ne l'aurais-je fait que pour vous perdre à présent ?

— Me perdre, non, mais une puissance maligne passera en moi. Comment puis-je savoir si je suis un serviteur du Bâton Runique ? Je n'ai que votre parole et rien ne m'indique que je ne sers pas une cause plus noire.

— La porte va s'ouvrir ! cria Oladahn. Duc Dorian ! Nous avons besoin de votre aide ! Que le Guerrier s'échappe avec Yisselda s'il le peut encore !

— Vite ! dit le Guerrier en lui tendant l'amulette. Prenez-la et sauvez au moins la jeune fille.

Hawkmoon hésita encore un instant puis se saisit de l'Amulette Rouge. Il la garda un instant au creux de la main comme un petit animal familier, mais extrêmement puissant. Sa lueur rouge semblait augmenter sans cesse pour finir par inonder de sa clarté la grande salle du château. Hawkmoon sentit le pouvoir pénétrer en lui ; son corps tout entier ressentit un bien-être soudain et il pouvait à présent se déplacer avec une grande agilité. Son esprit n'était plus alourdi par les événements des jours passés. Il sourit puis passa la cordelette autour de son cou avant d'embrasser une nouvelle fois Yisselda. Puis, l'épée à la main, il se tourna vers la grande porte qui ne tenait presque plus sur ses gonds.

Un instant plus tard, la porte s'effondra devant les guerriers de Granbretanne, soldats aux masques de tigre ou de chien incrustés de pierres semi-précieuses.

Leur chef fit un pas en avant.

— Frères, nous allons leur faire payer nos efforts.

Et le duel s'engagea.

Chapitre V

LE CARNAGE

— Que le Bâton Runique me vienne en aide ! s'écria Hawkmoon.

Puis il fit un bon en avant et, d'un terrible moulinet, coupa le cou de son premier assaillant. Le tranchant de son épée s'abattit ensuite sur un autre guerrier avant de percer l'armure d'un troisième.

Il n'y avait plus autour de Hawkmoon que flots de sang et métal tordu. L'amulette jetait des lueurs écarlates sur les masques des guerriers et Hawkmoon lança ses camarades à l'attaque – ce qui était bien la dernière chose à laquelle s'attendaient les soldats du Ténébreux Empire.

Aveuglés par le rayonnement de la pierre, ils levaient les bras devant leurs yeux et ne pensaient même plus à se protéger. Hawkmoon, Oladahn et D'Averc se battaient avec une incroyable agileté, bientôt suivis par le Guerrier d'Or et de Jais dont la terrible épée frappait en tout sens.

Hawkmoon fut alors attaqué par six guerriers armés de haches et bien déterminés à l'empêcher de continuer de se battre, mais il réussit à se débarrasser d'eux en un rien de temps. À force de servir, son épée s'émoussa et Hawkmoon résolut de l'utiliser comme une hache. Il s'empara d'une épée ennemie et reprit le combat, frappant d'une main et tailladant de l'autre.

— Ah, murmura Hawkmoon, l'Amulette Rouge vaut son pesant d'or.

Ce disant, il enfonça la pointe de son arme dans la gorge d'un Granbreton qui tomba en hurlant sur le dallage.

Les quelques survivants essayaient de s'enfuir vers la porte mais le Guerrier d'Or et de Jais les empêchait de sortir, assisté par D'Averc qui se chargeait de les tailler en pièces au fur et à mesure qu'ils se présentaient à lui.

Jetant un regard de côté, Hawkmoon aperçut Yisselda : agenouillée, la tête dans les mains, elle refusait de voir le carnage.

— Quel plaisir de massacrer ces charognes, dit Hawkmoon. Regarde, Yisselda, je t'en prie, voici notre triomphe !

Mais la jeune fille ne releva pas la tête.

La grande salle était emplie de cadavres atrocement mutilés ; haletant, Hawkmoon cherchait de nouveaux attaquants, mais il ne s'en présentait plus à lui. Après avoir jeté sa seconde épée, il rangea la première dans son fourreau et prit dans ses mains l'Amulette Rouge afin de la mieux regarder.

Après avoir observé le motif qui y était ciselé, il murmura :

— Voilà. Tu m'as aidé à tuer. Je t'en suis reconnaissant, mais je me demande toujours si tu n'as pas plus de puissance à faire le mal que le bien…

Les lueurs de l'amulette vacillèrent et disparurent peu à peu. Hawkmoon leva les yeux vers le Guerrier d'Or et de Jais :

— Sa flamme s'est éteinte. Qu'est-ce que cela signifie ?

— Rien, répondit le Guerrier. Elle tire sa puissance d'un lieu très éloigné et ne peut pas toujours assurer le contact. Mais ne vous en faites pas, sa lueur reviendra. (Il s'arrêta pour tendre l'oreille vers le couloir :) J'entends des pas, ils ne devraient pas être seuls.

— Allons les affronter, dit D'Averc en s'inclinant devant Hawkmoon. Après vous, mon cher. Il me semble que vous êtes le mieux équipé d'entre nous.

— Non, dit le Guerrier. J'irai à sa place, car le pouvoir de l'Amulette est affaibli pour l'instant. Allons.

Prudemment, ils franchirent la porte délabrée, tandis

que Hawkmoon restait en compagnie de Yisselda. Elle le regarda dans les yeux et lui dit :

— Je suis heureuse que vous les ayez tués bien que je déteste voir la mort venir d'une manière si peu humaine.

— Ils vivaient comme des bêtes, lui dit doucement Hawkmoon, et ne méritent pas de mourir comme des hommes. On ne peut traiter autrement les soldats du Ténébreux Empire. Nous allons devoir les combattre à nouveau. Soyez brave, mon aimée, car ils représentent le plus grand danger que nous devions affronter.

Le Guerrier d'Or et de Jais s'était déjà jeté sur les premiers attaquants qui, devant la violence de son épée, cherchaient à se cacher dans les recoins du couloir, fous de colère de ne pouvoir blesser ces hommes qui avaient déjà massacré plus de vingt-cinq des leurs.

Les soldats du Ténébreux Empire refluèrent alors vers la cour jonchée de cadavres et cherchèrent à reformer leurs rangs mais leurs quatre opposants se lançaient déjà à leur poursuite.

Il faisait froid et le crachin continuait de tomber, mais Hawkmoon et ses compagnons se sentaient invincibles. Le sourire aux lèvres, ils contemplaient leurs ennemis avec un air si féroce que les guerriers du Ténébreux Empire hésitaient avant de se jeter sur eux, bien qu'ils leur fussent largement supérieurs en nombre. Le Guerrier d'Or et de Jais tendit sa main gantée en direction du pont-levis.

— Partez, dit-il d'une voix profonde et sonore, ou nous vous massacrerons sans pitié, comme nous l'avons fait de vos frères.

Hawkmoon se demanda si le Guerrier cherchait à leur jeter de la poudre aux yeux ou s'il croyait vraiment que l'Amulette Rouge pourrait les aider à vaincre un ennemi aussi nombreux.

Avant même qu'il ait pu en décider, un autre groupe de guerriers arriva en hurlant sur le pont-levis. Ils avaient l'air complètement enragé et tenaient à la main les épées qu'ils avaient arrachées aux cadavres.

Les amazones du Dieu fou avaient réussi à sortir de leurs filets.

— Montrez-leur l'Amulette, murmura à Hawkmoon le Guerrier d'Or et de Jais. Elles ont l'habitude de lui obéir. Bien avant le Dieu fou, c'est cela qui les a ensorcelées.

— Mais son éclat a disparu, dit Hawkmoon sur un ton de reproche.

— Cela n'a pas d'importance. Montrez-leur l'Amulette.

Hawkmoon enleva l'Amulette Rouge de son cou et la brandit devant les guerrières en folie.

— Arrêtez-vous. Au nom de l'Amulette Rouge, je vous ordonne de ne point nous attaquer, mais de vous jeter sur ceux-ci… dit-il en désignant les soldats du Ténébreux Empire. Venez, je vais vous conduire !

Hawkmoon s'élança et trancha le cou d'un Granbreton avant même que celui-ci ait pu faire le moindre geste.

Les femmes vinrent facilement à bout de la horde ennemie, s'acharnant sur les blessés avec une incroyable férocité.

— Laissons-les, dit D'Averc. Ne songeons plus qu'à nous enfuir.

Hawkmoon haussa les épaules :

— Ce n'est là qu'une petite partie des troupes du Ténébreux Empire. Les autres ne doivent pas se trouver très loin car ce n'est pas dans leurs habitudes que de se séparer au combat.

— Suivez-moi, dit le Guerrier d'Or et de Jais. Je crois qu'il est temps de libérer les bêtes du Dieu fou.

CHAPITRE VI

LES BÊTES DU DIEU FOU

Le Guerrier d'Or et de Jais les conduisit vers une partie de la cour où deux grandes portes de métal avaient été scellées dans le dallage. Après avoir déplacé plusieurs cadavres, ils parvinrent à tirer les énormes anneaux de fer et à ouvrir les portes qui résonnèrent sur la pierre. Une longue rampe de pierre s'enfonçait dans l'obscurité. Il se dégageait du souterrain une odeur chaude, à la fois familière et étrangère à Hawkmoon qui hésita avant d'entrer, car il était certain que cela annonçait un danger quelconque.

— Ne craignez rien, lui dit avec fermeté le Guerrier. Avancez. C'est là le seul moyen de quitter cet endroit.

Lentement, Hawkmoon s'enfonça dans l'obscurité, suivi de près par ses compagnons.

La faible lumière du jour lui permit d'apercevoir une longue salle au bout de laquelle se trouvait un objet de grande taille. Hawkmoon voulut demander de quoi il s'agissait mais le Guerrier d'Or et de Jais dit :

— Pas maintenant. Occupez-vous d'abord des bêtes. Elles sont dans leurs stalles.

Hawkmoon comprit que la pièce était une sorte d'étable ou d'écurie, bordée de stalles de chaque côté. Puis il entendit des gémissements et des grognements animaux ; une porte craqua lorsqu'une masse énorme s'abattit dessus.

— Ce ne sont pas des chevaux, dit Oladahn. Ni des

taureaux. Duc d'Orian, je trouve qu'ils ont une odeur de chats.

— Oui, moi aussi, répondit Hawkmoon tout en caressant le pommeau de son épée. Des chats, c'est bien leur odeur. Mais comment des chats pourraient-ils nous aider à fuir ?

Plusieurs flambeaux étaient accrochés au mur ; D'Averc s'empara de l'un d'eux et frotta une pierre afin d'allumer la mèche. Les flammes resplendirent bientôt et Hawkmoon put voir que ce qui se trouvait tout au bout de l'étable était un vaste chariot, assez grand pour transporter plusieurs hommes. Ses doubles brancards pouvaient recevoir quatre bêtes.

— Ouvrez les stalles, dit le Guerrier d'Or et de Jais, et harnachez les chats.

Hawkmoon se retourna aussitôt :

— Nous allons atteler des chats ? Cela convient peut-être à un dieu fou, mais pas à nous qui sommes des mortels sensés. De plus, ces chats sont sauvages, Guerrier. C'est du moins ce qu'il me semble entendre. Si nous ouvrons ces stalles, ils vont se jeter sur nous.

Comme pour confirmer ses paroles, un grand rugissement s'éleva qui fut aussitôt repris par les autres animaux. Le vacarme était tel qu'il était impossible de s'entendre.

Quand les hurlements commencèrent à décroître, Hawkmoon haussa les épaules et fit quelques pas en direction de la rampe.

— Nous trouverons des chevaux là-haut et tenterons notre chance avec ces montures plus familières.

— Vous n'avez donc pas appris à me faire confiance ? lui dit le Guerrier. Ne vous ai-je pas dit la vérité à propos de l'Amulette et du reste ?

— Je n'en suis pas encore tout à fait certain, répondit Hawkmoon.

— Les guerrières n'ont-elles pas obéi au pouvoir de l'Amulette Rouge ?

— C'est vrai, dit Hawkmoon.

— Les bêtes du Dieu fou ont appris à obéir à celui qui

porte l'Amulette. Dorian Hawkmoon, croyez-vous que j'ai quelque chose à gagner en vous induisant en erreur ?

Hawkmoon haussa de nouveau les épaules :

— Je ne fais plus confiance à rien depuis que je connais le Ténébreux Empire. Je ne sais pas si vous avez quelque chose à gagner. Cependant... (Il s'approcha d'une stalle et posa ses mains sur la porte de bois.) ... je suis fatigué de tergiverser et vais vérifier si ce que vous dites est vrai.

Il souleva la barre de bois qui retenait la porte mais celle-ci fut aussitôt repoussée par une patte gigantesque. Une tête apparut ensuite, plus grosse que celle d'un bœuf et plus féroce que celle d'un tigre ; une tête de chat furieux, aux yeux pleins de colère et aux longs crocs jaunâtres. L'animal sortit lentement de la stalle et les regarda avec méfiance ; ils purent alors voir que son échine était hérissée de longues pointes et que sa queue, à la différence de celle des chats, était terminée de piquants acérés.

— Une légende devenue vivante, dit D'Averc d'une voix nerveuse. Un des jaguars mutants d'Asiacommunista. J'ai lu dans un grimoire que ces animaux auraient existé il y a un millier d'années et qu'ils seraient nés de quelque expérience particulièrement néfaste...

— C'est vrai, dit le Guerrier, mais leur vie est loin d'être éternelle.

La tête massive se tourna alors vers Hawkmoon tandis que la queue continuait de remuer en tous sens. Les yeux de la bête se fixèrent sur l'amulette qui pendait au cou de Hawkmoon.

— Commandez-lui de se coucher, dit le Guerrier.

— Couché ! dit Hawkmoon.

La bête s'allongea instantanément sur le sol, referma la gueule et cessa de remuer la queue. Ses yeux avaient perdu un peu de leur férocité.

Un sourire se dessina sur les lèvres de Hawkmoon :

— Pardonnez-moi, Guerrier. Très bien. Libérons les trois autres à présent. Oladahn, D'Averc...

Ses compagnons allèrent ôter les barres des portes tandis que Hawkmoon prenait Yisselda dans ses bras.

— Cet attelage, lui dit-il à voix basse, nous ramènera

en Kamarg, mon aimée. (Une idée lui traversa subitement l'esprit :) Guerrier, mes sacoches, elles doivent toujours être sur mon cheval, à moins que ces chiens ne me les aient volées !

— Restez ici, dit le Guerrier qui se dirigeait déjà vers la rampe. Je vais aller voir.

— J'irai moi-même, dit Hawkmoon. Je connais le…

— Non, dit le Guerrier. C'est moi qui irai.

Hawkmoon devint soupçonneux. Et pourquoi ?

— Vous seul, avec le pouvoir de l'Amulette, avez la possibilité de maîtriser ces bêtes. Si vous vous en allez, elles se jetteront sur nous et nous tueront.

Hawkmoon recula à contrecœur et laissa le Guerrier d'Or et de Jais s'éloigner.

Trois nouveaux chats furent sortis de leurs stalles, semblables en tout point au premier. Oladahn toussa avec nervosité.

— Rappelez-leur que c'est à vous qu'elles doivent obéir, dit-il à Hawkmoon.

— Couchés ! dit Hawkmoon aux bêtes qui obéirent instantanément.

Il s'approcha de l'une d'entre elles et posa sa main sur son cou musclé. De la taille d'un cheval mais infiniment plus puissants que celui-ci, les chats du Dieu fou n'avaient pas été conçus pour tirer des attelages mais bien pour tuer.

— Amenez ce char, dit Hawkmoon, et attelez ces créatures.

D'Averc et Oladahn tirèrent le chariot ; fait de cuivre noir et d'or vert, il dégageait une odeur de vieillerie. Seul le cuir des rênes était relativement récent. Ils passèrent les harnais sur le cou et les épaules des bêtes qui n'eurent pas le moindre mouvement d'humeur et se contentèrent de remuer les oreilles quand les boucles se refermèrent un peu trop rapidement.

Quand tout fut terminé, Hawkmoon fit signe à Yisselda de monter dans le chariot :

— Nous devons attendre le retour du Guerrier, lui dit-il. Ensuite seulement, nous pourrons partir.

— Où est-il ? demanda D'Arverc.

— Il est parti chercher mes affaires, expliqua Hawkmoon.

D'Averc haussa les épaules et abaissa son masque sur son visage :

— Il est bien long, me semble-t-il. Je ne serai à l'aise que quand nous aurons laissé derrière nous cet endroit maudit. Il y a par ici une odeur de mort qui me déplaît fort.

Oladahn leva la main vers l'entrée du passage et dit, tout en tirant son épée :

— Est-ce cela que vous avez senti, D'Averc ?

Tout en haut de la rampe se tenaient six ou sept guerriers du Ténébreux Empire appartenant à l'Ordre de la Belette. Leurs masques pointus semblaient trembler de plaisir dans l'attente du massacre qu'ils allaient pouvoir s'offrir.

— Montez dans le chariot, vite ! ordonna Hawkmoon, tandis que les Belettes commençaient à descendre le long de la rampe.

Hawkmoon s'installa sur le siège du conducteur et s'empara d'un fouet qu'il fit claquer au-dessus des têtes des chats.

— Debout, mes beautés ! (Les chats se relevèrent.) Et maintenant, en avant !

Le chariot fit un grand bond quand les quatre bêtes se mirent à tirer. Les guerriers au masque de belette se mirent à pousser des hurlements quand les monstres se précipitèrent sur eux. Certains sautèrent en bas de la rampe, mais d'autres ne furent pas assez rapides et passèrent sous les pattes et les roues du chariot.

L'étrange attelage déboucha dans le jour gris, renversant de nouveaux soldats que le tumulte avait attirés près des portes.

— Où est donc le Guerrier ? cria Hawkmoon. Où sont mes sacoches ?

Mais le Guerrier d'Or et de Jais restait invisible, de même que le cheval de Dorian Hawkmoon.

Des hommes du Ténébreux Empire se précipitèrent

alors sur le chariot : Hawkmoon leur cingla le visage de son fouet tandis que D'Averc et Oladahn les taillaient en pièces à l'aide de leurs épées.

— Passez les portes ! cria D'Averc. Vite, ils vont bientôt nous écraser !

— Où est le Guerrier ? répéta Hawkmoon qui regardait tout autour de lui comme un animal aux abois.

— Il nous attend certainement dehors ! cria D'Averc d'un air désespéré. Partons, Duc Dorian, ou nous sommes perdus !

Hawkmoon aperçut son cheval non loin des portes du château : il avait été dépouillé de ses sacoches et il était impossible de savoir qui s'en était emparé.

Il cria une nouvelle fois, pris de panique :

— Où est donc le Guerrier d'Or et de Jais ? Je dois le retrouver. La vie ou la mort de la Kamarg dépend du contenu de ces sacs !

Oladahn le prit par l'épaule et lui dit d'un ton pressant :

— Si nous ne partons pas d'ici, ce sera la mort pour nous, et peut-être pire pour Yisselda !

Les paroles d'Oladahn parvinrent à le tirer de son indécision ; il poussa un grand cri et fouetta les chats du Dieu fou qui franchirent à toute allure les portes et le pont-levis du château avant de galoper le long du lac, suivis par ce qui semblait être toutes les hordes de Granbretanne.

Bien plus rapides que les chevaux, les bêtes du Dieu fou emportèrent le chariot cahotant loin du château et du lac couvert de brume ; vifs comme l'éclair, ils traversèrent le village de pêcheurs et s'engagèrent sur une route boueuse qui les mena dans les collines, puis déboucha sur les vastes plaines d'Ukranie. La route céda la place à un terrain peu stable mais les jaguars mutants n'eurent aucun mal à le traverser.

— Si je peux me permettre de faire une remarque, dit D'Averc qui s'accrochait péniblement aux flancs du chariot, il me semble que nous allons un peu trop vite…

Oladahn se força à sourire. Il était couché sur le plancher du chariot et essayait d'épargner à Yisselda les cahots de la route.

Hawkmoon ne répondit pas. Serrant les rênes dans ses mains, il ne réduisit pas la vitesse. Son visage était livide et ses yeux pleins de colère, car il était certain d'avoir été dupé par celui qui prétendait être son principal allié contre les forces du Ténébreux Empire, l'incorruptible Guerrier d'Or et de Jais.

Chapitre VII

LE COMBAT DANS LA TAVERNE

— Hawkmoon, arrêtez-vous, de par le Bâton Runique ! Arrêtez-vous ! Êtes-vous possédé ?

D'Averc n'avait jamais été aussi inquiet et tirait par la manche le Duc de Köln qui ne pensait qu'à fouetter son attelage. Cela faisait plusieurs heures que le chariot roulait ; il avait traversé deux rivières sans même ralentir et s'engageait à présent dans une forêt. La nuit commençait à tomber et il pouvait à chaque instant heurter un arbre et renverser ses passagers. Même les puissants jaguars se fatiguaient ; pourtant, Hawkmoon continuait de les fouetter sans merci.

— Hawkmoon ! Vous êtes fou !

— J'ai été trahi ! lui répondit Hawkmoon. Trahi ! Le salut de la Kamarg se trouvait dans ces sacoches et le Guerrier d'Or et de Jais les a emportées. En échange de cette machine aux pouvoirs illimités, il m'a laissé cette pierre ! Allez, hue, en avant !

— Dorian ! Écoutez-le ! Vous allez tous nous tuer ! dit Yisselda, la voix entrecoupée de sanglots. Vous voulez votre mort ? Comment ferez-vous alors pour venir en aide au Comte Airain et à la Kamarg ?

Le chariot sauta en l'air et retomba brutalement sur le sol. Un quelconque véhicule n'aurait pu résister à un pareil choc ; les passagers crurent bien que leur dernière heure était arrivée.

— Dorian ! Vous êtes devenu fou. Le Guerrier ne peut

pas nous trahir. Il vous a aidé. Les soldats du Ténébreux ont dû l'attaquer et lui voler les sacoches !

— Non ! Je me doutai de quelque chose au moment même où il a quitté l'écurie. Il est parti – et le cadeau de Rinal avec lui !

La rage et la nervosité de Hawkmoon commençaient à passer et il ne fouettait plus les flancs des chats du Dieu fou. Peu à peu, le chariot ralentit et n'avança plus qu'à faible allure.

D'Averc prit alors les rênes des mains de Hawkmoon qui n'offrit aucune résistance et s'installa à l'arrière du chariot.

Puis D'Averc retint les rênes et les bêtes s'arrêtèrent pour s'écrouler aussitôt sur le sol, complètement épuisées.

Yisselda caressait les cheveux de Hawkmoon :

— Dorian, la Kamarg n'a besoin que de vous. Je ne sais pas quelle est cette machine dont vous parliez, mais je suis persuadée que vous n'en avez pas besoin pour combattre. Et puis, vous possédez l'Amulette Rouge. Elle vous sera certainement de quelque utilité.

Il faisait nuit et les rayons de la lune jouaient dans les branches des arbres. D'Averc et Oladahn descendirent du chariot, se détirèrent et partirent à la recherche de bois sec.

Hawkmoon leva les yeux. La clarté lunaire inondait son visage blême et le joyau noir incrusté dans son front. Il regarda Yisselda d'un air mélancolique et s'efforça de lui sourire :

— Merci, Yisselda, d'avoir foi en moi, mais je crains qu'il ne faille plus que Dorian Hawkmoon pour anéantir les forces du Ténébreux Empire. La perfidie du Guerrier m'a fait perdre tout espoir…

— Rien ne prouve sa perfidie, Dorian.

— Non, mais je savais qu'il désirait nous quitter pour emporter la machine avec lui. Je suis persuadé qu'il est loin à présent. Il n'est pas évident que cet acte représente pour lui quelque chose d'ignoble. Sa cause est peut-être plus importante que la mienne, mais cela ne l'excuse pas à mes yeux. Il m'a déçu. Il m'a trahi.

— S'il est serviteur du Bâton Runique, peut-être en sait-il plus que vous. Il souhaite peut-être mettre cette machine à l'abri ; peut-être même vous serait-elle néfaste.

— Rien ne me prouve qu'il soit au service du Bâton Runique. Il y a même de grandes chances qu'il appartienne au Ténébreux Empire et que je sois devenu leur instrument !

— Vous êtes trop soupçonneux, mon aimé.

— La vie m'a obligé à être ainsi, dit Hawkmoon. Et je le serai jusqu'à la défaite de la Granbretanne, ou jusqu'à ma mort.

Puis il se serra contre elle, enfouit sa tête lasse dans son sein et s'endormit.

Le soleil se leva pour resplendir dans l'air frais du matin. Les soucis de Hawkmoon avaient disparu avec sa fatigue et chacun était de meilleure humeur que la veille. Hommes et bêtes mouraient de faim et Oladahn s'était fabriqué un arc et des flèches avant de s'enfoncer dans la forêt à la recherche de gibier.

D'Averc s'occupait à nettoyer son masque de sanglier avec un morceau d'étoffe qu'il avait découvert au fond du chariot.

Il toussa d'un air peu naturel et dit :

— L'air de ces contrées ne m'est pas très recommandé. J'aimerais mieux retourner en Orient ; peut-être même en Asiacommunista où existe une haute civilisation. Mes talents seraient reconnus et l'on m'offrirait certainement quelque haut poste.

— Vous n'espérez donc plus obtenir de récompense du Roi-Empereur ? demanda Hawkmoon d'un air innocent.

— La récompense qu'il m'a promise est la même que la vôtre, dit D'Averc avec tristesse. Si ce maudit pilote n'avait pas survécu… si l'on ne m'avait pas vu combattre à vos côtés dans la cour du château… Non, mon ami, je crois que mes ambitions en Granbretanne sont loin d'être réalisées.

Oladahn revint alors, qui portait deux daims de belle

taille. Ses compagnons se précipitèrent vers lui pour l'aider à les poser sur le sol.

— Deux en deux coups, dit-il avec fierté. Et les flèches étaient fabriquées à la hâte.

— Nous ne pourrons jamais tout manger, dit D'Averc.

— Il faut peut-être penser à nourrir les chats sinon, Amulette ou pas Amulette, ils nous sauteront dessus avant la fin de la journée.

Ils débitèrent le plus gros des daims et le jetèrent aux jaguars mutants qui n'en firent qu'une bouchée. Puis ils entreprirent de construire un feu dont ils se serviraient pour rôtir leur déjeuner.

Quand ils purent finalement se rassasier, Hawkmoon soupira et se mit à sourire :

— On dit que la bonne chère éloigne les soucis, dit-il, mais je n'y avais pas cru jusqu'à maintenant. Je me sens un autre homme. C'est le premier bon repas que je fais depuis des mois. Un repas champêtre de gibier fraîchement abattu, quelle merveille !

D'Averc avait mangé une énorme quantité de viande et s'essuyait les doigts avec méthode. Il dit :

— J'admire votre santé, Hawkmoon, et j'aimerais bien avoir un appétit comme le vôtre.

— Et moi, je voudrais bien manger autant que vous, dit Oladahn qui se mit à rire, car vous avez fait des provisions pour une semaine au moins.

D'Averc lui jeta un regard noir.

Yisselda était toujours vêtue de la cape de Hawkmoon ; elle frissonna quelque peu et reposa sur le feu l'os qu'elle avait rongé.

— Je me demande, dit-elle, si nous ne pourrions pas nous mettre en quête d'une ville. Je voudrais me procurer un certain nombre de choses…

Hawkmoon eut l'air embarrassé :

— Bien sûr, Yisselda, mais cela posera certains problèmes… Si les guerriers du Ténébreux Empire pullulent dans les environs, nous aurions intérêt à prendre le plus rapidement possible le chemin de la Kamarg. Nous trouverons peut-être une ville dans les Carpathes. Nous ne devons plus en être très loin à présent.

D'Averc tendit la main vers le chariot.

— Je ne pense pas que nous soyons très bien accueillis en arrivant dans un tel équipage, dit-il. Il vaudrait peut-être mieux qu'un seul d'entre nous entre en ville… Mais nous n'avons pas d'argent.

— Je possède l'Amulette Rouge, dit Hawkmoon. Nous pourrions essayer de la monnayer.

— Insensé, lui dit D'Averc d'un air de reproche. Cette amulette est votre vie, et la nôtre. C'est notre seule protection, l'unique moyen de maîtriser ces monstres. Il me semble que ce n'est pas l'Amulette que vous haïssez, mais les responsabilités qu'elle entraîne.

Hawkmoon haussa les épaules :

— C'est possible. Je n'aurais pas dû dire cela. Mais je vous assure que je ne l'aime pas. J'ai vu quelque chose que vous ne connaissez pas – le visage de l'homme qui l'a portée pendant plus de trente ans.

Oladahn l'interrompit :

— Pourquoi discuter, mes amis ? J'ai pensé à tout cela. Pendant que vous acheviez nos ennemis dans la grande salle du château, j'ai arraché les yeux de quelques-uns des guerriers…

— Les yeux ! s'écria Hawkmoon, horrifié.

Puis il se reprit et sourit quand il vit Oladahn tenir dans sa main une poignée de joyaux arrachés aux masques des Granbretons.

— Eh bien, dit D'Averc, il nous faut absolument nous procurer des vivres et Dame Yisselda a besoin de vêtements. Qui attirera le moins l'attention quand il pénétrera en ville ?

Hawkmoon le regarda d'un air ironique :

— Vous, bien entendu, Sire Huillam D'Averc, si vous abandonnez votre masque de sanglier. Ce joyau noir me désigne trop bien et Oladahn est trop velu pour avoir bonne figure. Cependant, vous êtes toujours mon prisonnier…

— Cela me chagrine, Duc Dorian, je croyais que nous

étions alliés, unis contre l'ennemi commun, unis par le sang, pour nous avoir sauvés mutuellement la vie...

— Il ne me semble pas que vous m'ayez sauvé la vie.

— Pas vraiment, bien sûr, mais...

— De plus, je ne suis pas disposé à vous libérer en compagnie d'une poignée de joyaux, continua Hawkmoon d'une voix plus grave. Je ne me sens pas très confiant aujourd'hui.

— Je vous donne ma parole, Duc Dorian, dit D'Averc dont le regard semblait se durcir.

Hawkmoon fronça les sourcils :

— Il a montré qu'il était notre ami à plusieurs reprises, dit doucement Oladahn.

Hawkmoon soupira :

— Pardonnez-moi, D'Averc. Très bien. Quand nous arriverons dans les Carpathes, vous irez acheter ce dont nous avons besoin.

Ils reprirent la route, à une allure plus lente que la veille, mais tout de même supérieure à celle de n'importe quel cheval. Ils quittèrent vers midi l'immense forêt et, quand le soleil se coucha, ils purent voir au loin se détacher sur le ciel les montagnes des Carpathes. Au même instant, Yisselda tendit la main vers le nord pour leur indiquer l'approche d'un certain nombre de cavaliers.

— Ils nous ont vus, dit Oladahn, et je crois bien qu'ils vont essayer de nous couper le chemin.

Hawkmoon fit claquer son fouet au-dessus des jaguars mutants. « Plus vite ! » cria-t-il, et la vitesse du chariot s'accrut presque aussitôt.

Un peu plus tard, D'Averc dit, essayant de couvrir de sa voix le tumulte des roues :

— Ce sont des cavaliers du Ténébreux Empire, il n'y a pas de doute là-dessus. Et je crois bien qu'ils appartiennent à l'Ordre du Morse.

— Le Roi-Empereur doit envisager l'invasion de l'Ukranie, dit Hawkmoon. Autrement, je ne vois pas pourquoi tant de guerriers de Granbretanne seraient rassemblés en ce pays. Cela signifie qu'il a très certainement consolidé ses conquêtes au Sud et à l'Ouest.

— Sauf en Kamarg, souhaitons-le, dit Yisselda.

Ils continuèrent de rouler à toute allure tandis que les cavaliers se rapprochaient de plus en plus du chariot et de ses occupants.

Hawkmoon sourit car les cavaliers devaient penser qu'ils étaient à leur portée :

— Bande bien ton arc, Oladahn, dit-il. Voici une occasion de nous montrer ton adresse.

Les cavaliers portaient de grotesques masques de morses faits d'ébène et d'ivoire. Quand ils furent assez près du chariot, Oladahn tira sa première flèche. Un cavalier tomba. Les autres soldats lancèrent des javelines dans la direction du chariot mais celui-ci était trop éloigné pour être atteint. Deux autres représentants de l'Ordre du Morse tombèrent sous les traits d'Oladahn et les jaguars se jetèrent sur leur proie qu'ils dévorèrent instantanément.

Deux heures plus tard, ils s'arrêtèrent et installèrent leur campement dans les premiers contreforts des Carpathes.

Trois jours passèrent. Arrêtés par le flanc rocheux de la montagne, ils comprirent qu'ils devraient se séparer de leur chariot s'ils voulaient traverser la chaîne des Carpathes. Ils avaient essayé de trouver un passage, et ces deux jours de recherche n'avaient abouti à rien.

De plus, leurs ennemis ne devaient plus être très loin s'ils s'étaient jamais lancés à leur poursuite. Ils étaient persuadés que les guerriers avaient reconnu en Hawkmoon celui que le Roi-Empereur Huon s'était promis d'anéantir. Désireux de se faire remarquer par leur maître, les soldats du Ténébreux Empire n'en étaient que plus appliqués dans leurs recherches.

Ils commencèrent à escalader péniblement la pente raide de la montagne, abandonnant derrière eux le chariot et les jaguars.

Au moment où ils arrivaient sur un rebord qui semblait vouloir faire le tour de la montagne, ils entendirent des bruits de sabots et se retournèrent brusquement pour voir les cavaliers masqués qui les avaient attaqués dans la plaine.

— Nous sommes encore à portée de leurs javelines, dit D'Averc. Et nous ne pouvons pas nous mettre à l'abri.

Hawkmoon se mit à sourire :

— Ne perdez pas espoir. (Puis il éleva la voix :) Sus, mes bêtes, tuez-les, mes chats ! Je vous l'ordonne, au nom de l'Amulette !

Les jaguars mutants se tournèrent vers les guerriers qui, débordant de joie à l'idée de mettre la main sur leurs ennemis, n'avaient pas remarqué les monstres. Le chef leva sa javeline...

Et les chats bondirent.

Yisselda détourna les yeux devant le carnage et les hurlements des guerriers résonnèrent longuement contre le flanc des montagnes.

Le jour suivant, ils traversèrent la chaîne de montagnes et arrivèrent en vue d'une vallée verdoyante où se blottissait une petite ville rouge à l'aspect paisible.

D'Averc contempla la ville avant de tendre la main à Oladahn :

— S'il vous plaît, donnez-moi les joyaux, ami Oladahn. Par le Bâton Runique, je me sens presque nu !

Il prit les joyaux, les fit sauter dans la paume de sa main, jeta un regard à Hawkmoon et partit en direction du village.

Allongés dans l'herbe, ils le regardèrent dévaler le flanc de la colline et s'avancer dans les rues ; puis ils le perdirent de vue.

Ils attendirent quatre heures. Hawkmoon commençait à faire la grimace et à jeter des regards noirs à Oladahn qui ne pouvait rien faire d'autre que se mordre les lèvres et hausser les épaules.

Quand D'Averc réapparut enfin, il n'était plus seul. Hawkmoon comprit avec horreur que ceux qui l'accompagnaient faisaient partie de l'Ordre du Loup, l'ancien Ordre du Baron Meliadus. Avaient-ils reconnu et fait prisonnier D'Averc ? Mais non, au contraire, D'Averc semblait en excellents termes avec eux. Il leur fit un signe amical puis monta le long de la colline, porteur d'un lourd fardeau. Hawkmoon ne comprenait plus rien, car les Loups étaient rentrés dans le village après avoir laissé partir D'Averc.

— Il sait parler, dit Oladahn avec un sourire. Il a dû les convaincre qu'il n'était qu'un innocent voyageur. Le Ténébreux Empire doit utiliser une nouvelle fois la technique de la conquête pacifique.

— C'est possible, répondit Hawkmoon qui n'était pas tout à fait convaincu.

D'Averc jeta sur le sol son lourd baluchon et en sortit plusieurs chemises ainsi qu'une paire de braies et un certain nombre de denrées périssables – pain, fromages, saucisses, viande froide, etc. Il rendit à Oladahn la plus grande partie des joyaux.

— J'en ai tiré un bon prix, dit-il.

Mais il fronça les sourcils en voyant la mine de Hawkmoon :

— Eh quoi, Duc Dorian ? Vous n'êtes pas satisfait ? Je regrette de ne pas avoir pu trouver de robe pour Dame Yisselda, mais je crois que cette chemise et ces braies feront l'affaire.

— Ces soldats du Ténébreux Empire, dit Hawkmoon en tendant la main vers le village. Vous aviez l'air en très bons termes.

— J'ai été méfiant, je vous l'avoue, dit D'Averc, mais ceux-ci ne font pas montre de violence et sont venus dans les Carpathes pour montrer au petit peuple les bienfaits de la civilisation granbretonne. Le Roi de ce pays entretient apparemment un de leurs nobles. C'est le processus habituel, l'or avant la violence. Ils m'ont posé quelques questions, mais je n'ai rien fait pour éveiller leurs soupçons. Ils disent qu'ils font la guerre en Tchequie et que seules une ou deux villes ne sont pas encore tombées.

— Vous n'avez pas parlé de nous ? demanda Hawkmoon.

— Bien sûr que non.

Hawkmoon se détendit quelque peu, à moitié satisfait.

D'Averc ramassa la toile dans laquelle il avait emballé les vivres et les vêtements :

— Regardez : quatre capes dotées de capuchons, semblables à celles que portent les saints hommes du pays. Nos visages seront dissimulés. J'ai appris qu'une ville plus importante se trouvait à un jour de marche d'ici, en direction du sud. C'est une ville où l'on peut acheter des chevaux. Cela vous convient, j'espère ?

Hawkmoon hocha la tête :

— Oui. Nous avons besoin de chevaux.

La ville portait le nom de Zorvanemi et grouillait de monde venu acheter ou vendre des chevaux. Les grandes écuries se trouvaient un peu à l'extérieur de la cité et il était possible de s'y procurer toutes les races de chevaux, des percherons jusqu'aux pur-sang.

Ils arrivèrent trop tard pour acheter le soir même et s'arrêtèrent dans une auberge proche du marché, afin de repartir au matin sans avoir perdu trop de temps. Çà et là déambulaient de petits groupes de soldats du Ténébreux Empire, mais ces derniers ne firent pas attention aux saints hommes qui s'étaient mêlés à la foule bigarrée.

Baignés de la douce chaleur de la salle d'auberge, ils commandèrent à boire et à manger avant de consulter une carte et de discuter à voix basse du moyen le plus sûr pour se rendre en France.

Un peu plus tard, la porte de l'auberge s'ouvrit brutalement pour laisser entrer des soldats de l'Ordre du Sanglier auquel D'Averc avait jadis appartenu. Hawkmoon fut immédiatement sur ses gardes. Avec leurs lourdes armures et leurs masques grotesques, ils ressemblaient exactement aux animaux auxquels ils s'étaient identifiés et l'on eût dit que de véritables sangliers avaient appris à parler et à marcher sur leurs pattes de derrière.

L'aubergiste se sentait gêné et dut tousser plusieurs fois avant d'oser leur demander le vin qu'ils désiraient consommer.

— Du vin fort, et beaucoup ! cria le chef. Pareil pour les femmes. Où est-ce qu'elles sont, d'abord ? J'espère pour toi qu'elles sont mieux que tes chevaux. Allons, dépêche-toi. Nous avons passé toute la journée à acheter des chevaux et à faire prospérer les affaires de cette ville ; alors, fais-nous plaisir.

Les Sangliers étaient venus acheter des chevaux pour le compte de l'armée qui, de l'autre côté de la frontière, s'occupait à conquérir la Tchéquie.

Hawkmoon, Oladahn, Yisselda et D'Averc mirent leur capuchon et burent leur vin sans oser lever les yeux.

En plus de l'aubergiste, il y avait deux hommes et trois servantes dans la salle. L'une d'elles passa à côté du sanglier qui l'attrapa par la taille et appuya le groin de son masque contre sa joue.

— Allons, fillette, tu ne veux pas embrasser un vieux cochon ? grogna-t-il.

Elle se débattit, mais en vain. Les consommateurs s'étaient tus et l'atmosphère de la taverne devint subitement tendue.

— Viens avec moi, continua le sanglier, je me sens en rut.

— Non, je vous en prie, laissez-moi partir, dit la fille en sanglotant. Je dois me marier la semaine prochaine.

— Tu vas te marier ? dit d'un air goguenard le guerrier. Eh bien, je vais t'apprendre une ou deux choses que tu pourras montrer à ton mari.

La fille se mit à crier et chercha à nouveau à se dégager. Mais personne d'autre ne bougea dans l'auberge.

— Allez, viens, dit le soldat d'une voix rude. On va sortir…

— Je ne veux pas, dit la fille en pleurant. Pas avant mon mariage…

— Ce n'est que ça ? (Le sanglier se mit à rire.) Eh bien, je vais te marier, si cela peut te faire plaisir. (Il se tourna subitement vers les quatre compagnons tapis dans l'ombre :) Vous êtes des saints hommes, non ? L'un d'entre vous va nous marier. (Avant même que Hawkmoon et les autres aient compris ce qui se passait, le sanglier tira à lui Yisselda :) Fais-nous une belle cérémonie, saint homme, sinon… par le Bâton Runique ! Quelle sorte de saint homme es-tu donc ?

La capuche de Yisselda était tombée, dévoilant ainsi sa chevelure féminine.

Hawkmoon se leva. Il n'y avait plus rien à faire que se battre. Oladahn et D'Averc furent debout un instant après.

Ils tirèrent les épées qui étaient cachées sous leurs aubes et se jetèrent sur les guerriers tout en criant aux femmes de s'enfuir.

Les sangliers étaient ivres et surpris, ce que n'étaient pas les trois compagnons. C'était là leur seul avantage. L'épée de Hawkmoon se glissa entre le masque et l'armure de l'un des soldats qui mourut aussitôt avant même d'avoir pu tirer son épée. Au même instant, Oladahn toucha un autre soldat à la jambe et D'Averc coupa la main d'un troisième qui avait ôté ses gantelets d'acier.

Les hommes et les femmes se hâtaient de gagner les escaliers et de s'installer à la galerie d'où ils pourraient tout voir.

Empêché par l'étroitesse de la pièce de se battre selon les règles de l'art, Oladahn sauta sur les épaules d'un sanglier et lui planta la pointe de son épée dans les yeux après avoir brisé d'un coup de pommeau les pierres semi-précieuses qui ornaient son masque.

D'Averc se battait avec un soldat assez habile qui le repoussait peu à peu vers les escaliers tandis que Hawkmoon luttait désespérément contre un homme armé d'une hache gigantesque dont chaque coup arrachait les bois des poutres et des solives.

Gêné par son manteau, Hawkmoon essaya de s'en débarrasser mais se prit les pieds dans l'étoffe et tomba à terre. La brute poussa un rugissement et leva sa hache au-dessus de Hawkmoon, mais celui-ci parvint à rouler sur le côté.

La hache s'enfonça profondément dans le plancher après avoir tranché le manteau, mais Hawkmoon se releva vivement pour assener un terrible coup d'épée sur la nuque de son assaillant.

Le sanglier poussa un grognement et tomba sur les genoux. Hawkmoon souleva le masque de bête et vit un visage grimaçant à la bouche ouverte. Sans hésiter un seul instant, Hawkmoon y plongea son épée si profondément que la jugulaire du masque en fut tranchée. Quand il retira sa lame, le casque tomba sur le sol avec un bruit métallique.

Oladahn se battait toujours d'une manière très personnelle qui tenait plus du corps-à-corps que du duel classique. Il parvint à saisir son ennemi par le bras et, le tirant brusquement à lui, l'empala sur son épée. Le soldat poussa un cri de douleur et tomba sur le sol, mort.

Oladahn et Hawkmoon prirent ensuite à revers le guerrier qui se battait contre D'Averc et le mirent hors de combat en un instant.

Il n'y avait plus un sanglier de vivant, si ce n'est le manchot qui pleurait comme un enfant tout en se traînant sur le sol.

Haletant, Hawkmoon regarda la salle de l'auberge et le carnage qu'ils y avaient fait :

— Du beau travail pour des saints hommes, dit-il.

D'Averc avait l'air pensif :

— Peut-être, dit-il doucement, mais il est temps de changer de déguisement.

— Que voulez-vous dire ?

— Il y a ici assez d'armures pour nous déguiser en guerriers ; et puis, n'oubliez pas que j'ai déjà la mienne. Je parle le langage secret de l'Ordre du Sanglier. Avec un peu de chance, nous pourrions voyager dans l'appareil de ceux que nous haïssons le plus : les hommes du Ténébreux Empire. Nous nous demandions comment traverser les contrées où l'Empire a imposé sa domination. Eh bien, voilà la réponse.

Hawkmoon se mit à réfléchir. La proposition de D'Averc était assez folle, mais avait pourtant des chances de réussir.

— Oui, dit Hawkmoon, vous avez peut-être raison, D'Averc. Nous pourrions traverser sans encombre les armées du Ténébreux Empire et nous rendre plus rapidement en Kamarg. C'est d'accord. Prenons ces armures.

Et ils commencèrent à dépouiller les cadavres des soldats.

— Nous pouvons être sûrs de l'aubergiste et des gens de la ville, dit D'Averc, car ils ne diront à personne que des soldats du Ténébreux Empire ont été tués en ce lieu.

Oladahn les regarda tout en se frottant le bras :

— C'est dommage, dit-il en soupirant, c'est là un exploit qui devrait passer à la postérité.

Chapitre VIII

LE CAMP DU TÉNÉBREUX EMPIRE

— Par les Géants de la Montagne ! Je vais périr étouffé avant peu !

La voix feutrée d'Oladahn sortait du grotesque masque de métal qui l'enserrait comme un carcan. Les quatre compagnons se trouvaient dans la pièce située au-dessus de la grande salle de la taverne et essayaient les armures des soldats du Ténébreux Empire.

Hawkmoon trouvait, lui aussi, ce déguisement inconfortable. Sans parler du fait qu'il n'était pas spécialement à sa taille, il le rendait purement et simplement claustrophobe. Il avait déjà porté une armure de ce genre quand, peu de temps auparavant, il avait revêtu le costume de l'Ordre du Loup, auquel appartenait le Baron Meliadus ; mais le déguisement de sanglier était bien plus lourd et bien moins facile à porter que celui de loup. Ce devait être encore pire pour Yisselda. D'Averc était le seul à y être habitué et, ayant déjà revêtu son masque, regardait les autres avec un amusement non dissimulé.

— Cela ne m'étonne plus que vous soyez en mauvaise santé, lui dit Hawkmoon. Je ne connais rien de plus malsain et je crois bien que je vais abandonner ce plan.

— Vous vous y habituerez rapidement, lui dit D'Averc pour le rassurer. Bientôt, vous vous sentirez nu quand vous n'aurez plus cette armure sur le dos.

— Je préférerais cela, dit Oladahn qui luttait pour arracher son masque de sanglier.

Il y parvint finalement et le masque fit un bruit sonore en tombant sur le sol.

— Faites-y attention, dit D'Averc en remuant un doigt. Il faut qu'ils soient impeccables.

Pour toute réponse, Oladahn se contenta d'un nouveau coup de pied dans le masque.

Après un jour et une nuit, ils chevauchaient au cœur de la Tchéquie. Il était visible que le Ténébreux Empire avait conquis cette province : villes et villages se trouvaient désertés, des cadavres crucifiés pourrissaient sur le bord de la route, les charognards se massaient dans le ciel et sur la terre où l'occasion leur était donnée de festoyer. La nuit était très claire, comme si le soleil se trouvait sans cesse à l'horizon, illuminée qu'elle était par les bûchers funèbres des villages, fermes, villas et cités. Et les hordes noires de l'Empire insulaire de Granbretanne bondissaient, l'épée dans une main et la torche dans l'autre, comme des démons de l'enfer, poussant des hurlements déchirants qui retentissaient à travers tout le pays dévasté.

Les survivants se cachaient en voyant les quatre cavaliers passer dans ce monde de terreur ; personne ne savait qui ils étaient vraiment, ni l'ami ni l'ennemi ne pouvait découvrir leurs véritables identités et personne ne cherchait vraiment à le savoir.

Le matin vint ensuite, petit jour noirci par la fumée des camps lointains, par les champs couverts de cendre et de cadavres ; un petit jour semblable à tous les autres sur une terre écrasée par la Granbretanne.

Un petit groupe de cavaliers s'approcha d'eux, vêtus de grands manteaux qui dissimulaient leurs masques d'animaux. Ils étaient montés sur des chevaux nerveux et se tenaient sur leurs selles comme s'ils chevauchaient depuis plusieurs jours déjà.

Ils se rapprochèrent des quatre compagnons et Hawkmoon murmura :

— Certainement des hommes du Ténébreux Empire. Ils ont l'air de s'intéresser à nous…

Le chef rejeta en arrière son capuchon pour découvrir un masque de sanglier plus lourd et plus décoré que celui de D'Averc. Il retint son étalon et ses hommes s'arrêtèrent derrière lui.

— Silence, vous trois, murmura D'Averc tout en s'avançant vers le chef des sangliers. Je parlerai.

Le chef poussa alors une série de grognements étranges, tout à fait semblables à ceux produits par les porcs sauvages. Hawkmoon comprit que c'était là le langage secret de l'Ordre.

Mais quelle ne fût pas sa surprise quand il entendit D'Averc répondre sur le même mode. La conversation se poursuivit pendant quelques instants ; D'Averc désigna la route du doigt tandis que le chef des sangliers montrait une autre direction. Puis il éperonna son cheval et repartit au galop, accompagné de ses hommes.

— Que voulait-il ? demanda Hawkmoon.

— Si nous avions vu du bétail. Ils ont pour mission de trouver des vivres dans les environs et de les ramener au camp.

— Quel camp ?

— Il est assez important, je crois, et devrait se trouver à quatre miles d'ici. Ils se préparent à attaquer l'une des dernières villes qui résistent encore : Bradichla. J'y suis allé, l'architecture y est magnifique.

— Ainsi, nous sommes près de l'Otriche, dit Yisselda. Ensuite viennent l'Italia et la France, la Provence… la Kamarg…

— Exact, dit D'Averc. Vous connaissez parfaitement la géographie. Mais nous ne sommes pas encore arrivés et nous allons bientôt affronter la partie la plus dangereuse de notre périple.

— Qu'allons-nous faire de ce camp ? demanda Oladahn. L'éviter ou le traverser franchement ?

— Il est assez vaste, dit D'Averc. Nous avons intérêt à le traverser et même à y passer la nuit. Nous apprendrons peut-être quelque chose sur les intentions du Ténébreux Empire, s'ils connaissent notre présence en ce pays, par exemple.

Hawkmoon dit d'une voix feutrée et d'un air dubitatif :

— Je me demande si ce n'est pas dangereux. D'un autre côté, nous attirerons les soupçons si nous essayons de contourner le camp. Très bien. Nous irons.

— Ne faudra-t-il pas enlever nos masques ? demanda Yisselda.

— Ne craignez rien, lui dit D'Averc. Le vrai Granbreton a horreur de montrer son visage et dort la plupart du temps avec son masque.

Hawkmoon avait remarqué que sa voix était pleine de lassitude et qu'il leur faudrait bientôt se reposer. Le Camp du Ténébreux Empire serait donc leur prochaine étape.

Ils s'étaient attendus à trouver le camp immense mais il était véritablement gigantesque. Au-delà se dressaient les murailles et les tours de la ville de Bradichla.

— C'est une vraie merveille, dit D'Averc avec un soupir. Il secoua la tête. Quel dommage qu'elle doive tomber demain. Il faudrait être insensé pour résister à une pareille armée.

— Elle est étonnamment grande, dit D'Averc. Je ne pense pas que cela soit très utile pour une ville de cette importance.

— Le Ténébreux Empire aime conquérir rapidement, lui expliqua Hawkmoon. J'ai vu des armées plus importantes que celle-ci s'attaquer à des villes de plus petite taille. Toutefois, ce camp contrôle une grande portion de terrain et la coordination ne doit pas être très efficace. Nous devrions pouvoir nous y cacher pour la nuit.

Il y avait un peu partout des tentes, des cabanes et même des huttes de bois, des feux de camp où y mijotaient les aliments les plus divers, et des écuries pour les chevaux, mules et autres montures. Des esclaves tiraient de grandes machines de guerre dans la boue du campement, sous le commandement de soldats appartenant à l'Ordre de la Fourmi. Des bannières flottaient dans le vent et les étendards d'une vingtaine d'Ordres militaires étaient plantés dans le sol. On eût dit de loin qu'il s'agissait d'une étrange congrégation d'animaux : une file de loups avançait lentement tandis qu'un groupe de taupes (l'Ordre des Soldats du Génie) discutait autour d'un feu ; çà et là passaient des guêpes, des corbeaux ou des rats, des renards, des tigres et des sangliers, des boucs, des gloutons, des outardes et même quelques mantes – Ordre auquel appartenait le Roi-Empereur Huon en personne.

Hawkmoon put reconnaître un certain nombre de bannières : celle d'Adaz Promp, Grand-Maître de l'Ordre du Chien ; l'étendard décoré de Brenal Farnu, indiquant qu'il était Baron de Granbretanne et Grand-Maître de l'Ordre des Rats ; l'emblème flamboyant de Shenegar Trott, comte de Sussex.

Hawkmoon pensa que cette ville devait être la dernière à tomber au cours de cette campagne et que c'était pour cela que l'armée était si importante et que tant de seigneurs de haut rang se trouvaient présents. Il aperçut Shenegar Trott en personne, que l'on portait sur une litière. Sa tunique était couverte de joyaux et son masque d'argent parodiait amèrement le visage humain.

Shenegar Trott ressemblait à un aristocrate ruiné par le plaisir, mais Hawkmoon l'avait vu combattre au Gué de Weizna, sur le Rhin : il s'était enfoncé sous les eaux avec son cheval et avait marché sur le lit du fleuve pour réapparaître un peu plus tard sur la rive ennemie. C'était là une caractéristique étonnante que possédaient tous les nobles du Ténébreux Empire de Granbretanne : ils avaient un air paresseux et satisfait mais étaient en fait aussi braves – et souvent même plus – que les bêtes auxquelles ils s'identifiaient. Cependant, Shenegar Trott était également celui qui avait arraché le bras d'un enfant vivant et en avait mangé un morceau sous le regard horrifié de sa mère.

— Eh bien, dit Hawkmoon qui poussa un long soupir, traversons le camp et installons-nous le plus près possible de son autre extrémité. J'espère que nous pourrons nous enfuir au matin.

Ils avancèrent lentement, salué de temps en temps par

un Sanglier auquel D'Averc se chargeait de répondre. Ils arrivèrent finalement à la sortie du camp et mirent pied à terre avant d'installer la tente qu'ils avaient volée aux hommes rencontrés dans la taverne. D'Averc regarda les autres travailler, car il aurait semblé étrange qu'un guerrier de son rang travaille aux côtés de ses subordonnés.

Un groupe d'ingénieurs de l'Ordre du Blaireau arriva, traînant derrière eux une charrette pleine de cognées, de haches, de pommeaux, de pointes de flèches et d'autres objets du même genre.

— Du travail pour nous, frère sanglier ? grognèrent-ils tout en s'arrêtant à côté du petit campement.

Hawkmoon tira son épée.

— Il faudrait l'affûter.

— Moi, j'ai perdu mon arc et mon carquois de flèches, dit Oladahn qui venait de jeter un coup d'œil au fond de la charrette.

— Et votre compagnon ? dit l'homme au masque de blaireau. Il n'a plus d'épée.

Il montra Yisselda du doigt.

— Tu n'as qu'à lui en donner une, imbécile, s'écria D'Averc, très grand-seigneur.

Le blaireau s'empressa de lui obéir.

Quand ils furent équipés et que leurs armes furent affûtées, Hawkmoon sentit sa confiance lui revenir et fut satisfait de la tournure que prenait la situation.

Seule Yisselda semblait abattue. Elle posa sa main sur la lourde épée qu'elle avait été obligée de mettre à son côté et dit :

— C'est bien trop lourd pour moi. Je crois que je vais tomber à terre.

— Il vaut mieux que vous vous retiriez sous la tente, lui dit Hawkmoon. Vous pourrez vous reposer et enlever une partie de votre costume.

D'Averc regarda Hawkmoon et Oladahn préparer un feu de camp.

— Qu'est-ce qui vous tourmente, D'Averc ? demanda Hawkmoon. Asseyez-vous, le dîner sera bientôt prêt.

— Je ne me sens pas en sécurité, murmura D'Averc. J'ai bien peur que nous ne soyons en danger.

— Quoi ? Vous croyez que les Blaireaux nous soupçonnent ?

— Pas du tout.

D'Averc regarda le campement : le soir tombait et les guerriers commençaient à se coucher. Tout était plus tranquille et, sur les murailles de la ville, des soldats montaient la garde, prêts à résister jusqu'à la mort à une armée jusqu'alors invincible.

— Pas du tout, répéta D'Averc comme pour lui-même. Mais je serais plus soulagé si…

— Si quoi ?

— Je crois que je vais faire un tour pour écouter ce qui se dit.

— Est-ce bien prudent ? Et puis, si des membres de l'Ordre du Sanglier s'approchent de nous, je ne pourrai leur répondre.

— Je ne serai pas longtemps absent. Rentrez sous la tente dès que vous le pourrez.

Hawkmoon voulut arrêter D'Averc mais ce simple geste aurait attiré l'attention de tous.

Une voix s'éleva alors derrière eux :

— C'est une belle saucisse que vous avez là, frères.

Hawkmoon se retourna : le guerrier portait le masque de l'Ordre du Loup.

— Oui, s'empressa de dire Oladahn. En veux-tu un morceau, frère ?

Il coupa une portion de saucisse qu'il tendit au guerrier masqué. Celui-ci se tourna pour soulever son masque, mit la saucisse dans sa bouche et abaissa son masque avant de leur faire face à nouveau.

— Merci, dit-il. Cela fait je ne sais combien de jours que je voyage. Notre commandant nous a fait aller à marche forcée. On vient d'arriver. C'est loin, la Provence.

— La Provence ? dit Hawkmoon avec curiosité.

— Oui. Tu connais ?

— J'y suis allé une ou deux fois. La Kamarg est-elle enfin tombée ?

— C'est tout comme. Notre commandant dit que c'est une question de jours. Ils n'ont quasiment plus de chef ni de provisions. Leurs armes ont tué un million d'entre nous, mais nous allons bientôt les avoir !

— Qu'est-il arrivé au Comte Airain, leur chef ?

— Il est mort, je crois, et s'il ne l'est pas, c'est tout comme. Leur moral est de pire en pire. Tout sera fini quand on reviendra là-bas. Je serai bien content, parce que cela fait plusieurs mois que j'y traîne. C'est la première fois que je change de coin depuis le début de cette campagne. Merci pour la saucisse, frères. Et pour demain, bon carnage !

Hawkmoon regarda le loup s'éloigner lentement dans la nuit puis il soupira et entra sous la tente.

— Vous avez entendu ? demanda-t-il à Yisselda.

— Oui. (Elle avait enlevé son casque et s'occupait à peigner ses longs cheveux.) Je crois que mon père est encore en vie.

Elle parlait d'une voix entrecoupée de sanglots et Hawkmoon put voir des larmes perler au bord de ses yeux.

Il prit son visage entre ses mains et lui dit doucement :

— Ne pleurez pas, Yisselda, et ne craignez rien. Dans quelques jours, nous serons à ses côtés.

— S'il est toujours en vie...

— Il vivra, car il nous attend.

Un peu plus tard, Hawkmoon regarda au-dehors ; Oladahn était assis à côté du feu, les bras autour des jambes.

— Cela fait longtemps qu'il est parti, dit Oladahn.

— Oui, dit Hawkmoon d'un air distrait. (Il regarda les murailles de la ville.) Je me demande ce qui s'est passé.

— Je crois bien qu'il nous a abandonnés...

Oladahn se leva brusquement quand plusieurs silhouettes firent leur apparition.

Le cœur de Hawkmoon fit un bond dans sa poitrine : c'étaient des Sangliers.

— Dans la tente, vite, murmura-t-il à Oladahn.

Mais il était trop tard. L'un des Sangliers s'était déjà

adressé à Hawkmoon dans le langage secret de l'Ordre. Hawkmoon hocha la tête et leva la main comme s'il faisait un signe amical au guerrier, espérant que cela suffirait ; mais le sanglier parla d'une manière plus insistante. Hawkmoon essaya de rentrer dans la tente mais un bras le retint à l'extérieur.

Le Sanglier parla à nouveau. Hawkmoon toussa et porta sa main à sa gorge pour montrer qu'il était malade. Le Sanglier dit alors :

— Je t'ai demandé, frère, si tu voulais boire avec nous. Enlève ce masque !

Hawkmoon savait qu'un membre d'un ordre n'avait pas le droit de demander à un autre membre d'ôter son masque – à moins qu'il ne le suspectât de le porter illégalement. Il recula de quelques pas et tira son épée.

— Je regrette de ne pas avoir envie de boire avec toi, frère. Mais je te tuerai volontiers.

Oladahn fut aussitôt à ses côtés, l'épée à la main.

— Qui es-tu ? grogna le Sanglier. Pourquoi portes-tu l'armure d'un autre Ordre ? Qu'est-ce que cela veut dire ?

Hawkmoon releva son masque et dévoila son visage livide au front duquel brillait le joyau noir.

— Je m'appelle Hawkmoon, dit-il simplement, et il bondit sur les guerriers abasourdis.

Les deux compagnons tuèrent cinq soldats du Ténébreux Empire avant même que le bruit de leur duel ait attiré l'attention des autres guerriers. Bientôt, Hawkmoon fut agrippé par une douzaine de mains et s'écroula dans la boue du camp, assommé par le manche d'une lance.

On le releva de force afin de le traîner devant un cavalier à l'armure sombre qui se tenait à quelques mètres des soldats. Son masque était relevé et Hawkmoon put lever les yeux vers le cavalier.

— Voilà qui est plaisant, Duc de Köln, dit une voix profonde et musicale ; une voix teintée de malice et de méchanceté, une voix que Dorian Hawkmoon crut reconnaître.

— Je n'ai pas fait ce long voyage en vain, dit un second cavalier en s'approchant du premier.

— J'en suis heureux, mon seigneur. Je crois que le Roi-Empereur sera content de moi.

Levant la tête, Hawkmoon reconnut avec horreur le masque compliqué de Huillam D'Averc.

Il se mit à crier :

— Ainsi donc, vous nous avez trahis ? Encore une fois ? Hawkmoon ne pourra-t-il avoir confiance en quelqu'un ?

Il essaya de se libérer et de se jeter sur D'Averc, mais les soldats l'empêchèrent de faire un mouvement.

D'Averc se mit à rire.

— Vous êtes naïf, Duc Dorian...

Puis il toussa faiblement.

— Que sont devenus les deux autres ? demanda le second cavalier. La fille et le petit homme-sauvage ?

— Nous les tenons, répondit l'un des hommes.

— Amenez-les dans mon camp. Je veux les voir de près. Vraiment, la journée aura été très bonne.

Chapitre IX

VOYAGE VERS LE SUD

Un orage avait éclaté au-dessus du camp et Oladahn, Hawkmoon et Yisselda furent traînés dans la boue devant les guerriers qui riaient et leur criaient des insultes. Après ce qui leur parut être une éternité, ils arrivèrent finalement devant une grande bannière plantée dans le sol.

L'orage redoubla de vigueur et des éclairs qui déchiraient le ciel éclairaient le campement. Hawkmoon poussa un cri de surprise en reconnaissant la bannière ; il voulut parler à Oladahn ou à Yisselda, mais fut poussé sous une vaste tente où un homme était assis sur un trône sculpté. D'Averc se tenait à ses côtés. L'homme portait le masque de l'Ordre du Loup ; sa bannière montrait qu'il était Grand-Maître de cet Ordre, c'est-à-dire l'un des nobles les plus importants de Granbretanne. Premier Chèvetain des Armées du Ténébreux Empire, Baron de Kroiden – un homme que Hawkmoon croyait mort, persuadé qu'il était de l'avoir tué de ses propres mains.

— Baron Meliadus ! grogna-t-il. Vous n'êtes donc pas mort à Hamadan !

— Non, je ne suis pas mort, Hawkmoon, bien que vous m'ayez grièvement blessé. J'ai réussi à échapper à cette bataille.

Hawkmoon s'efforça de sourire :

— Ce n'est pas le cas pour vos hommes. Nous vous avons défait, écrasé.

Meliadus se tourna vers un capitaine et lui dit :

— Apportez des chaînes. Beaucoup de chaînes. Entourez-en ces chiens et mettez-leur la serrure la plus solide qui soit. Cette fois-ci, je tiens à ce qu'ils reviennent en Granbretanne.

Puis il descendit de son trône et s'approcha de Hawkmoon afin de le regarder dans les yeux :

— Nous avons souvent parlé de toi à la cour du Roi-Empereur Huon, traître, et nous t'avons préparé un châtiment à la mesure de ta perfidie. Ton agonie durera deux ans et tu ressentiras à chaque instant les souffrances de l'âme et du corps. Tu vois, Hawkmoon, nous y avons mis toute notre ingéniosité !

Il se recula, puis tendit sa main gantée de noir vers le visage de Yisselda qui détourna la tête, les yeux emplis de larmes et de colère :

— Quant à toi, je t'avais accordé l'honneur insigne de devenir ma femme. Il n'est plus question d'honneurs, à présent, mais je serai ton mari jusqu'à ce que je ne veuille plus de toi ou que ton corps se brise sous mes assauts. (La tête de loup se tourna lentement vers Oladahn :) Pour ce qui est de cette créature, inhumaine mais pourtant dotée de la faculté de se tenir sur ses deux pattes, elle rampera dans la boue comme l'animal qu'elle est et on lui apprendra à se comporter en bête docile…

Oladahn cracha sur le masque ciselé :

— Vous ferez un excellent modèle, s'écria-t-il.

Meliadus s'entoura de sa cape et remonta sur son trône.

— Vous serez bien traités jusqu'à ce que je vous aie présenté au Roi-Empereur, dit Meliadus d'une voix quelque peu incertaine. J'ai été patient et je le resterai quelques jours encore. Nous pourrions partir au matin pour la Granbretanne. Mais je préfère faire un petit détour afin que vous puissiez assister à la destruction finale de la Kamarg. J'y suis resté un mois, vous savez et j'ai vu les hommes mourir et les tours s'effondrer. Il n'en reste plus beaucoup debout. J'ai dit à mes hommes de ne pas lancer l'assaut final avant mon retour. Je me suis dit que vous aimeriez sûrement voir le viol de votre mère-patrie. (Il se mit à rire puis tourna à nouveau la tête :) Ah, voici les chaînes !

Des membres de l'Ordre du Blaireau arrivaient, porteurs de chaînes d'acier, de marteaux et de rivets.

Hawkmoon, Oladahn et Yisselda voulurent se débattre, mais les Blaireaux les chargèrent de chaînes au point qu'ils tombèrent sur le sol.

Les rivets chauffés à blanc furent ensuite enfoncés et Hawkmoon comprit qu'aucun être humain ne pourrait échapper à de tels liens.

Quand le travail fut terminé, le Baron Meliadus vint les contempler :

— Nous voyagerons par voie de terre jusqu'à la Kamarg ; nous nous rendrons ensuite à Bordeaux, où un vaisseau nous attend. Je regrette de ne pouvoir vous offrir de machine volante – nous utilisons la plupart d'entre elles en Kamarg.

Hawkmoon ferma les yeux pour ne pas devoir montrer son mépris et sa colère envers celui qui l'avait ainsi fait prisonnier.

Les trois compagnons furent jetés dans un chariot le lendemain matin et ne reçurent pas de nourriture avant que le Baron Meliadus n'ait donné le signal du départ. Hawkmoon apercevait parfois son ennemi chevaucher en tête de la cohorte, suivi de près par Sire Huillam D'Averc.

Le temps était toujours très lourd et orageux ; quelques gouttes d'eau tombèrent sur le visage de Hawkmoon qui était si lourdement enchaîné qu'il ne pouvait pas même se débarrasser de l'humidité.

Cahotant, le chariot s'éloigna de la ville sur laquelle les armées du Ténébreux Empire commençaient à marcher.

Hawkmoon avait l'impression d'avoir été trahi de tous côtés. Il avait fait confiance au Guerrier d'Or et de Jais et celui-ci lui avait volé ses précieuses sacoches ; il avait fait confiance à D'Averc et s'était retrouvé entre les mains du Baron Meliadus. Et maintenant, il soupirait, se demandant si Oladahn ne le trahirait pas à la moindre occasion...

Peu à peu, il retrouva l'humeur qui l'avait habité plusieurs mois auparavant quand, défait et capturé par le Baron Meliadus, il avait longtemps séjourné en prison. Son visage devint impassible et ses yeux morts ; il cessa de penser.

Yisselda parlait parfois et il devait faire un effort pour lui répondre ; mais il ne lui adressait aucune parole réconfortante, sachant avec certitude qu'il n'en pourrait trouver aucune capable de la rassurer. Oladahn s'efforçait également d'entretenir la conversation, mais les deux autres ne lui répondaient pas, l'obligeant ainsi à retomber dans le silence. Les seuls instants où ils donnaient quelque signe de vie étaient ceux où un soldat leur ingurgitait de force une nourriture insipide.

Les jours passèrent et la caravane se dirigea lentement vers le Sud et la Kamarg.

Cela faisait plusieurs mois qu'ils espéraient ce retour, mais toute joie les avait maintenant quittés. Hawkmoon savait qu'il avait failli dans la mission qu'il s'était assignée : il n'avait pu sauver la Kamarg et son cœur était plein de ressentiment.

Puis ils traversèrent l'Italia et le Baron Meliadus leur dit un jour :

— Nous serons en Kamarg d'ici quelques jours. Nous passons à présent la frontière de France !

Et il éclata de rire.

CHAPITRE X

LA CHUTE DE LA KAMARG

— Faites-les asseoir, dit le Baron Meliadus, afin qu'ils puissent voir.

Il s'approcha d'eux et regarda à l'intérieur du chariot.

— Redressez-les, ordonna-t-il à ses hommes qui s'affairaient auprès des trois corps enchaînés. Ils n'ont pas l'air très en forme, ajouta-t-il. Je croyais pourtant qu'ils étaient résistants.

D'Averc chevauchait aux côtés du Baron Meliadus, plié en deux sur sa selle par de fréquentes quintes de toux.

— Vous n'allez toujours pas mieux, D'Averc. Mon apothicaire ne vous aurait-il pas donné la médecine que vous aviez requise ?

— Si fait, Seigneur Baron, répondit D'Averc d'une voix mourante, mais cela m'a fait peu de bien.

— Le mélange d'herbes aurait pourtant dû être efficace, dit Meliadus qui se tourna à nouveau vers les trois prisonniers. Vous voyez, nous nous sommes arrêtés sur cette colline pour que vous puissiez jeter un coup d'œil à votre patrie.

Hawkmoon cligna des yeux pour se protéger du soleil et reconnut les marais de Kamarg qui s'étendaient à l'horizon.

Puis il vit les sombres tours de guet de Kamarg, pleines d'armes terribles dont le secret n'était connu que du Comte Airain. À leurs pieds, un grand rassemblement d'hommes semblable à une gigantesque colonie de fourmis se préparait à l'attaque.

— Oh ! sanglota Yisselda. Ils ne pourront jamais résister, ils sont trop nombreux !

— Voici une remarque intelligente, ma chère, dit en riant le Baron Meliadus. Vous avez tout à fait raison.

Ils s'installèrent sur les pentes d'une colline qui descendaient doucement vers la plaine où les soldats du Ténébreux Empire se trouvaient rassemblés. Hawkmoon put voir de l'infanterie, de la cavalerie et des soldats du génie ; il vit des machines de guerre d'une taille gigantesque, d'immenses canons à flammes et des ornithoptères qui volaient dans le ciel comme de grands oiseaux de mauvais augure. Des métaux de toute sorte avaient été jetés dans la lutte contre la paisible Kamarg : le cuivre, le fer, le bronze et l'acier, de lourds alliages capables de résister aux morsures des lance-flammes, l'or, l'argent, le platine et le plomb. Les vautours marchaient aux côtés des crapauds et les chevaux se mêlaient aux taupes, pour ne pas parler des loups, sangliers, daims, chats sauvages, aigles, corbeaux, blaireaux et belettes. Les bannières de soie, aux couleurs vives des vingt plus grands nobles de Granbretanne, flottaient dans l'air humide et chaud. Les couleurs dansaient, jaune, pourpre, noir, rouge, bleu et vert, tandis que le soleil se reflétait sur les yeux gemmés de cinquante mille têtes auxquelles il donnait des allures féroces et malignes.

— Ah, dit le Baron Meliadus en riant. Cette armée est la mienne. Si le Comte Airain n'avait pas refusé de nous aider, vous seriez tous les alliés du Ténébreux Empire de Granbretanne. Mais vous nous avez résisté, et vous serez punis. Vous pensiez que vos armes et vos tours, pour ne pas mentionner l'héroïsme de vos hommes, pourraient résister à la puissance de la Granbretanne. Mais cela ne suffit pas, Dorian Hawkmoon, cela ne suffit pas ! Voyez, mon armée, levée par moi pour exécuter ma vengeance. Comprenez-vous enfin, Hawkmoon, quel insensé vous avez été ? (Il éclata de rire.) Tremblez, Hawkmoon, et vous aussi, Yisselda. Tremblez comme vos compatriotes doivent trembler à l'intérieur de ces tours ; car ils savent que les murailles s'écrouleront et que la Kamarg ne sera plus que cendre et boue avant le coucher du soleil. Même si toute mon armée doit périr dans l'affaire, je détruirai la Kamarg !

Oui, Hawkmoon et Yisselda tremblaient, mais c'était de chagrin en pensant à la destruction promise par Meliadus le dément.

— Le Comte Airain est mort, dit le Baron Meliadus en s'éloignant vers la tête de la colonne. C'est maintenant le tour de la Kamarg ! (Il fit un signe de la main :) En avant. Il faut qu'ils voient le massacre.

Le chariot partit à nouveau en cahotant sur la route qui menait à la plaine, ballottant en tous sens sa cargaison humaine.

D'Averc continua de chevaucher tout près du chariot et de tousser avec ostentation.

— La médecine du Baron n'est pas mauvaise, dit-il finalement. Elle devrait guérir les maux de tous ses hommes.

Puis, après avoir prononcé cette phrase énigmatique, il s'éloigna au galop pour rejoindre son maître en tête de la colonne.

Hawkmoon vit d'étranges rayons fuser des tours et s'abattre sur les rangs ennemis, ne laissant qu'un terrain brûlé où des dizaines d'hommes s'étaient trouvés quelques secondes auparavant. Il vit la cavalerie de Kamarg prendre ses positions sous la forme de quelques dizaines de Gardians fatigués montés sur des chevaux cornus. Il vit les gens du peuple armés de haches et d'épées se masser derrière la cavalerie : mais il ne parvint pas à apercevoir le Comte Airain ni le vieux von Villach. Les hommes de Kamarg marchaient sans chef à leur dernière bataille.

Il entendit les bruits lointains de cette bataille : cris des attaquants, sifflement des lance-flammes, grondement des canons. Toutes les impressions se mêlèrent en lui : cliquetis des armures, odeur des bêtes et des hommes qui marchent dans la boue, grincement des ornithoptères.

Il n'avait qu'un seul désir, être libre pour pouvoir se

battre, avoir une épée à la main et un cheval entre les jambes pour rallier à lui les hommes de Kamarg qui, même en l'absence de leur chef, étaient encore capables de résister aux hordes démoniaques.

La bataille continua jusqu'au soir. Hawkmoon vit alors une tour très ancienne vaciller et s'écrouler dans un fracas de tonnerre, touchée un millier de fois par les lance-flammes du Ténébreux Empire. Mais ce n'était pas la fin.

La nuit tomba et la bataille continua. La chaleur s'élevait, étouffante, et couvrait de sueur les corps des trois prisonniers. Assis autour d'eux, les gardes-loups riaient et discutaient du sort de la bataille. Leur maître avait, disaient-ils, pris son cheval pour aller voir de plus près la bataille qui se déroulait dans la plaine. L'un d'entre eux produisit une gourde pleine de vin, dotée d'un chalumeau qui leur permettrait de boire sans devoir ôter leur masque. Les loups burent tour à tour et continuèrent de parler pendant quelques instants avant de s'endormir comme des masses.

Oladahn en fit la remarque à Hawkmoon :

— Cela ne leur ressemble pas de s'endormir ainsi.

Hawkmoon soupira :

— Oui, mais cela ne nous sert à rien. Avec de telles chaînes, nous n'avons aucun espoir de nous enfuir.

— Comment ? (C'était la voix de D'Averc.)Vous avez perdu votre bel optimisme, Hawkmoon ? Cela me paraît difficile à croire !

— Allez-vous-en, D'Averc, dit Hawkmoon quand le Français sortit des ténèbres. Retournez lécher les bottes de votre maître.

— J'avais apporté ceci, dit D'Averc d'un air qui se voulait vexé, pour voir si cela pourrait vous aider. (Un petit objet trapu se trouvait dans sa main.) Après tout, c'est ma potion qui a drogué les gardes.

— Qu'avez-vous dans la main ? demanda Hawkmoon.

— C'est quelque chose de très rare que j'ai trouvé sur le champ de bataille. Il doit appartenir à quelque grand commandeur car fort peu de ces objets existent de nos jours. C'est une sorte de lance-flammes, assez petit pour tenir dans la main.

— J'en ai entendu parler, dit Hawkmoon. Mais à quoi cela peut-il nous servir ? Vous voyez bien que nous sommes enchaînés.

— Oui, je l'ai remarqué. Vous pourriez cependant prendre le risque que je vous relâche.

— C'est une nouvelle fourberie, D'Averc, que vous avez mise au point avec Meliadus.

— Vous me peinez. Qu'est-ce qui vous fait croire cela ?

— Parce que vous nous avez déjà livrés à Meliadus. Vous avez dû préparer votre piège au moment où vous parliez avec les guerriers, à l'entrée du village des Carpathes. Vous nous avez envoyés à leur maître pour que nous soyons plus aisément faits prisonniers.

— Oui, il pourrait en être ainsi, dit D'Averc en hochant la tête. Mais vous pouvez donner une explication toute différente : les Loups m'ont reconnu et nous ont suivis avant d'aller prévenir leur maître. J'ai appris au camp que Meliadus était venu vous chercher ; c'est pourquoi j'ai décidé de vous livrer à lui, afin que l'un au moins d'entre nous ait les mains libres. Qu'en pensez-vous ?

— C'est un peu gros.

— C'est un peu gros, mais c'est ainsi. Hawkmoon, il ne nous reste plus beaucoup de temps. Essaierai-je de fondre vos chaînes sans vous brûler ou préférez-vous rester là pour voir le développement de la bataille ?

— Fondez ces chaînes ! dit Hawkmoon. J'aurai au moins les mains libres pour vous étrangler si vous nous avez menti !

D'Averc dirigea le petit lance-flammes sur les bras de Hawkmoon. Il appuya sur un bouton et un faisceau de chaleur sortit de la gueule du petit instrument. Hawkmoon sentit son bras s'emplir de douleur mais serra les dents. La douleur s'accrut encore et il se retint pour ne pas hurler, mais finalement les maillons lâchèrent. Son bras droit était libre.

— Vite, murmura D'Averc. Tendez-moi une autre longueur de chaînes.

Hawkmoon fut bientôt libre de toute chaîne ; puis ce fut le tour de Yisselda et d'Oladahn. D'Averc avait l'air de plus en plus nerveux.

— J'ai apporté vos épées, dit-il. Ainsi que des chevaux et des masques. Vous devez me suivre. Mais hâtez-vous, car le Baron Meliadus va revenir incessamment.

En silence, ils s'avancèrent vers les chevaux puis montèrent en selle après avoir mis masques et épées.

Ce fut alors qu'ils entendirent des bruits de sabots se rapprocher ainsi que des cris de colère qui devaient venir de Meliadus.

— Vite ! dit D'Averc entre ses dents. Partons au galop vers la Kamarg !

Ils éperonnèrent leurs montures et dévalèrent la pente de la colline en direction du champ de bataille.

— Place ! criait D'Averc. Place ! Un message pour le front !

Les hommes s'écartaient tant bien que mal devant ces quatre cavaliers qui semblaient avoir aux trousses tous les démons de l'enfer.

— Place ! cria à nouveau D'Averc. Un message pour le Grand Commandeur ! (Il tourna alors la tête vers Hawkmoon :) J'en ai assez de répéter tout le temps le même mensonge ! (Puis il se mit à crier :) Place ! la potion pour les blessés !

Leurs chevaux bondissaient par-dessus les hommes et les machines de guerre, se rapprochant de plus en plus des tours de Kamarg, mais toujours suivis par le Baron Meliadus.

Ils arrivèrent alors dans un endroit où le sol était jonché de cadavres de Granbretons.

— Enlevez vos masques, leur cria D'Averc. C'est notre seule chance. Si les hommes de Kamarg vous reconnaissent à temps, ils nous laisseront passer. Sinon…

L'éclair rouge d'un lance-flammes déchira les ténèbres et passa à quelques centimètres de D'Averc. Derrière eux, d'autres lance-flammes se mettaient également en action.

— Arrêtez ! leur cria Meliadus qui se rapprochait de

plus en plus. Insensés ! Vous allez périr sous les coups de vos propres forces !

De nouveaux lance-flammes fusèrent du côté de la Kamarg, illuminant la nuit de leurs flammes pourpres. Les chevaux avaient du mal à chevaucher parmi les cadavres et D'Averc était couché sur le col de sa monture, imité par Oladahn et Yisselda. Hawkmoon se redressa et, tirant son épée, se mit à crier :

— Hommes de Kamarg ! Voici Hawkmoon ! Hawkmoon est revenu !

Mais les lance-flammes ne s'arrêtèrent pas. D'Averc se redressa sur sa selle alors qu'ils approchaient de l'une des tours.

— Hommes de Kamarg ! Hawkmoon est de retour et il…

Atteint par les flammes, il jeta les bras en l'air et commença à basculer sur le côté. Hawkmoon se rangea à côté de lui afin de le maintenir en selle. Son armure était chauffée au rouge et fondue par endroits mais D'Averc n'était pas mort. Un rire léger sortit de ses lèvres brûlées :

— Quelle erreur j'ai fait là… unir mon destin au vôtre…

Oladahn et Yisselda s'arrêtèrent à leurs côtés.

— Prend les rênes de son cheval, Oladahn, dit Hawkmoon. Je le maintiendrai en selle et nous verrons si nous pouvons nous approcher des tours.

Les flammes fusèrent une nouvelle fois des rangs du Ténébreux Empire.

— Hawkmoon, arrêtez-vous !

Hawkmoon continua d'avancer dans la boue et les cadavres tout en soutenant D'Averc sur sa selle.

Un grand rayon lumineux jaillit de la tour et Hawkmoon se mit à crier :

— Hommes de Kamarg ! Voici Hawkmoon, et Yisselda, la fille du Comte Airain !

La lueur disparut. Les chevaux de Meliadus se rapprochaient de plus en plus et Yisselda commençait à ne plus pouvoir se tenir sur sa selle. Hawkmoon était déjà prêt à affronter les loups de Meliadus.

Quand, tout à coup, une vingtaine de Gardians en armure et montés sur des chevaux cornus sortirent de la tour et entourèrent les quatre cavaliers.

L'un des Gardians regarda de près Hawkmoon et s'écria, les yeux illuminés par la joie :

— C'est mon seigneur Hawkmoon ! C'est Yisselda ! Notre chance est revenue !

Meliadus et ses hommes s'arrêtèrent en voyant les Gardians puis firent demi-tour et fondirent dans la nuit.

Ils arrivèrent au Château Airain au matin, à l'heure où les pâles rayons du soleil illuminent les marais. Le vent soufflait dans les roseaux qu'il gonflait comme des vagues et la colline qui surplombait la ville se gonflait de fruits mûrs et dorés. Tout en haut de la colline se tenait le Château Airain : son allure solide et ancienne ne semblait pas affectée par les guerres qui faisaient rage depuis plusieurs mois déjà.

Ils empruntèrent la petite route blanche qui menait au château, traversèrent la cour et s'arrêtèrent devant la porte principale où des palefreniers s'occupèrent de leurs montures. Puis ils pénétrèrent dans la grande salle, pleine des trophées du Comte Airain, mais étrangement froide et silencieuse. Une figure immobile les attendait près de la grande cheminée : malgré le sourire qui éclairait son visage, ses yeux étaient craintifs et son visage vieilli depuis le jour où Hawkmoon l'avait vu pour la dernière fois – lui, le sage Sire Noblegent, le poète-philosophe.

Noblegent embrassa Yisselda puis serra contre lui Dorian Hawkmoon.

— Comment se porte le Comte Airain ? demanda Hawkmoon.

— Bien, physiquement, mais il a perdu le désir de vivre. (Noblegent fit signe à des domestiques d'aller aider D'Averc.) Emmenez-le dans la chambre de la tour nord, la chambre des malades. J'irai le voir dès que cela me sera possible. Venez, leur dit-il. Voyez par vous-mêmes…

Oladahn resta en compagnie de D'Averc et les trois autres grimpèrent hâtivement le vieil escalier de pierre qui menait aux appartements du Comte Airain. Noblegent ouvrit une porte et ils pénétrèrent dans la chambre.

Il y avait un simple lit de soldat, grand et carré, aux draps blancs et aux oreillers rembourrés. Sur ceux-ci reposait une noble tête qui semblait avoir été taillée dans le métal. Les cheveux roux s'étaient teintés de gris, le visage bronzé était un peu pâle, mais la moustache flamboyante n'avait pas le moins du monde changé. De même que l'épais sourcil qui surplombait comme un rocher la grotte où se terraient des yeux d'un brun doré. Pourtant, ces yeux étaient tournés vers le plafond comme ceux d'un aveugle, et les lèvres restaient immobiles.

— Comte Airain, murmura Noblegent. Regardez.

Mais les yeux restèrent immobiles. Hawkmoon dut s'approcher du lit et se tenir au-dessus du visage du Comte, imité en cela par Yisselda.

— Comte Airain, notre fille Yisselda est de retour, ainsi que Dorian Hawkmoon.

Un vague murmure s'éleva des lèvres immobiles :

— Encore une illusion. Je croyais que ma fièvre était passée, Noblegent.

— Elle l'est, mon seigneur, ce ne sont pas des fantômes.

Les yeux se portèrent alors sur Yisselda et Hawkmoon :

— Suis-je donc mort pour vous retrouver enfin, mes enfants ?

— Vous êtes sur Terre, Comte Airain ! s'écria Hawkmoon.

Yisselda se baissa pour embrasser les lèvres de son père.

— Voici, père, un baiser bien terrestre.

Les lèvres bougèrent lentement et formèrent un sourire. Puis le corps tout entier remua sous les draps blancs et le Comte Airain se redressa subitement dans son lit.

— Ah ! C'est bien vrai ! J'avais perdu espoir ! Quel insensé je fais, j'avais perdu espoir !

Puis il se mit à rire, plein d'une vigueur nouvelle.

Noblegent était abasourdi :

— Comte Airain… je vous croyais déjà aux portes de la mort !

— Eh oui, mon bon Noblegent, mais je suis revenu, comme vous pouvez le voir. Comment va le siège, Hawkmoon ?

— Cela va mal pour nous, Comte Airain mais je gage que tout va aller mieux maintenant que nous sommes à nouveau réunis !

— Noblegent, préparez-moi mon armure. Mais où est donc mon épée ? s'écria le Comte Airain.

— Comte Airain… vous devez être encore faible…

— Alors, apportez-moi à manger, et je reprendrai des forces pendant que nous converserons.

Et le Comte Airain se leva pour aller embrasser sa fille et son fiancé.

Ils mangèrent dans la grande salle et Dorian Hawkmoon raconta au Comte Airain ce qui s'était passé depuis qu'il avait quitté le château, plusieurs mois auparavant. Ce fut ensuite le tour du Comte Airain qui rapporta les nombreuses tribulations de la Kamarg. Il leur apprit la mort courageuse de von Villach et comment lui-même avait été blessé ; il leur dit également dans quelles circonstances la disparition de Yisselda lui avait été rapportée et le dégoût de la vie qui l'avait alors envahi.

Oladahn pénétra alors dans la salle et fut présenté au Comte. Il dit que D'Averc était grièvement blessé, mais que Noblegent pensait qu'il serait capable de s'en tirer.

Ce fut, en fin de compte, d'heureuses retrouvailles, assombries toutefois par les combats qui se déroulaient aux frontières du pays, combats menés par des Gardians qui se battaient sans espoir de victoire.

Le Comte Airain endossa son armure de combat et rangea dans son fourreau sa lourde épée. Puis il dit aux autres :

— Hawkmoon, Oladahn, allons sur le terrain mener nos hommes à la victoire !

Noblegent se prit à soupirer :

— Il y a deux heures, je vous croyais mort, et maintenant, vous partez vous battre. Vous n'êtes pas encore rétabli, Sire.

— C'est mon esprit qui était malade, non pas mon corps, et je suis maintenant guéri, rugit le Comte Airain. Dites-leur d'apporter nos chevaux, Sire Noblegent !

Hawkmoon était un peu las mais retrouva une vigueur nouvelle en suivant le vieil homme dans la cour du château. Il envoya un baiser à Yisselda puis monta sur le cheval qui allait le conduire à la bataille.

Les trois cavaliers traversèrent ensuite les marais, faisant s'envoler les flamants géants et s'enfuir les chevaux cornus. Le Comte Airain fit signe de la main et dit :

— Un tel pays mérite d'être défendu jusqu'à la mort. Une telle paix mérite que l'on fasse la guerre.

Ils entendirent bientôt les éclats du combat et arrivèrent à l'endroit où les armées de Granbretanne s'étaient lancées contre les tours.

Le Comte Airain dit dans un souffle : « C'est impossible. »

Mais c'était pourtant la réalité.

Les tours étaient tombées et gisaient à terre, brisées en mille morceaux. Les quelques survivants continuaient de combattre parmi les décombres, entourés par plusieurs dizaines de soldats du Ténébreux Empire.

— Voici la chute de la Kamarg, dit le Comte Airain d'une voix de vieillard.

CHAPITRE XI

LE RETOUR DU GUERRIER

Un des capitaines les aperçut et s'approcha d'eux. Son armure était percée de toute part et son épée brisée mais son visage resplendissait de joie :

— Comte Airain ! Enfin ! Venez, Sire, nous devons rallier les hommes et repousser les chiens du Ténébreux Empire !

Hawkmoon vit le Comte Airain s'obliger à sourire puis tirer son épée et dire :

— Oui, Capitaine. Essayez de trouver un ou deux hérauts qui puissent annoncer le retour du Comte Airain.

Des cris de joie s'élevèrent des rangs des Kamargais quand Hawkmoon apparut aux côtés du Comte Airain. Les soldats de Kamarg résistaient héroïquement devant les hommes du Ténébreux Empire et parvenaient même à leur reprendre du terrain. Suivi de Hawkmoon et d'Oladahn, le Comte Airain, redevenu l'invincible géant de métal, s'avança dans le gros de ses troupes.

— Faites place, compagnons ! s'écria-t-il. Laissez-moi affronter l'ennemi !

Le Comte Airain se saisit de son étendard de combat puis, l'épée en avant, se jeta sur la masse des guerriers masqués.

Hawkmoon venait derrière lui et les deux hommes avaient un air surnaturel, l'un dans son armure d'airain et l'autre avec l'étrange joyau noir qu'il portait au front. Puis une troisième silhouette se joignit à eux, celle d'un petit homme couvert de poils roux, et les trois terribles combattants prirent des allures mythologiques qui emplirent de terreur les soldats de l'Empire.

Hawkmoon chercha Meliadus du regard, se jurant de le tuer sans merci, mais ne parvint pas à le voir.

Des mains gantées essayaient de le jeter à bas de sa selle mais son épée volait en tous sens, crevant les yeux et tranchant les membres ou les têtes.

Les heures passèrent et les combats continuèrent, sans le moindre répit. Hawkmoon commençait à être fatigué et se tenait moins bien sur sa selle, légèrement blessé en une douzaine d'endroits et couverts de nombreuses meurtrissures. Son cheval fut tué mais les soldats qui l'assaillaient formaient des rangs si serrés qu'il lui fallut une bonne demi-heure avant de s'apercevoir de sa mort. Puis il sauta à terre et continua de se battre à pied.

Il ne se préoccupait pas du nombre de soldats que ses compagnons et lui avaient tués, car ils étaient de toute façon écrasés par le nombre et mal équipés.

— Ah, se dit-il à lui-même, si nous avions quelques centaines de soldats frais et dispos, nous pourrions remporter la journée. Par le Bâton Runique, il nous faut de l'aide !

Une étrange sensation électrique parcourut tout son corps et il poussa un petit cri de surprise, comprenant qu'il avait involontairement invoqué le Bâton Runique. L'Amulette Rouge se mit à resplendir à son cou et déversa en lui une force nouvelle. Il se mit à rire puis, fendant les rangs ennemis, courut vers les hommes de Kamarg. Il perdit son épée mais s'empara de la lance d'un cavalier qui se précipitait sur lui et monta à cheval pour relancer l'attaque.

— Hawkmoon ! Hawkmonn ! s'écria-t-il en reprenant le cri de guerre de ses ancêtres. À moi, Oladahn, Comte Airain !

Il parvint à fendre les rangs des guerriers masqués et à rejoindre ses compagnons. L'étendard de combat du Comte Airain se trouvait toujours dans la main de son légitime propriétaire.

— Repoussons-les ! cria Hawkmoon. Repoussons-les jusqu'aux frontières !

Hawkmoon fut alors partout, comme un tourbillon de mort et de désolation. Il fendait les rangs granbretons et ne laissait que des cadavres dans son sillage ; l'ennemi commença alors à défaillir et à perdre du terrain.

Un certain nombre de soldats préféra s'enfuir mais la haute silhouette du Baron Meliadus apparut alors pour les exhorter à retourner au combat.

— Demi-tour ! cria-t-il. Vous ne pouvez pas craindre des hommes si peu nombreux !

Mais la marée humaine l'entoura et l'obligea à s'éloigner du lieu du combat.

Les soldats fous de terreur fuyaient devant ce chevalier à la pâle figure dont l'épée semblait se trouver partout à la fois. Quel était donc cet homme au front orné d'un sombre joyau et à la gorge décorée d'une amulette flamboyante ? Ils l'avaient entendu crier le nom d'un mort, son propre nom – Dorian Hawkmoon, lui qui avait combattu à Köln et failli repousser l'armée du Ténébreux Empire, lui qui avait défié le Roi-Empereur Huon et presque tué le Baron Meliadus. Hawkmoon ! C'était le seul nom honni dans tout le Ténébreux Empire.

— Hawkmoon ! Hawkmoon ! criait-il sans arrêt tandis que son épée tranchait têtes et membres. Hawkmoon !

Possédé de la puissance de l'Amulette Rouge, Hawkmoon partit à la poursuite de l'armée, suivi de près par le Comte Airain dont l'épée de combat dégoulinait du sang de ses victimes. Oladahn venait ensuite, les yeux vifs et le poil rougi, à la tête des hommes de Kamarg, poignée de combattants au courage surhumain.

Le pouvoir de l'Amulette commença à disparaître et Hawkmoon sentit la douleur revenir dans son corps ; mais cela n'avait plus d'importance, car ils étaient arrivés aux limites du pays et regardaient leurs ennemis s'enfuir, épouvantés.

Oladahn se mit à rire :

— C'est la victoire, Hawkmoon.

Le Comte Airain parut soucieux.

— Oui, mais cela ne durera pas. Nous devons nous retirer, nous regrouper et trouver un lieu plus sûr, car nous ne les battrons pas une nouvelle fois en terrain découvert.

— Vous avez raison, dit Hawkmoon en hochant la tête. Maintenant que les tours sont tombées, nous devons trouver un autre endroit bien défendu, et je n'en vois pas d'autre que…

Il jeta un coup d'œil au Comte Airain.

— Oui, le Château Airain, dit le vieil homme. Nous devons faire porter un message dans tous les villages pour dire aux gens d'apporter leurs biens et leur bétail à Aigues-Mortes, où ils seront sous la protection du château…

— Serons-nous capables de tenir un siège aussi long ? demanda Hawkmoon.

— Nous verrons, répondit le Comte Airain qui regardait les armées se reformer dans le lointain. Mais le peuple trouvera au moins quelque protection quand les troupes du Ténébreux Empire procéderont à l'invasion de la Kamarg.

Ses yeux s'emplirent de larmes et il fit faire demi-tour à son cheval pour reprendre la direction du château.

Installé sur le balcon de ses appartements de la tour-est, Hawkmoon regardait le peuple de Kamarg se mettre à l'abri dans la vieille ville d'Aigues-Mortes. La plupart des gens s'amassaient dans l'amphithéâtre où les soldats leur apportaient des provisions et les aidaient à s'installer. Quand le soir tomba, tous les Kamargais se trouvaient en sécurité dans les rues ou les maisons d'Aigues-Mortes. Hawkmoon souhaita secrètement que la panique ou la maladie ne s'installe pas parmi eux, car il serait difficile de maîtriser une foule aussi énorme.

Oladahn le rejoignit sur le balcon et tendit la main en direction du nord-est :

— Regardez, lui dit-il. Des machines volantes.

Et Hawkmoon vit les formes sinistres des ornithoptères

passer au-dessus de l'horizon. L'armée du Ténébreux Empire était en mouvement.

La nuit noire leur permit de voir les feux de camp des plus proches soldats.

— Demain, dit Hawkmoon, sera peut-être notre dernière bataille.

Ils descendirent dans la grande salle où Noblegent se trouvait en conversation avec le Comte Airain. Les deux hommes se tournèrent vers la porte pour voir Hawkmoon et Oladahn pénétrer dans la pièce.

— Comment D'Averc se porte-t-il ? demanda Hawkmoon.

— Mieux, dit Noblegent. Il a une excellente constitution et dit qu'il aimerait se lever pour dîner.

Yisselda pénétra également dans la salle :

— J'ai parlé aux femmes, dit-elle. Elles m'ont assuré qu'elles se trouvaient toutes sans exception à l'intérieur des murs. Avec le bétail, nous avons assez de provisions pour tenir une année entière…

Le Comte Airain sourit d'un air triste :

— Il faudra moins d'une année pour décider du sort de cette bataille. Que dit-on en ville ?

— Les gens sont confiants, dit-elle, maintenant qu'ils savent que vous êtes tous deux en vie.

— Il vaut mieux, dit le Comte Airain d'un air particulièrement sombre, qu'ils ne sachent pas que la mort viendra les prendre demain. Ou le jour suivant. Nous ne pourrons résister très longtemps à une armée aussi nombreuse, ma fille. La plupart de nos flamants sont morts et la voie des airs n'est virtuellement plus défendue. Presque tous les Gardians ont péri et les soldats qui restent encore en vie n'ont que peu d'expérience du combat.

— Dire que nous croyions la Kamarg invincible… soupira Noblegent.

— Vous êtes trop certains de sa chute, dit alors une voix qui venait des escaliers. (D'Averc apparut alors, portant pour tout vêtement une chemise de nuit de couleur isabelle.) Avec un tel esprit, vous êtes bien capable de perdre. Vous pourriez au moins essayer de parler de victoire.

— Vous avez raison, Sire Huillam. (Le Comte Airain s'efforça de paraître plus joyeux.) Et nous pourrions goûter à ces excellents mets qui, soyez-en assurés, nous empliront d'énergie pour la bataille à venir.

— Comment vous portez-vous, D'Averc ? demanda Hawkmoon quand ils s'assirent autour de la table.

— Assez bien, dit faiblement D'Averc. Je crois que je vais pouvoir m'offrir quelques gourmandises.

Ce disant, il emplit son assiette de nourriture.

Le dîner fut silencieux car la plupart des convives pensaient secrètement que ce pourrait bien être leur dernier.

Hawkmoon regarda par la fenêtre, le lendemain matin, pour voir les marais envahis d'hommes en armes. Les soldats du Ténébreux Empire avaient profité de la nuit pour se rapprocher des murailles et se tenaient maintenant prêts pour l'assaut.

Il se hâta de revêtir cotte et armure puis descendit dans la grande salle où il trouva D'Averc complètement équipé ; Oladahn était occupé à nettoyer son épée et le Comte Airain parlait tactique avec les deux seuls capitaines qui étaient encore en vie.

Yisselda apparut alors qui l'appela doucement :

— Dorian…

Il grimpa quatre à quatre l'escalier de pierre, qui menait à la galerie où se trouvait sa bien-aimée puis il la tint serrée contre lui.

— Dorian, dit-elle tandis qu'il lui baisait le front, soyons mariés avant…

— Oui, lui dit-il à voix basse. Allons trouver Noblegent.

Le philosophe lisait un livre dans ses appartements. Il leva les yeux vers eux et leur sourit, puis ils lui expliquèrent ce qu'ils désiraient. Il reposa son livre et dit :

— J'avais espéré une grande cérémonie, mais je vous comprends.

Il les fit joindre les mains et s'agenouiller devant lui pendant qu'il récitait les paroles qui avaient toujours été en usage au Château Airain dans de telles circonstances.

Quand tout fut accompli, Hawkmoon se releva et embrassa à nouveau Yisselda. Puis il dit : « Prenez soin d'elle, Noblegent », et s'en alla retrouver ses compagnons dans la cour du château.

Et ils combattirent toute la journée, défendant la ville malgré leur nombre sans cesse décroissant. Puis la nuit tomba et les troupes du Ténébreux Empire se retirèrent. Hawkmoon comprit, en voyant les maisons incendiées et les murailles percées, que le matin suivant leur apporterait la défaite.

Le Comte Airain, Hawkmoon et les autres revinrent péniblement au château, le cœur lourd à la pensée des innocents qui avaient été massacrés pendant la journée et de ceux qui le seraient le lendemain – si toutefois la chance de mourir leur était accordée.

Ce fut alors qu'ils entendirent un cheval galoper derrière eux ; ils se tournèrent aussitôt, l'épée à la main, pour découvrir l'étrange silhouette d'un cavalier qui se dirigeait vers le château. Il portait un heaume d'acier qui enfermait entièrement son visage et son armure semblait faite d'or et de jais. Hawkmoon fronça les sourcils.

— Que veut donc ce traître ? dit-il.

Le Guerrier d'Or et de Jais s'arrêta à côté d'eux.

— Salut à vous, défenseurs de la Kamarg, dit-il d'une voix vibrante et profonde. Je vois que la journée n'a pas été très bonne. Le Baron Meliadus sera vainqueur demain.

Hawkmoon s'essuya le front d'un morceau d'étoffe.

— Vous ne nous apprenez rien, Guerrier. Qu'êtes-vous donc venu dérober cette fois ?

— Rien, dit le Guerrier. Je suis venu vous apporter quelque chose.

Il tendit à Hawkmoon les sacoches qu'il croyait avoir perdues.

Hawkmoon se sentit plein de joie. Il ouvrit les sacoches pour regarder à l'intérieur et vit, enveloppé dans un morceau d'étoffe grossière, le précieux objet dont Rinal lui avait fait cadeau plusieurs mois auparavant. Il ôta l'étoffe et vit que le cristal était intact.

— Pourquoi donc me l'avez-vous volé ? demanda Hawkmoon.

— Allons au Château Airain et je vous expliquerai tout, lui répondit le Guerrier d'Or et de Jais.

Le Guerrier se tenait debout près de la grande cheminée tandis que les autres l'écoutaient, assis autour de la table.

— Au Château du Dieu fou, commença le Guerrier, je vous ai abandonné parce que je savais que les bêtes du Dieu fou vous mettraient hors de danger. Mais je savais aussi que vous feriez d'autres rencontres et que vous seriez finalement fait prisonnier. C'est pourquoi j'ai décidé de prendre avec moi le cadeau de Rinal pour le mettre à l'abri jusqu'à votre retour en Kamarg.

— Dire que je vous avais pris pour un voleur et un traître ! dit Hawkmoon, l'air confus. Pardonnez-moi, Guerrier.

— Quel est donc cet objet ? demanda le Comte Airain.

— Une machine très ancienne, dit le Guerrier, produit d'une des sciences les plus sophistiquées ayant jamais existée sur Terre.

— Une arme ? dit le Comte Airain.

— Non. Cet appareil permet d'envoyer de grandes portions de terrain dans un autre système de dimensions spatio-temporelles. Cela durera autant que la machine, mais si celle-ci doit par malheur se briser, l'espace et le temps habituels seront aussitôt réintégrés.

— Comment fonctionne-t-elle ? demanda Hawkmoon qui se rappela subitement qu'il n'en avait pas la moindre idée.

— Je ne puis vous répondre, car vous ne comprendriez rien aux paroles que je serais forcé d'employer, dit le Guerrier d'Or et de Jais. Mais Rinal m'a appris à la faire marcher.

— Dans quel but ? demanda D'Averc. Pour envoyer le Baron et ses hommes dans les limbes afin qu'ils ne nous ennuient plus ?

— Non, dit le Guerrier. Je vous expliquerai…

Les portes s'ouvrirent subitement sur un soldat en haillons qui pénétra dans la grande salle.

— Maître, cria-t-il à l'adresse du Comte Airain, le Baron Meliadus est venu avec le drapeau blanc. Il demande à vous parler sous les murs de la ville.

— Je n'ai rien à lui dire, répliqua le Comte Airain.

— Il dit qu'il a l'intention d'attaquer ce soir. Les murs de la ville tomberont en moins d'une heure car il vient de recevoir des troupes fraîches. Il dit aussi qu'il épargnera la population si vous lui livrez votre fille, Hawkmoon, D'Averc et vous-même.

Le Comte Airain réfléchit un instant mais Hawkmoon s'écria :

— Il ne sert à rien de considérer un tel marché. Nous connaissons trop bien le penchant de Meliadus pour la traîtrise. Il ne cherche qu'à démoraliser le peuple pour rendre sa victoire plus facile.

Le Comte Airain soupira :

— Mais si ce qu'il dit est vrai, et il m'est difficile d'en douter, il franchira bientôt les murailles du château et ce sera notre mort à tous.

— Ce sera du moins une mort honorable, dit D'Averc.

— Oui, dit le Comte Airain avec un sourire sardonique. Ce sera une mort honorable. (Il se tourna vers le courrier :) Dites simplement au Baron Meliadus que nous ne souhaitons pas nous entretenir avec lui.

Le courrier s'inclina.

— Oui, seigneur.

Et il quitta la salle.

— Nous ferions mieux de retourner aux remparts, dit le Comte Airain en se levant.

Mais Yisselda entra alors dans la pièce.

— Ah, Père, Dorian, vous êtes saufs tous les deux.

Hawkmoon la prit dans ses bras :

— Mais il nous faut retourner, dit-il doucement. Meliadus est sur le point de lancer une nouvelle attaque.

— Attendez, leur dit le Guerrier d'Or et de Jais, je ne vous ai pas encore expliqué mon plan.

Chapitre XII

LA FUITE VERS LES LIMBES

Un large sourire se dessina sur les lèvres du Baron Meliadus quand il entendit le rapport de son courrier.

— Très bien, dit-il à ses suivants. La ville sera détruite et les survivants nous amuseront pendant les fêtes de la victoire.

Puis il fit demi-tour et se dirigea vers ses soldats.

— En avant, leur dit-il ; et il les regarda s'avancer inexorablement vers la ville et son château.

Il vit les feux sur les murs de la ville et les quelques soldats qui montaient la garde, sachant avec certitude que leur dernier jour était venu. Il vit les lignes gracieuses du château qui avait jadis protégé la ville avec tant de vaillance ; et il se mit à rire. Il se sentait le cœur en fête car il désirait cette victoire depuis le jour même où, deux années plus tôt, il avait été chassé comme le dernier des derniers.

Les troupes se trouvaient à présent à proximité des murailles et le Baron Meliadus éperonna son cheval afin de se rapprocher et de mieux jouir du spectacle.

Quand, tout à coup, il parut soucieux. Il y avait quelque chose d'étrange : peut-être était-ce un phénomène lumineux, mais les contours du château et de la ville s'étaient mis à trembler d'une manière tout à fait alarmante.

Il souleva son masque et se frotta les yeux, puis regarda à nouveau.

La silhouette du Château Airain et Aigues-Mortes

parut luire, prendre d'abord des teintes rosées, rouges ensuite et écarlates, finalement. Le Baron Meliadus sentit la tête lui tourner et pensa qu'il était devenu fou.

Les troupes s'étaient arrêtées puis, murmurantes, avaient commencé à reculer. La ville tout entière, la colline et le château étaient à présent entourés d'une vive lueur bleutée. Quand le bleu disparut, le Château Airain et Aigues-Mortes disparurent avec lui. Puis un brusque souffle d'air se leva qui faillit jeter le Baron Meliadus à bas de sa selle.

Il cria :

— Gardes ! Que s'est-il passé ?

— Le château a… disparu, Seigneur, lui répondit une voix mal assurée.

— Disparu ! C'est impossible ! Comment une ville et un château peuvent-ils disparaître ? Ils se trouvent toujours là. Ils ont dû édifier un écran magique !

Le Baron Meliadus descendit au triple galop vers la plaine, puis ralentit son allure, s'attendant à rencontrer une barrière invisible ; mais rien ne l'arrêta et son cheval continua dans la boue de ce qui semblait être un champ récemment labouré.

— Ils m'ont échappé ! hurla-t-il. Mais comment ? De quelle science ont-ils profité ? Quel est donc ce pouvoir qui est plus grand que le mien ?

Les troupes faisaient déjà demi-tour. Le Baron Meliadus descendit de cheval puis, les mains tendues, chercha à toucher ce qui n'existait plus. Enfin, fou de rage et d'impuissance, il tomba à genoux dans la boue et tendit le poing vers ce qui avait été le Château Airain.

— Je te retrouverai, Hawkmoon, toi et tes amis. Je ferai venir tous les savants de Granbretanne et tu ne pourras pas m'échapper. Je te rattraperai, où que tu sois, sur cette terre ou au-delà, et tu connaîtras ma vengeance ! Je le jure par le Bâton Runique !

Puis il leva les yeux en entendant les sabots d'un cheval et crut voir passer en un éclair un cavalier portant une armure d'or et de jais. L'apparition éclata de rire et disparut comme elle était venue.

Le Baron Meliadus se releva péniblement et chercha son cheval.

— Ah, Hawkmoon, dit-il entre ses dents, je t'aurai !

Et il jura une nouvelle fois par le Bâton Runique, comme il l'avait déjà fait deux ans auparavant. Ce geste simple avait déclenché un processus historique que renforçait à présent ce second serment ; et que Meliadus ou Hawkmoon fût le plus favorisé des deux, leurs destinées étaient de toute façon unies par des liens plus étroits.

Le Baron Meliadus retrouva son cheval et regagna son camp. Il partirait demain pour la Granbretanne et les laboratoires secrets de l'Ordre du Serpent. Tôt ou tard, il découvrirait le moyen d'accéder au château évanoui.

Yisselda regardait par la fenêtre, le visage resplendissant de joie et d'émerveillement. Hawkmoon lui sourit et l'attira à lui.

Derrière eux, le Comte Airain toussa discrètement et dit :

— Pour vous dire la vérité, mes enfants, tout ceci me trouble quelque peu, je suis un peu étranger à cette... science. Je n'ai pas très bien compris où nous nous trouvions à présent.

— Dans une autre Kamarg, père, dit Yisselda.

La vue de la fenêtre n'était pas très précise. La ville et la colline étaient assez nettes, mais le reste du paysage se perdait dans la brume. Au-delà de la lumière bleue se trouvaient des roseaux et des marais d'une couleur nouvelle ; ce n'étaient plus les simples verts et jaunes de la Terre mais bien toutes les couleurs de l'arc-en-ciel. Seule leur substance semblait différente de celle du château et de la ville.

— Le Guerrier d'Or et de Jais a dit que nous devrions l'explorer, dit Hawkmoon. Ce paysage doit être plus tangible qu'il ne le paraît.

D'Averc s'éclaircit la gorge.

— Je crois que je ne quitterai ni la ville ni le château. Qu'en dites-vous, Oladahn ?

Oladahn sourit d'un air gêné.

— Je suis d'accord, j'attendrai pour cela de m'y être habitué.

— Eh bien, je suis avec vous, dit le Comte Airain en riant. En tout cas, nous sommes en sécurité. De même que le peuple. Ce n'est déjà pas si mal.

— Oui, dit Noblegent d'un air pensif. Mais nous ne devons pas sous-estimer les prouesses scientifiques de la Granbretanne. S'il existe un moyen de nous suivre en ce lieu, ils le découvriront, soyez-en assurés.

Hawkmoon hocha la tête.

— Vous avez raison, Noblegent. (Il tendit la main vers le cadeau de Rinal qui, posé au centre de la table, était entouré d'une étrange lumière bleutée.) Nous devons le mettre à l'abri. Souvenez-vous de ce qu'a dit le Guerrier : s'il est détruit, nous nous retrouverons dans l'espace et le temps habituels.

Noblegent s'approcha de la machine et la prit délicatement entre ses mains.

— Je veillerai à ce qu'elle soit en sûreté, dit-il.

Quand il eut quitté la pièce, Hawkmoon regarda à nouveau par la fenêtre tout en caressant l'Amulette Rouge :

— Le Guerrier a dit qu'il reviendrait un jour, chargé d'un message et d'une mission que je devrai accomplir. Je suis maintenant persuadé de servir le Bâton Runique et, quand le Guerrier reviendra, il me faudra quitter ce sanctuaire et revenir dans le monde. Vous devez vous préparer à ce jour, Yisselda.

— N'en parlons pas maintenant, lui dit-elle, et pensons plutôt à célébrer notre mariage.

— Oui, mon aimée, dit-il avec un sourire.

Mais il ne pouvait s'empêcher de penser que, quelque part, séparé de lui par de subtiles barrières, le monde existait toujours et continuait de subir la menace du Ténébreux Empire.

Il appréciait ce répit, ces heures qu'il pourrait passer avec la femme qu'il aimait ; mais il savait qu'il lui faudrait bientôt revenir sur Terre et affronter une fois de plus les hordes de Granbretanne.

Pour l'instant, en tout cas, il était heureux.

L'ÉPÉE DE L'AURORE

Traduit de l'anglais par Bernard Ferry

LIVRE PREMIER

Quand Dorian Hawkmoon, dernier duc de Köln, eut arraché l'Amulette Rouge à la gorge du Dieu fou pour s'approprier ce puissant talisman, il retourna en compagnie de Huillam D'Averc et d'Oladahn des Montagnes vers la Kamarg où le comte Airain, sa fille Yisselda, son compagnon Noblegent le philosophe et tout leur peuple étaient assiégés par les hordes du Ténébreux Empire conduites par le vieil ennemi de Hawkmoon, le baron Meliadus de Kroiden.

La puissance du Ténébreux Empire était devenue telle qu'il menaçait désormais de détruire jusqu'à cette province de Kamarg pourtant bien défendue. La victoire semblait à la portée de Meliadus qui l'eût mise à profit pour s'emparer de Yisselda et faire périr à petit feu tous les autres, transformant la province en un champ de ruines et de cendres. Seul, le pouvoir de l'antique machine du Peuple des Ombres, capable de gauchir des pans entiers de l'espace et du temps, permit au peuple de Kamarg d'échapper à ce sort.

Grâce à la machine, ils trouvèrent un sanctuaire. Ils se transportèrent dans quelque autre Kamarg, hors de portée des horreurs de la Granbretanne. Mais que la machine de cristal vînt à être détruite et ils savaient qu'ils seraient aussitôt replongés dans le chaos de leur temps et de leur espace originels.

Les premiers temps, ils furent tout à la joie d'avoir échappé à un sort cruel mais, peu à peu, Hawkmoon se reprit à caresser son épée en s'interrogeant sur le destin du monde qu'ils avaient quitté...

Haute Histoire du Bâton Runique

CHAPITRE I

LA DERNIÈRE CITÉ

Les poumons emplis par la fumée épaisse et noirâtre qui s'élevait de la vallée, les cavaliers au visage grimaçant éperonnaient leurs chevaux de guerre le long des talus boueux de la colline.

Le soleil disparaissait à l'horizon et leurs silhouettes grotesques s'allongeaient démesurément. Dans la lumière du crépuscule on eût dit que de gigantesques créatures à têtes d'animaux chevauchaient les destriers.

Chaque cavalier arborait un étendard souillé par les combats, et portait un large masque d'animal, en métal incrusté de pierreries. Les armures de fer, d'airain et d'argent, frappées aux armes de leurs possesseurs, lourdes et bosselées, étincelaient de mille feux dans le soleil couchant. Enfin, chaque main droite, gantée, se rivait à une arme rougie du sang et des souffrances de centaines d'innocents.

Arrivés au sommet de la colline les cavaliers laissèrent reposer leurs montures, et tous les six fichèrent dans le sol, leurs bannières qui se mirent à claquer au vent de la vallée comme de longues ailes d'oiseaux de proie.

Masque de Loup se tourna vers Masque de Mouche. Le Gorille vers la Chèvre et le Rat esquissa un sourire en direction du Chien. Un sourire de triomphe. Les Bêtes du Ténébreux Empire, Seigneurs de la guerre, qui régnaient sur des milliers de leurs semblables, jetèrent un long regard vers la mer, au-delà de la vallée, au-delà des collines, jusqu'à la ville en flammes d'où leur parvenaient faiblement les cris atroces des suppliciés et des agonisants.

Le soleil disparut à l'horizon, et dans l'obscurité qui envahissait la colline, les flammes de la ville se mirent à danser sur l'acier poli des masques des Seigneurs de Granbretanne.

— Eh bien, Messeigneurs, dit le baron Meliadus, Grand Connétable de l'Ordre du Loup, Chèvetain des Armées de la Conquête, et sa voix profonde et vibrante grondait dessous le masque, nous avons maintenant conquis toute l'Europe.

Mygel Holst, le squelettique Archiduc de Londra, Grand-maître de l'Ordre de la Chèvre, se mit à rire.

— Oui, toute l'Europe, pas un pouce de terre ne nous a échappé. Et nous avons également conquis d'immenses territoires à l'Est.

Le heaume à tête de Chèvre s'inclina plusieurs fois en signe de satisfaction. À travers les fentes sombres du masque deux yeux de rubis étincelaient férocement.

— Bientôt, gronda joyeusement Adaz Promp, Grand Connétable de l'Ordre du Chien, le monde entier nous appartiendra.

Les Barons de Granbretanne s'étaient rendus maîtres de tout le continent ; guerriers féroces et habiles stratèges, ils montraient dans les combats un grand mépris pour leur propre vie. L'âme corrompue et l'esprit enfiévré, ils haïssaient tout ce qui autour d'eux avait échappé à la décadence. Despotes immoraux, ils usaient de la force sans équité. Un sourire gourmand aux lèvres, ils assistaient en ce moment, à l'embrasement final de la dernière cité d'Europe. L'origine de cette ville se perdait dans la nuit des temps. On l'appelait Athéna.

— L'univers entier, murmura Jerek Nankeseen, Seigneur de la Guerre de l'Ordre de la Mouche, mais pas la Kamarg invisible…

Le baron Meliadus eut un geste de colère comme s'il eût voulu pourfendre son compagnon. Le masque de mouche incrusté de pierreries se tourna vers Meliadus.

— Il ne vous suffit donc pas de les avoir chassés, Baron ?

La voix de Jerek Nankeseen se fit persifleuse.

— Non, répondit sèchement le Maître des Loups. Cela ne me suffit pas.

— Ils ne représentent pourtant plus aucun danger, murmura le baron Brenal Farnu sous son heaume à tête de Rat. D'après les divinations de nos savants, ils continuent à exister dans un autre temps ou un autre espace. Nous restons hors de portée les uns des autres. Le souvenir de Hawkmoon et du Comte Airain ne devrait pas venir troubler ces instants de triomphe…

— Je ne puis m'en empêcher.

— Peut-être un autre nom hante-t-il votre mémoire frère Baron ? (Jerek raillait ainsi l'homme qui plusieurs fois avait été son rival en amour à Londra.) Le nom de la belle Yisselda peut-être ? Serait-ce donc l'amour qui vous tourmente Baron ? Le doux amour ?

Le loup demeura quelques instants silencieux, mais ses doigts s'étaient crispés sur la poignée de son épée qu'il sortit à moitié de son fourreau. Puis, recouvrant tout son calme, il laissa tomber ces mots d'une voix chaude, et mélodieuse, presque douce :

— La vengeance, Baron Jerek Nankeseen, voilà ce qui m'anime…

— Vous êtes un homme passionné Baron, répondit sèchement Jerek Nankeseen.

Meliadus rengaina brusquement son épée et arracha de terre sa bannière qui y était plantée.

— Ils ont insulté notre Roi-Empereur, notre terre et moi-même. Je garderai la fille pour mon plaisir, certes, mais sans amour aucun, car nulle faiblesse coupable ne dicte ma conduite…

— Bien sûr que non, murmura Jerek Nankeseen, d'un ton mielleux.

— Quant aux autres, ils subiront aussi mon bon plaisir… dans les cachots de Londra. Dorian Hawkmoon, le Comte Airain, le philosophe Noblegent, cet être à peine humain, cet Oladahn des Montagnes Bulgares, et le traître Huillam D'Averc. Tous ceux-là vont souffrir de longues années. Je l'ai juré sur le Bâton Runique !

Il y eut un bruit derrière eux. Ils scrutèrent la pénombre que venait trouer parfois la lumière vacillante de l'incendie et aperçurent une litière surmontée d'un dais portée par une douzaine de prisonniers de guerre Athéniens qui y étaient enchaînés. Le personnage mollement étendu à l'intérieur, n'était autre que l'extravagant Shenegar Trott comte du Sussex. Le comte Shenegar dédaignait l'usage du masque, et lorsque d'aventure il consentait à en porter un, celui-ci, taillé en argent massif ne dépassait guère la largeur de son visage dont il caricaturait les traits. Il n'appartenait à aucun ordre, et le Roi-Empereur comme sa cour ne le toléraient que pour son immense fortune et son courage presque surhumain dans les batailles. À cet instant, drapé dans une robe somptueusement brodée, et avec ses gestes langoureux, il ressemblait plutôt à un simple d'esprit. Pourtant, plus encore que Meliadus, il avait l'oreille du Roi-Empereur Huon, car ses conseils se révélaient la plupart du temps fort judicieux. Il avait parfaitement entendu la dernière partie de la conversation et il s'écria d'un ton goguenard « Voilà un serment bien dangereux, seigneur Baron. Un tel serment peut se retourner contre celui qui l'a prêté ».

— J'ai juré en parfaite connaissance de cause, répliqua Meliadus. Je les trouverai, comte Shenegar, soyez-en persuadé.

— Je suis venu vous rappeler Messeigneurs, dit Shenegar Trott, que notre Roi-Empereur, brûle d'impatience de nous voir et d'apprendre de notre bouche la conquête de toute l'Europe.

— Je pars à Londra sur-le-champ, répondit Meliadus. Il me faut consulter nos savants-sorciers sur le meilleur moyen de retrouver mes ennemis. Au revoir, Messeigneurs.

Il tira sur les rênes, fit volter sa monture et descendit la colline au grand galop, suivi des yeux par ses pairs.

Un léger flottement parcourut l'assemblée des masques, qui jetèrent de brefs éclairs à la lueur des flammes.

— Son acharnement pourrait bien causer notre perte à tous, murmura l'un d'eux.

— Quelle importance ? lança Shenegar Trott, si tout disparaît avec nous.

En écho à ses paroles, un rire sauvage monta de sous les heaumes luisants. Un rire de déments où à la haine de l'univers se mêlait la haine de leurs propres existences.

Rien sur terre, aucune humanité, pas même la leur, ne trouvait grâce à leurs yeux, voilà ce qui faisait la force terrifiante des Seigneurs du Ténébreux Empire. La conquête et le pillage, la terreur et la désolation n'étaient qu'un jeu, une manière comme une autre de passer le temps en attendant la mort. Pour eux, guerroyer était encore le moyen le plus satisfaisant de tromper leur ennui.

CHAPITRE II

LA DANSE DES FLAMANTS

À peine les premiers rayons de l'aube avaient-ils dissipé les ténèbres que des nuées de gigantesques flamants écarlates quittaient leurs abris de roseaux et venaient exécuter en plein ciel un curieux ballet rituel. Le comte Airain choisissait généralement ce moment paisible pour venir méditer à la lisière des marais et contempler le paysage

étrange qui s'offrait à ses yeux : les lagunes sombres et les îles rousses lui apparaissaient alors comme autant de hiéroglyphes d'une langue primordiale.

Il avait toujours brûlé de découvrir les vérités ontologiques que devaient receler ces formes particulières, et, depuis fort longtemps il étudiait les oiseaux, les roseaux et les lagunes, s'efforçant de trouver la clef de ce paysage secret.

Selon lui, le paysage était codé. Il pensait y trouver la solution d'un conflit intérieur dont il n'était lui-même qu'à moitié conscient. Y trouver peut-être l'origine de cette menace qu'il sentait planer au-dessus de lui et qui semblait être sur le point de le détruire aussi bien physiquement que psychiquement.

Le soleil se leva, faisant rougeoyer les eaux de sa lumière naissante. Le comte entendit un bruit derrière lui, il se retourna, et aperçut sa fille Yisselda, la blonde madone des lagunes montée à cru sur son blanc cheval à corne de Kamarg et qui semblait une apparition surnaturelle dans sa longue robe bleue flottant dans le vent.

Un sourire mystérieux se dessinait sur ses lèvres, comme si elle aussi connaissait un secret qu'il ne pourrait jamais vraiment partager.

Le comte chercha à se dérober au regard de sa fille et se jeta vivement dans les roseaux qui bordaient le rivage, mais Yisselda l'avait déjà aperçu et galopait droit sur lui en agitant le bras.

— Père, vous êtes déjà debout ? Vous êtes bien matinal ces derniers temps.

Le comte Airain hocha la tête, et se remit à contempler pensivement la lagune et les roseaux. Puis il jeta un coup d'œil rapide aux flamants qui tournoyaient dans le ciel, comme s'il avait voulu surprendre brusquement le secret de leur étrange et frénétique sabbat. Yisselda avait mis pied à terre et se tenait maintenant à ses côtés.

— Ces flamants ne nous ont jamais vraiment livré leur mystère. Pas plus aujourd'hui qu'hier. Que lisez-vous dans leur ballet ?

Le comte Airain haussa les épaules et sourit à sa fille.

— Rien du tout. Où est Hawkmoon ?

— Au château, il dort encore.

Le comte grogna, joignit les mains, comme s'il adressait une prière désespérée au ciel, tandis qu'au-dessus de lui les flamants faisaient frissonner l'air de leurs longues ailes écarlates. Puis, un sourire serein éclaira son visage, et il prit sa fille par le bras, guidant ses pas le long du rivage.

— Quelle merveille, murmura-t-elle, le lever du soleil…

Le comte Airain eut un geste d'impatience.

— Tu ne comprends pas… commença-t-il, puis il se tut.

Il savait que jamais elle ne verrait ce paysage avec ses yeux à lui. Il avait déjà tenté de le lui décrire, mais elle s'était rapidement lassée, et n'avait fait aucun effort pour tenter de discerner les symboles qu'il voyait partout, dans les eaux, les roseaux, les arbres et les animaux qui peuplaient cette Kamarg comme ils peuplaient la Kamarg qu'ils avaient quittée.

Pour lui, ce paysage représentait la quintessence de

l'ordre universel, pour elle ce n'était qu'un spectacle agréable, en fait, une terre admirable pour son aspect sauvage et inviolé.

Seul son vieil ami Noblegent, le poète philosophe, avait saisi en partie ses intuitions, mais, même lui, n'y voyait que le reflet des inquiétudes du comte Airain.

« Vous êtes épuisé, désemparé, répétait souvent Noblegent. Votre cerceau a été obligé de donner toute sa mesure, et vous finissez par imaginer des modèles symboliques, alors qu'en fait il ne s'agit que de projections de votre propre lassitude et de votre égarement... »

Le comte Airain écartait ces arguments avec un geste d'exaspération ; il revêtait alors son armure de bronze, enfourchait son cheval et s'éloignait seul dans la campagne sous le regard navré de sa famille et de ses amis. Il avait passé un temps infini à explorer cette nouvelle Kamarg qui ressemblait tellement à la sienne, sauf que nulle part on ne trouvait trace de la présence passée de l'homme.

« C'est un homme d'action, comme moi, disait Dorian Hawkmoon, l'époux d'Yisselda, et, j'ai bien peur que, n'ayant plus de problème réel à affronter, il ne se réfugie en lui-même.

— Les problèmes réels semblent insolubles », répondait invariablement Noblegent, et la conversation s'arrêtait là, alors que Hawkmoon s'éloignait, lui aussi, étreignant la garde de son épée.

L'anxiété régnait au château du comte Airain, et même au village qui s'étendait à ses pieds, les habitants, qui étaient heureux d'avoir échappé aux hordes du Ténébreux Empire, se sentaient néanmoins troublés ; leur sécurité, dans ce pays, si semblable à celui qu'ils avaient dû fuir, leur paraissait à peine moins précaire.

Au début, lorsqu'ils étaient arrivés, le pays leur avait semblé différent de leur Kamarg natale, ses couleurs embrassaient tout le spectre de l'arc-en-ciel, mais petit à petit, comme si la mémoire des hommes avait remodelé les paysages, les couleurs avaient repris leur aspect habituel, et à présent les deux pays étaient devenus presque identiques. Les villageois avaient retrouvé les troupeaux de chevaux à cornes et de taureaux blancs à domestiquer, et les flamants écarlates qu'il fallait dresser à supporter des cavaliers. Mais, au fond d'eux-mêmes, ils craignaient toujours que le Ténébreux Empire ne parvienne à forcer leur ultime retraite.

Pour Hawkmoon et le comte Airain (et peut-être, même pour D'Averc, Noblegent et Oladahn) cette idée n'avait rien d'insupportable. Par moments, ils auraient presque souhaité que ce monde qu'ils avaient quitté les attaquât de nouveau.

Pendant que le comte Airain étudiait le paysage et s'efforçait d'en percer les secrets, Dorian Hawkmoon, à la recherche d'éventuels ennemis, parcourait au grand galop les berges des lagunes, faisant fuir devant lui les troupeaux de taureaux et de chevaux, et dérangeant les flamants qui s'envolaient lourdement au-dessus des roseaux.

Un jour, Hawkmoon, rentrait au château sur son cheval couvert d'écume après une de ses longues journées d'exploration ; la mer violette et les marais semblaient s'étendre à l'infini, quand son regard fut attiré par le curieux manège des flamants dans le ciel. Ceux-ci s'élevaient brusquement dans les airs, puis se laissaient porter par les courants en cercles concentriques avant de redescendre en rasant le sol. C'était l'après-midi, or la danse des flamants n'avait lieu qu'à l'aube. Les oiseaux géants semblaient avoir été dérangés, et Hawkmoon décida d'en avoir le cœur net.

Il engagea sa monture sur l'étroit chemin qui serpentait à travers les marais et parvenu à l'endroit que survolaient les flamants, il aperçut une petite île couverte de hauts roseaux. La main sur les yeux, il scruta attentivement la végétation et finalement, il lui sembla apercevoir une tache rouge qui aurait pu être un manteau.

Il crut tout d'abord avoir affaire à un villageois parti chasser le canard, mais il abandonna rapidement cette idée, un chasseur l'aurait interpellé, ne serait-ce que pour lui dire de s'éloigner et ne pas effrayer le gibier.

Intrigué, Hawkmoon poussa son cheval dans l'eau

et prit pied quelques instants plus tard sur le sol spongieux de l'îlot. Le poitrail puissant de l'animal écartait les roseaux devant lui, et une nouvelle fois Hawkmoon aperçut un éclair rouge entre les feuilles ; il était maintenant persuadé qu'il s'agissait d'un homme.

— Hé, qui va là ? cria-t-il.

Personne ne répondit. Par contre, les roseaux s'agitèrent et un homme s'éloigna rapidement sans paraître vouloir se dissimuler.

— Qui êtes-vous ? cria Hawkmoon, et brusquement il songea que le Ténébreux Empire les avait enfin retrouvés, et que partout aux alentours, des hommes embusqués n'attendaient qu'un signal pour fondre sur le château du comte Airain.

Il s'élança dans les roseaux, à la poursuite de l'homme au justaucorps rouge et l'aperçut distinctement alors qu'il plongeait dans la lagune.

— Arrêtez-vous, lança Hawkmoon, mais l'homme s'éloignait rapidement à la nage.

Dans un nuage d'écume, Hawkmoon poussa de nouveau son cheval dans l'eau. L'homme, qui avait déjà atteint l'autre rive, jeta un coup d'œil en arrière, et s'apercevant qu'Hawkmoon le talonnait de près, il sortit une fine épée brillante extraordinairement longue.

Hawkmoon s'arrêta, frappé de stupeur, non tant par l'épée, que par l'homme lui-même qui semblait n'avoir point de visage. Rien n'apparaissait sous les longs cheveux blonds et sales. Après une seconde d'hésitation, il dégaina sa propre épée. Était-ce un habitant inconnu de cette nouvelle terre ?

Tandis que son cheval se hissait sur la berge, Hawkmoon sauta à terre, et l'épée bien en main, les jambes écartées et légèrement fléchies, il fit face à son étrange adversaire, avant d'éclater de rire en découvrant la vérité. L'homme portait un masque de cuir très souple, et comme les fentes ménagées pour les yeux et la bouche étaient extrêmement fines, il n'avait pu les distinguer de loin.

— Pourquoi riez-vous ? demanda l'homme masqué d'une voix stridente, sans pour autant baisser sa garde.

Vous ne devriez pas rire, l'ami, car vous allez bientôt mourir.

— Qui êtes-vous ? demanda Hawkmoon, vous me semblez bien fanfaron.

— Je suis meilleure lame que vous. Vous feriez mieux de vous rendre tout de suite.

— Je ne puis malheureusement partager vos vues sur nos qualités respectives de bretteur, répliqua Hawkmoon en souriant. Et comment se fait-il qu'une fine lame aussi universellement redoutée soit si misérablement vêtue ?

De la pointe de son épée, il indiqua le justaucorps rouge rapiécé, ses culottes et ses bottes de cuir tout craquelé. Une simple cordelette nouée, attachée à sa ceinture de ficelle, tenait lieu de fourreau à sa longue épée brillante. Il portait également au côté une petite bourse en cuir qui semblait bien remplie, et sur ses longs doigts à la peau grise et sèche, de faux brillants étincelaient de nombreuses bagues en verre taillé. L'homme était grand mais décharné et semblait à moitié mort de faim.

— Un mendiant, je suppose, railla Hawkmoon. Où donc avez-vous volé cette épée, gueux que vous êtes ?

Il sursauta lorsque l'homme se fendit brusquement et revint aussi rapidement en garde. Le mouvement avait été incroyablement vif, Hawkmoon sentit une brûlure sur sa joue, il y porta la main et découvrit du sang sur ses doigts.

— Faut-il que je vous larde ainsi jusqu'à ce que mort s'ensuive ? lança l'étranger d'un air méprisant. Jetez votre lourde épée, et considérez-vous comme mon prisonnier.

Hawkmoon se mit à rire de bon cœur.

— Enfin un adversaire digne de ce nom. Vous ne pouvez pas savoir le plaisir que j'éprouve à vous rencontrer mon ami. Il y a si longtemps que je n'ai plus entendu le bruit de l'acier résonner à mes oreilles.

Et il porta une furieuse botte à l'homme masqué.

Son adversaire para adroitement le coup et riposta si vivement que Hawkmoon eut tout juste le temps de bloquer la lame. Les pieds solidement plantés dans le sol boueux, aucun ne concéda le moindre pouce de terrain à son adversaire, tous deux se battaient méthodiquement avec une adresse inimaginable, chacun reconnaissant en l'autre un escrimeur hors du commun.

Ils croisèrent le fer pendant une heure, sans donner ni recevoir la moindre blessure ; les adversaires semblaient de force absolument égale. Aussi, changeant de tactique, Hawkmoon commença à reculer et descendit la berge en direction de l'eau.

Persuadé que Hawkmoon cherchait à rompre le combat, l'autre poussa ses attaques plus violemment encore et Hawkmoon eut toutes les peines du monde à parer ses coups.

Puis, Hawkmoon fit mine de glisser dans la boue et resta appuyé un genou en terre. L'homme se fendit de toute sa longueur pour tenter de l'atteindre mais celui-ci, déviant la lame, abattit violemment le plat de son épée sur le poignet de son adversaire qui poussa un hurlement et lâcha son épée. En un éclair Hawkmoon fut debout et, posant son pied sur l'arme il appuya la pointe de son épée sur la gorge de l'homme masqué.

— Ce n'est pas un coup digne d'un véritable escrimeur, grommela ce dernier.

— Je me lasse rapidement, répliqua Hawkmoon. Ce petit jeu commençait à m'ennuyer.

— Eh bien, qu'attendez-vous de moi maintenant ?

— D'abord, répondit Hawkmoon, je veux savoir votre nom. Ensuite, je veux voir votre visage, puis savoir ce que vous êtes venu faire ici. Enfin, et c'est peut-être le plus important, découvrir comment vous êtes arrivé jusqu'ici.

— Mon nom ne vous est certainement pas inconnu, lança l'homme avec fierté. Je me nomme Elvereza Tozer.

— En effet, je vous connais, répondit le duc von Köln, visiblement surpris.

Chapitre III

ELVEREZA TOZER

Cet homme ne ressemblait nullement à l'image que se faisait Hawkmoon d'Elvereza Tozer – le plus grand dramaturge de Granbretanne – écrivain adulé, admiré à travers toute l'Europe par ceux-là mêmes qui, en toutes autres choses, exécraient le Ténébreux Empire. Cela faisait longtemps que nul n'avait plus entendu parler de l'auteur du *Roi Stalin*, *La Tragédie de Katine et Carna*, *Le Dernier des Braldurs*, *Annala*, *Chirshil et Adulf*, *La Comédie d'Acier*, et tant d'autres encore ; mais Hawkmoon pensait que son nom s'était perdu dans le vacarme des guerres. Il se serait attendu à voir Tozer richement vêtu, digne, l'allure altière, plein de sagesse ; en fait, il se trouvait face à un homme plus habile à manier l'épée que la plume, un être futile et vaniteux, un godelureau couvert de haillons.

Tandis que de la pointe de son épée, le long des sentiers marécageux, Hawkmoom poussait Tozer devant lui, il se perdait en conjectures. Cet individu mentait-il ? Et dans ce cas, pourquoi prétendait-il être le célèbre dramaturge ?

Tozer avançait en sifflotant un air gaillard, manifestement peu préoccupé par son infortune.

Hawkmoon s'immobilisa : « Un instant », dit-il saisissant les rênes de son cheval derrière lui. Tozer se retourna. Son visage était toujours dissimulé par le masque de cuir. Hawkmoon, troublé par les déclarations du personnage en avait oublié de lui demander de l'ôter.

— Eh bien lança Tozer en jetant un regard circulaire, charmant pays, toutefois le public semble rare.

— Oui, répondit Hawkmoon, décontenancé, oui… (Il indiqua le cheval.) Je pense que nous allons chevaucher la même monture, Maître Tozer.

Tozer sauta lestement en selle, Hawkmoon, en croupe derrière lui, tenait les rênes. Ils partirent au trot.

Ils chevauchèrent ainsi un moment avant de franchir les portes de la ville. Puis, au pas, ils remontèrent les rues balayées par le vent et le chemin escarpé qui menait au château du comte Airain.

Ils mirent pied à terre dans la cour, Hawkmoon confia le cheval à un palefrenier et montra à Tozer la porte qui ouvrait sur la grande salle.

— Par ici, je vous prie.

Tozer haussa les épaules, et, sans se presser, il franchit le seuil. Il s'inclina vers les deux hommes qui se tenaient devant la grande cheminée dont les flammes faisaient rougeoyer les hauts murs de la salle. Hawkmoon salua Noblegent et D'Averc :

— Bonjour, je ramène un prisonnier.

— Je vois, répondit D'Averc intrigué. (Son beau visage maigre s'anima imperceptiblement.) Les armées de Granbretanne se pressent-elles de nouveau à nos portes ?

— Il est seul, sauf erreur de ma part, répondit Hawkmoon, et il prétend se nommer Elvereza Tozer.

— Vraiment ? (Un éclair de curiosité passa dans le regard habituellement serein de Noblegent.) L'auteur de *Chirshil et Adulf* ? Cela semble incroyable.

Tozer porta les mains aux lanières de cuir qui retenaient son masque.

— Nous nous connaissons, Messire, dit-il, nous nous sommes rencontrés, il y a dix ans de cela, lorsque je suis venu faire jouer ma pièce à Malaga.

— Je me souviens, ce jour-là, nous discutâmes des poèmes admirables que vous veniez de publier. (Noblegent hocha la tête.) Vous êtes vraiment Elvereza Tozer, mais…

Le masque tomba, dévoilant un visage émacié, chafoin, au nez long et fin. Une barbe rare dissimulait avec peine un menton fuyant. L'homme avait le teint maladif et la peau grêlée de petite vérole.

— Je me souviens du visage qui était plus plein toutefois. De grâce, Messire, que vous est-il arrivé ? lui demanda Noblegent. Fuyez-vous en quête d'un refuge, loin des seigneurs de votre pays ?

— Ah, soupira Tozer, jetant à Noblegent un regard sournois, peut-être, m'offririez-vous un verre de vin ? J'avoue que je suis totalement épuisé et altéré, après cette rencontre mouvementée avec votre belliqueux ami.

— Comment ? fit D'Averc. Vous vous êtes battus ?

— Battus à mort, dit Hawkmoon, sinistre, j'ai l'impression que Maître Tozer n'est pas venu ici en ami. Je l'ai trouvé embusqué dans les roseaux vers le sud. Je pense que c'est un espion.

— Et, quel besoin, Elvereza Tozer, le plus grand dramaturge du monde, aurait-il d'espionner, je vous prie ?

Il proféra ces mots d'un ton méprisant, mais qui manquait de conviction.

En se mordillant la lèvre, Noblegent secoua le cordon de la cloche pour appeler un serviteur.

— C'est à vous de nous le dire, Messire, répliqua Huillam D'Averc, une nuance d'ironie dans la voix.

Il toussa ostensiblement.

— Pardonnez-moi, un léger refroidissement, je pense. Le Château est traversé de courants d'air…

— Vous avez pris un coup de froid. Je prendrais bien un coup, moi aussi… Mais un coup à boire…

— Très bien, se hâta de dire Noblegent. (Il se tourna vers le serviteur qui entrait :) Une carafe de vin pour notre hôte, s'il vous plaît. Désirez-vous manger quelque chose, Maître Tozer ?

— Je dévorerais volontiers le pain babylonien et la viande de Marakhan, répondit Tozer d'un air rêveur. « Car toutes les nourritures depuis que les insensés s'en gavent sont tout simplement… »

— Pour le moment, nous n'avons que du fromage à vous servir… interrompit D'Averc sur un ton moqueur.

— *Annala*, Acte VI, scène V ! Vraiment, vous vous souvenez de cette scène ?

— Je m'en souviens, oui. (D'Averc hocha la tête.) J'ai toujours trouvé ce passage un peu faible au regard du reste.

— Subtil, plus subtil, lança Tozer, agacé.

Le serviteur apporta une carafe de vin, Tozer s'en versa un plein verre.

— Les finesses littéraires, dit-il, sont rarement accessibles d'emblée au commun des mortels. D'ici cent ans, les gens prendront conscience de la complexité de structure du dernier acte d'Annala, ils désavoueront ces critiques imbéciles qui le jugeaient bâclé et de pauvre conception...

— Je me flatte d'avoir su parfois assez agréablement manier la plume, confessa Noblegent, mais je dois reconnaître que ces subtilités m'ont échappé... peut-être pourriez-vous m'éclairer.

Tozer eut un geste évasif :

— Une autre fois, dit-il.

Il vida sa coupe de vin d'un trait et s'en resservit immédiatement une deuxième.

— En attendant, répliqua durement Hawkmoon, peut-être pourriez-vous nous éclairer sur votre présence en Kamarg, car enfin, nous étions convaincus que ces terres étaient inaccessibles et voilà que...

— N'ayez crainte, elles restent inaccessibles, excepté par moi, bien sûr. C'est grâce aux pouvoirs exceptionnels de mon esprit que j'ai pu me projeter jusqu'ici.

Perplexe, D'Averc se frottait le menton :

— Les pouvoirs exceptionnels de votre esprit ? Et comment...

— Je fus initié à un savoir ancestral, par un vieux sage qui se cache dans les lointaines vallées de Yel.

Tozer rota et se remplit une nouvelle coupe de vin.

— Yel, cette province du sud-ouest de la Granbretanne ? demanda Noblegent.

— Oui, une contrée reculée, quasi déserte, peuplée seulement de quelques barbares à la peau sombre qui vivent dans des trous qu'ils creusent dans le sol. C'est là que je me retirai, abandonnant à mes ennemis tous mes biens, mes espèces ; je jugeai plus prudent de me faire oublier quelque temps, après avoir encouru la disgrâce de certains membres de la Cour, en raison de ma pièce *Chirshil et Adulf*. J'ignore tout des finesses de la politique... Pouvais-je soupçonner que certaines scènes de la pièce reflétaient parfaitement les intrigues alors en cours parmi les courtisans ?

— Ainsi, vous êtes tombé en disgrâce ?

Hawkmoon observait Tozer. Cette histoire avait tout l'air d'une supercherie.

— Pire, mes jours étaient comptés, ajouta Tozer. Bien qu'en fait, j'ai bien failli mourir de cette fruste existence campagnarde, tant elle...

— Vous avez rencontré ce savant qui vous a enseigné comment atteindre d'autres dimensions et vous êtes venu jusqu'ici, à la recherche d'un refuge ? interrompit Hawkmoon, attentif aux réactions de Tozer.

— Non, c'est-à-dire... si, hésita le dramaturge, je veux dire que je ne savais pas où j'allais me retrouver...

— Vous êtes envoyé par le Ténébreux Empire pour nous détruire, lança Hawkmoon, je pense que vous mentez, Maître Tozer.

— Mentir ? Mais, qu'est-ce que le mensonge ? Et, qu'est-ce que la vérité ?

Tozer, l'œil glauque, lui adressa un sourire froid et eut un hoquet. Hawkmoon lui rendit son sourire :

— La vérité, en l'occurrence, pourrait bien ressembler à une corde de chanvre autour de votre cou. Nous devrions vous pendre.

Il passa son doigt sur la pierre sombre et luisante incrustée dans son front, le Joyau Noir.

— Les traîtrises du Ténébreux Empire me sont assez familières, voyez-vous. J'en ai trop souvent fait la triste expérience pour accepter le risque de me laisser abuser une fois encore. (Il se tourna vers les autres :) J'estime que nous devrions le pendre immédiatement.

— Mais comment savoir s'il est le seul capable de nous

atteindre ? demanda posément D'Averc. Gardons-nous de trop de précipitation, Hawkmoon.

— Il n'y a que moi, je le jure, s'écria Tozer, devenu nerveux. J'avoue, Messire, avoir été envoyé ici. Mais, c'était ça, ou périr dans les prisons de l'Empire, les catacombes du palais impérial. Quand le vieux savant me transmit son secret, je m'imaginai que, fort de ce pouvoir, je serais en mesure de retourner à Londra pour négocier une trêve avec les courtisans à qui j'avais déplu. Je voulais seulement retrouver ma position d'autrefois, écrire de nouveau ; je savais que j'avais toujours un public. Mais, à peine leur avais-je parlé de ce pouvoir, qu'ils menacèrent de me tuer, jusqu'à ce que j'accepte de venir ici pour détruire ce qui vous permettait de rester inaccessibles dans cette dimension inconnue... Alors, je suis parti – pas mécontent, je le reconnais, de leur échapper. Je n'avais guère envie de risquer ma vie en venant vous narguer ici, mes amis, mais...

— Et ils ne se sont ménagés aucune garantie de votre loyauté à leur égard dans cette mission ? demanda Hawkmoon. Voilà qui paraît étrange.

— Je ne mens pas, dit Tozer, la voix altérée, je pense qu'ils ne croyaient pas tellement à mon pouvoir. Peut-être voulaient-ils me mettre à l'épreuve pour s'assurer que je le possédais vraiment. Ils ont dû être assez interloqués lorsque je disparus sur-le-champ, dès le marché conclu.

— Une telle insouciance ne ressemble pas du tout aux Seigneurs du Ténébreux Empire, dit gravement D'Averc. (Une ride profonde barrait son profil d'aigle.) Et, si vous n'avez pas su gagner notre confiance, je ne vois pas comment vous auriez pu gagner la leur. De fait, votre histoire me laisse sceptique.

— Leur avez-vous parlé du vieux sage ? demanda Noblegent. Ils sont tout à fait capables de lui extirper son secret pour leur propre usage !

Tozer lui jeta un regard en biais :

— Non, je leur ai raconté que j'avais acquis ce pouvoir, durant tous ces longs mois de solitude, grâce à mes propres facultés psychiques.

D'Averc sourit :

— Vous ne songez pas, j'espère, qu'ils vous ont cru sur parole !

Tozer prit l'air offensé, et d'un trait il vida son verre de vin.

— J'ai du mal à croire que vous ayez pu parvenir jusqu'ici du seul fait de vos prétendus pouvoirs psychiques, confessa Noblegent. Êtes-vous bien sûr de n'avoir usé d'aucun autre moyen…

— Je n'aime pas du tout cette histoire, dit Hawkmoon dont le visage s'était assombri. En admettant, même, qu'il dise la vérité, les Seigneurs de Granbretanne vont se demander où il a acquis ce pouvoir ; ils vont suivre sa trace depuis son premier départ de Londra, et ainsi, certainement découvrir le vieux savant – lui arracher son secret – et alors, nous serons perdus !

— Eh oui, les heures que nous vivons sont bien cruelles, marmonna Tozer, en remplissant son verre. Souvenez-vous : *Le Déclin du Roi*, acte IV, scène II : « Sombres jours, farouches cavaliers, et, la puanteur des champs de bataille de part le monde entier. » Ah, sans le savoir, j'étais un visionnaire !

De toute évidence, il était, maintenant, complètement ivre.

Hawkmoon lui jeta un regard dur ; il ne parvenait toujours pas à se convaincre que cet ivrogne au menton fuyant pût être Tozer, le grand dramaturge.

— Vous doutez de moi, je vois. (Tozer avait la langue pâteuse.) Tout ça à cause de deux malheureuses lignes dans *Chirshil et Adulf*, je vous assure. Oh, quel mauvais tour du destin ! Deux malheureux vers jaillis de ma plume, en toute bonne foi, et aujourd'hui, me voilà quasiment pendu. Vous n'avez pu oublier cette scène, bien sûr, ni les dialogues ? La Cour et le Souverain, corrompus également… ? Acte I, scène I ? Je vous en supplie, Monseigneur, ne me pendez pas. Je suis un grand artiste, victime de mon immense génie.

— Ce vieux savant, demanda Noblegent, à quoi ressemble-t-il ? Où vit-il exactement ?

— Le vieux savant… (Tozer avala une lampée de vin.) Le vieux savant me rappelle un peu le Ioni de ma *Comédie d'Acier*, Acte II, scène VI…

— À quoi ressemble-t-il, répéta Hawkmoon exaspéré.

— Complètement voué à son engin, il consacrait tout son temps à en parfaire les subtils rouages, prenant de l'âge, inattentif au reste du monde, toujours penché sur ses machines. Il ne vivait que pour sa découverte voyez-vous, et fabriquait ces anneaux…

Tozer appliqua tout à coup sa main sur sa bouche.

— Les anneaux ? Quels anneaux ? demanda vivement D'Averc.

— Je vous prie de m'excuser. (Tozer tentait de prendre un air digne pour se lever.) Pardonnez-moi, de grâce… je crois que…

De fait, son teint tournait au verdâtre.

— Très bien, dit Noblegent d'un ton las. Je vais vous conduire…

Venant de la porte, une voix nouvelle s'éleva :

— Ne le laissez pas sortir sans lui avoir demandé d'où il tient l'anneau qui orne le majeur de sa main gauche.

Ces mots furent proférés d'un ton sarcastique, sous lequel chacun pouvait percevoir une nuance de mépris.

Tozer sursauta, il referma nerveusement sa main sur l'anneau.

— Qu'en savez-vous ? s'écria-t-il. Qui êtes-vous ?

— Dorian, Duc de Köln, ici présent, m'appelle le Guerrier d'Or et de Jais, répondit l'homme en se tournant vers Hawkmoon, qui l'avait reconnu dès son apparition.

De haute stature, entièrement revêtu d'une armure et d'un heaume noir et or, le mystérieux guerrier les dominait tous ; il éleva le bras, et d'un doigt ganté d'acier, il désigna Tozer.

— Enlève cette bague !

— C'est une bague de verroterie, rien de plus. Elle n'a aucune valeur…

— Il a parlé d'anneaux, en effet, dit D'Averc, serait-ce donc au moyen de cet anneau qu'il a pu arriver jusqu'ici ?

Tozer hébété par l'alcool, les traits décomposés par l'angoisse hésitait encore :

— Mais, je vous dis que ce n'est que verroterie sans la moindre valeur...

— Par le Bâton Runique, je t'ordonne de nous remettre cet anneau ! tonna le chevalier d'une voix terrifiante.

Tremblant Elvereza Tozer le retira et le jeta sur le dallage. D'Averc se pencha pour le saisir, et l'examina attentivement :

— C'est du cristal, dit-il, pas du verre, une qualité de cristal qui nous est familière, trop...

— La machine grâce à laquelle vous avez été transportés vers ces régions inaccessibles a été sculptée dans la même matière, interrompit le Guerrier d'Or et de Jais.

Il découvrit sa main gantée d'acier, révélant ainsi à leurs yeux son propre majeur orné d'un anneau identique.

— Cette bague permet à un homme de voyager vers des dimensions inconnues.

— C'est bien ce que je soupçonnais, s'écria Hawkmoon, cette prétendue force psychique n'était qu'une fable, c'est ce morceau de cristal qui vous a projeté jusqu'à nous. Aucun doute, maintenant, il faut vous pendre ! D'où tenez-vous cet anneau ?

— Du vieil homme – Mygan de Llandar. Je le jure, c'est la vérité. Il en a d'autres. Il peut en fabriquer d'autres ! hurla Tozer. Pitié, ne me pendez pas, je vous en supplie. Je vais vous expliquer comment retrouver le savant.

— Nous devons l'atteindre lui et ses secrets avant que les Seigneurs du Ténébreux Empire ne parviennent à les lui extorquer. Il en va de notre sûreté, dit Noblegent d'un air soucieux.

— Comment ? Va-t-il falloir aller en Granbretanne ? s'exclama D'Averc, alarmé.

— Cela semble inévitable, lui répondit Hawkmoon.

Chapitre IV

FLANA MIKOSEVAAR

Le public du concert sur lequel Flana Mikosevaar, Comtesse de Kanbery, promenait un regard distrait, tout en ajustant son masque tissé de fils d'or, lui apparaissait dans le lointain comme une masse de couleurs chatoyantes. L'orchestre qui se tenait au centre de la salle de bal, jouait une étrange mélodie de structure harmonique extrêmement complexe, une composition tardive de Londen Johne, l'illustre musicien Granbreton, mort depuis deux siècles déjà.

Le masque richement décoré que portait la Comtesse figurait un héron dont les yeux à facettes étincelaient d'une multitude d'éclats de pierres précieuses. À chacun de ses gestes, les tons lumineux de sa robe de lourd brocart variaient en une infinité de nuances subtiles. Elle était la veuve d'Asrovak Mikosevaar, le renégat de Moskovie, celui que Dorian Hawkmoon avait transpercé de son épée lors de la première bataille de Kamarg. Loin d'être inconsolable, Flana de Kanbery ne gardait aucune rancune contre celui qui avait tué le fondateur de ces légions redoutées à travers toute l'Europe, l'Ordre du Vautour dont le cri de guerre était « Mort à la Vie ». La violence insensée de cet amant sanguinaire, son douzième mari, avait cessé de l'amuser depuis longtemps déjà, lorsqu'il était parti pour la Kamarg. Depuis lors elle avait eu de nombreuses aventures, et d'Asrovak Mikosevaar, il ne lui restait plus qu'un vague souvenir, tout aussi léger dans sa mémoire que celui des autres hommes qu'elle avait aimés. En fait, l'intérêt que Flana se portait à elle-même était si exclusif que les êtres passaient dans sa vie comme des ombres indistinctes.

Il était remarquable que la plupart des hommes, maris ou amants, trouvaient la mort d'une façon ou d'une autre, dès qu'ils avaient cessé de lui plaire. Mais d'instinct, plus que par calcul délibéré, elle s'abstenait de faire disparaître les plus puissants d'entre eux. Ce qui ne signifiait pas qu'elle était incapable d'aimer ; lorsqu'elle s'enflammait, sa passion se révélait dévorante et sans partage. Mais ses sentiments étaient toujours de courte durée. Elle connaissait aussi peu la haine que la fidélité. Petit animal indifférent, chatte pour certains – d'autres l'apparentaient à l'araignée – par sa grâce et sa beauté, elle semblait sortir d'une légende. Nombreux étaient ceux qui la haïssaient, élaborant de sombres plans de vengeance pour un mari volé ou un frère empoisonné. Vengeances qui se seraient réalisées, n'eût-elle été Comtesse de Kanbery, cousine du Roi-Empereur Huon, le monarque immortel, qui, dans la salle du Trône du Palais, baignait pour l'éternité dans cette étrange matrice – le globe impérial. Nombreux également étaient ceux qui lui portaient un intérêt tout particulier. Car, dernière survivante de la famille impériale, il était possible, si le Roi-Empereur venait à disparaître, qu'elle devînt un jour Reine-Impératrice. Ils espéraient alors pouvoir s'en servir au bénéfice de leurs propres fins.

Flana de Kanbery restait inconsciente des intrigues dont elle était l'objet. Et si quelqu'un se fût chargé de l'éclairer, elle en aurait accueilli le récit sans la moindre émotion. En effet, entièrement vouée à la satisfaction de ses obscurs désirs, occupée à dissiper cette ombre d'étrange mélancolie qui habitait son âme, elle ne montrait aucune curiosité pour les affaires qui faisaient s'agiter ceux de son rang. Beaucoup s'interrogeaient à son sujet, et cherchaient à attirer son regard à seule fin de déchirer le voile mystérieux qui l'enveloppait. Mais son beau visage, sa peau transparente, ses joues légèrement rosées, et ses grands yeux ambrés, dissimulaient mieux encore que tous les masques tissés d'or une énigme impénétrable.

La musique cessa, le public s'anima et les couleurs semblèrent s'éveiller sous les vagues des étoffes somptueuses, alors que les masques se tournaient et s'inclinaient les uns vers les autres en d'innombrables saluts. Les femmes, délicatement masquées, s'empressaient autour des heaumes guerriers qu'arboraient les jeunes capitaines des armées du Ténébreux Empire. La Comtesse se leva, mais ne s'approcha pas. Elle reconnaissait vaguement certains heaumes. En particulier, elle identifia celui de Meliadus de l'Ordre du Loup qui, cinq ans auparavant avait été son époux, et qui – ce fut à peine si elle s'en aperçut – s'était séparé d'elle. Nonchalamment étendu sur des coussins moelleux, servi par des esclaves nues originaires du Continent, il y avait Shenegar Trott dont le masque caricaturait un visage humain. Elle aperçut également Pra Flenn de Lakasdeh, au masque de dragon souriant, jeune Duc d'à peine dix-huit ans et vainqueur déjà d'une bonne dizaine de grandes cités. Elle comprit que les Seigneurs de la guerre revenaient, triomphant, fêter leurs victoires, se partager les territoires conquis et recevoir les hommages du Roi-Empereur. Paradant au milieu des femmes qui minaudaient, tous riaient bruyamment. Tous, sauf Meliadus, son ex-mari, qui, se tenant à l'écart, s'entretenait avec Taragorm, son beau-frère, le Maître du Palais du Temps, et avec le Baron Kalan de Vitall, Grand Connétable de l'Ordre du Serpent, premier savant du Roi-Empereur. Sous son masque, Flana fronça les sourcils se rappelant qu'autrefois Meliadus avait coutume d'éviter Taragorm…

CHAPITRE V

TARAGORM

— Comment allez-vous, Frère ? s'enquit Meliadus sur un ton de cordialité affectée.

— Fort bien, répondit sèchement Taragorm.

Il avait su gagner l'affection de la sœur de Meliadus, et venait de l'épouser, ce qui, de notoriété publique, rendait ce dernier profondément jaloux. Aussi Taragorm se demandait-il ce qui lui valait ce subit accès de sympathie. L'homme se redressa, il portait un masque en forme d'horloge monstrueuse en cuivre jaune étincelant, ornementé de figures en émail, avec des chiffres en nacre incrustée et des aiguilles d'argent finement ciselé ; le boitier qui contenait le balancier descendait presque au milieu de la large poitrine de Taragorm. Subtilement conçu, le mécanisme complexe accordait ses mouvements à chacun de ses gestes. Elle sonnait les demi-heures et les quarts d'heures ; à midi et minuit, elle carillonnait les huit premières mesures des « Discordances Temporelles » de Sheneven.

— Et comment se portent les horloges de votre Palais ? ajouta Meliadus sur le même ton de prévenance contrainte. Les tics vont-ils toujours aussi bon train que les tacs ?

Taragorm se rendit compte que Meliadus essayait de plaisanter et ne répondit pas. Meliadus s'éclaircit la gorge. Kalan au masque de serpent rompit le silence :

— Je me suis laissé dire que vous expérimentiez une

machine capable de voyager dans le temps, Seigneur Taragorm. Savez-vous que, moi-même, je suis en train de travailler sur un engin qui…

— Je voudrais vous demander, Frère, dit Meliadus, ces expériences, où en sont-elles ?

— Je progresse… raisonnablement.

— Vous êtes-vous déjà transporté dans un autre temps ?

— Pas personnellement, non.

— Mon engin, continua le Baron Kalan, imperturbable, peut mouvoir des bateaux à des vitesses phénoménales sur de très longues distances. De sorte que nous sommes aujourd'hui en mesure d'envahir tous les pays du globe, aussi lointains soient-ils…

Meliadus se rapprocha de Taragorm :

— Quand sera-t-elle au point ? Quand le passé ou le futur nous deviendront-ils accessibles ?

Le Baron Kalan s'éloigna en haussant les épaules :

— Je dois rejoindre mon laboratoire. Le Roi-Empereur m'a recommandé d'achever mes recherches sans retard. Je vous salue, Messeigneurs.

— Au revoir, répondit Meliadus distraitement. Voyons, Frère, je dois savoir – vous devez me montrer à quel stade en sont vos travaux.

— Je dois ? (Taragorm se fit railleur.) Enfin, Frère, mes travaux sont secrets. Il m'est interdit de vous laisser franchir les portes du Palais du Temps, sans la permission du Roi-Empereur. C'est cette permission que vous devriez tenter d'obtenir, avant tout.

— Vous savez bien que ce genre d'interdictions et de permissions ne me concerne pas, moi.

— Nul n'est si haut, qu'il puisse se passer de la bénédiction du Roi-Empereur.

— Mais cette affaire est d'une extrême importance, Frère, dit Meliadus sur un ton enjôleur où perçait de l'exaspération. Nos ennemis ont réussi à s'enfuir, probablement vers une autre dimension de l'Univers, j'imagine par quel moyen. Ils représentent un grave péril pour la Granbretanne.

— Vous parlez de ce ramassis de bandits que vous n'avez pu défaire lors de la bataille de Kamarg ?

— Nous les avons presque écrasés. Ce n'est que grâce à je ne sais quelle science ou sorcellerie qu'ils purent échapper à notre vengeance. Nul ne me tient rigueur de cet échec…

— Sauf vous-même. N'êtes-vous pas furieux contre vous-même ?

— Je n'ai pas le moindre reproche à me faire. Je tiens à aller jusqu'au bout, c'est tout. Je nettoierai l'Empire de tous ses ennemis. En quoi cela serait-il coupable ?

— On murmure que, dans votre acharnement, vous poursuivez un but d'ordre privé ; engagé dans une vendetta personnelle contre ceux qui résident en Kamarg, vous auriez fait des compromis insensés.

— C'est un point de vue, Frère, dit Meliadus, mortifié.

Il avait peine à dissimuler sa contrariété.

— Mais je ne me soucie que de la puissance de la Granbretanne.

— Ouvrez-vous donc de vos inquiétudes au Roi-Empereur Huon. Peut-être vous autorisera-t-il alors à entrer dans mon Palais.

Taragorm se détourna, et son masque se mit à carillonner, rendant toute conversation momentanément impossible. Meliadus fit mine de le suivre, puis se ravisa, et, fulminant, quitta la salle.

La comtesse Flana Mikosevaar se trouvait maintenant entourée de jeunes seigneurs qui attendaient en se pavanant qu'elle condescendît à poser son regard sur l'un ou l'autre. Elle remarqua le départ du Baron. Observant sa démarche saccadée, elle en déduisit qu'il devait être de fort méchante humeur. Puis elle l'oublia, reportant son attention sur les courbettes de ses prétendants. Elle n'écoutait plus leurs flatteries – qui lui étaient trop familières – mais se laissait bercer par le son de leurs voix, vieille mélodie toujours très douce à ses oreilles.

Taragorm s'entretenait avec Shenegar Trott.

— Je dois me présenter devant le Roi-Empereur dans la matinée, disait Trott au Maître du Palais du Temps.

Je suppose qu'il va me confier une mission. C'est, pour l'instant, un secret, qu'il garde jalousement. Jamais un moment de répit, n'est-ce pas, Seigneur Taragorm ?

— Jamais, en effet, Comte Shenegar, sans cela nous risquerions tous de mourir d'ennui.

CHAPITRE VI

L'AUDIENCE

Le lendemain matin, Meliadus arpentait impatiemment l'antichambre de la salle du trône impérial. Il avait sollicité la veille une audience et on l'avait invité à se présenter à onze heures. Cela faisait une heure déjà qu'il avait traversé les couloirs étincelants de l'hallucinant Palais du Roi-Empereur. Les immenses portails, incrustés d'une mosaïque de précieuses gemmes représentant des hauts faits du temps jadis, s'élevaient jusqu'à la sombre voûte monumentale. Il était midi, les portes restaient désespérément closes, gardées par cinquante sentinelles de l'Ordre de la Mante, armées de lance-flammes toujours prêts à servir.

Le Roi-Empereur lui avait refusé un entretien immédiat, et il contenait à grand-peine le dépit qu'il sentait monter en lui. Quoi ? N'était-il pas le plus valeureux des Seigneurs de la Guerre ? N'était-ce pas sous son commandement que les armées de Granbretanne avaient conquis tout un continent ? Sous son commandement encore, que ces mêmes armées avaient étendu la domination de l'Empire sur des régions entières du Moyen-Orient ? Pourquoi le Roi Empereur l'insultait-il ainsi ? Meliadus, le premier chevalier de Granbretanne, ne méritait-il pas plus d'égards qu'aucun autre mortel ? Il subodorait quelque intrigue dirigée contre lui. D'après leurs paroles, Taragorm et les autres semblaient insinuer qu'il poursuivait des buts personnels. Le Roi-Empereur n'aurait certainement pas prêté l'oreille à ces ragots. Ils étaient insensés de ne pas se rendre compte du danger que représentaient Hawkmoon, le comte Airain et Huilliam D'Averc. Si l'on s'obstinait à tolérer leurs tortueuses machinations, ils allaient susciter de nouvelles rébellions, ralentir la progression des conquêtes. Non, vraiment, le Roi-Empereur Huon devait le comprendre. Le Roi-Empereur était sage, le Roi-Empereur était objectif. Sinon, il n'eût pas mérité le trône.

Meliadus chassa cette idée avec horreur.

Les lourdes portes ornées pivotèrent enfin sur leurs gonds. Dès qu'elles s'écartèrent suffisamment pour laisser le passage, un visage rubicond au regard plein de malice apparut dans l'entrebâillement.

— Shenegar Trott ! s'exclama Meliadus, c'est à cause de vous que j'attends depuis si longtemps ?

Sous la lueur du couloir, le masque de Trott scintillait de mille feux.

— Je me confonds en excuses, baron Meliadus, il y avait tant de détails à mettre au point ! Tout est réglé maintenant. Je suis chargé d'une mission, mon cher baron. Et quelle mission !

Il avait déjà disparu ; Meliadus n'eut pas le temps de s'enquérir plus avant de cette mission.

De la salle lui parvint alors une voix jeune et vibrante, celle du Roi-Empereur.

— Vous pouvez venir maintenant, baron Meliadus.

Et les gardes s'écartèrent cérémonieusement pour lui laisser le passage.

Dans la salle gigantesque aux couleurs flamboyantes, éclataient les bannières des cinq cents premières familles de Granbretanne ; un millier d'hommes, statues figées sous leurs heaumes à figure de mante, s'alignaient le long des hauts murs, leurs armures chatoyaient en noir, vert et or. Le baron Meliadus de Kroiden s'avança et s'inclina avec déférence.

De multiples galeries richement décorées se succédaient interminablement jusqu'à l'immense coupole. Le baron se redressa et, dans le lointain, il aperçut le trône impérial, en forme de sphère, tache livide sur la pourpre et le vert profond de la paroi.

D'un pas lent, Meliadus marcha pendant vingt minutes, pour parvenir enfin au globe devant lequel il se prosterna une seconde fois. La sphère contenait un liquide épais et visqueux, d'une opacité laiteuse, traversée de veinules rouges et bleues qui se propageaient en radiances lumineuses. Tel un vieux fœtus aux chairs fripées, lové au sein de ce fluide étrange, flottait une forme, le Roi-Empereur Huon en personne. Ses yeux seuls semblaient vivre, un regard sombre, malfaisant perçait à travers la matière molle et visqueuse.

— Baron Meliadus.

Malgré son âge immémorial, le Roi-Empereur Huon possédait une voix chaude et musicale, fruit d'une monstrueuse opération, puisqu'elle avait été arrachée à la gorge palpitante d'un être dans toute la fraîcheur de sa jeunesse.

— Noble Monarque, murmura Meliadus, daignez recevoir toute ma respectueuse reconnaissance pour avoir accepté cet entretien.

— Dans quel but avez-vous sollicité une audience, baron ? (Le ton devint ironique, légèrement railleur.) Dois-je de nouveau exprimer ma gratitude pour l'énergie que vous avez déployée au service de l'expansion de l'Empire en Europe...

— Son accomplissement m'est un réconfort suffisant, noble sire. Je désire vous prévenir contre ce danger qui menace notre domination sur ces régions...

— Pardon ? Le continent tout entier n'est-il pas assujetti ?

— Vous n'ignorez pas que j'y ai veillé, l'Europe est soumise à notre loi d'un bout à l'autre, jusqu'aux confins de la Moscovie. Peu d'êtres y vivent qui ne soient vos esclaves. Mais, je veux parler de ceux qui nous ont échappé...

— Vous voulez dire Hawkmoon et ses amis ?

— Ceux-là mêmes, Puissant Roi-Empereur.

— Vous les avez chassés de ce monde. Nous n'avons plus rien à redouter d'eux.

— Ils vivent, nous avons au contraire tout à craindre d'eux, car leur fuite risque de susciter d'autres tentatives, des espoirs au cœur des peuples dominés, espoirs que nous devons étouffer avant qu'ils n'ébranlent à nouveau votre toute-puissance.

— L'écrasement de ces velléités vous est une tâche familière. Votre préoccupation nous semble étonnante. Nous craignons, baron Meliadus que vous ne soyiez tenté de négliger les intérêts de votre Roi-Empereur, au seul profit de vos intérêts propres.

— Mes intérêts sont indissociables des vôtres, sire. Ne suis-je pas le plus loyal de vos serviteurs ?

— Vous en semblez convaincu en tout cas, mais peut-être vous leurrez-vous vous-même…

— Que voulez-vous dire, puissant monarque ?

— Nous voulons dire que votre acharnement à propos de cette poignée de vilains conduits par l'Allemand Hawkmoon, ne sert pas forcément nos intérêts. Ils ne reviendront pas. Quand bien même l'oseraient-ils, il serait alors grand temps de s'en préoccuper. Nous craignons qu'un simple désir de revanche ne vous motive. Soif de vengeance que vous tentez de justifier, en votre for intérieur, par cette fable d'une menace planant sur tout le Ténébreux Empire.

— Non, prince souverain, non ! Je jure qu'il n'en est pas ainsi.

— Laissez-les donc croupir dans leur refuge, Meliadus, qu'ils aient l'audace d'en sortir, alors vous pourrez vous en occuper.

— Grand Roi, ils représentent un danger potentiel pour l'Empire. Ils ont des complices qui leur offrent un soutien d'une puissance insoupçonnée. S'il en était autrement, où donc auraient-ils obtenu cette machine qui leur a permis de s'évanouir à nos yeux alors que nous étions sur le point de les écraser définitivement ? Accordez-moi le soutien de la science de Taragorm. Et alors je vous apporterai la preuve tangible de ce que j'avance au sujet de Hawkmoon et de ses semblables. Vous verrez à quel point mes craintes sont fondées ! Vous ne pourrez que me croire.

— Nous demeurons sceptique, Meliadus, tout à fait sceptique. (La voix mélodieuse se fit menaçante.) Mais si vous savez ne pas négliger les tâches que nous entendons vous confier à la Cour, nous vous autorisons à pénétrer dans le palais du seigneur Taragorm, je vous accorde son assistance dans la poursuite de vos ennemis.

— Nos ennemis, Prince Souverain…

— Nous verrons bien, baron, nous verrons.

— Je vous suis reconnaissant pour la confiance que vous daignez montrer, noble monarque, vous verrez que…

— L'audience n'est pas close, baron Meliadus, n'avons-nous pas mentionné une tâche délicate que nous désirons vous voir accomplir au sein de la Cour.

— Je serais honoré de la mener à bien, Puissant Roi-Empereur.

— Vous parliez d'un péril menaçant notre sécurité, venant de Kamarg. Eh bien, nous considérons, nous, que le danger pourrait venir d'autres contrées. Plus précisément, nous craignons l'Orient, un adversaire autrement vigoureux, d'après certaines informations ; tout aussi puissant que le Ténébreux Empire lui-même. Toutefois il est possible que cela ne soit pas sans relations avec vos propres soucis concernant Hawkmoon et ses alliés supposés. Et peut-être, en ce jour, allons-nous recevoir à notre Cour quelques-uns de leurs représentants.

— Votre Majesté, s'il en était ainsi…

— Laissez-nous poursuivre, baron Meliadus !

— Pardonnez-moi, noble sire.

— La nuit dernière se sont présentés aux portes de la ville deux étrangers qui se prétendaient émissaires de l'Empire d'Asiacommunista. La façon dont ils parvinrent jusqu'ici demeure mystérieuse. Ils affirment avoir quitté leur propre capitale deux heures auparavant ; ils possèdent donc le pouvoir de se déplacer par des moyens inconnus. Nous les soupçonnons de venir à seule fin de nous espionner et d'évaluer notre force ; exactement comme nous-mêmes visitons les capitales des pays sur lesquels nous projetons d'étendre notre domination. Nous allons leur rendre la politesse, c'est-à-dire tenter de mesurer leur propre puissance, qu'un jour ou l'autre, même lointain, nous serons amenés à affronter. Sans aucun doute, le bruit de nos conquêtes au Proche et au Moyen-Orient est venu à leur connaissance, et ils s'en inquiètent. Nous devons réunir le maximum d'informations à leur sujet. Ils doivent repartir convaincus que nous ne leur voulons aucun mal, pour les inciter à accueillir des émissaires de la Granbretanne dans leur pays. Si cela s'avère possible, nous désirons que, vous, Meliadus, soyez l'un de ces émissaires. Vous avez une large expérience de ce genre de missions diplomatiques, vous y serez plus habile qu'aucun de mes courtisans.

— Ces nouvelles semblent inquiétantes.

— En effet, mais nous devons profiter de l'avantage que nous offrent les événements. Vous serez leur guide. Veillez à les traiter avec la plus grande courtoisie. Poussez-les à la confidence. Apprenez tout, concernant leur puissance réelle, l'étendue de leurs territoires, les effectifs de leurs armées, la qualité de leurs armements et leurs moyens de transport. Cette visite inattendue, comme vous pouvez le voir, baron Meliadus, présente infiniment plus de motifs de crainte que tous les châteaux du Comte Airain s'évanouissant dans les limbes.

— Peut-être, noble sire…

— Non, sûrement, baron Meliadus ! (La langue préhensible frémit un moment hors de la bouche ridée.) Vous devrez prioritairement vous consacrer à cette tâche. Et s'il vous reste quelque loisir, libre à vous de l'occuper à votre vendetta contre Hawkmoon et les autres.

— Mais, puissant Roi-Empereur…

— Faites bon usage de nos instructions, Meliadus. Ne nous décevez pas.

Ces derniers mots furent proférés sur un ton lourd de menace. La langue jaillit pour atteindre une minuscule gemme qui flottait près de l'énorme tête. Le globe commença alors à s'obscurcir pour se métamorphoser en une lourde sphère noire et luisante.

Chapitre VII

LES ÉMISSAIRES

Le baron Meliadus restait préoccupé. Le Roi-Empereur, délibérément sourd à ses arguments concernant les habitants du château du comte Airain, lui avait-il retiré sa confiance ? Certes, le souverain avait évoqué d'excellentes raisons pour le convaincre de s'occuper des étranges émissaires d'Asiacommunista. Il s'était même montré assez flatteur en laissant entendre que, seul, Meliadus avait les qualités requises pour s'attaquer à ce problème et en faisant miroiter pour le baron la possibilité d'ajouter à ses titres de Premier Guerrier d'Europe, celui de Seigneur Suprême de la Guerre en Asiacommunista.

Mais la question, infiniment plus brûlante à son avis, du château du comte d'Airain continuait à obséder Meliadus, tandis que, arborant son plus beau masque et ses habits d'apparat, il traversait les couloirs étincelants du palais pour gagner la salle où, la veille, il avait sollicité le concours de son beau-frère Taragorm. Ce jour-là, devait s'y dérouler une grande réception en l'honneur des visiteurs orientaux.

Porte-parole impérial, le baron Meliadus se trouvait auréolé d'un prestige que surpassait seul celui du Roi-Empereur. Toutefois, même cette idée ne parvenait pas à soulager son cœur assoiffé de vengeance.

Dès qu'il eut franchi le seuil, les trompettes éclatèrent depuis les galeries de la salle de réception. Somptueusement parée, toute la haute noblesse de Granbretanne était présente. Les émissaires d'Asiacommunista n'avaient pas encore été annoncés. Le baron Meliadus se dirigea vers l'estrade qui portait trois trônes dorés et prit place dans celui du milieu. L'assistance qui attendait en silence, s'inclina pour le saluer. Jusqu'à présent, nul, à part le capitaine Viel Phong de l'Ordre de la Mante, leur escorte, n'avait rencontré les émissaires. Meliadus remarqua la présence de Taragorm, de Flana, comtesse de Canbery, Adaz Promp et Mygel Holst, de Jerek Nankenseen et Brenal Farnu. Soudain, il s'aperçut que parmi les représentants des nobles guerriers manquait le gros Shenegar Trott. Il se souvint de la mission dont lui avait parlé ce dernier. Était-il donc déjà parti ? Pourquoi ne l'avait-on pas informé de cette expédition, lui, Meliadus ? Pourquoi tant de mystères ? Aurait-il réellement perdu la confiance du Roi-Empereur ? Il agitait ces sombres pensées lorsque les trompettes résonnèrent à nouveau. Les portes s'ouvrirent pour laisser le passage aux deux personnages les plus incroyables qu'il leur ait jamais été donné de voir.

Meliadus avait peine à dissimuler sa stupéfaction. Machinalement, il se dressa pour accueillir ces deux géants de plus de sept pieds de haut, vision grotesque et barbare, sortes d'automates à la démarche raide. Était-ce là quelque monstrueuse création du tragique millénaire ? Les habitants d'Asiacommunista étaient-ils vraiment des hommes ?

Voilà une idée qui ne l'avait jamais effleuré. Comme les Granbretons, ils portaient des masques, extraordinaires édifices posés sur leurs épaules, de forme plutôt allongée, moulés dans le cuir, barbouillés de bleus, de verts, de jaunes et de rouges éclatants, figures tourmentées et diaboliques, aux yeux exorbités, aux dents proéminentes ; nul ne pouvait vérifier si les visages ainsi dissimulés étaient humains ou non. De lourds manteaux de fourrure étaient jetés sur leurs épaules et descendaient jusqu'au sol. Leurs vêtements semblaient également taillés dans le cuir. Des membres et des organes humains s'y dessinaient à grands traits de couleurs violentes. Meliadus pensa aux planches illustrées d'un ouvrage médical qu'un jour il avait feuilleté.

Le héraut annonça :

— Seigneur Kominsan Kaow Shalong Gatt, ambassadeur héréditaire de l'Empereur-Président Jong Mang Shen d'Asiacommunista, Prince Électeur des Hordes du Soleil.

Le premier émissaire s'avança, sa pelisse de fourrure flottant derrière lui, révélant une carrure d'au moins quatre pieds de large et des manches de soie éblouissante et multicolore ; il tenait un bâton d'or serti d'innombrables pierreries, avec une vénération telle qu'ils crurent un instant voir le Bâton Runique lui-même.

— Seigneur Kominsar Orkai Heong Phoon, Ambassadeur Héréditaire de l'Empereur-Président Jong Mang Shen, Prince Électeur des Hordes du Soleil.

Le second personnage s'avança, son accoutrement était identique mais il n'arborait aucun bâton.

D'un geste large, Meliadus ouvrit les bras :

— Bienvenue aux nobles émissaires de l'Empereur-Président Jong Mang Shen ; le peuple de Granbretanne leur souhaite un agréable séjour en son pays.

L'homme qui tenait le bâton s'immobilisa devant le dais, et, s'exprimant avec un accent étrangement cadencé qui n'avait son pareil nulle part en Granbretanne, ni, du reste, en Europe ou au Proche-Orient, répondit :

— Nous nous sentons infiniment honorés de l'accueil chaleureux qui nous est fait et nous sommes impatients de connaître le nom du digne seigneur qui s'adresse à nous.

— Je suis le baron Meliadus de Kroiden, Grand Connétable de l'Ordre du Loup, Premier Seigneur de la guerre en Europe, Ambassadeur de notre immortel Roi-Empereur Huon le dix-huitième, Souverain de Granbretanne, d'Europe et de tous les royaumes de la Mer du Milieu, Grand Connétable de l'Ordre de la Mante, Gouverneur des Destinées et de l'Histoire, Redoutable et Puissant Monarque de l'Univers. En son nom je vous salue, en son nom je vous parle, serviteur respectueux de tous ses désirs. Car sachez que notre prince éternel ne quitte jamais la sphère impériale sacrée où il se tient, invulnérable, protégé nuit et jour par un millier de gardes.

Meliadus jugeait nécessaire d'impressionner les visiteurs en insistant, dès à présent, sur l'inaccessibilité de l'Empereur et sur la vanité de toute velléité d'attentat contre sa vie. Il leur indiqua les deux trônes d'or :

— Je vous invite à prendre place, et à vous divertir.

Les deux grotesques créatures gravirent laborieusement les quelques marches et s'installèrent de part et d'autre de Meliadus. Il n'y aurait pas de banquet. Car les Granbretons ne s'alimentaient que dans la stricte intimité, ne supportant pas l'idée d'avoir à exhiber en public leurs visages dénudés, acte d'une indécence absolue qu'ils ne s'autorisaient que trois fois par an. Ayant déposé masques et parures, ils se livraient alors, pendant une semaine entière, dans l'enceinte de la salle du trône, à d'orgiaques cérémonies ; spectacles d'une dépravation inouïe dont se délectait le Roi-Empereur Huon, l'œil avide et pervers. Aucun langage, hormis ceux des différents ordres, ne possédait de mots pour désigner ces rituels infâmes et sanglants, qu'il était interdit de nommer en dehors de ces trois occasions annuelles.

Le baron Meliadus claqua dans ses mains et la foule des courtisans s'écarta, tel un immense rideau, libérant ainsi un large espace au centre de la salle. Alors vinrent les acrobates, les jongleurs, les clowns et depuis les galeries, une musique sauvage éclata. Des pyramides humaines s'élevaient, oscillaient et se défaisaient, pour se reformer immédiatement en structures de plus en plus complexes ; les clowns gambadaient en de folles cabrioles, jetant d'irrévérencieuses plaisanteries, bouffons rivalisant d'esprit et de faconde ; autour d'eux, les acrobates et les jongleurs bondissaient, se poursuivaient sur des fils tendus entre les hautes galeries, se balançaient et accomplissaient mille prouesses sur les trapèzes, loin au-dessus du public.

Flana de Canbery ne regardait pas les jongleurs et restait absolument insensible à l'humour déployé par les clowns. Son merveilleux masque de héron tourné vers les étrangers, elle les observait avec une curiosité inaccoutumée. De vagues idées traversaient son esprit ; elle songeait au divertissement unique qu'elle trouverait à connaître mieux ces bizarres créatures, surtout si, comme elle le soupçonnait elles n'étaient pas entièrement humaines.

Meliadus, toujours importuné par la pensée d'une possible disgrâce auprès de son roi et d'un probable complot contre lui parmi les nobles de son rang, s'efforçait péniblement de rester courtois envers ses hôtes. Quand il le désirait, il pouvait impressionner très favorablement les étrangers – le comte Airain s'y était laissé prendre une fois – par sa civilité, sa dignité et son aisance. Mais ce soir-là, il devait se contraindre, et il redoutait que cet effort ne fût perceptible.

— Le spectacle vous distrait-il, Messeigneurs ?

Il ne reçut pour toute réponse qu'une légère inclination des deux énormes têtes.

— Les clowns ne sont-ils pas désopilants ?

Il n'obtint en écho qu'un vague geste de la main de l'homme au bâton.

— Quelle habileté ! poursuivit Meliadus. Nous avons ramené ces prestidigitateurs de notre domaine d'Italie. Et ces jongleurs furent un jour la propriété d'un Duc de Cracovie…

Orkai Heong Phoon se tortilla sur son siège. Tout cela ne faisait qu'accroître la fébrilité de Meliadus, lui donnait l'impression que, d'une manière ou d'une autre, ces deux créatures se sentaient supérieures à lui et s'impatientaient de ses vains assauts de courtoisie. Ces mondanités lui devinrent de plus en plus insupportables.

N'y tenant plus, il se leva et claqua dans ses mains à nouveau. « Cela suffit, nous désirons maintenant un spectacle plus original. » Les gymnastes sexuels entrèrent alors en scène pour se livrer à ces acrobaties obscènes dont se délectaient tant les seigneurs dépravés du Ténébreux Empire. Meliadus pouffa en reconnaissant certains des exécutants. Il se pencha vers ses hôtes :

— Voici un prince Magyar ; et ces deux-là, les jumelles, sont les sœurs d'un souverain turc. Cette blonde là-bas, je l'ai capturée moi-même. L'étalon vient tout droit d'une écurie bulgare. J'ai instruit la plupart de ces artistes personnellement.

Mais, alors que le baron Meliadus sentait, enfin, sa tension nerveuse se relâcher un peu, les émissaires du Président-Empereur Jong Mang Shen restaient de glace, absolument impassibles, et il se demanda, à nouveau, si ces créatures étaient faites de chair et d'os.

Puis le spectacle s'acheva et les artistes se retirèrent, au grand soulagement des ambassadeurs, sembla-t-il.

Ayant tout à fait repris ses esprits, Meliadus ordonna que le bal commençât.

— À présent, Messeigneurs, dit-il en se levant, nous allons rejoindre l'assistance afin que vous rencontriez tous les nobles aujourd'hui réunis en votre honneur.

La démarche raide, les deux hautes silhouettes suivirent Meliadus.

— Désirez-vous danser ? demanda le baron.

— Je regrette, nous ne dansons pas, répondit Kaow Shalong Gatt d'une voix éteinte.

L'étiquette exigeait que les invités ouvrissent le bal, donc personne ne dansa. Meliadus était furieux. Quelles prouesses le Roi-Empereur Huon attendait-il de lui face à de tels automates ?

— Vous ne dansez donc pas en Asiacommunista ? dit-il, le timbre de sa voix légèrement altéré par la colère.

— Je ne pense pas que vous puissiez goûter les danses que nous pratiquons, répliqua Orkai Heong Phoon.

Le ton ne laissait rien paraître, mais, de nouveau, Meliadus fut traversé par l'idée que ces dignes seigneurs d'Asiacommunista se sentaient bien au-dessus de ce genre d'activités. Exaspéré, il pensa que bientôt, la simple politesse à l'égard de ces fiers étrangers, allait devenir une épreuve insurmontable. Il se consola néanmoins à l'idée du traitement qu'il leur réserverait, s'il avait un jour le privilège de commander une armée de conquête en Extrême-Orient.

Le baron s'arrêta devant Adaz Promp, qui salua les deux ambassadeurs :

— Permettez-moi de vous présenter l'un de nos plus

valeureux seigneurs de la guerre, le comte Adaz Promp, Grand Connétable de l'Ordre du chien, Prince de Pary et Gouverneur de Munchen, Commandeur des Dix Mille.

Le masque de Chien s'inclina de nouveau.

— Le comte Adaz fut à la tête des forces qui facilitèrent grandement nos conquêtes en Europe. Grâce à lui, tous les territoires furent soumis en deux ans, alors que nous avions prévu d'y consacrer vingt ans. Ses meutes sont invincibles.

— Le baron me flatte, dit Adaz Promp, je suis sûr que les légions d'Asiacommunista sont encore plus puissantes.

— C'est possible, je ne sais pas. Votre armée semble aussi redoutable que nos meutes de dragons, répliqua Kaow Shalong Gatt.

— Des dragons de meute ? Vraiment ? interrogea Meliadus, se rappelant soudain la mission que lui avait confiée son roi.

— Vous n'en avez donc pas en Granbretanne ?

— Peut-être les désignons-nous autrement ? Pouvez-vous nous les décrire ?

— De taille deux fois plus élevée que les hommes – les hommes de chez nous –, ils ont soixante-dix dents tranchantes comme des rasoirs, et des griffes qui ressemblent à celles des chats. Ils sont très velus. Nous nous en servons pour capturer les reptiles sauvages non encore dressés pour le combat guerrier.

— Je vois, murmura Meliadus, songeant que pour défaire de tels monstres de nouvelles tactiques seraient nécessaires.

— Et combien en avez-vous déjà entraîné ?

— Un bon nombre.

Ils continuèrent leur chemin parmi les nobles et leurs épouses. Chacun se tenait prêt à poser une question qui donnât à Meliadus l'occasion de soutirer des informations précises. Mais il paraissait clair que les émissaires, s'ils donnaient volontiers une image puissante de leur force et de leurs armements, se gardaient bien, par contre, de divulguer le moindre détail, tel que chiffre ou capacité. Meliadus se rendit vite compte qu'il lui faudrait plus d'une soirée pour collecter ce type de renseignements, et que, de toute façon, la tâche ne serait pas aisée.

— Vos sciences doivent être très évoluées, dit-il en leur frayant un passage dans la foule. Beaucoup plus que les nôtres peut-être.

— C'est possible, répondit Orkai Heong Phoon. Mais je connais si peu de chose concernant vos techniques. Il serait particulièrement intéressant de les comparer.

— Assurément, accorda Meliadus. J'ai entendu dire, par exemple, qu'avec vos machines volantes, vous avez parcouru plusieurs milliers de lieues en très peu de temps.

— Ce n'étaient pas des machines volantes, dit Orkai Heong Phoon.

— Non ? Mais alors comment… ?

— Nous les appelons chariots souterrains, ils se déplacent à l'intérieur du globe terrestre…

— Par quel moyen de propulsion ? Qu'est-ce qui fend la terre pour permettre le passage ?

— Nous ne sommes pas des scientifiques, répliqua sèchement Kaow Shalong Gatt, nous ne prétendons pas comprendre le fonctionnement de nos machines. Nous abandonnons ces basses besognes aux castes inférieures.

Une fois de plus, le baron se sentit humilié. Il s'approcha de la comtesse Flana Mikosevaar, qui fit une révérence.

— Vous êtes vraiment très grands, murmura-t-elle de sa voix douce et profonde.

Le baron Meliadus s'était vaguement douté que la rencontre ne ferait qu'accroître sa gêne. Il ne l'avait présentée que pour combler le silence qui avait suivi les derniers mots du visiteur. Aussi s'apprêtait-il à s'éloigner quand Flana tendit la main pour toucher l'épaule d'Orkai Heong Phoon :

— Et vous avez de très larges épaules.

L'émissaire garda le silence et resta là, sans bouger d'un pas. L'avait-elle offensé ? Meliadus se le demandait et n'en aurait d'ailleurs pas été fâché outre mesure. De toute façon, ils ne se plaindraient pas. À ce stade de la négociation, l'intérêt bien compris des deux parties n'était-il pas de rester en bons termes ?

— Comment pourrais-je me rendre agréable, messire, demanda Flana d'un ton alangui.

— Je vous remercie infiniment, mais, pour l'instant, je n'en ai pas la moindre idée, répondit l'homme.

Surprise, Flana les regarda s'éloigner. Aucun homme n'avait jamais accueilli ses avances avec une telle froideur. Elle se promit de tenter sa chance à la première occasion afin de voir de quoi il en retournait réellement. Quels êtres singuliers et taciturnes, avec leurs mouvements empesés ! Ils semblaient faits de métal. Étaient-ils capables de la moindre émotion humaine ?

Leurs hauts masques de cuir bariolé dominaient l'assistance, alors que Meliadus les présentait à Jerek Nankenseen et à son épouse, la duchesse Falmoliva Nankenseen qui, dans sa jeunesse, chevauchait auprès de son mari, sur tous les champs de bataille.

Enfin, le supplice s'acheva. Meliadus regagna son trône doré, l'esprit encore troublé par le départ précipité de son rival, Shenegar Trott, et surtout par la discrétion du Roi-Empereur Huon à ce sujet. Il lui tardait de se libérer de ses obligations pour se hâter vers les laboratoires de Taragorm et voir si le Maître du Palais du Temps pouvait l'aider à percer le mystère de la disparition du Château Airain.

Chapitre VIII

LE PALAIS DU TEMPS

Après une nuit agitée, interminable, au cours de laquelle son esprit tourmenté ne trouva pas une seconde de repos, Meliadus s'apprêta à rendre visite à Taragorm.

À Londra, il y avait très peu d'avenues et de rues larges. Les maisons, les palais, les boutiques et les entrepôts ouvraient sur un fouillis inextricable d'étroits passages. Dans les quartiers riches, les murs, polis comme le verre, miroitaient d'innombrables couleurs alors que les quartiers pauvres étaient édifiés en pierres noires et luisantes.

Le jour se levait à peine quand Meliadus, dissimulé par les rideaux de velours de sa litière portée par une douzaine de jeunes captives aux corps nus et fardés, traversa les ruelles de la ville. Il tenait à rencontrer le maître du Palais du Temps avant le réveil des fâcheux. Il était possible que leur pays fût allié à la Kamarg mais il n'en avait aucune preuve tangible. Si ses espoirs en Taragorm s'avéraient fondés, il présenterait au Roi-Empereur Huon un argument de poids, irréfutable, et l'Empereur le libérerait peut-être de la tâche assommante qu'il lui avait infligée.

Enfin les passages commencèrent à s'élargir et Meliadus perçut un bourdonnement sourd et des battements réguliers et mécaniques.

À mesure qu'il approchait du Palais du Temps ce bruit étrange devenait assourdissant : un millier de pendules gigantesques balayaient l'espace sur un millier de rythmes différents ; une multitude de rouages tournaient en ronronnant, les jaquemarts s'acharnaient sur les cloches, les gongs et les cymbales ; les oiseaux automates chantaient à tue-tête, tandis que des voix saccadées discouraient interminablement. Le Palais qui contenait ces innombrables horloges de différentes tailles, était lui-même une gigantesque horloge. Et, dominant ce vacarme indescriptible, retentissait le claquement balancé, imperturbable du lourd levier qui, près du toit, surplombait le tout, et le sifflement du monstrueux balancier qui déchirait la largeur de la Grande Salle du Pendule où Taragorm menait la plupart de ses expériences.

La litière de Meliadus s'immobilisa devant les portes de bronze et plusieurs automates se précipitèrent pour barrer le passage. Une voix mécanique traversa le fracas :

— Qui désire rendre visite au Seigneur Taragorm du Palais du Temps ?

— Le baron Meliadus, son beau-frère, avec la permission du Roi-Empereur, répondit le baron contraint de crier.

Meliadus commençait à s'impatienter lorsque enfin les battants s'ouvrirent lentement.

Ils traversèrent une pièce dont les parois métalliques s'incurvaient comme la base d'une horloge, et le vacarme s'accrut encore. Les tics et les tacs, les clics et les clacs, les vrombissements, les bourdonnements, les cognements et les sifflements eussent obligé Meliadus à appuyer les mains sur ses oreilles, s'ils n'avaient été un peu atténués par le heaume de loup qui protégeait sa tête. Néanmoins Meliadus crut un instant qu'il allait devenir sourd.

Les jeunes captives déposèrent enfin la litière dans la salle suivante. De lourdes tentures, couvertes de motifs stylisés qui représentaient une centaine de ces inévitables instruments à mesurer le temps la tapissaient entièrement et y étouffaient la majeure partie des sons.

De sa main gantée, Meliadus écarta les rideaux de velours, il sortit de la litière et attendit là que son beau-frère vînt l'accueillir.

Après un moment, qu'il jugea à nouveau interminable,

l'homme apparut sur le seuil d'une porte au fond de la pièce. Il s'avança d'un pas lent et salua en inclinant son énorme masque d'horloge.

— Il est très tôt, frère, je regrette de vous avoir fait attendre mais je n'avais pas encore déjeuné.

Meliadus se souvint que Taragorm n'avait jamais vraiment réussi à se plier à l'étiquette. Il s'exclama :

— Pardonnez-moi, Frère, mais j'étais si impatient de voir votre travail.

— Vous me flattez, Frère, suivez-moi, je vous prie.

Taragorm le précéda vers la porte du fond. Ils parcoururent nombre de couloirs également tapissés pour enfin parvenir devant une immense porte. Taragorm dut peser de tout son poids pour dégager la lourde barre qui la maintenait hermétiquement close. Les battants s'écartèrent et l'air s'emplit soudain d'un bruit accompagné d'un souffle violent qui semblait provenir d'un gigantesque tambour aux battements lents et sinistres.

Machinalement Meliadus leva la tête. Au-dessus de lui les cinquante tonnes d'acier de l'énorme balancier en forme de soleil rayonnant de mille feux fendaient l'espace. Toutes les tentures frémissaient sous les bouffées d'air ainsi déplacées et le manteau de Meliadus se déploya telle une paire de larges ailes soyeuses. Il comprit alors que la pulsation lugubre et oppressante venait du levier d'échappement qui assurait le mouvement régulier de la monstrueuse machine.

D'un bout à l'autre de la Grande Salle du Pendule s'alignaient quantité d'engins à différents stades de construction, d'établis encombrés de matériel de laboratoire, d'instruments en acier, en bronze et en argent, de nuages de fils de fer fins et dorés de toiles légères ornées de joyaux, sans compter les horloges à eau, à échappement ou à boules, les montres, les chronomètres, les planétaires, les astrolabes, les cadrans solaires. Penchés sur ces établis, s'affairaient sans relâche les esclaves de Taragorm. Ces hommes capturés lors des conquêtes avaient été pour la plupart des savants et des chercheurs éminents dans leurs pays d'origine.

Tandis que Meliadus contemplait ce décor étonnant, jaillit, à un endroit du laboratoire une lueur violette ; ailleurs, éclata une pluie d'étincelles vertes, ailleurs encore s'éleva une masse de fumée écarlate. Il vit un engin se réduire en miettes et l'assistant qui y travaillait culbuter en toussant dans le nuage de poussière et se volatiliser.

— Et là que s'est-il passé ? demanda une voix laconique.

Meliadus se retourna et s'aperçut que le Premier Savant du Roi-Empereur, Kalan de Vitall visitait également le Palais du Temps.

— Une expérience sur l'accélération du temps. Nous savons créer le processus, mais nous ne le contrôlons pas. Jusqu'à présent toutes nos tentatives ont échoué. Voyez cela... (il indiqua une machine ovale, jaune et transparente) celle-ci produit l'effet opposé, et là non plus, malheureusement nous ne parvenons pas à contrôler le processus. L'homme que vous apercevez à l'intérieur (Meliadus l'avait pris pour un mannequin parfaitement imité) est figé dans la glace depuis des semaines !

— Et en ce qui concerne les voyages à travers le temps ? demanda Meliadus.

— Par ici. Vous voyez tous ces coffres argentés ? Chacun contient un instrument de notre fabrication capable de projeter un objet dans un autre temps, aller et retour. Nous ne sommes pas encore sûrs des distances ainsi parcourues ; et parmi les esclaves ou les animaux que nous avons utilisés peu ont survécu au voyage, tous ont enduré d'effroyables souffrances, sans compter des difformités monstrueuses.

— Si seulement nous avions cru Tozer, dit Kalan, probablement aujourd'hui aurions-nous découvert le secret du voyage à travers le temps. Nous n'aurions jamais dû le railler ainsi. Mais franchement, j'étais à mille lieues de croire que ce bouffon possédait réellement le secret.

— Que dites-vous ? (Meliadus n'avait jamais entendu parler de l'affaire.) Tozer, le dramaturge ? Il n'est pas mort ? Que connaît-il des voyages à travers le temps ?

— Il est revenu après une longue absence. Il espérait regagner les faveurs du roi en racontant qu'un vieil homme vivant à l'ouest lui avait enseigné le moyen de voyager à travers le temps, une discipline de l'esprit, prétendait-il. Nous l'avons conduit ici, et, en riant, nous lui avons ordonné de voyager dans le temps pour nous prouver la véracité de ses déclarations. Et alors, baron Meliadus, il disparut à nos yeux.

— Et vous n'aviez rien fait pour vous assurer de sa loyauté ?

— Mais cet homme n'était pas crédible, s'écria Taragorm, vous-même ne l'auriez pas cru une seule seconde.

— Il eut été néanmoins plus prudent de le mettre à l'épreuve.

— Par ailleurs, Frère, nous n'en étions pas, nous, à nous raccrocher à n'importe quelle chimère, dit Taragorm d'un ton sarcastique.

— Que signifie cela, Frère, je vous prie ?

— Je veux dire que nos aspirations, nos recherches sont d'ordre purement scientifique, tandis que vous exigez fiévreusement des résultats immédiats, dans le seul but de poursuivre votre vendetta contre le comte Airain.

— Je suis, Frère, quant à moi, un guerrier, un homme d'action. Rester assis à m'amuser avec des jouets ou à pâlir sur des livres ne m'intéresse nullement.

Ayant ainsi rendu son offense à Taragorm, le baron Meliadus reporta toute son attention sur les questions qu'il se posait au sujet de Tozer.

— Le dramaturge a séjourné à l'ouest où il fut instruit par un vieil homme ?

— C'est ce qu'il prétendait répondit Kalan. Mais il mentait, cela semble évident. Je ne crois pas un mot de cette histoire de force psychique. Il est sans aucun doute incapable de la moindre discipline de ce genre. Néanmoins, le fait est que sous nos yeux il se transforma soudain en une silhouette évanescente et il disparut.

— Mais pourquoi n'en ai-je jamais rien su ?

Meliadus enrageait.

— Vous étiez encore sur le Continent lorsque cela se produisit, fit remarquer Taragorm. Du reste nous ne pensions pas que de tels amusements pussent intéresser un homme d'action comme vous.

— Mais son savoir pouvait éclairer vos propres recherches. Quelle occasion perdue ! Votre indifférence paraît fort surprenante.

Taragorm haussa les épaules :

— Que peut-on y faire maintenant ? Nous progressons peu à peu...

Quelque part un bang retentit, un homme hurla et une lueur mauve et orange envahit la pièce...

— Et bientôt nous maîtriserons le temps aussi sûrement que nous maîtrisons aujourd'hui l'espace.

— Dans mille ans, peut-être, grinça Meliadus. Un vieil homme... À l'ouest... Nous devons le localiser. Comment s'appelle-t-il ?

— Mygan, selon Tozer, c'est tout ce qu'il nous a dit, un sorcier d'une très grande sagesse, paraît-il. Mais il mentait évidemment. Qu'est-ce que l'ouest sinon un désert ? Rien n'y a survécu après le Tragique Millénaire hormis quelques créatures difformes.

— Nous devons y aller, insista Meliadus, y retourner jusqu'à la dernière pierre, il est exclu de négliger la moindre chance...

— En ce qui me concerne je n'ai nulle envie d'errer dans ces montagnes sinistres, la chasse aux canards ne m'intéresse guère, dit Kalan faisant mine de frissonner d'horreur à cette seule idée. J'ai du travail ici, je dois terminer mes nouveaux engins pour bateaux. Des bateaux grâce auxquels nous allons pouvoir partir à la conquête des régions les plus lointaines aussi aisément que nous avons atteint et écrasé l'Europe. Du reste, je pensais que, vous aussi, vous aviez à faire en ville, baron Meliadus. Nos hôtes...

— Que le diable emporte ces damnés visiteurs. Ils me coûtent un temps précieux.

— Bientôt je serai en mesure de vous offrir tout le temps que vous désirez, Frère, lui lança Taragorm, si toutefois, vous nous en laissez le temps.

— Bah ! Il n'y a rien à tirer de vous. Vos boîtes qui se

transforment en poussière et vos machines qui ne cessent d'exploser sont tout à fait divertissantes mais non moins inutiles. Amusez-vous, Frère. Je vous souhaite une excellente journée… Adieu… !

Il ne se sentait plus obligé de montrer la moindre courtoisie à l'égard de ce beau-frère que de toute façon il haïssait. De sorte que Meliadus tourna les talons, s'élança hors de la Grande Salle du Pendule et retraversa les couloirs et les pièces tapissés pour rejoindre sa litière.

CHAPITRE IX

INTERMÈDE AU CHÂTEAU DU COMTE AIRAIN

Dans la cour du château, le comte Airain et Oladahn, l'homme des montagnes bulgares, enfourchèrent leurs chevaux cornus. Ils traversèrent la ville aux toits de tuiles rouges, et comme chaque jour, s'éloignèrent vers les marais pour leur promenade matinale.

Depuis la visite du Guerrier d'Or et de Jais, le comte Airain paraissait d'humeur moins taciturne et recommençait à goûter la compagnie de ses amis.

Maintenu captif dans une des tours où il disposait d'un appartement, Elvereza Tozer semblait apprécier que Noblegent lui eût apporté du papier, des plumes et de l'encre en le priant d'occuper son temps à écrire une pièce de théâtre, lui promettant un public, restreint certes, mais attentif et sensible à son talent.

— Je me demande où en est Hawkmoon, dit le comte à son compagnon ; tous deux trouvaient un immense plaisir à chevaucher ensemble. Je regrette vraiment que le sort ne m'ait pas désigné pour l'accompagner. Si seulement j'avais tiré la bonne paille !

— Moi de même, dit Oladahn. Quelle chance a eu D'Averc ! Et quel dommage qu'il n'y eût que deux anneaux, ceux de Tozer et du Chevalier. S'ils reviennent avec les autres nous pourrons alors tous repartir combattre le Ténébreux Empire…

— La proposition du chevalier les a jetés dans une

aventure très dangereuse, Oladahn mon ami ; tenter de retrouver Mygan de Llandar dans le Yel en Granbretanne même n'est pas un voyage d'agrément.

— Ne dit-on pas la compagnie du lion moins redoutable à l'intérieur qu'à l'extérieur de sa propre cage ?

— Certes, mais il est plus sûr encore de vivre en un lieu où les lions n'existent pas, rétorqua le comte Airain.

— J'espère seulement que le lion ne les dévorera pas, dit Oladahn soudain renfrogné. Vous me trouverez obstiné mais je continue à envier leur sort.

— J'ai l'intuition que nous n'aurons plus à supporter longtemps ce désœuvrement, répondit le comte en guidant son cheval sur les étroits sentiers parmi les roseaux, je crains fort que bientôt nous ne soyons attaqués de toutes parts.

— Voilà qui ne m'effraye pas outre mesure, mais je suis anxieux pour Yisselda, Noblegent et pour le petit peuple de notre ville, car les activités que nous préférons n'ont aucun attrait pour eux.

Les deux hommes atteignirent enfin le bord de mer, ils jouissaient de la solitude mais se languissaient du vacarme et du tumulte des champs de bataille.

Le comte Airain se demanda soudain s'il ne valait pas mieux briser l'objet de cristal qui les maintenait en sûreté, rejeter le château dans le monde qu'ils avaient quitté, pour l'affronter à nouveau, même si une victoire sur les hordes du Ténébreux Empire pouvait sembler chimérique.

CHAPITRE X

VUES DE LONDRA

L'ornithoptère survolait les toits de la ville en battant l'air de ses larges ailes.

C'était une machine volante spacieuse, conçue pour transporter quatre ou cinq personnes. Sur son corps métallique des volutes et des figures baroques jetaient des lueurs argentées.

Meliadus sortit la tête et indiqua un édifice en dessous d'eux. Par simple politesse, ses invités se penchèrent également, au risque de voir culbuter dans le vide leurs masques hauts et lourds.

— Voici le Palais du Roi-Empereur Huon où vous habitez en ce moment, dit Meliadus.

Il leur fit remarquer la folle magnificence de la demeure impériale. En plein centre de la ville, elle dominait toutes les autres habitations et s'en détachait nettement. Contrairement aux autres demeures aucun réseau de passages ne la rendait accessible. Ses quatre tours rougeoyaient d'une lueur d'or profond. Ils durent lever la tête pour en apercevoir les cimes alors qu'ils surplombaient tous les toits de la ville. Elles comportaient un nombre incalculable d'étages, tous ornés de bas-reliefs représentant les sinistres activités auxquelles les habitants de l'Empire aimaient à se consacrer. Au coin de chaque parapet s'élevaient des statues gigantesques à figures cauchemardesques qui paraissaient toutes sur le point de basculer dans le vide pour aller s'écraser dans les cours loin en dessous. Le palais était couvert de marbrures d'une variété infinie de couleurs discordantes, insoutenables au regard plus de quelques secondes.

— Le Palais du Temps !

Meliadus leur indiqua le palais en forme d'horloge richement ornementée.

— Et voici mon palais.

C'était un lourd édifice noir et lugubre, à la façade argentée.

— Ce fleuve en bas, c'est la Tames.

La circulation y était intense. Les eaux d'un rouge sang portaient une multitude de péniches de bronze, d'ébène ou de teck aux blasons d'or et d'argent sertis de gemmes semi-précieuses, aux voiles immenses décorées de motifs cousus ou imprimés.

— Plus loin sur votre gauche, dit Meliadus de plus en plus irrité par l'absurdité de cette tâche, vous voyez notre Tour Pendue, qui se tient entre ciel et terre sans aucun appui. C'est le résultat d'une expérience menée par un de nos sorciers. Celui-ci désirait suspendre la tour en l'air à plusieurs mètres du sol, mais il ne réussit pas à l'élever aussi haut qu'il l'avait projeté. Et il ne parvint pas non plus à la reposer à terre. Alors elle resta là où vous la voyez aujourd'hui.

Il leur montra les quais où les énormes paquebots granbretons, laqués de rouge profond, déchargeaient toutes les richesses pillées de par le monde entier ; le quartier des Sans-Masques, bas-fonds où s'entassait toute la lie de la cité ; la coupole du théâtre monumental qui, autrefois, présentait les pièces écrites par Tozer ; le Temple du Loup, quartier général de l'Ordre dont Meliadus était grand connétable et dont la courbe du toit était surmontée d'une tête de loup taillée dans la pierre ; et les différents autres temples qui, de même, portaient des monolithes de plusieurs tonnes, sculptés en forme de têtes d'animaux grotesques.

Pendant une journée entière d'un ennui mortel, ils survolèrent la ville, ne s'accordant que de rares arrêts pour recharger l'ornithoptère en carburant et pour changer de pilote. L'exaspération de Meliadus croissait d'heure en heure. Il dut leur faire découvrir toutes les merveilles insensées dont s'enorgueillissait cette cité séculaire et oppressante, essayant ainsi, pour complaire au Roi-Empereur Huon, de donner aux visiteurs une image grandiose de la puissance du Ténébreux Empire.

Puis vint le soir ; des ombres crépusculaires et inquiétantes envahirent la ville.

Le baron Meliadus poussa un soupir de soulagement lorsqu'il ordonna au pilote de ramener l'ornithoptère à l'aire d'atterrissage sur le toit du palais. Enfin, l'appareil agita ses ailes dans un fracas de métal entrechoqué, il émit un sifflement asthmatique et se posa. Les deux émissaires sortirent. Avec leurs gestes embarrassés et mécaniques ils ressemblaient aussi peu à des hommes que l'engin à un oiseau.

Ils passèrent sous la petite coupole qui protégeait l'entrée du palais et descendirent la passerelle tournante. Ils parvinrent aux couloirs où ils furent accueillis par leur garde d'honneur, des guerriers de haut grade de l'ordre de la Mante, dont les masques d'insectes reflétaient vivement les innombrables lueurs qui scintillaient aux murs. Ils furent ainsi escortés jusqu'aux portes de leurs appartements où ils pourraient dîner et se reposer. Meliadus les quitta là, il les salua et s'éloigna rapidement, non sans leur avoir promis pour le lendemain une longue discussion au cours de laquelle ils pourraient comparer les stades d'évolution des différentes sciences de leurs pays respectifs.

Il courait presque le long des passages aux décors hallucinants et il faillit renverser Flana, la comtesse de Kanbery, parente du roi empereur.

— Messire !

Il fit une pause, il allait reprendre sa course mais il s'immobilisa :

— Veuillez m'excuser, Madame.

— Vous semblez pressé, Messire.

— En effet, Flana, je le suis.

— Et vous paraissez contrarié.

— Je suis d'humeur chagrine.
— Vous avez besoin de réconfort.
— J'ai des affaires à régler qui ne souffrent…
— Il importe de mener ses affaires la tête froide, Messire.
— Assurément.
— Si vous consentiez à vous détendre…

Il fit quelques pas s'apprêtant à repartir, mais de nouveau il s'immobilisa. Flana était experte en matière de réconfort, il en avait déjà profité. Il était possible qu'elle eût raison. D'un autre côté, il devait préparer son expédition pour l'ouest où il comptait se rendre dès le départ des émissaires. Mais, de toute façon, ils ne partiraient pas avant au moins plusieurs jours. Et puis, la nuit précédente ne lui avait apporté aucun repos, il se sentait déprimé. Peut-être une nuit d'amour panserait-elle ses blessures.

— Assurément… répéta-t-il, cette fois plus convaincu.
— Alors hâtons-nous, je vous invite chez moi, Messire, dit-elle d'une voix un peu rauque.

De plus en plus empressé, Meliadus lui prit la main.
— Flana, murmura-t-il, ma chère Flana.

CHAPITRE XI

LES ÉTATS D'ÂME DE LA COMTESSE FLANA

En fait Flana ne s'intéressait pas tant à la personne de Meliadus qu'à sa fonction de guide. Par son intermédiaire elle espérait en apprendre davantage sur les deux géants à la démarche d'automate.

Elle interrogea Meliadus à leur sujet, alors que tous deux, encore moites reposaient dans le lit immense. Il lui confia tous ses déboires : cette vaine mission diplomatique contrariait tous ses projets ; il haïssait ces fâcheux émissaires ; à cet instant, il n'aspirait qu'à tirer vengeance de ses ennemis et à écraser ceux qui avaient assassiné Asrovak Mikosevaar. Il lui fallait retrouver ce vieil homme que Tozer avait rencontré à l'ouest, dans la province désolée de Yel, et lui arracher le secret qui lui permettrait peut-être d'atteindre le Château Airain.

Bien qu'il sût que Flana était la dernière femme à qui il dût dévoiler ce genre de pensées intimes, il lui parla également de son pouvoir et de son prestige menacés par d'autres et en particulier par Shenegar Trott, qui ayant gagné les faveurs du Roi-Empereur avait usurpé la position enviée qui autrefois était la sienne.

— Ah Flana, dit-il avant de tomber dans un sommeil agité, si vous étiez Reine, que ne ferions-nous pas ensemble pour le grand bien et la puissance indestructible de notre Empire.

Mais déjà Flana ne l'écoutait plus. Meliadus avait bien

mal apaisé ses sens enflammés et pendant que son esprit vagabondait deux étages au-dessus, là où dormaient les mystérieux ambassadeurs, son ventre continuait à bouger régulièrement. Finalement elle se leva, laissant Meliadus qui ronflait et gémissait dans son sommeil. Elle se rhabilla, remit son masque et se glissa hors de la chambre. À pas feutrés, elle traversa les couloirs, franchit les passerelles et atteignit les portes gardées par les guerriers de l'ordre de la Mante. Surpris et interrogateurs, ces derniers tournèrent leurs masques vers elle.

— Vous savez qui je suis, dit-elle.

Ils la reconnurent, en effet, et s'écartèrent pour lui laisser le passage. Au hasard elle ouvrit une des portes et s'introduisit dans les appartements des émissaires, dont l'obscurité ne faisait qu'accroître son excitation.

CHAPITRE XII

DÉCOUVERTS

Un rayon de lune blafard lui permit d'apercevoir dans le lit une forme qui bougea un peu. Les vêtements, l'armure et le masque gisaient à terre.

Elle s'approcha.

— Messire, murmura-t-elle.

L'homme s'éveilla en sursaut, il se redressa et tira vivement le drap de soie à lui pour tenter de dissimuler ses traits. Mais déjà elle avait vu son visage au regard effaré.

— Mais je vous connais ! s'exclama-t-elle.

— Qui êtes-vous ?

Nu dans le clair de lune il bondit hors du lit et se précipita sur elle.

— Une femme !

— Aïe… gémit-elle, et vous, vous êtes un homme. (Elle étouffa un rire.) Vous n'êtes pas un géant bien que de stature fort appréciable. Vous paraissiez beaucoup plus grand avec votre masque et votre armure.

— Que me voulez-vous ?

— Je désirais vous divertir, Messire, et y trouver moi-même quelque plaisir. Je suis un peu déçue, j'espérais rencontrer quelque étrange créature et vous n'êtes qu'un être humain. À présent, je me souviens, je vous ai vu dans la salle du trône, vous êtes l'homme que Meliadus amena devant le Roi-Empereur, il y a deux ans de cela.

— Ainsi vous y étiez !

Il resserra son étreinte, lui arracha son masque et, pour

l'empêcher de crier, lui appliqua la main sur la bouche. Elle se mit alors à lui mordiller les doigts tout en caressant le bras qui la maintenait fermement. La pression sur sa bouche se relâcha.

— Qui êtes-vous ? chuchota-t-il, quelqu'un est-il au courant de votre présence ici ?

— Je suis Flana Mikosevaar, Comtesse de Kanbery. Personne ne se doute de rien, homme téméraire. Je n'ai pas l'intention d'alerter les gardes, si c'est ce que vous craignez. Je me moque de la politique et ne suis pas envoyée par Meliadus. En vérité, je vous dois une reconnaissance éternelle car vous m'avez débarrassée d'un mari gênant.

— Vous êtes la veuve de Mikosevaar ?

— En effet. Et je vous ai tout de suite reconnu grâce au joyau noir qui orne votre front et que vous tentiez de dissimuler. Vous êtes le Duc Dorian Hawkmoon von Köln, venu à Londra, dans l'antre même de vos pires ennemis, pour y découvrir quelque secret sans doute.

— Je vais devoir vous tuer, Madame.

— Je ne vous trahirai point, Duc Dorian, du moins pas pour l'instant. Je suis venue m'offrir à vous, espérant ainsi vous être agréable. Je n'ai pas d'autre intention. Vous m'avez arraché mon masque. (Elle leva les yeux et son regard aux reflets d'or s'attarda sur les traits virils de Dorian.) Vous devriez à présent, selon l'usage, m'arracher mes vêtements…

— Mais Madame, dit-il d'une voix étranglée, je ne peux pas, je suis marié.

Elle éclata de rire :

— Et moi, ne le suis-je pas ? J'ai même été mariée un nombre incalculable de fois.

Dorian parvint à soutenir son regard mais il sentit la sueur inonder son front et ses muscles se raidir.

— Vraiment, Madame, c'est impossible, je ne peux…

Un bruit les fit soudain se retourner l'un et l'autre.

La porte séparant les deux appartements s'ouvrit et ils virent apparaître sur le seuil un homme, nu lui aussi, de belle stature quoique assez maigre. Il toussa ostensiblement et s'inclina.

— Mon ami, Madame, dit Huillam D'Averc, ne sut jamais se départir de principes moraux excessivement rigides. Mais, si je puis vous être, quant à moi, d'une quelconque utilité…

Elle s'approcha de lui en le regardant de haut en bas.

— Vous semblez dans la force de l'âge, dit-elle.

Il prit un air modeste et détourna les yeux.

— Vous êtes fort aimable, Madame. Mais ma santé n'a rien de florissant, toutefois. (Il se pencha, lui entoura les épaules et la conduisit vers sa chambre.) Avant de rendre le dernier soupir, je ferai tout mon possible pour vous satisfaire.

La porte se referma sur eux et Hawkmoon, tremblant d'émotion, se retrouva seul.

Il s'assit sur le bord du lit. Il se maudissait d'avoir renoncé à dormir avec son déguisement. Mais celui-ci était si encombrant et lui-même si épuisé après cette visite interminable qu'il avait négligé cette précaution. Lorsque le Guerrier d'Or et de Jais avait soumis son plan, l'aventure leur avait semblé de prime abord téméraire et un peu inutile. Mais après avoir considéré la question sous tous ses aspects, il leur apparut évident qu'ils ne devaient entreprendre aucune expédition à l'ouest de la Granbretanne sans savoir si leurs ennemis avaient ou non déjà découvert le vieil homme et ses secrets. À présent toutes les chances d'obtenir de telles informations se trouvaient définitivement compromises. Les gardes avaient probablement vu la comtesse s'introduire chez eux, ils risquaient donc de soupçonner quelque chose s'ils la tuaient ou la gardaient prisonnière. Ils étaient pris au piège, dans une ville dont tous les habitants du premier jusqu'au dernier, leur vouaient une haine éternelle. Ils n'auraient pas un seul allié, ni le moindre espoir d'évasion, sitôt dévoilée leur véritable identité.

Hawkmoon tentait désespérément de trouver un moyen qui du moins leur permettrait de fuir ce lieu avant que l'alerte ne fût donnée.

Il revêtit une à une ses lourdes parures et son armure. Le bâton doré que le Chevalier lui avait remis pour parfaire son apparence de noble dignitaire oriental, était la seule arme qu'il possédât. Il le soupesa, rêvant d'une épée bien tranchante.

Il se mit à arpenter la pièce, l'esprit toujours vainement tendu à la recherche d'un plan d'évasion réalisable.

Il marchait encore de long en large lorsque le jour se leva. Souriant, Huillam D'Averc passa la tête dans l'entrebâillement de la porte.

— Bonjour, Hawkmoon. Je parie que vous n'avez pas trouvé une seconde de repos ! Je compatis, en toute connaissance de cause, car je n'ai guère dormi moi non plus. La comtesse est une personne fort exigeante. Je suis heureux de vous voir prêt à partir, nous devons nous mettre en route sans tarder.

— Que voulez-vous dire D'Averc ? J'ai passé la nuit à élaborer mille plans, mais en vain, je n'ai toujours pas la moindre idée de la façon dont nous pourrions nous sortir de cette situation…

— J'en ai parlé avec Flana et elle m'a révélé tout ce que nous désirions savoir. Apparemment Meliadus lui a fait des confidences. Par ailleurs, elle est d'accord pour nous aider.

— Mais comment ?

— Elle nous prête son ornithoptère privé.

— Mais peut-on lui faire confiance ?

— Nous sommes bien obligés. Meliadus n'a pas encore eu le temps de partir à la recherche de Mygan de Llandar. Par chance, c'est notre arrivée qui l'a retenu à Londra. Mais il connaît son existence. En tout cas, il sait que Tozer tient son secret d'un vieil homme habitant à l'ouest et il projette de retrouver sa trace. Mais nous pouvons encore y arriver avant lui. Nous ferons une partie du chemin en ornithoptère. Je conduirai. Puis nous devrons terminer le voyage à pied.

— Mais nous n'avons pas d'armes, ni même de vêtements convenables.

— Les armes et les vêtements ne posent aucun problème, les masques non plus. Nous aurons le choix, Flana garde au moins mille trophées de ce genre chez elle, des souvenirs qui lui restent de ses anciennes conquêtes.

— Il faut y aller tout de suite !

— Non. Nous devons attendre son retour.

— Pourquoi ?

— Parce que, cher ami, Meliadus dort probablement encore chez elle. Soyons patients. Pour l'instant, le ciel est avec nous. Espérons que cela durera !

Flana revint peut de temps après. Elle ôta son masque et embrassa D'Averc, presque timidement, comme une toute jeune fille amoureuse. Ses traits étaient empreints d'une douceur nouvelle et son regard semblait plus vivant, moins halluciné. Manifestement cette nuit d'amour avec D'Averc était pour elle une expérience sans précédent... Elle n'avait jamais cotoyé que des Granbretons guerriers et brutaux et pour la première fois de sa vie, elle venait de rencontrer un homme délicat et prévenant.

— Il est parti, dit-elle. Mon désir de vous aider à fuir est mitigé, Huillam, je préférerais vous garder près de moi. Mon cœur souffrait d'un vide impossible à combler. Quelque chose d'indéfinissable me manquait. Vous m'avez apporté cette plénitude que je cherchais en vain depuis des années.

Il se pencha vers elle et déposa un léger baiser sur ses lèvres. Il semblait sincère en lui disant :

— Vous aussi, Flana, vous m'avez offert quelque chose d'exceptionnel...

Puis, embarrassé par ses vêtements lourds et raides, il se redressa et posa le haut masque sur ses épaules.

— Allons, il faut se hâter, tout le palais va bientôt s'éveiller.

Hawkmoon revêtit également son heaume. Devant elle, se tenaient à nouveau les silhouettes rigides des deux émissaires d'Asiacommunista.

Ils sortirent, précédés de Flana et les gardes de l'Ordre de la Mante leur emboîtèrent le pas. Elle les conduisit à travers le dédale des corridors dont les murs scintillaient de mille lueurs. Ils atteignirent enfin les portes de ses appartements et ordonnèrent aux gardes de les attendre dehors.

— Ils vont raconter qu'ils nous ont suivis jusque chez vous, dit D'Averc alarmé, vous serez suspectée, Flana !

En souriant, elle ôta son masque de héron :

— Mais non.

Elle traversa la pièce ; un épais tapis amortissait ses pas ; elle ouvrit un coffre en bois verni, incrusté de diamants et en sortit une longue pipe terminée par un léger renflement.

— Cette cavité contient un poison à vaporiser ! dit-elle. La victime qui en respire perd la tête, elle court en tous sens et meurt finalement dans un furieux accès de démence. Les gardes vont errer longtemps dans les corridors avant de succomber. Je m'en suis souvent servi et j'ai toujours été satisfaite du résultat.

Sa voix était si douce et tranquille en prononçant ces paroles que Hawkmoon ne put s'empêcher de frémir. Elle poursuivit :

— C'est très simple, voyez, il suffit d'introduire l'extrémité effilée dans le trou de la serrure et de presser la petite poire.

Elle déposa l'appareil sur le couvercle du coffre et les invita à la suivre. Ils traversèrent plusieurs pièces luxueuses, ornées de meubles extravagants. Ils parvinrent enfin dans une chambre avec une baie vitrée qui ouvrait sur une vaste terrasse. Là, écarlate et argenté, ses ailes sagement repliées, se trouvait l'ornithoptère de Flana, conçu à l'image d'un magnifique héron.

Elle se hâta vers le fond de la pièce, écarta un rideau et leur montra son butin : les vêtements, les masques et les armes de tous ses époux et amants défunts.

— Servez-vous, dit-elle à voix basse, dépêchez-vous.

Hawkmoon choisit un pourpoint en velours bleu, une paire de chausses noires en peau de biche, une ceinture en cuir broché qui portait une longue épée à la courbe harmonieuse et un poignard. Il prit un masque de vautour de couleur fauve ayant appartenu à Asrovaak Mikosevaar, sa victime.

D'Averc revêtit une tenue jaune d'or profond avec un manteau d'un bleu éclatant, des bottes de daim et s'arma d'une épée identique à celle de Hawkmoon. Il prit aussi un masque de vautour, par souci de vraisemblance, car un granbreton eût répugné à voyager en compagnie d'un guerrier n'appartenant pas au même ordre que le sien. À présent, ils ressemblaient à s'y méprendre à deux grands nobles impériaux.

Flana ouvrit la fenêtre et ils sortirent dans le matin froid et brumeux.

— Adieu, murmura-t-elle, maintenant je dois m'occuper des gardes. Adieu Huillam D'Averc. J'espère que nous nous reverrons.

— Moi aussi, Flana, je le souhaite, répondit D'Averc, d'une voix où perçait une nuance de tendresse assez inhabituelle. Adieu.

Il se hissa dans l'ornithoptère et mit le moteur en marche, Hawkmoon se hâta de le suivre et s'installa à côté de lui.

La machine se mit à battre l'air de ses larges ailes déployées, avec un grand bruit métallique elle s'éleva dans le ciel gris et lourd de Londra, prit de l'altitude et vira vers l'ouest.

Chapitre XIII

LE ROI COURROUCÉ

Bouleversé, le baron Meliadus franchit le seuil de la salle du Trône, il se prosterna et entreprit de parcourir la longue distance qui le séparait de la sphère impériale.

Dans le globe, le fluide laiteux était agité de secousses inhabituelles qui lui semblèrent de mauvais augure. Il se sentait tout à la fois furieux de la disparition des émissaires, tourmenté à l'idée de la colère du monarque et impatient de partir à la recherche du vieil homme qui connaissait le moyen d'atteindre le Château Airain. Il redoutait non seulement de perdre son pouvoir et son honneur, mais encore de se voir banni et rejeté dans le quartier des Sans-Masques. Nul n'ignorait que le Roi-Empereur Huon infligeait parfois un tel châtiment. Les mains tremblantes, il ôta son heaume de loup et se sentit défaillir en approchant du globe impérial. Il leva un regard anxieux vers la forme de fœtus, son monarque, qui baignait dans le liquide mouvant.

— Grand Roi Empereur, Meliadus, votre serviteur.

Il tomba à genoux et toucha le sol de son front.

— Mon serviteur ? Je ne suis guère satisfait de vos services, Meliadus !

— Pardonnez-moi, Noble Sire, mais…

— Mais ?

— Je ne pouvais pas savoir qu'ils avaient prévu de partir la nuit dernière, ils ont usé du même moyen que pour venir et…

— Il était de votre devoir de deviner leur projet, Meliadus.

— Deviner leur projet, Puissant Monarque... ?

— Votre intuition vous a quitté, Meliadus. Celle-ci était autrefois infaillible. Vous agissiez comme elle vous le dictait et ne faisiez jamais d'erreur. Maintenant votre tête est pleine de ces stupides plans de vengeance et vous êtes devenu sourd et aveugle à tout le reste. Meliadus, ces émissaires ont assassiné six de nos meilleurs gardes. Comment les tuèrent-ils, nous l'ignorons, probablement au moyen de quelque sortilège. En tout cas, nos gardes sont morts, et d'une façon ou d'une autre leurs meurtriers ont quitté le palais pour retrouver leur engin, quel qu'il soit. Aujourd'hui ils en savent trop sur nous, tandis que nous, Meliadus, nous ignorons pratiquement tout à leur sujet.

— Nous avons une petite idée de leur équipement militaire...

— Vraiment ? Seriez-vous naïf, Meliadus ? Faut-il vous apprendre qu'un homme peut mentir ? Nous sommes mécontent de vous. Nous vous avions chargé de mener une tâche à bien, vous avez été négligent, vous n'y avez pas consacré toute votre attention, avez perdu du temps chez Taragorm et laissé les émissaires livrés à eux-mêmes, alors que vous étiez leur guide. Vous n'êtes qu'un incapable, Meliadus !

— Sire... !

— Ce manque de vigilance est le résultat de votre hantise au sujet de cette poignée de brigands du Château Airain. Est-ce la fille que vous convoitez ? Est-ce pour cela que vous les poursuivez avec un tel acharnement ?

— Noble Sire, ils menacent l'Empire, c'est pourquoi...

— Baron Meliadus, l'Asiacommunista aussi menace notre empire, mais avec de vraies épées, de vraies armées, et des vaisseaux bien réels qui peuvent traverser le globe terrestre de part en part. Baron, il faut abandonner votre vendetta contre le Château Airain, ou alors, je vous avertis, prenez garde à mon courroux...

— Mais, Sire...

— Vous êtes prévenu, Baron Meliadus. Quittez cette idée fixe. Essayez plutôt d'apprendre tout ce que vous pourrez à propos des émissaires, tâchez de découvrir où ils ont rejoint leur engin, et comment ils ont réussi à quitter la ville. Rachetez-vous à nos yeux, Baron Meliadus. Retrouvez les qualités qui furent si longtemps les vôtres.

— Bien, Sire, parvint à articuler Meliadus, les dents serrées, ravalant sa colère et son dépit.

— L'audience est terminée, Meliadus.

— Soyez loué, puissant monarque.

Le sang lui battait les tempes.

À reculons, il s'éloigna du Globe Impérial.

Puis il pivota sur ses talons et retraversa la salle immense.

Il atteignit les portes incrustées de gemmes, écarta les gardes d'une poussée et s'engagea à grandes enjambées dans les corridors aux mille lueurs clignotantes.

Il marchait, le pas rapide, les gestes nerveux, la main crispée sur le pommeau de son épée.

Il parvint ainsi jusqu'à la vaste salle de réception du Palais où attendaient les nobles qui sollicitaient une audience du Roi-Empereur. Il descendit l'escalier menant aux grilles qui ouvraient sur l'extérieur ; d'un geste il ordonna à ses captives d'approcher la litière, se hissa à l'intérieur et se laissa tomber lourdement sur les coussins où il s'abandonna un moment, le temps de se faire transporter vers son palais noir et argent.

À présent, il haïssait son Roi-Empereur, détestait l'être qui l'avait tant humilié, blessé et insulté. Le Roi-Empereur Huon était insensé s'il refusait de voir le danger potentiel que présentait le Château Airain. Il n'était donc pas digne de régner, ni de commander aux esclaves, et encore moins au baron Meliadus, grand Connétable de l'Ordre du Loup.

Meliadus n'exécuterait pas les ordres stupides du Roi-Empereur Huon, il ferait comme bon lui semblerait et si l'Empereur y voyait quelque objection, il le défierait.

Un peu plus tard, Meliadus quittait son palais à la tête de vingt cavaliers ; vingt guerriers triés sur le volet, dont il était sûr qu'ils le suivraient n'importe où, même jusque dans le Yel.

Chapitre XIV

LES RUINES DE YEL

L'ornithoptère de la comtesse Flana se rapprochait du sol, son ventre frôlait la cime des grands pins et pour un peu, ses ailes auraient fauché les branches des bouleaux ; il réussit enfin à se poser dans la lande couverte de bruyère qui s'étendait derrière la forêt.

Il faisait froid et le vent glacé qui mugissait les faisait frissonner dans leurs vêtements trop légers. Ils sautèrent à bas de leur machine volante et regardèrent autour d'eux avec circonspection. Personne.

D'Averc fouilla dans la poche de son pourpoint et en sortit un petit morceau de cuir souple sur lequel une carte était grossièrement dessinée.

— Voilà notre direction. Maintenant il faut mettre l'ornithoptère à couvert et le dissimuler.

— Pourquoi ne pas l'abandonner ici ? demanda Hawkmoon, il y a peu de risques qu'on le découvre jamais.

D'Averc se rembrunit.

— Je ne veux pas risquer de causer du tort à la comtesse Flana, Hawkmoon. Si on découvrait la machine ce pourrait être très grave pour elle. Venez, aidez-moi !

Pendant quatre jours ils marchèrent à travers bois et landes ; autour d'eux, la terre devenait de plus en plus aride à mesure qu'ils approchaient des confins du Yel.

Un jour, Hawkmoon s'arrêta et pointa un doigt en direction de l'horizon :

— Regardez D'Averc, les montagnes du Yel.

Au loin, les cimes escarpées se noyaient dans la pourpre des nuages, enserrées dans la masse rocheuse des contreforts. Entre eux et la chaîne de montagnes s'étendait une large plaine aux reflets fauves et ocre.

Le paysage était superbe et sauvage, Hawkmoon n'avait jamais rien vu de tel.

— Il n'y a pas que des spectacles offensants pour l'œil en Granbretanne, s'exclama-t-il.

— La vue est belle, concéda D'Averc, mais quelque peu décourageante. Songez qu'il va nous falloir trouver Mygan dans ces étendues immenses. D'après la carte, Llandar se trouve encore à plusieurs lieues au-delà de ces montagnes.

— Dans ce cas, en avant ! répondit Hawkmoon en rajustant son épée à son côté. Nous avons devancé Meliadus, mais il est fort possible qu'en ce moment même il soit en route pour le Yel.

D'Averc, se tenant sur une jambe, se massait le pied d'un air piteux.

— Vous avez raison, mais je crains que ces bottes ne partent bientôt en lambeaux. Elles sont fort élégantes et je les ai emportées par coquetterie mais elles sont peu solides et maintenant je m'en repens cruellement.

Hawkmoon lui donna une grande claque sur l'épaule.

— J'ai entendu dire que des bandes de poneys sauvages erraient par ici. Priez le ciel qu'on en abatte un ou deux, nous pourrions utiliser leur cuir.

Mais ils ne rencontrèrent aucun poney sauvage ; le sol jaune était sec et caillouteux et le ciel se striait de traînées blanchâtres. Hawkmoon et D'Averc commençaient à comprendre pourquoi tant de légendes couraient sur cette région ; le ciel et la terre semblaient charrier avec eux quelque chose de surnaturel.

Ils atteignirent enfin les montagnes.

Vues de près elles apparaissaient jaunes également, quoique veinées de rouge et de vert sombres. Leur aspect vitreux était particulièrement sinistre. Tandis qu'ils escaladaient les roches déchiquetées, des animaux étranges s'envolèrent à leur approche. Ils étaient montés par des créatures assez semblables à des hommes, au corps poilu surmonté d'une tête complètement chauve, d'à peine trente centimètres de haut, qui les observaient.

— Autrefois, ces créatures étaient des hommes, dit D'Averc et leurs ancêtres habitaient ces contrées. Mais le tragique millénaire est passé par là.

— Comment connaissez-vous tout cela ? demanda Hawkmoon.

— Je l'ai lu dans des livres. C'est le Yel, qui de toutes les régions de Granbretanne a le plus souffert du Tragique Millénaire. Les hommes depuis, ont cessé de l'habiter, voilà pourquoi la région est si désolée.

— Elle n'est pas tout à fait inhabitée, il y a Tozer, et le vieil homme, Mygan de Llandar.

— Hum, si Tozer a dit la vérité. Nous pourrions aussi bien être en train de pourchasser une ombre.

— Il a pourtant raconté la même histoire à Meliadus.

— Et si Tozer n'était qu'un menteur de génie ?

Peu avant la tombée de la nuit, les créatures des montagnes dévalèrent de leurs cavernes et attaquèrent Hawkmoon et D'Averc.

Elles avaient le corps recouvert d'une fourrure graisseuse, des becs d'oiseau, des griffes de chat et des yeux étincelants. Elles poussaient d'épouvantables cris suraigus et leurs becs en s'ouvrant révélaient une rangée de dents pointues. Il devait y avoir trois femelles et six mâles pour autant qu'ils pussent en juger dans la pénombre.

Hawkmoon tira son épée, ajusta son masque de vautour comme s'il se fut agi d'un simple heaume et s'adossa à un rocher.

D'Averc se plaça à ses côtés et les bêtes fondirent sur eux.

L'épée de Hawkmoon traça un large sillon sanglant dans la poitrine du premier assaillant qui recula en hurlant.

D'Averc plongea son arme dans le cœur du second. Hawkmoon trancha alors fort proprement la gorge du troisième, mais il sentit les griffes d'un nouvel assaillant plantées dans son bras gauche. Il se débattit violemment en s'efforçant de tourner la pointe de son épée contre ce dernier ; il éleva le corps difforme à bout de bras dans l'intention de lui trancher le poignet mais dans le même temps il dut pourfendre une autre créature qui l'attaquait.

Hawkmoon suffoquait et sentait la nausée l'envahir car les bêtes dégageaient une odeur pestilentielle. Il réussit enfin à éloigner suffisamment son bras droit et enfonça violemment son épée dans l'épaule de la bête qui poussa un hurlement et lâcha prise.

Aussitôt Hawkmoon plongea son épée dans l'œil brillant et l'y abandonna pour parer l'attaque de l'autre créature.

Il faisait sombre maintenant et il devenait difficile de se rendre compte exactement des pertes subies par les bêtes. D'Averc continuait à se battre en hurlant des insultes ordurières et son épée décrivait de terribles moulinets.

Hawkmoon glissa dans une mare de sang, mais un éperon rocheux le retint dans sa chute. Brusquement, une autre bête se jeta sur lui avec un sifflement haineux ; elle l'attaqua de front, comme un ours, en l'enserrant de ses bras, tandis que le bec claquait à deux doigts de son visage en se refermant sur le masque de vautour.

Hawkmoon chercha à desserrer l'étreinte, puis, il rejeta brusquement la tête en arrière, le masque resta dans le bec de l'animal ; d'un geste subit, il écarta les deux bras qui l'enfermaient et repoussa la créature d'un coup de poing dans la poitrine. La bête chancela, stupéfaite en se rendant compte que le masque pouvait se séparer du visage.

Vif comme l'éclair, Hawkmoon lui plongea son épée dans le cœur et se précipita aux côtés de D'Averc qui faisait face à deux autres créatures. Il trancha net le cou de la première et s'apprêtait à en finir avec l'autre mais elle ne lui en laissa pas le loisir. Avec un hurlement sauvage, elle disparut dans la nuit après avoir arraché un morceau du pourpoint de D'Averc.

Ils étaient finalement venus à bout de tous leurs adversaires, sauf un, qui venait de leur échapper.

D'Averc haletait bruyamment comme un soufflet de

forge. Il porta la main à sa poitrine à l'endroit où les griffes de la bête s'étaient enfoncées. La blessure était superficielle mais Hawkmoon déchira néanmoins une petite bande d'étoffe dans sa cape pour panser la plaie.

— Il n'y a pas grand mal, dit D'Averc. (Il ôta son Heaume tout bosselé et le jeta à ses pieds.) Ces masques nous ont été fort utiles jusqu'à présent mais je ne vois plus guère de raison de m'en encombrer, maintenant que vous vous êtes débarrassé du vôtre. Ce joyau serti dans votre front est tellement reconnaissable que moi-même je n'ai plus besoin de me déguiser ! (Il sourit :) Ne vous avais-je pas dit que le Tragique Millénaire avait produit de bien étranges créatures ?

Hawkmoon sourit à son tour :

— Bien étranges en vérité ! Et maintenant si vous m'en croyez trouvons un endroit où passer la nuit. Tozer a indiqué sur la carte un lieu sûr, sortez-le donc, la clarté des étoiles est suffisante ce soir pour que nous puissions nous passer de torche.

D'Averc plongea la main dans la poche de son pourpoint et une grimace d'horreur se peignit sur ses traits :

— Mon Dieu, Hawkmoon, quelle malchance !

— Qu'y a-t-il donc ?

— Cette créature m'a arraché un morceau de pourpoint avec la pochette qui contenait la carte de Tozer. Nous sommes perdus !

Hawkmoon blêmit ; il rengaina son épée en étouffant un juron.

— Il n'y a qu'une chose à faire : essayer de la rattraper. Elle était légèrement blessée, elle a dû laisser des traces de sang derrière elle. Peut-être même aura-t-elle jeté la carte avant d'arriver à sa tannière. Sinon, il nous faudra la suivre jusqu'à son repaire et trouver le moyen de récupérer cette carte !

D'Averc se renfrogna.

— Est-ce vraiment nécessaire ? Nous pouvons tenter de déterminer l'endroit où nous nous trouvons.

— Pas avec assez de précision ! Venez D'Averc.

Suivi de D'Averc qui avançait en maugréant, Hawkmoon se mit à escalader les rochers dans la direction où ils avaient vu disparaître la bête. Par chance, le ciel était sans nuage et la lune baignait le paysage de sa clarté, en sorte que peu de temps après, Hawkmoon aperçut sur un rocher des taches brillantes qui auraient pu être du sang. Plus loin d'autres taches apparaissaient.

— Par ici D'Averc, cria-t-il.

Le Français soupira, hésita une seconde et se remit en marche.

Ils suivirent la piste toute la nuit, mais à l'aube Hawkmoon dut avouer qu'il l'avait bel et bien perdue. Ils se trouvaient très haut, à flanc de montagne et deux larges vallées s'étendaient à leurs pieds. Hawkmoon passa sa main dans ses cheveux blonds.

— La trace a disparu, et pourtant j'étais sûr…

— Pour le coup, nous voilà dans de beaux draps, grommela D'Averc en frottant ses yeux rougis de sommeil. Non seulement nous n'avons plus de carte, mais en plus nous avons perdu notre route initiale…

— Je suis désolé D'Averc, dit Hawkmoon d'un air las, je pensais que c'était le meilleur parti à prendre.

Soudain son visage s'éclaira.

— Là-bas, j'ai vu quelque chose bouger. Venez !

Il se mit à courir et un pan de rocher le déroba bientôt à la vue de D'Averc.

Le Français entendit un cri de surprise, puis plus rien.

Il tira son épée et se précipita à la suite de son ami, se demandant ce qu'il avait bien pu rencontrer.

Puis, il vit. Au loin dans la vallée, une ville toute de métal brillait dans le soleil, renvoyant des reflets rouges, mordorés, bleus et verts. On distinguait parfaitement des routes métalliques et sinueuses et les tours pointues qui la hérissaient. Même de l'endroit où ils se trouvaient il était facile de voir que la ville tombait en ruine avec ses murs et ses monuments rongés par la rouille.

Hawkmoon ne pouvait détacher son regard de ce spectacle fascinant. Tout à coup il poussa un cri et tendit le doigt en direction d'une forme qui se coulait avec agilité entre les rochers. C'était leur assaillant de la veille qui se faufilait vers la cité.

— C'est là qu'il vit, sans doute, dit Hawkmoon.

— Je n'ai pas du tout envie de le suivre, murmura D'Averc. L'air doit être empoisonné. Les chairs se décomposent sur le visage, on est pris de vomissements et la mort ne tarde pas à vous emporter.

— Que me chantez-vous là, D'Averc ? L'air n'est pas empoisonné et vous le savez aussi bien que moi. Le poison stagne quelque temps avant de disparaître, il y a certainement plusieurs siècles qu'il s'est dissipé.

Il se lança à la poursuite de leur adversaire, en dévalant le long des lourds blocs de pierre.

— D'accord, soupira D'Averc, du moins connaîtrons-nous la mort ensemble !

Et une nouvelle fois, il emboîta le pas à son ami.

— Vous êtes un parfait gentilhomme, mais une tête brûlée, duc von Köln ! lança D'Averc.

Des pierres roulèrent sous leurs pas et la créature se voyant poursuivie, pressa l'allure en direction de la ville. Leur méconnaissance de la montagne ralentissait considérablement la progression des deux hommes, d'autant plus que les bottes de D'Averc étaient maintenant presque en lambeaux.

La bête disparut dans les entrailles de la cité de métal.

Quelques minutes plus tard, ils atteignaient eux aussi la ville et jetaient un regard effrayé sur les gigantesques structures métalliques qui se dressaient vers le ciel, projetant loin sur la plaine leurs ombres menaçantes.

Hawkmoon aperçut de nouvelles traces de sang et il se glissa entre les étais et les pylônes métalliques de la cité qui en interceptant la lumière du soleil rendaient sa marche doublement pénible.

Soudain, il entendit une sorte de sifflement ou un grognement étouffé.

Puis quelque chose s'abattit lourdement sur ses épaules et des griffes labourèrent furieusement sa gorge. Il sentit alors que l'une après l'autre, elles s'enfonçaient dans sa chair. Il chercha à desserrer l'étreinte des doigts griffus, tandis qu'il entendait les claquements du bec contre sa nuque.

Un hurlement horrible déchira l'air et la bête lâcha prise.

En titubant, Hawkmoon jeta un regard sur D'Averc qui, l'épée à la main contemplait la créature au grand bec étendue morte à ses pieds.

— Apparemment, dit D'Averc d'un ton badin, cette bestiole monstrueuse n'a pas de cervelle. Quelle folie de vous attaquer ainsi en me laissant tout le loisir de la trucider par-derrière !

De la pointe de son épée, il récupéra délicatement le petit morceau d'étoffe que la bête avait perdu dans la bataille.

— Voici enfin notre carte, intacte semble-t-il !

Hawkmoon essuya le filet de sang qui coulait de sa gorge. Les griffes n'avaient pas pénétré profondément.

— Pauvre chose, dit-il en hochant la tête.

— Pas de sensiblerie, Hawkmoon ! Dieu que vous m'inquiétez chaque fois que je vous trouve dans une telle disposition d'esprit. N'oubliez pas que ces créatures nous ont attaqués.

— Je me demande bien pourquoi. Ils ne manquaient certainement pas de gibier comestible, la montagne en est pleine.

— Peut-être étions-nous le gibier le plus accessible, suggéra D'Averc en jetant un regard à l'enchevêtrement de poutrelles métalliques qui les entourait. Peut-être aussi ont-ils appris à haïr l'homme.

D'un geste ample, D'Averc rengaina son épée et il s'engagea dans la forêt de piliers métalliques qui soutenaient les rues et les tours de la cité au-dessus de leurs têtes. Des détritus jonchaient le sol et çà et là des carcasses d'animaux gisaient dans un état avancé de décomposition.

— Profitons-en pour explorer la ville, proposa D'Averc en sautant sur une poutrelle d'acier. Nous pourrions peut-être passer la nuit ici ?

Hawkmoon consulta la carte :

— La ville est indiquée. Elle s'appelle Halapandur et

n'est pas très loin à l'est de la caverne où se trouve notre mystérieux philosophe.

— À quelle distance à peu près ?

— Environ une journée de marche à travers les montagnes.

— Dans ce cas, trouvons un endroit où dormir, et mettons-nous en route demain matin, qu'en pensez-vous ?

Hawkmoon fronça les sourcils, resta un moment silencieux puis haussa les épaules :

— Eh bien, soit !

Il rejoignit D'Averc sur la poutrelle et les deux hommes s'engagèrent dans une des étranges rues de métal.

— Et si nous nous dirigions vers cette tour là-bas ? dit D'Averc.

Ils suivirent donc la pente douce menant à la tour qui jetait dans le soleil l'éclat de ses reflets pourpres et turquoise.

Chapitre XV

LA CAVERNE DÉSERTÉE

À la base de la tour ils trouvèrent une petite porte, une sorte de trouée qui semblait l'œuvre d'un coup de poing de géant. Hawkmoon et D'Averc se hissèrent dans la brèche, scrutant la pénombre, anxieux de découvrir ce que la tour recélait.

— Je vois là-bas quelque chose qui ressemble fort à un escalier, dit Hawkmoon.

Ils durent trébucher sur des monceaux de gravats avant d'y accéder. Ils s'aperçurent alors que l'escalier ne menait pas vers les étages supérieurs de l'édifice. C'était plutôt une passerelle, guère différente de celles qu'ils avaient vues dans la ville même et qui réunissaient les bâtiments les uns aux autres.

— Où donc ai-je lu que cette cité fut construite peu de temps avant le Tragique Millénaire ? dit D'Averc, tandis que tous deux peinaient sur la passerelle. C'était une ville entièrement peuplée de savants, je crois même me souvenir qu'on l'appelait « Cité de la science ». Toutes sortes de chercheurs vinrent ici du monde entier pour y travailler. Ils espéraient que ces échanges seraient fertiles en découvertes extraordinaires. Si ma mémoire ne me fait pas défaut, les légendes racontent que ce lieu fut le théâtre de nombres d'inventions très étranges. Mais aujourd'hui tous ces secrets se sont perdus.

Ils escaladèrent ainsi la passerelle un moment avant de parvenir à une vaste terrasse cloisonnée de fenêtres vitrées. La plupart des carreaux étaient brisés ou même complètement soufflés. De cette plate-forme on pouvait embrasser toute la ville du regard.

— Visiblement, cet endroit a été conçu pour surveiller les allées et venues dans Halapandur, dit Hawkmoon.

Autour de lui le sol était jonché de vestiges d'instruments inconnus qui de toute évidence dataient de la préhistoire. Tous ces objets provenaient de coffres aux formes pures et élégantes, gravés de caractères simples, tout différents des ornementations baroques, des chiffres et lettres en volutes, chers à l'époque moderne.

— Cette pièce était une sorte de poste de guet d'où ils contrôlaient tous les mouvements des habitants de la ville, et même au-delà.

D'Averc fit une grimace.

— Oui, et son usage se vérifie à l'instant même, regardez là-bas, Hawkmoon.

Au loin, du côté opposé à celui par où eux-mêmes étaient entrés dans la cité, avançait une file de cavaliers qui arboraient les heaumes et armures du Ténébreux Empire.

Ils identifièrent les guerriers granbretons, mais de cette distance ils ne pouvaient distinguer aucun détail.

— Je suppose que Meliadus est à leur tête, dit Hawkmoon en étreignant la poignée de son épée. Il ne sait pas exactement où se trouve Mygan, mais il a dû découvrir que Tozer est passé dans cette ville lors de son voyage vers le Yel. Ses spadassins vont finir par trouver l'antre où se cache Mygan. Nous n'avons plus le loisir de nous reposer ici, hâtons-nous il n'y a pas une seconde à perdre.

D'Averc acquiesça :

— Quel dommage !

Il se pencha pour ramasser un petit objet par terre et le rangea soigneusement dans son pourpoint tout en loques.

— Je crois que cet objet ne m'est pas inconnu.

— Qu'est-ce donc ?

— Cela servait certainement à charger les anciens fusils, répondit D'Averc, si c'est le cas, cela peut toujours être utile.

— Mais vous n'avez pas de fusil !

— Le fusil n'est pas forcément nécessaire, répondit D'Averc d'un air mystérieux.

Ils dévalèrent la passerelle pour retrouver la petite porte au bas de la tour. Prenant le risque de se faire repérer, ils s'élancèrent à toute allure le long des grandes passerelles extérieures et se jetèrent enfin aux pieds des poutrelles de soutien, se retrouvant ainsi hors de vue.

— Je crois qu'ils ne nous ont pas vus, dit D'Averc hors d'haleine, et maintenant, par là, il faut arriver à la caverne de Mygan avant eux.

Ils se mirent à escalader la montagne, dans leur hâte de devancer Meliadus, ils dérapaient et trébuchaient à chaque pas.

La nuit tomba, mais ils poursuivirent leur quête. Ils n'avaient pratiquement rien mangé depuis leur départ de Londra, ils étaient affamés et commençaient à se sentir faibles. Mais ils luttèrent sans s'accorder le moindre répit et enfin, peu avant l'aube, ils parvinrent à la Vallée où, leur avait-on dit, vivait Mygan.

Hawkmoon sourit :

— Ces voyageurs granbretons auront sans doute campé pour la nuit. Nous avons une chance de voir Mygan, d'obtenir qu'il nous confie ses anneaux et de repartir avant leur arrivée.

— Espérons-le, dit D'Averc, pensant qu'Hawkmoon dont le regard lui semblait fiévreux, avait grand besoin de repos.

Mais il se précipita à sa suite en direction de la vallée.

— La caverne de Mygar devrait se trouver là-haut, dit D'Averc après avoir consulté la carte. Mais je n'aperçois rien.

— D'après le plan, c'est à mi-pente, dit Hawkmoon. Grimpons, nous verrons bien.

Ils traversèrent la combe et franchirent d'un bond le ruisseau étroit et limpide qui jaillissait d'une fissure dans la roche et courait au fond de la vallée. Des hommes vivaient là, indubitablement, car un sentier descendait vers le ruisseau et un outil en bois qui devait servir à tirer de l'eau reposait près d'un buisson.

Ils suivirent le sentier jusqu'au pied de l'escarpement. À présent, dans la roche, ils rencontraient des prises de main très anciennes et usées qui semblaient dater de plusieurs siècles, bien avant en tout cas la naissance de Mygan.

Ils s'engagèrent sur la pente.

Leur progression s'avéra malaisée et pénible, mais finalement ils accédèrent à une saillie, une sorte de rebord qui portait un énorme bloc de pierre dissimulant l'entrée de la caverne.

Impatient, Hawkmoon se précipita. Plus prudent, D'Averc le retint par le bras.

— Mieux vaut prendre garde, dit-il en tirant son épée.

— Quel mal un vieil homme pourrait-il nous faire ?

— Vous êtes épuisé, ami, exténué. D'autre part, nous pourrions bien être surpris par les armes de ce vieil homme, s'il se révèle aussi savant que le prétendait Tozer. Il a coutume de fuir la compagnie des hommes et il n'a aucune raison de ne pas nous prendre pour des ennemis.

Hawkmoon en convint, il tira son épée et s'enfonça dans la pénombre.

L'endroit était sombre et apparemment vide, mais après un moment ils réussirent à percevoir une faible lueur qui tremblotait tout au fond. La caverne débouchait sur une seconde salle beaucoup plus vaste encombrée de toutes sortes d'instruments ressemblant à ceux qu'ils avaient pu voir à Halapandur ; il y avait aussi deux lits étroits, divers ustensiles de cuisine, un équipement de chimiste et bien d'autres choses encore. La lueur clignotante venait d'un globe au milieu de la salle.

— Mygan, appela D'Averc, mais il n'obtint pas de réponse.

Ils fouillèrent la caverne à la recherche d'une autre ouverture, mais en vain.

— Il est parti ! (Désespéré, Hawkmoon caressait le joyau noir enchâssé dans son front.) Il est parti, D'Averc, et comment savoir où ! Peut-être après le départ de Tozer a-t-il jugé plus prudent de s'éloigner de ce lieu devenu peu sûr.

— Je ne crois pas, répondit D'Averc. Il n'aurait pas quitté sa demeure définitivement sans se munir de certains de ces objets, c'est évident.

Il jeta un regard circulaire.

— Et puis quelqu'un a dormi dans ce lit récemment. Il n'y a de poussière nulle part. Mygan est sûrement allé faire un tour dans les environs, il ne tardera pas à rentrer, attendons-le.

— Et Meliadus, si c'est bien lui que nous avons vu ?

— Souhaitons-lui une route ardue qui retarde sa progression sur la trace de Mygan !

— S'il s'avère aussi avide de vengeance que Flana vous l'a rapporté, il ne tardera certes pas à nous rejoindre.

Hawkmoon et D'Averc aperçurent alors des plats chargés de viandes, des corbeilles de fruits et de légumes, et tous deux se mirent à dévorer à belles dents.

— Reposons-nous et attendons, nous ne pouvons rien faire de plus pour l'instant, dit D'Averc.

Une journée entière puis une nuit s'écoulèrent. Ne voyant pas revenir le vieil homme, l'anxiété de Hawkmoon augmentait d'heure en heure.

— Et s'ils l'avaient capturé ? suggéra-t-il. Meliadus l'a peut-être rencontré dans les montagnes.

— S'il en est ainsi, le baron ne manquera pas de le ramener ici, il ne nous resterait plus alors qu'à arracher le vieil homme à ses griffes, ce qui sera une excellente occasion de gagner sa gratitude, répliqua D'Averc qui s'efforçait de paraître enjoué.

— Si je ne m'abuse, ils étaient bien une vingtaine, armés de lance-flammes. Nous n'avons aucune chance de les défaire.

— Quel pessimiste vous faites, Hawkmoon, ne sommes-nous pas déjà sortis vainqueurs de plus rudes batailles, contre un bien plus grand nombre d'assaillants !

— Oui, accorda Hawkmoon, mais il était clair que le voyage l'avait exténué.

Peut-être aussi l'échec de leur mission à la cour du

Roi-Empereur Huon l'avait-il affecté plus encore que D'Averc qui semblait surmonter plus aisément ce genre de déception.

Finalement, Hawkmoon passa dans la première caverne et sortit sur le rebord où reposait le bloc de pierre. Une sorte d'intuition semblait l'avoir attiré là, il jeta un regard vers le fond de la vallée et les aperçut.

De cette distance aucun doute n'était possible. L'homme qui menait la petite troupe était bien Meliadus. Sombre et luisant son masque de loup parut le narguer férocement lorsqu'il se tourna vers lui, au moment même où Hawkmoon posait les yeux sur le groupe.

Une voix puissante et rauque, démultipliée par l'écho, éclata dans les montagnes. Une voix où se mêlaient la rage et le triomphe, le hurlement du loup qui vient de flairer sa proie.

— Hawkmoon !

Meliadus bondit à terre et entreprit d'escalader la falaise.

— Hawkmoon !

Armés jusqu'aux dents, ses hommes s'empressèrent de le suivre et Hawkmoon se rendit compte qu'il avait peu de chance de sortir victorieux. Il appela D'Averc resté dans la caverne.

— Meliadus est là. Sortons ou nous serons pris au piège. Il faut atteindre le haut de la falaise.

Ceignant son épée D'Averc surgit hors de la brèche, il jeta un regard vers la combe, demeura un instant pensif, puis hocha la tête. Hawkmoon s'engagea en hâte sur la pente escarpée, cherchant fébrilement les prises de main sur la paroi rugueuse et accidentée.

Un jet fulgurant vint se briser en milliers d'étincelles non loin de sa main et la chaleur fit roussir les poils de son poignet. Le lance-flammes frappa de nouveau en dessous de lui, mais il réussit à s'échapper à temps.

Au sommet de la falaise il espérait pouvoir faire face et combattre, mais par-dessus tout il leur fallait échapper aux griffes des Granbretons. Hawkmoon savait que la sûreté du Château Airain en dépendait.

— Haaawkmoooon !

Meliadus offrait à l'écho un cri de dément assoiffé de sang.

Hawkmoon grimpait, s'arrachait les mains et s'entaillait les jambes contre la roche. Lui et D'Averc, agrippés à la face nue de la falaise prenaient des risques insensés.

Hors d'haleine, ils accédèrent au sommet de l'escarpement devant lequel s'étendait un vaste plateau. Tenter de le traverser eut été folle entreprise car les lance-flammes les eussent sans aucun doute fauchés sur place.

Hawkmoon dégaina son épée, il semblait à présent inexorablement déterminé :

— Battons-nous. Maintenant.

D'Averc sourit :

— Enfin, j'ai cru un moment que vous aviez perdu la tête.

En contrebas, le baron Meliadus était parvenu au rebord qui marquait l'entrée de la caverne. Après avoir ordonné à ses hommes de continuer la poursuite, il se précipita à l'intérieur. Sans doute espérait-il y trouver quelques autres rebelles : Oladahn, le comte Airain, ou même Yisselda. Hawkmoon savait – bien que cette idée lui fût insupportable – à quel point le baron était amoureux d'elle.

Le premier heaume de Loup ne tarda pas à paraître au bord de la falaise, Hawkmoon lui décocha un furieux coup de pied, Mais l'homme ne tomba pas et réussit même à agripper la jambe de Hawkmoon. Il tentait ainsi de rétablir son équilibre ou d'attirer Hawkmoon avec lui dans sa chute. Avec un rugissement, D'Averc fit un bond et frappa l'homme à l'épaule. Ce dernier lâcha prise, et chercha en vain à se raccrocher à quelque infractuosité de la paroi rocheuse ; ses bras battirent l'air, il bascula en arrière en poussant un hurlement interminable qui semblait devoir ne jamais s'éteindre et son corps alla s'écraser au fond de la combe.

D'autres hommes surgirent. D'Averc affronta le premier en combat singulier tandis qu'Hawkmoon se trouvait soudain assailli par deux guerriers à la fois.

La vallée était à plusieurs centaines de mètres en contrebas. Ils luttaient sauvagement, avançant et reculant sans cesse, s'approchant parfois dangereusement du bord de la falaise.

Hawkmoon égorgea proprement son premier adversaire puis, se tournant vers l'autre, lui enfonça son épée au défaut de la cuirasse. Mais au fur et à mesure qu'ils se défaisaient des Granbretons, d'autres guerriers les remplaçaient.

Une heure durant, ils réussirent à tenir tête aux hommes de Meliadus et les empêchèrent de prendre pied sur la falaise.

Mais ils succombèrent finalement sous le nombre et se virent cernés de toute part ; le cercle infernal des épées pointées contre eux évoquait irrésistiblement les crocs acérés d'une gueule monstrueuse.

Meliadus jubilait.

— Rendez-vous, Messires, ou je donne l'ordre de vous tailler en pièces !

Hawkmoon et D'Averc baissèrent leurs armes en échangeant un regard désespéré. Tous deux savaient la haine inextinguible que leur vouait Meliadus. Ils se trouvaient en Granbretanne, dans l'antre même de la bête, ils n'avaient plus aucune chance d'en réchapper.

Manifestement, Meliadus jouissait de son triomphe. La tête inclinée sur le côté, son masque de loup semblait les considérer d'un air narquois. Il ricanait.

— J'ignore comment vous avez réussi à gagner la Granbretanne, mais votre témérité confine à la démence, Messires. Cherchiez-vous également le vieux savant ? Je me demande bien pourquoi ! N'avez-vous pas déjà ce qu'il possède ?

— Peut-être détient-il d'autres pouvoirs, dit Hawkmoon qui tentait délibérément de brouiller les pistes.

Mieux valait que Meliadus en sût le moins possible s'ils voulaient se ménager une possibilité de l'abuser quant au but de leur expédition.

— D'autres pouvoirs ? Posséderait-il d'autres pouvoirs susceptibles de servir la grandeur de l'empire ? Voilà une information intéressante, Hawkmoon, je vous en remercie. Nous veillerons à ce que le vieil homme soit plus explicite.

— Il est parti, Meliadus, dit D'Averc d'une voix doucereuse. Nous l'avons prévenu de votre visite.

— Parti, vraiment ? Je n'en suis pas si sûr. Mais s'il en est ainsi, probablement savez-vous où il est allé, seigneur Huillam.

— Moi, non, dit D'Averc, furieux, tandis que les guerriers les ligotaient ensemble, lui et Hawkmoon et leur serraient un nœud coulant sous les bras.

— Nous verrons bien. (Meliadus se remit à ricaner.) Sous la torture la mémoire vous reviendra peut-être. Ce sera un excellent avant-goût du plaisir de ma vengeance. Je vous sais gré de cette occasion. Mais de retour à mon palais nous aurons tout loisir d'explorer les subtilités de ce divertissement. Peut-être alors le vieil homme sera-t-il aussi mon prisonnier et m'aura-t-il livré son secret, le moyen de voyager vers d'autres dimensions…

En son for intérieur il se disait que cette victoire le réhabiliterait dans l'estime du roi-empereur et lui permettrait d'obtenir son pardon pour avoir quitté la ville à son insu.

De sa main gantée il caressa presque amoureusement le visage de Hawkmoon.

— Ah Hawkmoon, bientôt vous subirez le châtiment que je vous destine… Bientôt…

Du tréfonds de son être Hawkmoon sentit monter un frisson d'horreur, et il cracha à la face masquée de Meliadus.

Meliadus fit un bond en arrière, essuya son masque d'un revers de main puis il frappa violemment Hawkmoon à la bouche. Il tremblait de rage :

— Cette insulte vous coûtera cher, Hawkmoon, j'en fais le serment, je vous réserve des tourments d'un raffinement inouï qui vous sembleront durer des siècles.

Hawkmoon détourna la tête, sur son visage se lisait un profond dégoût et un immense désespoir. Leurs gardes les poussèrent brutalement en avant, lui et D'Averc, et les firent basculer dans le vide.

Retenus par la corde qui les ligotait, ils ne tombèrent pas très loin, mais on leur fit descendre la pente abrupte sans aucun ménagement. Meliadus les rejoignit devant la caverne.

— Il me faut retrouver le vieil homme, dit le baron, je pense qu'il rôde non loin d'ici. Nous vous laisserons dans la caverne, solidement attachés ; deux gardes resteront à l'entrée pour le cas où vous parviendriez à vous défaire de vos liens. Vous n'avez plus aucune chance de m'échapper, Hawkmoon, vous non plus D'Averc. Je vous tiens, enfin, tous les deux ! Traînez-les à l'intérieur, n'économisez pas le moindre bout de corde. N'oubliez pas, ils ne doivent pas s'évader car ils sont les jouets de Meliadus.

Meliadus surveilla qu'on les ficelât comme il l'avait ordonné. On les jeta au fond de la première salle de la caverne. Il posta trois hommes à l'entrée et se mit à dévaler la pente allègrement.

Avant peu de temps, tous ses ennemis seraient en son pouvoir ; il leur arracherait leurs secrets par la torture, et alors le roi-empereur verrait que lui, Meliadus, avait raison.

Et si, néanmoins, le roi-empereur lui gardait rancune… Quelle importance ?

Meliadus avait déjà trouvé une solution à ce problème, il saurait redresser cette nouvelle erreur du souverain.

474

Chapitre XVI

MYGAN DE LLANDAR

La nuit était tombée. Dans la seconde grotte Hawkmoon et D'Averc gisaient dans l'ombre.

Les larges dos de leurs gardiens formaient un mur compact à l'entrée de la caverne et les cordes qui les enserraient étaient particulièrement ajustées.

Hawkmoon tenta de se dégager, mais il se rendit rapidement compte que les mouvements qu'il pouvait s'autoriser dans cette position étaient fort réduits ; tout au plus parvenait-il à remuer les lèvres, les yeux et légèrement le cou. D'Averc n'était pas mieux loti.

— Mon cher ami, dit D'Averc aussi doucement qu'il le pût, le moins qu'on puisse dire c'est que nous avons manqué de prudence.

Hawkmoon opina du chef :

— La faim et la fatigue peuvent rendre insensés les plus sages. Nous sommes entièrement responsables de ce désastre…

— C'est vrai, nous n'avons que ce que nous méritons, dit D'Averc, un rien d'hésitation dans la voix. Mais nos amis ? Il faut songer à nous évader, Hawkmoon, même si cela paraît irréalisable pour le moment.

Hawkmoon soupira :

— Vous avez raison. Si Meliadus parvient jamais à atteindre le château…

Il frémit d'horreur à cette idée.

Après le bref entretien qu'il avait eu avec le seigneur

granbreton, ce dernier lui avait paru encore plus exalté qu'autrefois. Était-ce dû aux nombreuses défaites que lui avaient infligées Hawkmoon et les amis du comte Airain ? Ou bien fallait-il le mettre sur le compte du dépit, depuis qu'en se dissipant dans les airs, le Château Airain l'avait frustré de sa victoire ? Hawkmoon ne se hasarda pas à donner une explication. Il constatait seulement que son vieil ennemi ne contrôlait plus sa fureur. Dans de telles conditions, il devenait presque impossible de prévoir des réactions.

Hawkmoon tourna la tête en fronçant les sourcils ; il lui semblait avoir entendu un bruit au fond de la caverne. De l'endroit où il gisait il ne distinguait que la partie éclairée de la salle.

Le bruit recommença et il tendit le cou. Prenant garde à ne pas alerter les gardes, D'Averc lui dit dans un murmure :

— Il y a quelqu'un ici, j'en jurerais.

Une ombre les recouvrit tous deux ; ils levèrent les yeux et rencontrèrent les traits farouches d'un grand vieillard, un visage qu'on aurait dit sculpté dans la pierre, encadré par une crinière de cheveux blancs qui lui donnait l'apparence d'un lion.

Le vieil homme plissa les yeux et contempla longuement les deux captifs. Il jeta un œil vers les trois gardes postés à l'entrée. Puis son regard revint se poser sur Hawkmoon et D'Averc, les bras croisés sur la poitrine, il les considérait silencieusement. Hawkmoon remarqua qu'il portait des anneaux de cristal à tous les doigts, même aux pouces ; seul restait libre le petit doigt de la main gauche. Ce devait être Mygan de Llandar ! Mais comment s'était-il introduit dans la caverne ? Connaissait-il une entrée secrète ?

Hawkmoon le regarda d'un air suppliant, du bout des lèvres il l'appelait à l'aide.

Le géant sourit et se pencha un peu de manière à entendre le chuchotement de Hawkmoon.

— De grâce, Messire, si vous êtes vraiment Mygan de

Llandar, vous devez savoir que nous sommes vos amis et que nous avons été capturés par vos pires ennemis.

— Et qu'est-ce qui me prouve votre sincérité ? murmura Mygan.

À l'entrée de la caverne, un des gardes tendit l'oreille et se tourna vers eux. Mygan s'enfonça dans l'ombre un peu plus loin.

— Qu'est-ce que vous tramez vous deux ? grommela l'homme. Vous vous demandez sans doute ce que le baron va faire de vous, pas vrai ? Essayez un peu d'imaginer, Hawkmoon, les réjouissances qui vous attendent !

Hawkmoon ne répondit pas. Le garde retourna à son poste en gloussant et Mygan se rapprocha doucement.

— Vous êtes Hawkmoon ?

— Vous avez entendu parler de moi ?

— Un peu. Si vous êtes Hawkmoon, peut-être dites-vous vrai, et êtes-vous mon allié. Car en effet, quoique granbreton je porte le plus profond mépris aux seigneurs qui règnent à Londra. Mais comment connaissez-vous mes ennemis ?

— Le baron Meliadus de Kroiden a eu vent du secret que vous aviez confié à Tozer, l'homme qui fut votre hôte il y a peu de temps.

— Confié ? Il a endormi ma vigilance par de belles paroles. Il a profité de mon sommeil pour subtiliser un de mes anneaux et il s'en est servi pour s'enfuir. Je suppose qu'il comptait sur cet anneau pour s'attirer les faveurs de ses maîtres de Londra.

— C'est exactement ce qui s'est passé. Tozer s'est vanté de posséder des pouvoirs psychiques extraordinaires et pour le prouver, il s'est transporté en Kamarg.

— C'était un accident, n'en doutez pas. Il ne sait absolument pas se servir de l'anneau.

— C'est bien ce que nous soupçonnions.

— Je vous crois, Hawkmoon et je crains le pire de ce Meliadus.

— Dans ce cas, délivrez-nous, nous essayerons de nous enfuir et nous vous protégerons contre lui.

— Je ne pense pas avoir besoin de votre protection.

Mygan disparut dans la pénombre.

— Je me demande ce qu'il compte faire, dit D'Averc qui était resté délibérément silencieux jusqu'à présent.

Hawkmoon secoua la tête en signe d'ignorance.

Quelques instants plus tard, Mygan reparut, un long poignard à la main. Il s'agenouilla et commença à couper les liens de Hawkmoon. Bientôt le Duc von Köln fut en mesure de défaire lui-même les derniers nœuds tout en surveillant l'entrée d'un œil inquiet.

— Donnez-moi le poignard, murmura-t-il, et silencieusement il trancha une à une les cordes qui entravaient D'Averc.

Des voix à l'extérieur les firent sursauter.

— Voilà le baron Meliadus ! annonça l'un des gardes. Il semble d'une humeur massacrante.

Hawkmoon et D'Averc échangèrent un regard et tous deux se redressèrent brusquement. Alerté par le bruit, un garde se retourna et poussa une exclamation. Il fondit sur Hawkmoon qui lui tordit le poignet pour l'empêcher de dégainer son épée. D'Averc, lui, s'était jeté sur l'autre homme, de son bras replié, il lui enserrait fortement le cou. Il parvint à s'emparer de son arme avant même que ce dernier pût proférer le moindre son.

Tandis qu'Hawkmoon luttait au corps à corps avec son adversaire, D'Averc engageait le fer avec le sien. Le choc des épées résonna sous la voûte et ils entendirent Meliadus hurler de rage.

Hawhmoon jeta l'homme à terre et l'y maintint fermement en lui enfonçant le genou dans l'aine ; d'un geste vif, il s'empara de la dague que le garde portait au côté, lui arracha son masque et lui plongea la lame dans la gorge.

Entre-temps, D'Averc s'était débarrassé de son adversaire, et, hors d'haleine, il contemplait le cadavre.

La voix de Mygan leur parvint du fond de la caverne :

— Je vois que vous portez des anneaux de cristal identiques aux miens. Savez-vous les utiliser ?

— Nous savons seulement comment retourner en Kamarg ! Un tour vers la gauche...

— Hum... ! Je vois ! Il vous faut d'abord tourner l'anneau sur la droite puis, ensuite seulement, vers la gauche. Vous répétez six fois le mouvement, puis…

La silhouette massive de Meliadus vint s'encadrer dans l'ouverture de la caverne.

— Hawkmoon, je vous trouverai donc toujours en travers de ma route !

Il aperçut Mygan qui se tenait légèrement en retrait.

— Le vieil homme ! Emparez-vous de lui !

Les guerriers se ruèrent à l'intérieur de la caverne. Sous le choc, D'Averc et Hawkmoon furent contraints de reculer. Mais ils étaient déterminés à vendre chèrement leur vie.

Soudain, hors de lui, le vieillard se mit à hurler :

— Arrière, impies, arrière ! et il se lança contre eux, sa longue dague pointée en avant.

— Arrêtez, Mygan ! cria Hawkmoon, laissez-nous combattre, restez à l'abri. Vous n'êtes pas de taille, face à ces brutes !

Mygan resta sourd à ses paroles. Hawkmoon tenta de le rejoindre mais il le vit s'écrouler. Aussitôt, il abattit sa lame sur le coup du Loup qui avait frappé le vieillard de son épée.

La mêlée était générale dans la caverne et ils durent battre en retraite vers la seconde salle. L'air était plein du fracas des armes entrechoquées et des cris de fureur de Meliadus. Mygan n'était que blessé et Hawkmoon le tira dans la caverne du fond en parant tant bien que mal les coups qui pleuvaient sur eux.

Maintenant, Hawkmoon se trouvait face à Meliadus qui brandissait sa lourde épée à deux mains.

Hawkmoon sentit une douleur fulgurante lui transpercer l'épaule gauche et vit du sang tacher la manche de son habit. Il évita de justesse un nouveau coup, riposta et atteignit Meliadus au bras.

Le baron poussa un grognement et recula en titubant.

— D'Averc, Mygan, c'est le moment hurla Hawkmoon, tournez vos anneaux, c'est notre seule chance de nous en sortir vivants !

Hawkmoon tourna le cristal sur la droite, puis sur la

gauche et enfin six fois des deux côtés. Avec un rugissement Meliadus se précipita à nouveau sur lui. Hawkmoon leva son épée.

Puis Meliadus disparut.

La caverne et ses amis s'étaient également évanouis.

Autour de lui, à perte de vue, une vaste plaine s'étendait. D'après la position du soleil et la chaleur accablante, il devait être midi. Le sol était recouvert d'une herbe rase et un parfum doux et printanier flottait dans l'air.

Où diable pouvait-il bien se trouver ? Mygan se serait-il joué de lui ? Et où étaient les autres ?

Cependant la silhouette de Mygan de Llandar commençait à se matérialiser. Il gisait dans l'herbe, livide, une main sur la poitrine. D'innombrables coups d'épée l'avaient atteint et la douleur déformait son visage noble et fier. Hawkmoon rengaina son arme et se pencha sur le vieillard.

— Mygan...

— Ah, Hawkmoon, je me meurs. Mais j'aurai au moins infléchi le cours de votre destinée. Le Bâton Runique...

— Ma destinée, le Bâton Runique ? Que voulez-vous dire ? J'ai souvent entendu parler de cet objet mystérieux, mais j'ignore toujours quels liens me rattachent à lui.

— Vous l'apprendrez en son temps. En attendant...

Soudain, D'Averc apparut, jetant autour de lui un regard incrédule.

— Le charme a opéré ! Rendons grâce au Bâton Runique. Nous avons échappé au massacre de justesse.

— Vous... Vous devez chercher...

Une violente quinte de toux interrompit le vieil homme. Deux filets de sang coulaient lentement du coin de ses lèvres, le long de son menton.

Agenouillé près de lui, Hawkmoon lui soutenait la tête.

— Ne cherchez pas à parler, Mygan. Vous êtes grièvement blessé. Il faut trouver du secours. Nous pourrions retourner au Château Airain.

Mygan hocha la tête en signe de dénégation :

— C'est impossible.

— Impossible ? Mais pourquoi ? Les anneaux nous ont

pourtant transportés jusqu'ici. Il suffit d'un tour vers la gauche et…

— Non, une fois que vous vous en êtes servis de cette manière, les anneaux doivent être remagnétisés pour être utilisables.

— Et comment faire ?

— Je ne peux rien vous dire de plus !

— Quoi ? Vous voulez dire que vous ne le savez pas ?

— Non, c'est intentionnellement que je vous ai attirés ici, car c'est sur cette terre que se joue votre destinée. Vous devez chercher… Ah, mon Dieu, quelle atroce douleur…

— Vous vous êtes moqué de nous, gronda D'Averc. Vous cherchez à nous faire tenir un rôle dans une pièce connue de vous seul. Mais vous allez mourir. Nous ne pouvons pas vous soigner ici. Dites-nous comment retourner au Château Airain et nous ramènerons quelqu'un capable de guérir vos blessures.

— En vous amenant ici, je n'ai pas agi par intérêt personnel ; mais je connais le destin des hommes. Au moyen des anneaux j'ai exploré l'espace et le temps. Maintenant je sais. Je sais quelle cause vous servez, Hawkmoon, et je sais que le moment est venu pour vous de parcourir ces contrées.

— À quelle époque nous avez-vous transportés ? Comment s'appelle ce pays ? demanda Hawkmoon d'un ton suppliant. N'y a-t-il pas d'autre horizon que cette plaine immense et nue ?

Mais Mygan crachait à nouveau du sang, la mort était proche.

— Prenez mes anneaux, dit-il dans un souffle, ils vous seront utiles. Mais avant tout, partez à la recherche de Narleen et de l'Épée de l'Aurore qui se trouvent au sud. Ensuite revenez au nord en quête de la cité de Dnark et du Bâton Runique.

Il commença à suffoquer, un spasme violent agita tout son corps et il mourut.

Hawkmoon se tourna vers D'Averc.

— Serions-nous en Asiacommunista ? C'est là qu'est supposé se trouver le Bâton Runique ?

— Voilà qui ne manquerait pas de piquant eu égard à notre première ruse, répondit D'Averc occupé à bander sa jambe blessée avec une pièce de tissu. Peut-être en effet sommes-nous en Asiacommunista. J'avoue que je ne m'en soucie guère. L'important est que nous ayons échappé à ce butor de Meliadus et sa horde de buveurs de sang. Le ciel est bleu, il fait chaud et, à part nos plaies, ce lieu est plus tranquille que celui que nous venons de quitter.

Hawkmoon jeta un regard circulaire et poussa un soupir :

— Je n'en suis pas si sûr. Si Taragorm réussit dans son entreprise, ils trouveront le moyen d'atteindre la Kamarg. Je préférerais pouvoir les y accueillir, ce jour-là. (Il se mit à faire jouer l'anneau sur son doigt.) J'ai bien envie de...

D'Averc lui saisit le poignet.

— Non, Hawkmoon, ne touchez pas à cet anneau. Je serais assez enclin à faire confiance à Mygan. Après tout, il semblait bien disposé à votre égard. Il avait probablement l'intention de nous donner d'autres détails, de nous expliquer avec précision comment gagner les lieux – si tant est qu'il s'agisse de lieux – dont il nous a parlé. Si nous tournons les anneaux, qui sait où nous serons projetés ? Peut-être même serons-nous ramenés dans la caverne en compagnie des hôtes charmants que nous y avons laissés.

Hawkmoon hocha la tête.

— Sans doute avez-vous raison, mais que faire maintenant ?

— Tout d'abord obéir à Mygan et prendre ses anneaux. Ensuite, nous diriger vers le sud, vers... comment s'appelle cet endroit ?

— Narleen ! Mais rien ne dit qu'il s'agisse d'un pays, ce pourrait être une personne ou un objet.

— Pays, homme ou objet, Narleen se trouve au sud ! Et nous devons y aller ! Venez Hawkmoon !

Il se pencha sur le corps de Mygan de Llandar et retira un à un les anneaux de cristal qui ornaient ses doigts.

— D'après ce que j'ai vu dans sa caverne, il est à peu près certain qu'il a trouvé ces anneaux à Halapandur. Tout ce qu'il possédait venait à l'évidence du même endroit. Les anneaux devaient être une des inventions de ces savants qui y vivaient avant le Tragique Millénaire…

Mais Hawkmoon ne prêtait guère d'attention aux paroles de son compagnon. Son regard était fixé sur la plaine.

— Regardez !

Le vent se levait.

Au loin, quelque chose avançait, une machine ou un être gigantesque qui roulait sur la plaine en lançant des éclairs.

LIVRE SECOND

Comme Dorian Hawkmoon, Mygan de Llandar servait le Bâton Runique. Mais le philosophe de Yel, lui, connaissait son maître, aussi déposa-t-il Hawkmoon sur une terre étrange et inhospitalière, sans lui donner d'explications, de telle sorte qu'Hawkmoon fût contraint de servir la cause du Bâton Runique. De nombreuses destinées étaient désormais indissolublement liées : la Kamarg et la Granbretanne, la Granbretanne et l'Asiacommunista, l'Asiacommunista et l'Amarekh, Hawkmonn et D'Averc, D'Averc et Flana, Flana et Meliadus, Meliadus et le Roi-Empereur Huon, le Roi-Empereur Huon et Shenegar Trott, Shenegar Trott et Hawkmoon. Tous ces destins singuliers concouraient ensemble à accomplir l'œuvre du Bâton Runique. Les dés étaient jetés. Du jour où Meliadus avait juré sur le Bâton Runique de tirer vengeance du Comte Airain et de ses compagnons, les événements s'étaient inexorablement enchaînés. L'ironie de la situation et son invraisemblance n'étaient qu'apparentes. Bientôt, la vérité brillerait de tout son éclat aux yeux de ceux que le destin avait choisi. Ainsi, tandis qu'Hawkmoon se demandait dans quelle portion de temps et d'espace il avait été projeté, les savants du Roi-Empereur Huon mettaient la dernière main aux redoutables machines de guerre que le Ténébreux Empire allait utiliser pour semer l'horreur et l'épouvante sur toute la surface du globe.

Haute Histoire du Bâton Runique

CHAPITRE I

ZHENAK-TENG

Hawkmoon et D'Averc dégainèrent leurs épées d'un air las en voyant l'étrange sphère approcher.

Leurs habits n'étaient plus que loques et ils étaient couverts de plaies et visiblement épuisés par le combat qu'ils avaient dû mener. Cette nouvelle bataille leur semblait perdue d'avance.

— Ah, si seulement j'avais gardé l'amulette ! dit Hawkmoon qui regrettait amèrement de l'avoir laissée au Château Airain sur les conseils du Guerrier d'Or et de Jais.

D'Averc sourit faiblement.

— Pour ma part, je me contenterai de mes simples forces de mortel. Allons, Duc Dorian, vendons chèrement notre vie !

Et il se redressa de toute sa taille.

La sphère hurlante cahotait sur la plaine. L'engin énorme irradiait des reflets prismatiques. Face à un tel monstre leurs épées semblaient des armes dérisoires. La sphère s'immobilisa près d'eux en émettant un curieux grondement qui expira petit à petit. Puis un bourdonnement continu se fit entendre, une fente apparut, elle s'élargit et une vapeur blanche enveloppa presque entièrement l'étrange machine. Le nuage se dissipa lentement et une haute silhouette bien découplée émergea. La peau mate, ses longs cheveux retenus par une fine couronne d'argent, le nouveau venu ne portait pour tout vêtement qu'une sorte de culotte brun clair, très évasée vers le bas. Il ne semblait pas armé. Hawkmoon le considéra avec méfiance.

— Qui êtes-vous ? Que voulez-vous ?

L'homme eut un sourire amusé :

— Ce serait plutôt à moi de vous poser cette question, dit-il avec un accent aux étranges sonorités.

— Je vois que vous venez de combattre, ajouta-t-il, et l'un d'entre vous est mort. Il semblait fort âgé pour un guerrier.

— Qui êtes-vous ? insista Hawkmoon.

— Vous êtes un homme résolu, seigneur. Je ne puis que m'incliner devant une telle insistance : je me nomme Zhenak-Teng de la lignée des Teng. Avec qui venez-vous donc de vous battre ? Auriez-vous rencontré des Charkis ?

— Ce nom ne nous dit rien, répondit D'Averc, nous sommes des voyageurs et nos ennemis sont restés dans les lointaines régions d'où nous venons. C'est en les fuyant que nous nous sommes retrouvés sur cette plaine.

— Et pourtant vos blessures sont récentes. M'accompagnerez-vous à Teng-Kampp, Messires ?

— Est-ce la ville où vous résidez ?

— Nous n'avons point de villes. Venez. Nous pouvons vous porter secours. Nous guérirons vos blessures et peut-être pourrons-nous ramener votre compagnon à la vie.

— Impossible. Il est mort.

— D'habitude nous parvenons à ressusciter les morts, répondit l'homme de l'air le plus naturel du monde. Acceptez-vous mon invitation ?

Hawkmoon haussa les épaules.

— Pourquoi pas ?

D'Averc l'aida à transporter le corps de Mygan dans la sphère.

L'intérieur de la machine était aménagée en cabine où plusieurs personnes pouvaient se tenir à l'aise. Visiblement l'engin était d'un usage courant dans le pays, car Zhenak-Teng ne fit pas le moindre geste pour leur indiquer comment s'y installer.

Leur hôte tendit la main vers le tableau de contrôle et

la fente se referma lentement au-dessus de leurs têtes. Puis la sphère se mit en mouvement et atteignit en quelques secondes une vitesse prodigieuse, effleurant à peine la morne étendue couverte d'herbe rase.

Les hommes voyaient défiler sous eux un paysage sans arbres ni rochers, sans rivières ni collines. Hawkmoon se demanda si la plaine n'avait pas été artificiellement nivelée.

Zhenak-Teng avait un appareil ajusté devant les yeux, ses mains manœuvraient de temps à autre un levier relié à une roue et Hawkmoon en déduisit que c'était ainsi qu'il dirigeait son étrange véhicule.

À un moment, ils dépassèrent un groupe – êtres ou choses – qui s'agitait en tous sens, mais vue la vitesse à laquelle la sphère les emportait, ils n'eurent pas le temps de les identifier.

— Ce sont des Charkis, expliqua Zhenak-Teng, avec un peu de chance ils ne nous attaqueront pas !

Ces êtres bizarres étaient pourvus de nombreuses pattes, de vagues protubérances ondulaient sous leur peau d'une couleur plombée. Étaient-ce des machines ou des êtres vivants ? Hawkmoon ne parvint pas à le déterminer.

Au bout d'une heure la sphère commença à ralentir.

— Nous approchons de Teng-Kampp, dit Zhenak-Teng.

Quelques instants plus tard, le véhicule s'immobilisa, leur pilote poussa un soupir de soulagement, son corps se détendit dans le siège où il se cala confortablement.

— C'est bon, maintenant, j'en suis sûr. Les Charkis sont partis chercher leur nourriture vers le sud-ouest, ils ne devraient pas approcher de Teng-Kampp.

D'Averc se tourna vers Zhenak-Teng.

— Qui sont ces Charkis ? demanda-t-il en réprimant une grimace de douleur car son geste venait de réveiller ses blessures.

— Ce sont nos ennemis ; ils furent créés pour détruire toute vie humaine. Ils vivent à la surface de la terre et se nourrissent en suçant l'énergie de notre peuple qui se cache sous terre dans les Kampps.

Il tira à lui le levier et après un soubresaut, le globe commença à s'enfoncer dans le sol.

La terre sembla les engloutir, puis elle se referma sur eux. La descente dura un moment. Une vive clarté les enveloppa tout à coup et ils virent qu'ils se trouvaient dans une sorte d'alvéole ajustée aux dimensions de l'engin.

— Teng-Kampp ! annonça Zhenak-Teng sans autre explication.

Il appuya sur un bouton et la sphère s'ouvrit à nouveau.

Ils sortirent, toujours chargés du corps de Mygan. Après avoir longé un couloir voûté, la tête baissée pour ne pas heurter le plafond, ils débouchèrent dans une pièce où plusieurs hommes, vêtus comme Zhenak-Teng, se hâtaient vers la machine qu'eux-mêmes venaient de quitter. C'étaient probablement des techniciens attachés à la vérification des véhicules de retour au kampp.

— Par ici, dit leur hôte et il les conduisit dans une petite alcôve qui se mit à tourner lentement sur elle-même.

Hawkmoon et D'Averc, pris de vertige, s'adossèrent aux parois. Mais l'épreuve fut de courte durée, Zhenak-Teng les précéda dans une petite chambre garnie de meubles confortables et de tapis précieux.

— Mes appartements ! Vous êtes mes invités, dit-il, je vais quérir des parents à moi qui sont médecins. Ils tenteront de porter secours à votre compagnon.

Il reparut quelques minutes plus tard, un sourire éclairait son visage :

— Mes frères ne vont pas tarder.

— J'espère, répondit D'Averc d'un air las, presque maussade, j'avoue n'apprécier que fort modérément la compagnie des cadavres...

— Ce ne sera pas long. Si vous voulez bien me suivre au salon, des rafraîchissements vous attendent.

Ils abandonnèrent Mygan et franchirent le seuil d'une pièce où des plateaux chargés de nourriture et de boissons flottaient en l'air.

À l'exemple de Zhenak-Teng, ils s'installèrent sur des

coussins posés à même le sol. Les mets se révélèrent exquis. Affamés, Hawkmoon et D'Averc y firent grand honneur.

Au cours du repas, deux hommes qui ressemblaient fort à Zhenak-Teng entrèrent dans la pièce.

— Trop tard, dit l'un d'eux en s'adressant à Zhenak-Teng. Je suis désolé, frère, le vieil homme ne revivra pas, nous n'avons pas réussi à le ranimer. Les blessures, le temps écoulé…

Zhenak-Teng se tourna d'un air navré vers ses hôtes :

— J'ai bien peur que vous n'ayez perdu votre compagnon pour de bon.

— Il faudra lui assurer une sépulture décente, dit D'Averc presque soulagé.

— Bien entendu. Nous ferons tout le nécessaire.

Les deux médecins se retirèrent, ils ne revinrent qu'après une demi-heure, lorsque D'Averc et Hawkmoon eurent terminé de se restaurer.

— Je vous présente mes frères, dit Zhenak-Teng d'un ton enjoué, Bralan-Teng et Polad-Teng, tous deux sont médecins.

Les deux hommes examinèrent les blessures de Hawkmoon et de D'Averc et y appliquèrent des pansements. Peu après, ils se sentaient déjà presque rétablis.

— Et maintenant racontez-moi comment vous êtes arrivés au pays des Kampps, demanda Zhenak-Teng. Vous pourrez en outre nous donner des nouvelles du monde, car, en raison de la présence des Charkis, bien peu d'étrangers osent s'aventurer sur notre plaine.

— J'ignore si vous comprendrez grand-chose aux circonstances qui nous amenèrent jusqu'ici, répondit Hawkmoon, et en ce qui concerne les nouvelles du monde, j'ai bien peur de ne pouvoir vous être d'un grand secours.

Il leur fit néanmoins, du mieux qu'il le pût, le récit des événements qui les avaient conduits dans cette lointaine région. Il s'efforça de leur donner une idée du lieu où se trouvait leur pays. Zhenak-Teng l'écouta avec la plus grande attention.

— Vous aviez raison, dit-il lorsque Hawkmoon eut

terminé, tout cela m'est étrange, je n'ai jamais entendu parler d'Europe, ni de Granbretanne, et notre science ignore tout de ces déplacements dans d'autres dimensions spatio-temporelles. Toutefois, je vous crois. Comment expliquer autrement votre subite apparition sur la terre des Kampps ?

— Que sont donc les Kampps, interrogea à son tour D'Averc, si, comme vous le disiez, les cités n'existent pas dans votre pays ?

— Ce sont des maisons familiales qui appartiennent à un clan. Dans notre cas, la maison souterraine est la propriété de la famille des Teng. Les familles voisines se nomment Ohn, Sek et Neng. Autrefois nous étions beaucoup plus nombreux, mais les Charkis ont décimé notre peuple...

— Qui sont les Charkis ? interrompit Hawkmoon.

— Ce sont nos ennemis héréditaires. Ils furent créés jadis par des envahisseurs qui avaient pour dessein d'exterminer nos puissantes familles. Ceux-là finirent par s'anéantir eux-mêmes lors d'une sorte d'explosion expérimentale, mais leurs serviteurs, les Charkis, continuent à hanter la plaine. (Zhenak-Teng frissonna.) Ils usent de moyens terrifiants pour nous détruire : ils se nourrissent de notre énergie vitale.

— Votre énergie vitale ? (D'Averc fronça les sourcils.) Comment cela ?

— Ils aspirent l'essence même de notre vie, puis ils nous rejettent vidés, hébétés, incapables de nous mouvoir et la mort nous gagne inexorablement...

Hawkmoon s'apprêtait à poser une autre question, mais il se ravisa : le sujet était visiblement pénible pour Zhenak-Teng. Il préféra changer de conversation.

— Et la plaine ? Elle m'a semblé artificielle, me suis-je trompé ?

— Non, vous avez vu juste. Cette plaine servait autrefois de terrain d'atterrissage, à l'époque où nous, les Cent Familles, nous étions puissantes et respectées. Puis, arriva celui qui créa les Charkis. Il désirait s'emparer de nos richesses et des sources vives de notre pouvoir. Il s'appelait Shenatar-von-Krensai et venait de l'est d'où il amena les Charkis dans le but de décimer le peuple de la plaine. Il y parvint. Siècle après siècle, les Charkis ont tout détruit. Nous ne sommes plus qu'une poignée de survivants. Mais notre tour viendra...

— Vous semblez avoir perdu tout espoir, dit D'Averc d'un ton presque accusateur.

— Nous sommes lucides, répondit Zhenak-Teng sans paraître lui tenir rigueur de sa vivacité.

— Nous aimerions nous mettre en route dès demain, dit Hawkmoon, avez-vous des cartes qui puissent nous aider à atteindre Narleen ?

— J'ai une carte, quoiqu'un peu sommaire. Narleen était autrefois une grande cité au bord de la mer. Mais il y a des siècles de cela, maintenant, je ne sais pas ce qu'elle est devenue.

Zhenak-Teng se leva :

— Je vais vous conduire à votre chambre. Après une bonne nuit de repos vous pourrez reprendre la route.

CHAPITRE II

LES CHARKIS

Le fracas de la bataille réveilla Hawkmoon.

L'espace d'une seconde il se demanda s'il rêvait ou s'il se trouvait à nouveau dans la caverne de Meliadus. Puis, il bondit sur ses pieds et empoigna son épée. Dans l'autre lit, D'Averc s'était redressé, les cheveux ébouriffés, les yeux encore embués de sommeil.

Hawkmoon enfila à la hâte les quelques lambeaux qui lui servaient de vêtements. Derrière la porte la bataille faisait rage. Il entendait des hurlements, des plaintes, d'étranges gémissements et le choc des épées. Une fois habillé, il se précipita vers la porte qu'il ouvrit brusquement.

Un spectacle stupéfiant s'offrit à ses yeux. Tous les habitants de Teng-Kampp, hier affables et souriants, étaient en train de s'étriper consciencieusement les uns les autres. Le bruit qu'il avait attribué au choc des épées était en fait produit par tout un attirail invraisemblable de broches, barres de fer, ustensiles domestiques ou appareils de laboratoire, brandis comme des armes. Poussant des rugissements de déments, la bave aux lèvres et les yeux exorbités, les habitants de la demeure souterraine semblaient animés par une sorte de folie collective.

Une épaisse fumée bleue commença à envahir le corridor. Un vacarme épouvantable, comme du verre ou du métal broyé, éclata soudain.

— Par le Bâton Runique, s'exclama D'Averc, on dirait qu'ils sont tous possédés !

Un groupe de combattants vint se presser contre la porte, entourant Hawkmoon et D'Averc. Ces derniers les repoussèrent et s'adossèrent au chambranle, l'épée à la main. Mais personne ne fit mine de les attaquer. Ils se remirent à s'égorger de plus belle comme s'ils n'avaient pas remarqué la présence des deux spectateurs.

— Par ici D'Averc, cria Hawkmoon, et ils s'élancèrent dans le corridor.

La maison souterraine n'était plus que désolation. Des cadavres s'entassaient partout dans les couloirs. Ils se frayèrent un passage parmi la meute déchaînée et parvinrent enfin aux appartements de Zhenak-Teng. La porte était verrouillée. Hawkmoon tambourina frénétiquement avec le pommeau de son épée.

— Zhenak-Teng, c'est moi, Hawkmoon ! Êtes-vous là ?

Les deux hommes perçurent un remue-ménage derrière la porte, puis le visage de Zhenak-Teng apparut, décomposé par la terreur. Il les fit entrer rapidement et referma aussitôt derrière eux.

— Les Charkis, dit-il d'une voix tremblante. Il devait y avoir une bande qui rôdait dans les parages, ils nous ont attaqués par surprise. J'ai manqué à mes devoirs ! Maintenant nous sommes perdus !

— Je n'ai vu aucun monstre, dit D'Averc, mais tous vos parents s'entr'égorgent en ce moment.

— Hélas ! C'est ainsi que procèdent les Charkis. Ils émettent des rayons, probablement des ondes psychiques, qui nous rendent fous ; nos parents, nos amis les plus chers se muent soudain en ennemis redoutables et acharnés. Tandis que nous nous déchirons, ils s'introduisent tranquillement dans nos Kampps. Bientôt ils seront ici !

— Et cette fumée bleue ? demanda D'Averc.

— Cela n'a rien à voir avec les Charkis. Ce sont nos générateurs qui ont explosé. Même si nous pouvions reprendre nos esprits nous n'aurions plus aucun pouvoir.

Des coups sourds retentirent au-dessus de leurs têtes et firent trembler les murs de la pièce.

— Les Charkis, murmura Zhenak-Teng, les rayons vont m'atteindre bientôt moi aussi…

— Comment se fait-il que vous n'ayez pas encore été touché ? demanda Hawkmoon.

— Certains d'entre nous sont plus résistants. Vous, par exemple, semblez totalement insensible à leur action, alors que d'autres succombent presque aussitôt.

— Comment faire pour nous échapper ? (Hawkmoon jeta un regard éperdu autour de lui.) La sphère…

— Trop tard… !

D'Averc saisit Zhenak-Teng par les épaules et le secoua violemment.

— Allez, du nerf ! Nous avons encore une chance, mais il faut faire vite. Vous piloterez la sphère !

— Non, il me faut mourir parmi les miens. Je suis la cause de leur perte.

Ils reconnaissaient à peine l'hôte courtois et pondéré qui la veille encore devisait aimablement avec eux. Son regard commençait à se voiler et Hawkmoon sentit que l'homme s'abandonnait au pouvoir mystérieux des Charkis.

En un instant sa décision fut prise. Il dégaina son épée et abattit violemment le pommeau sur la nuque de Zhenak-Teng qui s'effondra sans un cri.

— Et maintenant, à la sphère ! Vite !

Ils s'engouffrèrent dans le couloir traînant entre eux Zhenak-Teng inanimé. La fumée âcre qui avait envahi les souterrains les faisait suffoquer. Puis les parois et le sol se mirent à trembler de manière menaçante, et déséquilibrés, ils durent interrompre leur course pour s'appuyer aux murs.

— Le mur s'écroule ! hurla D'Averc en faisant un bond en arrière. Vite, par là !

— Non, il faut gagner la sphère ! Continuons !

Un pan de mur s'écroula, livrant le passage à une créature informe de couleur grise. À une de ses extrémités, la bête arborait une espèce de ventouse semblable à celles des pieuvres, qui s'ouvrait et se fermait alternativement, comme une bouche cherchant un baiser.

Hawkmoon frémit d'horreur et enfonça à plusieurs reprises son épée dans la masse gélatineuse. La chose recula légèrement avec une sorte de moue, comme peinée qu'on eût dédaigné ses avances. Puis elle avança de nouveau.

Cette fois-ci, Hawkmoon abattit son épée de toutes ses forces et la bête poussa un grognement suivi d'un sifflement aigu et prolongé. Elle semblait visiblement surprise de rencontrer une telle résistance. Hawkmoon chargea Zhenak-Teng sur ses épaules, enjamba le tentacule et se mit à courir.

— Suivez-moi D'Averc !

Une seconde après le passage de D'Averc le mur s'écroula tout à fait révélant une masse hideuse de bras s'agitant en tous sens et une tête dont la peau se soulevait spasmodiquement sous l'effet d'une palpitation régulière. La créature était affligée d'une face reproduisant de manière caricaturale les traits humains et fendue d'un large sourire béat.

— Elle veut faire câlin, lança D'Averc en évitant de justesse un long tentacule. Vous n'avez pas honte, Hawkmoon de blesser ainsi ce cœur tendre ?

Hawkmoon cherchait fébrilement à ouvrir la porte de la pièce où se trouvait la sphère. Zhenak-Teng, allongé sur le sol, revenait lentement à lui et massait son crâne douloureux. Hawkmoon réussit à ouvrir la porte, saisit Zhenak-Teng à bras-le-corps et les trois hommes pénétrèrent dans la salle.

La sphère semblait éteinte et n'émettait ni son, ni rayonnement, mais l'ouverture était suffisamment large pour leur permettre de se glisser à l'intérieur. Hawkmoon et D'Averc installèrent Zhenak-Teng au poste de commandes.

— Faites démarrer cet engin, supplia Hawkmoon, ou nous allons tous être dévorés par le Charki que vous voyez là.

De la pointe de son épée il indiqua l'énorme masse gluante qui se coulait à l'intérieur de la pièce.

Plusieurs tentacules rampaient déjà contre la sphère. Un d'entre eux toucha à l'épaule Zhenak-Teng qui gémit doucement. Hawkmoon poussa un cri et le trancha net d'un coup d'épée. Il tomba sur le sol. Mais le malheureux se trouva bientôt à nouveau assailli par d'innombrables autres tentacules qui se posaient sur lui sans qu'il manifestât la moindre velléité de résistance. Hawkmoon et D'Averc le suppliaient de mettre la machine en marche, tout en tranchant furieusement les dizaines de bras qui se pressaient autour de lui.

Hawkmoon se jeta sur Zhenak-Teng et ses doigts se refermèrent comme un étau sur sa nuque :

— Fermez la sphère, Zhenak-Teng, fermez la sphère !

Les gestes saccadés, Zhenak-Teng obéit et pressa un bouton. La sphère se mit à bourdonner et s'illumina de mille feux.

Les tentacules cherchèrent à empêcher la fermeture des parois. Trois grosses lianes visqueuses parvinrent à contourner D'Averc et atteignirent Zhenak-Teng qui se recroquevilla en grognant. Une nouvelle fois, Hawkmoon trancha les tentacules, puis la sphère se ferma complètement et s'éleva au-dessus du sol.

Un à un les tentacules s'arrachèrent à l'engin et Hawkmoon poussa un soupir de soulagement. Il se tourna vers Zhenak-Teng :

— Enfin libres !

Mais, les bras ballants et l'air hébété, Zhenak-Teng regardait fixement devant lui.

— Mauvais, mauvais, dit-il lentement, ils ont pris ma vie…

Il glissa de côté et s'effondra sur le sol. Hawkmoon se pencha sur lui et posa son oreille sur sa poitrine pour écouter les battements de son cœur. Il ne put retenir un cri d'horreur.

— Il est glacé, D'Averc !

— Vit-il encore ? demanda le Français.

— Non, répondit Hawkmoon, il est mort.

La sphère s'élevait rapidement et Hawkmoon considéra le tableau de contrôle avec frayeur, il eut un geste d'impuissance ; tous les instruments lui étaient inconnus et il n'osait en toucher aucun de peur de faire redescendre leur engin dans le souterrain où sévissaient les Charkis.

Soudain ils débouchèrent à l'air libre et la sphère fila à l'horizontale au-dessus de la plaine. Hawkmoon s'assit à la place du pilote et saisit le levier comme il l'avait vu faire la veille à Zhenak-Teng. Avec circonspection il le poussa sur la droite et son visage s'éclaira lorsqu'il vit que la machine répondait à son impulsion.

— Je crois pouvoir la guider, dit-il, mais quant à la stopper ou à l'ouvrir…

— Tant que nous nous éloignons de ces monstres, je ne trouve rien à redire, répliqua D'Averc en souriant. Prenez la direction du sud, Hawkmoon. Du moins nous rapprocherons-nous de notre but.

Hawkmoon suivit la recommandation de D'Averc, et, pendant des heures, ils parcoururent l'étendue désolée jusqu'à ce qu'apparût à l'horizon la masse sombre d'une forêt.

— Il sera fort instructif d'étudier le comportement de ce véhicule lorsque nous aurons atteint les arbres, dit D'Averc, pour ma part, j'ai l'impression que cette sphère ne fut pas conçue pour ce type de promenade.

Chapitre III

LE SAYOU

Tel un bolide, avec un hurlement de tôles broyées et de troncs déchiquetés, la sphère pénétra dans la forêt. D'Averc et Hawkmoon furent projetés contre les parois de la cabine de contrôle en compagnie du corps flasque de Zhenak-Teng. Leur glacial compagnon les suivit également lorsqu'une série de chocs d'une extrême violence les fit rebondir contre le plafond et la porte. Tous deux, sans doute, seraient morts si la machine n'avait été aussi solidement construite. Arrivée en bout de course, la sphère oscilla un instant, puis se cassa en deux, projetant Hawkmoon et D'Averc sur le sol.

— C'est une épreuve trop pénible pour un homme en aussi mauvaise santé ! déclara D'Averc imperturbable.

Hawkmoon éclata de rire : même dans les pires moments son ami ne perdait pas son sens de l'humour.

— En fin de compte nous ne nous en sommes pas trop mal sortis, dit Hawkmoon, et maintenant, debout, en route vers le sud !

— M'est avis qu'une petite sieste s'impose, dit D'Averc en croisant les mains derrière la nuque.

Il s'étendit de tout son long et son regard se perdit dans l'épaisseur des vertes frondaisons. Le soleil dardait ses rayons à travers les branches, baignant la forêt d'un halo d'or et d'émeraude. Il s'enivra de la forte senteur des pins et du parfum de terre qu'exhalaient les bouleaux. Au-dessus d'eux, un écureuil, la tête penchée sur le côté, les contemplait d'un œil mi-amusé mi-intrigué. Un peu plus loin, l'épave de la sphère gisait au milieu d'un enchevêtrement de branches brisées et de racines arrachées. Une large saignée dans l'épaisseur de la forêt témoignait du passage dévastateur de l'engin. Hawkmoon se rendit compte brusquement qu'ils ne devaient la vie qu'à un véritable miracle. Il se mit à frissonner et comprit tout le sens de l'ironie de D'Averc. Il s'assit sur un petit tertre herbeux et aperçut alors le corps de Zhenak-Teng au milieu des débris de la sphère. Sur un signe de son compagnon, D'Averc, qui était mollement étendu à quelques pas de là, roula sur lui-même pour se rapprocher.

De la poche de son pourpoint en lambeaux, il sortit un morceau de parchemin. C'était la carte que Zhenak-Teng lui avait donnée la veille. D'Averc déplia le parchemin et l'examina avec attention. La plaine y était soigneusement représentée, avec les différents Kampps, et les larges espaces hachurés qui devaient être les territoires de chasse des Charkis. Les noms de la plupart des villages souterrains étaient suivis d'une croix, marquant probablement ceux qui avaient été détruits.

D'Averc indiqua un point en haut de la carte.

— Voici la forêt, et là, au nord, un fleuve, le Sayou. Enfin la flèche ici, pointée vers le sud, indique Narleen. J'en déduis que ce fleuve nous mènera droit à la ville.

— Eh bien, lorsque nous aurons pris un peu de repos, nous descendrons le Sayou, dit Hawkmoon, une fois à Narleen, nous saurons au moins dans quelle dimension nous avons été projetés. Ces Charkis ont mal choisi leur moment pour nous attaquer. En questionnant Zhenak-Teng un peu plus longtemps, je suis sûr que nous aurions obtenu nombre d'informations.

Ils dormirent pendant plus d'une heure à l'ombre des grands arbres, puis, après avoir revêtu leurs vêtements en loques, ils se dirigèrent vers le nord, vers le fleuve.

Bientôt, les sous-bois se firent plus touffus, les arbres plus rapprochés et les collines s'escarpèrent, si bien que le soir ils étaient tous deux fourbus et de fort méchante humeur.

Depuis quelques heures, les deux hommes n'échangeaient plus que de rares paroles, lorsqu'au détour d'un sentier, ils découvrirent un étang fortement encaissé dans lequel un torrent se jetait en cascade. Une clairière bordait une des rives et Hawkmoon, épuisé, proposa d'y passer la nuit.

D'Averc hocha la tête en signe d'assentiment puis il se jeta à plat ventre au bord de l'étang et se mit à boire à longs traits.

— Il doit être très profond, dit-il en s'essuyant les lèvres d'un revers de manche.

Hawkmoon, qui préparait un feu, ne répondit pas.

— Peut-être pourrions-nous nous mettre en quête de gibier, ajouta D'Averc en étouffant un bâillement. Connaissez-vous quelque chose à la forêt, Hawkmoon ?

— Oui, un peu, répondit-il, mais je n'ai vraiment pas faim.

Il se roula en boule près du feu et s'endormit presque aussitôt.

Un cri terrible déchira tout à coup l'air glacé de la nuit.

Hawkmoon sauta sur ses pieds et regarda dans la direction indiquée par D'Averc. Il eut un tressaillement d'horreur.

Un gigantesque reptile aux yeux de braise, recouvert de larges écailles noires se dressait à la surface de l'étang au milieu d'un nuage d'écume. Dans sa gueule largement ouverte brillaient plusieurs rangées de dents acérées ; la bête avançait maintenant vers eux.

Hawkmoon recula de quelques pas, terrifié et fasciné à la fois. La tête du monstre se balançait d'avant en arrière, ses mâchoires claquaient furieusement et Hawkmoon fut presque asphyxié par son haleine pestilentielle.

— Fuyons, Hawkmoon ! hurla D'Averc et ils battirent en retraite sous le couvert de la forêt.

Mais la créature de cauchemar était sortie de l'eau et leur donnait la chasse en poussant d'effroyables rugissements. Il faisait nuit noire et Hawkmoon et D'Averc durent se donner la main pour ne pas se perdre dans l'épaisseur des sous-bois.

Bientôt le rugissement éclata juste dans leur dos, une langue visqueuse siffla dans l'air et vint enserrer la taille de D'Averc comme la lanière d'un fouet.

D'Averc hurla d'horreur en donnant de furieux coups d'épée pour tenter de se dégager. Sans lâcher la main de son compagnon, Hawkmoon s'efforçait tout à la fois de garder son équilibre et d'enfoncer son épée dans la masse de chair noire et gluante.

Inexorablement, la langue les tirait vers la gueule béante du monstre. Hawkmoon se rendit compte rapidement que les coups de pointe portés à la bête étaient autant de coups d'épingle. Il fit un bond de côté, saisit sa lourde arme à deux mains, la leva au-dessus de sa tête et l'abattit de toutes ses forces.

Un hurlement fit trembler le sol sous leurs pieds et un flot de sang jaillit de la langue tronçonnée. Puis la bête émit un nouveau cri à faire glacer les os et s'ébranla lourdement, renversant sur son passage les grands arbres séculaires. Hawkmoon repoussa du pied le morceau de langue qui gisait à terre et aida D'Averc à se relever.

— Merci, lança D'Averc en haletant tandis qu'ils reprenaient leur course effrénée dans les bois. Décidément cette contrée ne me plaît guère. Elle recèle trop de périls à mon goût.

Le monstre rugissant s'était de nouveau jeté à leurs trousses.

— Il est presque sur nous ! hurla Hawkmoon, impossible d'y échapper !

Ils firent face essayant de distinguer le monstre dans l'obscurité profonde, mais ils n'apercevaient que le rougeoiement des deux yeux au-dessus de leurs têtes. Hawkmoon se mit en garde, les genoux légèrement fléchis, les doigts serrés sur la poignée de son arme.

— C'est notre dernière chance, dit-il, et il lança brusquement son épée dans l'œil flamboyant de la bête.

Un cri déchirant retentit puis les deux prunelles s'éteignirent et, dans un fracas de branches brisées le monstre s'en retourna vers l'étang.

Hawkmoon poussa un soupir de soulagement :

— Je ne l'ai pas tué, mais il a dû estimer que nous étions plus coriaces que prévu. Partons, il faut gagner le fleuve pour quitter au plus tôt cette horrible forêt.

— Et qu'est-ce qui vous fait croire que le fleuve ne nous réserve pas des plaisirs comparables ? demanda D'Averc avec humeur.

Mais Hawkmoon s'éloignait déjà à grands pas et les deux hommes continuèrent leur route parmi les arbres. La mousse poussant toujours du côté nord au pied des troncs leur indiquait infailliblement le chemin.

Deux jours plus tard, ils débouchaient en haut d'une colline aux pentes escarpées. À leurs pieds un large fleuve coulait majestueusement. Ce ne pouvait être que le Sayou.

Les deux hommes étaient d'une saleté repoussante et une barbe de plusieurs jours envahissait leur visage. Hawkmoon n'avait plus qu'une dague pour seule arme et ses vêtements n'étaient que haillons. D'Averc lui, finalement débarrassé de son pourpoint en loques, était nu jusqu'à la ceinture.

Avec une joie sauvage, ils dévalèrent la colline, trébuchant sur des racines, le visage fouetté par les branchages, indifférents à la douleur, tant était grande leur hâte d'atteindre le fleuve.

Sans bien savoir où les mènerait le courant, ils n'aspiraient maintenant qu'à une chose : échapper à la forêt. S'ils n'avaient plus rencontré de créatures aussi horribles que la bête de l'étang, ils avaient néanmoins aperçu d'autres monstres et découvert d'inquiétantes empreintes sur le sol.

Ils se jetèrent dans l'eau avec de grands éclats de rire et se lavèrent de la tête aux pieds.

— Ô flots amènes, déclama D'Averc, grâce vous soit rendue car vous nous porterez jusqu'aux cités du sud. J'ignore tout de cette civilisation, mais le décor des villes nous est plus familier et à tout prendre, je préfère encore les spadassins aux monstres des marais.

Hawkmoon qui ne partageait pas totalement les sentiments de son ami, lui adressa néanmoins un sourire compréhensif.

— Construisons un radeau ! dit Hawkmoon. Le fleuve coule vers le sud, nous n'aurons qu'à nous laisser porter.

— Merveilleux ! Ainsi vous pourrez pêcher et améliorer notre ordinaire, car je suis las des baies et des racines.

— Mais je ne me contenterai pas de pêcher, mon cher D'Averc, je vous enseignerai également comment poser des lignes ; si un jour vous deviez vous retrouver dans une semblable situation, autant que l'expérience vous ait profité.

Il éclata de rire en lançant une bourrade affectueuse à son ami.

CHAPITRE IV

VALJON DE STARVEL

Quatre jours durant ils glissèrent sur les flots. Le paysage se transforma, ils sortirent de la région des forêts ; maintenant le fleuve traversait des collines doucement vallonnées et couvertes de champs de blé sauvage à perte de vue. Hawkmoon et D'Averc se nourrissaient de gros poissons, produits d'une pêche facile, de blé et de fruits qu'ils n'avaient qu'à cueillir sur le rivage. Les vêtements en loques et le visage mangé par la barbe, ils ressemblaient à des naufragés. Mais leurs yeux avaient perdu cette expression fiévreuse que donnent la faim et le danger. Ils se sentaient mieux que jamais.

Le quatrième jour, tard dans l'après-midi, ils aperçurent le vaisseau. Ils sautèrent sur leurs pieds, agitant furieusement les bras dans l'espoir d'attirer l'attention des occupants.

— Peut-être vont-ils à Narleen ! (Hawkmoon trépignait d'impatience.) Si nous leur proposons nos services, peut-être accepteront-ils de nous y emmener.

Le bateau dont la proue s'élançait vers le ciel était peint en rouge et ses flancs étaient ornés de volutes or, bleues et jaune vif. Deux hauts mâts dominaient le bâtiment léger comme une goélette, alors que de chaque côté de multiples rames s'activaient à contre-courant pour rejoindre le radeau. Une centaine de pavillons aux mêmes teintes que les vêtements des hommes se pressant sur les ponts, dansaient dans le vent.

Un dernier coup de rame et le navire vint se placer près du radeau. Un homme à la barbe fournie se pencha :

— Qui êtes-vous ?

— Des voyageurs, des étrangers. Nous vous proposons de travailler en échange de notre transport pour Narleen, dit D'Averc.

Le barbu éclata de rire.

— Pour sûr, Messires, je vous en prie, montez donc.

On leur lança une échelle de corde. Le cœur gonflé de gratitude Hawkmoon et D'Averc grimpèrent prestement jusqu'au grand pont.

— Vous vous trouvez sur le *Faucon des Rivières*, leur dit le barbu. Vous en avez entendu parler ?

— Comme je vous l'ai dit, nous sommes des étrangers, rappela Hawkmoon.

— Ah oui, c'est vrai… C'est Valjon de Starvel qui est maître à bord. Ce nom-là ne vous est pas inconnu en revanche, j'imagine.

— Nous n'avons pas le plaisir de le connaître, dit D'Averc, mais nous sommes enchantés que son navire ait croisé notre route. (Et il sourit gracieusement.) Vous n'avez pas répondu à notre proposition. Acceptez-vous de nous engager à bord ?

— Moi, je n'ai rien contre, à moins que vous n'ayez quelque argent…

— Pas un sou…

— Nous ferions mieux de demander à Valjon lui-même ce qu'il en pense.

Le barbu les conduisit à la poupe du navire où se tenait un homme d'une maigreur effrayante ; il semblait plongé dans une profonde méditation ; l'œil dans le vague, il ne les vit pas approcher.

— Seigneur Valjon ? dit le barbu.

— Qu'y a-t-il Ganak ?

— Les deux du radeau. Ils n'ont pas d'argent. Ils disent qu'ils veulent travailler pour prix de leur passage.

— Eh bien, qu'ils travaillent, Ganak, si c'est ce qu'ils veulent. (Il sourit faiblement.) Qu'ils travaillent.

Il ne regarda même pas Hawkmoon et D'Averc, l'air absent, ses yeux mélancoliques restèrent fixés sur la rivière. Il les congédia d'un geste distrait.

Soudain mal à l'aise, Hawkmoon considéra l'équipage autour de lui. Tous les observaient en silence, un vague sourire aux lèvres.

— De quelle farce sommes-nous les jouets ? dit-il, car manifestement il se passait quelque chose d'anormal.

— Une farce ? répondit Ganak. Personne ne plaisante. À présent, Messires, puis-je vous confier une rame jusqu'à Narleen ?

— Si tel est le prix de notre voyage jusqu'à la ville... dit D'Averc à contrecœur.

— C'est cher payé, dit Hawkmoon, mais si notre carte est exacte, Narleen n'est pas si loin. Montrez-nous donc notre place, mon ami.

Ganak les mena le long du pont à la passerelle qui surplombait deux rangées de rameurs. Hawkmoon sursauta : faméliques et crasseux, les malheureux peinaient dans des conditions effroyables.

— Mais je ne comprends pas... commença-t-il.

Ganak éclata de rire :

— Vraiment ? Vous ne tarderez pas à comprendre.

— Qui sont ces rameurs ?

D'Averc avait l'air consterné.

— Des esclaves, Messieurs – de même que vous maintenant. Le *Faucon des Rivières* ne transporte personne gratuitement. Vous n'avez pas d'argent et il semble peu probable que nous gagnions quoi que ce soit à vous rançonner. De sorte que nous ne voyons pas d'autre solution que de vous employer comme galériens. Descendez, et plus vite que ça !

D'Averc tira son épée et Hawkmoon sa longue dague, mais Ganak fit un bond en arrière.

— Qu'on se saisisse d'eux, ordonna-t-il aux marins. Qu'on leur montre de quoi il en retourne ; ils n'ont pas l'air de savoir comment on dresse les esclaves.

Derrière eux, devant eux, tout le long de la passerelle surgirent une multitude de marins. Leurs poignards luisaient au soleil. D'Averc et Hawkmoon se voyaient perdus, mais ils étaient déterminés à en emmener un certain nombre avec eux dans la mort.

Tout à coup, venant du dessus, une silhouette suspendue à un cordage fendit l'air. L'homme, armé d'une lourde massue ne frappa que deux fois, et les deux infortunés, assommés, basculèrent de la passerelle et allèrent échouer inanimés parmi les galériens.

Le personnage sourit et se laissa tomber sur la passerelle, il jeta son gourdin. En riant, Ganak lui donna une grande claque dans le dos.

— Bravo, Orindo. Ce coup-là est le meilleur et au moins il évite que le sang ne coule inutilement.

Les autres se précipitèrent sur les deux victimes pour se saisir de leurs armes et leur lier les poignets à une rame.

Lorsqu'il reprit conscience, Hawkmoon était assis à côté de D'Averc sur le même banc en bois, et Orindo sur la passerelle, balançait ses jambes au-dessus de leurs têtes. C'était un adolescent qui ne devait pas avoir plus de seize ans ; il arborait un sourire satisfait.

Il s'adressa à quelqu'un qu'ils ne pouvaient pas voir d'en bas :

— Ils sont réveillés. Nous pouvons repartir maintenant. En route pour Narleen !

Il fit un clin d'œil à Hawkmoon et D'Averc :

— Je vous en prie, Messieurs, commencez donc, tirez sur les rames.

Il semblait imiter quelqu'un.

— Louez votre bonne fortune, ajouta-t-il, nous ne faisons que descendre le courant. Votre première tâche sera aisée.

Hawkmoon se plia sur sa rame, feignant de le saluer :

— Grand merci, jeune homme, vous êtes bien aimable de nous porter un tel intérêt.

— Ne vous en faites pas, je reviendrai de temps en temps vous encourager. Je suis d'un caractère très sociable, vous savez.

Orindo sauta prestement sur ses pieds, remit de l'ordre

dans son vêtement vert et bleu et s'éloigna en quelques bonds sur la passerelle.

Puis apparut le visage de Ganak qui les considéra un instant et appuya la pointe de sa gaffe sur l'épaule de Hawkmoon.

— Poussez ferme, mes amis, ne flanchez pas, ou vous aurez à goûter de cet instrument-là.

Sur ces mots, Ganak disparut. Les galériens se courbèrent pour donner la première impulsion et Hawkmoon et D'Averc furent contraints de suivre le mouvement.

Ils ramèrent toute la journée dans la puanteur des corps ruisselants de sueur et une écuelle d'eau sale constitua leur seul repas. Ils avaient le dos brisé. Toutefois ils entendaient les autres remercier le ciel pour la légèreté de cette tâche et ils n'osaient imaginer combien cela devait être dur de ramer à contre-courant.

Quand la nuit vint, ils s'effondrèrent sur leurs rames. Ils touchèrent à peine au contenu nauséabond de leur seconde écuelle qui leur sembla pire encore que la première.

Trop exténués pour pouvoir parler, ils essayèrent en vain de libérer leurs poignets prisonniers mais ils étaient trop faibles et leurs liens trop étroitement serrés.

Le lendemain matin, la voix de Ganak les réveilla en sursaut :

— Tous à vos rames, à bâbord. Allez vous autres, bons à rien ! C'est à vous que je m'adresse, tirez ! Tirez ! Il y a un navire en vue. Si cette prise nous échappe, le châtiment du Seigneur sera impitoyable !

À cette seule allusion, les corps efflanqués des galériens se mirent instantanément en mouvement et Hawkmoon et D'Averc durent se courber à l'unisson pour faire tourner l'énorme vaisseau contre le courant.

Au-dessus d'eux ils entendaient le bruit des hommes qui se préparaient à la bataille imminente. Venant de la poupe leur parvenaient les aboiements de Ganak qui transmettait les instructions de son maître, le seigneur Valjon.

Hawkmoon crut mourir d'épuisement ; il sentait son cœur battre à tout rompre et ses muscles suppliciés sur le point de claquer sous la tension. Si résistant fût-il, cet effort lui était inhabituel et s'exerçait sur des parties de son corps qui n'y avaient jamais été soumises auparavant. À bout de souffle, la bouche ouverte, des mèches collées au visage, il ruisselait de sueur.

— Hawkmoon... haleta D'Averc, je n'étais... pas... promis à un... tel... destin...

Mais Hawkmoon était muet de souffrance tant ses épaules et ses bras le tourmentaient.

Un craquement effroyable leur déchira les oreilles lorsque les deux navires s'abordèrent et Ganak hurla :

— À bâbord, levez les rames !

Hawkmoon et tous les galériens s'exécutèrent immédiatement en pesant de tout leur poids sur les rames tandis qu'au-dessus d'eux la bataille s'engageait dans un fracas assourdissant. Comme dans un rêve lointain Hawkmoon perçut le choc des épées, les râles des agonisants – on tuait et on mourait. Il était envahi par l'angoissante impression qu'il ne survivrait pas longtemps à ce labeur de galérien.

Soudain il entendit un cri rauque, un corps lui tomba dessus en se débattant et vint s'écraser à ses pieds. C'était un marin à la figure bestiale et couvert de poils roux. Un long coutelas était planté dans son ventre. Il haleta un moment et mourut dans un dernier sursaut en lâchant le poignard qu'il tenait à la main.

Hébété, Hawkmoon le regardait sans réagir, puis il se ressaisit. Il tendit le pied et s'aperçut qu'il pouvait atteindre le couteau. Petit à petit, en marquant plusieurs pauses, il le fit glisser vers lui, jusque sous son banc. Il retomba enfin sur sa rame, exténué par l'effort qu'il venait d'accomplir.

Entre-temps le vacarme s'était tu et une forte odeur de bois calciné le ramena à la réalité, il jeta un regard affolé autour de lui et alors la situation lui apparut clairement.

— C'est l'autre bateau qui est en train de flamber, lui confirma D'Averc. Nous sommes à bord d'un vaisseau-pirate. (Il eut un sourire ironique.) Quelle tâche indigne... et moi qui suis si fragile...

Hawkmoon se dit – non sans quelque jalousie – que D'Averc semblait réagir plus sainement que lui-même aux épreuves qu'ils rencontraient.

Il prit une profonde inspiration et redressa les épaules du mieux qu'il le pût.

— J'ai un couteau... souffla-t-il.

D'Averc lui répondit par un bref signe de tête.

— Je sais, j'ai tout vu. Bien joué, Hawkmoon. Vous n'êtes pas si mal en point, tout compte fait. À un moment, je vous ai vraiment cru sur le point de rendre le dernier soupir !

— Cette nuit il faut dormir. Nous nous enfuirons un peu avant le lever du soleil.

— Oui, acquiesça D'Averc, économisons le peu de forces qu'il nous reste. Courage, Hawkmoon. Bientôt nous serons redevenus des êtres humains.

Tout le reste de la journée ils ramèrent à vive allure, le navire filait vers Narleen. On ne leur accorda qu'une seule pause vers midi pour leur permettre d'avaler leur bol de nourriture immonde. Ganak vint les voir une fois : il s'accroupit sur la passerelle pour poser la pointe de sa gaffe sur l'épaule de Hawkmoon.

— Eh bien, mes amis, plus qu'une journée et vous serez exaucés. Demain matin nous serons à Starvel.

— Starvel ? demanda Hawkmoon d'une voix sourde.

Ganak le considéra avec surprise :

— Vous devez venir de très loin pour ne pas connaître Starvel. C'est un quartier de Narleen – le plus riche. Derrière ses murailles règnent des princes puissants dont le seigneur Valjon est le plus grand.

— Sont-ils tous pirates ? demanda D'Averc.

— Prends garde à tes paroles, étranger. (Ganak se fit menaçant.) Nous avons des droits sur tout ce qui circule sur ces eaux. Le Seigneur Valjon et ses pairs sont les maîtres de la rivière.

Il se redressa et s'éloigna à grandes enjambées. Ils ramèrent jusqu'à la tombée de la nuit, jusqu'à ce que Ganak leur donnât l'ordre de s'arrêter. Le labeur sembla moins pénible à Hawkmoon car ses muscles et son corps s'y étaient accoutumés. Il se sentait toutefois encore assez faible.

— Nous dormirons à tour de rôle, murmura-t-il à l'oreille de D'Averc tandis qu'ils prenaient leur deuxième écuelle d'eau trouble. Vous le premier, moi ensuite.

D'Averc acquiesça, s'effondra presque instantanément et s'endormit.

La nuit était fraîche et Hawkmoon résista au sommeil tant bien que mal. Il entendit sonner le premier quart, puis le deuxième. Soulagé, il poussa D'Averc du coude pour le réveiller.

D'Averc ouvrit un œil en grognant et Hawkmoon s'endormit. Ses oreilles résonnaient encore des paroles de D'Averc. Au lever du soleil, avec un peu de chance, ils seraient libres. Mais il leur resterait à réaliser la partie la plus délicate de leur plan d'évasion : quitter le navire à l'insu de tous.

Il s'éveilla avec une étrange impression de légèreté et s'aperçut que ses poignets n'étaient plus attachés à la rame. C'était l'œuvre de D'Averc, sans doute.

Le jour n'allait pas tarder à poindre. Il se tourna vers son compagnon qui lui fit un clin d'œil en souriant.

— Prêt ? souffla D'Averc.

— Prêt... répondit Hawkmoon en prenant une profonde inspiration.

Il posa un regard envieux sur le long poignard que tenait D'Averc.

— Si j'étais armé, dit-il, je ferais volontiers payer à Ganak quelques petites vexations...

— Ce n'est pas le moment de se faire remarquer, dit D'Averc.

Ils se dressèrent précautionneusement et risquèrent un œil sur la passerelle. À l'autre bout se tenait l'homme de quart, et, à la poupe, ils aperçurent la silhouette un peu irréelle du seigneur Valjon, le visage blême et le regard vague et perdu dans la nuit profonde où s'enfonçait la sombre rivière.

Le marin leur tournait le dos et Valjon semblait ne pas devoir bouger. Les deux hommes se hissèrent sur la passerelle, et, à pas de loup, se dirigèrent vers la proue du navire.

C'est alors que Valjon se tourna et que, d'une voix sépulcrale, il dit :

— Qu'est-ce donc ? Deux galériens en fuite ?

Hawkmoon frémit. Son intuition tenait du sortilège, car il ne pouvait pas les avoir vus, à peine pouvait-il avoir perçu un léger bruit. Sa voix, bien que profonde et tranquille, comme par magie, résonna dans tout le navire. L'homme de quart bondit et se mit à hurler. Le seigneur Valjon tourna son visage d'une pâleur mortelle et posa sur eux un regard d'une inquiétante fixité.

Plusieurs marins surgirent du pont du dessous pour leur barrer le passage. Les deux prisonniers firent volte-face et Hawkmoon courut vers la poupe où se tenait le seigneur Valjon. L'homme de quart brandit son coutelas, prêt à frapper. Dans un élan désespéré, Hawkmoon fonça tête baissée au-devant de l'homme menaçant, le saisit à bras-le-corps, le souleva et le rejeta violemment. Le marin se retrouva tout étourdi, plus loin sur le sol du pont. Hawkmoon semblait éprouver la nécessité de compenser la trop longue inaction des jours précédents ; avec une vivacité extraordinaire il s'empara de son lourd coutelas et lui en assena un coup terrible sur le crâne. Puis, il fit face au seigneur Valjon.

L'imminence du danger ne parut pas émouvoir le pirate qui continuait à fixer Hawkmoon de son œil éteint.

— Insensé, dit-il d'une voix lente, je suis le seigneur Valjon.

— Et moi Dorian Hawkmoon, duc de Köln ! J'ai combattu et défait les invincibles seigneurs du Ténébreux Empire, déjoué leurs sortilèges, cette pierre noire dans mon front en témoigne ! Je ne vous crains pas, seigneur Valjon – le pirate !

— Peut-être craindrez-vous ceux-ci en revanche, murmura Valjon.

Il pointa un doigt noueux et Hawkmoon pivota sur ses talons. Un grand nombre de marins accouraient. Et D'Averc n'avait qu'un couteau.

Hawkmoon lui lança son coutelas :

— Il faut les retenir, je m'occupe de leur chef.

Puis il se précipita vers la poupe du navire, empoigna la rambarde et bondit par-dessus tandis que le seigneur Valjon, l'air vaguement étonné, reculait d'un ou deux pas.

Les mains ouvertes, prêt à l'affrontement, Hawkmoon avança. Des larges plis de son vêtement, Valjon sortit une épée longue et fine qu'il dirigea vers Hawkmoon. Il semblait ne pas vouloir attaquer, il ne faisait que reculer.

— Esclave, murmura-t-il. (Il paraissait déconcerté, sentiment qui donnait à son visage de marbre une expression inhabituelle.) Arrière, esclave.

— Je ne suis pas un esclave et je vais vous le montrer.

Hawkmoon plongea en avant sans se soucier de la lame pour tenter de saisir le mystérieux capitaine. D'un geste vif, Valjon fit un pas de côté et pointa de nouveau son épée vers Hawkmoon.

De toute évidence c'était la première fois qu'il se trouvait dans une telle situation et Valjon semblait tout à fait dérouté. Il considérait Hawkmoon comme si ce dernier n'était qu'une silhouette dénuée de toute réalité qui avait osé le déranger dans sa profonde rêverie.

Hawkmoon bondit encore en évitant l'épée, et Valjon fit un autre pas de côté.

Plus bas, adossé à la dunette, D'Averc avait toutes les peines du monde à soutenir l'assaut des pirates qui se pressaient sur l'étroite passerelle. Il lança un appel à Hawkmoon.

— Finissez-en vite, ou je vais me retrouver avant peu embroché tel un vulgaire chapon.

Hawkmoon frappa Valjon en plein visage, son poing

rencontra la chair glacée de l'homme qui bascula en arrière et lâcha son arme. Hawkmoon la ramassa et la soupesa : elle était admirablement équilibrée. Il posa la pointe de sa nouvelle épée sur le cœur de Valjon qui gisait à terre.

— Arrière, chiens, ou je tue votre maître ! cria-t-il. Arrière !

Frappés de stupeur les pirates reculèrent, abandonnant trois des leurs, morts, aux pieds de D'Averc. Ganak bouscula les marins qui lui barraient le passage… Il était torse nu, vêtu d'un simple kilt et portait un large coutelas. Ses mâchoires se crispèrent de rage lorsqu'il aperçut Hawkmoon.

— Rejoignez-moi, D'Averc, c'est plus sûr là-haut, dit Hawkmoon presque joyeux.

D'Averc contourna la dunette et grimpa l'escalier menant au pont. Il sourit :

— Beau travail !

— Nous attendrons l'aube ! cria Hawkmoon, ensuite vous, les marins, vous conduirez le bateau au rivage. C'est là que nous vous quitterons, et peut-être épargnerons-nous votre maître.

Ganak leur jeta un œil mauvais :

— Vous êtes fou de traiter de la sorte le seigneur Valjon. Ne savez-vous pas qu'à Starvel il est le plus puissant des princes du fleuve.

— Je ne sais rien de Starvel, mon ami, mais j'ai défié le Ténébreux Empire, je me suis aventuré au cœur même de la Granbretanne, et je doute que vous puissiez rivaliser de férocité avec ceux qui y règnent. J'ai rarement connu la peur, Ganak. Aussi n'oublie jamais mes paroles : tu seras l'objet d'une vengeance implacable. Tes jours sont comptés.

Ganak éclata de rire :

— La chance te rend stupide et aveugle, galérien ! C'est le seigneur Valjon qui décidera bientôt du meilleur châtiment à te faire subir !

Les premières lueurs de l'aube coloraient déjà l'horizon. Hawkmoon ne daigna même pas répondre aux sarcasmes de Ganak.

Le soleil semblait ne jamais vouloir émerger.

Enfin, les silhouettes pommelées des arbres se dessinèrent le long du rivage. Ils étaient ancrés non loin de la rive gauche où se découpait une petite crique distante d'une demi-lieue environ.

— Donnez l'ordre du départ, Ganak, cria Hawkmoon, vers la rive gauche.

L'air toujours aussi furieux, Ganak ne fit pas un geste.

Hawkmoon passa son bras autour de la gorge de Valjon. L'homme reprenait conscience. Il ouvrit les yeux et Hawkmoon lui tapota le ventre de son épée :

— Ganak ! Prends garde que je ne fasse subir une mort lente à ton maître !

Tout à coup le pirate émit un petit rire moqueur :

— Une mort lente… dit-il, une mort lente…

Hawkmoon le considéra avec perplexité.

— Oui, je sais comment prolonger indéfiniment votre agonie et vous faire endurer les pires souffrances.

Valjon ne proféra plus un son et s'abandonna passivement tandis qu'Hawkmoon enserrait sa gorge de plus en plus étroitement.

— Allons, Ganak ! Donne des instructions ! cria D'Averc.

Une lueur sauvage dans le regard, Ganak lança des ordres :

— À vos rames. Souquez ferme !

Les rames grincèrent, les dos se courbèrent et, lentement, le navire se mit en mouvement et se dirigea vers la rive gauche du grand fleuve.

Hawkmoon ne détachait pas les yeux de Ganak dont il redoutait quelque perfidie, mais ce dernier, les sourcils froncés, ne bougeait pas.

Hawkmoon voyait approcher le rivage avec soulagement. Bientôt ils seraient libres. Une fois à terre, ils déjoueraient sans mal les tentatives de poursuite des pirates qui, de toute façon, répugneraient à quitter leur navire. Soudain, le doigt pointé en l'air, D'Averc poussa un hurlement. Hawkmoon leva les yeux. Une silhouette agrippée à une corde passa comme une flèche au-dessus de sa tête.

C'était Orindo, le gamin. Un sourire cruel aux lèvres, il brandissait une lourde massue.

Pour se protéger la tête, Hawkmoon dut relâcher Valjon. Il n'eut pas le temps, ni la présence d'esprit d'élever son épée au moment où Orindo fondait sur lui. Le gourdin s'abattit sur son bras et il chancela. D'Averc bondit et saisit Orindo par la taille en lui emprisonnant les bras.

Valjon se remit promptement sur ses pieds et dévala l'escalier de la dunette en émettant un son inarticulé, une plainte étrange.

D'Averc poussa un juron et, d'une bourrade, il fit prendre le même chemin à Orindo.

— Pris deux fois de suite au même piège, Hawkmoon. Beaucoup sont morts pour moins que ça.

Ganak en tête, la foule grondante des marins revenait à l'assaut. Hawkmoon décocha un coup violent à Ganak, mais le barbu sut parer l'attaque et tenta de frapper Hawkmoon aux jambes. Hawkmoon fut obligé de faire un bond en arrière et Ganak en profita pour sauter sur la dunette. Il se planta devant lui en ricanant.

— À présent, esclave, montre voir si tu es capable de te mesurer à un homme ! dit-il.

— Un homme ! répliqua Hawkmoon, je ne vois rien d'autre qu'une brute, une figure bestiale et grimaçante.

Il riposta en riant au nouveau coup que lui portait Ganak et allongea une furieuse botte avec la merveilleuse épée qu'il avait prise à Valjon.

Avançant, reculant alternativement, ils se battirent sur le pont tandis que D'Averc s'ingéniait à maintenir les autres à distance. Ganak était un excellent escrimeur mais son large coutelas ne pouvait pas grand-chose face à l'arme exceptionnelle qu'Hawkmoon maniait avec brio.

Hawkmoon se fendit de toute sa longueur et toucha son adversaire à l'épaule, mais il dut se rejeter en arrière quand le coutelas vint heurter la garde de son épée et cette dernière faillit lui échapper, il se ressaisit toutefois, se fendit à nouveau et blessa Ganak au bras gauche.

Le barbu poussa un hurlement inhumain et revint à la charge avec une rage décuplée.

Hawkmoon lança une nouvelle botte et cette fois, blessa Ganak au bras droit. Le sang inondait les bras puissants de l'homme ; Hawkmoon, lui, n'avait pas reçu la moindre égratignure. Avec une fureur désespérée Ganak se jeta à nouveau sur Hawkmoon.

Cette fois, dans le but d'abréger les souffrances de Ganak, Hawkmoon visa au cœur. La pointe traversa la chair, crissa contre les os et Ganak passa de vie à trépas.

Mais entre-temps les autres avaient forcé le barrage que leur opposait D'Averc et, armés de leurs coutelas, l'entouraient de façon menaçante. Hawkmoon abandonna le cadavre de Ganak et se précipita. Il en égorgea un, enfonça sa lame entre les côtes d'un autre avant même qu'ils pussent s'apercevoir de sa présence.

Dos à dos, Hawkmoon et D'Averc luttaient avec acharnement. Mais leur défaite leur sembla proche quand ils virent d'autres marins venir à la rescousse de leurs semblables.

Partout sur la dunette gisaient des cadavres mutilés ; Hawkmoon et D'Averc étaient couverts de blessures. Ensanglantés, ils continuaient à se battre. Dans un éclair, Hawkmoon aperçut le seigneur Valjon, qui, adossé au grand mât, observait la scène et le dévisageait comme s'il cherchait à fixer ses traits à jamais dans sa mémoire.

Hawkmoon frissonna et reporta toute son attention sur ses assaillants. L'un d'eux le frappa du plat de son coutelas : le choc le fit vaciller et il bascula contre D'Averc qui fut également déséquilibré. Ensemble ils culbutèrent ; ils tentèrent de se relever tout en continuant à se battre.

Hawkmoon enfonça sa lame dans le ventre d'un marin, assena un coup de pommeau en plein visage d'un autre qui eut l'imprudence de se pencher, et parvint à se redresser sur ses genoux.

Subitement les marins firent un pas en arrière, tous regardaient vers la crique. Hawkmoon et D'Averc purent enfin se remettre debout.

Les pirates étaient comme fascinés par le spectacle d'un navire qui approchait venant de la petite anse. Ses voiles blanches se gonflaient au vent frais du sud et sa coque noire et bleue resplendissait dans le soleil matinal. Plusieurs rangées d'hommes en armes se pressaient contre le bastingage.

— Un vaisseau-pirate concurrent, sans doute, dit D'Averc qui profita de son avantage pour transpercer le plus proche assaillant et se précipiter vers la rambarde de poupe où Hawkmoon le suivit.

Adossés là, ils durent encore se battre bien qu'une bonne moitié de leurs ennemis les eût abandonnés pour dévaler l'escalier de la dunette et recueillir les instructions de Valjon.

Un appel parvint provenant de l'autre galère, mais d'une telle distance les paroles demeurèrent inintelligibles.

Malgré la confusion qui régnait sur le navire, Hawkmoon put distinguer la voix d'outre-tombe de Valjon. Il ne prononça qu'un seul mot, d'un ton qui contenait toute la haine du monde :

— Bewchard ! dit-il.

Puis les marins revinrent à l'assaut et Hawkmoon sentit qu'un coutelas lui entaillait le visage. Un éclair de fureur impitoyable passa dans son regard ; il fit face, introduisit son épée dans la bouche de son adversaire et enfonça la lame acérée jusque dans le cerveau. L'homme poussa un hurlement d'animal blessé et rendit le dernier soupir.

Hawkmoon ramena vivement son arme et en frappa un autre en plein cœur.

Tandis qu'ils se battaient, le navire aux teintes d'ébène et d'azur profond approchait inexorablement.

L'espace d'un instant Hawkmoon se demanda si le vaisseau était ennemi ou ami. Mais il n'eut pas le loisir de s'interroger plus longuement car les pirates, assoiffés de vengeance, revenaient à la charge en brandissant leurs lourds coutelas.

Chapitre V

PAHL BEWCHARD

Avec un craquement terrible le navire noir et bleu aborda le *Faucon des rivières* et Valjon lança des ordres brefs d'une voix gutturale.

— Laissez les esclaves ! Tous au bastingage pour accueillir les hordes de Bewchard !

Comme à regret, les marins abandonnèrent leurs proies et Hawkmoon accéléra un peu leur retraite en distribuant quelques coups d'épée. Mais les deux hommes étaient hors d'haleine et ne tentèrent pas de les poursuivre.

Les assaillants, agrippés à des cordages, tous vêtus de pourpoints et hauts-de-chausses assortis aux couleurs de leur navire, s'élançaient maintenant sur le pont du *Faucon des Rivières*. Ils étaient armés de sabres courbes et de haches de guerre et prirent rapidement le dessus sur leurs adversaires.

Hawkmoon chercha des yeux le seigneur Valjon mais ce dernier avait disparu.

— Il doit être caché sous le pont, se dit-il.

Il se tourna vers D'Averc.

— Je crois que nous avons procédé à une saignée salutaire ; que diriez-vous maintenant d'une action moins meurtrière ? Nous pourrions délivrer tous ces malheureux liés à leurs rames !

Hawkmoon et D'Averc sautèrent sur la passerelle, se faufilèrent dans les flancs du navire et se mirent à trancher les liens qui entravaient les galériens.

Les infortunés avaient peine à croire à leur bonheur et la plupart regardaient sans comprendre leurs libérateurs.

— Vous êtes libres ! cria Hawkmoon.

— Libres, répéta D'Averc, et si vous m'en croyez, mieux vaut ne point perdre de temps. Quittez tout de suite le navire, car l'issue du combat est encore incertaine !

Incrédules, les esclaves massaient leurs poignets douloureux ; puis un à un, ils gagnèrent le pont et se laissèrent glisser dans les flots.

Le sourire aux lèvres, D'Averc contemplait les fugitifs.

— Dommage que nous ne puissions pas libérer également l'autre rang de rameurs !

— Et pourquoi pas ? demanda Hawkmoon en indiquant une écoutille fermée qui se trouvait sous la passerelle. Si je ne me trompe, en passant par là, nous devrions aboutir sous le pont.

Adossé à la paroi derrière lui, il commença à donner de violents coups de pied contre l'écoutille. Bientôt le panneau céda. Ils se faufilèrent dans l'ouverture et se mirent à ramper dans l'obscurité. Au-dessus d'eux, la bataille faisait rage.

À un moment donné, D'Averc interrompit sa progression pour éventrer un gros ballot à l'aide de sa lame déjà passablement émoussée. Un flot de joyaux se répandit sur le sol.

— Leur butin ! s'exclama-t-il.

— Laissez cela, nous n'avons pas le temps, répliqua Hawkmoon.

Un sourire amusé passa sur les lèvres de D'Averc.

— Je n'avais pas l'intention de m'en encombrer, mais si Valjon devait remporter ce combat, j'aimerais au moins qu'il rentre sans son trésor. Oh ! regardez... (Il montra une large plaque circulaire encastrée dans le fond de la cale.) Sauf erreur, en retirant cette plaque nous pourrions couler le navire. Qu'en pensez-vous, cher ami ?

Hawkmoon sourit :

— Parfait ! Je vous laisse à votre tâche, de mon côté je vais délivrer les galériens.

Hawkmoon s'éloigna et atteignit une seconde écoutille. Il déplaça avec peine les lourdes traverses de bois qui la condamnaient. Le panneau s'écroula avec fracas ; deux hommes qui se battaient sur le pont dégringolèrent à ses pieds. L'un portait l'uniforme des attaquants, l'autre était un pirate. Hawkmoon plongea son épée dans le cœur de celui-ci. L'homme en uniforme le regarda avec surprise.

— Mais vous êtes un des deux hommes qui se battaient sur la dunette !

Hawkmoon acquiesça.

— D'où vient votre navire ?

— Il appartient à Bewchard, répondit l'homme, comme si ce nom se suffisait à lui-même.

— Et qui est Bewchard ?

Le marin éclata de rire.

— Eh bien, disons que c'est le pire ennemi de Valjon. Lui aussi vous a vu combattre sur la dunette, il a été très impressionné par votre dextérité à manier l'épée.

— Je pense bien ! s'exclama Hawkmoon en souriant. Je ne me suis jamais aussi bien battu. Il faut dire que ma vie en dépendait.

— C'est souvent dans de telles circonstances qu'on se révèle être une fine lame, répondit l'homme. Je me présente, je m'appelle Culard, et si vraiment vous haïssez Valjon, je serais flatté de vous compter au nombre de mes amis.

— À présent, il vaudrait mieux rejoindre vos compagnons, dit Hawkmoon, car nous sommes en train de couler le navire. Regardez ! et il montra D'Averc qui plus loin dans l'obscurité s'efforçait d'arracher la lourde plaque circulaire.

Culard hocha vivement la tête et s'enfonça entre les bancs des galériens.

— Nous nous reverrons tout à l'heure, dit-il en s'éloignant, si nous sommes toujours en vie !

Hawkmoon se hâta vers les rameurs et commença à trancher leurs liens.

Sur le pont, les hommes de Bewchard semblaient avoir

pris l'avantage sur les pirates. Tout à coup il sentit une grande secousse sous ses pieds et vit D'Averc accourir.

— Au rivage, vite, lança le Français l'air satisfait.

Il fit un geste en direction des esclaves qui s'enfuyaient :

— Suivons leur exemple, inutile de s'attarder ici !

— J'ai fait prévenir les hommes de Bewchard de ce qui allait se passer, répondit Hawkmoon. Je crois que nous tenons notre vengeance. (Il serra l'épée de Valjon sous son bras.) Voilà la meilleure arme que j'aie jamais possédée. Une telle épée ferait d'un manchot un redoutable bretteur !

Ils se hissèrent tous deux sur le pont ; les marins de Bewchard avaient repoussé les pirates à l'autre extrémité du navire et s'apprêtaient à se replier.

Culard les avait donc avertis.

L'eau atteignait l'écoutille dont elle s'échappait à gros bouillons. Le navire ne tarderait pas à sombrer. Après avoir jeté un coup d'œil, Hawkmoon se rendit compte que l'espace entre les deux vaisseaux ne leur permettait pas de se jeter à l'eau sans risquer d'être écrasés. La seule issue était donc de traverser le navire de Bewchard.

Les deux hommes grimpèrent sur le bastingage, puis sautèrent sur le pont de l'autre bateau.

Ils n'aperçurent aucun galérien, Hawkmoon en déduisit que les rameurs devaient être des hommes libres et combattre au même titre que le reste de l'équipage. Cela lui sembla plus humain et à tout prendre plus efficace que l'utilisation d'esclaves aux bancs de nage. Tout à coup, du *Faucon des Rivières*, une voix s'éleva qui s'adressait à lui.

— Hé, là-bas ! Oui vous, avec le joyau noir dans le front. Cherchez-vous à couler mon navire également ?

En se retournant Hawkmoon aperçut un homme jeune au visage avenant, tout habillé de cuir noir, une cape bleue à large col maculée de sang rejetée derrière les épaules ; dans une main il tenait une hache et dans l'autre une épée.

— Nous voulons gagner la rive, cria Hawkmoon, n'ayez crainte pour votre navire...

— Attendez ! (L'homme vêtu de noir sauta sur le bastingage du *Faucon des Rivières*.) Je vous dois des remerciements, vous avez accompli la moitié de notre tâche.

À contrecœur, Hawkmoon attendit que l'homme les eût rejoint.

— Je suis Pahl Bewchard, et ce navire m'appartient. Cela faisait plusieurs semaines que j'étais embusqué dans l'espoir d'attaquer le *Faucon des Rivières*, mais je n'y serais jamais parvenu si vous n'aviez occupé la plus grande partie de son équipage, me donnant ainsi le temps de sortir de la crique sans être aperçu.

— Votre reconnaissance me fait grand plaisir, répondit Hawkmoon, mais mon rôle s'arrêtera là. Je ne veux plus me mêler des querelles de pirates.

— Mais vous vous méprenez sur mon compte, répliqua Bewchard sans s'émouvoir, car je me suis juré de débarrasser le fleuve des seigneurs-pirates de Starvel. Je suis leur plus farouche ennemi.

Les hommes de Bewchard se précipitaient sur leur navire et tranchaient au fur et à mesure les amares qui retenaient le *Faucon des Rivières*. Le vaisseau-pirate fut emporté par le courant, tandis que sa poupe s'enfonçait lentement dans les eaux. Les derniers pirates sautèrent par-dessus bord, mais Valjon demeura invisible.

— Où est donc passé leur chef ? demanda D'Averc en scrutant le fleuve.

— Il a dû s'enfuir comme un rat lorsqu'il s'est rendu compte que la bataille était perdue pour lui. Je ne sais comment vous témoigner ma gratitude, Messires, car Valjon est bien le plus redoutable de mes ennemis.

— Ce serait plutôt à nous de vous présenter nos remerciements, répondit D'Averc avec son sens habituel de la repartie, car vous êtes arrivés au moment précis où tout espoir semblait perdu. (Et il ajouta avec un sourire :) La dette est payée semble-t-il.

Bewchard inclina la tête :

— Comme vous voudrez. Cependant si je puis me permettre de vous parler franchement, votre état requérerait quelques soins. Vous êtes tous deux blessés, et vos vêtements, Messires, ne sont pas ceux qu'on s'attendrait à voir portés par deux gentilhommes de votre rang. En bref, je serais très honoré si vous acceptiez d'abord mon hospitalité sur ce navire puis dans ma maison, une fois rendus à bon port.

Hawkmoon hésitait. Il commençait à éprouver de la sympathie pour le jeune capitaine.

— Où comptez-vous débarquer ? s'enquit-il.

— À Narleen, répondit Bewchard.

— De fait, nous étions en route pour Narleen lorsque nous avons été capturés par Valjon, expliqua Hawkmoon.

— Dans ce cas, rien ne s'oppose à ce que nous continuions ce voyage ensemble !

— Eh bien soit, capitaine, nous acceptons de grand cœur votre proposition. Et peut-être pourrez-vous nous donner des informations qui nous font défaut actuellement.

— Ce sera avec plaisir. (D'un geste, Bewchard indiqua une porte dans la dunette :) Messires, si vous voulez bien me suivre à ma cabine.

Chapitre VI

NARLEEN

Par le hublot de la cabine ils voyaient des gerbes d'écume se briser contre les flancs du navire qui toutes voiles dehors filait vers le sud.

— Si maintenant nous rencontrions deux vaisseaux-pirates naviguant de concert comme cela arrive souvent, nous aurions peu de chance d'en réchapper, expliqua Bewchard, c'est pourquoi nous tenons une telle allure.

Le cuisinier apporta des plats qu'il déposa devant eux. Le repas se composait de plusieurs variétés de viandes, de poissons et de légumes. Il y avait également des fruits et du vin. Hawkmoon tenta en vain de modérer son appétit. Il était certes conscient du danger que représentait pour son estomac une nourriture aussi riche après plusieurs jours de jeûne, mais il s'avéra incapable d'épargner la moindre miette de ce qui se trouvait devant lui.

— C'est un repas de fête, annonça gaiement Bewchard, car cela faisait des mois que nous poursuivions Valjon.

— Qui est Valjon ? demanda Hawkmoon entre deux bouchées. C'est un personnage étrange.

— Rien à voir avec l'idée que je me faisais d'un pirate, ajouta D'Averc.

— C'est un pirate par tradition familiale, tous ses ancêtres étaient pirates ; cela fait des siècles qu'ils pourchassent les navires sur le fleuve. Pendant très longtemps les commerçants ont payé un lourd tribut aux seigneurs de Starvel, mais il y a quelques années, ils commencèrent à se montrer moins dociles et Valjon usa de terribles représailles. Alors un certain nombre de marchands décidèrent de s'associer pour armer des vaisseaux de guerre et attaquer les pirates sur leur domaine privilégié, le fleuve. Je suis capitaine d'un de ces navires. Commerçant par vocation, je suis devenu un guerrier par nécessité et le resterai jusqu'à ce que Narleen soit délivré du joug de Valjon et ses semblables.

— Et pensez-vous y réussir bientôt ? demanda Hawkmoon.

— C'est difficile à dire. Valjon et les autres seigneurs sont inaccessibles lorsqu'ils se retranchent derrière les murs de leur cité. Starvel est une ville dans la ville, une enclave hostile et inattaquable à l'intérieur même de Narleen. Jusqu'à présent nous n'avons réussi qu'à réduire un peu les actes de piraterie. Mais il n'y a pas encore eu d'affrontement décisif qui permît d'évaluer les forces en présence.

— Vous dites que Valjon est pirate par tradition familiale… commença D'Averc.

— Oui, ses ancêtres s'installèrent à Narleen, il y a plusieurs siècles. Ils étaient très puissants, alors que nous-mêmes étions assez faibles. La légende raconte que Batach Gerandiun, l'ancêtre de Valjon, possédait des pouvoirs magiques qui lui assurèrent la suprématie et une autorité incontestée. Ils construisirent des remparts autour de Starvel, le quartier de la ville qu'ils s'étaient appropriés et où ils règnent encore.

— Et comment Valjon riposte-t-il lorsque vous attaquez ses navires ?

Hawkmoon vida son verre d'un trait.

— Il ne manque pas de moyens de représailles, mais, grâce à nous, ses bateaux ne s'aventurent plus sur le fleuve qu'avec circonspection, ces derniers temps. Nous ne sommes toutefois pas au bout de nos peines. Je tuerais volontiers Valjon si je le pouvais. Sa disparition signifierait sans aucun doute la fin de la communauté des pirates, mais il demeure insaisissable. Il pressent le danger et parvient toujours à s'éloigner avant même que la menace soit tangible.

— J'espère que vous aurez un jour le plaisir de déjouer ses ruses pour lui faire subir le sort qu'il mérite, dit Hawkmoon, mais, dites-moi, Capitaine, avez-vous jamais entendu parler de l'Épée de l'Aurore ? On nous a dit qu'elle se trouvait à Narleen.

Bewchard sursauta :

— L'Épée de l'Aurore, oui, bien sûr. Justement, à propos de la légende de Batach Gerandiun, l'ancêtre de Valjon, à laquelle je faisais allusion tout à l'heure. On dit que Batach tenait ses pouvoirs magiques de la possession de cette épée. Depuis lors les pirates ont fait de Batach une divinité, une idole à laquelle ils rendent un culte plein de ferveur et lui ont édifié un temple qui porte son nom : Le Temple de Batach Gerandiun. Ce sont des gens très superstitieux ; leur mentalité et leurs coutumes restent souvent un mystère insondable pour nous autres marchands qui cultivons plutôt le sens pratique.

— Et où peut-on trouver cette épée aujourd'hui ? demanda D'Averc.

— On dit qu'elle repose dans le Temple où les pirates vont l'honorer rituellement car, pour eux elle recèle le secret de leur puissance, de la même façon que pour Batach autrefois. Mais dites-moi, Messieurs, vous ne projetez pas de vous en emparer ?

— Oh non… commença Hawkmoon, mais D'Averc l'interrompit et, sans sourciller, d'un ton anodin prit la parole :

— Si, Capitaine, nous en avons l'intention. Il y a au nord un savant plein d'érudition qui connaît son existence et aimerait l'examiner. C'est un de nos proches et il nous a demandé de venir à Narleen pour acheter cet objet. Si cela est possible…

Bewchard riait de bon cœur :

— Oui mes amis, mais elle coûterait très très cher. Vous ne l'obtiendriez qu'au prix d'innombrables vies humaines. Les pirates se sacrifieraient et se feraient écharper jusqu'au dernier pour défendre l'Épée de l'Aurore.

Elle est pour eux un objet d'adoration et ils lui donnent une valeur incommensurable.

Consterné, Hawkmoon se demanda si Mygan, au moment de mourir, ne leur avait pas confié une mission impossible.

— Ah bon, tant pis… répliqua D'Averc, faisant mine d'en prendre son parti. Espérons que vous les vaincrez bientôt et vendrez leurs biens aux enchères.

Bewchard sourit :

— Je ne crois pas que cela se produira de mon vivant. Le jour est encore lointain qui verra la défaite de Valjon et notre victoire. (Il se leva de table.) Excusez-moi, je dois vous laisser un moment pour m'assurer que tout va bien sur le pont.

Il quitta la cabine après un salut bref mais plein de courtoisie.

Dès qu'ils furent seuls Hawkmoon se rembrunit :

— Drôle d'aventure. Nous avons finalement échoué dans ce pays mais l'objet que nous sommes venus y chercher est inaccessible.

Il sortit les anneaux de Mygan de sa poche et les fit tinter dans le creux de sa main. Il y en avait onze, car lui-même et D'Averc avaient rangé les leurs avec les autres.

— C'est une chance que nous les possédions toujours. Peut-être est-ce le moment d'y recourir pour nous propulser au hasard, dans l'espoir de nous retrouver en Kamarg.

D'Averc émit un grognement désapprobateur.

— Nous pourrions aussi nous retrouver à la Cour du Roi-Empereur Huon ou dans les pattes de quelque monstre terrifiant. Non, il faut aller à Narleen et y passer quelque temps pour voir si l'épée des pirates est vraiment hors de notre portée. (Il sortit quelque chose de sa poche.) Je viens seulement de me souvenir que je portais ce petit objet.

Il le montra à Hawkmoon. C'était la cartouche de fusil ramassée à Halapandur.

— Et à quoi cela va-t-il diable nous servir, D'Averc ?

— Je vous l'ai déjà dit : il se peut que cela nous soit utile un jour.

— Sans fusil ?

— Absolument.

Au moment même où il la replaçait dans sa poche, Pahl Bewchard ouvrit la porte. Un sourire éclairait son visage.

— Encore une petite heure, et nous jetterons l'ancre à Narleen, annonça-t-il. Notre ville est accueillante, je suis sûr que vous vous y plairez. (Une ombre passa dans son regard et il ajouta :) Si toutefois vous ne franchissez pas les murs de Starvel…

Hawkmoon et D'Averc, sur le pont, assistaient avec intérêt à cette délicate opération qu'est l'entrée d'un navire au port. Haut dans un ciel limpide, le soleil jetait des rayons brûlants qui faisaient resplendir la ville maintenant toute proche. S'élevant rarement au-delà de quatre étages, la plupart des constructions étaient abondamment ornementées de figures baroques et sans doute très anciennes. Les teintes, légèrement passées, avaient subi les assauts des intempéries, mais gardaient néanmoins une douce luminosité et des contrastes qui flattaient l'œil sans jamais le blesser. Les maisons s'agrémentaient de colonnes, balcons et façades sculptés dans le bois qui semblaient le matériau privilégié, bien que certains édifices fussent pourvus de balustrades et même, de portes en fer forgé joliment coloré.

Une myriade de navires attendaient dans le port et le quai était encombré d'innombrables caisses et ballots qu'une multitude d'hommes, nus jusqu'à la taille sous le soleil accablant de cette chaude journée, s'affairaient à charger ou décharger dans les cales ou sur le débarcadère.

Bewchard semblait heureux de retrouver toute cette animation et ce brouhaha tandis qu'il conduisait Hawkmoon et D'Averc le long de la passerelle puis à travers la foule qui commençait à se rassembler.

On le saluait cordialement de tous côtés.

— Comment cela s'est-il passé, capitaine ?

— Avez-vous mis la main sur Valjon ?

— Avez-vous eu beaucoup de pertes ?

Finalement Bewchard dut s'arrêter en riant de bon cœur.

— Soit, citoyens de Narleen, dit-il en élevant la voix, je vois que, si je ne vous donne pas immédiatement les nouvelles, vous ne nous laisserez pas faire un pas de plus. Eh bien nous avons coulé le navire de Valjon…

Un frémissement parcourut la foule, il y eut quelques exclamations et, très vite, chacun se tut, attentif aux paroles qui allaient suivre. Bewchard monta sur une caisse en élevant les bras.

— Nous avons réussi à couler le *Faucon des Rivières* en effet. Mais je dois vous dire que c'est grâce aux deux hommes que vous voyez près de moi. Sans eux le navire de Valjon nous aurait échappé une fois de plus.

Feignant une attitude embarrassé, D'Averc jeta un coup d'œil vers Hawkmoon. Tout le monde contemplait avec surprise et incrédulité ces deux hommes faméliques et déguenillés qui ressemblaient plus à des esclaves misérables qu'à des guerriers victorieux.

— Ce sont eux les héros, pas moi, continua Bewchard, seuls face à tout l'équipage du vaisseau-pirate, ils ont résisté pendant des heures et tué Ganak, le lieutenant de Valjon. La confusion qu'ils ont semé sur le navire en a fait une proie facile pour nous. Enfin, ils ont sabordé le bateau : aujourd'hui le *Faucon des Rivières* gît dans les eaux profondes du Sayou.

Alors la foule explosa en acclamations et en applaudissements.

— N'oubliez jamais leurs noms, citoyens de Narleen. Qu'ils soient à jamais des amis de notre cité où rien ne doit leur être refusé. Voici Dorian Hawkmoon au Joyau Noir et Huillam D'Averc. Leur courage est sans limite et ils manient l'épée comme jamais je ne l'ai vu avant eux.

Hawkmoon qui se sentait horriblement gêné, regardait Bewchard d'un air sombre et suppliant.

— Et Valjon ? demanda quelqu'un, est-il mort ?

— Il s'est lâchement enfui pendant la bataille, répondit Bewchard dont le visage se rembrunit, mais, tôt ou tard, nous aurons sa tête.

— Ou lui la vôtre, Bewchard !

L'homme qui venait de lancer ces mots se frayait à grand-peine un passage dans la foule de plus en plus dense et se planta bientôt devant Bewchard ; les vêtements qu'il arborait dénotaient une fortune confortable.

— Vous ne faites qu'exciter son courroux ! Pendant des années, j'ai payé des droits de passage aux hommes de Valjon et j'exerçais mon métier en paix. Aujourd'hui vous et vos semblables dites : « refusez de payer le tribut », alors je ne paye pas, et je ne connais plus une seule seconde de repos, je me sens traqué jour et nuit me demandant quelle vengeance effroyable pèse sur nos têtes. Valjon est contraint d'exercer des représailles, et il est probable que vous n'en serez pas la seule victime. La menace nous concerne tous. Vous faites trop bon marché de ceux qui, n'étant pas avides de gloire, ne demandent qu'à travailler l'esprit tranquille !

Bewchard se mit à rire :

— Mais si ma mémoire ne me fait pas défaut, Veroneeg, n'étiez-vous pas le premier à vous plaindre en disant que vous ne pouviez plus assumer des charges aussi élevées, puis à nous soutenir lorsque nous avons constitué la ligue pour lutter contre Valjon ? Eh bien, Veroneeg, c'est ce que nous faisons ; nous rencontrons des embûches, le chemin est ardu qui mène à la victoire mais ayez confiance, nous finirons par y parvenir.

De nouvelles acclamations s'élevèrent dans la foule, cette fois cependant l'enthousiasme était plus timide et les gens commençaient à se disperser.

— Valjon aura sa revanche, Bewchard, répéta Veroneeg, vos jours sont comptés. La rumeur circule que les Seigneurs Pirates rassemblent leurs forces. Jusqu'à présent ils n'ont fait que jouer à cache-cache avec nous et n'ont pas encore donné toute leur mesure. Mais ils pourraient fort bien raser Narleen si tel était leur bon plaisir, tout le monde le sait !

— Tarir la source à laquelle ils s'abreuvent ? Ce serait absurde de leur part !

Bewchard haussa les épaules comme pour écarter les arguments du marchand.

— Absurde, peut-être, mais pas plus que votre entreprise, ajouta Veroneeg d'une voix rauque. Leur haine et leur exaspération finiront bien par leur faire oublier d'où ils tirent leur fortune !

Bewchard hocha la tête en souriant.

— Vous devriez vous retirer, Veroneeg, c'est un dur métier que celui de marchand, vous n'êtes plus à même d'en assumer les rigueurs.

Dans la foule maintenant clairsemée, une expression de profonde anxiété marquait les visages des gens qui, quelques minutes plus tôt, acclamaient les héros.

Bewchard sauta de la caisse où il était juché et prit ses deux compagnons par les épaules.

— Partons, mes amis, n'écoutez pas le fâcheux Veroneeg. Ses brillants raisonnements parviendraient à éteindre la joie la plus triomphante. Ma demeure vous est ouverte : peut-être y trouverons-nous quelque tenue digne des gentilshommes que vous êtes. Dès demain, de toute façon, nous irons en ville acheter de quoi vous vêtir l'un et l'autre de pied en cape !

Il les conduisit à travers les rues étroites et grouillantes de monde, des ruelles qui serpentaient dans Narleen de manière apparemment fantaisiste et qu'embaumait une multitude de parfums et d'odeurs indéfinissables. La ville était pleine d'une foule de marins, de guerriers, de marchands et de portefaix. Ils remarquèrent aussi de vieilles femmes, de ravissantes jeunes filles, des boutiquiers qui vantaient leurs produits et des cavaliers qui se frayaient un chemin difficile dans cette joyeuse fourmillière. Toujours à la suite de leur hôte, ils s'engagèrent dans une rue en pente abrupte et au pavage irrégulier débouchant sur une place bordée de maisons. Un des côtés ouvrait sur le large – l'océan.

Bewchard s'arrêta pour contempler la mer qui scintillait sous le feu ardent du soleil. D'Averc fit un geste qui embrassait l'immensité :

— Votre commerce s'étend-il jusqu'au-delà de l'océan ?

Bewchard enleva sa lourde cape et la plia sur son bras. Il ouvrit le col de sa chemise et, souriant, hocha la tête en signe de dénégation.

— Que rencontre-t-on au-delà des mers ? Nul ne le sait, rien probablement. De fait, nous nous limitons à faire du cabotage sur deux ou trois lieues à l'ouest et à l'est de Narleen. Toute cette région de la côte est peuplée de nombreuses cités assez opulentes qui n'ont pas trop souffert du Tragique Millénaire.

— Je vois. Mais comment s'appelle ce continent ? Sommes-nous vraiment en Asiacommunista ?

Bewchard plissa le front :

— Je ne l'ai jamais entendu appeler ainsi, mais vous savez, je ne suis pas un savant. Il porte différents noms ; les seuls que je lui connaisse sont Yarshai, Amarehk et Nishtay. (Il haussa les épaules.) J'ignore même comment il se situe par rapport à tous ces continents légendaires qui selon certains couvriraient les parties inconnues du monde…

— Amarehk ! s'exclama Hawkmoon, nos légendes en font le lieu d'êtres à l'intelligence et à la force surhumaines…

— Oui, et elles racontent aussi que le Bâton Runique se trouve en Asiacommunista ! (D'Averc riait de bon cœur.) Comme vous pouvez le constater, on se fourvoie souvent à écouter les récits légendaires d'une oreille trop crédule ! Après tout, peut-être le Bâton Runique lui-même n'est-il qu'une chimère ?

Songeur, Hawkmoon acquiesça :

— Peut-être bien.

Bewchard avait l'air troublé et levait un sourcil interrogateur :

— Le Bâton Runique – des légendes – mais de quoi parlez-vous, Messieurs ?

— Ce sont des hypothèses avancées par cet érudit que nous avons déjà mentionné, s'empressa de répondre D'Averc. C'est une longue histoire très ennuyeuse.

D'un geste Bewchard interrompit là le débat :

— J'ai horreur des récits ennuyeux, mes amis, dit-il

et les trois hommes repartirent dans le dédale des ruelles odorantes.

Ils quittèrent le quartier commerçant et se trouvèrent bientôt sur une colline où les maisons étaient plus clairsemées et plus cossues. De hauts murs protégeaient les jardins pleins d'arbres en fleurs et de fontaines.

Bewchard s'arrêta finalement devant les grilles d'une de ces résidences.

— Bienvenue dans ma maison, mes chers amis, dit-il en donnant quelques coups secs sur un portail.

Quelqu'un ouvrit un judas où apparurent deux yeux méfiants. Puis les battants s'écartèrent largement et un serviteur s'inclina devant Bewchard.

— Bonjour, maître. L'expédition a-t-elle réussi ? Votre sœur vous attend avec impatience.

— Mieux que jamais, Per ! Ah, Jeleana est là pour nous accueillir ! Jeleana vous plaira, mes amis, j'en suis sûr.

Chapitre VII

L'INCENDIE

Jeleana était une beauté aux cheveux de jais, dont le charme tout de vivacité et de fraîcheur enchanta immédiatement D'Averc. Le soir au dîner il lui fit sa cour et la jeune fille, rieuse, se prêta au jeu de bonne grâce.

Bewchard jeta un regard attendri sur sa sœur qui rivalisait d'esprit avec D'Averc, mais Hawkmoon, lui, sentit son cœur se serrer. Le doux visage de Yisselda passa devant ses yeux ; sa tendre épouse se trouvait à des milliers de lieues et peut-être même à des centaines d'années au-delà du temps.

Bewchard crut percevoir une ombre de mélancolie dans le regard de Hawkmoon ; il chercha à égayer son hôte en lui narrant sur le mode plaisant les mille et une péripéties de sa lutte contre les pirates de Starvel.

Feignant la bonne humeur, Hawkmoon s'efforçait de suivre la conversation, mais son esprit vagabondait du côté de la Kamarg et de sa bien-aimée.

Taragorm avait-il fini par mettre au point ses machines ? Meliadus n'était-il pas déjà en train d'assiéger le Château du comte Airain ?

Plus la soirée avançait, moins Hawkmoon parvenait à se montrer un convive agréable. N'y tenant plus, il se leva et s'inclina courtoisement.

— Je suis confus, capitaine, mais ces deux jours sur la galère de Valjon, puis le combat d'aujourd'hui, m'ont épuisé…

Jeleana Bewchard et Huillam D'Averc ne remarquèrent rien tant ils étaient absorbés par leur conversation.

Bewchard se leva avec empressement, l'air sincèrement désolé.

— Messire, c'est moi qui suis impardonnable, je vais donner des ordres pour qu'on vous conduise à votre chambre…

Bewchard s'apprêtait à tirer le cordon de la sonnette lorsque plusieurs coups retentirent à la porte.

— Entrez ! dit-il sèchement.

Le serviteur qui les avait introduit deux heures plus tôt se tenait dans l'embrasure, hors d'haleine.

— Capitaine, il y a un incendie sur les quais, un bateau a pris feu !

— Un bateau ? Quel bateau ?

— Le vôtre, capitaine ! Celui que vous avez ramené au port aujourd'hui.

Bewchard se précipita dans le vestibule, suivi de Hawkmoon, de D'Averc et Jeleana.

— Une calèche, Per ! Vite !

Quelques instants plus tard, on amenait devant le perron une calèche fermée attelée de quatre chevaux. Les trois hommes y montèrent, mais Bewchard refusa que Jeleana se joignît à eux.

— Non, je préfère que tu restes ici, on ne sait jamais, c'est peut-être très risqué !

La voiture fila à toute allure, cahotant dangereusement sur les gros pavés disjoints.

Dans les rues désertes, la lueur des torches fixées à l'angle des maisons par des supports de ferronerie faisait danser sur les murs l'ombre fantasmagorique de la calèche.

Ils arrivèrent enfin au quai. Là, plus besoin de torches : les flammes gigantesques de l'incendie illuminaient tout le port. Une pagaille indescriptible régnait autour du bassin. Les capitaines tentaient d'éloigner leurs vaisseaux de la galère en flammes de peur que l'incendie ne se propageât de proche en proche à tous les bâtiments amarrés le long du quai.

Bewchard sauta à bas de la calèche et se mit à jouer des coudes pour fendre la foule qui contemplait le spectacle. Une fois au premier rang, il se tourna vers ses compagnons.

— Il n'y a plus rien à faire, dit-il d'une voix désespérée. Ce ne peut être qu'un mauvais tour de Valjon.

Veroneeg, cramoisi, le front dégoulinant de sueur à la chaleur de l'incendie, émergea d'un groupe de curieux.

— Vous voyez, Bewchard, Valjon s'est vengé ! Je vous l'avais dit !

Un bruit de galopade sur les pavés attira leurs regards. Un cavalier immobilisa son cheval en tirant brutalement sur les rênes.

— Où est Bewchard ? demanda l'homme d'une voix forte. Ce Bewchard qui s'est vanté d'avoir coulé le *Faucon des Rivières*.

Bewchard leva la tête.

— Je suis le capitaine Bewchard. Et vous, qui êtes-vous ?

Le cavalier, bizarrement accoutré, tenait à la main un long rouleau de parchemin.

— Je suis le messager de Valjon !

Il jeta le rouleau aux pieds de Bewchard qui ne fit pas mine de le ramasser.

— Qu'est-ce à dire ? demanda Bewchard en grinçant des dents.

— C'est une facture, Bewchard. Pour cinquante hommes d'équipage, quarante esclaves, un navire et tout son équipement. S'y ajoute vingt-cinq mille smaygars, soit la valeur du trésor perdu. Valjon aussi peut jouer au marchand !

Bewchard lui lança un regard furieux. Les lueurs de l'incendie faisaient passer sur son visage des ombres mouvantes. Du pied, il repoussa le rouleau de parchemin qui tomba dans les eaux glauques du port.

— Toute cette mise en scène ne m'impressionne pas, dit-il sèchement. Dites à Valjon que je ne le crains pas et que je n'ai nullement l'intention de régler cette facture. Et puisqu'il veut jouer au marchand, dites-lui aussi que lui et ses ancêtres doivent au peuple de Narleen infiniment plus que les sommes portées sur ce parchemin. Qu'il sache que je continuerai à exiger cette dette !

Le cavalier ouvrit la bouche comme pour répondre, puis se ravisant, il cracha par terre, fit volter sa monture et s'enfonça au grand galop dans la nuit noire.

— Maintenant il vous tuera ! s'exclama Veroneeg d'un ton presque triomphant. J'espère seulement qu'il se rendra compte que nous ne sommes pas tous aussi insensés que vous !

— Et moi, j'espère que tous ne sont pas aussi couards que vous, Veroneeg, répliqua Bewchard méprisant. Si Valjon va jusqu'à me menacer, cela veut dire que j'ai réussi, au moins en partie, à lui faire perdre son sang-froid.

Il revint à sa calèche et se tint debout sur le marchepied en attendant qu'Hawkmoon et D'Averc aient pris place à l'intérieur. Une fois assis face aux deux hommes, il cogna à plusieurs reprises sur le plafond avec le pommeau de son épée, pour donner le signal du départ.

— Êtes-vous sûr que Valjon soit aussi désemparé que vous le laissez entendre ? demanda Hawkmoon qui semblait perplexe.

Bewchard eut un sourire sinistre.

— Je suis persuadé au contraire qu'il est beaucoup plus puissant que je ne veux bien l'avouer. Peut-être même plus que ne l'imagine Veroneeg. Je pense quant à moi que Valjon est encore stupéfait de notre témérité – pensez donc, nous avons attaqué et coulé un de ses navires ! – et qu'il n'a pas encore donné toute sa mesure. Mais ce ne sont pas là des choses à dire devant Veroneeg.

Hawkmoon lança un regard admiratif à Bewchard.

— Vous êtes un homme courageux, capitaine !

— Peut-être est-ce plus simplement du désespoir...

Hawkmoon hocha la tête.

— Je crois comprendre ce que vous ressentez.

Sur le trajet du retour ils demeurèrent silencieux, chacun abîmé dans ses pensées. La grille du jardin était ouverte et la calèche emprunta l'allée jusque sous le perron. Jeleana, livide d'inquiétude, se tenait sur le seuil.

— Tu es sain et sauf, quel bonheur ! dit-elle en se jetant dans les bras de Bewchard.

— Mais... oui, répondit-il, je crois que tu t'es inquiétée à tort.

Le petit groupe entra dans la salle à manger où leur dîner les attendait encore.

— L'incendie n'était pas cause de mon effroi, dit Jeleana, les lèvres tremblantes. (Elle posa successivement sur les trois hommes un regard angoissé.) Un visiteur est venu pendant votre absence.

— Un visiteur, vraiment ? Et qui donc ? demanda Bewchard en passant affectueusement son bras autour des épaules de Jeleana.

— Il est... il est venu seul...

— En quoi cela est-il si remarquable ? l'interrompit Bewchard d'une voix rassurante.

— Pahl... C'était Valjon. Le seigneur Valjon de Starvel en personne ! Il m'a... (Elle se cacha le visage dans les mains.) Il m'a caressé la joue et il m'a jeté un regard atroce, inhumain.

— Qu'a-t-il dit ? demanda précipitamment Hawkmoon. Parlez Madame, au nom du ciel !

— Il a dit que pour l'instant il ne s'agissait que d'un jeu, qu'il n'allait pas s'abaisser à mener une vendetta. Mais il a ajouté que demain, Pahl devait annoncer publiquement sur la grand-place qu'il renonçait à harceler, comme une guêpe, les seigneurs-pirates, faute de quoi, il mettrait un terme à ces petites plaisanteries de la manière qu'il convenait. Il est parti en disant que la proclamation devrait être faite avant demain midi.

Bewchard serra les poings :

— Il est venu me narguer jusqu'ici, chez moi ! Pour me témoigner son mépris, je suppose ! L'incendie du bateau n'était qu'une manœuvre de diversion pour m'éloigner. En venant te parler ici, en mon absence, il a voulu montrer qu'il était capable d'atteindre où et quand il le désirait les êtres qui me sont les plus chers au monde. Voilà une bassesse à laquelle j'aurais dû m'attendre. À dire vrai, ce n'est pas tout à fait une surprise...

Il regarda Hawkmoon d'un air las.

— Peut-être, après tout, ne suis-je qu'un fou présomptueux. Peut-être Veroneeg avait-il raison. Je ne peux rien contre Valjon. Du moins pas tant qu'il se retranche impunément derrière les murailles de Starvel. Je ne peux lui opposer les méthodes dont lui-même use à mon encontre.

— Mes conseils ne vous seraient pas d'un grand secours, répondit Hawkmoon avec une tranquille assurance, mais si vous décidez de continuer le combat, je vous offre mon épée, et, j'en réponds, celle de D'Averc.

Bewchard regarda longuement Hawkmoon droit dans les yeux, puis il éclata d'un rire sonore.

— Peut-être ne me donnez-vous pas de conseils, Seigneur Duc au Joyau Noir mais comment oserais-je conserver quelque estime de moi-même si je refusais les services de deux gentilshommes aussi braves que vous. Eh bien ! Le sort en est jeté ! Nous combattrons ! En attendant, la journée de demain sera consacrée au repos et au divertissement. Toi, Jeleana, tu resteras à la maison. Je demanderai à mon père d'envoyer une forte escouade de gardes. Hawkmoon, D'Averc et moi irons faire quelques achats en ville. (Il considéra les vêtements d'emprunt des deux hommes.) Je vous avais promis des habits neufs, et pour vous Maître Hawkmoon, un fourreau, digne de l'épée que vous avez soustraite à Valjon. Nous passerons cette journée avec nonchalance et insouciance, il faut montrer à Valjon et plus encore au peuple de cette ville que nous ne cédons pas à ses menaces.

D'Averc approuva gravement.

— C'est la seule manière de garder intact le moral de

la cité. Car même si vous mourez, vous mourrez en héros, et d'autres après vous se lèveront.

— J'espère ne pas mourir, répondit Bewchard en souriant, je tiens trop à la vie. Enfin, qui sait ce que l'avenir nous réserve, mes amis…

Chapitre VIII

LES MURS DE STARVEL

Le lendemain la chaleur était tout aussi écrasante. D'un pas tranquille, Pahl Bewchard et ses amis s'éloignèrent de la maison. Rapidement, ils se rendirent compte que beaucoup de gens connaissaient la teneur de l'ultimatum de Valjon et attendaient les événements avec anxiété. Tout au long du chemin, Bewchard arbora un visage souriant, baisant la main des dames ou saluant quelque connaissance. Ils avaient convenu de se rendre chez un tailleur renommé du centre de la ville.

Le fait que la boutique de ce tailleur ne se trouvât qu'à un jet de pierre des murs de Starvel n'était pas pour rien dans le choix de Bewchard.

— Nous irons chez le tailleur après l'heure de midi, dit-il, mais auparavant nous irons déjeuner dans une taverne que je connais bien. Elle se trouve près de la grand-place et nombre de notables s'y retrouvent. Il faudra nous montrer gais et avenants. Nous discuterons de choses et d'autres sans jamais faire allusion aux menaces de Valjon, quelques efforts que tentent les gens pour nous amener à en parler.

— Diable ! Ce ne sera guère commode ! s'exclama D'Averc.

— Sans doute, répondit Bewchard, mais j'ai l'intuition que tout va dépendre de la manière dont se déroulera cette journée. Je ne saurais expliquer le fond de ma pensée, mais un pressentiment m'agite qu'aujourd'hui se joue mon destin.

Hawkmoon, sans ajouter mot, acquiesça d'un signe de tête ; lui aussi sentait quelque chose dans l'air.

Ils s'assirent à la taverne, burent et mangèrent feignant de ne pas remarquer l'attention dont ils étaient l'objet et évitant habilement de répondre aux questions qui toutes tournaient autour de l'ultimatum de Valjon.

L'heure de midi trouva Bewchard et ses compagnons devisant aimablement, assis à une table de la taverne. Ils demeurèrent ainsi une heure encore, puis Bewchard posa bruyamment son verre devant lui.

— Et maintenant, mes amis, si nous allions rendre visite à ce tailleur ?

Les rues étaient inhabituellement vides tandis qu'ils approchaient du centre de la ville. Mais sur leur passage, des rideaux s'écartaient légèrement, des visages apparaissaient aux fenêtres ; Bewchard arborait un large sourire, cette petite promenade semblait l'amuser prodigieusement.

— Aujourd'hui nous sommes les seuls acteurs en scène, pas question d'avoir le trac.

Hawkmoon eut la vision fugitive des blanches murailles de Starvel qui dominaient, imposantes, les toits de la ville. Aucune ouverture ne semblait ménagée dans leur enceinte.

— En fait il existe quelques poternes, expliqua Bewchard, mais elles sont rarement utilisées. Ils entrent et sortent de Starvel par un réseau d'immenses canaux souterrains qui communiquent directement avec le fleuve.

Ils s'enfoncèrent dans un dédale de ruelles et aperçurent enfin l'enseigne du tailleur au coin d'une petite place.

La boutique était un véritable capharnaüm où s'entassaient des ballots de vêtements, des montagnes de capes, pourpoints et hauts-de-chausses ; aux murs une variété infinie de rapières et de dagues étaient alignées et voisinaient avec des harnachements complets de cavalerie : rênes, doubles brides, selles… enfin, un peu partout, dans des coffres ou sur des étagères, s'amoncelaient des ceintures, des bottes, des heaumes et des chapeaux, tout ce qu'un homme pouvait désirer en ce bas monde.

Le propriétaire de la boutique était un homme entre deux âges, solidement bâti, à la face rubiconde et aux cheveux blancs. Il gratifia Bewchard d'un large sourire et le jeune homme qu'il était en train de servir se retourna pour dévisager les nouveaux arrivants ; ses yeux s'agrandirent de frayeur à la vue des trois hommes qui se tenaient dans l'embrasure de la porte. Il bredouilla quelques paroles confuses et se dirigea aussitôt vers la sortie.

— Vous ne prenez pas cette épée, Messire ? demanda le marchand un peu interloqué. Je veux bien vous consentir un rabais d'un demi-smaygar mais je ne puis aller au-delà.

— Une autre fois, Pyhar, une autre fois, jeta rapidement le jeune homme.

Il s'inclina au passage devant Bewchard et quitta la boutique comme s'il avait eu le diable aux trousses.

— Qui était-ce ? demanda Hawkmoon amusé.

— Le fils de Veroneeg, si j'ai bonne mémoire, répondit Bewchard en riant aux éclats. Il a hérité de la couardise de son père !

Pyhar s'approcha :

— Bonjour, capitaine. J'avoue que je ne m'attendais guère à vous voir aujourd'hui. Avez-vous fait la déclaration qu'ils attendaient de vous ?

— Non, Pyhar, je n'ai rien fait du tout.

— Je m'en doutais. Mais maintenant, capitaine, vous êtes en danger de mort. Valjon ne tardera pas à mettre sa menace à exécution. D'ailleurs, il n'est guère prudent d'être venu si près des murs de Starvel.

— Je dois montrer à tous que je ne crains pas Valjon, répondit Bewchard, en outre, je n'ai nullement l'intention de modifier mes habitudes à cause de lui. J'ai promis à mes amis qu'ils pourraient s'habiller de pied en cap chez le meilleur tailleur de la ville et je ne suis point homme à manquer à ma parole.

— Comme vous voudrez, capitaine, dit Pyhar d'un air résigné. Et vous, Messires, dit-il en se tournant vers Hawkmoon et D'Averc, avez-vous déjà trouvé quelque vêtement à votre convenance ?

Hawkmoon saisit une cape d'un bel écarlate et fit jouer le fermoir en or.

— Je n'ai pas encore fait mon choix, maître Pyhar, mais votre boutique regorge de trésors.

Tandis que Bewchard bavardait avec le marchand, Hawkmoon et D'Averc explorèrent les lieux, appréciant la douceur d'une étoffe ou le fini d'une paire de bottes. Il leur fallut deux bonnes heures avant d'arrêter leur choix.

— Si vous voulez passer dans le salon attenant pour vous y changer, vous y serez plus à votre aise, proposa Pyhar, qui ajouta en souriant : Votre choix me paraît excellent, Messires.

Hawkmoon avait jeté son dévolu sur une chemise de soie bleu clair, un pourpoint de cuir souple et une écharpe pourpre. Il choisit une paire de culottes bouffantes en soie, également de couleur pourpre, qu'il rentra dans ses bottes taillées dans la même peau que son pourpoint. Il ceignit une large ceinture de cuir et jeta sur ses épaules un ample manteau bleu marine.

D'Averc avait revêtu une chemise écarlate assortie à la culotte, un pourpoint de cuir noir et des bottes, noires elles aussi, qui lui montaient jusqu'aux genoux. Pour finir, il s'enveloppa d'une lourde cape de brocart pourpre, il s'apprêtait à boucler le ceinturon de son épée, lorsqu'un hurlement se fit entendre dans la boutique.

Hawkmoon écarta la tenture du salon.

Un grand nombre d'hommes, visiblement des pirates, avaient envahi la pièce et s'étaient saisi de Bewchard avant que celui-ci ait pu tirer son épée.

Hawkmoon s'empara de son arme et se rua sur les assaillants, mais il buta contre Pyhar qui reculait en titubant, des flots de sang s'échappant de sa gorge tranchée.

Déjà, les pirates se retiraient emmenant Bewchard avec eux.

Hawkmoon plongea son épée dans le cœur de l'un d'eux mais dut faire face à un nouvel adversaire.

— Restez où vous êtes ! lança l'homme d'une voix menaçante, nous n'en avons qu'après Bewchard.

— Si vous voulez l'enlever, il faudra nous passer sur le corps, gronda D'Averc.

— Bewchard a insulté notre maître le seigneur Valjon, il doit payer cette offense ! et il lui porta un furieux coup d'épée.

D'Averc fit un bond de côté et d'un coup sec porté sur la garde, il réussit à désarmer son adversaire. L'homme poussa un grognement et fit rapidement passer dans sa main droite la dague qu'il tenait jusqu'alors dans l'autre main. Mais, une fois encore D'Averc réussit à faire sauter la dague avant de lui enfoncer son épée dans la gorge.

La moitié des pirates se porta alors contre les deux hommes qui furent repoussés jusqu'au fond de la boutique.

— Ils s'enfuient avec Bewchard ! hurla Hawkmoon, il faut les rattraper.

Il se mit à frapper sauvagement autour de lui, dans l'espoir de se frayer un chemin jusqu'à Bewchard, mais il entendit le cri de D'Averc :

— Attention, d'autres sont entrés par-derrière !

Ce furent là les dernières paroles qu'il entendit. Le pommeau d'une épée s'abattit violemment sur sa nuque et il s'écroula sur un ballot de pourpoints.

Il se réveilla avec un sentiment de nausée et un violent mal de tête. L'obscurité avait envahi la boutique et un silence inquiétant régnait dans la pièce. Il se releva, l'épée encore à la main. La première chose qu'il vit, fut le corps de Pyhar étendu de tout son long près de l'entrée du salon.

Ensuite il aperçut D'Averc. Son ami gisait, ensanglanté, sur un ballot de vêtements.

Hawkmoon se précipita et appuya l'oreille contre la poitrine de D'Averc. Le cœur battait encore. Il n'avait été qu'assommé. De toute évidence, les assaillants les avaient abandonnés derrière eux à dessein, afin que quelqu'un put témoigner du sort réservé par les pirates aux présomptueux, qui tel Pahl Bewchard osaient défier le seigneur Valjon.

Au fond de la pièce, Hawkmoon trouva un broc plein d'eau et après avoir déchiré une bande de tissu dans une des chemises du ballot, il humecta le visage de D'Averc. Il ne portait qu'une blessure, profonde mais sans gravité, à hauteur de la tempe.

D'Averc remua faiblement, puis ouvrit les yeux et son regard rencontra celui de Hawkmoon.

— Il faut sauver Bewchard, il n'y a pas une minute à perdre.

— À l'heure qu'il est, il moisit dans un cachot de Starvel, répondit Hawkmoon sombrement.

— Personne ne sait encore rien, dit D'Averc en se relevant péniblement. Si nous pouvions le tirer des griffes des pirates puis rendre publique toute l'histoire, songez à l'enthousiasme et à la détermination que cela insufflerait au sein de cette paisible cité.

— Eh bien, c'est d'accord, nous irons à Starvel. En espérant que Bewchard soit toujours en vie. (Hawkmoon rengaina son épée.) Nous avons une muraille à escalader, nous allons avoir besoin d'équipement.

— Nous trouverons ici tout ce dont nous avons besoin, répondit D'Averc. Dépêchons-nous, la nuit est déjà tombée.

Hawkmoon caressa le joyau noir serti dans son front. Une fois encore il songea à Yisselda, au comte Airain, à Oladahn et Noblegent. L'envie le prit d'abandonner Bewchard à son destin, d'oublier les recommandations de Mygan, d'oublier cette légendaire Épée de l'Aurore et ce non moins légendaire Bâton Runique, puis de s'emparer d'un bateau dans le port et de cingler vers sa bien-aimée. Mais il chassa vite ce rêve honteux de son esprit ; ils ne pouvaient abandonner ainsi Bewchard, ils devaient le sauver, dussent-ils pour cela y laisser la vie.

Ses pensées revinrent aux murailles de Starvel qui s'élevaient à quelques pas de là. Personne n'avait jamais dû tenter leur escalade, tant elles étaient hautes et semblaient bien gardées. Mais peut-être après tout n'était-ce pas impossible. Ils devaient tenter l'aventure sans hésiter.

Chapitre IX

LE TEMPLE DE BATACH GERANDIUN

Le soir même Hawkmoon et D'Averc entreprirent d'escalader les hautes murailles de Starvel. Ils se munirent chacun d'une vingtaine de poignards qu'ils glissèrent dans leur ceinture et quelques instants plus tard ils étaient à pied d'œuvre.

L'appareillage grossier de la muraille avait laissé entre les blocs de pierre des interstices suffisamment nombreux pour permettre d'y introduire une lame de couteau et les deux hommes espéraient ainsi gagner le sommet.

Après avoir entortillé un foulard autour du manche, Hawkmoon enfonça le premier poignard et l'ascension commença.

Ils avaient déjà escaladé près de la moitié du mur lorsque Hawkmoon sentit ployer la lame du couteau placée sous son pied. Il s'agrippa alors plus fermement au poignard fiché au-dessus, mais celui-ci également menaçait de glisser. La rue se trouvait maintenant à plusieurs centaines de pieds en dessous. Il tira un nouveau poignard de sa ceinture et se mit à explorer fébrilement la muraille à la recherche d'un interstice entre deux blocs de pierre. Il finit par en trouver un et y enfonça fortement la lame au moment même où l'autre cédait sous son poids. L'arme tomba sur le pavé avec un bruit métallique qui déchira le silence de la nuit. Il était à présent suspendu entre ciel et terre, incapable de descendre ou de continuer son ascension, mais D'Averc réussit enfin à glisser un couteau sous le pied de Hawkmoon qui poussa un soupir de soulagement. L'escalade reprit et bientôt ils avaient presque gagné le sommet de la muraille.

Hawkmoon avait presque atteint le faîte, lorsqu'il entendit des pas. Il se colla à la paroi retenant sa respiration. Encore un poignard et ils pourraient se hisser sur le chemin de ronde. Il jeta un regard vers le bas et aperçut le visage souriant de D'Averc dans le clair de lune. Le bruit de pas décrut ; Hawkmoon planta une dernière lame.

Sa tête dépassait à peine le haut du mur lorsque les pas résonnèrent à nouveau sur le chemin de ronde. En un instant sa décision fut prise. Il opéra un ultime rétablissement et plongea dans les jambes du pirate sans lui laisser le temps de tirer son arme. L'homme étouffa un juron, se débattit pour reprendre son équilibre, puis, sans un cri, bascula dans le vide.

Hawkmoon aida D'Averc à se hisser sur la crête. Il n'était que temps, car deux gardes fondaient sur eux l'épée haute. Tirant son arme Hawkmoon se prépara à les recevoir.

Hawkmoon et D'Averc se battaient avec l'énergie du désespoir. Presque en même temps les deux hommes plongèrent leurs lames dans la poitrine de leurs adversaires qui s'écroulèrent l'un sur l'autre, frappés à mort.

Ils jetèrent un regard sur le chemin de ronde ; leur présence n'avait semblait-il pas encore été décelée. D'un geste Hawkmoon indiqua un escalier de pierre qui descendait vers Starvel et les deux hommes dévalèrent silencieusement les marches.

La ville était sombre et tranquille comme un immense cimetière. Une lueur vacillait pourtant, au loin, vers le centre de la cité, et, de temps en temps, une faible lumière filtrait à travers des volets ou par l'entrebâillement d'une porte, mais partout ailleurs régnaient les ténèbres et la désolation. Tandis qu'ils marchaient dans les rues, des rires gras leur parvenaient, mêlés à des éclats de voix et à des bruits de ripaille. Par une porte entrouverte, ils aperçurent une scène de beuverie et un pirate sortit en titubant et grommelant des jurons avant de s'écrouler de tout son long sur le pavé. La porte se referma sur le pirate qui resta là, face contre terre.

Les maisons de Starvel étaient d'une extrême simplicité. Aucune n'était aussi richement ornée que les somptueuses bâtisses des autres quartiers de la ville. Hawkmoon aurait pu se croire dans la partie la plus pauvre si Bewchard ne lui avait expliqué que les pirates dépensaient toute leur fortune en vêtements somptueux et décorations d'un luxe inouï pour leurs vaisseaux et que seul le temple de Batach Gerandiun, où était censée se trouver l'Épée de l'Aurore, témoignait de la colossale richesse de Starvel.

L'arme à la main, ils longèrent en silence les rues désertes. En admettant même que Bewchard fût encore en vie, ils n'avaient pas la moindre idée du lieu où il était prisonnier. Un pressentiment les poussait cependant à se diriger vers la lueur tremblotante.

Ils n'étaient plus très éloignés du centre de la ville, lorsque, tout à coup, un sourd roulement de tambours qui se répercuta dans le dédale des rues vides, éclata tout près d'eux. Puis ils entendirent un martèlement de bottes et le pas régulier des chevaux sur le pavé.

D'Averc avança précautionneusement la tête, puis se rejeta aussitôt en arrière.

— Ils arrivent droit sur nous !

La lumière des torches faisait danser des ombres fantastiques sur les murs. Hawkmoon et D'Averc se dissimulèrent sous un porche pour contempler la procession qui avançait.

Monté sur un étalon noir, Valjon, le masque impassible, ouvrait le cortège. Derrière lui, les tambours rythmaient la marche de leur pulsation profonde et monotone ; suivait un fort parti de cavaliers richement vêtus qui ne pouvaient être que les seigneurs de Starvel, et qui, eux aussi, raides et dignes sur leurs montures, arboraient un visage de marbre.

Ils virent enfin passer une plate-forme tirée par six chevaux qui portait une sorte de claie convexe, faite de fanons de baleines, sur laquelle un homme était garrotté, complètement nu, le corps tordu en arrière.

Les deux hommes tressaillirent : ce n'était autre que Bewchard. Il dégoulinait de sueur et son visage était d'une pâleur mortelle. Il semblait souffrir le martyr. D'étranges symboles peints couvraient ses joues et son torse. Les muscles bandés, il tentait en vain de défaire les liens qui lui meurtrissaient les chairs.

D'Averc allait se jeter en avant mais Hawkmoon le retint par le bras.

— Mieux vaut les suivre, chuchota-t-il, nous trouverons peut-être l'occasion de le délivrer plus loin. Pour l'instant, c'est impossible.

Ils laissèrent passer l'imposante colonne pour se glisser à sa suite. Ils débouchèrent enfin sur une large place éclairée par l'énorme flambeau qu'ils avaient déjà remarqué depuis la muraille. Ce gigantesque brasier se consumait au-dessus des portails d'un édifice colossal et curieusement asymétrique ; taillé dans un bloc de matière vitreuse et volcanique, il ne semblait pas l'œuvre de l'homme mais plutôt le résultat d'une érosion naturelle et capricieuse. L'ensemble était sinistre.

— Nous voilà certainement devant le temple de Batach Gerandiun, murmura Hawkmoon. Je donnerais cher pour savoir pourquoi ils l'ont amené ici.

— Le plus simple serait encore d'y aller voir, répliqua D'Averc.

Ils coururent le long des murs de la place et se tapirent dans l'ombre près de la porte qui était restée entrouverte. Sans doute les pirates n'imaginaient-ils même pas qu'un profane pût oser s'introduire dans leur temple.

Après avoir jeté un regard circulaire Hawkmoon poussa le battant et se glissa à l'intérieur. Les deux hommes se retrouvèrent dans un passage obscur au fond duquel ils distinguèrent une vague lueur rosâtre. Des chants psalmodiés leur parvenaient, lointains et étouffés.

Hawkmoon fit quelques pas et s'immobilisa, soudain frappé par une odeur désagréable, à la fois familière et difficile à identifier. D'Averc eut une moue dégoûtée.

— Pouah ! Quelle horreur ! Qu'est-ce que ça peut bien être ?

— Je ne sais pas. On dirait presque l'odeur du sang...

D'Averc tourna vers son ami un regard plein d'effroi. Il avait envie de rebrousser chemin et fut sur le point de le proposer, mais, résigné, il haussa les épaules et étreignit la poignée de son épée. Il prit alors l'écharpe qu'il portait au cou et, d'un geste emphatique, s'en fit un masque couvrant le nez et la bouche. Hawkmoon sourit à cette nouvelle facétie de son compagnon, mais n'en suivit pas moins son exemple.

Puis, ils reprirent leur progression le long du corridor. À mesure qu'ils en approchaient, la lueur, dont la couleur n'était pas sans rappeler celle du sang, irradiait plus vivement, comme portée par le rythme lourd et menaçant des incantations qui s'enflaient sous la voûte. L'odeur devenait insupportable. Tout à coup, une silhouette se détacha dans la lumière. Hawkmoon et D'Averc se figèrent sur place, mais l'homme ne les remarqua pas et ils continuèrent d'avancer.

Bientôt, les chants stridents et discordants commencèrent à leur écorcher les tympans et à leur arracher des frissons d'horreur. Ces psalmodies ajoutées à la fade puanteur qui régnait dans le passage et à l'étrange lumière rosée qui leur blessait les yeux semblaient devoir meurtrir tous les sens à la fois. Néanmoins, ils pressèrent l'allure pour atteindre le bout du passage.

Le spectacle qui s'offrit alors à leur regard les fit frémir d'épouvante. Devant eux s'étendait une pièce à peu près circulaire, mais dont le plafond tantôt s'abaissait presque jusqu'au sol, tantôt s'élevait à des hauteurs vertigineuses et disparaissait dans l'obscurité. Cette vision confirmait ce que Hawkmoon avait pu juger de l'aspect extérieur de l'édifice : celui-ci ne semblait pas avoir été construit par l'homme mais avoir jailli ainsi des entrailles de la terre. Les parois vitreuses réfléchissaient la luminescence rosée de sorte que toute la scène était baignée d'une clartée rougeâtre et diffuse. L'irradiation provenait des hauteurs de la salle et Hawkmoon leva les yeux.

Il la reconnut immédiatement. C'était donc vers elle que, dans un dernier souffle, Mygan les avait envoyés.

— L'Épée de l'Aurore, murmura D'Averc, mais quel lien peut-il exister entre cette chose immonde et notre destinée ?

— Il ne s'agit pas de cela pour l'instant, répliqua sombrement Hawkmoon, regardez plutôt...

En dessous de l'épée, une dizaine d'hommes et de femmes, disposés en demi-cercle, étaient attachés, complètement nus, à des claies en fanons de baleine. La plupart agonisaient et certains même étaient déjà morts.

D'Averc détourna les yeux une seconde, mais son regard fut à nouveau irrésistiblement attiré par ce spectacle hallucinant.

— Par le Bâton Runique ! Quelle atrocité !

On leur avait tranché les veines et, avec le sang, la vie s'en allait lentement et inexorablement. Les visages des malheureux se tordaient de douleur et d'angoisse tandis que leur sang ruisselait à leurs pieds, dans une large vasque creusée à même le sol en obsidienne.

De temps à autre, des formes étranges apparaissaient à la surface, venaient laper le sang frais et encore chaud, puis replongeaient au fond de l'ignoble bassin.

Quelle était la profondeur de cette vasque ? Combien de milliers d'êtres humains s'y étaient-ils vidés de leur sang ? Et de quelles propriétés mystérieuses était-elle douée pour qu'il ne s'y coagulât pas ?

Le visage levé vers l'Épée de l'Aurore, les seigneurs de Starvel, rassemblés autour du bassin, psamoldiaient des litanies. Bewchard, écartelé sur une claie, se trouvait juste en dessous de l'épée.

Valjon s'approcha de lui, un couteau à la main. La lame jetait des reflets rouges comme si elle avait déjà été trempée dans le sang. Bewchard le considéra avec dégoût en jetant quelques mots qu'Hawkmoon ne parvint pas à saisir. Les chants redoublèrent d'intensité ; la voix caverneuse de Valjon se détachait nettement dans le chœur.

— Ô Épée de l'Aurore, toi qui recèle l'esprit de notre Dieu, de notre ancêtre, Ô Épée de l'Aurore qui rendit invincible Batach Gerandiun et qui nous permit d'amasser nos richesses, Ô Épée de l'Aurore, Toi qui rend les morts à la vie, Toi qui protège les vivants, Toi qui tire ta lumière de l'âme des hommes, Ô Épée de l'Aurore, daigne accepter notre sacrifice, et sache que Tu seras vénérée tant que Tu demeureras dans le temple de Batach Gerandiun, Ô Épée de l'Aurore, puisses-Tu protéger à jamais la cité de Starvel. Accepte cette offrande, un ennemi, un parvenu, accepte ce Pahl Bewchard. Il appartient à la caste méprisable de ceux qui se nomment eux-mêmes les marchands.

Hawkmoon vit les lèvres de Bewchard remuer à nouveau, mais sa voix fut couverte par les frénétiques incantations des seigneurs de Starvel.

Valjon avança, la lame pointée vers Bewchard. C'est alors qu'Hawkmoon bondit dans la salle du temple en clamant le cri de guerre de ses ancêtres :

— Hawkmoon ! Hawkmoon !

Les vampires rassemblés autour de la vasque sanglante interrompirent leur chant. Avec un rugissement de fureur, Valjon jeta son couteau dans le bassin et tira des plis de sa robe une épée semblable à celle que lui avait dérobée Hawkmoon.

— Insensé ! Ne sais-tu pas que les étrangers ne pénètrent dans le temple de Batach que pour y être vidés de leur sang ?

— C'est le tien qui coulera aujourd'hui ! hurla Hawkmoon en se précipitant sur Valjon.

Aussitôt vingt hommes lui barrèrent le passage, vingt lames étincelantes se hérissèrent pour protéger le prince de Starvel.

Néanmoins, il se jeta dans la mêlée, la gorge serrée par l'infecte puanteur et à demi aveuglé par l'éclat de la mystérieuse épée. Parfois il entrevoyait Bewchard qui se débattait pour faire jouer ses liens. L'arme de Hawkmoon creusait des vides sanglants dans les rangs de ses adversaires. Un des seigneurs bascula dans la vasque et fut immédiatement happé par les immondes créatures qui grouillaient à la surface. De son côté, D'Averc ne restait pas inactif et les deux hommes finirent par prendre le dessus.

L'espace d'un instant, ils crurent que la fortune leur souriait et qu'ils parviendraient à délivrer Bewchard. En se taillant un passage à grands coups d'épée Hawkmoon réussit à atteindre le bord du bassin ; il s'efforça de trancher les liens de Bewchard tout en contenant l'attaque des pirates. Mais son pied glissa sur la margelle et il s'enfonça jusqu'à la cheville dans le liquide gluant. Il sentit aussitôt une lanière visqueuse se coller contre son pied, il se dégagea aussi vite qu'il pût, mais déjà, des bras puissants lui enserraient la poitrine.

Il se mit à hurler :

— Pardonnez ma maladresse, Bewchard, mais il était trop tard, nous ne pouvions plus attendre !

— Vous n'auriez jamais dû me suivre, cria Bewchard d'une voix désespérée, vous allez partager mon sort et nourrir les monstres du bassin.

CHAPITRE X

UN AMI VENU DE L'OMBRE

— Mon cher Bewchard, je crains fort que votre générosité ne puisse être payée de retour !

Même dans les pires situations, D'Averc ne pouvait s'empêcher d'ironiser.

Les pirates les avaient attachés bras et jambes écartés, de part et d'autre de Bewchard, à la place de deux suppliciés déjà morts. À leurs pieds, les immondes créatures grouillaient toujours dans la vasque de sang et la lumière de l'épée enveloppait tous les personnages d'un halo sanglant. Valjon contempla les corps nus de ses prisonniers sur lesquels les pirates avaient peint d'étranges symboles et une lueur de triomphe fit étinceler ses yeux.

Le sang clapotait contre les rebords de la vasque où les créatures se pressaient en désordre à la surface dans l'attente du précieux liquide. Hawkmoon eut un haut-le-cœur et se retint à grand-peine de vomir. Tous ses membres le faisaient souffrir et il avait l'impression d'avoir la tête pressée dans un étau. Il songea à Yisselda, à sa terre lointaine et aux combats menés contre la Granbretanne. Il savait à présent que jamais il ne reverrait sa tendre épouse, qu'il ne foulerait plus le sol de la Kamarg et qu'il n'assisterait pas à la chute du Ténébreux Empire, si celui-ci devait un jour s'écrouler. La rage le secouait en songeant qu'il avait perdu tout cela pour voler au secours d'un étranger qu'il connaissait à peine, un homme dont le combat était infiniment moins important que le sien.

Mais il était trop tard pour se lamenter, à présent, il allait mourir. Mourir d'une mort atroce, saigné comme un porc ; il verrait sa vie s'en aller à chaque pulsation de son cœur

Valjon sourit.

— Vous êtes bien silencieux, mon cher esclave. N'avez-vous pas envie de pousser une nouvelle fois votre terrible cri de guerre ? N'avez-vous donc aucune faveur à me demander ? Pourquoi ne me suppliez-vous pas de vous reprendre comme galérien à bord de mes vaisseaux ? Le moment serait pourtant bien choisi de vous repentir d'avoir coulé mon navire, tué mes hommes et de m'avoir insulté.

Hawkmoon lança un crachat dans sa direction mais ne l'atteignit pas.

Valjon haussa les épaules :

— J'attends qu'on m'apporte un autre couteau. Lorsqu'il aura été rituellement consacré, je vous trancherai les veines, ici, dit-il en indiquant la cuisse de Hawkmoon. Ainsi je serai sûr que vous mettrez longtemps à trépasser. Vous aurez tout loisir de voir votre sang s'écouler et nourrir ces charmantes créatures. Ensuite, votre corps exsangue sera envoyé au maire de Narleen, l'oncle de Bewchard, si je ne m'abuse, afin que nul n'ignore que Starvel entend être obéie en tout et toujours.

Un pirate traversa la longue salle et vint s'agenouiller aux pieds de Valjon ; il lui offrit avec cérémonie un long poignard effilé. Valjon s'en saisit lentement et le pirate se retira.

Le visage levé vers l'Épée de l'Aurore, le prince de Starvel se mit à réciter des incantations, puis il étreignit le manche du poignard et appuya la pointe contre l'aine de Hawkmoon.

— Nous allons reprendre la cérémonie, dit Valjon d'une voix sourde et de sa gorge monta de nouveau le chant que Hawkmoon avait entendu auparavant.

Un goût de terre lui monta à la bouche et dans un effort désespéré, il tenta de desserrer ses liens. Le chant monotone s'enflait…

... Ô Épée de l'Aurore, Toi qui rends les morts à la vie, Toi qui protèges les vivants...

La pointe du couteau se posa sur sa cuisse.

... Toi qui tires ta lumière de l'âme des hommes...

Comme dans un rêve, Hawkmoon se demanda si l'Épée de l'Aurore puisait réellement sa lueur rosâtre dans le sang. La lame avait atteint son genou et une fois encore Hawkmoon frissonna d'horreur. Tout en maudissant Valjon, il cherchait toujours à se défaire de ses entraves.

... Sache qu'à jamais Tu seras vénérée...

Soudain, Valjon cessa de chanter et, d'un air stupéfait, fixa quelque chose derrière sa victime. Hawkmoon tourna le cou avec difficulté et fut lui aussi saisi d'effroi.

L'Épée de l'Aurore descendait vers eux.

Elle se mouvait avec lenteur et Hawkmoon se rendit compte qu'elle reposait au creux d'une sorte de filet métallique. Puis une silhouette apparut dans le filet.

L'homme portait un heaume qui dissimulait totalement son visage. Son armure, tous ses atours, étaient noirs et dorés et il portait une longue épée au côté.

Hawkmoon poussa un cri.

— Le Guerrier d'Or et de Jais !

— Pour vous servir ! répondit l'homme d'un ton ironique.

Valjon poussa un rugissement de fureur et lança son poignard sur le Guerrier d'Or et de Jais, mais l'arme rebondit sur l'armure et tomba dans le bassin.

Le guerrier, suspendu d'une main au pommeau de l'Épée de l'Aurore entreprit de trancher les lanières qui entravaient les poignets de Hawkmoon.

— Vous profanez ce que nous possédons de plus sacré ! hurla Valjon d'une voix de dément, vous ne tarderez guère à subir la vengeance de notre Dieu Batach Gerandiun. Cette épée lui appartient. Elle recèle son esprit.

— Cette épée appartient à Hawkmoon, tonna le Guerrier. Un jour, le Bâton a jugé bon d'utiliser pour ses desseins votre ancêtre Batach Gerandiun et pour ce faire il lui a octroyé cette épée. Mais les temps ont changé, à présent, le maître de l'Épée se trouve devant vous et il se nomme Hawkmoon.

— Je ne comprends pas ! répondit Valjon déconcerté. Qui êtes-vous ? D'où venez-vous ? Se peut-il que vous soyez... Batach Gerandiun ?

— Peut-être... murmura le Guerrier. Je pourrais être tant de choses ou tant d'hommes différents.

Hawkmoon priait le ciel que le Guerrier eût rapidement terminé sa besogne car Valjon ne demeurerait pas longtemps ainsi pétrifié d'étonnement. Enfin le Guerrier lui tendit sa dague et Hawkmoon trancha lui-même les lanières qui lui enserraient les chevilles.

Valjon hocha la tête.

— Est-ce possible ? C'est un cauchemar. (Il se tourna vers les autres seigneurs.) Le voyez-vous comme je le vois, cet homme suspendu à notre Épée ?

Ils opinèrent silencieusement du chef. Mais soudain l'un d'entre eux se détacha du groupe et courut vers l'entrée du Temple.

— Je vais chercher du renfort... ! cria-t-il.

Hawkmoon se jeta alors sur le pirate le plus proche et le saisit à la gorge. L'homme poussa un hurlement vite étouffé et tenta en vain de desserrer l'étreinte. La nuque craqua avec un bruit sec et le corps s'affaissa mollement entre les bras de Hawkmoon qui d'un geste rapide s'empara de son arme.

L'épée à la main, nu, le corps baigné par la lumière rougeâtre, Hawkmoon faisait face aux seigneurs de Starvel, tandis que derrière lui, le Guerrier d'Or et de Jais délivrait ses compagnons.

Incrédule, Valjon se mit à reculer lentement :

— C'est impossible, impossible...

D'Averc et Bewchard, nus eux aussi, rejoignirent Hawkmoon, mais ils n'avaient pas d'armes.

Déconcertés par l'indécision de leur chef, les pirates n'esquissaient pas le moindre geste. Derrière les trois hommes le Guerrier d'Or et de Jais faisait toucher terre à sa flamboyante Épée.

Valjon se précipita pour l'arracher de son écrin de métal.

— Elle est à moi ! Elle me revient de droit !

Le Guerrier d'Or et de Jais secoua la tête.

— Non, à présent elle appartient à Hawkmoon, et à lui seul !

Valjon la serra frénétiquement contre son cœur.

— Il ne l'aura pas ! (Puis, se tournant vers les pirates :) Emparez-vous d'eux !

Brandissant des torches, des groupes d'hommes arrivaient en courant dans la grande salle ; les seigneurs tirèrent alors leurs épées et marchèrent sur les quatre hommes. À deux mains, le Guerrier d'Or et de Jais fit tournoyer sa lourde épée comme une faux.

— Prenez les armes de ceux qui sont tombés, lança-t-il à Bewchard et D'Averc.

Après avoir ramassé chacun une épée, les deux hommes se jetèrent dans la mêlée. Mais des milliers d'hommes aux regards féroces semblaient avoir envahi la salle du temple.

— Emparez-vous de l'Épée de l'Aurore, Hawkmoon, hurla le Guerrier s'efforçant de dominer le vacarme, sans cela nous sommes perdus !

Ils se trouvaient à nouveau acculés à la vasque sanglante ; soudain, un bruit de succion se fit entendre dans leur dos. Hawkmoon poussa un cri de terreur.

— Les bêtes sortent du bassin !

Des tentacules s'agrippaient à la margelle et Hawkmoon se rendit compte que ces créatures étaient de la même espèce – bien que de plus petite taille – que celle affrontée dans la forêt. Capturées plusieurs siècles auparavant par les ancêtres de Valjon, ces monstres aquatiques avaient dû s'adapter progressivement à leur nouveau milieu de sang humain.

Hawkmoon frémit d'horreur lorsqu'un tentacule gluant vint se coller contre sa peau nue. Avec l'énergie du désespoir, il fit décrire à son épée de terribles moulinets et réussit à s'approcher de Valjon, qui entouré d'un brillant halo rouge, étreignait toujours fermement l'Épée de l'Aurore.

Voyant le danger, Valjon brandit l'Épée au-dessus de sa tête en murmurant des incantations. Mais le miracle escompté ne se produisit pas, alors, avec un cri sauvage, il fondit sur Hawkmoon.

À demi aveuglé par l'éclat de l'Épée, celui-ci put néanmoins parer le coup et riposta. Valjon fit alors tournoyer sa lame et Hawkmoon n'eut que le temps de baisser la tête pour éviter la décapitation ; il se fendit à nouveau et toucha son adversaire à l'épaule. Valjon laissa échapper une sourde plainte puis revint à la charge avec une violence inouïe ; chaque fois, Hawkmoon parvint à dévier la lame meurtrière.

Le pirate recula de quelques pas et considéra Hawkmoon avec une expression d'effroi mêlée de stupéfaction.

— Comment est-ce possible ? murmura-t-il.

Hawkmoon éclata de rire.

— Je serais bien en peine de vous répondre. Tout cela reste aussi mystérieux pour moi que pour vous. Mais, je sais qu'il me faut m'emparer de cette Épée et je le ferai !

Sur ces mots il allongea une furieuse botte que Valjon ne para que de justesse.

C'était maintenant au tour de Valjon d'être acculé à la vasque et Hawkmoon aperçut les monstres, dont les flancs couverts d'écailles ruisselaient de sang, se répandre sur les dalles. De la pointe de son épée, Hawkmoon repoussa le pirate vers les immondes créatures. Un tentacule s'enroula autour de la jambe de Valjon qui, en hurlant, tenta de trancher la lanière gélatineuse.

Hawkmoon se jeta alors sur Valjon, lui porta un violent coup de poing à la mâchoire et lui arracha des mains l'Épée de l'Aurore. Puis, le regard glacé, il observa le prince des pirates que les monstres entraînaient lentement vers l'ignoble bassin.

Implorant, les traits décomposés par la peur, Valjon tendit les bras :

— Sauvez-moi, par pitié, sauvez-moi !

Mais Hawkmoon, inflexible, les deux mains posées sur le pommeau de l'Épée de l'Aurore, n'esquissa pas le moindre geste en direction du pirate. Alors Valjon n'ajouta plus un mot, il enfouit son visage dans ses mains, tandis que l'une après l'autre ses jambes disparaissaient dans le bassin.

Puis un long hurlement monta de sa gorge et se termina par un gargouillement atroce : le liquide visqueux s'était refermé sur le prince Valjon de Starvel.

Hawkmoon soupesa la lourde épée et admira l'étrange lueur qui en émanait. Puis, il se tourna vers ses compagnons. Les trois hommes devaient faire face à un nombre grandissant de pirates et ils auraient déjà succombé, si les terribles créatures n'avaient commencé à se répandre tout autour de la vasque.

Voyant qu'il tenait l'Épée entre ses mains, le Guerrier hurla quelques mots à son adresse, mais assourdi par le tumulte du combat, Hawkmoon ne l'entendit pas. Il cherchait pour l'heure à se débarrasser d'un groupe de pirates qui l'assaillaient de toute part.

Les créatures du bassin s'agglutinaient autour des combattants et Hawkmoon se rendit compte que leur situation était désespérée, coincés qu'ils étaient entre une horde de spadassins et ces monstres assoiffés de sang.

Le Guerrier d'Or et de Jais lui cria de nouveau quelque chose mais pas plus que la première fois, Hawkmoon ne l'entendit. Il se battait avec rage, sous sa lame flamboyante les têtes volaient et le sang éclaboussait son corps nu. Peu à peu, il se rapprochait de son mystérieux sauveur.

Enfin il comprit les paroles du Guerrier.

— Appelez-le ! hurlait ce dernier, appelez les légions de l'Aurore, ou nous sommes perdus !

— De quoi parlez-vous ? lança Hawkmoon sans cesser de porter des coups de droite et de gauche.

— Vous commandez maintenant aux Légions de l'Aurore. Au nom du Bâton Runique, je vous en conjure, appelez-les !

Hawkmoon para un coup de sabre et fendit en deux

son adversaire. La lueur de l'Épée semblait avoir pâlie, mais peut-être n'était-ce dû qu'à la présence nombreuse des torches dans le temple.

— Appelez-les ! répéta désespérément le Guerrier d'Or et de Jais.

Hawkmoon haussa les épaules d'un air incrédule.

— J'appelle à moi les Légions de l'Aurore !

Rien ne se produisit. De toute façon, Hawkmoon n'espérait aucun miracle. N'avait-il pas déjà affirmé ne pas croire aux légendes ?

Mais soudain les pirates se mirent à pousser des cris de terreur car d'étonnantes silhouettes rayonnant d'une luminescence rosée étaient apparues dans la salle et se jetaient férocement sur eux.

Ces êtres étranges étaient revêtus d'armures richement décorées, semblables à celles des temps anciens. Ils étaient armés de lances au bout desquelles pendaient des touffes de crin coloré, et de massues sculptées dont ils faisaient un usage redoutable ; ils se ruaient sur leurs adversaires en poussant des cris de guerre et se battaient avec une telle férocité qu'ils eurent bientôt chassé la plupart des pirates hors du temple.

Leur peau était cuivrée et ils arboraient sur le visage d'étranges peintures qui cerclaient leurs grands yeux sombres. Enfin, lorsqu'ils s'élançaient au combat, un curieux chant funèbre s'élevait de leurs rangs.

Les pirates se défendaient courageusement et plus d'un guerrier de l'Aurore tombait sous leurs coups, mais comme par enchantement un nouveau guerrier venait prendre la place du mort. Hawkmoon chercha en vain à surprendre le moment de la substitution mais il lui suffisait de détourner les yeux un instant pour qu'un nouveau combattant apparaisse.

Hors d'haleine, Hawkmoon rejoignit ses compagnons. Les corps nus de D'Averc et de Bewchard portaient de nombreuses blessures mais heureusement sans gravité.

— Ces soldats servent l'Épée, déclara le Guerrier d'Or et de Jais. À l'époque, et parce que cela rentrait dans les plans du Bâton Runique, ils ont mis en coupe réglée toute la région de Narleen pour le compte des ancêtres de Valjon. Mais à présent l'Épée s'est retournée contre les pirates et leur reprend ce qu'elle leur avait octroyé.

Soudain, Hawkmoon sentit quelque chose de froid et de gluant se coller à sa cheville. Il poussa un cri d'horreur.

— Les monstres du bassin ! Je les avais oubliés !

D'un coup d'épée il trancha le tentacule. Aussitôt, une dizaine de guerriers vinrent s'interposer entre eux et les monstres. Les massues et les lances s'abattirent sur la masse gélatineuse et les bêtes tentèrent de se réfugier à nouveau dans leur infâme cloaque. Mais, c'était compter sans l'acharnement des soldats de l'Aurore qui leur coupèrent toute retraite et les exterminèrent jusqu'à la dernière.

— Je n'en crois pas mes yeux ! s'exclama Bewchard. L'orgueilleuse Starvel est enfin tombée !

Il ramassa une torche qu'avait laissé choir un pirate et se tourna vers Hawkmoon.

— Il ne faut leur laisser aucun répit, mettez-vous à la tête de vos guerriers et exterminons tous les pirates de Starvel.

— D'accord, en avant ! répondit Hawkmoon.

Mais le Guerrier d'Or et de Jais s'interposa.

— Non ! Vous avez mieux à faire qu'à aller pourfendre les derniers pirates. De toute façon, vous ne disposez des Légions de l'Aurore que pour accomplir les desseins du Bâton Runique.

Le Guerrier posa la main sur l'épaule de Bewchard.

— Maintenant que Valjon et la plupart des seigneurs ont été tués, il vous sera aisé de venir à bout des derniers pirates. Mais Hawkmoon, lui, doit mettre son épée au service d'une cause plus noble encore. Il quittera bientôt la ville.

Hawkmoon sentit la colère le gagner.

— Je ne saurais assez vous témoigner ma gratitude pour ce que vous avez fait pour moi, Chevalier, mais je me permets néanmoins de vous rappeler que si je me suis trouvé dans une telle situation c'était bien du fait de vos machinations tortueuses et de celles de Mygan. Je veux revoir ma bien-aimée et le château du comte Airain. Je suis mon propre maître, entendez-vous ? Et moi seul forgerai mon destin !

Le Guerrier d'Or et de Jais éclata de rire.

— Quel naïf vous faites, Hawkmoon ! Croyez-moi, vous êtes bien le serviteur du Bâton Runique ! Vous imaginez sans doute être venu dans ce temple avec le seul but de délivrer un ami ? Mais ce sont là précisément les méthodes du Bâton Runique. Auriez-vous affronté les pirates pour vous emparer de l'Épée de l'Aurore, alors que de votre propre aveu vous ne croyiez pas à sa légende ? Les voies du Bâton Runique sont impénétrables ! L'homme ne connaît jamais le pourquoi de ses actions lorsque son ombre sacrée plane au-dessus de lui. Maintenant il vous faut poursuivre votre mission en Amarehk. Allez vers le nord, je suis sûr que Bewchard vous donnera un de ses navires et vous n'aurez qu'à suivre la côte. Là-bas, vous trouverez la cité de Dnark ; ses habitants, les Grands Bienheureux, ont besoin de votre aide et vous y découvrirez les preuves de l'existence du Bâton Runique.

— Je me moque des mystères, Chevalier, par contre je voudrais savoir ce que sont devenus ma femme et mes amis. Dites-moi, vivons-nous dans la même ère temporelle qu'eux ?

— Oui, répondit le Guerrier, ce temps-ci est le même que celui que vous avez quitté en Europe. Mais comme vous le savez, le château du comte Airain se trouve dans une dimension différente.

— Hum... Peut-être après tout vais-je accepter le bateau de Bewchard et naviguer jusqu'à Dnark. Peut-être...

— Quittons donc cet endroit déplaisant, répondit le Guerrier, et retournons à Narleen. Nous y serons plus à l'aise pour régler la question du bateau.

— Tout ce que je possède est à vous, Hawkmoon, dit Bewchard en souriant. Vous m'avez sauvé la vie et vous avez défait ceux qui depuis toujours oppressaient Narleen. Demandez-moi vingt navires et vous les aurez !

Hawkmoon ne répondit pas mais un éclair passa dans ses yeux bleus : il comptait bien mettre à profit la proposition de Bewchard pour fausser compagnie au Guerrier d'Or et de Jais.

CHAPITRE XI

LE DÉPART

Le lendemain après-midi, Bewchard accompagna ses hôtes au port. Les troupes de Narleen avaient chassé les derniers pirates et toute la ville était en liesse.

Amicalement, Bewchard posa sa main sur l'épaule de Hawkmoon.

— Quelle tristesse de vous voir partir, mes amis, j'aurais tant voulu vous garder parmi nous ! Les festivités vont durer plus d'une semaine et fort légitimement vous en auriez été les héros.

— Le ciel a voulu que nos destins se croisent, capitaine. Vous êtes débarrassés de vos ennemis et nous de notre côté avons trouvé ce que nous cherchions. Mais le temps est venu, maintenant, de nous séparer.

— Si tel est votre désir, je ne puis m'y opposer, répondit Bewchard en souriant. À propos, Messires, me croyez-vous encore dupe de cette fable du savant qui voulait à tout prix examiner l'Épée de l'Aurore ?

Hawkmoon rit de bon cœur.

— Non, mais il n'empêche que je n'ai pas d'autre explication à vous offrir. Je ne sais toujours pas pourquoi il me fallait m'en emparer. (Il tapota le fourreau de l'Épée de l'Aurore.) Le Guerrier d'Or et de Jais affirme que ma mission s'inscrit dans un vaste dessein ignoré de moi. Pour l'instant, je ne suis que l'esclave obligé de ma propre destinée. Alors même que je ne désire qu'un peu d'amour, un peu de paix et surtout tirer vengeance de ceux qui ont ravagé la terre de mes ancêtres, me voici au contraire errant à des milliers de lieues de l'endroit où je voudrais être, sur le point de partir de nouveau et à contrecœur en quête d'un autre objet mystérieux. Enfin, peut-être un jour me sera-t-il donné de comprendre…

Bewchard le regarda gravement.

— Je crois que vous servez une noble cause et qu'une grande destinée vous attend.

Hawkmoon éclata de rire.

— Et pourtant, je n'aspire à rien d'autre qu'à une paisible destinée.

— Peut-être, peut-être, répliqua pensivement Bewchard. Et maintenant, mes amis, il vous faut nous quitter, j'ai fait armer mon plus beau navire et les meilleurs marins de Narleen se sont disputé l'honneur de former l'équipage. Que votre quête soit couronnée de succès, Hawkmoon, je ne peux que vous souhaiter bonne chance ! Et à vous aussi D'Averc !

Une violente quinte de toux secoua le Français.

— Si Hawkmoon n'est que l'esclave de sa destinée, que devrais-je dire, moi ? Quel benêt je fais ! Affligé d'une santé déplorable, je me retrouve entraîné à l'autre bout du monde au service de ce mythique Bâton Runique. Enfin, je suppose que c'est ma manière à moi de tuer le temps !

Hawkmoon sourit et s'engagea sur la passerelle. Le Guerrier d'Or et de Jais ne cachait plus son impatience.

— N'oubliez pas, Hawkmoon, il vous faut coûte que coûte rejoindre Dnark et trouver le Bâton Runique.

— N'ayez crainte, je vous ai bien compris.

— Dnark a besoin de l'Épée de l'Aurore, poursuivit le Guerrier, et de vous pour la manier.

— Je ferai selon vos désirs, répondit Hawkmoon. M'accompagnerez-vous, Chevalier ?

— Non, d'autres affaires m'appellent.

— Je suis sûr cependant que nous nous reverrons…

— N'en doutez point.

D'Averc toussa une nouvelle fois, puis agita sa main en signe d'adieu.

— Au revoir, Guerrier, et merci pour votre aide.

— Ce serait plutôt à moi de vous remercier, répliqua mystérieusement le Guerrier.

Hawkmoon donna l'ordre de relever les passerelles et d'appareiller.

Bientôt le navire sortit de la baie et gagna la haute mer. Lorsque les silhouettes de Bewchard et du Guerrier d'Or et de Jais eurent disparu à l'horizon, Hawkmoon se tourna joyeusement vers D'Averc.

— Eh bien, savez-vous dans quelle direction nous voguons ?

— Vers Dnark, je suppose, répondit D'Averc avec une feinte naïveté.

— Pas du tout, vers l'Europe ! Qu'ai-je à faire après tout de cette obscure destinée qui s'est constamment jouée de moi ? Je veux revoir ma femme, et pour cela nous traverserons l'océan. Une fois là-bas, nous ferons jouer les anneaux de cristal pour rejoindre le Château Airain.

Le navire avait pris de la vitesse et D'Averc, sans répondre, contemplait les voiles blanches gonflées par le vent.

— Alors, qu'en dites-vous ? demanda Hawkmoon en posant amicalement sa main sur le bras de son compagnon.

D'Averc haussa les épaules.

— Ma foi, j'avoue qu'un peu de repos au château du comte serait le bienvenu.

— Hum, vous semblez perplexe, ami D'Averc, quelque chose vous tracasse-t-il ?

D'Averc le considéra longuement.

— À vrai dire, je ne suis pas sûr que nous parviendrons à gagner l'Europe. Peut-être ai-je plus de respect que vous pour le Bâton Runique.

— Quoi ? Vous croyez à ces contes pour enfants ? Et pourtant la légende voulait que l'Amarehk fût peuplée d'êtres divins. Nous en étions loin, non ?

— Votre obstination à nier l'existence du Bâton

Runique paraît étrange. Je suppose que le désir de revoir Yisselda vous aveugle en cette affaire.

— C'est possible.

— L'avenir nous dira la véritable puissance du Bâton Runique, répliqua D'Averc les yeux fixés sur l'horizon.

Hawkmoon le regarda bizarrement, puis s'en alla en haussant les épaules.

Songeur, D'Averc vit s'éloigner la haute silhouette de son ami. Puis, son regard se perdit à nouveau dans les voiles qui frémissaient sous la brise marine ; en son for intérieur il se demandait s'il reverrait jamais le château du comte Airain.

LE SECRET DES RUNES

Traduit de l'anglais par Bernard Ferry

LIVRE PREMIER

Habiles stratèges, guerriers au courage féroce, peu soucieux de leurs vies, corrompus et pervers, acharnés à semer la mort et la destruction, les barons de Granbretanne détenaient le pouvoir et la force mais ignoraient la moralité et la justice. L'étendard du roi-empereur Huon, leur souverain, flottait aux vents de toutes les régions d'Europe et le continent tout entier leur était soumis ; d'ouest en est ils avaient porté leur sinistre bannière jusqu'aux lointaines contrées qu'ils prétendaient dominer également. Aucune force au monde ne semblait exister qui pût endiguer la démence de ce flot meurtrier. À vrai dire, nul ne songeait même à leur résister. D'un orgueil insolent, glacé et implacable, ils exigeaient des nations entières pour tribut et l'obtenaient si bien que des populations entières gémissaient sous le joug sanglant de ces hordes impitoyables.

À travers tous ces pays écrasés l'espoir s'était tari. Les quelques êtres rares qui en conservaient un peu n'osaient guère l'exprimer, moins encore s'aventuraient à prononcer les mots qui symbolisaient cet espoir : le Château Airain.

Personne ne prononçait ce nom sans frémir, car le Château Airain était le dernier bastion qui défiait encore les redoutables seigneurs de la guerre du Ténébreux Empire et abritait des héros, ennemis jurés du sombre baron Meliadus, Grand Connétable de l'Ordre du Loup,

Commandeur des armées de la Conquête. Nul n'ignorait la haine inextinguible que leur vouait le baron Meliadus. Il s'était lancé dans une vendetta opiniâtre contre ces héros, poursuivait d'une haine particulière Dorian Hawkmoon, le légendaire duc de Köln dont il convoitait l'épouse, fille unique bien-aimée du comte Airain, la belle Yisselda.

Le Château Airain n'avait pas vaincu les armées de Granbretanne, mais seulement réussi à leur échapper en disparaissant dans les limbes grâce au pouvoir magique d'une étrange machine de cristal, fruit d'un art révolu depuis des siècles innombrables. Hawkmoon, le comte Airain, Huillam D'Averc, Oladahn des montagnes de Bulgarie et une poignée de Kamarguais en armes s'étaient ainsi transportés dans une dimension inconnue et inaccessible et la plupart des gens désespéraient de revoir jamais les héros qui représentaient leur seule chance de délivrance. Sans leur en vouloir, ils renonçaient chaque jour un peu plus à l'espoir de parvenir à secouer le joug des oppresseurs.

Dans cette autre Kamarg, détachée de sa terre originelle et propulsée dans une mystérieuse dimension spatio-temporelle, Hawkmoon et ses amis devaient faire face à de nouvelles épreuves. Les sorciers-savants du Ténébreux Empire semblaient près de découvrir le moyen de les rejoindre, ou du moins de les ramener sous le ciel qu'ils avaient fui. Sur les conseils de l'énigmatique Guerrier d'Or et de Jais, Hawkmoon et D'Averc avaient gagné un étrange nouveau monde, en quête de la légendaire Épée de l'Aurore qui devait leur être d'une aide précieuse dans leur combat, mais aussi servir les desseins du Bâton Runique, dont Hawkmoon, selon les dires du Guerrier d'Or et de Jais, était le féal. Une fois maître de la radieuse Épée, Hawkmoon avait appris qu'il devait contourner les côtes d'Amarekh jusqu'à la cité de Dnark qui réclamait les services de l'arme magique. Mais il s'était dérobé à sa nouvelle mission. Il brûlait de regagner le Kamarg où l'attendait la ravissante Yisselda. Au mépris des ordres du Guerrier d'Or et de Jais, il avait mis le cap pour l'Europe à bord d'un vaisseau cédé par Bewchard de Narleen. Ayant fait passer ses obligations envers son épouse, ses amis et son pays d'adoption avant son devoir envers le Bâton Runique, mystérieux objet qu'on disait maître de la destinée des hommes, Hawkmoon voguait, toujours accompagné du fantasque Huillam D'Averc, au large de l'Amarekh vers les rivages de son Europe natale.

Cependant, en Granbretanne, le baron Meliadus enrageait contre son souverain, il le jugeait dément de lui refuser l'autorisation de poursuivre la lutte contre le Château Airain. Dès que Shenegar Trott, comte de Sussex, eût semblé avoir gagné les faveurs du roi-empereur qui se montrait de plus en plus méfiant à l'égard du turbulent conquistador, Meliadus s'était rebellé en partant à la recherche de ses ennemis personnels jusqu'aux confins de la province désolée de Yel. Il les y avait trouvés, en effet, et même fait prisonniers. Mais Hawkmoon et D'Averc étaient parvenus à lui échapper. De retour à Londra, la rage au cœur, Meliadus était déterminé non seulement à anéantir, coûte que coûte, les héros du Château Airain, mais encore à défier, puis à détrôner son souverain, Huon, le roi-empereur immortel…

Haute Histoire du Bâton Runique

Chapitre I

DANS LA SALLE DU TRÔNE DU ROI-EMPEREUR HUON

Les larges battants s'écartèrent et le baron Meliadus, revenu depuis peu du Yel, franchit le seuil et s'avança dans la salle du trône afin de faire au roi-empereur le récit de ses échecs et, surtout, celui de ses découvertes.

Lorsque Meliadus pénétra dans la salle gigantesque, dont le plafond semblait se perdre dans les cieux et les murs délimiter une région entière, une double rangée de gardes prit place devant lui de manière à lui barrer le passage. Ces hommes qui appartenaient à l'ordre de la Mante, celui du roi-empereur lui-même, et arboraient des masques d'insecte sertis de joyaux rutilants, répugnaient visiblement à laisser Meliadus approcher du globe impérial.

Meliadus eut peine à maîtriser sa fureur tandis que la barrière humaine s'ouvrait lentement pour lui laisser le passage.

Les couleurs flamboyaient, des hautes galeries se balançaient les bannières éclatantes des cinq cents plus grandes familles de Granbretanne, tous les murs étaient couverts de savantes mosaïques de gemmes précieuses illustrant la puissance et les hauts faits historiques de l'empire. Meliadus progressait le long d'une allée centrale formée par un millier de guerriers de l'ordre de la Mante, statues vivantes qui s'alignaient sur plus d'une demi-lieue.

À mi-chemin, il se prosterna devant le globe impérial.

Quand il se redressa, la sphère sombre et opaque parut frémir, puis la masse obscure fut parcourue de multiples veines blanches, d'innombrables sillons écarlates qui se rejoignaient, se fondaient, et finirent par en dévorer l'opacité. Le liquide sanglant et laiteux tourbillonna et s'éclaircit, révélant une forme minuscule, sorte de fœtus levé au centre de la sphère. Un regard en jaillissait, noir et perçant, dur et lourd d'une intelligence immémoriale, d'une immortelle perspicacité. Tel était Huon, roi-empereur de Granbretanne, maître incontesté du Ténébreux Empire, Grand Connétable de l'ordre de la Mante, dont le pouvoir absolu pesait sur dix millions d'âmes, le tyran éternel pour lequel le baron Meliadus avait assujetti l'Europe entière et ses confins.

Vibrante de jeunesse, une voix s'éleva du globe impérial, musicale, envoûtante, arrachée à un homme assassiné dans la fleur de l'âge plus de mille ans auparavant.

— Ah, notre impétueux baron Meliadus...

Meliadus se prosterna de nouveau en murmurant :

— Votre fidèle serviteur, Prince Éternel.

— Et qu'avez-vous à nous rapporter, Messire l'Impatient ?

— Un succès, Mon Empereur. Mes soupçons étaient fondés...

— Auriez-vous retrouvé les émissaires d'Asiacommunista ?

— Non, Noble Sire, j'en suis désolé, mais...

Le baron ignorait que ces émissaires n'étaient autres que Hawkmoon et D'Averc ainsi déguisés pour s'introduire dans la capitale du Ténébreux Empire. Seul Flana Mikosevaar, qui les avait aidés à s'enfuir, connaissait ce secret.

— Mais alors que faites-vous ici ?

— J'ai découvert que Hawkmoon, en qui je persiste à voir notre pire ennemi, a visité notre île. Je me suis rendu dans le Yel où je l'ai rencontré, de même que Huillam D'Averc le traître et Mygan de Llandar le magicien. Ils savent se déplacer à travers des dimensions inconnues.

Meliadus préféra présenter une version tronquée des faits.

— Ils se sont évanouis sous nos yeux avant même que nous ayons pu leur mettre la main dessus. Puissant Monarque, ils vont et viennent dans notre pays sans rencontrer le moindre obstacle et le quittent dès qu'ils le désirent ; le danger qu'ils représentent apparaît clairement aujourd'hui, il devient urgent de les détruire. Je suggère que nous incitions sans attendre nos savants – Taragorm et Kalan en particulier – à concentrer tous leurs efforts sur ce problème, car nous devons atteindre les renégats et en finir avec eux. Ils nous menacent de l'intérieur…

— Baron Meliadus, avez-vous des nouvelles des émissaires d'Asiacommunista ?

— Aucune, pour l'instant, Puissant Roi-Empereur, mais…

— Baron Meliadus, notre empire s'accommode sans mal de ces minables guérillas ; en revanche, si nos frontières tremblent sous la pression d'une force aussi puissante que la nôtre, plus puissante que la nôtre peut-être – qu'en savons-nous ? – une force qui s'appuie sur les secrets d'une science inconnue, alors, Baron Meliadus, n'en doutez pas, nous risquons d'être écrasés. Pouvez-vous comprendre cela… ?

La voix chaude et pleine avait soudain adopté le ton d'une patience ironique.

Meliadus se rembrunit.

— Quelle preuve avons-nous de la menace d'une telle invasion, Puissant Monarque ?

— Aucune en effet. Et vous, Baron Meliadus, quelle preuve pouvez-vous nous apporter du danger imminent que représentent selon vous Hawkmoon et sa bande de brigands ?

Des traînées d'un bleu translucide traversèrent soudain la visquosité laiteuse dans laquelle baignait le roi immortel.

— Grand Roi-Empereur, laissez-m'en le temps, accordez-moi des moyens suffisants et je saurai vous apporter des preuves irréfutables de mes assertions.

— Nous sommes un empire en expansion, Baron Meliadus. Nous désirons nous étendre plus loin encore. Ne serait-ce pas une vision pessimiste de notre puissance que de nous arrêter là ? Voilà qui ne nous ressemblerait pas. Nous sommes fiers de notre autorité sur le monde et désirons l'élargir indéfiniment. Vous semblez peu soucieux de porter la bannière de notre ambition qui consiste à faire trembler de terreur un univers courbé sous le poids de notre tyrannie. Nous sommes surpris de vous découvrir des préoccupations aussi étriquées...

— Mais en restant aveugles à ces forces insidieuses qui minent notre pouvoir de l'intérieur, nous risquons de voir ces projets grandioses fort compromis, Mon Prince, et le destin de notre empire, jusque-là invincible, s'affaiblir irrémédiablement !

— Nous avons eu vent de quelques dissensions, Baron Meliadus. Vous haïssez Hawkmoon personnellement, et désirez Yisselda, fille du comte Airain. Tel est le conflit qui altère votre sens critique. Votre obstination heurte nos projets, nous sommes courroucé, Baron Meliadus, et si vous poursuivez sur cette voie nous nous verrons contraints de nommer quelqu'un à votre place, de vous démettre de vos fonctions, et même – parfaitement – vous bannir de l'Ordre dont vous êtes grand connétable...

Meliadus frémit en portant sa main gantée à son masque. Être rejeté au rang maudit des Sans-Masques ! Rejoindre les bas-fonds de Londra et se trouver ravalé à la condition méprisable de ses habitants ! La disgrâce absolue ! Meliadus en était muet d'horreur.

La voix étranglée, il prononça :

— Je méditerai vos paroles, Souverain de l'Univers.

— Nous vous le conseillons, Baron Meliadus. Nous serions fâché de voir un valeureux conquérant réduit à néant à cause de quelques idées fumeuses. Vous retrouverez notre confiance dès que vous aurez découvert le moyen mystérieux qui permit la fuite des émissaires d'Asiacommunista.

Le baron tomba à genoux, son masque s'inclina et ses bras s'ouvrirent largement. Le conquérant de l'Europe se prosternait devant son souverain, mais dans sa tête mille idées rebelles se bousculaient et il rendait grâce au Grand Esprit de son ordre de pouvoir dissimuler son visage tordu par la rage derrière son masque de loup.

Un regard sardonique, un œil malfaisant de fouine suivait Meliadus tandis qu'il s'éloignait de la sphère impériale. Huon fit jaillir sa langue préhensile qui atteignit un joyau flottant près de sa tête frippée. Une vague agita le fluide laiteux où éclatèrent toutes les couleurs de l'arc-en-ciel et, peu à peu, le globe s'assombrit jusqu'à redevenir une masse compacte d'un noir d'ébène.

Meliadus tourna les talons et entreprit de parcourir la distance interminable qui le séparait des gigantesques portails. Il marchait et sentait le transpercer les lueurs de centaines de regards malveillants que cachaient les masques des guerriers de l'ordre de la Mante.

Dès qu'il eut franchi les portes, il prit à gauche et s'engagea dans un enchevêtrement de corridors. Ses pas le menaient vers les appartements de la comtesse Flana Mikosevaar, de Kanbery, veuve d'Asrovak Mikosevaar, le renégat moscovite qui combattit en tête de la Légion du Vautour. La comtesse Flana était non seulement chef de la Légion du Vautour, mais encore, et surtout, cousine du roi-empereur, son unique héritière vivante.

Chapitre II

LA COMTESSE FLANA

Le masque de héron tissé de fil d'or reposait devant elle sur une table laquée, tandis que son merveilleux visage, bouleversé de tristesse, était tourné vers la fenêtre et son regard perdu au-delà des formes tourmentées des hautes tours de Londra. À chacun de ses gestes les plus imperceptibles, les soies et les pierreries de sa robe reflétaient les

rougeoiments du soleil couchant. D'un pas lent elle se dirigea vers un coffre d'ébène dont elle souleva le couvercle. À ses yeux troublés par les larmes apparurent les costumes étranges qu'elle conservait religieusement depuis le départ de ses deux visiteurs de nombreux jours auparavant. Faux princes d'Asiacommunista, Hawkmoon et D'Averc avaient usé de ces déguisements pour s'introduire dans la sombre cité de leurs ennemis. À présent elle se demandait sous quels cieux lointains ils s'étaient égarés – D'Averc surtout qui ne lui avait pas caché l'amour qu'il lui portait.

Flana, comtesse de Kanbery, avait eu une douzaine d'époux et de nombreux amants, dont elle avait disposé à sa guise, tels des objets destinés à meubler son existence au gré des besoins du moment. L'amour lui était inconnu et elle ignorait les sentiments qui pouvaient émouvoir tout être humain, même les tyrans sanguinaires de Granbretanne.

Mais D'Averc, le renégat fantasque et plein d'humour, qui se prétendait toujours malade, avait su toucher son cœur. Peut-être ne s'était-elle jamais éveillée à de tels sentiments parce que, dans la tourmente d'un univers dément, elle seule demeurait humaine, capable de délicatesse et d'un amour dénué de cet égoïsme forcené qui animait les courtisans du Ténébreux Empire. Peut-être D'Averc, délicat et attentionné, tendre et sensible, avait-il secoué cette apathie due, non à une âme sans grandeur, mais à une âme trop généreuse pour survivre dans le monde des cruels seigneurs de la guerre.

Une fois éveillée à ses propres aspirations, la comtesse Flana ne pouvait plus rester aveugle à l'horreur, ni à la perversité du milieu où elle vivait et son cœur était submergé de désespoir à l'idée que son amant d'une seule nuit pût ne jamais lui revenir ou même être déjà mort.

Évitant la société des courtisans, elle s'était retirée dans ses appartements. Grâce au répit qu'elle s'était ainsi accordé, elle se trouvait confrontée à ses propres sentiments mais s'enfonçait également dans une désolation de plus en plus profonde.

Un flot de larmes brûlantes roulaient le long de ses joues parfaites et venaient mourir dans un mouchoir de soie parfumé.

Hésitant sur le seuil de la porte, une servante se présenta. Flana fit un geste machinal vers son masque de héron.

— Que se passe-t-il ?

— Le baron Meliadus de Kroiden désirerait vous voir, Madame. Il dit devoir vous entretenir d'une affaire d'une extrême urgence.

Flana ajusta son masque.

Elle réfléchit quelques instants, puis haussa les épaules. Qu'importait qu'elle vît Meliadus ? Ce ne serait qu'une courte interruption à sa retraite ; elle savait combien il haïssait D'Averc mais espérait trouver le moyen de lui soutirer des nouvelles – si jamais il en avait – des deux héros disparus.

Mais que faire si Meliadus souhaitait faire l'amour avec elle, comme cela arrivait parfois ?

Dans ce cas elle repousserait ses avances comme elle l'avait déjà fait bien des fois auparavant.

Elle inclina légèrement son ravissant masque de héron :

— Qu'il se présente, dit-elle.

Chapitre III

HAWKMOON CHANGE DE ROUTE

Les larges voiles ondulaient puissamment tandis que le navire filait au vent du large. Le ciel était diaphane, marié à une mer d'azur, vaste étendue sereine. On avait rentré les rames et le timonier tenait la barre, scrutant l'horizon. Le maître d'équipage vêtu de noir profond et de fauve éclatant rejoignit Hawkmoon qui sur le pont contemplait l'océan.

Les cheveux d'or du duc de Köln dansaient au gré de la brise marine et sa lourde cape de velours grenat flottait derrière lui. Seule la présence d'une gemme sombre et lisse enchassée dans son front venait rompre l'harmonie de son noble visage tané par les intempéries, endurci par les épreuves surhumaines auxquelles il avait survécu. Le regard plein de gravité, il répondit au salut du maître d'équipage.

— J'ai ordonné que nous contournions la côte pour ensuite faire voile vers l'est, Messire.

— Qui donc vous a demandé de prendre une telle route ?

— Mais… Personne, Messire. Nous devions mettre le cap sur Dnark, j'ai donc pris sur moi de…

— Nous n'allons pas à Dnark. Dites-le au timonier.

— Mais cet étrange visiteur, le Guerrier d'Or et de Jais comme vous l'appeliez, disait que…

— Cet homme n'est pas mon maître. Nous mettons le cap vers le large. Nous voguons vers l'Europe.

— L'Europe ! Vous avez sauvé Narleen, notre cité, d'un péril effroyable, Messire. Nous vous en devons une éternelle reconnaissance, Messire. Vous n'ignorez pas que nous sommes déterminés à vous suivre jusque dans les pires dangers, à vous mener sans souci de nos propres vies, où que vous désiriez vous rendre, mais avez-vous la moindre idée de la distance qui nous sépare des côtes d'Europe, des courants que nous devrons traverser, des tempêtes que nous risquons d'essuyer… ?

— Je comprends ce que vous voulez dire. Mais néanmoins nous mettrons le cap sur l'Europe.

— Comme vous voudrez, Messire.

Le visage sombre, le maître d'équipage s'éloigna pour donner des ordres au timonier.

Sortant de sa cabine sous le grand pont, D'Averc parut, grimpant à l'échelle. Hawkmoon lui sourit.

— Avez-vous bien dormi, ami D'Averc ?

— D'un sommeil aussi paisible que possible à bord de ce rafiot plein de turbulence. Je suis habituellement sujet aux insomnies, voyez-vous Hawkmoon, mais j'ai réussi à m'assoupir quelques instants. Je ne suis pas capable de mieux, je suppose.

Hawkmoon éclata de rire.

— J'ai jeté un œil dans votre cabine, il y a une heure ; et vous dormiez à poings fermés, je vous ai même entendu ronfler.

D'Averc leva les sourcils.

— Ainsi ! Vous avez entendu comme je respire bruyamment ? J'essaye de faire taire ce sifflement dans ma poitrine, mais en vain, le rhume que j'ai attrapé depuis que je suis à bord ne me laisse pas une seconde de répit, dit-il en portant un mouchoir de lin à son nez.

Tout de soie vêtu, D'Averc arborait une large chemise bleu de nuit et des pantalons flottants écarlates ; un lourd ceinturon de cuir supportait une longue épée et un fin poignard. Son visage mince, aux traits presque austères, gardait cette expression d'ironie qui lui était habituelle.

— Mon ouïe ne me fait-elle pas défaut ? demanda-t-il, ne donniez-vous pas des instructions pour que nous mettions le cap sur l'Europe ?

— Vous avez bien entendu, en effet.

— Ainsi vous souhaitez toujours retourner au Château Airain et restez obstinément sourd aux paroles du Guerrier d'Or et de Jais qui vous enjoignait de retrouver votre destin à Dnark où vous deviez porter cette épée et la mettre au service du Bâton Runique.

D'Averc jeta un regard songeur sur la lourde épée rougeoyante qui pendait au côté de son compagnon.

— Je n'ai de comptes à rendre qu'à moi-même et à mes proches avant de courir me mettre au service d'un objet bizarre dont l'existence même me semble tout à fait douteuse.

— Vous n'auriez jamais cru au pouvoir de cette simple lame, l'Épée de l'Aurore, répliqua amèrement D'Averc, avant de voir une multitude de farouches guerriers surgir du néant et sauver nos vies alors que nous étions traqués.

Le visage de Hawkmoon se ferma.

— Je sais, admit-il avec répugnance, mais je tiens quand même à tenter l'impossible pour retourner au Château Airain.

— Mais nous ignorons tout de la dimension spatio-temporelle où nous sommes et si le Château se trouve dans cette même dimension.

— Cela également je le sais. Je ne puis qu'espérer que nous nous déplaçons dans la même dimension que nos amis.

Hawkmoon prononça ces mots d'un ton résolu signifiant qu'il ne souffrirait plus aucune objection. Perplexe, D'Averc soutint son regard quelques instants, puis s'éloigna en sifflotant.

Cinq jours durant, les voiles largement déployées, ils voguèrent à vive allure sur une mer paisible. Le sixième jour, le maître d'équipage s'approcha de Hawkmoon qui se tenait à la proue du navire.

— Voyez, Messire, comme le ciel est sombre à l'horizon. Une tempête s'annonce et nous nous dirigeons droit vers elle.

Hawkmoon scruta l'horizon.

— Une tempête, dites-vous ? Mais qui se présente sous un drôle d'aspect.

— En effet, Messire. Dois-je faire amener les voiles ?

— Non. Pas encore. Gardons le cap jusqu'à ce que nous puissions nous faire une idée un peu plus précise de ce qui obscurcit l'horizon.

— Comme vous voudrez, Messire.

Le maître d'équipage redescendit vers le pont en hochant la tête.

Quelques heures plus tard le ciel prit l'apparence d'un mur terrifiant, pourpre et violet, qui jaillissait hors des flots d'un horizon à l'autre. Il s'élevait sans altérer l'azur d'un bleu toujours intense, ni la sérénité de l'océan toujours immobile ; la brise marine avait perdu de sa puissance et tout semblait d'un calme inquiétant. Ils voguaient sur un lac à surface d'huile ; de toutes parts les dominaient des berges couleur de sang qui se perdaient dans les nuées. Les marins étaient muets de stupeur tandis que la voix du maître d'équipage tremblait un peu lorsqu'il s'adressa de nouveau à Hawkmoon.

— Devons-nous garder le cap, Messire ? Je n'ai jamais entendu parler d'un tel phénomène, jamais rien vu de pareil. L'équipage commence à perdre son sang-froid et je dois avouer que je n'en suis pas loin non plus.

Hawkmoon hocha la tête pour montrer qu'il comprenait.

— Très étrange, en effet. On dirait une manifestation surnaturelle.

— C'est ce que disent les marins, Messire.

Hawkmoon eût préféré poursuivre sa route et affronter l'inconnu, quel qu'il soit, mais se sentait responsable des hommes qui avaient choisi de l'accompagner pour le remercier d'avoir débarrassé Narleen, leur cité, du tyran, le Seigneur Pirate, Valjon de Starvel, possesseur avant Hawkmoon de la mystérieuse Épée de l'Aurore.

Hawkmoon poussa un soupir :

— Fort bien. Faites amener les voiles pour la nuit. Espérons qu'à l'aube le phénomène se sera dissipé.

— Nous vous remercions, Messire, répondit le maître d'équipage avec soulagement.

Hawkmoon lui rendit son salut d'un bref mouvement de la tête puis se détourna pour observer les murailles gigantesques et menaçantes. Étaient-elles faites de simples nuages ou de quelque autre étrange matière ? Il commençait à faire froid bien que le soleil brillât encore. Ses rayons toutefois semblaient ne pas atteindre les murs couleur de sang.

Tout était tranquille. Hawkmoon se demandait s'il n'avait pas commis une erreur fatale en se détournant de la route qui devait le mener à Dnark. Nul, à sa connaissance, hormis les anciens, ne s'était jamais aventuré sur ces océans. N'allaient-ils pas se perdre aux confins de régions inexplorées et hostiles, périr face à des obstacles aussi inattendus qu'insurmontables.

La nuit tomba ; dans le lointain les murs rougeoyaient, défiant la pénombre de leurs pourpres et leurs violets, qu'ils diffusaient, mais néanmoins n'étaient pas de la lumière.

Peu à peu, Hawkmoon sentait la panique l'envahir.

Puis ce fut l'aube. L'étreinte des murs s'était resserrée autour du bleu des flots, piège mystérieux élevé par des géants ou quelque autre force surhumaine.

Hawkmoon se voyait traqué. Couvert d'une lourde cape qui le protégeait à peine du froid devenu pénétrant, il arpentait le pont.

Vint D'Averc, emmitouflé et néanmoins tremblant.

— Il fait frais, ce matin.

— Oui, murmura le duc de Köln, que pensez-vous de tout cela, D'Averc ?

Le Français hocha la tête.

— Très inquiétant. Mais voici venir le maître d'équipage.

Tous deux s'avancèrent pour le saluer. Lui aussi était chaudement vêtu d'une large cape de cuir dont il n'usait que les jours de tempête.

— Qu'en pensez-vous ? lui demanda D'Averc.

L'homme semblait soucieux ; il s'adressa à Hawkmoon :

— Les marins désirent rester à vos côtés, Messire, quoi qu'il arrive. Ils sont prêts à mourir, s'il le faut.

— L'avenir ne leur apparaît pas sous un jour souriant, à ce que je vois, dit D'Averc, mais, vues les circonstances nul ne songe à les en blâmer.

— En effet, Messire, on ne peut que les comprendre.

Le visage rond et jovial du maître d'équipage était transfiguré par le désespoir.

— Dois-je donner ordre d'appareiller, Messire ?

— Mieux vaut avancer qu'attendre que ces murailles se referment sur nous à tout jamais, dit Hawkmoon.

Le maître d'équipage cria les ordres et les hommes s'activèrent dans les gréements. Peu à peu les voiles se déployèrent, se gonflèrent et, comme à regret, le navire se mit en mouvement vers les hautes falaises nuageuses.

Alors qu'ils en approchaient les falaises se mirent à onduler, puis à tourbillonner ; une plainte terrifiante s'éleva de toutes parts. Hawkmoon jetait des regards anxieux autour de lui.

Et, soudain, les murailles s'évanouirent.

Hawkmoon poussa un soupir de soulagement.

De tous côtés, la mer à perte de vue ; les éléments avaient repris leur aspect primitif. Des cris de joie éclatèrent parmi les marins, mais Hawkmoon ne manqua pas de remarquer que D'Averc avait soudain pâli. Lui-même sentait que l'heure n'était pas encore venu de se réjouir, qu'un péril plus redoutable que jamais les guettait toujours et cramponné à la rambarde, il attendait.

C'est alors que, de la mer immobile, jaillit un monstre gigantesque.

Les acclamations des marins se transformèrent en hurlements de terreur.

De partout d'autres monstres surgirent, déchirant la tranquillité et la transparence. C'étaient d'immenses reptiles dont les babines sanglantes s'ouvraient largement sur trois rangées de crocs acérés ; des trombes d'eau dégouttaient le long de leurs écailles luisantes ; leurs yeux démoniaques jetaient des éclairs furieux.

Une à une, les colossales créatures s'élançaient vers les cieux, remplissant l'air d'un vacarme assourdissant.

— Tel est notre destin, Hawkmoon, cria D'Averc, l'air résigné, et il tira son épée. Quelle tristesse de devoir succomber sans même avoir revu le Château Airain, ni goûté une dernière fois la douceur des lèvres adorées.

Hawkmoon l'entendit à peine. Le cœur plein d'amertume, il songeait à la fin misérable qui l'attendait là ; l'immensité liquide serait sa seule sépulture et nul ne viendrait jamais pleurer sur ses cendres, car nul ne saurait jamais ni où, ni comment il était mort.

CHAPITRE IV

ORLAND FANK

Les ombres des reptiles gigantesques allaient et venaient au-dessus du pont et l'air était plein du battement de leurs ailes. Ayant le sentiment que le destin s'était joué de lui, le cœur glacé, Hawkmoon regardait avec un froid détachement un des monstres lui fondre dessus, les mâchoires béantes. Le duc de Köln était prêt à vendre sa vie chèrement. Mais déjà le monstre s'élançait de nouveau vers les cieux, après avoir violemment heurté le grand mât.

Hawkmoon, exaspéré, les muscles tendus, sortit l'Épée de l'Aurore, l'arme légendaire que nul, hormis lui, ne pouvait impunément tenir. Mais il savait que dans ce combat la lame magique ne lui serait d'aucun secours ; les immondes reptiles n'avaient nul besoin d'affronter directement l'équipage pour l'anéantir, car pour eux le navire n'était qu'un fétu de paille qu'ils retourneraient d'un simple coup d'aile.

Le navire tanguait, risquait de verser à tout instant et un souffle fétide empuantissait l'atmosphère.

D'Averc semblait inquiet :

— Pourquoi ne nous attaquent-ils pas ? Serions-nous les victimes de quelque cruel amusement ?

— On le dirait, en effet, approuva Hawkmoon, les dents serrées. Peut-être se divertissent-ils un peu avant le massacre final ?

C'est alors qu'une ombre immense passa sur eux ;

D'Averc bondit en brandissant son arme, mais déjà, la bête avait disparu loin dans le ciel. Il se boucha le nez :

— Pouah ! Quelle puanteur ! Mes pauvres poumons déjà si malades !

À présent, une à une, les créatures descendaient et frappaient le bateau à grands coups de leurs ailes dures comme le cuir. Une violente secousse agita le navire tandis que des hommes arrachés aux cordages tombaient sur le pont en hurlant. Hawkmoon et D'Averc manquèrent de basculer par-dessus bord, cramponnés à la rambarde, ils chancelaient.

— Ils font tourner le navire ! cria D'Averc qui n'en croyait pas ses yeux. Ils nous obligent à faire demi-tour !

Silencieux et lugubre, Hawkmoon contemplait leur manège. Après lui avoir fait décrire un angle de quatre-vingt-dix degrés, les reptiles se rassemblèrent en tournoyant loin dans l'espace au-dessus du navire, comme pour se concerter. Hawkmoon les observait, cherchant dans leurs yeux un éclair d'intelligence, essayant en vain de discerner leurs intentions.

Puis les créatures se placèrent à bonne distance en arrière de la poupe où elles se remirent à tournoyer. Les reptiles firent claquer leurs ailes, produisant un vent d'une force telle que les deux hommes se retrouvèrent plaqués au sol.

Les voiles se gonflèrent et D'Averc poussa un cri d'étonnement :

— Voilà qui est clair à présent. C'est incroyable ! Ils nous emmènent où bon leur semble !

— En direction de l'Amarekh, ajouta Hawkmoon en s'efforçant de se remettre debout, je me demande si...

— De quoi se nourrissent-ils d'après vous ? s'enquit D'Averc. En tout cas cela ne leur donne pas l'haleine fraîche. Pouah !

En dépit des circonstances, Hawkmoon fut obligé de sourire.

Regroupés dans les travées de la nage, les marins levaient des regards pleins de frayeur vers les monstres aux ailes déployées.

— Peut-être nous mènent-ils vers leurs nids, suggéra Hawkmoon. Ne ferions-nous pas une excellente nourriture pour leurs petits ?

D'Averc prit l'air offensé.

— C'est tout à fait possible, mon cher ami, mais guère flatteur pour nous. Vous auriez pu avoir la délicatesse de passer cette idée sous silence.

De nouveau, Hawkmoon eut un sourire amer.

— Si leurs nids se trouvent sur la terre ferme, nous aurons au moins une chance de les affronter dans des conditions un peu plus favorables pour nous qu'en pleine mer.

— Vous paraissez soudain bien optimiste, Duc de Köln…

Pendant plus d'une heure les étranges reptiles poussèrent le navire qui filait, droit devant, à toute allure. Enfin, sans mot dire, Hawkmoon pointa un doigt vers le lointain.

— Une île ! s'exclama D'Averc. Vous aviez vu juste, sur ce point en tout cas.

C'était une île de petite taille, apparemment dénuée de toute végétation, s'élevant en pente raide jusqu'à un faîte qui semblait le sommet d'une montagne à demi engloutie.

Hawkmoon s'aperçut alors d'un nouveau danger.

— Les rochers ! Nous allons nous échouer ! Chacun à son poste. Timonier…

Mais Hawkmoon s'était déjà rué sur la barre et tentait désespérément d'éviter que le navire n'allât se briser sur les récifs.

De toutes leurs forces, Hawkmoon et D'Averc essayaient d'infléchir la route du bateau. Mais l'île s'élevait, de plus en plus proche, de plus en plus menaçante et le ressac mugissait à leurs oreilles, lugubre roulement de tambour qui semblait annoncer leur fin prochaine.

Les hautes falaises les dominaient déjà, lorsque le navire dévia lentement ; une gerbe d'écume les fouetta au visage et ils entendirent un grincement sinistre qui se transforma en un fracas de bois éclaté. Ils surent alors que sous la surface de l'eau, la coque du navire s'était irrémédiablement fendue en heurtant quelque rocher.

— Chacun pour soi ! hurla Hawkmoon en se précipitant vers la rambarde, où D'Averc le rejoignit.

Le navire fit un écart, puis se cabra tel un animal effrayé et tous furent projetés contre le bastingage de bâbord. Meurtris, mais toujours conscients, Hawkmoon et D'Averc se remirent sur leurs pieds, hésitèrent un instant et plongèrent dans les flots sombres et bouillonnants.

Entraîné par le poids de sa lourde épée, Hawkmoon glissa vers le fond. Il voyait des silhouettes floues dériver au gré des remous et le bruit du ressac lui parvenait maintenant assourdi. Il n'était pas question pour lui d'abandonner l'Épée de l'Aurore. Il fit au contraire des efforts surhumains pour la remettre dans son fourreau, puis, de toute son énergie, lutta pour remonter à la surface.

Sa tête émergea enfin entre les vagues ; à demi aveuglé, il aperçut non loin de lui le bateau qui le dominait sur une mer soudain paisible alors que le vent était tombé ; le battement terrifiant du ressac s'était changé en un léger murmure et un étrange silence avait remplacé le vacarme qui régnait quelques instants auparavant. Hawkmoon réussit à atteindre un rocher plat à partir duquel il se hissa sur la terre ferme.

Il jeta alors un regard en arrière. Les monstrueux reptiles tournaient toujours dans le ciel, mais si haut à présent qu'ils semblaient prendre garde à ne pas déranger la tranquillité de l'air. Soudain ils s'élevèrent plus haut encore, planèrent un court instant, puis plongèrent droit vers la surface de l'eau.

L'un après l'autre ils frappèrent la surface produisant une vague fracassante qui fit gémir le navire et faillit déloger Hawkmoon de son refuge. Et les monstres disparurent dans le lointain. Hawkmoon s'essuya les yeux et cracha l'eau salée qu'il avait dans la bouche.

Que feraient les monstres après tout cela ? Avaient-ils l'intention de garder leurs proies vivantes pour avoir de la viande fraîche à leur disposition dès qu'ils en auraient besoin ? Rien ne permettrait de deviner ce qui allait se passer ensuite.

Il entendit un cri et vit D'Averc et une demi-douzaine de marins qui avançaient péniblement parmi les rochers. D'Averc lança un œil inquiet du côté où les monstres s'en étaient allés, puis haussa les épaules.

— Je propose que nous nous enfoncions dans les terres après avoir sorti du bateau tout ce qui peut être sauvé, dit Hawkmoon, combien y a-t-il de survivants ?

Il interrogea du regard le maître d'équipage qui se tenait derrière D'Averc.

— La plupart d'entre nous, je crois, Messire. Nous avons eu de la chance. Regardez.

D'un geste l'homme indiqua le navire et le rivage où la majeure partie des marins étaient rassemblés.

— Que des hommes retournent sur le bateau avant qu'il ne se disloque complètement, ordonna Hawkmoon, et qu'on tende des filins jusqu'à la terre ferme pour ramener des provisions.

— Comme vous voudrez, Messire. Mais, si les monstres reviennent ?

— Nous aviserons le moment venu, répondit Hawkmoon.

Pendant plusieurs heures Hawkmoon observa les marins qui déchargeaient le navire et entassaient toute sorte d'objets sur des rochers.

— Pensez-vous que le bateau soit réparable ? demanda D'Averc.

— Peut-être. La mer est calme maintenant, il y a donc peu de risque qu'il se brise contre les rochers. Mais cela prendra du temps.

Hawkmoon passa ses doigts sur la gemme noire et lisse qu'il avait au front.

— Venez, D'Averc. Nous allons explorer l'île.

S'agrippant aux rochers, ils se mirent à gravir la pente qui s'élevait vers le point culminant de l'île. L'endroit semblait dépourvu de toute vie. Ils ne pouvaient rien espérer y trouver à part quelques flaques d'eau douce et, peut-être, des crustacés sur le rivage. S'ils ne parvenaient pas à remettre le navire à flot, ils avaient peu de chance de survivre dans ce pays désolé, avec la menace toujours présente du retour des monstres.

Ils atteignirent enfin le sommet où, essoufflés par leur ascension, ils firent une pause.

— L'autre versant est aussi désert que celui-ci, dit D'Averc, je me demande si…

Il s'interrompit net, puis, suffoqué par la surprise, s'exclama :

— Par les prunelles de Berezenath ! Un homme !

Hawkmoon tourna son regard dans la direction qu'indiquait D'Averc.

Une silhouette longeait le rivage. Alors qu'ils contemplaient cette apparition inattendue, l'homme leva la tête et leur fit de grands signes amicaux, les incitant à le rejoindre.

Se demandant s'ils n'étaient pas vicitmes d'une hallucination les deux amis descendirent lentement le raidillon. Ils s'immobilisèrent non loin de l'homme qui les attendait, solidement planté sur ses jambes écartés, les poings sur les hanches ; un sourire plein de cordialité illuminait son visage.

Il était bizarrement vêtu, sa tenue avait quelque chose de rudimentaire et fantaisiste à la fois. Il portait un justaucorps en cuir qui laissait libres ses bras musculeux et sa poitrine puissante, un étrange pantalon à carreaux et des bottes à larges boucles complètement éculées. Sur sa toison flamboyante était posé un béret en laine plaisamment rehaussé par une longue plume de faisan aux teintes lumineuses. Une corde retenait dans son dos une immense hache-d'armes au fer ébréché et souillé d'avoir tant servi. Il avait le teint vermeil, le visage anguleux et ses yeux d'un bleu très pâle pétillaient de malice tandis qu'il observait les deux naufragés.

— Vous voilà donc – Hawkmoon et D'Averc, dit-il.

Il s'exprimait avec un accent aux rudes résonances.

— On m'avait averti de votre passage probable.

— Et, qui êtes-vous, Monsieur ? demanda D'Averc, un peu hautain.

— Mais, Orland Fank, vous ne saviez pas ? Orland Fank, pour vous servir, Messires.

— Habitez-vous cette île ? demanda Hawkmoon.

— Jadis oui, mais plus maintenant.

Fank ôta son béret et s'essuya le front avec son avant-bras.

— Je voyage beaucoup ces temps-ci. Tout comme vous, sauf erreur.

— Et qui vous a parlé de nous ?

— J'ai un frère. Il affectionne de se recouvrir de je ne sais quel métal qui ne manque pas d'originalité, tout noir et doré…

— Le Guerrier d'Or et de Jais ! s'exclama Hawkmoon.

— Titre pompeux, quoique fort élégant, dont certains le gratifient, j'imagine. Il aura certainement omis de vous parler de son rustre de frère.

— En effet. Qui êtes-vous ?

— Orland Fank, de Skare Brae dans les Orkneys, vous connaissez…

— Orkneys !

Hawkmoon s'apprêtait déjà à dégainer.

— En Granbretanne ? Ces îles tout à fait au nord ?

Fank éclata de rire.

— Osez donc dire à un homme de chez nous que son pays appartient au Ténébreux Empire et il vous égorgera sans autre forme de procès, à grands coups de dents, sans même perdre de temps à sortir son arme !

Il fit un geste d'impuissance, comme pour s'excuser, et ajouta :

— Voilà comme on aime à traiter ses ennemis par là-bas, si vous voyez ce que je veux dire. Pour sûr, nous ne sommes pas un peuple très raffiné.

— Donc le Guerrier d'Or et de Jais vient également des Orkneys… commença D'Averc.

— Que non ! Non ! Lui, des Orkneys, avec son armure resplendissante et ses belles manières ?

Orland Fank riait à gorge déployée.

— Non. Il ne vient pas des Orkneys !

Fank riait jusqu'aux larmes et s'essuyait les yeux avec son béret tout défraîchi.

— D'où vous vient une idée si saugrenue ?

— Vous disiez qu'il était votre frère, aussi...

— Mon frère, oui... Disons, un frère spirituel... Mais peut-être l'est-il réellement. Je ne sais plus. Cela fait tant et tant d'années, voyez-vous...

— Comment vous êtes-vous rencontrés ?

— Disons, une cause commune. Une idée que nous partagions !

— Et qui aurait quoi que ce soit à voir avec le Bâton Runique ? demanda Hawkmoon d'une voix si basse qu'elle couvrait à peine le murmure des vagues qui venaient mourir à leurs pieds.

— Peut-être bien.

— Vous semblez soudain peu loquace, ami Fank, remarqua D'Averc.

— Hum... Nous ne sommes pas des phraseurs, nous autres, hommes des Orkneys, répondit Orland Fank en souriant. Et pourtant, je passe pour un bavard parmi eux.

Il ne paraissait pas le moins du monde offensé par les paroles un peu vives de D'Averc.

D'un geste ample, Hawkmoon indiqua le large.

— Les monstres, les étranges nuages qui se sont élevés pour nous barrer la route ; tout cela était-il lié au Bâton Runique ?

— Je n'ai pas vu le moindre monstre, ni l'ombre d'un nuage. Mais, il faut dire que je viens seulement d'arriver.

— Nous avons été poussés jusqu'à cette île par de gigantesques reptiles, dit Hawkmoon, je commence à comprendre pourquoi. Je suis persuadé qu'eux aussi servent le Bâton Runique.

— Possible, répliqua Fank, ce n'est pas mon affaire, voyez-vous, Seigneur Dorian.

— Est-ce à cause du Bâton Runique que notre navire s'est brisé contre les rochers ? s'entêta Hawkmoon d'un air furieux.

— Je ne pourrais dire, répondit Fank en reposant son béret sur sa toison de feu et en se grattant le menton.

Je ne sais qu'une chose : je suis ici pour vous fournir un bateau et vous expliquer comment parvenir sans encombre à la terre habitable la plus proche.

— Vous avez un bateau pour nous ? s'exclama D'Averc.

— Oui... Oh, rien de somptueux, mais il est robuste et vous portera gaillardement l'un et l'autre.

— L'un et l'autre ! Notre équipage se compose de cinquante marins !

Les yeux de Hawkmoon étincelaient.

— Si le Bâton Runique désire que je le serve, il devrait disposer de moi avec un peu plus d'égards. Jusqu'à présent, il n'a réussi qu'à remplir mon cœur de colère.

— La colère que vous avez au cœur n'importunera jamais que vous-même. Sachez-le, dit Orland Fank d'un ton doux et accommodant. Je vous croyais en route pour Dnark où vous appelaient vos devoirs envers le Bâton Runique. Mon frère m'avait dit...

— Votre frère insistait pour que je me rende à Dnark. Mais d'autres également attendent mes services, Orland Fank. Je me dois à mon épouse que je n'ai pas vue depuis des mois, à mon beau-père qui attend mon retour avec anxiété, à mes amis...

— Les habitants du Château Airain ? On m'a donné des nouvelles d'eux. Ils sont sains et saufs, pour le moment. Ne vous inquiétez pas.

— Êtes-vous sûr de cela ?

— Oui. Ils mènent une existence plutôt monotone, pas le moindre événement sinon le souci que leur donne un certain Elvereza Tozer.

— Tozer ! Qu'en est-il de ce renégat ?

— Il a réussi à reprendre son anneau, je crois, et s'est envolé.

Orland Fank accompagna ces mots d'un geste significatif de la main.

— Où a-t-il fui ?

— Comment savoir ? Vous en savez plus long que quiconque au sujet des anneaux de Mygan.

— On ne peut pas se fier à ces objets.

— C'est ce que j'ai cru comprendre.

— De toute façon, ils sont débarrassés de Tozer et ne s'en porteront que mieux.

— Je ne sais rien de cet homme.

— C'est un grand dramaturge, dit Hawkmoon, qui possède autant de rigueur morale qu'un… qu'un…

— Un Granbreton ? proposa Fank.

— Exactement.

Hawkmoon fronça les sourcils et jeta un regard dur vers Orland Fank.

— Ne me trompez-vous pas ? Mes proches et mes amis sont-ils en sûreté ?

— Pour le moment, nul danger ne les menace.

Hawkmoon poussa un soupir mélancolique.

— Où se trouve ce bateau ? Et qu'adviendra-t-il de mon équipage ?

— Pourquoi ne repartirions-nous pas avec eux ? demanda D'Averc.

— J'avais cru comprendre que vous mouriez tous deux d'impatience et aviez décidé de quitter cette île aussi tôt que possible, dit innocemment Fank. Vous n'ignorez pas que la remise en état de cet immense navire demandera de nombreux jours.

— Nous prendrons votre petit bateau, concéda Hawkmoon, il paraît clair que si nous ne le faisions pas, le Bâton Runique, ou le pouvoir qui nous a envoyé ici – quel qu'il soit – en serait fort contrarié.

— Cela pourrait bien arriver. Pour sûr ! approuva Fank avec un sourire à peine perceptible qui semblait ne s'adresser qu'à lui-même.

— Et vous, comment quitterez-vous l'île si nous prenons votre bateau, demanda D'Averc.

— Je partirai avec les marins de Narleen. J'ai pas mal de temps à ma disposition en ce moment.

— Sommes-nous loin du continent ? demanda Hawkmoon. Et comment trouverons-nous notre chemin ? Vous fournirez-nous une boussole ?

Fank fit un geste évasif.

— Ce n'est pas très loin et vous n'aurez pas besoin de boussole. Vous n'aurez qu'à attendre un vent favorable.

— Que voulez-vous dire ?

— Les vents dans cette partie du monde sont très étranges. Vous verrez vous-mêmes ce que je veux dire.

Résigné, Hawkmoon haussa les épaules.

Ils suivirent Orland Fank le long du rivage.

— Nous ne sommes pas tout à fait aussi maîtres de nos destinées que nous serions en droit de le désirer, murmura D'Averc d'un ton sarcastique.

Au détour d'un rocher, le petit bateau apparut à leurs yeux.

Chapitre V

LA CITÉ DES OMBRES TRANSPARENTES

Étendu dans la légère embarcation, Hawkmoon était d'humeur maussade, tandis que debout à la proue, le visage fouetté par l'écume, D'Averc sifflotait doucement. Cela faisait un jour entier que le vent les poussait ; et, ce voyage avait sans aucun doute quelque chose d'insolite.

— À présent, je comprends ce que voulait dire Fank, grogna Hawkmoon. « Cette brise n'est pas de celles que rencontrent les marins ordinaires. » Je me sens une marionnette aux mains de quelque pouvoir mystérieux.

D'Averc lui répondit par un sourire et pointa son doigt en avant :

— Eh bien, peut-être aurons-nous l'occasion de lui présenter nos doléances. Voyez : la côte est déjà en vue.

Hawkmoon se dressa à regret et vit apparaître les lignes vagues d'un rivage à l'horizon.

— Et nous voici de retour en Amarekh, dit D'Averc dans un éclat de rire.

— Si seulement c'était l'Europe avec Yisselda, debout sur un quai, en train de m'attendre, soupira Hawkmoon.

— Ou même Londra, avec Flana aux mains réconfortantes.

D'Averc haussa les épaules et fut soudain secoué par une violente quinte de toux.

— Bah. De toute façon, ce n'est pas plus mal ainsi.

Promise à un homme malade, à demi mort, elle eût rapidement compris son infortune…

Petit à petit, les contours du rivage où ils allaient aborder se précisaient à leurs yeux ; ils pouvaient distinguer des falaises au dessin irrégulier, des collines, des plages et quelques arbres. Puis, vers le sud, ils virent se détacher une aura étrange de lumière dorée, une lumière qui semblait palpiter au rythme d'un cœur gigantesque.

— Nous n'aurons pas eu à attendre longtemps avant de nous trouver à nouveau confrontés à de tels phénomènes, dit D'Averc.

La brise s'enfla, faisant virer le petit bateau vers la lumière dorée.

— Et c'était inévitable, nous filons tout droit vers ce phénomène, gémit Hawkmoon. Je commence à être las de toutes ces choses !

Ils entraient dans une baie découpée dans le continent et prolongée par une île qui s'étirait d'un bord à l'autre. Tout au bout vibrait l'étrange lumière dorée.

De quelque côté qu'on se tournât et bien qu'on n'y vît pas trace d'habitation, le site paraissait plaisant avec ses plages interminables et ses collines verdoyantes.

Comme ils approchaient de la luminosité, celle-ci s'estompa peu à peu, jusqu'à ce qu'un pâle rougeoiement emplît le ciel au-dessus d'eux ; le bateau ralentit et ils glissèrent doucement vers l'aura d'or rosé. C'est alors qu'ils la virent.

C'était une cité d'une telle grâce et d'une telle beauté qu'ils en restèrent muets. Immense comme Londra, plus vaste encore peut-être, les demeures en forme de flèches, dômes et tourelles n'y étaient qu'harmonieuse symétrie, et toutes vibraient de la même clarté mystérieuse ; des nuances pouvaient s'y distinguer, des ombres pâles et délicates qui semblaient glisser derrière un voile d'or transparent, des teintes d'aquarelles – roses, jaunes, bleues, violette et cerise – dérobées à la lumière et mariées à l'or fin. Cité dont toute présence humaine aurait offensé la magnificence, demeure où sans doute vivaient des dieux.

Le bateau à présent pénétrait dans un port qui s'étendait aux pieds de la ville et dont les quais chatoyaient des mêmes reflets doux et subtils.

— Nous sommes dans un rêve... murmura Hawkmoon.

— Un songe céleste, répondit D'Averc dont le cynisme coutumier s'était évanoui à la vue d'une telle splendeur.

La petite embarcation se dirigea vers quelques marches tachetées de légères couleurs changeantes qui s'enfonçaient dans l'eau claire, puis s'immobilisa.

— Je suppose que c'est ici que nous devons débarquer, dit D'Averc en haussant les épaules, le bateau eût pu nous amener en un lieu moins agréable.

Hawkmoon acquiesça gravement d'un signe de tête et demanda :

— Les Anneaux de Mygan sont-ils toujours dans votre poche, D'Averc ?

D'Averc porta la main à sa poche.

— Toujours là, oui. Pourquoi ?

— Je voulais savoir si nous avions encore ce recours au cas où nous nous trouverions confrontés à un péril trop grand pour nos simples armes.

D'un regard D'Averc montra qu'il comprenait ; tout à coup, un pli barra son front.

— N'est-il pas étrange que nous n'ayions pas songé à nous en servir sur l'île...

Une expression de profonde surprise se peignit sur le visage de Hawkmoon.

— Mais si, en effet...

Et ses lèvres se serrèrent en une moue désenchantée.

— Nous avons sans aucun doute eu la tête embrumée par quelque influence surnaturelle ! Combien je déteste tous ces phénomènes surnaturels !

Feignant la désapprobation, mais l'œil pétillant de malice, D'Averc posa un doigt sur ses lèvres.

— Comment peut-on dire une chose pareille dans une ville telle que celle-ci !

— Hum – J'espère seulement que les habitants s'y montreront aussi aimables que le site est charmant.

— En admettant que nous y rencontrions âme qui vive, répliqua D'Averc en jetant un regard circulaire.

Ensemble ils grimpèrent les marches et se retrouvèrent sur le quai, face aux étranges demeures entre lesquelles s'ouvraient de larges avenues.

— Entrons dans la ville, dit Hawkmoon résolument, et voyons pourquoi notre présence y était d'une telle urgence. Après, peut-être nous accordera-t-on le loisir de retourner au Château Airain !

S'engageant dans la rue la plus proche, il leur sembla que les ombres légères et colorées qui habitaient les murs des demeures, rayonnaient, pleines de vie, chacune à leur manière. Plus ils en approchaient, plus les hautes tours prenaient un aspect singulier d'immatérialité et Hawkmoon, lorsqu'il tendit la main, fut surpris du contact d'une substance qui lui était inconnue. Ce n'était pas de la pierre et ce n'était pas du bois, pas du métal non plus, car la matière répondait souplement à la pression de sa paume qui en ressentit un léger fourmillement. Il fut encore plus étonné lorsqu'une douce chaleur parcourut son bras avant de se répandre dans son corps tout entier.

Il hocha la tête avec perplexité.

— Ces demeures semblent faites de chair.

D'Averc risqua une main également et ne fut pas moins surpris.

— En effet – ou de quelque substance végétale – organique, en tout cas – vivante !

Ils poursuivirent leur chemin. De temps à autre, les longues avenues s'élargissaient en de vastes places. Ils traversaient les places, prenaient une autre rue au hasard sans cesser de lever les yeux à la recherche du faîte des édifices qui semblaient se perdre dans l'infini, disparaissaient dans la vaporeuse brume d'or.

Le son de leurs voix s'était assourdi comme s'ils répugnaient à offenser le silence de la grande cité.

— Avez-vous remarqué, murmura Hawkmoon, qu'il n'y a pas une seule fenêtre ?

— Et pas de portes, renchérit D'Averc, je suis sûr que

cette ville ne fut pas bâtie pour des hommes – pas plus qu'elle ne fut bâtie par des hommes !

— De ces êtres sans doute qui furent créés lors du Tragique Millénaire, suggéra Hawkmoon, des êtres tels que le Peuple des Ombres de Soryandum.

D'Averc approuva d'un signe de tête.

À présent les ombres se rassemblaient sur leur chemin, devant leurs pas, et ils les traversaient, submergés par une impression d'intense plénitude. En dépit de son inquiétude le visage de Hawkmoon s'éclaira d'un sourire, auquel D'Averc répondit en souriant lui aussi. Les ombres chatoyantes flottaient tout autour d'eux. C'est alors que Hawkmoon se demanda si ces ombres, justement, n'étaient pas les habitants de la cité.

Ils débouchèrent enfin sur une vaste place qui, on ne pouvait en douter, était le centre de la ville, et là, s'élançant à perte de vue, s'élevait un édifice cylindrique qui non seulement était le plus imposant, mais encore paraissait le plus délicat par sa forme et sa matière. Ses murs vibraient, lumineux et colorés et, à sa base, Hawkmoon remarqua quelque chose de nouveau.

— D'Averc, regardez – il y a des marches, et qui mènent à une porte !

— Je me demande ce qu'il faut faire, souffla D'Averc.

Hawkmoon haussa les épaules.

— Entrer, bien sûr. Qu'avons-nous à perdre ?

— C'est que nous verrons, une fois à l'intérieur.

D'Averc adressa un sourire à son ami.

— À vous l'honneur, Duc de Köln !

Ils montèrent l'escalier et atteignirent la porte qui n'était pas très grande – à dimension humaine – et, à l'intérieur, ils virent un nombre plus important encore de ces ombres chatoyantes.

Suivi de D'Averc, Hawkmoon s'avança bravement.

Chapitre VI

JEHAMIA COHNAHLIAS

Leurs pieds s'enfonçaient dans un sol moelleux, les ombres rougeoyantes semblaient envelopper les deux hommes qui avançaient dans la pénombre pleine de scintillements.

Un son très doux emplissait les corridors – une harmonieuse mélodie, sorte de berceuse céleste. La musique paracheva leur sentiment de bien-être tandis qu'ils s'aventuraient au plus profond de l'étrange édifice organique.

Ils se retrouvèrent soudain dans une petite pièce où frémissait une radiance d'or identique à celle aperçue depuis le bateau.

Et la source en était un enfant qui les attendait là.

C'était un jeune garçon, oriental d'apparence, à la peau satinée, couleur de safran ; les pierreries qui parsemaient l'étoffe de sa robe avaient été posées là par quelque artisan de génie, pas un seul point n'était visible, même à l'œil le plus attentif.

Il souriait, d'un sourire dont l'éclat dominait la radiance autour de lui. Il était impossible de ne pas l'aimer.

— Duc Dorian Hawkmoon de Köln, dit-il d'une voix chantante en inclinant la tête, et Huillam D'Averc. J'admire votre œuvre, Messire, vos peintures, de même que vos créations architecturales.

D'Averc était stupéfait.

— Vous les connaissez ?

— Vous êtes un grand artiste. Pourquoi ne faites-vous plus rien ?

D'Averc eut une toux gênée.

— Je... J'ai dû perdre la main, je pense. Et puis la guerre...

— Oui. Bien sûr, la guerre. Le Ténébreux Empire. C'est à cause de cela que vous êtes venus jusqu'ici.

— Peut-être...

— Mon nom est Jehamia Cohnahlias.

Un sourire illumina de nouveau le visage du jeune garçon.

— Pour devancer les questions que vous pourriez me poser, je ne peux rien vous dire de plus au sujet de moi-même. Cette cité est Dnark et tous les étrangers appellent ses habitants les Grands Bienheureux. Vous en avez déjà rencontré quelques-uns, je suppose.

— Les ombres chatoyantes ? demanda Hawkmoon.

— Est-ce ainsi que vous les percevez ? Oui, les ombres chatoyantes.

— Sont-ils des êtres sensibles ?

— Mais oui. Mieux que sensibles même, peut-être.

— Et cette cité, Dnark, dit Hawkmoon, est la cité légendaire du Bâton Runique.

— En effet.

— Il est étrange que toutes les légendes la situent en Asiacommunista et non en Amarekh, ajouta D'Averc.

— Peut-être n'est-ce pas une coïncidence, dit le jeune garçon en souriant, de telles légendes ont toujours leur utilité.

— Je comprends.

Jehamia Cohnahlias posa sur eux un regard plein de sérénité.

— Vous êtes venus pour voir le Bâton Runique, je suppose ?

— Apparemment oui, répondit Hawkmoon incapable de ressentir de l'irritation en présence de cet enfant. Dès le départ, le Guerrier d'Or et de Jais nous avait demandé de venir ici ; puis, lorsque nous avons renoncé à suivre son conseil, nous avons rencontré son frère – Orland Fank...

— Ah oui, dit Jehamia Cohnahlias, Orland Fank. Je voue une affection toute particulière à ce serviteur du Bâton Runique. Eh bien, rendons-nous à la Salle du Bâton Runique.

Mais son front se plissa légèrement.

— J'allais presque oublier. Vous devez d'abord vous rafraîchir et rencontrer un autre voyageur. Il n'est arrivé ici que quelques heures avant vous.

— Le connaissons-nous ?

— Je crois que vous avez eu quelques contacts avec lui, autrefois.

Le jeune garçon descendit de sa chaise, il semblait qu'il se déplaçait en flottant dans l'espace.

— Par ici.

— Qui cela peut-il bien être ? murmura D'Averc à l'oreille de Hawkmoon. Qui donc parmi les gens que nous connaissons a bien pu venir jusqu'à Dnark ?

Chapitre VII

L'AUTRE VOYAGEUR

Jehamia Cohnahlias les conduisit à travers les méandres des corridors organiques. Une grande clarté y régnait à présent, car les ombres chatoyantes – les Grands Bienheureux – avaient disparu. Sans doute leur tâche avait-elle été de guider les deux hommes jusqu'au jeune garçon.

Ils pénétrèrent enfin dans une vaste salle au centre de laquelle une table était dressée. La table et les chaises étaient de la même matière inconnue que les parois. Les plats présentés – pain, poisson et légumes verts – étaient assez simples.

Une silhouette se tenait à l'autre bout de la salle ; les deux hommes sursautèrent et s'apprêtèrent à sortir leurs épées ; sur leurs visages pouvait se lire une expression de surprise mêlée de fureur.

Finalement, les dents serrées, Hawkmoon rompit le silence pesant.

— Shenegar Trott !

La lourde silhouette dont le masque semblait caricaturer les traits qu'il dissimulait, s'avança lentement.

— Bonjour, Messires. Dorian Hawkmoon et Huillam D'Averc, je présume.

Hawkmoon se tourna vers l'enfant.

— Ne savez-vous pas qui est cette personne ?

— Un explorateur venu d'Europe.

— C'est le comte de Sussex – un des bras droits du

Roi-Empereur Huon. Il a dévasté la moitié de l'Europe ! Il est après le baron Meliadus le plus acharné à répandre la mort et la terreur !

— Allons, allons, dit Trott d'une voix suave où perçait une pointe d'amusement. Inutile de nous dresser les uns contre les autres dès à présent. Nous sommes en territoire neutre ici. Les questions guerrières ne sont pas un sujet approprié à ce lieu. Restons courtois – et n'offensons pas notre jeune hôte…

Hawkmoon lui jeta un regard étincelant de colère.

— Comment êtes-vous venu à Dnark, Comte Shenegar ?

— En bateau, Duc de Köln. Notre baron Kalan – vous le connaissez, je crois…

Trott ne put retenir un ricanement en voyant Hawkmoon porter machinalement la main au joyau noir dont la présence au milieu de son front était justement l'œuvre de Kalan.

— Il a inventé une nouvelle sorte d'engin capable de propulser nos vaisseaux à travers les océans à une vitesse prodigieuse. Le même genre d'engin que ceux qui propulsent nos ornithoptères, je crois, mais plus sophistiqué. Notre sage roi-empereur m'a chargé de cette mission en Amarekh ; ma fonction consiste à prendre pacifiquement contact avec les pouvoirs qui y règnent…

— Plutôt à découvrir leurs atouts et leurs points faibles en prévision de futures conquêtes, voulez-vous dire ! hurla Hawkmoon. Les serviteurs du Ténébreux Empire ne sont capables que d'actes de traîtrise !

Un voile de tristesse passa sur le visage du jeune garçon qui fit un geste de conciliation.

— Ici, à Dnark, nous ne désirons rien que l'harmonie. Le Bâton Runique n'existe que pour cela ; et nous le protégeons. Je vous en supplie, réservez vos querelles pour le champ de bataille et accordez-vous pour goûter le repas que nous vous offrons.

— Mais notre devoir est de vous prévenir, dit D'Averc d'un ton plus serein que celui de Hawkmoon, que la mission de Shenegar Trott n'est pas pacifique. Où qu'il aille, il apporte la souffrance et la destruction. Soyez vigilant – car son habileté et sa perfidie en font un des plus redoutables seigneurs de Granbretanne.

Le jeune garçon avait l'air gêné.

— Je vous en prie, asseyez-vous, dit-il seulement.

— Et où se trouve votre flotte, Comte Shenegar ? demanda D'Averc en se calant dans son siège et en tirant à lui une assiette qui contenait du poisson.

— Ma flotte ? répondit Trott innocemment. Je n'ai jamais parlé d'une flotte – mais d'un vaisseau qui est mouillé à quelques lieues de la ville.

— Eh bien cela doit être un vaisseau immense, murmura Hawkmoon en mordant dans un morceau de pain, car cela ne ressemblerait pas à un comte du Ténébreux Empire que de voyager sans être équipé et prêt au combat.

— Vous oubliez que nous sommes également des savants et érudits en Granbretanne, remarqua Trott, affectant un air peiné. Nous œuvrons en vue de la connaissance, de la vérité et de la sagesse. En unifiant les états belliqueux d'Europe, notre seul but était de répandre une paix rationnelle sur le monde entier pour favoriser une progression de la science aussi rapide que possible.

D'Averc fut secoué d'une quinte de toux fort spectaculaire, mais ne dit mot.

C'est alors que Trott fit un geste inconcevable de la part d'un noble du Ténébreux Empire : négligemment, il releva son masque et se mit à manger. En Granbretanne, montrer son visage et manger en public étaient considérés comme des actes d'une indécence extrême. Trott, Hawkmoon ne l'ignorait pas, avait toujours été admis comme un excentrique dans son pays, toléré par les autres seigneurs uniquement en raison de sa très grande fortune, ses qualités de stratège et – en dépit de son apparente indolence – tous l'admiraient pour son courage exceptionnel en tant que guerrier.

Le visage ainsi révélé était bien celui que caricaturait

le masque : un teint blafard, des traits lourds mais pleins d'intelligence. Ses yeux étaient sans expression mais on sentait que Shenegar Trott pouvait à tout moment y faire naître une flamme.

Ils dînèrent en silence, ou presque. Seul le jeune garçon ne toucha pas à la nourriture, bien qu'il restât à table avec eux.

— Pourquoi voyagez-vous affublé d'un accoutrement aussi malcommode, comte Shenegar, si, comme vous le prétendez, votre mission est pacifique ? demanda enfin Hawkmoon en désignant de la main l'encombrante armure en argent que portait le comte.

Shenegar Trott sourit.

— Mais enfin, que pouvais-je savoir des dangers que j'aurais à affronter dans cette étrange cité ? Il me paraît tout à fait sage de voyager convenablement équipé.

D'Averc comprit que le comte ne ferait durant ce repas qu'éluder toutes les questions, aussi préféra-t-il changer de sujet.

— Et quelles sont les nouvelles de la guerre en Europe ? demanda-t-il.

— Il n'y a pas de guerre en Europe, répliqua Trott.

— Pas de guerre ! Dans ce cas que ferions-nous ici, exilés, si loin de nos pays ? lança Hawkmoon.

— Il n'y a pas de guerre car toute l'Europe est maintenant pacifiée sous l'autorité de notre bon Roi-Empereur Huon, précisa Trott.

Et il leur adressa un clin d'œil discret, presque complice, de sorte que Hawkmoon se trouva dans l'impossibilité d'objecter quoi que ce fût à cette affirmation.

— À part la Kamarg, ne l'oublions pas, poursuivit Trott, mais n'oublions pas non plus, bien sûr, qu'elle s'est évanouie tout entière dans les limbes. Mon compagnon et pair, le baron Meliadus, en était fou de rage.

— Je n'en doute pas, dit Hawkmoon, et s'acharne-t-il toujours à nous poursuivre de sa fureur ?

— Bien sûr. De fait, lorsque j'ai quitté Londra, il était sur le point de devenir la risée des courtisans.

— Vous semblez éprouver assez peu d'affection pour le Baron Meliadus, insinua D'Averc.

— Vous avez parfaitement raison, lui répondit le comte Shenegar, voyez-vous, nous ne sommes pas tous aussi cupides et insensés que vous le pensez. De fréquents conflits m'opposent au baron Meliadus. Bien que je reste fidèle à mon pays et à mon souverain, je n'approuve pas tous les actes qui furent accomplis en leurs noms – ni, en vérité, ce que j'ai moi-même été parfois contraint de faire. J'obéis aux ordres. Je suis un patriote.

Il haussa les épaules d'un air résigné.

— Je préférerais de beaucoup rester chez moi à lire et à écrire. On me considérait autrefois, le saviez-vous, comme un poète promis à un glorieux avenir.

— Mais vous n'écrivez plus aujourd'hui que des épitaphes – de sang et de feu, lança Hawkmoon.

Le comte Shenegar ne parut pas froissé. Il répliqua au contraire d'un ton conciliant :

— Vous avez votre point de vue, et moi le mien. Je crois à la valeur finale de notre cause. L'unification du monde est d'une importance fondamentale ; toutes les ambitions personnelles – si nobles soient-elles – doivent être sacrifiées aux grands principes de sagesse.

— C'est invariablement ce que répondent les Granbretons pour éluder certaines questions par trop embarrassantes, dit Hawkmoon. Meliadus n'a pas tenu d'autre discours devant le comte Airain quelques instants à peine avant d'essayer d'enlever sa fille Yisselda !

— Je me suis déjà désolidarisé de Meliadus, répliqua le comte, toutes les cours ont leurs fous, les grands idéaux attirent toujours des êtres dont les motivations sont ambiguës !

Plus qu'à Hawkmoon et D'Averc, l'argumentation de Shenegar Trott s'adressait au jeune garçon qui écoutait tranquillement.

Le repas prit fin, Trott repoussa son assiette et replaça son masque d'argent sur son visage. Il se tourna vers l'enfant.

— Je vous remercie pour votre hospitalité, Messire... Vous m'avez promis de me laisser voir et contempler le Bâton Runique. Ce sera une joie immense pour moi de me trouver face à la chose légendaire...

Le jeune garçon sembla ne pas remarquer les regards alarmés que lui jetèrent Hawkmoon et D'Averc.

— Il se fait tard, maintenant, dit Jehamia Cohnahlias, nous nous rendrons tous à la Salle du Bâton Runique demain. D'ici là, prenez quelque repos. Derrière cette petite porte, vous trouverez un endroit où passer la nuit. Je viendrai vous chercher demain matin.

Shenegar Trott se redressa, puis s'inclina.

— Je vous remercie pour votre offre, mais mes hommes vont s'inquiéter si je ne rejoins pas mon vaisseau ce soir. Je reviendrai ici demain matin.

— Comme il vous plaira, dit l'enfant.

— Nous vous sommes reconnaissants pour votre hospitalité, dit Hawkmoon, mais encore une fois, laissez-nous vous prévenir contre Shenegar Trott qui n'est pas en réalité tel qu'il se présente devant vous.

— Votre ténacité est admirable, dit Shenegar Trott.

Avec désinvolture il les salua de la main et sortit de la pièce d'un pas allègre.

— Je crains que nous ne dormions pas d'un sommeil tranquille, sachant que notre ennemi rôde dans la cité, dit D'Averc.

L'enfant lui répondit par un sourire.

— Ne vous tourmentez pas. Les Grands Bienheureux veilleront sur votre repos et vous protégeront contre tout péril qui pourrait vous menacer. Bonsoir, Messieurs. Nous nous reverrons demain matin.

La silhouette légère du jeune garçon glissa hors de la pièce ; Hawkmoon et D'Averc se dirigèrent vers les lits qui les attendaient dans des alcôves encastrées dans les parois.

— J'ai bien peur que la plus grande menace ne pèse surtout sur cet enfant, remarqua Hawkmoon.

— Nous ferons tout notre possible pour le protéger, répondit D'Averc. Bonne nuit, Hawkmoon.

Les deux hommes s'installèrent chacun dans une alcôve. Elles étaient pleines d'ombres chatoyantes et vaporeuses et une mélodie aux harmonies aériennes résonnait à leurs oreilles, telle la berceuse céleste qui les avait accompagnés le long des corridors.

Ils tombèrent presque immédiatement dans un profond sommeil.

CHAPITRE VIII

L'ULTIMATUM

Hawkmoon se réveilla tard, il se sentait pleinement reposé. Mais les ombres chatoyantes s'agitaient autour de lui ; d'un bleu glacé, elles tourbillonnaient dans l'alcôve, comme en proie à la panique.

Hawkmoon se redressa vivement et attacha le ceinturon qui retenait son épée. Une inquiétude sourde l'étreignit. Ce qu'il craignait était-il sur le point de se produire ? À moins que cela ne se soit déjà produit ? Les Grands Bienheureux paraissaient incapables de communiquer avec les humains.

D'Averc entra avec précipitation.

— Que pensez-vous de tout cela, Hawkmoon ?

— Je ne sais, vraiment. Shenegar Trott marche-t-il déjà sur Dnark ? L'enfant est-il menacé ?

Mais tout à coup les ombres se rassemblèrent et enveloppèrent les deux hommes qui sentirent qu'on les portait hors de l'alcôve. Ainsi, à une vitesse prodigieuse, ils traversèrent la pièce où ils avaient dîné et les corridors de la tour cylindrique ; en un instant ils se retrouvèrent à l'extérieur de l'édifice et ils tournoyaient, s'élevaient à toute allure dans la lumière dorée.

Enfin les Grands Bienheureux ralentirent et, le souffle coupé par la soudaineté de cette action, Hawkmoon et D'Averc se virent suspendus en l'air, loin au-dessus de la grande place.

D'Averc était blême : aucun sol ne le soutenait et les ombres semblaient plus immatérielles que jamais. Cependant, ils ne tombaient pas.

En bas, sur la place, grouillait une multitude de petites silhouettes qui toutes se dirigeaient vers la tour cylindrique.

— Une armée entière, s'exclama Hawkmoon. Un millier d'hommes au moins. Que voilà une mission pacifique, à la manière de Shenegar Trott ! Il a envahi Dnark ! Mais pourquoi ?

— Cela ne vous semble-t-il pas évident, répliqua D'Averc, le visage sombre. Il veut le Bâton Runique, pas moins. Une fois celui-ci en sa possession, il n'aurait aucun mal à abattre sa dictature sur le monde entier !

— Mais il ne sait pas où il se trouve exactement !

— C'est sans doute pourquoi ils assaillent la tour. Regardez, il y a déjà des guerriers à l'intérieur !

Dans la lumière dorée, environnés d'ombres transparentes, les deux hommes contemplaient la scène avec consternation.

— Il nous faut descendre, dit enfin Hawkmoon.

— Mais nous ne sommes que deux contre mille ! fit remarquer D'Averc.

— Oui. Mais si l'Épée de l'Aurore accepte de rassembler à nouveau les Légions de l'Aurore, alors nous les vaincrons ! lui rappela Hawkmoon.

Comme s'ils avaient compris ces paroles, les Grands Bienheureux commencèrent à descendre. La chute fut si rapide que Hawkmoon eut le sentiment que ses entrailles étaient aspirées vers le haut. Une foule considérable de guerriers masqués occupait la grande place tout entière. Ces membres de la terrible Légion du Faucon étaient, comme ceux de la Légion du Vantour, des mercenaires, un ramassis de renégats plus cruels encore, si possible, que les Granbretons eux-mêmes. Les yeux fous des Faucons les contemplaient comme s'ils se réjouissaient d'avance de la fête sanglante qu'allaient leur offrir Hawkmoon et D'Averc, leurs becs se dressaient, comme prêts à leur déchirer la chair, les épées, masses, haches et poignards semblaient des griffes impatientes de les lacérer.

Les ombres déposèrent D'Averc et le Duc de Köln non loin de l'entrée de la tour ; ils eurent à peine le temps de tirer leurs lames que déjà les Faucons se jetaient sur eux.

Mais Shenegar Trott apparut à la porte de l'édifice et rappela ses hommes.

— Arrêtez, mes Faucons. Inutile de verser le sang. Je tiens l'enfant !

Il le tenait en effet, d'une main ferme solidement agrippée dans les plis de sa robe, et, pour le leur montrer, à bout de bras, souleva le jeune garçon qui se débattait désespérément.

— Je n'ignore pas que cette ville est pleine de créatures surnaturelles contre lesquelles nous sommes quelque peu désarmés, annonça le comte, aussi ai-je jugé nécessaire de prendre une garantie pour prix de notre sûreté. Si l'on nous attaque, si l'on touche à un seul de nos cheveux, sans hésiter une seconde je trancherai la gorge de ce petit garçon.

Shenegar Trott eut un ricanement sournois.

— Cette précaution évitera bien des désagréments à nos ennemis autant qu'à nous-mêmes…

Hawkmoon fit un geste pour rassembler les Légions de l'Aurore, mais Trott agita un doigt réprobateur.

— Désireriez-vous être responsable de la mort d'un enfant, Duc de Köln ?

L'œil étincelant de colère, Hawkmoon rabaissa son arme.

— Ne vous avais-je pas prévenu contre la perfidie de cet homme ! dit-il au jeune garçon qui, à demi étranglé par les étoffes dans lesquelles Trott le maintenait prisonnier, continuait à se débattre furieusement.

— Oui… parvint-il à articuler, j'aurais dû… accorder plus de valeur… à vos paroles, Duc Dorian.

Le comte Shenegar pouffa de rire et son masque jeta des éclairs d'argent dans la lumière dorée.

— Maintenant dis-moi où se trouve le Bâton Runique.

L'enfant désigna de la main l'entrée de la tour.

— La Salle du Bâton Runique est à l'intérieur.

— Tu vas me guider. (Shenegar Trott se tourna vers ses hommes.) Attention à ces deux-là. Je tiens à les ramener vivants au Roi-Empereur Huon qui sera enchanté de me voir revenir à la fois avec les héros de Kamarg et avec le Bâton Runique. Au moindre mouvement avertissez-moi, je pourrais toujours lui couper une oreille ou deux.

Il éleva son poignard et l'approcha du visage du jeune garçon.

— Que la plupart d'entre vous me suivent.

Shenegar Trott disparut à nouveau dans la tour, six Faucons entourèrent Hawkmoon et D'Averc tandis que tous les autres emboîtaient le pas à leur chef.

— Si seulement l'enfant avait tenu compte de ce que nous lui disions ! gronda Hawkmoon exaspéré par son impuissance.

Il fit un geste à peine perceptible et les gardes se rapprochèrent d'un air menaçant.

— Et maintenant comment allons-nous le sortir des griffes de Trott ? Comment allons-nous sauver le Bâton Runique ?

Soudain les Faucons levèrent des yeux étonnés vers le ciel ; D'Averc suivit leur regard et sourit.

— Il semble que l'on vienne à notre aide.

Les ombres transparentes revenaient, en effet.

Devant les Faucons frappés de stupeur, elles enveloppèrent les deux hommes et les soulevèrent dans la brume dorée.

Désemparés, les Faucons bondirent pour les rattraper par les jambes mais les deux hommes étaient déjà hors d'atteinte. Les gardes se ruèrent alors dans la tour pour avertir leur chef.

Emportant Hawkmoon et D'Averc, les Grands Bienheureux s'élevaient, de plus en plus haut. La brume légère se transforma en un brouillard d'or, si dense qu'ils perdirent de vue les édifices de la cité. Ils ne se voyaient même plus l'un l'autre.

Leur voyage leur sembla durer un temps infini avant que le brouillard commençât de se dissiper.

Chapitre IX

LE BÂTON RUNIQUE

Le brouillard d'or s'évanouit peu à peu et Hawkmoon cilla, ébloui par une multitude de couleurs qui toutes émanaient d'une même source – volutes et rayons s'entrelaçaient dans l'air, formant d'étranges configurations.

Plissant les yeux, il essayait de distinguer le lieu où il se trouvait. Tous deux étaient suspendus dans l'espace, non loin du plafond d'une salle dont les parois, un assemblage d'émeraudes et d'onyx translucides, rutilaient. Au centre de la pièce s'élevait une estrade accessible de tous côtés par quelques marches. De l'objet posé sur l'estrade provenaient les constructions lumineuses. Étoiles, cercles, cônes et d'autres figures plus complexes mouraient sans cesse, pour sans cesse renaître ailleurs, mais la source qui les créait restait immuable : un bâton de la taille d'une courte épée, d'un noir opaque et terne, qui, à certains endroits d'un bleu profond et changeant, semblait ouvrir sur l'infini.

Le Bâton Runique ? Hawkmoon en doutait presque. Cet objet lui parut bien insignifiant au regard du pouvoir légendaire qu'on lui attribuait. Il l'aurait imaginé plus haut qu'un homme, éclatant de mille couleurs… Mais cet objet, il pouvait le saisir d'une seule main.

Tout à coup des hommes surgirent dans la salle : Shenegar Trott et ses Faucons. Le jeune garçon se débattait toujours entre les griffes du comte qui éclata d'un rire sonore.

— Enfin ! Et pour moi seul ! Le Roi-Empereur en personne n'osera plus jamais rien me refuser maintenant que je possède le Bâton Runique.

Hawkmoon remarqua un parfum ; une senteur entêtante se répandait dans l'air, douce et âcre à la fois. Puis un son mélodieux qui semblait un lointain fredonnement, emplit la pièce. Les Grands Bienheureux commencèrent à descendre et déposèrent Hawkmoon et D'Averc sur la plus haute marche, juste devant le Bâton Runique.

Le comte Shenegar écarquilla les yeux.

— Comment… ?

Hawkmoon qui le dominait, pointa vers lui un doigt impératif.

— Relâchez l'enfant, Shenegar Trott.

Mais le comte de Sussex avait déjà repris ses esprits et lui répondit par un ricanement.

— Racontez-moi donc d'abord par quel moyen vous êtes arrivés ici avant moi.

— Grâce à l'aide des Grands Bienheureux. Quelques-unes de ces créatures surnaturelles que vous craignez à si juste titre. Et, nous avons encore bien d'autres alliés, comte Shenegar.

Trott approcha son poignard à deux doigts du visage du jeune garçon.

— Quel insensé je serais, dans ce cas, d'abandonner ma seule chance de vous échapper, c'est-à-dire de vous vaincre !

Hawkmoon brandit l'Épée de l'Aurore.

— Cette épée possède des pouvoirs singuliers, je vous en préviens, comte. Voyez l'étrange lumière rose qui en émane !

— Mais oui, mais oui. C'est très joli. Mais pensez-vous qu'elle soit capable de m'empêcher d'enlever un œil à cet enfant aussi aisément qu'une noisette d'un panier.

D'Averc jeta un regard circulaire : les vagues et faisceaux lumineux continuaient de s'entrelacer pour former des figures sans cesse changeantes ; les parois miroitaient ; les ombres chatoyantes s'étaient retirées tout en haut, près du plafond, et semblaient observer le drame qui se jouait.

— J'ai l'impression que nous nous sommes engagés dans une impasse, Hawkmoon, murmura-t-il. Les ombres ne nous seront plus d'aucun secours. Il est clair qu'elles n'ont pas le pouvoir d'intervenir dans les affaires humaines.

— Si vous libériez l'enfant, j'envisagerais la possibilité de vous laisser sortir de la ville sans encombre, dit Hawkmoon.

Shenegar Trott éclata de rire.

— Vraiment ? Et vous vous sentez de taille à chasser de la ville une armée entière, vous deux ?

— Nous ne manquons pas d'alliés, lui rappela Hawkmoon.

— C'est possible. Mais je vous conseille quand même de jeter vos armes, nous verrons bien en temps utile que faire de celles de vos alliés. Laissez-moi le passage, dès que j'aurai le Bâton Runique, vous aurez l'enfant.

— Vivant ?

— Vivant.

— Quelle confiance pouvons-nous avoir en lui ? dit D'Averc. Il tuera l'enfant et ensuite disposera de nous à sa guise. Nul n'a jamais vu un noble granbreton tenir parole.

— Il nous faudrait un moyen de pression, souffla Hawkmoon qui commençait à désespérer.

À cet instant, derrière eux, une voix familière retentit.

— Vous n'avez pas le choix, Shenegar Trott, il vous faut relâcher l'enfant !

Plein de surprise, ils se tournèrent et virent un heaume d'or et de jais.

— Ah, pour sûr. Mon frère dit vrai…

Orland Fank venait de surgir de l'autre côté de l'estrade, sa gigantesque hache d'armes posée sur l'épaule.

— Vous… Ici… Mais comment… ? articula Hawkmoon stupéfait.

— Je pourrais vous poser la même question, répliqua Fank. Ne nous attendiez-vous pas ? Eh bien, nous voilà… Vos amis, vos alliés ! Pour vous servir ! Il va bien falloir trouver une issue à ce débat !

Chapitre X

L'ESPRIT DU BÂTON RUNIQUE

Shenegar Trott, comte de Sussex, secouait la tête en ricanant.

— Fort bien. Vous voici au nombre de quatre maintenant, mais cela ne change guère la situation. J'ai un millier d'hommes. Je tiens l'enfant. Vous m'obligeriez donc en vous écartant de mon chemin, Messieurs, tandis que je prendrai le Bâton Runique.

Le visage décharné d'Orland Fank s'illumina d'un immense sourire, le Guerrier d'Or et des Jais demeura impassible. Hawkmoon et D'Averc les interrogeaient du regard.

— Que voilà un argument qui ne pèse pas bien lourd, mon ami, dit Orland Fank.

— Je n'y vois pourtant pas la moindre faiblesse.

Shenegar Trott fit quelques pas en avant.

— Bien sûr que si, il y en a une, de faiblesse.

Déconcerté, Trott s'immobilisa.

— Vraiment ? Et quelle est-elle ?

— Ne prétendez-vous pas garder cet enfant prisonnier ?

— Je le tuerai avant même que vous ayez le temps de penser à faire un geste pour le libérer.

— Pour sûr. Mais ne prétendez-vous pas également que l'enfant n'a aucun moyen de vous échapper ?

— Il ne peut même pas bouger ! Regardez donc !

Il éclata d'un rire sonore et souleva le jeune garçon empêtré dans les plis de sa robe.

C'est alors que la surprise lui arracha un hurlement. Telle une eau sans pesanteur, l'enfant glissait d'entre les mains du comte, sa silhouette soudain immatérielle, transfigurée en un long flot de lumière, ondoyait à travers la salle. Le lointain fredonnement s'enfla, devint une houle mélodieuse tandis que s'exaltait et s'intensifiait la fragrance.

Shenegar Trott tentait en vain d'attraper l'enfant dont la substance était devenue aussi impalpable, insaisissable que les ombres chatoyantes qui maintenant palpitaient dans l'air au-dessus d'eux.

— Par le Globe Impérial ! Ce n'est pas un être humain ! cria-t-il d'une voix vibrante de colère. Pas un être humain !

— A-t-il jamais prétendu une chose pareille ? sussura Orland Fank.

Il lança vers Hawkmoon un regard plein de malicieuse gaieté.

— Vous et votre ami êtes-vous prêts pour une bonne bataille, à présent ?

— Nous sommes prêts, répondit Hawkmoon, le sourire aux lèvres. Impatients même !

Le jeune garçon – ou l'être sinueux qu'il était devenu – s'étirait indéfiniment au-dessus de leurs têtes pour atteindre le Bâton Runique. Les constructions lumineuses se modifiaient et se multipliaient à une allure telle que la salle en fut bientôt envahie et mille traits scintillants et colorés jouaient sur leurs visages.

Orland Fank observait toutes ces métamorphoses avec une grande attention et une ombre de tristesse passa sur son visage lorsque l'enfant vaporeux fut absorbé par le Bâton Runique.

Il n'y eut bientôt plus trace du jeune garçon dans la salle mais le Bâton Runique était devenu d'un noir luisant et il semblait qu'une vie frémissante s'y était insinuée.

— Qui était-il ? interrogea Hawkmoon.

Arraché à sa contemplation, Orland Fank regarda Hawkmoon d'un air pensif.

— Qui ? Eh bien, l'esprit du Bâton Runique. Il se

matérialise rarement sous une forme humaine. Vous avez été tout particulièrement honoré.

Shenegar Trott éructait de fureur mais fut réduit au silence lorsque la voix tonnante du Guerrier d'Or et de Jais résonna dans l'enceinte.

— Maintenant, Comte de Sussex, préparez-vous à mourir.

Trott éclata d'un rire dément.

— Quelle erreur ! Vous êtes quatre – nous sommes mille. C'est vous qui allez mourir et moi qui ensuite m'emparerai du Bâton Runique !

Le chevalier se tourna vers Hawkmoon.

— Duc de Köln, voulez-vous vous occuper d'appeler du renfort ?

— Avec plaisir, répondit Hawkmoon en souriant.

Et il brandit l'épée aux reflets sanglants.

— J'appelle à moi les Légions de l'Aurore !

Une grande vague lumineuse aux reflets de sang envahit alors la pièce et se mêla aux figures colorées qui scintillaient dans l'air. Une centaine de guerriers farouches apparurent, un halo écarlate enveloppant chacun d'entre eux.

D'apparence barbare, ils semblaient surgir de l'aube des temps, du plus primitif des âges. Ils étaient armés de grandes massues sculptées à pointes de fer et de lances ornées de crinières flamboyantes. Ils avaient la peau brune, le corps et le visage peints et la taille ceinte de pagnes éclatants ; des brassards et des jambières en bois protégeaient leurs membres. Leurs immenses yeux noirs jetaient de farouches lueurs d'outre-tombe et leurs voix s'unissaient dans un chant lugubre, une funèbre lamentation.

Ainsi étaient les Guerriers de l'Aurore.

Même les plus endurcis des Faucons ne purent retenir des hurlements de terreur lorsque parurent ces légions jaillies du néant. Shenegar Trott fit un pas en arrière.

— Je vous invite à déposer vos armes et à vous rendre, annonça Hawkmoon d'un ton menaçant.

Trott secoua la tête avec détermination.

— Jamais. Nous sommes encore les plus nombreux.

— Que la bataille commence, dit Hawkmoon en descendant les marches.

Shenegar tira son épée et tomba en garde. Hawkmoon abattit l'Épée de l'Aurore, mais Trott fit un bon de côté et riposta. Hawkmoon évita de justesse d'être transpercé au ventre. Vêtu de soie légère, il était désavantagé face à Trott bien protégé dans sa lourde armure d'argent.

Les Soldats de l'Aurore se ruèrent en bas des escaliers et leur chant funèbre se changea en un furieux mugissement. De tous côtés, ils abattaient lances et massues ; les féroces Faucons les rencontrèrent vaillamment et rendirent autant de coups terribles qu'ils en reçurent, mais virent bientôt, avec effroi et découragement que pour chaque Guerrier de l'Aurore tombé un autre surgissait du néant et combattait à sa place.

D'Averc, Orland Fank et le Guerrier d'Or et de Jais descendaient lentement les marches. Ensemble ils décrivaient de larges moulinets avec leurs lames, telles trois pendules d'acier qui maintenaient les Faucons en arrière.

Attaquant de nouveau, Shenegar Trott déchira la manche de Hawkmoon. L'arme magique retomba sur son masque, le cabossant de telle sorte que les traits en parurent plus grotesques encore.

Hawkmoon fit un bond en arrière, prêt à poursuivre le combat. C'est alors qu'il reçut un coup violent sur la nuque. Il se tourna et entrevit confusément le Faucon qui venait de l'atteindre avec le manche de sa hache ; il vacilla, tenta de résister, mais finit par s'écrouler. Avant de s'évanouir, il eut le temps de voir les Guerriers de l'Aurore se dissiper et repartir vers le néant. Il tenta désespérément de retrouver ses esprits ; les farouches légions ne pouvaient exister que s'il était en pleine possession de ses facultés conscientes.

Mais ce fut en vain. La dernière chose qu'il entendit, fut le ricanement de Shenegar Trott.

CHAPITRE XI

LA MORT D'UN FRÈRE

Hawkmoon perçut le lointain fracas de la bataille ; un brouillard noir et rouge voilait son regard. Il secoua sa torpeur, tenta de se relever mais quatre corps au moins pesaient sur lui, le maintenant au sol. Ses amis n'étaient pas restés inactifs...

Il se dégagea et vit que Shenegar Trott était près d'atteindre le Bâton Runique. Blessé de toutes parts, tailladé par une centaine de lames, le Guerrier d'Or et de Jais se dressait face au baron et retenait sa main. Mais Shenegar Trott leva son énorme massue et l'abattit sur le heaume du guerrier qui vacilla sous le choc.

Hawkmoon rassembla toutes ses forces pour hurler à s'en déchirer la voix :

— Légions de l'Aurore ! Je vous rappelle à moi ! Légions de l'Aurore !

Réapparaissant, les sauvages guerriers reprirent immédiatement le combat contre les Faucons qui poussaient des cris d'effroi et de surprise.

Hawkmoon ignorait si ses autres compagnons vivaient encore. Il commençait de gravir les marches pour se précipiter au secours du Guerrier d'Or et Jais, lorsque la pesante armure noire et or vint le heurter de plein fouet. Chancelant sous le poids, il arrêta la chute de son ami du mieux qu'il le pût, mais s'aperçut bientôt que le corps qu'il portait était déjà sans vie.

Pleurant cet homme qu'il avait jusqu'alors refusé de

considérer comme un ami et curieux de voir le visage de celui qui depuis si longtemps influait sur son destin, il tenta de relever la visière, mais n'y parvint pas car elle avait été faussée par le coup si violent qu'avait assené le baron.

— Chevalier...

— Le guerrier est mort !

Shenegar jeta son masque au loin, puis approcha la main du Bâton Runique ; par-dessus son épaule, il lança un regard triomphant vers Hawkmoon.

Vous aussi, Dorian Hawkmoon, d'ici quelques instants, vous serez mort !

— Poussant un cri de rage, Hawkmoon repoussa le corps du Chevalier et, comme une flèche, gravit les marches. Surpris, Trott se détourna de l'objet de sa convoitise pour, de nouveau, brandir sa massue. Hawkmoon esquiva le coup, agrippa Trott et la lutte commença. Autour d'eux le carnage se poursuivait.

Il aperçut alors D'Averc, un peu plus loin, dont la chemise n'était plus que lambeaux imbibés de sang et dont un des bras, blessé, pendait, flasque, à son côté ; il faisait face aux assauts de cinq féroces Faucons. Ailleurs, Orland Fank, vivant lui aussi, faisait tournoyer sa lourde hache-d'armes, tandis que de sa bouche jaillissait un étrange cri au son aigu et continu.

Sous l'effort, Trott soufflait bruyamment, une haleine sifflante s'échappait de ses lèvres épaisses et Hawkmoon fut surpris de la vigueur de son étreinte.

— Vous allez mourir, Hawkmoon, et le Bâton Runique sera à moi !

Déployant une énergie forcenée les deux hommes luttaient au corps à corps.

— Le Bâton Runique ne vous appartiendra jamais. Nul être vivant au monde ne peut le posséder !

Hawkmoon donna soudain une violente secousse qui prit le comte au dépourvu, puis il le frappa en plein visage. Le comte poussa un hurlement et revint à la charge, mais Hawkmoon l'accueillit d'un coup de son pied botté dans la poitrine, l'envoyant ainsi buter contre l'estrade. C'est alors que Hawkmoon put saisir son épée et, lorsque Shenegar Trott revint de nouveau à la charge, il se rua directement sur la pointe de l'Épée de l'Aurore et mourut en proférant d'obscènes injures, jetant un dernier regard en arrière vers le Bâton Runique.

Hawkmoon dégagea son épée et eut enfin loisir de voir qu'autour de lui les Légions de l'Aurore achevaient leur travail à grands coups de massues ; D'Averc et Orland Fank, exténués, étaient adossés à l'estrade.

Quelques massues à pointes ferrées s'abattirent sur des têtes et les derniers gémissements s'éteignirent. On n'entendait plus qu'un fredonnement doux et mélodieux et la respiration haletante des trois survivants.

Dès que le dernier Granbreton succomba, les Légions de l'Aurore retournèrent au néant.

Hawkmoon contemplait l'énorme cadavre de Shenegar Trott, un pli soucieux barrait son front lorsqu'il dit :

— Nous avons vaincu celui-ci et il ne nuira plus, mais d'autres vont suivre. Dnark n'est plus à l'abri du Ténébreux Empire.

Fank renifla et s'essuya le nez avec son avant-bras.

— La paix de Dnark dépend de vous, de même, pour sûr, que la paix du monde entier.

Hawkmoon eut un sourire plein d'une ironie amère.

— Et comment, d'après vous, vais-je réaliser un tel prodige ?

Fank allait parler lorsque ses yeux se posèrent sur le corps massif du Guerrier d'Or et de Jais.

— Frère ! souffla-t-il.

Il s'élança jusqu'au bas des marches, jeta sa hache d'armes au loin et étreignit l'armure dans ses bras.

— Frère... ?

— Il est mort, dit Hawkmoon avec douceur, par la main de Shenegar Trott, alors qu'il défendait le Bâton Runique. J'ai tué Trott mais...

Fank pleurait.

La Salle du Bâton Runique était jonchée de cadavres, les configurations qui dansaient toujours dans l'air semblaient avoir pris la couleur du sang et un parfum doux-amer flottait encore, mais ne masquait pas l'odeur de la mort.

Hawkmoon remit l'Épée de l'Aurore dans son fourreau.

— Et à présent, que faire ? dit-il. Nous avons accompli la tâche pour laquelle nous fûmes appelés. Nous devions défendre le Bâton Runique et nous avons réussi. Rentrerons-nous en Europe ?

Une voix s'éleva derrière lui ; la voix tranquille du jeune garçon, Jehamia Cohnahlias. Hawkmoon se retourna, l'enfant tenait le Bâton Runique dans une main.

— À présent Duc de Köln, vous devez prendre ce qui vous appartient de plein droit.

Ses yeux bridés brillaient de moquerie bienveillante.

— Vous devez ramener le Bâton Runique en Europe avec vous. C'est là que se jouera le destin de la terre.

— En Europe ! Je croyais qu'on ne pouvait pas l'enlever à ce lieu.

— Nul homme ne le peut. À part vous qui fûtes élu par le Bâton Runique.

La silhouette de l'enfant s'étira vers Hawkmoon, et dans sa main était le Bâton Runique.

— Prenez-le. Protégez-le. Et qu'il vous protège.

— Et que sera-t-il pour nous ? s'enquit D'Averc.

— Il est votre étendard. Que nul n'ignore que vous portez le Bâton Runique – que vous servez sa cause. Dites-leur que ces événements furent provoqués par le Baron Meliadus qui osa prêter serment sur le Bâton Runique. Et la fin verra la destruction totale de l'un ou l'autre des protagonistes. Portez cet étendard victorieux jusqu'en Granbretanne, si vous le pouvez ; ou bien, si vous échouez dans la lourde tâche qui vous incombe, mourez au combat. L'étendard du Bâton Runique flottera sur le champ de bataille où bientôt s'affronteront Meliadus et Hawkmoon une dernière fois !

Sans mot dire Hawkmoon accepta le bâton. Les figures lumineuses continuaient de crépiter, émanant de l'objet, pourtant lourd et glacé entre ses mains, comme mort.

— Dissimulez-le dans vos vêtements ou enveloppez-le

dans une étoffe, conseilla l'enfant, il restera ainsi à l'abri des regards jusqu'à ce que vous-même désiriez révéler les forces mystérieuses qui accompagnent le Bâton Runique.

— Je vous remercie, dit simplement Hawkmoon.

— Les Grands Bienheureux vous aideront à retourner chez vous, ajouta le jeune garçon. Adieu, Hawkmoon.

— Adieu ? Et vous, qu'allez-vous devenir ?

— Je retourne là où est ma place.

Soudain, l'enfant se métamorphosa de nouveau en un flot de lumière dorée où se percevaient encore les lignes de sa silhouette et qui fut absorbé par le Bâton Runique. Hawkmoon sentit l'objet, à présent chaud et léger, prendre vie entre ses doigts.

Hawkmoon frissonnait un peu lorsqu'il rangea le Bâton Runique à l'intérieur de sa chemise.

Tandis qu'ils sortaient de la salle, D'Averc remarqua que Orland Fank pleurait encore silencieusement.

— Qu'est-ce qui vous fait souffrir, Fank ? Pleurez-vous toujours l'homme qui fut votre frère ?

— Oui. Mais je déplore surtout la perte de mon fils.

— Votre fils ? Que lui est-il arrivé ?

Orland Fank, d'un geste du pouce, désigna Hawkmoon qui les suivait, inattentif et plongé dans ses pensées.

— Il lui appartient maintenant.

— Que voulez-vous dire ?

Fank soupira.

— Cela doit être, je le sais. Mais toutefois je suis un homme, ne puis-je pas pleurer ? Je parlais de Jehamia Cohnahlias.

— L'enfant ? L'esprit du Bâton Runique ?

— Oui. C'était mon fils – ou moi-même. Je n'ai jamais tout à fait compris ces choses...

LIVRE SECOND

Il est écrit : « Celui qui prête serment sur le Bâton Runique imprime à sa destinée un tournant irrévocable. Que le sort lui soit contraire ou favorable, il devra subir la loi inflexible qu'il aura lui-même contribué à forger. » Or le baron Meliadus de Kroiden avait prêté un tel serment. Il avait juré qu'il tirerait vengeance du Château Airain et que Yisselda, la fille du comte Airain serait à lui. En ce jour, son destin était à jamais engagé, et il avait entraîné dans le tourbillon infernal Dorian Hawkmoon qui avait vécu d'étranges et douloureuses aventures. Mais le dénouement était proche.

Haute Histoire du Bâton Runique

Chapitre I

SOMBRES RUMEURS DANS LES CHAMBRES SECRÈTES

La véranda dominait la Tames, fleuve aux reflets de sang, dont les flots paresseux traversaient le cœur de Londra, s'écoulaient lentement aux pieds des tours sombres et torturées.

De temps à autre un ornithoptère les survolait en cliquetant, tel un grand oiseau de métal éblouissant, tandis que, sur le fleuve, passaient des chalands de bronze et d'ébène regorgeant de richesses pillées de par le monde, pleins d'hommes, de femmes et d'enfants enlevés aux régions soumises et réduits en esclavage. Un auvent de velours pourpre agrémenté de glands en soie écarlate dérobait les occupants de la véranda à la vue des étages supérieurs. La lourde étoffe répandait également une ombre épaisse où venaient se fondre les silhouettes, de sorte que même depuis le fleuve, il était impossible de rien distinguer.

Une table d'airain, deux chaises dorées et tapissées de peluche bleue composaient le mobilier. Sur la table on avait déposé un plateau en or avec une carafe à vin et deux timbales couleur d'émeraude. De part et d'autre de la porte menant à la véranda se tenaient deux filles nues dont le visage, les seins et le sexe étaient maquillés de rouge profond. Elles étaient les captives du baron Meliadus de Kroiden et tout familier de la cour de Londra les aurait immédiatement reconnues pour telles, car les esclaves du baron étaient toujours des femmes dont, ainsi qu'il l'exigeait, ce fard rouge constituait la seule livrée. L'une des jeunes filles dont le regard fixe se perdait dans le lointain, du côté du fleuve, était blonde et presque certainement originaire de Köln, une des possessions du baron, conquise par le feu et le sang. L'autre avait le teint sombre et venait sans doute de quelque ville du Moyen-Orient écrasée par le baron également, passée au fil de l'épée et tombée sous son autorité impitoyable.

Une femme portant un masque de héron en fils d'argent délicatement tissé et entièrement vêtue de brocart somptueux occupait l'un des sièges bleu et or. L'homme qui lui faisait face arborait un épais vêtement de cuir noir et un masque de loup noir et féroce. Une petite ouverture était ménagée dans son masque où il introduisait une paille d'or pour goûter au vin qu'on lui avait servi.

Les deux personnages étaient silencieux, des chalands passaient en faisant clapoter l'eau contre les murs ; dans une tour lointaine quelqu'un riait à gorge déployée, un ornithoptère battait lentement des ailes avec un bruit de métal froissé avant de se poser sur la plus haute plateforme d'une tour.

L'homme masqué prit enfin la parole, à voix basse et d'un ton grave. La femme au masque de héron demeura immobile et impassible ; elle contemplait toujours le fleuve aux reflets de sang dont la couleur étrange était attribuée aux affluents de la ville qui venaient s'y jeter.

— On vous soupçonne un peu, savez-vous, Flana. Le Roi-Empereur Huon pense que vous n'êtes pas pour rien dans cette soudaine crise de démence qui s'est emparée des gardes la nuit de la disparition des émissaires d'Asiacommunista. Je prends sans doute des risques considérables en venant vous voir ainsi. Mais peu importe, je me préoccupe avant tout de notre patrie bien-aimée, de la gloire de la Granbretanne.

Attendant une réponse, l'homme se tut, mais son interlocutrice ne dit pas mot.

— Flana, il est clair que la situation de la Cour actuellement n'est pas favorable à l'expansion de l'Empire. Certes je suis un vrai Granbreton et de ce fait j'apprécie l'extravagance, néanmoins il faut savoir faire la distinction entre extravagance et sénilité. Vous voyez ce que je veux dire ?

Flana Mikosevaar ne broncha pas.

— Je voulais suggérer, poursuivit-il, que nous avions besoin d'un nouveau souverain – d'une impératrice. Il n'existe qu'une personne qui appartienne à la lignée du Roi-Empereur Huon – une seule que tous accepteront de voir lui succéder sur le trône du Ténébreux Empire.

De nouveau, le silence.

L'homme au masque de loup se pencha.

— Flana ?

Le fin héron d'argent se tourna vers la figure aux babines retroussées.

— Flana – vous pourriez être reine-impératrice de Granbretanne et je serais votre régent, nous ferions de notre pays une nation, un empire invulnérable, nous pourrions étendre sa gloire plus loin encore – nous approprier le monde entier !

— Et alors, une fois que le monde entier nous appartiendra, qu'en ferons-nous ?

C'étaient les premières paroles que Flana Mikosevaar prononçait.

— Ce que bon nous semblera, Flana ! Pour notre plaisir et comme nous le jugerons nécessaire !

— Ne peut-on pas un jour se lasser du meurtre et du pillage ? De la souffrance et de la destruction ?

Meliadus semblait perplexe.

— Bien sûr. On peut se fatiguer de n'importe quoi. Mais il y a autre chose – il y a les expériences de Kalan, et celles de Taragorm. Si nous mettons les ressources du monde entier à leur disposition, tout sera possible à nos savants. Ils pourront construire des vaisseaux capables de nous transporter à travers l'espace, des vaisseaux identiques à ceux des anciens, à celui dont la légende raconte qu'il apporta le Bâton Runique sur notre globe ! Alors nous pourrons voyager vers d'autres mondes et les conquérir – nous mesurer à l'univers tout entier avec notre génie et nos techniques ! L'aventure de la Granbretanne pourra alors s'étendre sur des millions d'années !

— Notre satisfaction se limite-t-elle à l'aventure et aux sensations fortes, Meliadus ?

— Mais bien sûr – pourquoi pas ? Tout n'est-il pas chaos ? Je ne vois aucune signification à notre existence. Nous n'avons qu'une satisfaction dans la vie, c'est la découverte de toutes les sensations accessibles à l'esprit et au corps humains. Et pour parvenir à cela, il nous faudra bien un million d'années.

— Tel est notre idéal c'est vrai, acquiesça Flana dans un soupir. Je ne peux donc qu'approuver vos projets, Meliadus, et de toute façon le rôle que vous m'y attribuez ne sera ni plus ni moins ennuyeux que quoi que ce soit d'autre.

Elle haussa les épaules.

— Fort bien, je serai votre reine dès que nécessaire – et si Huon a vent de notre trahison, peu importe, la mort sera un soulagement.

Légèrement décontenancé par ce discours inattendu, Meliadus se leva.

— Vous garderez le secret, Flana ?

— Muette comme la tombe.

— Parfait. Maintenant je dois aller voir Kalan. Mon plan l'intéresse car notre succès lui ouvrirait des horizons inespérés pour la réalisation de ses expériences. Taragorm me soutient également…

— Vous avez confiance en lui ? Votre rivalité est de notoriété publique.

— C'est vrai – je déteste Taragorm, et il me le rend bien, mais notre haine a perdu de sa virulence aujourd'hui. Vous vous souvenez que notre rivalité datait de son mariage avec ma sœur. J'étais désappointé car j'avais alors déjà formé le projet d'épouser ma sœur moi-même. Mais elle s'est compromise récemment – avec un véritable imbécile, paraît-il – et Taragorm l'a appris. Après quoi, lors d'une soirée un peu particulière, elle a incité ses propres esclaves à les assassiner elle et son imbécile d'amant. Vous avez dû entendre parler de cette histoire étrange. À la suite de cet événement, Taragorm et moi-même avons égorgé ensemble les esclaves meurtriers et nous avons retrouvé là un peu de notre vieille complicité. On peut avoir confiance en mon beau-frère. Il comprend à quel point la politique timorée de Huon entrave la progression de ses recherches.

Le son de leurs voix ne s'était jamais élevé au-delà d'un murmure, inaudible même de la porte, pourtant toute proche, où se tenaient les esclaves.

Meliadus s'inclina devant Flana et fit claquer ses doigts. Les esclaves s'empressèrent de préparer sa litière dans laquelle elles le transportèrent à travers les corridors jusqu'à ses propres appartements.

Le regard toujours fixé sur le fleuve, Flana pensait à peine au plan de Meliadus. Elle songeait au séduisant D'Averc et au jour prochain où ils se retrouveraient peut-être. D'Averc l'emmènerait loin de Londra et de toutes ces intrigues – ils iraient sans doute cacher leur amour en France où autrefois il possédait des terres verdoyantes, que, si elle devenait reine, elle pourrait lui restituer.

Elle commençait à percevoir un avantage à devenir Reine-Impératrice. Elle pourrait ainsi choisir son époux et cet époux serait D'Averc, elle pourrait lui pardonner ses crimes contre la Granbretanne, de même que gracier ses compagnons, Hawkmoon et les autres.

Mais Meliadus, s'il acceptait à la rigueur de gracier D'Averc, resterait sans aucun doute inflexible pour les autres.

Elle vit soudain les aspects négatifs de ce plan et poussa un soupir. Qu'importait après tout, elle ne savait même pas si D'Averc était encore en vie. En attendant, bien qu'elle soupçonnât les conséquences effroyables d'un échec et le côté présomptueux de cette entreprise, elle ne voyait aucune raison de ne pas s'associer d'une façon passive à la trahison de Meliadus. De fait, ce dernier devait être vraiment désespéré pour oser imaginer pouvoir jamais détrôner son souverain héréditaire. Durant les deux mille années de son règne l'idée de renverser Huon n'avait jamais effleuré un seul Granbreton. Flana ignorait même si cela était possible.

Elle frissonna. Si un jour elle devait régner, elle ne choisirait pas l'immortalité – surtout si cela la condamnait à ressembler à cette chose flétrie et répugnante qu'était le Roi-Empereur Huon.

Chapitre II

LA MACHINE DE VÉRITÉ

Kalan de Vitall passait et repassait sur son masque de serpent de vieilles mains pâles et sillonnées d'une multitude de veines saillantes qui ondulaient sous sa peau transparente comme autant de serpents bleuâtres. Le grand laboratoire, immense et bas de plafond, s'étendait à perte de vue ; un grand nombre d'hommes en uniforme et portant le masque de l'Ordre du Serpent dont Kalan était grand connétable, s'y activaient à diverses expériences. D'étranges machines crachaient des bruits et vomissaient des odeurs encore plus étranges, des éclairs lumineux de toutes les couleurs jaillissaient et crépitaient partout, envahissant la salle, sorte d'atelier infernal et peuplé de démons. Des hommes et des femmes d'âges variables étaient attachés à des machines ou emprisonnés à l'intérieur d'autres engins et les savants se livraient ainsi à différentes expériences sur le corps et l'esprit humains. La plupart avaient été d'une manière ou d'une autre réduits au silence. Mais quelques-uns hurlaient, gémissaient ou pleuraient avec des voix distordues par la souffrance et la terreur, à la plus grande exaspération des savants qui finissaient par leur enfoncer des chiffons dans la bouche, leur trancher les cordes vocales ou employer diverses méthodes expéditives pour pouvoir œuvrer en paix.

Kalan posa une main sur l'épaule de Meliadus en lui montrant une machine qui attendait non loin de là.

— Vous souvenez-vous de la Machine de Vérité ? Celle

dont nous nous sommes servis pour explorer l'esprit de Hawkmoon ?

— En effet, grommela Meliadus. Celle qui vous fit croire qu'on pouvait se fier à Hawkmoon.

— Nos estimations ne pouvaient anticiper certains facteurs totalement imprévus, répliqua Kalan pour se justifier. Mais ce n'est pas pour cela que je vous ai conduit à cette machine. On m'a demandé de m'en servir, ce matin.

— Qui ?

— Le roi-empereur en personne. Il m'a fait appeler à la salle du trône et m'a dit qu'il souhaitait qu'un membre de la cour en subisse l'épreuve.

— Lequel ?

— Ne vous en doutez-vous pas, Messire ?

— Moi ?

Profondément offensé, Meliadus avait la voix tremblante de rage.

— Exactement. J'ai l'impression qu'il doute de votre loyauté, Baron...

— Jusqu'à quel point, d'après vous ?

— Pas très gravement. À mon avis, Huon pense que vous vous laissez trop absorber par vos projets personnels et du même coup négligez ses propres projets. Je crois qu'il veut simplement savoir jusqu'où va votre fidélité à son égard et si vous avez renoncé à vos ambitions personnelles avant...

— Avez-vous l'intention d'obéir à ses ordres, Kalan ?

Kalan haussa les épaules.

— Insinuez-vous que je doive les ignorer ?

— Non – mais comment allons-nous faire ?

— Je vais être obligé de vous faire subir l'épreuve de la Machine de Vérité bien sûr, mais je pense pouvoir obtenir des résultats qui vous conviendront.

Kalan pouffa, petit rire au son creux et informe sous son masque.

— Pouvons-nous commencer, Meliadus ?

Meliadus s'approcha à contrecœur, regardant avec anxiété la machine dont le métal rouge et bleu brillait doucement ; pour des raisons qui lui restaient inconnues et mystérieuses ses formes se projetaient de tous côtés, des bras pesants et de lourds accessoires y étaient fixés. La pièce principale se composait d'une cloche immense qui surplombait le reste de la machine, suspendue à un échafaudage de structure incroyablement complexe.

Kalan tourna un bouton et leva les bras au ciel.

— Autrefois cet engin était isolé dans une salle à part, mais nous manquons d'espace ces temps-ci. C'est un de mes principaux griefs. On exige beaucoup de nous, mais ne nous accorde que peu de moyens.

La machine commença de vibrer, comme si un gigantesque animal s'était mis à respirer. Meliadus recula d'un pas. Kalan pouffa de nouveau et d'un geste appela ses serviteurs masqués qui devaient l'aider à manipuler l'engin.

— Voudriez-vous vous placer sous la cloche, Meliadus, nous allons l'abaisser, proposa Kalan.

Méfiant, d'un pas lent, Meliadus prit place sous la cloche qui descendit jusqu'à le recouvrir entièrement. Les parois à consistance de chair frémirent, ondulèrent, l'enveloppèrent, et son corps finit par s'y trouver comme dans un moule. Puis des filaments brûlants semblèrent s'insinuer dans son crâne comme pour explorer son cerveau. Il essaya de hurler mais sa voix était étouffée. Il fut alors assailli d'hallucinations – des visions et des souvenirs de sa vie passée – des batailles et des carnages surtout et le visage haï de Dorian Hawkmoon qui dansait devant ses yeux sous mille formes terrifiantes, celui, merveilleux et plein de douceur de la femme qu'il désirait le plus au monde, Yisselda, la fille du comte Airain. Petit à petit sa vie tout entière vint se reconstruire devant lui. En une cohorte interminable défilaient ses rêves et ses pensées – pas une ne lui fut épargnée – et, par ordre d'importance venaient reconstituer l'édifice de son existence. Dominant le tout, sans cesse, tel un refrain, réapparaissaient son désir de Yisselda, sa haine de Hawkmoon et ses projets de conspiration contre le roi.

Enfin la cloche se releva et Meliadus se retrouva face au masque de Kalan. Pour quelque raison inconnue il se sentait l'esprit libéré et étonnamment clair.

— Eh bien, Kalan, qu'avez-vous découvert ?

— À ce stade, rien que je ne sache déjà. Une relation complète et détaillée nous parviendra dans une heure ou deux.

Il pouffa de rire.

— L'empereur s'en serait fort diverti.

— Oui. Il n'en aura pas l'occasion, j'espère.

— Je suis obligé de lui présenter mes conclusions, Meliadus. Mais celles-ci établiront que votre haine pour Hawkmoon s'est apaisée et que votre amour pour l'empereur reste profond et indestructible. Ne nous dit-on pas que l'amour et la haine sont indissociables. Il suffira donc d'un simple petit coup de pouce de ma part pour que votre haine pour Huon se métamorphose en un amour fidèle.

— Parfait. À présent, il nous faut reparler de notre projet. Premièrement, nous devons ramener le Château Airain dans cette dimension, ou trouver un moyen de l'atteindre nous-mêmes. Ensuite nous devons parvenir à régénérer le Joyau Noir, de manière à ce que Hawkmoon retombe en notre pouvoir. Et enfin, il importe de découvrir et concevoir des armes et des techniques capables de vaincre les forces du Roi-Empereur Huon.

— Bien sûr. Il y a déjà les nouveaux engins que j'ai inventés pour les vaisseaux… acquiesça Kalan.

— Les vaisseaux à bord desquels Trott et ses légions sont partis ?

— Oui. Ils ont été ainsi propulsés à des distances et des vitesses jamais atteintes à ce jour. Aucun autre vaisseau n'en a encore été équipé. Trott ne devrait plus tarder à revenir maintenant.

— Où a-t-il été envoyé ?

— Je ne sais pas. Nul ne le sait, à part le Roi-Empereur Huon. Très loin, sans aucun doute, à des milliers de lieues. En Asiacommunista peut-être.

— C'est très probable, en effet, approuva Meliadus. Mais oublions Trott et penchons-nous sur les détails de notre plan. Taragorm travaille également à une invention qui devrait nous permettre de rejoindre le Château Airain.

— Peut-être vaudrait-il mieux que Taragorm concentre tous ses efforts dans cette direction, puisque c'est sa spécialité, tandis que moi-même je tâcherai de trouver un moyen de régénérer le Joyau Noir, proposa Kalan.

— En effet, murmura Meliadus. Je dois d'abord consulter mon beau-frère. Je vais y aller dès à présent, mais ne tarderai pas à revenir.

Meliadus appela ses esclaves qui accoururent avec sa litière. Il s'y installa, salua Kalan de la main et ordonna qu'on le transportât jusqu'au Palais du Temps.

Chapitre III

TARAGORM

Le palais de Taragorm se profilait tel une gigantesque horloge, Les pendules et les balanciers tournaient sans cesse et emplissaient l'air d'un fracas de cliquetis, de sifflements et de vrombissements. Taragorm, arborant son masque, une énorme horloge conçue pour donner l'heure aussi précisément que toutes celles qui peuplaient le palais, prit le bras de Meliadus pour le guider dans la Grande Salle du Pendule. Les cinquante tonnes d'acier du monstrueux pendule, un immense soleil flamboyant et richement décoré, déchiraient l'air d'un bout à l'autre de la salle, passaient et repassaient en sifflant juste au-dessus de la tête de Meliadus.

— Eh bien, frère, cria Meliadus pour se faire entendre malgré le bruit assourdissant, vous m'avez envoyé un message m'annonçant une bonne nouvelle, mais le message n'en disait pas plus et j'ai hâte de savoir pourquoi vous vouliez me voir.

— Oui, mais venez, je préfère que nous soyons seuls.

À travers un étroit passage, Taragorm conduisit Meliadus dans une petite pièce ornée d'une seule horloge très ancienne. Taragorm ferma la porte et le vacarme cessa. Il fit un geste pour désigner l'horloge.

— C'est ce que l'on appelait autrefois une horloge de parquet, la plus ancienne au monde sans doute. Elle fut fabriquée par Thomas Tompion.

— Son nom m'est inconnu.

— Un artisan de génie, le plus grand de son époque, il vécut bien avant le début du Tragique Millénaire.

— Vraiment ? Et cela a-t-il quelque chose à voir avec votre message ?

— Non, bien sûr.

Taragorm claqua dans ses mains et une porte s'ouvrit. Un personnage maigre et déguenillé entra, le visage couvert d'un masque en mauvais cuir tout craquelé. Il s'inclina profondément devant Meliadus.

— Qui est cette personne ?

— Elvereza Tozer. Vous souvenez-vous de son nom ?

— Bien sûr ! L'homme qui subtilisa l'anneau de Mygan et puis disparut !

— C'est cela. Racontez à mon frère, le baron Meliadus, où vous êtes allé, Maître Tozer…

Tozer s'inclina de nouveau, puis s'assit sur le bord de la table en prenant un air avantageux.

— Eh bien, je reviens du Château Airain, Messire !

Meliadus bondit à travers la pièce et saisit Tozer interloqué par le col de sa chemise.

— Vous venez d'où ? gronda-t-il.

— Du Ch-château Ai-airain, Noble Seigneur…

Meliadus secoua Tozer et le souleva à quelques centimètres au-dessus du sol.

— Comment ?

— J'y arrivai par hasard – fus capturé par Hawkmoon de Köln – on me garda prisonnier – je réussis à reprendre l'anneau – et – et revint…

Tozer suffoquait de frayeur.

— Le plus intéressant ce sont les informations qu'il ramène, interrompit Taragorm. Racontez-lui, Tozer.

— La machine qui les protège en les maintenant dans cette autre dimension se trouve dans le donjon, bien à l'abri. C'est un objet de cristal qu'ils ramenèrent d'un lieu appelé Soryandum et qui leur a permis de disparaître dans les limbes, tout cela est la vérité, Messire…

Taragorm jubilait.

— C'est vrai, Meliadus. Je l'ai mis à l'épreuve une douzaine de fois au moins. J'avais entendu parler de cette machine de cristal mais ignorais qu'elle existait encore. Et Tozer m'a donné d'autres informations grâce auxquelles j'espère parvenir à des résultats positifs.

— Vous pensez pouvoir nous permettre d'atteindre le Château Airain ?

— Mieux que cela, frère. Je suis presque sûr de ramener d'ici très peu de temps le Château Airain parmi nous.

Meliadus resta silencieux quelques instants, il regardait Taragorm, puis explosa d'un rire triomphant, en comparaison duquel le vacarme des horloges ne semblait plus qu'un léger murmure.

— Enfin ! Enfin ! Mon heure est enfin venue ! Merci, Frère ! Merci, Maître Tozer !

Chapitre IV

LA MISSION DE MELIADUS

Le lendemain Meliadus fut appelé devant le Roi-Empereur Huon.

Sur le chemin du palais impérial, il se perdait en conjectures et se sentait anxieux. Kalan l'avait-il trahi ? Le savant avait-il montré au roi les véritables résultats de l'épreuve subie la veille ? Peut-être Huon avait-il deviné la supercherie ? Après tout, le monarque immortel avait sans doute su mieux que quiconque au monde aiguiser son intelligence au cours des deux mille ans de sa longue existence. Peut-être le rapport falsifié par Kalan était-il trop maladroit pour tromper la méfiance du Roi-Empereur Huon ? La panique commençait à l'envahir. Marchait-il vers sa fin ? Huon donnerait-il ordre aux gardes de la Mante de l'exécuter dès son arrivée dans la salle du trône ?

Les battants du haut portail s'écartèrent et il se trouva face aux guerriers de l'Ordre de la Mante. Au fond de la salle la Sphère Impériale semblait attendre, noire et mystérieuse.

Meliadus s'avança vers elle. Il l'atteignit enfin et se prosterna, mais la sphère demeurait sombre et opaque. Huon se moquait-il de lui ? Après un long moment le noir vira au bleu foncé, puis la sphère devint verte, puis rose, et finalement d'un blanc laiteux où se lovait la silhouette de fœtus dont le regard perçant et malveillant fixait Meliadus.

— Baron…

— Noble Monarque.

— Nous sommes satisfait de vous.

Meliadus leva des yeux étonnés.

— Puissant Souverain ?

— Nous sommes satisfait de vous et désirons vous confier une mission qui vous comblera d'honneur.

— Noble Prince ?

— Vous avez entendu parler bien sûr du départ de Shenegar Trott.

— En effet, Puissant Monarque.

— Et vous savez où il est parti.

— Non, Empereur de l'Univers, je l'ignore.

— Sa destination était l'Amarehk. Il avait pour mission de ramener le maximum d'informations à propos de ce continent et de voir si une tentative d'invasion de notre part y rencontrerait des obstacles.

— Il semble que lui-même en ait rencontrés, Roi Immortel.

— Vous avez vu juste. Il devait être de retour depuis plus d'une semaine. Nous sommes inquiet.

— Pensez-vous qu'il soit mort, Noble Monarque ?

— C'est ce que nous aimerions savoir, et, si tel était le cas, savoir qui l'a tué. Baron Meliadus, nous souhaitons vous confier cette seconde mission.

Meliadus crut d'abord s'étrangler de fureur. Lui, Meliadus partir en second derrière ce gros bouffon de Trott ! Et perdre son temps à courir après sa dépouille le long des côtes d'un continent chimérique ! Il n'en était même pas question ! Si cet être sénile là-haut dans son globe n'avait pu le réduire à néant d'un seul geste, Meliadus n'eût pas attendu une seconde de plus pour investir la salle du trône. Il ravala sa colère tandis qu'un nouveau plan de conspiration germait dans son esprit.

— Je suis honoré, Prince Universel ! prononça-t-il en feignant l'humilité. Puis-je choisir mon équipage ?

— Si vous le désirez.

— Dans ce cas je prendrai des hommes en qui j'ai une absolue confiance. Des Membres de l'Ordre du Loup et de l'Ordre du Vautour.

— Mais ces derniers ne sont pas des marins.

— Il y a des marins parmi les Vautours, Grand Roi-Empereur, ce sont ces hommes que je choisirai.

— Comme vous voudrez, Baron Meliadus, comme vous voudrez.

Surpris d'apprendre que Trott était parti en Amarekh, Meliadus n'en débordait pas moins de rancœur. Huon avait préféré donner sa confiance à Trott dans un domaine qui habituellement était le sien. Il considérait que ce genre de mission lui revenait de droit, à lui, Meliadus. Un autre compte à régler, pensa-t-il. Il se félicitait d'avoir su attendre son moment, en obéissant – ou feignant d'obéir – aux ordres du Roi-Empereur Huon. Sa chance lui avait été offerte par la personne même qu'il considérait maintenant comme son pire ennemi après Hawkmoon.

Meliadus fit semblant de réfléchir pendant quelques instants.

— Si vous croyez que les Vautours ne sont pas sûrs, Prince de Tous Lieux et de Tous Temps, dans ce cas je vous propose d'emmener leur chef avec… ?

— Leur chef ? Asrovak Mikosevaar est mort – tué par Hawkmoon !

— Mais sa veuve a hérité de son titre de Grand Connétable…

— Flana ! Une femme !

— Oui, Puissant Souverain, elle a tout pouvoir sur eux.

— Je ne pensais pas que la comtesse de Kanbury, pût avoir le moindre pouvoir sur le plus insignifiant des lapins. Elle semble si rêveuse. Mais si vous le désirez, Messire, qu'il en soit ainsi.

Pendant une heure encore ils s'entretinrent des détails de la mission et le roi lui fournit toutes les précisions nécessaires concernant l'expédition de Trott.

Puis Meliadus partit. Une lueur de triomphe brillait dans ses yeux que dissimulait le masque de loup.

Chapitre V

LA FLOTTE DANS LE PORT DE DEAU-VERE

La petite flotte était à l'ancre dans les eaux grises du port de Deau-Vere, rassemblée le long des quais en pierre écarlate, au pied des nombreuses tourelles qui hérissaient la ville. Les larges toits des édifices supportaient des milliers d'ornithoptères aux ailes repliées, savamment ouvragés en forme d'oiseaux et d'animaux mythiques ; les pilotes arborant les masques de corbeaux et de hiboux, déambulaient dans les rues, mêlés aux marins avec leurs masques de poissons et de serpents de mer, aux guerriers de l'infanterie et de la cavalerie – cochons, têtes de mort, chiens, chèvres et taureaux. Ces derniers s'apprêtaient à traverser la Manche, non par bateau, mais en empruntant le fameux Pont d'Argent dont l'immense courbe s'élançait de l'autre côté de la ville pour disparaître à l'horizon, loin au-dessus des flots, arc étincelant et délicat, reliant le continent à la Granbretanne et sans cesse animé d'une intense circulation.

Dans les bâtiments de guerre s'entassaient des soldats portant les heaumes des Ordres du Loup et du Vautour, armés jusqu'aux dents d'épées, poignards, arcs, carquois et lance-flammes. Les bannières des Grands Connétables de l'Ordre du Loup et de l'Ordre du Vautour claquaient à la proue du vaisseau amiral. Autrefois simple légion, les Vautours avaient été élevés à la dignité d'Ordre du Vautour par le Roi-Empereur Huon en récompense des services rendus lors de la conquête de l'Europe et en hommage à leur chef tombé au combat, le sanglant Asrovaak Mikosevaar.

Nulle voile n'équipait ces navires étonnants qui, en revanche, étaient munis à l'arrière d'immenses roues à palettes et se profilaient en lignes tourmentées, sculptées dans le bois et forgées dans le métal. Des panneaux peints à traits torturés, retraçant quelque grande victoire navale ornaient les flancs des bâtiments, tandis que des figures de proue à teintes d'or en dominaient l'étrave. Ainsi les accompagnaient tous les dieux ancestraux et terrifiants de la Granbretanne. Ils avaient pour noms Jhone, Jhorge, Phowl, Rhungo qui, d'après la légende, régnaient avant le Tragique Millénaire ; Chirshill, le Dieu Hurleur, Bjrin Adass, le Dieu Pleurant, Jeajee Bald, le Dieu Grogneur et Aral Vilsn, Dieu Rugissant, le Dieu Suprême, père de Skvese et Blansacredid les dieux du Chaos et de la Destruction.

Aral Vilsn était à la proue du vaisseau-amiral sur le pont duquel, auprès de la comtesse Flana Mikosevaar, se dressait la sombre silhouette du baron Meliadus. En contrebas, les capitaines des autres navires s'étaient regroupés et, tandis qu'il s'éclaircissait la voix, levaient sur lui des regards interrogateurs.

— Vous vous demandez sans doute pour quelle destination nous devons mettre le cap – et, également, quelle est la nature de ces navires étranges. Les navires n'ont rien de mystérieux. Ils sont équipés d'engins identiques – mais beaucoup plus puissants – à ceux qui propulsent nos ornithoptères et sont une invention du baron Kalan de Vitall, ce génie de la Granbretanne. Grâce à ces engins, nous filerons à travers les océans à des vitesses jamais égalées jusqu'à présent. Notre destination est secrète, je vous en parlerai en privé. Ce vaisseau porte le nom d'Aral Vilsn, dieu suprême de l'ancienne Granbretanne, qui fit de cette nation ce qu'elle est aujourd'hui. Les autres vaisseaux sont le Skvese et le Blansacredid, mots qui autrefois signifiaient Destruction et Chaos. Mais ils désignent aussi des divinités, les fils d'Aral Vilsn, et symbolisent la gloire de la Granbretanne, gloire sombre et ancestrale, gloire terrible, sanglante et ténébreuse, celle de notre pays conquérant. Gloire dont vous êtes fiers, j'en suis persuadé.

Meliadus marqua une pause.

— Aimeriez-vous la voir se ternir, Messieurs ?

Les hommes rugissaient.

— Non ! Non ! Par le grand Aral Vilsn, par Skvese et Blansacredid – Non ! Non !

— Feriez-vous tout ce qui est en votre pouvoir pour maintenir la capricieuse Granbretanne sur son noir piédestal de puissance ?

— OUI ! OUI ! OUI !

— Et vous joindriez-vous à moi dans une aventure aussi insensée que toutes celles que vécurent Aral Vilsn et ses pairs ?

— OUI ! Expliquez-nous de quoi il s'agit ! Dites-nous !

— Vous ne vous y déroberez pas ? Vous me suivrez jusqu'au bout ?

— OUI ! crièrent plus d'une vingtaine de voix.

— Dans ce cas, suivez-moi dans ma cabine et je vous donnerai toutes les précisions. Mais soyez prévenus qu'une fois franchi le seuil de ma cabine vous serez tenus de me suivre où que ce soit. Quiconque se dédira n'en ressortira pas vivant.

Alors Meliadus descendit du pont et se dirigea vers sa cabine. Tous les capitaines présents lui emboîtèrent le pas ; tous devaient en ressortir convaincus et vivants.

Dans sa cabine où une faible lampe dispensait une lumière blafarde, Meliadus leur fit face. La table était couverte de cartes sur lesquelles il dédaigna de se pencher. Il prit la parole d'une voix basse et vibrante.

— Ne perdons pas de temps, Messieurs, je vais immédiatement vous expliquer de quoi il s'agit. Nous sommes engagés dans une conspiration… (Il s'éclaircit la voix :) Contre notre souverain héréditaire, Huon, le roi-empereur.

Des exclamations de surprise parcoururent l'assistance ;

les Loups et les Vautours regardaient Meliadus avec une vive attention.

— Le Roi-Empereur Huon est dément, ajouta Meliadus rapidement. C'est l'amour de notre nation qui me guide, non pas mon ambition personnelle. Huon est fou – loin de s'enrichir, son esprit s'est au contraire embrumé au long de ses deux mille années d'existence. Il cherche à nous donner une expansion trop rapide. Cette expédition, par exemple, devait nous mener en Amarekh où nous étions chargés d'examiner les possibilités de conquête, alors que notre position au Moyen-Orient s'affermit à peine et que certaines régions de Moskovia ne sont pas encore soumises.

— Et vous gouverneriez à la place de Huon, n'est-il pas vrai, Baron ? suggéra un Vautour d'un ton persifleur.

Meliadus secoua la tête.

— Pas du tout. Flana Mikosevaar sera votre reine. Les Vautours et les Loups éclipseront les Mantes autour du trône royal. Vous serez des Ordres suprêmes…

— Mais les Vautours sont un Ordre mercenaire, fit remarquer un Loup.

D'un geste Meliadus rejeta l'objection.

— Ils ont su faire la preuve de leur fidélité à la Granbretanne. Et l'on pourrait soutenir que nombre de nos propres Ordres sont moribonds. Un apport de sang neuf ne sera pas inutile à la vitalité du Ténébreux Empire.

— Ainsi Flana serait reine-impératrice – et vous, Baron ? demanda un autre Vautour pensivement.

— Régent et Consort. J'épouserai Flana et l'aiderai au gouvernement.

— À part le titre, vous n'en seriez pas moins roi-empereur, répliqua le même Vautour.

— J'aurai un pouvoir important, c'est vrai. Mais Flana est de sang royal, pas moi. De par sa lignée elle a droit au titre de reine-impératrice. Je serai simplement Seigneur de la Guerre Suprême tandis que lui reviendront toutes les autres affaires de l'État. Je ne suis qu'un guerrier, Messires, et je désire seulement intervenir sur la manière dont nos guerres sont menées.

Les capitaines semblaient satisfaits. Meliadus poursuivit :

— Donc à la marée haute de demain matin, au lieu de mettre le cap sur l'Amarekh, nous contournerons la côte, attendrons le moment propice pour passer l'estuaire de la Tames et remonterons jusqu'à Londra. Nous arriverons en plein cœur de la ville avant que quiconque ne se doute de notre projet.

— Mais Huon est bien protégé, son palais impossible à prendre d'assaut et la ville pleine de légions qui lui resteront fidèles, dit un autre Loup.

— Nous ne manquerons pas d'alliés dans la ville. De nombreuses légions nous soutiendront. Taragorm est avec nous et, depuis la mort de son cousin, il commande à plusieurs milliers de guerriers. L'Ordre du Furet est d'une importance assez réduite, certes, mais il compte quantité de légions à Londra, tandis que les autres se trouvent en Europe. Tous les nobles susceptibles de loyauté à l'égard de Huon guerroient à l'étranger. C'est maintenant qu'il faut attaquer. Le baron Kalan est également avec nous. Il nous offre des armes nouvelles que ses Serpents pourront manier. Si nous parvenons à remporter rapidement la victoire, il est vraisemblable qu'alors de nombreuses légions nous rejoindront, car une fois Flana sur le trône, peu montreront un attachement démesuré pour le Roi-Empereur Huon.

— Je me sens dévoué au Roi-Empereur Huon... avoua un Loup, c'est un sentiment profondément enraciné en nous.

— Oui, mais il y a aussi le dévouement à l'esprit d'Aral Vilsn – à tout ce pourquoi la Granbretanne existe. Ce dévouement-là n'est-il pas encore plus profondément enraciné en nous ?

Le capitaine réfléchit un moment avant d'admettre.

— Vous avez raison. Peut-être qu'avec un nouveau monarque sur le trône, notre puissance atteindra son apogée.

— Oui ! Cela ne fait aucun doute ! affirma le baron dont le regard farouche luisait derrière son masque aux babines retroussées.

CHAPITRE VI

DE RETOUR AU CHÂTEAU AIRAIN

Dans la grande salle du Château Airain, Yisselda Hawkmoon, fille du comte Airain, pleurait, pleurait sans cesse.

Elle pleurait de joie en regardant d'un air incrédule cet homme souriant devant elle – son époux à qui elle vouait une passion brûlante – et n'osait l'approcher de peur de découvrir quelque fantôme immatériel. Les yeux brillants, Hawkmoon s'avança et la prit dans ses bras en baisant ses larmes. Ils éclatèrent de rire ensemble.

— Oh, Dorian ! Dorian ! Nous craignions tant que vous soyez mort en Granbretanne !

— Tout bien considéré, c'est encore en Granbretanne que nous avons couru le moins de danger, n'est-ce pas, D'Averc ?

D'Averc toussa dans son mouchoir.

— Parfaitement et c'est même là-bas que notre santé a été la meilleure.

La silhouette élancée, le visage bienveillant, Noblegent se tenait près d'eux. Il les fixait d'un œil interrogateur.

— Mais comment êtes-vous revenus en Kamarg et dans notre dimension ?

Hawkmoon fit un geste évasif.

— J'aurais bien du mal à vous répondre, Sire Noblegent. Les Grands Bienheureux nous ont amenés jusqu'ici, c'est tout ce que je sais. Le voyage n'a pas duré plus de quelques minutes.

— Les Grands Bienheureux ! Je n'en ai jamais entendu parler !

Le comte Airain qui tentait de dissimuler son émotion, parlait d'un ton bourru tout en caressant sa grosse moustache rousse.

— Des esprits, en quelque sorte ?

— En quelque sorte, oui.

Hawkmoon tendit la main à son beau-père.

— Vous n'avez pas changé, Comte. Votre chevelure est toujours aussi flamboyante.

— Ce n'est pas un signe de jeunesse, répondit le comte. C'est la rouille ! Ne suis-je pas ici en train de moisir tandis que vous autres courez de par le vaste monde à la poursuite d'exaltantes aventures.

Oladahn, le fils de la géante des Montagnes Bulgares, s'approcha timidement.

— Je suis heureux de vous revoir sain et sauf, ami Hawkmoon.

En souriant il lui offrit une coupe de vin.

— Buvons à la joie de votre retour !

Hawkmoon vida son verre d'un seul trait.

— Merci, ami Oladahn. Comment allez-vous ?

— Je m'ennuie. Nous nous ennuyons tous et désespérions de jamais vous revoir.

— Eh bien me voici de retour et je crois que le récit de mes aventures dissipera votre ennui pour quelques heures. Et nous sommes tous chargés d'une mission qui ne manquera pas de vous faire oublier le désœuvrement dont vous souffrez.

— Racontez-nous ! rugit le comte Airain. De grâce, racontez-nous immédiatement.

— Oui, répondit Hawkmoon d'un ton enjoué, mais laissez-moi d'abord contempler mon épouse un instant.

Il se tourna vers Yisselda et croisa son regard empreint de gravité.

— Que se passe-t-il, Yisselda ?

— Je suis inquiète, Messire, je sens que vous allez bientôt risquer votre vie de nouveau.

— Cela est possible, en effet.

— Qu'il en soit ainsi, puisqu'il le faut, dit-elle en faisant un effort pour lui sourire. Mais, pas dès ce soir, j'espère.

— Ni même avant plusieurs nuits. Car il nous faut le temps de nous préparer.

— Bien, dit-elle doucement en fixant le mur de pierre, car j'ai quelque chose de très important à vous dire.

Le comte Airain les interrompit et les invita à s'approcher de la table que des serviteurs étaient en train de dresser à l'autre extrémité de la longue salle.

— Allons dîner. Nous avons gardé tous les meilleurs mets pour votre retour.

Plus tard, alors que, repus, ils se tenaient autour du feu, Hawkmoon leur montra l'Épée de l'Aurore et le Bâton Runique. Immédiatement des faisceaux lumineux se mirent à danser et à tournoyer en formant de multiples figures mouvantes tandis que l'air s'emplissait de l'étrange fragrance douce-amère.

Hawkmoon replaça dans sa chemise l'objet que tous contemplaient en silence, avec un respect mêlé de crainte.

— Voici notre étendard, celui au nom duquel nous partirons en guerre contre le Ténébreux Empire.

Oladahn se grattait le menton.

— Le Ténébreux Empire ?

Hawkmoon sourit.

— Mais oui.

— Ne sont-ils pas des millions ? demanda Noblegent en prenant l'air innocent.

— Des millions, en effet.

— Oh ! Il doit bien nous rester cinq cents Kamarguais, murmura le comte en feignant de se plonger dans une longue réflexion. Calculons un peu cela…

D'Averc prit alors la parole.

— Nous avons plus de cinq cents combattants. Vous oubliez les Légions de l'Aurore.

D'un geste de la main il désigna l'épée dans son fourreau que Hawkmoon avait déposée à terre près de lui.

— Ces mystérieuses légions sont-elles nombreuses ?

— Je l'ignore. Peut-être sont-elles un nombre infini. Peut-être pas.

— Restons modestes et disons mille, reprit le comte. Cela nous fait quinze cents guerriers contre…

— Des millions, renchérit D'Averc.

— Des millions, oui, possédant toutes les ressources du Ténébreux Empire et un savoir technique et scientifique alors que nous sommes désarmés…

— Nous avons l'Amulette Rouge et les Anneaux de Mygan, rappela Hawkmoon.

— Ah oui…

Le comte semblait soudain maussade.

— J'oubliais… Et nous avons également le bon droit de notre côté – n'est-ce pas un atout cela aussi, Duke Dorian ?

— Mais avec les anneaux nous avons le pouvoir de retourner dans notre dimension nous battre, libérer les opprimés et ainsi lever une armée de paysans. Ce serait un premier pas.

— Une armée de paysans… Hum…

— Je sais, soupira Hawkmoon. Nous n'avons que peu de chances de réussir. Cela semble chimérique.

Tout à coup le visage du comte Airain s'illumina d'un sourire radieux.

— C'est exactement cela, mon ami. Vous avez trouvé !

— Que voulez-vous dire ?

— Chimérique. Tout cela est absolument chimérique et c'est cela qui me plaît. Je vais chercher les cartes. Nous allons tout de suite préparer notre première campagne !

Lorsque le comte Airain fut sorti, Oladahn s'adressa à Hawkmoon.

— Je suppose qu'on a omis de vous dire qu'Elvereza Tozer s'était enfui. Il a tué son garde pendant que nous étions partis chevaucher vers le rivage, est revenu ici reprendre son anneau et a disparu.

— Nous le savions déjà. Voilà qui est fâcheux. Il a pu retourner à Londra, dit Hawkmoon soucieux.

— Oui. Nous sommes maintenant extrêmement vulnérables.

Le comte revint avec les cartes.

— À présent, voyons…

Une heure plus tard, Hawkmoon se leva, prit la main de Yisselda, salua ses amis et s'éclipsa avec son épouse.

Longtemps après, tendrement enlacés, ils ne dormaient toujours pas. C'est alors qu'elle lui annonça qu'ils allaient avoir un enfant.

Il garda le silence, lui donna simplement un baiser et la serra très fort. Mais lorsqu'elle se fut endormie, il s'approcha de la fenêtre pour contempler les lagunes où ondulaient les roseaux à perte de vue, songeant qu'il se battrait désormais pour quelque chose d'infiniment plus précieux qu'un idéal.

Il espérait vivre assez longtemps pour pouvoir embrasser son enfant.

Il espérait que son enfant verrait le jour même si lui-même devait mourir bientôt.

Chapitre VII

LES MONSTRES COMMENCENT À S'ENTRE-DÉCHIRER

Dès que les tours de Londra furent en vue, derrière son masque, le visage de Meliadus s'éclaira d'un sourire triomphant et sa main étreignit le bras de Flana Mikosevaar.

— Tout marche à merveille, murmura-t-il, bientôt, ma chère, vous serez reine. Ils ne peuvent rien soupçonner. On n'a plus vu de telles rébellions depuis des siècles et des siècles ! Ils n'y sont pas préparés. Combien ils vont maudire les architectes qui situèrent les casernes le long du fleuve !

Il exultait.

Flana était lasse du vacarme de ces engins inventés par Kalan et du grondement des roues à palettes qui propulsaient le navire. Elle se prit soudain à apprécier leur silence comme l'une des principales vertus des bateaux à voiles. Une fois leur fonction présente remplie et dès qu'elle serait sur le trône, ces choses bruyantes n'approcheraient plus jamais de Londra. Mais une seconde plus tard elle ne songeait déjà plus ni à cette décision, ni à son irritation et se retirant de nouveau en elle-même, se désintéressa de Meliadus et de sa conspiration et oublia même la seule raison – le peu de souci qu'elle avait désormais de sa propre existence – pour laquelle elle acceptait de s'associer à cette folle entreprise. De nouveau, elle pensait à D'Averc.

Les capitaines des navires qui précédaient le vaisseau-amiral, savaient ce qu'ils avaient à faire. Équipés du canon lance-flammes de Kalan, ils connaissaient leurs cibles : les casernes des Ordres du Cochon, du Rat et de la Mouche qui bordaient le fleuve non loin des faubourgs de Londra.

Le baron Meliadus ordonna au capitaine de son vaisseau de hisser le drapeau destiné à donner le signal du bombardement.

C'était un matin blafard comme tous les autres à Londra ; aussi maussade et ténébreux que d'habitude, il s'insinuait entre les tours aux formes torturées qui s'agrippaient au ciel, tels les doigts avides d'une multitude de déments.

Il était très tôt. Hormis les esclaves tout le monde dormait encore. Tout le monde, à part Taragorm, Kalan et leurs hommes attentifs et prêts à prendre leurs positions dès les premières rumeurs de combats. Le projet était de tuer le maximum d'adversaires, puis d'attirer les autres vers le palais pour les y encercler de manière à n'avoir plus vers midi qu'un seul objectif.

Meliadus savait que, même s'ils réussissaient dans leur plan, la vraie bataille commencerait au moment de l'attaque du palais et qu'ils avaient tout intérêt à ce que ce dernier tombât avant l'arrivée des renforts.

Meliadus retint son souffle. Ses yeux étincelèrent ; le canon au groin de bronze cracha le feu en hurlant vers les casernes endormies. Dès les premières secondes, l'une d'elles explosa et une furieuse détonation déchira le petit matin.

— Quelle chance ! cria Meliadus, voilà un excellent présage. Je n'espérais pas remporter un tel succès aussi rapidement !

Une autre explosion secoua l'air ; une caserne sautait de l'autre côté du fleuve et des hommes pris de panique jaillirent des bâtiments intacts, certains si affolés qu'ils avaient oublié de mettre leurs masques. Le canon lance-flammes cracha encore pour leur couper la fuite, et, en un instant, ils furent réduits en cendre. Leurs cris et hurlements qui retentirent dans la ville assoupie furent pour la plupart des habitants le premier écho de la bataille engagée.

Au spectacle du carnage qui se déroulait sur les berges, Loups et Vautours se tournaient les uns vers les autres, silencieux et satisfaits. Des Rats et des Cochons couraient en tous sens à la recherche d'un abri ; des Mouches se jetèrent derrière le plus proche bâtiment encore debout. Certains avaient apporté des lances feu et dirigeaient leurs tirs sur les assaillants.

Les monstres avaient commencé à s'entre-dévorer.

Ceci était une étape de l'engrenage fatal que Meliadus avait provoqué lorsque en quittant le Château Airain, il avait prêté serment sur le Bâton Runique. Mais nul ne savait encore comment s'achèverait ce nouveau chemin qu'avait pris la destinée, ou qui remporterait l'ultime victoire : Huon, Meliadus ou Hawkmoon.

Chapitre VIII

UNE INVENTION DE TARAGORM

Vers le milieu de la matinée les casernes n'étaient plus que tas de cendre et les survivants se battaient dans les rues, non loin du centre de la ville, aux côtés de plusieurs milliers de guerriers de l'Ordre de la Mante venus en renfort. Huon n'avait probablement pas encore d'idée précise sur ce qui se passait réellement. Peut-être même pensait-il à une attaque d'Asiacommunistains déguisés en Granbretons. Meliadus souriait lorsque, escorté par une douzaine de Loups et de Vautours, il débarqua en compagnie de Flana Mikosevaar pour se rendre au Palais du Temps. La surprise avait été totale. Évitant de s'aventurer dans le dédale des passages qui reliaient la plupart des tours, ses hommes se maintenaient dans les quelques rues à ciel ouvert. Ils avaient abattu les guerriers ennemis au fur et à mesure de leurs tentatives de sortie et à présent les soldats du Roi-Empereur Huon se trouvaient pris au piège à l'intérieur du palais impérial qui ne comportait que peu de fenêtres d'où ils pussent atteindre les rebelles. Les fenêtres étaient rares dans l'architecture de Londra car les Granbretons montraient une sorte de répugnance pour l'air naturel et la lumière du jour. Les seules qui existaient étaient si haut placées qu'elles ne pouvaient être d'aucune utilité pour les tireurs embusqués. Même les ornithoptères, mal équipés pour le combat dans une ville telle que Londra, se révélaient infiniment moins dangereux que prévu. Le cœur empli d'aise, Meliadus entra dans le Palais du Temps et y retrouva Taragorm dans une petite chambre.

— Frère ! Notre plan se réalise sans accroc jusqu'à présent, au-delà de toutes mes espérances.

— Oui, répondit Taragorm avec un petit salut à l'adresse de Flana dont, tout comme Meliadus, il avait été l'époux pendant quelque temps. Mes Furets ont pour l'instant à peine eu besoin d'intervenir. Mais ils seront très utiles pour nettoyer les souterrains des partisans du roi qui s'y trouveraient. Ils prendront l'ennemi par-derrière dès que nous seront capables de localiser précisément les poches où des légions se sont embusquées.

Meliadus montra son approbation d'un signe de la tête.

— Mais vous m'avez fait appeler. Que se passe-t-il ?

— Je crois avoir découvert le moyen de ramener parmi nous nos amis du Château Airain, murmura Taragorm d'un ton tranquille et satisfait.

Meliadus émit un grognement rauque que Flana mit un moment à identifier comme l'expression d'un plaisir extrême.

— Enfin, Taragorm ! Je les tiens ! Les rats vont tomber dans le piège !

Taragorm riait.

— Je ne suis pas encore tout à fait sûr du bon fonctionnement de mon engin mais normalement cela devrait réussir car je me suis servi d'une formule ancienne consignée dans le volume qui par ailleurs mentionne la machine de cristal de Soryandum. Désirez-vous le voir ?

— Oui ! Je vous en prie, frère, allons-y !

— Par ici.

Taragorm précéda Meliadus et Flana le long de deux petits corridors qui résonnaient du bourdonnement des horloges et s'arrêta devant une porte basse qu'il ouvrit avec une clef minuscule.

— Entrez.

Il prit la torche fixée au mur non loin de là et les guida dans le souterrain.

— Mon engin est réglé à peu près sur la même fréquence que la machine de cristal du Château Airain. Le son qu'il émet peut passer d'une dimension à l'autre.

— On n'entend rien, remarqua Meliadus un peu déçu.

— Il n'y a rien à entendre… dans notre dimension. Mais je peux vous garantir qu'il fait un fameux vacarme ailleurs… dans un autre espace, dans un autre temps.

Meliadus tournait autour de l'objet. De la taille d'un homme, cela ressemblait à une horloge aux rouages apparents, dont le pendule répercutait son balancement au levier d'échappement qui lui-même entraînait les aiguilles. Il y avait également des ressorts, des roues dentées et, fixé à l'arrière, une sorte de gong avec un battant. Ils virent les aiguilles atteindre la demi-heure et le battant descendre lentement pour soudain frapper le gong ; ce dernier vibra, mais ils n'entendirent pas le moindre son.

— Incroyable ! souffla Meliadus, mais comment cela fonctionne-t-il ?

— Il me reste un dernier petit réglage à faire pour lui permettre d'atteindre exactement la dimension spatiotemporelle visée que, grâce à Tozer, j'ai réussi à localiser. Au dernier coup de minuit, nos amis du Château Airain vont avoir une surprise fort désagréable.

Meliadus poussa un soupir de contentement.

— Oh, noble frère. Vous serez le plus riche et le plus honoré des seigneurs de l'empire.

Taragorm inclina légèrement son énorme masque d'horloge.

— Cela semble une juste récompense, murmura-t-il, mais je vous remercie, frère.

— Vous êtes sûr que cela va fonctionner ?

— Si cela ne fonctionne pas, je ne serai ni le plus riche, ni le plus honoré des seigneurs de l'empire, répondit Taragorm avec humour. De surcroît, j'aurai tout à redouter de vos attentions pour moi.

Meliadus serra son beau-frère dans ses bras.

— Ne dites pas des choses pareilles, frère ! Allons !

CHAPITRE IX

HUON ET SES GÉNÉRAUX

— Bien, bien, Messires. Ceci est, nous semble-t-il, une sorte d'émeute.

La voix aux chaudes résonnances s'adressait aux hommes masqués rassemblés devant lui, tandis que ses yeux sombres et perçants passaient de l'un à l'autre.

— Une conspiration, plutôt, Noble Monarque, dit une Mante dont l'uniforme était en désordre et le masque roussi par les flammes.

— Une guerre civile, Grand Roi-Empereur, renchérit un autre.

— Un fait accompli, ou presque, murmura son voisin comme pour lui-même. Nous avons été totalement pris au dépourvu, Puissant Souverain.

— Totalement, en effet, Messires. Nous ne sommes pas satisfait de vous – pas plus que de nous-même. Nous nous sommes laissé abuser.

Son regard parcourut l'assemblée.

— Kalan est-il parmi vous ?

— Non, Noble Sire.

— Et Taragorm ? demanda la voix harmonieuse et vibrante.

— Taragorm non plus, Prince Universel.

— Ainsi… Et certains pensent avoir aperçu Meliadus à bord du vaisseau-amiral…

— Avec la comtesse Flana, Puissant Roi-Empereur.

— Logique. Oui, nous nous sommes laissé abuser tel

un enfant. Mais peu importe. Le palais n'est-il pas bien défendu ?

— Seule une force considérable pourrait espérer le prendre d'assaut, Noble Prince.

— Mais peut-être sont-ils à la tête d'une force considérable ? Et s'ils ont le soutien de Kalan et de Taragorm, ils possèdent bien d'autres pouvoirs. Sommes-nous en mesure de tenir un siège, capitaine ?

Le capitaine des gardes de la Mante s'inclina lorsque Huon lui adressa la parole.

— Tant bien que mal, Grand souverain. Ces événements sont sans précédent.

— Sans précédent, en effet. Peut-être devrions-nous demander du renfort, dans ce cas ?

— Tous les seigneurs loyaux sont sur le Continent, dit un capitaine, Adaz Promp, Brenal Farun, Shenegar Trott…

— Shenegar Trott n'est pas sur le Continent, répliqua le Roi-Empereur Huon posément.

— … Jerek Nankenseen, Mygel Holst…

— Oui, oui oui – nous connaissons les noms de nos barons. Mais sommes-nous sûr qu'ils nous sont fidèles ?

— On peut le supposer, Grand Roi-Empereur, car certains de leurs hommes sont morts en combattant pour vous aujourd'hui, ce qui, sans aucun doute n'aurait pas été le cas si leurs chefs étaient associés à la conspiration de Meliadus.

— Votre raisonnement semble correct. Très bien – rappelez les Seigneurs de Granbretanne. Qu'ils ramènent toutes les troupes disponibles afin d'écraser ce soulèvement aussi rapidement que possible. Dites-leur que nous sommes tout à fait indisposé par ces événements. Que les messagers partent du toit du palais, puisque la plupart des ornithoptères sont encore utilisables.

Un grondement lointain et assourdi qui devait venir d'un canon lance-flammes, se fit entendre et une légère vibration agita la salle du trône.

— Extrêmement indisposé, soupira le Roi-Empereur.

Pouvez-vous estimer les positions gagnées par Meliadus depuis une heure ?

— Il est maître de presque toute la ville, Immortel Souverain.

— Je savais bien qu'il était le meilleur de mes généraux.

Chapitre X

EN ATTENDANT MINUIT

Retiré dans ses appartements le baron Meliadus contemplait les flammes jaillir de-ci, de-là dans la cité en effervescence. Il appréciait tout particulièrement le spectacle des ornithoptères qui explosaient, puis flambaient au-dessus du palais. Une multitude d'étoiles scintillaient dans la nuit claire. C'était une soirée pleine de douceur

et d'agrément, que venait parfaire encore la présence de quatre jeunes captives, musiciennes renommées dans leur pays d'origine, qui interprétaient pour lui des airs du plus grand compositeur granbreton, Londen Johne.

Les explosions, les hurlements et le fracas des armes formaient un contrepoint délicieux aux oreilles de Meliadus. Il dégustait un vin exquis et, tout en fredonnant, de temps à autre se penchait sur ses cartes.

On frappa à la porte, une esclave ouvrit et son capitaine d'infanterie, Vrasla Beli, s'inclina devant lui.

— Capitaine Beli ?

— Je voulais vous informer, Messire, que nous commençons à manquer d'hommes. Nous étions très peu et avons accompli des prouesses, Messire, mais, sans renforts, nous ne pourrons nous maintenir. Il faudra alors nous regrouper…

— Quitter la cité tous ensemble et choisir un champ de bataille – c'est ce que vous vouliez dire, Capitaine ?

— Oui, Messire.

Meliadus réfléchit un instant.

— Nous avons des détachements de Loups, de Vautours et même de Furets sur le Continent. Si nous les rappelions, peut-être…

— Nous rejoindraient-ils à temps, Messire ?

— Eh bien, nous allons leur en donner le temps, Capitaine.

— Oui, Messire.

— Proposez aux prisonniers de changer de masque, suggéra Meliadus. Ils voient que nous sommes en train de gagner et pourraient désirer entrer dans un nouvel Ordre.

Beli salua.

— Le palais du Roi-Empereur Huon est magnifiquement défendu, Messire.

— Et sera magnifiquement pris d'assaut, Capitaine, j'en suis persuadé.

La musique de Johne, de même que le crépitement des combats, ne cessaient de lui caresser les oreilles et Meliadus sentait que tout marcherait à merveille. La prise du palais serait longue, mais l'issue ne faisait aucun doute. Huon périrait, Flana monterait sur le trône et lui, Meliadus, serait le plus puissant d'entre les puissants de ce pays.

Il jeta un œil à la pendule accrochée au mur. Presque onze heures. Il se leva et frappa dans ses mains pour interrompre les musiciennes.

— Ma litière, ordonna-t-il, je vais au Palais du Temps.

Les mêmes quatre esclaves apportèrent sa litière et il s'enfonça parmi les coussins moelleux.

Ils traversaient lentement les passages couverts accompagnés par la mélodie du canon lance-flammes et les cris des combattants. En lui-même, Meliadus convenait ne pas détenir encore une victoire définitive ; même s'il tuait le Roi-Empereur Huon, il se trouverait toujours des barons pour refuser Flana comme reine-impératrice. Il lui faudrait quelques mois avant d'asseoir fermement son pouvoir et il ne serait pas inutile de les réunir en détournant leur haine contre la Kamarg et le Château Airain. Il interpella les esclaves nues.

— Hâtez-vous ! Plus vite ! Nous ne devons pas être en retard.

Si l'engin de Taragorm fonctionnait, cela présenterait le double avantage pour lui de pouvoir à la fois atteindre ses ennemis et unifier la nation.

À cette idée Meliadus poussa un soupir de satisfaction.

LIVRE TROISIÈME

Le dénouement était proche. Au château du comte Airain, les héros de Kamarg échafaudaient leurs plans. Le Baron Meliadus faisait de même dans le Palais du Temps, ainsi que le roi-empereur Huon dans la salle du trône. Toutes ces sombres machinations allaient réagir les unes sur les autres. Enfin, l'influence du Bâton Runique, figure centrale du drame, commençait à se faire sentir sur les différents acteurs. Maintenant, le Ténébreux Empire était divisé, et la haine de Meliadus pour Hawkmoon était la cause ultime de cette division ; Hawkmoon qu'il avait cru pouvoir manipuler comme une marionnette, mais qui avait eu la force de déjouer ses plans et de se retourner contre lui. Peut-être était-ce à ce moment précis – lorsque Meliadus avait tenté d'utiliser Hawkmoon contre le Château Airain – que le Bâton Runique s'était manifesté pour la première fois. La trame des événements était tissée serrée, si serrée que certains fils menaçaient de rompre et que le drame pouvait éclater à tout moment.

Haute Histoire du Bâton Runique

Chapitre I

LES DOUZE COUPS DE L'HORLOGE

Un courant d'air froid traversa la pièce et Hawkmoon ramena autour de lui les pans de son lourd manteau ; tous ses compagnons tenaient le regard obstinément fixé devant eux. Dans la cheminée le feu ne jetait plus que des lueurs incertaines, suffisantes cependant pour éclairer les objets rassemblés sur la table.

Il y avait tout d'abord l'Amulette Rouge qui jetait sur les visages sa lueur sanglante. Elle conférait à Hawkmoon une puissance surnaturelle. Puis les anneaux de cristal de Mygan qui permettaient à leur possesseur de se transporter à travers le temps et l'espace. Ces anneaux étaient pour eux la garantie de retrouver leur monde originel. À côté, dans son fourreau, reposait l'Épée de l'Aurore. D'elle pouvait surgir une armée. Enfin, enroulé dans une longue cape trônait le Bâton Runique, étendard de Hawkmoon, dans lequel ce dernier plaçait tout son espoir.

Le comte Airain s'éclaircit la gorge.

— Hum, même avec tous ces objets de pouvoir en notre possession, pensez-vous que nous puissions défaire un empire aussi colossal que la Granbretanne ?

— Au moins notre château est-il en sûreté, lui fit remarquer Oladahn. D'ici nous pouvons aller et venir à notre guise à travers le temps et l'espace. Nous pouvons mener une longue guérilla et affaiblir considérablement les capacités de résistance de l'ennemi.

Le comte Airain soupira :

— Vous avez raison, mais je ne peux m'empêcher de douter.

— Ne voyez rien de désobligeant dans mes paroles, comte, répartit D'Averc, mais peut-être êtes-vous trop enclin à voir la guerre sous son aspect classique, avec ses batailles rangées...

Le haut col d'une cape de cuir sombre encadrait le visage pâle de D'Averc.

— Vous seriez certainement plus à votre aise sur le champ de bataille à la tête de cohortes de lanciers, d'archers, avec votre cavalerie et votre infanterie, mais malheureusement nous n'avons pas assez d'hommes pour cela. Il nous faut mener le combat des ombres, fondre sur l'ennemi et nous replonger aussitôt dans les ténèbres. Tout au moins au début.

— Vous avez sûrement raison, D'Averc, répondit le comte Airain en hochant la tête.

Noblegent versa du vin à tout le monde.

— Il serait sage d'aller nous coucher, mes amis, nous allons devoir réfléchir sérieusement et mieux vaudrait avoir l'esprit clair.

À grands pas, Hawkmoon se dirigea vers l'extrémité de la table où les cartes étaient étalées. Il caressa d'un doigt le Joyau Noir qui ornait son front.

— Nos premières campagnes devront être minutieusement préparées.

Il se mit à étudier la carte de la Kamarg.

— Il y a toutes les chances pour que, dans l'attente de notre retour, un camp militaire ait été installé à l'endroit où se trouvait le château. Ce serait bien dans le style de Meliadus.

— Mais n'avez-vous pas l'impression que l'étoile de Meliadus pâlit à la cour ? demanda D'Averc, c'est ce que semblait dire Shenegar Trott.

— Il semble qu'effectivement la cour de Londra soit partagée au sujet de savoir si nous représentons ou non une menace pour eux. Il est donc possible que les légions de Meliadus aient été déployées ailleurs.

Noblegent fut sur le point d'ajouter quelque chose mais il se ravisa. Tous venaient de sentir le sol frémir légèrement sous leurs pieds.

— Qu'est-ce qu'il fait froid ! grommela le comte Airain et il jeta dans le feu une bûche qui fit jaillir une gerbe d'étincelles.

La bûche prit rapidement et des ombres fantasques se mirent à danser sur le mur. Le comte Airain n'était vêtu que d'une simple robe de laine qui moulait son torse puissant et il semblait regretter de n'avoir rien amené de plus chaud. Il se prit à regarder d'un air songeur le râtelier d'armes au fond de la pièce. Il y avait là des lances, des arcs, des flèches, des masses-d'armes, des épées, son propre sabre et son armure d'airain. Son beau visage hâlé s'assombrit.

Un nouveau frémissement fit trembler les murs du château et s'entrechoquer les armes du râtelier.

Hawkmoon jeta un coup d'œil à Noblegent. Le philosophe semblait agité par le même funeste pressentiment.

— Un léger tremblement de terre, peut-être ?

— Peut-être, murmura Noblegent, visiblement sceptique.

Un bruit ténu, presque inaudible leur parvint alors. On eût dit un gong résonnant dans le lointain. Ils se ruèrent sur les portes ; le comte Airain hésita un instant, puis poussa les lourds battants.

Le ciel était d'encre et des nuages bleu foncé tourbillonnaient en une sarabande infernale, comme si la voûte céleste eût été sur le point de se rompre.

Le bruit se fit entendre à nouveau, plus proche cette fois. Cela ressemblait au bourdonnement monotone d'une cloche ou d'un gong.

— On se croirait dans le clocher du château lorsque les cloches sonnent à toute volée, remarqua Noblegent l'air inquiet.

Les visages étaient graves et tendus. Hawkmoon se dirigea vers la grande salle qu'ils venaient de quitter avec l'intention de prendre l'Épée de l'Aurore.

— Que redoutez-vous, lui lança D'Averc, une attaque du Ténébreux Empire ?

— Du Ténébreux Empire ou d'une force surnaturelle, répondit Hawkmoon.

Un troisième coup retentit, déchirant l'air de la nuit au-dessus des marécages de Kamarg, au-dessus des étangs et des roseaux. Dérangés dans leur quiétude les flamants s'élevèrent en poussant des cris rauques.

Plus fort que les précédents le quatrième coup semblait sonner le glas.

Au cinquième coup, le comte Airain saisit son épée dans le râtelier.

Un sixième coup, toujours plus fort. D'Averc se boucha les oreilles.

— Cela finira par nous donner la migraine… dit-il d'un ton plaintif.

Enveloppée de sa seule chemise de nuit, Yisselda dévalait les escaliers.

— Père, Dorian, que ce passe-t-il ? J'ai peur que mes tympans n'éclatent.

— Et moi j'ai peur que nos vies mêmes ne soient menacées, lança lugubrement Oladahn, quoiqu'en vérité je ne sache…

Septième coup. Les murs du château tremblèrent légèrement et des fragments de plâtre se détachèrent du plafond.

— Nous ferions mieux de fermer les portes, dit le comte Airain, lorsque l'onde sonore se fut dissipée.

Lentement le petit groupe rejoignit la salle et Hawkmoon aida le comte à pousser les vantaux et à replacer la lourde barre de fer.

Le huitième coup fut encore plus violent et tous durent se boucher les oreilles. Un bouclier accroché au mur depuis des siècles roula avec fracas sur les dalles avant que les pieds massifs de la table ne viennent arrêter sa course.

Affolés, les serviteurs accouraient dans la grande salle.

Le neuvième coup fit éclater les vitres du château, et le sol se couvrit de mille morceaux de verre. Les murs tremblèrent et Hawkmoon comme ses compagnons furent violemment secoués. On eût dit un navire qui aurait heurté de plein fouet un écueil à fleur d'eau. En se raccrochant de justesse à un pilier, Hawkmoon parvint à retenir Yisselda dans sa chute. La formidable intensité du bruit commençait à lui donner la nausée et sa vue même se brouillait.

Pour la dixième fois le gong retentit et ce fut comme si l'univers tout entier avait vibré annonçant ainsi la fin des temps.

Noblegent bascula en avant et s'écroula évanoui sur les dalles. Oladahn, en titubant, pressa ses deux mains contre ses oreilles avant de s'effondrer. Hawkmoon tenait Yisselda farouchement enlacée mais il avait toutes les peines du monde à ne pas lâcher prise ; une violente nausée l'envahissait et ses tempes battaient à tout rompre. Le comte Airain et D'Averc avaient en chancelant, gagné la table, et avaient pu s'y accrocher au moment où le gong avait retenti.

— Là, regardez, s'exclama D'Averc lorsque les dernières vibrations se furent dissipées.

Soutenant toujours Yisselda, Hawkmoon parvint à gagner la table et jeta un regard sur les anneaux de Mygan. Il ne put réprimer un cri d'horreur. Tous les anneaux de cristal avaient éclaté.

— Adieu nos projets de guérilla, dit D'Averc d'une voix rauque, et peut-être même adieu à tous nos projets…

Vint le onzième coup, plus sourd et plus terrifiant encore que le précédent. Le château trembla sur ses bases et tous furent jetés à terre. Hawkmoon poussa un hurlement, il lui semblait que le tonnerre éclatait dans son crâne et que le terrible mugissement lui broyait le cerveau. Il ne s'entendit même pas hurler et s'écroula sur le sol prêt à subir l'impitoyable verdict de cette force inconnue.

Tandis que le bruit s'évanouissait peu à peu, Hawkmoon s'efforçait, à genoux, de rejoindre Yisselda. La douleur était si forte que des larmes ruisselaient sur son visage. Tout à coup il sentit un liquide chaud dégoutter le long de son cou : ses oreilles saignaient. Dans une sorte de brouillard, il aperçut le comte d'Airain qui, agrippé au rebord de la table, tentait de se relever. Du sang coulait de ses oreilles également et venait maculer sa chevelure.

— Nous sommes vaincus, dit le vieil homme en haletant, vaincus par un ennemi lâche qui se dérobe à notre vue. Vaincus par une force contre laquelle nous ne pouvons même pas tirer l'épée.

Hawkmoon rampait toujours en direction de Yisselda qui gisait sur le dallage.

Puis le douzième coup résonna. Formidable. Plus puissant encore que les précédents. Les pierres du château menaçaient de se disjoindre. La table se fendit d'un coup et les objets qui la couvraient allèrent rouler sur le sol. De lourdes dalles s'ouvrirent comme des fruits trop mûrs ou bien s'effritèrent en mille et un fragments. Le château semblait ballotté comme un bouchon dans la tempête et Hawkmoon se mit à geindre sourdement ; dans ses yeux le sang avait remplacé les larmes et ses veines paraissaient sur le point d'éclater.

Puis, comme en contrepoint de la note basse, une note aigrelette, haut perchée, s'éleva, et les couleurs envahirent la grande salle. D'abord vint le violet, puis le pourpre et enfin le noir. Un million de clochettes semblaient tinter à l'unisson, et cette fois, il était possible de localiser la provenance du son. Cela venait des douves.

Faiblement, Hawkmoon tenta de se redresser, mais il retomba, face contre terre. La note profonde s'éteignit graduellement, puis les couleurs s'estompèrent peu à peu, enfin ce fut le tour des petites cloches aigrelettes.

Le silence revint.

Chapitre II

LES MARAIS ASSÉCHÉS

— Le cristal est détruit !

Hawkmoon secoua la tête comme s'il se réveillait d'un mauvais rêve.

— Quoi ?

— Le cristal est détruit.

Agenouillé à ses côtés, D'Averc l'aidait à se relever.

— Et Yisselda ? demanda Hawkmoon.

— Elle va bien, ne vous inquiétez pas, elle repose dans sa chambre maintenant ; mais le cristal est détruit.

Hawkmoon sentait des caillots de sang obstruer ses narines et ses oreilles.

— Vous voulez parler des anneaux de Mygan ?

— Soyez plus clair, D'Averc. (C'était la voix de Noblegent.) Dites-lui que ce ne sont pas seulement les anneaux, mais que la machine du Peuple des Ombres aussi a été détruite.

— Détruite ? (Hawkmoon sauta sur ses pieds.) Serait-ce donc cela, le bruit terrible que j'ai entendu ?

— Oui ! Et les vibrations ont détruit le cristal.

Le comte Airain se tenait appuyé à la table et s'épongeait le front.

— Ainsi...

Hawkmoon lança un regard interrogateur au comte.

— Oui. Nous sommes retournés dans notre dimension originelle.

— Nous ne sommes pas assiégés ?

— Non, il ne semble pas.

Hawkmoon prit une profonde inspiration et se dirigea lentement vers la grande porte d'entrée. Avec peine, il parvint à ôter la lourde barre de métal qui la maintenait fermée.

Il faisait encore nuit. Les étoiles n'avaient pas bougé mais les tourbillons de nuages bleus avaient disparu et un silence inquiétant régnait sur la campagne alentour. Il flottait dans l'air une odeur étrange. Nul cri de flamant ne se faisait entendre, le vent ne sifflait plus à travers les roseaux.

Pensivement, Hawkmoon referma les deux battants.

— Où sont les légions ? demanda D'Averc. Il est difficile d'imaginer qu'elles ne soient pas déjà en train de nous guetter.

— Nous en saurons plus lorsque le jour sera levé, répondit Hawkmoon. Peut-être en effet sont-elles massées autour du château et n'attendent-elles qu'un signe pour fondre sur nous.

— Vous pensez donc que ce bruit épouvantable nous a été envoyé par le Ténébreux Empire ? demanda Oladahn.

— Cela ne faisait pas l'ombre d'un doute, intervint vivement le Comte Airain. En nous ramenant dans notre dimension, ils ont atteint leur objectif.

Il se mit à renifler l'air.

— Je donnerais cher pour savoir ce que c'est que cette odeur.

À genoux, D'Averc extrayait les différents objets des débris de la table.

— C'est un miracle que nous soyons encore en vie.

— Oui, répartit Hawkmoon, ce bruit semble avoir causé plus de dommages aux objets qu'à nous-mêmes.

— Deux de nos vieux serviteurs sont morts, annonça calmement le comte. Leur cœur a lâché. On est en train de les enterrer maintenant, dans la cour intérieure, peut-être demain ne sera-t-il plus temps.

— Et le château ? demanda Oladahn.

Le comte Airain eut un geste d'ignorance.

— C'est difficile à dire ; je suis descendu dans les souterrains, la machine de cristal est complètement détruite et çà et là, les murs présentent quelques lézardes. Mais c'est une construction ancienne et solide et je crois que dans l'ensemble elle n'a pas trop souffert. Évidemment il n'y a plus une seule vitre, ni un seul miroir d'ailleurs. De toute façon... (il haussa les épaules comme si le sort de son vieux château ne lui importait plus guère) de toute façon, nous sommes toujours là, et notre détermination n'a pas faibli.

D'Averc saisit l'Épée de l'Aurore et l'Amulette Rouge et les tendit à Hawkmoon.

— Prenez ceci, vous en aurez besoin.

Hawkmoon ceignit l'Épée de l'Aurore, passa autour de son cou la chaîne de l'Amulette puis se saisit vivement du Bâton Runique, toujours enveloppé dans son étoffe.

— Ce Bâton ne nous a pas été d'un très grand secours jusqu'à présent, dit-il en soupirant.

L'aube parut enfin, morne et grise ; blafarde comme la mort.

Sur la colline, au pied des murailles du château, cinq hommes regardaient le jour se lever ; cinq hommes au visage dur qui étreignaient la poignée de leur épée.

C'était bien la Kamarg qu'ils avaient quittée qui s'étendait devant eux, mais une Kamarg dévastée par la guerre. L'odeur que le comte avait remarquée était celle du carnage et de la terre brulée. Aussi loin que leur regard pouvait porter, tout n'était que ruine et cendre. Les marais et les lagunes avaient été asséchés par le feu ou la flamme des canons. Les flamants, les chevaux et les taureaux avaient péri dans la fournaise ou s'étaient enfuis. Les tours altières qui se dressaient aux confins du pays avaient été rasées. La plaine tout entière semblait une mer de cendre grise.

— Mon pays bien-aimé, murmura le comte d'une voix étranglée, tout a disparu, mon peuple, ma terre et ses animaux. Les gens de Kamarg m'avaient choisi pour Seigneur-Gardian et j'ai failli à ma tâche. Tout est perdu fors la vengeance. Je veux voir les portes de Londra s'ouvrir devant nous et la ville envahie par nos troupes. Ensuite je pourrai mourir, mais pas avant.

Chapitre III

LE CARNAGE

En atteignant les limites de la Kamarg, Hawkmoon et Oladahn étaient, de même que leurs chevaux, couverts de la tête aux pieds d'une couche de cendre poisseuse qui irritait les narines et brûlait la gorge et les yeux.

À présent, la morne étendue noirâtre laissait apparaître par endroits des touffes d'herbe jaune et clairsemée, mais ils n'avaient pas encore rencontré d'indices de la présence des légions du Ténébreux Empire dans le pays.

Un soleil timide et blafard transperça l'épaisseur des nuages. Hawkmoon immobilisa sa monture et consulta sa carte. D'un geste de la main, il désigna l'est.

— Le village de Verlin se trouve par là. Approchons prudemment pour voir si des troupes l'occupent encore.

Mais dès que le village fut en vue, Hawkmoon accéléra l'allure. Sans comprendre, Oladahn le suivit.

— Duc Dorian, que se passe-t-il ?

Hawkmoon n'eut pas besoin de répondre car le spectacle qui s'offrait à leurs yeux en arrivant parlait de lui-même : des cadavres mutilés jonchaient les rues du village et presque toutes les maisons n'étaient plus que tas de ruines encore fumantes. Là non plus, néanmoins, ils ne trouvèrent pas le moindre signe de la présence des Granbretons.

De nombreux villageois étaient morts calcinés par les lances feu, l'aspect des cadavres en témoignaient et des traînées noires et brunâtres couvraient les quelques murs encore debout. Çà et là, revêtu de son armure et le masque tourné vers le ciel, gisait un Granbreton.

— Apparemment, il n'y avait que des Loups, murmura Hawkmoon. Des hommes de Meliadus. Ils ont brusquement attaqué les villageois et ceux-ci se sont défendus. Regarde – ce Loup a été tué à coups de faux redressée, et celui-ci à coups de bêche…

— Peut-être les Loups ont-ils écrasé une révolte villageoise, suggéra Oladahn.

— Dans ce cas pourquoi seraient-ils partis ? remarqua Hawkmoon. Ils étaient ici en garnison.

Leurs chevaux devaient à tout instant éviter les cadavres qui commençaient à dégager une odeur fétide. Manifestement le carnage était assez récent. Les magasins avaient été pillés, le bétail, les chevaux et même les chiens abattus.

— Ils ont tout détruit, y compris ce qui aurait pu servir de nourriture. On dirait qu'ils ont dû fuir devant un ennemi encore plus puissant qu'eux-mêmes !

— Plus puissant que le Ténébreux Empire ? dit Oladahn en frissonnant. Aurions-nous un nouvel ennemi à affronter, ami Hawkmoon ?

— Espérons que non. Encore que tout cela soit vraiment incompréhensible.

— Et horrible, ajouta Oladahn.

Il y avait non seulement des hommes, mais encore des enfants et des femmes qui toutes, jeunes ou vieilles, avaient été violées avant d'être assassinées, égorgées pour la plupart, car les Granbretons se divertissaient particulièrement à égorger leurs victimes pendant qu'ils les violaient.

Hawkmoon soupira.

— La marque du Ténébreux Empire, où qu'on aille.

Un vent froid soufflait sur le village désolé ; soudain Hawkmoon s'immobilisa, dressant l'oreille, attentif à un son à peine audible.

— Il y a quelqu'un ! Encore en vie peut-être !

Il guida sa monture en direction du faible bruit et s'engagea dans une petite rue. En travers du seuil d'une maison dont la porte avait été enfoncée, gisait une jeune fille. Ses gémissements étaient distincts à présent. Hawkmoon mit pied à terre, s'approcha prudemment, puis s'agenouilla pour la soulever dans ses bras. Quelques lambeaux de vêtements déchiquetés dissimulaient à peine son corps à demi nu et couvert de meurtrissures. Une trace rouge, sans doute due à un poignard émoussé, traversait sa gorge. Elle avait à peu près quinze ans, ses cheveux de soie étaient en désordre et ses grands yeux bleus déjà vitreux. Lorsque Hawkmoon la souleva, son corps fut secoué d'un frémissement.

Il la reposa avec précaution, alla chercher la gourde de vin accrochée à sa selle et lui en fit boire quelques gorgées. De nouveau, elle frémit, puis soudain ses yeux s'écarquillèrent, pleins de frayeur.

— Ne crains rien, dit Hawkmoon doucement. Je suis un ennemi du Ténébreux Empire.

— Vivant ?

Hawkmoon eut un sourire amer.

— Vivant… Oui. Je suis Dorian Hawkmoon, Duc de Köln.

— Hawkmoon de Köln ? Nous vous croyions mort – ou disparu dans les limbes, à jamais…

— Me voici de retour et ton village sera vengé, je le jure. Que s'est-il passé ?

— Je ne sais pas très bien, Messire, sinon que les monstres du Ténébreux Empire décidèrent soudain de nous exterminer.

Brusquement, elle tenta de se relever.

— Mon père et ma mère – ma sœur…

Hawkmoon jeta un regard à l'intérieur de la maison dévastée et frissonna d'horreur.

— Ils sont morts, dit-il.

Il était en dessous de la vérité, car leurs corps étaient effroyablement mutilés. Il porta la jeune fille sanglotante jusqu'à son cheval.

— Je vous emmène au Château Airain.

Chapitre IV

LES HEAUMES

On lui donna le meilleur lit du château. Hawkmoon, Noblegent et Yisselda l'entouraient et tentaient de la réconforter. Cependant elle se mourait, non de ses blessures mais de désespoir. Elle souhaitait mourir et ils respectaient ce désir.

— Cela faisait des mois, murmurait-elle, que les Loups occupaient notre village. Ils nous prenaient tout, tandis que nous-mêmes étions affamés. On disait qu'ils étaient là pour surveiller la Kamarg. Nous nous demandions ce qu'ils pouvaient bien surveiller dans ce pays désolé…

— Ils attendaient probablement notre retour, lui dit Hawkmoon.

— Probablement, acquiesça gravement la jeune fille avant de poursuivre son récit. Enfin, hier, nous avons vu arriver un ornithoptère dont le pilote est allé tout droit voir le chef de garnison. La rumeur commença à courir que les soldats étaient rappelés à Londra et nous étions fous de joie. Une heure plus tard la garnison s'abattait sur le village, tuant, pillant, violant. Ils avaient pour ordre de nous massacrer jusqu'au dernier, de manière à ne pas rencontrer de résistance lorsqu'ils reviendraient, de manière aussi à ce que quiconque passant par le village ne pût y trouver de nourriture. Puis ils sont partis.

— Ainsi ils ont l'intention de revenir, dit Hawkmoon songeur. Mais je me demande pourquoi ils sont partis.

— Une subite invasion, peut-être, suggéra Noblegent

en appliquant un linge humide sur le front de la jeune fille.

— J'y ai bien pensé – mais il semble que ce ne soit pas cela, soupira Hawkmoon. Cela reste inexplicable et il est effrayant d'en savoir si peu.

On frappa à la porte et D'Averc entra.

— Nous avons la visite d'un vieil ami, Hawkmoon.

— Un ami ? Qui donc ?

— Orland Fank, l'homme des Orkneys.

Hawkmoon se leva.

— Peut-être saura-t-il nous éclairer.

Tandis qu'il se dirigeait vers la porte, Noblegent dit d'une voix calme :

— La jeune fille est morte, Duc Dorian.

— Elle sera vengée, répondit Hawkmoon avec détermination, et il descendit dans la grande salle du château.

— Je reconnais qu'il y a quelque chose d'étrange, ami, disait Orland Fank au comte Airain.

Hawkmoon les rejoignit devant la cheminée où un feu crépitait. Fank le salua d'un signe de la main.

— Comment allez-vous, Duc Dorian ?

— Le mieux possible étant donné les circonstances. Savez-vous pourquoi les légions sont parties, Maître Fank ?

— J'étais justement en train de dire au comte Airain ici présent que je l'ignorais...

— Et moi qui vous croyais omniscient, Maître Fank !

Feignant la honte, Fank lui adressa un sourire penaud, tout en ôtant son béret pour s'en voiler la face.

— J'ai néanmoins besoin de temps pour réunir des informations et j'ai été très occupé depuis votre départ de Dnark. J'apporte quelques présents pour les héros du Château Airain.

— C'est très aimable à vous.

— Cela ne vient pas de moi, je dois dire, mais du... Ma foi... du Bâton Runique, je suppose. Je vous les remettrai plus tard. Pour sûr, vous les trouverez d'une utilité pratique assez réduite, toutefois lorsqu'on lutte contre le Ténébreux Empire, qui peut distinguer ce qui est utile de ce qui ne l'est pas ?

Hawkmoon se tourna vers D'Averc.

— Qu'avez-vous découvert lors de votre reconnaissance ?

— À peu près la même chose que vous, répondit D'Averc. Des villages rasés et tous les habitants hâtivement massacrés. Des indices du départ précipité des troupes. Je pense qu'il reste encore quelques garnisons dans les grandes villes, mais squelettiques – essentiellement de l'artillerie et plus du tout de cavalerie.

— Insensé, murmura le comte Airain.

— S'ils sont devenus fous, alors nous devrions essayer d'en tirer avantage, dit Hawkmoon avec un sourire sardonique.

— Bien parlé, Duc Dorian.

De sa main rouge et vigoureuse, Fank lui donna une grande claque amicale dans le dos.

— Puis-je apporter les présents ?

— Mais certainement.

— Il me faudrait deux serviteurs pour m'aider parce qu'il y en a six et c'est joliment lourd. J'ai dû prendre deux chevaux pour les transporter.

Un moment plus tard les serviteurs revinrent chargés d'objets enveloppés, un dans chaque main. Fank en apporta deux également et les déposa à leurs pieds sur le dallage.

— Ouvrez-les donc, Messires.

Hawkmoon se pencha et ôta l'étoffe qui recouvrait l'un des cadeaux. Cela étincelait et il cligna des yeux, puis il vit son propre visage s'y refléter. Intrigué, il se hâta de retirer ce qui restait d'étoffe ; une expression de stupeur se peignit sur ses traits lorsque l'objet lui apparut et un murmure de surprise parcourut le groupe qui l'entourait.

C'étaient des heaumes moulés de façon à protéger la tête entière en reposant sur les épaules et fabriqués dans un métal inconnu, mieux poli que le miroir le plus parfait au monde. Complètement lisses, à part deux fentes pour les yeux, ils ne portaient pas la moindre décoration de sorte que quiconque les regardait y rencontrait une image absolument fidèle de lui-même. Faits du même métal, les cimiers s'ornaient en revanche de figures aux lignes si pures et délicates qu'elles ne semblaient pas l'œuvre d'un simple mortel. Hawkmoon pensa soudain combien ces heaumes singuliers seraient utiles lors des combats car l'ennemi, désorienté, aurait l'impression de se battre contre lui-même.

Il éclata d'un rire sonore.

— Incomparable ! Celui qui inventa ces heaumes ne peut être qu'un génie.

— Essayez-les, dit Fank en souriant. Vous verrez comme ils s'ajustent admirablement. Ils sont la réponse du Bâton Runique aux masques d'animaux du Ténébreux Empire.

— Comment chacun reconnaîtrait-il le sien ? demanda le comte Airain.

— Très facile, répondit Fank. Le premier que vous avez touché est forcément le vôtre. Regardez celui que vous tenez, comte, son cimier a la couleur de l'airain, il vous appartient donc.

Le visage rayonnant d'aise, le comte Airain posa le heaume sur ses épaules. Hawkmoon y croisa son propre regard et vit le Joyau Noir, lisse et terne au milieu de son front. Avec amusement il contempla un moment sa propre image, puis il mit le sien dont le cimier avait la couleur de l'or. Se tournant alors de nouveau vers le heaume du comte, il s'étonna de voir que plus rien ne s'y reflétait, jusqu'à ce qu'il eût compris qu'en fait les deux surfaces miroitaient à l'infini.

Chacun avait son heaume sur les épaules, D'Averc avec un cimier bleu et Oladahn un cimier rouge, et tous riaient de contentement.

— Voici le plus beau présent qui soit, Maître Fank, s'exclama Hawkmoon. Mais pour qui sont les deux heaumes qui restent ? ajouta-t-il.

— Pour ceux qui les voudront, répondit Fank mystérieusement.

— Pour vous-même ?

— Pour moi ? Non. Je dois avouer que je n'ai que peu de goût pour les armures. C'est encombrant et gênant lorsque je dois manier ma hache d'armes.

D'un geste du pouce vers l'arrière, il désigna la hache qu'une corde maintenait dans son dos.

— Mais alors pour qui donc sont ces deux heaumes ? insista le comte.

— Vous le saurez bien assez tôt, répliqua Fank. Et cela vous semblera alors évident. Comment vont les habitants du Château Airain ?

— Les villageois de la colline ? Certains sont morts des vibrations du gong qui nous a ramenés dans cette dimension. Quelques maisons se sont écroulées, mais la plupart des villageois ont survécu, en particulier tous ceux qui constituaient notre cavalerie.

— Cinq cents hommes environ, ajouta D'Averc. Notre armée.

— Bien, dit Fank en jetant un regard de côté vers le Français. Bien. Enfin, je dois partir car j'ai encore beaucoup à faire.

— Et qu'avez-vous à faire, Maître Fank ? demanda Oladahn.

Fank marqua une pause.

— Chez moi, mon ami, dans les Orkneys, on ne s'intéresse pas aux affaires des autres.

— Merci pour les cadeaux, dit Oladahn en s'inclinant, et pardonnez ma curiosité.

— J'accepte vos excuses, répondit Fank.

— Avant votre départ, Maître Fank, je tiens à vous remercier en notre nom à tous pour ces présents si bienvenus, dit le comte Airain. Mais peut-on encore vous importuner avec une dernière question ?

— À mon avis, vous êtes tous beaucoup trop enclin à en poser sans cesse. Mais il faut reconnaître que nous autres, le peuple des Orkneys, ne sommes guère loquaces. Demandez toujours, ami, je ferai de mon mieux pour vous répondre, si ce n'est pas une question trop personnelle, bien sûr.

— Savez-vous ce qui a causé la destruction de la machine de cristal ?

— Je dirais que le seigneur Taragorm, Maître du Palais du Temps à Londra, a découvert, après avoir trouvé d'où elle venait, le moyen de briser votre machine. Il possède de nombreux textes anciens où toutes ces choses sont consignées. Sans doute a-t-il fabriqué une horloge dont le timbre pouvait voyager à travers les dimensions et du fait de son volume et sa fréquence faire éclater le cristal. C'était, je crois, le seul recours qu'avaient contre eux les ennemis du peuple de Soryandum qui vous donna la machine.

— Ainsi c'était bien la main du Ténébreux Empire, dit Hawkmoon. Mais alors pourquoi ne nous attendaient-ils pas ?

— Une crise interne peut-être, répondit Orland Fank. Nous verrons bien. Adieu, mes amis. J'ai l'impression que nous ne tarderons pas à nous revoir.

Chapitre V

CINQ HÉROS ET UNE HÉROÏNE

Tandis que les grilles du château se refermaient derrière Fank, Noblegent descendait le grand escalier, son visage serein empreint d'une expression inhabituelle. Il avait la démarche raide et le regard lointain.

— Que se passe-t-il, Noblegent ? demanda le comte Airain.

Inquiet, il prit son vieil ami par le bras.

— Vous semblez préoccupé.

Noblegent secoua la tête.

— Pas préoccupé – déterminé. J'ai pris une décision. Depuis des années ma plume est la seule arme que j'aie brandie, je n'ai rien affronté de plus violent qu'un épineux problème philosophique. À présent je veux une épée pour arme et j'affronterai la puissance de Londra. Je partirai avec vous contre le Ténébreux Empire.

— Mais, objecta Hawkmoon, vous n'êtes pas un guerrier, Noblegent. Votre sérénité et votre sagesse nous encouragent et nous soutiennent tout aussi utilement que n'importe quel camarade de combat.

— C'est possible, mais ce combat sera le dernier. La victoire ou la mort, lui rappela Noblegent. Si vous ne revenez pas la sagesse ne vous servira plus à rien – et si vous revenez, vous ne montrerez que peu d'intérêt pour mes conseils car vous serez ceux qui auront défait le Ténébreux Empire. Je veux donc prendre l'épée. L'un de ces heaumes miroitants, celui avec le cimier noir est pour moi, je le sais.

Noblegent prit le heaume et, gravement, le posa sur ses épaules. Il lui allait à la perfection et tous y virent ce que Noblegent lui-même voyait : leurs propres visages à la fois réprobateurs et admiratifs.

D'Averc fut le premier à lui tendre la main.

— Parfait, Noblegent. Ce sera un plaisir de voyager pour une fois avec un compagnon aussi sage.

Feignant le courroux, Hawkmoon lui lança un regard sombre, puis s'adressa à Noblegent :

— C'est d'accord, Noblegent, puisque tel est votre désir. Nous serons heureux de votre compagnie. Mais je me demande à qui est destiné le dernier heaume.

— Il est pour moi.

La voix était douce, profonde et pleine de détermination. Hawkmoon se tourna lentement pour regarder son épouse.

— Non, Yisselda, il n'est pas pour vous.

— Comment le savez-vous ?

— Mais...

— Regardez-le donc – celui avec le cimier blanc. Il est plus petit que les autres et irait très bien à un jeune garçon... ou à une femme.

— Oui, convint Hawkmoon de mauvaise grâce.

— Ne suis-je pas la fille du comte Airain ?

— Si, bien sûr.

— Ne suis-je pas capable de monter à cheval aussi bien que vous tous ?

— Si.

— Et comme femme, n'ai-je pas gagné de nombreux lauriers en me battant dans l'arène ? Ne me suis-je pas exercée avec les gardians de Kamarg au maniement de la hache, de l'épée et de la lance feu ? Père ?

— C'est vrai. Elle était remarquable dans tous ces arts, admit le comte d'un ton posé. Mais cela ne suffit pas à faire un guerrier...

— Ne suis-je pas robuste ?

— Si... Pour une femme... répondit le comte. Douce et robuste comme la soie, ainsi le chanta un jour notre poète local.

Il jeta un œil malicieux vers Noblegent qui rougissait.

— Manquerais-je d'endurance, alors ? repartit Yisselda dont les yeux lançaient des éclairs pleins de défi.

— Non... Vous avez de l'endurance plus qu'il n'en faut, dit Hawkmoon.

— De courage ? Manquerais-je de courage ?

— Nul n'est plus courageux que toi, mon enfant, reconnut le comte.

— Dans ce cas, dites-moi quelle est cette vertu mystérieuse que possèdent les guerriers tandis que moi-même en suis dépourvue.

Hawkmoon leva les bras au ciel.

— Je ne sais pas, Yisselda... Néanmoins vous êtes une femme et... et...

— Et une femme ne se bat pas. Elle est seulement bonne à attendre au coin du feu en pleurant ses chers disparus. C'est ce que vous voulez dire ?

— Ou fêter joyeusement leur retour.

— Fêter leur retour ? Non, je n'ai pas la patience. Pourquoi resterais-je toute seule au Château Airain ? Qui m'y protégera ?

— Nous laisserons des gardes.

— Des gardes... qui vous manqueront au combat. Vous savez très bien que le concours de chaque homme vous sera nécessaire et précieux.

— Oui, admit Hawkmoon. Toutefois vous oubliez une chose, Yisselda. Vous portez notre enfant.

— Je ne l'oublie pas. Je porte notre enfant. Oui, et je le porterai dans la bataille. Car si nous sommes vaincus, son seul héritage sera souffrance et désespoir – et si nous gagnons, il connaîtra la joie frénétique de la victoire avant même d'avoir vu le jour. Mais si nous sommes tous tués – eh bien nous mourrons ensemble. Je ne serai pas la veuve de Hawkmoon et ne porterai pas son orphelin. Je ne serai pas en sûreté seule au château, Dorian, je partirai avec vous.

Elle s'avança vers le heaume miroitant, le posa sur ses épaules et, triomphante, tourna gracieusement sur elle-même.

— Voyez. Il me va à la perfection. Il a été forgé tout exprès pour moi. Nous partirons ensemble, tous les six, et conduirons les Kamarguais à l'assaut de l'invincible puissance du Ténébreux Empire... Cinq héros... et, je l'espère, une héroïne !

— Si vous le désirez, murmura Hawkmoon en enlaçant son épouse, si vous le désirez.

Chapitre VI

UN NOUVEL ALLIÉ

Loups et Vautours étaient revenus du Continent et se déversaient dans Londra. Arrivaient également Mouches, Rats, Chèvres et Chiens, de même que toutes les bêtes assoiffées de sang de Granbretanne.

Du haut de la tour dont il avait fait son quartier général, Meliadus observait leur entrée. Déferlant de tous côtés, ils commençaient à se battre dès qu'ils avaient franchi les portes de la ville. L'une des légions attira son attention car elle arrivait sous une bannière noire et blanche, signifiant ainsi sa neutralité. Il dut attendre qu'elle approchât pour pouvoir enfin l'identifier.

Intrigué, Meliadus fronça les sourcils.

Il reconnut enfin l'étendard d'Adaz Promp, Grand Connétable de l'Ordre du Chien. Cela signifiait-il qu'il hésitait encore à choisir le camp où il allait se battre ? Ou bien préparait-il un tour à sa façon ? Perplexe, Meliadus caressait le métal froid de son heaume de loup posé près de lui et songeait que l'appui des troupes d'Adaz Promp lui permettrait de s'attaquer au palais impérial dès à présent.

Depuis quelques jours la bataille était engagée dans une impasse. Meliadus se sentait anxieux, surtout parce qu'il ignorait si l'invention de Taragorm avait réussi à ramener le Château Airain dans leur dimension spatiotemporelle. L'excitation triomphante des premiers moments avait, chez lui, cédé la place à une impatience fébrile.

La porte s'ouvrit. Machinalement, Meliadus saisit son heaume et, tout en se tournant, le posa sur ses épaules.

— Ah, c'est vous, Flana. Que se passe-t-il ?

— Taragorm désire vous voir.

— Taragorm ? A-t-il quoi que ce soit de positif à me dire ?

Le masque d'horloge parut derrière Flana.

— J'espérais que vous-même auriez quelques nouvelles positives à me donner, frère, dit Taragorm d'un ton acide. Après tout nous n'avons guère amélioré nos positions ces derniers jours.

— Les renforts arrivent à peine, répliqua Meliadus avec humeur, sa main gantée désignant la fenêtre. Voyez tous les Loups et les Vautours, et même quelques Furets.

— Oui, et de même que les renforts pour Huon, en bien plus grand nombre que les nôtres à ce qu'il semble.

— Les nouvelles armes de Kalan devraient bientôt être prêtes, s'emporta Meliadus. Grâce à leur concours nous reprendrons l'avantage.

— Si elles fonctionnent, siffla Taragorm. Je commence à craindre d'avoir fait une erreur en m'associant à vous.

— Trop tard, cher frère, trop tard. Essayons de ne pas nous quereller, sinon tout est fini.

— Trop tard, oui. Cela je vous l'accorde. De toute façon si Huon gagne cette bataille, c'est notre ruine à tous.

— Huon ne gagnera pas.

— Il nous faudrait des milliers et des milliers d'hommes pour prendre le palais.

— Nous trouverons des milliers et des milliers d'hommes. Il suffira d'une brèche et la plupart nous rejoindrons.

Sourd à ces arguments, Taragorm se tourna vers Flana.

— Dommage, Flana. Vous auriez fait une très belle reine…

— Elle sera reine, hurla Meliadus, une lueur sauvage dans les yeux, se contenant pour ne pas frapper Taragorm. Taragorm ! votre défaitisme frise la traîtrise !

— Et pour cela me ferez-vous assassiner, frère ? Avec

tout mon savoir, je suis le seul à connaître les secrets du Temps.

D'un geste Meliadus écarta cette remarque de son beau-frère.

— Bien sûr que non. Cessons ces discussions stériles et unissons-nous pour vaincre la résistance du palais.

Lassée, Flana quitta la pièce.

— Je dois voir Kalan, poursuivit Meliadus. Il a subi un grave contretemps car il a dû, en toute hâte, faire transporter tout son matériel dans un nouveau lieu. Allons-y ensemble, Taragorm.

Ils appelèrent leurs esclaves et, dans leurs litières, se firent transporter le long des sombres corridors et des passerelles tournantes de la tour, jusqu'aux appartements où Kalan venait d'installer ses laboratoires. Dès qu'on leur ouvrit la porte une vague brûlante et nauséabonde les fit suffoquer. En toussant, Meliadus descendit de sa litière pour se précipiter dans la pièce où se tenait Kalan. Son corps décharné nu jusqu'à la taille et son masque toujours sur la tête, ce dernier surveillait le labeur inhumain des savants masqués qui peinaient sous ses ordres.

Kalan eut un geste d'impatience en les voyant.

— Que voulez-vous ? Je n'ai pas de temps à perdre en vaines conversations !

— Nous nous demandions où vous en étiez de vos travaux, Baron, cria Meliadus à travers le bouillonnement qui les assourdissait.

— Ils progressent, ils progressent. Notre équipement est dramatiquement rudimentaire, mais ma machine de guerre presque prête.

Taragorm jeta un regard à l'enchevêtrement de tubes et de roues d'où provenaient chaleur, vacarme et puanteur.

— Et ceci est une arme ?

— Bientôt, très bientôt.

— Et comment cela fonctionnera-t-il ?

— Qu'on me donne des hommes pour la monter sur le toit et d'ici quelques heures vous verrez vous-même.

Meliadus acquiesça.

— Très bien. Vous rendez-vous compte que tout dépend de votre réussite, Kalan ?

— Oh oui, je m'en rends compte. Je commence également à me maudire pour m'être associé à votre entreprise, Meliadus, mais je suis engagé dans cette voie maintenant et ne puis plus en sortir. Laissez-moi à présent... Je vous enverrai un message dès que mon arme sera prête.

Meliadus et Taragorm s'en retournèrent par les corridors, suivis de leurs esclaves chargés de leurs litières.

— J'espère que Kalan n'a pas complètement perdu la tête, dit Taragorm d'un ton glacé. Car alors son engin pourrait aussi bien tous nous anéantir en une seconde.

— Ou ne rien anéantir du tout, ajouta Meliadus maussade.

— Seriez-vous défaitiste vous aussi maintenant, cher frère ?

De retour dans ses appartements, Meliadus découvrit qu'un visiteur l'y attendait. C'était un personnage corpulent ceint d'une armure recouverte de soie aux teintes criardes et d'un heaume représentant un chien à l'aspect féroce.

— Le baron Adaz Promp, dit Flana Mikosevaar en sortant d'une autre pièce. Il est arrivé peu après votre départ.

— Très honoré, Baron, dit Meliadus en s'inclinant cérémonieusement.

Adaz Promp parlait d'une voix douce.

— Pourquoi tout ceci, Meliadus, et dans quel but ?

— Pourquoi ? Pour un retour à une stratégie de nos conquêtes plus rationnelle. Le but ? Donner à la Granbretanne un monarque censé qui respectera les conseils de guerriers aussi expérimentés que nous.

— Vous voulez dire : vos conseils, persifla Promp. Ma foi, je dois avouer que c'était vous que je jugeais insensé, Messire, et non le Roi-Empereur Huon. Du fait, par exemple, de votre acharnement à poursuivre cette vendetta contre Hawkmoon et les siens. Je soupçonnais que seuls votre satisfaction et votre désir de vengeance personnels étaient en jeu.

— Le croyez-vous toujours ?

— Cela m'est complètement égal. Comme vous, je commence à penser que l'existence du Château Airain représente un immense danger pour la Granbretanne et qu'il importe avant tout autre chose d'exterminer Hawkmoon et ses semblables.

— Pourquoi avez-vous changé d'avis, Adaz ?

Meliadus se pencha vers lui, soudain passionnément attentif.

— Pourquoi ? Sauriez-vous quelque chose que moi-même j'ignore ?

— J'ai quelques soupçons, rien de plus, répondit Adaz Promp d'une voix pesante et solennelle. Quelques impressions... des doutes...

— De quelle sorte ?

— Un navire rencontré et abordé dans les mers du nord tandis que nous revenions de Scandia à l'appel de notre empereur. Une rumeur venant de France. C'est tout.

— Un navire ? Quel genre de navire ?

— Du genre de ceux ancrés dans le fleuve, sans voiles et avec un engin bizarre à l'arrière. Il dérivait, sérieusement endommagé, et deux hommes blessés étaient à bord. Ils sont morts avant même que nous ayions pu les transporter sur notre vaisseau.

— Le navire de Shenegar Trott. Venant d'Amarehk.

— C'est ce qu'ils nous ont dit, en effet.

— Mais quel rapport cela a-t-il avec Hawkmoon ?

— Ils disaient avoir rencontré Hawkmoon en Amarehk et avoir été blessés par lui lors d'une bataille sanglante dans une ville nommée Dnark. Selon ces hommes – mais ils déliraient – l'enjeu n'était autre que le Bâton Runique.

— Et c'est Hawkmoon qui a gagné.

— Cela semble, oui. Trott et ses hommes étaient un millier face à quatre adversaires : Hawkmoon et ses trois compagnons.

— Et c'est Hawkmoon qui a gagné !

— Oui. Grâce à l'aide de guerriers surnaturels, d'après

celui qui survécut assez longtemps pour bredouiller cette fable, un mélange de fantaisie et de vérité, sans aucun doute. Mais il reste que Hawkmoon s'est rendu victorieux d'une force beaucoup plus puissante que la sienne propre et qu'il a tué Shenegar Trott personnellement. Il semble également qu'il dispose de pouvoirs étranges et inconnus de nous. Ce qui se vérifie d'ailleurs par la façon dont ils parvinrent à nous échapper la dernière fois. J'en viens à mon second récit que je tiens de la bouche d'un de vos Loups avec qui nous avons fait route jusqu'à Londra.

— Racontez.

— Il a entendu dire que le Château Airain avait réapparu et que Hawkmoon et les autres avaient pris une ville au nord de la Kamarg en exterminant les hommes du Ténébreux Empire qui l'occupaient. Ce n'est qu'une rumeur assez peu crédible. Comment Hawkmoon aurait-il pu lever une armée en si peu de temps ?

— Ce genre de rumeurs est très fréquent en période de guerre, dit Meliadus songeur, mais ce n'est pas impossible. Ainsi maintenant vous croyez que Hawkmoon représente un danger bien plus redoutable que ne le pensait Huon ?

— Ce n'est qu'une impression – mais que je devine assez sérieusement fondée. Mais il y a d'autres éléments qui interviennent dans mon choix, Meliadus. Je considère que nous devons en finir avec cette bataille aussi promptement que possible car si Hawkmoon possède une armée – recrutée en Amarehk, peut-être – nous ne devons surtout pas remettre le moment de l'écraser. Je suis avec vous, Meliadus. Je peux mettre un demi-million de Chiens à votre disposition d'ici demain.

— Avec les troupes que je commande, pensez-vous disposer de suffisamment d'hommes pour prendre le palais d'assaut ?

— Peut-être, si l'artillerie peut nous couvrir.

— L'artillerie vous couvrira, n'ayez crainte.

Meliadus serra la main de Promp.

— Oh, Baron, je sens que nous serons victorieux dès demain !

— Mais je me demande combien vivront encore pour

fêter cette victoire, répondit Promp. L'assaut du palais va sans doute nous coûter plusieurs milliers de vies humaines – sinon plusieurs centaines de milliers.

— Ce ne sera pas en vain, Baron. Croyez-moi, ce ne sera pas en vain.

Meliadus exultait à l'idée d'une victoire prochaine contre Huon et surtout à l'idée de posséder à nouveau tout pouvoir sur Hawkmoon – en particulier si Kalan, comme il le lui avait promis, parvenait à régénérer le Joyau Noir.

Chapitre VII

LA BATAILLE AU PALAIS DU ROI-EMPEREUR HUON

Meliadus contemplait les guerriers de l'ordre du Serpent qui installaient la lourde machine sur le toit de son quartier général. Ils se trouvaient loin au-dessus de la rue mais à peu de distance du palais autour duquel la bataille faisait rage. Adaz Promp n'avait pas encore engagé ses

légions ; avant de lancer une attaque frontale contre les portes du palais, il attendait que les machines de Kalan aient produit leur effet. Ce monument colossal semblait pouvoir résister à n'importe quelle entreprise, voire à la fin du monde. Il élançait fièrement sa haute silhouette vers le ciel lourd et bas. Quatre hautes tours qui dégageaient une étrange lueur dorée, le flanquaient aux quatre angles ; partout couraient de grotesques bas-reliefs figurant les heures glorieuses de la Granbretanne ; scintillant de mille feux, à l'abri de ses gigantesques portails d'acier d'un mètre d'épaisseur, le palais du Roi-Empereur Huon semblait contempler d'un œil méprisant les factions qui se déchiraient à ses pieds.

L'espace d'un instant, Meliadus se sentit lui aussi écrasé par la masse imposante du château, mais d'un geste il chassa le doute qui commençait à s'emparer de son âme et il reporta toute son attention à la machine de Kalan. D'une masse inextricable de tubes et de câbles d'acier, émergeait une sorte d'entonnoir, semblable à une cloche ou au pavillon d'une gigantesque trompette dirigé vers les murailles du palais. Sur les chemins de ronde, une multitude de guerriers se pressait en rangs serrés. À leurs masques et à leurs bannières on reconnaissait bien sûr l'Ordre de la Mante, mais il y avait là aussi les soldats de l'ordre du Cochon et de la Mouche. À l'extérieur de la ville, les légions des autres ordres s'apprêtaient à fondre sur les arrières de Meliadus qui savait que le temps lui était compté. S'il parvenait à forcer les portes du palais, il pouvait espérer voir ces légions se ranger à ses côtés ; dans le cas contraire...

— Tout est prêt ! annonça Kalan.

— Eh bien allez-y, répondit sauvagement Meliadus. Dirigez-la sur les troupes qui garnissent les remparts.

Kalan s'éloigna, et sur son ordre les Serpents se mirent à s'affairer autour de la machine. Kalan s'agenouilla et saisit un grand levier, puis il tourna son visage vers le ciel comme s'il murmurait une dernière prière et brusquement tira le levier à lui.

La machine frémit, un nuage de fumée l'enveloppa puis un formidable grondement se fit entendre et une énorme bulle verte qui dégageait une chaleur intense apparut au sortir du pavillon. La bulle gagna en grosseur, se détacha lentement de la machine et se dirigea vers les murailles.

Fasciné, Meliadus contemplait l'étrange nuée verte qui enveloppait maintenant une première rangée de guerriers. Avec délectation, il savoura les hurlements d'épouvante qui s'évanouissaient peu à peu dans la brume meurtrière. La bulle de chaleur poursuivit sa course sur le chemin de ronde, engloutissant au passage ses proies humaines, avant de s'immobiliser brusquement, s'affaisser et dégouliner le long du mur en un serpentin visqueux.

— Tout est perdu ! La bulle a disparu !

Meliadus hurlait de rage.

— Patience, Meliadus, tonna Kalan.

Ses hommes augmentèrent la hausse de quelques degrés.

— Regardez !

Une nouvelle fois il tira le levier, la machine trembla, gronda, et une nouvelle bulle verte émergea du pavillon. Pour la deuxième fois, l'énorme boule parcourut les remparts, semant la mort sur son passage jusqu'à ce que – sa course ayant été plus longue – il ne restât plus un homme au faîte de la muraille. Enfin, comme la première, elle se liquéfia.

— Et maintenant projetons-les au-dessus du mur.

Et à nouveau, Kalan tira le levier à lui. Mais cette fois-ci, il n'attendit pas que la bulle ait accompli son œuvre pour tirer à nouveau, en sorte que bientôt une vingtaine de projectiles eurent atteint la grande cour intérieure. Totalement absorbé par sa tâche, Kalan se démenait furieusement sur la machine qui tremblait et grondait en crachant ses vapeurs suffocantes.

— Cette substance détruit tout ! (Kalan était au comble de l'excitation.) Tout.

Il tendit le doigt :

— Regardez ce qu'elle provoque sur les murs !

Le liquide visqueux se frayait un passage à travers la pierre. Des pans entiers de bas-reliefs se détachaient, obligeant même les assaillants à reculer. La substance verte s'enfonçait dans la muraille comme de l'huile bouillante jetée sur de la glace.

— Mais nos hommes ne vont plus pouvoir pénétrer à l'intérieur, se plaignit Meliadus. Cette chose dévore tout sans distinction.

Kalan eut un petit rire étouffé.

— N'ayez pas peur, cette substance n'est virulente que pendant quelques minutes.

Et il actionna le levier, projetant une autre boule verte au-dessus des murailles. Une large portion de mur s'effondra dans un nuage de poussière, ménageant une voie royale pour les troupes de Meliadus. Le Grand Connétable de l'Ordre du Loup ne se tenait plus de joie.

Brusquement, un long sifflement monta de la machine ; Kalan se précipita et se mit à farfouiller dans le tableau de commande en lançant des ordres à ses hommes d'une voix rauque.

Taragorm apparut sur le toit et salua Meliadus.

— Je vois que j'avais sous-estimé Kalan.

Puis, se tournant vers le Serpent :

— Félicitations, Kalan.

Les yeux brillants, Kalan s'agitait en tous sens.

— Vous voyez, Taragorm, vous voyez, ça marche ! Pourquoi n'essayeriez-vous pas ? Il suffit de tirer ce levier.

Taragorm saisit fermement le levier à deux mains et se tourna vers le palais. Là-bas, les troupes du Roi-Empereur Huon refluaient en désordre à l'intérieur de l'enceinte, poursuivis par les bulles meurtrières. Soudain, la flamme d'un canon jaillit des murailles du palais ; les hommes de Huon avaient enfin réussi à mettre leurs pièces en batterie. Plusieurs langues de feu rugirent au-dessus de leurs têtes, tandis que d'autres venaient lécher les murs, noircissant à peine les pierres.

— Ces engins ne peuvent rien contre ma machine, dit Kalan en ricanant. Pointez le pavillon dans cette direction, Taragorm, dit-il en indiquant les fenêtres d'où émergeaient les larges gueules des canons, et faites partir une bulle.

Taragorm semblait aussi absorbé que Kalan par sa nouvelle tâche et Meliadus sourit en voyant les deux savants s'amuser comme des enfants avec leur nouveau jouet. Il se sentait enclin à toutes les indulgences, maintenant que de toute évidence la victoire lui était acquise grâce à la machine de Kalan. Il était temps de rejoindre Adaz Promp et de se mettre à la tête de ses troupes.

Il descendit l'escalier intérieur de la tour et fit demander sa litière. Il s'installa confortablement et un sourire de triomphe se dessina sur ses lèvres.

Brusquement, une violente déflagration fit trembler l'édifice au-dessus de lui. Il sauta à bas de sa litière et revint sur ses pas en courant. Il approchait de la plateforme en terrasse, lorsqu'une chaleur de fournaise le força à reculer. Kalan, le masque bosselé et à moitié arraché, émergea de l'épaisse fumée qui envahissait l'escalier.

— Fuyons, hurla-t-il, la machine a explosé ; par bonheur, je me trouvais près de la porte, sans cela j'aurais été tué. La substance se répand partout ; en arrière ou nous allons être engloutis.

— Et Taragorm, qu'est-il advenu de lui ?

— Il ne doit plus rien en rester, répondit Kalan. Vite Meliadus, quittons la tour pendant qu'il est encore temps !

— Ainsi Taragorm est mort… et cela juste après avoir accompli mes desseins.

Meliadus redescendit les degrés à la suite de Kalan.

— Je savais qu'il m'aurait posé des problèmes après la chute du Roi-Empereur Huon ; tôt ou tard il aurait fallu trouver une solution. Maintenant la question est réglée. Pauvre frère Taragorm !

Et Meliadus éclata de rire.

Chapitre VIII

FLANA OBSERVE LA BATAILLE

Du haut de sa tour, Flana contemplait les combats qui faisaient rage à ses pieds. Elle vit les soldats s'engouffrer dans les brèches béantes de la muraille puis la haute tour qui servait de quartier général à Meliadus vaciller un instant avant de s'écrouler dans un bruit de tonnerre sur les bas-quartiers de la ville.

Elle crut tout d'abord que Meliadus avait péri, mais peu de temps après elle aperçut sa bannière qui flottait au milieu de ses troupes. Au sein de la mêlée, elle distingua également l'étendard d'Adaz Promp ; ainsi, songea-t-elle, Chiens et Loups, rivaux de toujours, combattaient maintenant ensemble les guerriers du Roi-Empereur Huon.

La bataille emplissait l'air de ses clameurs. Les artilleurs s'efforçaient en vain d'abaisser et de raccourcir leur tir pour tenter d'endiguer le flot des assaillants qui avaient envahi la grande cour du palais. Mais les canons avaient été disposés en prévision d'un siège prolongé et il s'avérait impossible de les déplacer en peu de temps. Les troupes rebelles ne trouvaient en face d'elles que quelques rares lances feu.

Flana se mit à songer à D'Averc, et le bruit des combats sembla s'estomper ; le reverrait-elle un jour ? Les nouvelles qu'avait ramenées Adaz Promp étaient encourageantes ; si Hawkmoon vivait, D'Averc devait être vivant aussi.

Mais pour combien de temps encore ? S'il persistait

à vouloir s'opposer à la Granbretanne, il le payerait immanquablement de sa vie. Et même s'il ne mourrait pas tout de suite, il mènerait la vie d'un proscrit, traqué de toutes parts, car personne ne pouvait espérer tenir tête longtemps au Ténébreux Empire. Hawkmoon, D'Averc et les autres périraient tôt ou tard sur quelque lointain champ de bataille. Peut-être pourraient-ils atteindre les côtes avant d'être massacrés, mais jamais la guerilla kamarguaise ne parviendrait à passer le pont d'Argent qui franchissait la mer.

Un instant, Flana songea au suicide, mais elle écarta résolument cette idée ; lorsque tout espoir serait perdu, pas avant. Et puis, si elle était couronnée reine, elle disposerait d'un certain pouvoir ; peut-être Meliadus épargnerait-il D'Averc, car malgré la trahison du Français, il éprouvait moins de haine pour lui que pour Hawkmoon.

Une immense clameur la tira de ses pensées.

Meliadus et Adaz Promp pénétraient dans le palais à la tête de leurs guerriers. La victoire était proche.

CHAPITRE IX

LA MORT DU ROI-EMPEREUR HUON

Sur son cheval noir, le baron Meliadus filait à toute allure à travers les galeries où retentissait le vacarme de la bataille. Il avait souvent parcouru ce chemin, les yeux baissés dans une attitude d'humilité réelle ou feinte. À présent il gardait la tête haute sous son heaume de loup aux babines retroussées ; un cri de guerre sauvage jaillissait de sa gorge et sa grande épée noire si vaillamment brandie au service du Roi-Empereur Huon, décimait les rangs des gardes de la Mante qu'un jour maudit il avait dû craindre. Son cheval se cabrait. Les sabots qui avaient foulé le sol de tant de contrées soumises, piétinaient furieusement les hommes aux masques d'insectes dont les os se brisaient avec un bruit sinistre.

Meliadus riait et rugissait en galopant vers la salle du trône où s'étaient rassemblés les derniers défenseurs du roi. Il pouvait les voir au fond de la galerie s'affairer autour d'un canon lance-flammes. Suivi d'une douzaine de Loups, sans prendre garde au danger, il s'élança vers les guerriers frappés de stupeur. Six têtes volèrent et en quelques secondes tous les artilleurs étaient morts, décapités. La flamme d'une lance feu crépita autour du sombre masque de loup, mais Meliadus ne s'en soucia pas. Son cheval dont les yeux jetaient des éclairs de folie bondissait en avant droit sur l'ennemi.

Meliadus refoulait et frappait impitoyablement les gardes qui mouraient convaincus de son pouvoir surnaturel.

Mais c'était une énergie sauvage, la frénésie guerrière, qui poussait Meliadus de Kroiden à franchir le lourd portail de la salle du trône à la rencontre des quelques derniers survivants pris de panique. La plupart de leurs compagnons étaient tombés devant le portail ; les lances pointées en avant, ils avançaient lentement. Mais rien ne pouvait arrêter Meliadus qui, toujours au grand galop, exultant, un rire de triomphe aux lèvres, traversa sans mal la fragile barrière. Plus aucun obstacle ne le séparait de la Sphère Impériale devant laquelle quelques jours auparavant il s'était prosterné.

Des reflets miroitants rompirent l'opacité du globe noir et peu à peu apparut la silhouette recroquevillée de l'immortel roi-empereur. Tel un poisson mal formé, le misérable fœtus frétillait et tournait sans cesse en mouvements affolés, prisonnier du globe qui le maintenait dans une vie éternelle et confinée. Nul ne le défendait plus, nul ne pouvait plus l'aider. Tout au long des deux mille ans de son règne, deux mille ans de sagesse, il n'avait jamais songé à se protéger, ni même jamais imaginé qu'un seigneur de Granbretanne pût de la sorte trahir son souverain héréditaire.

— Meliadus…

La voix chaude et vibrante était altérée par la frayeur.

— Meliadus – vous êtes un dément. Écoutez – votre roi-empereur vous parle. Je vous ordonne de quitter ce lieu, de retirer vos troupes et de me prêter serment de fidélité. Meliadus !

Les yeux noirs, autrefois si perçants et ironiques, étaient aujourd'hui pleins de terreur animale. La langue préhensible pointée en avant tremblotait comme celle d'un serpent. Les mains et les pieds inutiles et atrophiés s'agitaient en tous sens.

— Meliadus !

Hurlant un cri de victoire, Meliadus leva sa grande épée et en frappa la Sphère Impériale. Une violente secousse parcourut son corps tout entier dès que la lame pénétra dans le globe. Il y eut une explosion blanche, un long gémissement, un fracas de verre brisé tombant sur le sol et Meliadus sentit le fluide l'éclabousser.

Il cligna des yeux, s'attendant à voir sur le sol la minuscule silhouette entortillée de son roi-empereur mort, mais il ne vit rien, il était plongé dans l'obscurité la plus profonde.

Son cri de victoire se changea en hurlement de terreur.

— Par les Dents de Huon ! JE SUIS AVEUGLE !

Chapitre X

LES HÉROS

— Le fort flambe très bien, cria Oladahn, en se retournant sur sa selle pour regarder une dernière fois le bâtiment qui avait abrité une garnison d'infanterie de l'Ordre du Rat.

Il n'en restait plus un seul en vie à part leur commandant qui mettrait un certain temps à trépasser car les citoyens de la ville l'avait crucifié sur l'échafaud où tant de leurs époux, épouses et enfants étaient morts.

Six heaumes miroitants filaient vers l'horizon ; Hawkmoon, Yisselda, le comte Airain, D'Averc, Oladahn et Noblegent quittaient la ville à la tête de cinq cents Kamarguais armés de lances feu.

Leur première bataille depuis leur départ de Kamarg se terminait par une victoire totale. La surprise aidant ils avaient anéanti la garnison squelettique en moins d'une demi-heure.

Hawkmoon ne sentait guère en lui de frénésie guerrière, mais il était déterminé et entendait ne pas ménager sa peine ; déjà il conduisait ses compagnons vers une nouvelle ville où il savait trouver un plus grand nombre encore de Granbretons à exterminer.

Soudain il tira les rênes de son cheval car un cavalier venait à leur rencontre et il identifia la puissante silhouette d'Orland Fank avec sa hache-d'armes qui dansait derrière lui au rythme du galop.

— Salutations, amis ! Je vous apporte des nouvelles,

une réponse aux questions que vous vous posiez. Les monstres s'entre-dévorent. Il y a une guerre civile en Granbretanne. Londra est à feu et à sang. Meliadus a pris les armes contre le Roi-Empereur Huon. Il y a déjà des milliers de morts.

— Voilà qui explique leur nombre réduit sur le continent, dit Hawkmoon en ôtant son heaume miroitant pour s'essuyer le visage avec un mouchoir de soie.

Cela faisait des mois qu'il n'avait plus porté d'armure et elle lui semblait à présent fort inconfortable.

— On les a tous rappelés pour défendre Huon.

— Ou se battre aux côtés de Meliadus. La situation nous est favorable, ne trouvez-vous pas ?

— Si.

Dans la voix bourrue du comte Airain perçait une nuance d'excitation assez inhabituelle.

— Ils nous facilitent la tâche en se détruisant les uns les autres. Pendant qu'ils se battent filons vers le Pont d'Argent, traversons-le et pénétrons en Granbretanne. La chance nous sourit, Maître Fank !

— Chance, Fatalité, Destin, répondit Fank d'un ton léger, appelez cela comme vous voudrez.

— Dans ce cas nous devons rejoindre la mer au plus vite, dit Yisselda.

— Au plus vite, oui, pour profiter de la confusion.

— Voilà une résolution pleine de sagesse, acquiesça Fank, et comme je suis moi-même un homme plein de sagesse, je viendrai avec vous.

— Soyez le bienvenu, Maître Fank.

CHAPITRE XI

DES NOUVELLES DE TOUTES SORTES

Meliadus gisait en gémissant tandis que Kalan, penché sur lui, examinait ses yeux aveugles à l'aide de différents instruments. Sa voix était altérée à la fois par la souffrance et la rage.

— Que se passe-t-il, Kalan ? grondait-il. Pourquoi suis-je aveugle ?

— Tout simplement à cause de l'intensité lumineuse durant l'explosion, dit Kalan. D'ici un jour ou deux la vue vous reviendra.

— Un jour ou deux ! Mais j'ai besoin de voir ! Il me faut affermir mes positions, m'assurer que nul ne fomente de conspiration, convaincre dès à présent les autres barons de jurer fidélité à Flana. Et je dois savoir où en est Hawkmoon. Mes plans – tous mes plans sont réduits à néant !

— La plupart des barons sont déjà ralliés à votre cause, lui dit Kalan. Ils n'ont pas d'autre issue. Seul Jerek Nankenseen et ses Mouches menacent encore votre suprématie. Brenal Farnu est avec lui, certes… Mais Farnu a perdu presque tous ses Rats et n'a pratiquement plus aucun pouvoir, son Ordre n'existe plus. Adaz Promp continue d'ailleurs à pourchasser les quelques rares survivants.

— Plus de Rats, dit Meliadus soudain pensif. Combien de morts y a-t-il, d'après vous, Kalan ?

— À peu près la moitié des guerriers de Granbretanne.

— La moitié ? La moitié de notre armée ? J'ai détruit la moitié de notre puissance ?

— Votre victoire n'en valait-elle pas la peine ?

Le regard aveugle de Meliadus fixait le plafond.

— Si – je suppose…

Il se redressa sur sa civière.

— Mais il me faut justifier ce carnage, Kalan. C'était pour la Granbretanne… pour débarrasser le monde de Hawkmoon et de la vermine du Château Airain. Je dois réussir maintenant, Kalan, ou il me sera impossible de justifier un tel affaiblissement des forces du Ténébreux Empire !

— Vous n'avez rien à craindre sur ce point, répondit Kalan avec un léger sourire, car j'ai travaillé avec acharnement sur une autre de mes machines.

— Une arme nouvelle ?

— Non, une ancienne que j'ai réussi à remettre en marche.

— Laquelle ?

Kalan pouffa.

— La Machine du Joyau Noir, Baron. Hawkmoon sera bientôt en notre pouvoir de nouveau et le Joyau Noir va dévorer son esprit.

Une expression de profonde satisfaction s'imprima sur le visage de Meliadus.

— Enfin… Oh, Kalan ! Enfin !

Kalan força Meliadus à s'étendre sur la civière et passa un onguent sur ses yeux.

— Reposez-vous maintenant, rêvez de votre revanche. Nous nous en réjouirons ensemble.

Tout à coup Kalan leva les yeux. Un messager venait d'arriver.

— Que se passe-t-il ? Quelles sont les nouvelles ?

— Je viens du Continent, Votre Excellence, haleta le messager. Hawkmoon et ses hommes…

— Où sont-ils ?

Oubliant qu'il se montrait sans masque devant un

serviteur, Meliadus se dressa à nouveau, faisant couler l'onguent dans son cou.

— Que fait Hawkmoon ?

— Ils approchent du Pont d'Argent, Messire.

— Ont-ils l'intention d'envahir la Granbretanne ? Meliadus était incrédule.

— Combien sont-ils ? À quoi ressemble leur armée ?

— Cinq cents cavaliers, Messire.

Meliadus éclata de rire.

Chapitre XII

LA NOUVELLE REINE

Kalan aida Meliadus à gravir les marches menant au trône qui avait pris la place de la Sphère Impériale détruite. Là se tenait Flana, une couronne sur la tête, en robe d'apparat et le visage dissimulé par un masque de héron orné de joyaux rutilants. Devant elle venaient s'agenouiller tous les nobles de Granbretanne pour lui jurer fidélité.

— Voici, dit Meliadus d'une voix fière et retentissante, votre nouvelle reine. Sous le règne de la Reine Flana vous serez puissants – plus puissants que dans vos rêves les plus insensés. Sous le règne de la Reine Flana un nouvel âge fleurira – un âge de fantaisie sanglante et de plaisir sauvage, seul plaisir qui sache nous divertir, nous, le peuple de Granbretanne. Le monde sera notre jouet !

Un à un les barons se présentaient devant la reine pour lui prêter serment d'allégeance. À la fin de la cérémonie, le baron Meliadus reprit la parole.

— Où est Adaz Promp, Premier Seigneur de la Guerre des Armées de Granbretanne ?

Une voix s'éleva.

— Je suis ici, Messire, et je vous remercie pour l'honneur qui m'est fait.

Ainsi, pour la première fois, Meliadus annonçait que Promp allait prendre le commandement suprême, grade que lui seul, Meliadus, surpassait.

— Qu'en est-il des rebelles, Adaz Promp ?

— Rares sont ceux qui survivent encore, Messire. Les Mouches que nous n'avons pas écrasées se sont dispersées et leur Grand Connétable, Jerek Nankenseen, est mort. Je l'ai tué personnellement. Brenal Farnu et ses quelques Rats sont partis se terrer quelque part dans le Sussex et seront bientôt exterminés jusqu'au dernier. Tous les autres se sont unis à nous pour prêter serment à la Reine Flana.

— Très bien, Adaz Promp. Je suis satisfait. Donnez-nous des nouvelles de la grotesque armée que dirige Hawkmoon. Progresse-t-elle toujours vers nous ?

— Des ornithoptères sont partis en éclaireurs, Messire, et rapportent que Hawkmoon et son armée s'apprêtent à traverser le Pont d'Argent.

Meliadus ricanait.

— Qu'ils traversent. Qu'on les laisse avancer jusqu'à mi-chemin entre le Pont et la cité, puis nous les anéantirons. Kalan, où en êtes-vous de vos travaux ?

— La machine est presque prête, Messire.

— Très bien. À présent, il nous faut partir pour Deau-Vere pour accueillir comme il se doit Hawkmoon et ses amis. Allons-y mes capitaines, allons-y.

Kalan aida Meliadus à redescendre les marches et le guida à travers la salle du trône jusqu'au grand portail gardé par les Loups et les Vautours qui avaient remplacé les Mantes. Meliadus maudissait la cécité qui l'empêchait de les voir et de savourer son triomphe.

Les portes se refermèrent sur lui et Flana demeura, pétrifiée sur le trône, en pensant à D'Averc. Elle avait tenté d'en parler à Meliadus mais il n'avait rien entendu. Serait-il tué ? Elle n'osait l'imaginer.

Elle songeait à son étrange destin. Elle était la seule parmi tous les nobles de Granbretanne, à part Shenegar Trott, à avoir lu de nombreux textes anciens, des légendes et des récits datant des années ayant précédé le Tragique Millénaire. Elle savait que, quoi qu'il leur arrivât à elle et à Meliadus, la cour sur laquelle elle régnait maintenant accédait au dernier stade de sa décadence. Les guerres d'expansion, les troubles internes étaient des signes d'une nation à l'agonie, et même si la mort ne venait pas avant deux cents, cinq cents ou mille années, elle savait que c'en était fini du Ténébreux Empire.

Elle espérait que quelque chose de meilleur viendrait le remplacer.

CHAPITRE XIII

QUE VOYEZ-VOUS ?

Meliadus tenait les rênes du cheval de son héraut.

— Il ne faut surtout pas t'éloigner de moi, mon garçon. Tu dois me dire ce que tu vois et ainsi je pourrai diriger la bataille.

— Je vous raconterai tout au fur et à mesure, Messire.

— Très bien. Les troupes sont-elles rassemblées ?

— Oui, Messire. Elles attendent votre signal.

— Et Hawkmoon le bâtard est-il en vue ?

— On a vu des silhouettes galoper sur le Pont d'Argent. Elles se dirigent droit vers nous et, à moins de savoir voler, ne pourront nous éviter.

Meliadus grognait de plaisir.

— Ils ne s'envoleront pas – pas Hawkmoon – plus maintenant. Ne les vois-tu pas encore ?

— Je vois un éclair d'argent dans le lointain – comme les signaux d'un héliographe. Il y en a six. Ils étincellent dans le soleil. Six miroirs d'argent. Je me demande ce que cela signifie.

— Des lances qui brillent au soleil ?

— Je ne crois pas.

— Eh bien, nous ne tarderons pas à le savoir.

— En effet, Messire.

— Et maintenant ?

— Je vois six cavaliers, qui galopent en tête d'un grand nombre d'autres guerriers. Chacun de ces six cavaliers semble porter une couronne de lumière argentée. Oh,

Messire, ce sont leurs casques qui étincellent ainsi ! Leurs casques !

— Des casques soigneusement polis ?

— Des heaumes recouvrent leurs visages. Je… Je parviens à peine à les regarder, tant ils brillent.

— Étrange. De toute façon ces heaumes, nous les foulerons bientôt aux pieds. Tu leur as bien dit qu'ils peuvent les tuer, excepté Hawkmoon. Je le veux vivant.

— Oui, Messire.

— Très bien.

— Et comme vous l'avez ordonné, je leur ai expliqué de vous avertir s'ils voyaient Hawkmoon se prendre la tête dans les mains en se comportant bizarrement.

— Parfait.

Meliadus était secoué d'un petit rire satisfait.

— Parfait. Je tiens ma vengeance, quoi qu'il arrive.

— Ils vont bientôt arriver au bout du Pont. Ils nous ont vus mais ne s'arrêtent pas.

— Chargeons, dans ce cas, donne le signal, dit Meliadus, souffle dans ta trompette, héraut. Chargent-ils ?

— Oui, Messire.

— Et maintenant, que se passe-t-il ? Se sont-ils rencontrés ?

— Oui, Messire, la bataille est engagée.

— Et alors ?

— Je – je ne suis pas sûr, je suis ébloui – ces heaumes qui étincellent… et il y a une étrange lumière rouge… L'armée de Hawkmoon semble soudain beaucoup plus nombreuse… Une infanterie – une cavalerie… Par les Dents de Huon – pardon, Messire – par les Seins de Flana ! Ce sont les guerriers les plus surprenants que j'aie jamais vus !

— Comment sont-ils ?

— Des barbares – des sauvages – d'une férocité inouïe ! Ils se jouent de nos forces avec une facilité invraisemblable !

— Quoi ? Impossible ! Nous sommes cinq mille, ils sont cinq cents. Tous les rapports s'accordaient sur ce nombre.

— Ils sont plus nombreux, Messire. Beaucoup plus !

— Tous les éclaireurs auraient menti, alors ? Ou sommes-nous tous devenus fous ? Ces guerriers sauvages viennent sans doute d'Amarehk, en même temps que Hawkmoon. Et maintenant ? Que se passe-t-il ? Nos forces reprennent-elles le dessus ?

— Non, Messire.

— Mais que font-ils donc ?

— Ils reculent.

— Ils se retirent ? Impossible !

— C'est la débandade, Messire ! Pour ceux qui ont la chance de n'être pas tombés !

— Que dis-tu ? Que reste-t-il de nos cinq mille hommes ?

— Peut-être cinq cents, pour l'infanterie, et à peine une centaine de cavaliers.

— Que le pilote de mon ornithoptère se prépare.

— Bien, Messire.

— Sommes-nous prêts à décoller, héraut ?

— Oui, Messire.

— Que font Hawkmoon et sa bande ? Ceux avec les heaumes d'argent ?

— Ils pourchassent nos survivants.

— J'ai été victime d'une imposture !

— Sans aucun doute, Messire. Il y a de nombreux morts. Maintenant, les guerriers sauvages exterminent notre infanterie. Seuls les cavaliers parviennent à s'enfuir.

— Je ne peux pas y croire. Maudite soit ma cécité ! J'ai l'impression de vivre un cauchemar !

— Je vais vous conduire à votre ornithoptère, Messire.

— Merci, héraut. À Londra, pilote. Dépêchons-nous. Je dois revoir tous mes plans !

Alors que son ornithoptère s'élevait dans le ciel livide, un grand éclair d'argent passa devant les yeux de Meliadus. Il cilla, puis regarda. Enfin il put voir… Voir les six heaumes étincelants, ses légions décimées… Il voyait s'enfuir sa cavalerie terrorisée et, dans le lointain, pouvait entendre le rire triomphant de son pire ennemi.

Fou de rage, il tendit le poing.

— Hawkmoon ! Je te prépare une surprise !

Un des heaumes regarda vers ciel, faisant jaillir une lueur d'argent.

— Peut importent les artifices dont tu te sers, Hawkmoon. Avant la nuit, tu périras. Je le sais ! Je le sais !

Hawkmoon riait toujours et Meliadus était au comble de la fureur. Il cherchait des yeux les guerriers sauvages qui avaient mis son armée en déroute, mais ne les voyait pas.

Où était la supercherie ? Le héraut était-il de connivence avec Hawkmoon ? Ou les sauvages étaient-ils, pour quelque mystérieuse raison, invisibles à ses yeux ?

Il se frottait le visage. Peut-être la cécité récemment guérie était-elle la cause de troubles étranges ? Peut-être les sauvages étaient-ils partis un peu plus loin sur le champ de bataille ?

Mais il avait beau chercher, il ne voyait rien, pas le moindre barbare.

— Plus vite, pilote ! cria-t-il dans le fracas des ailes métalliques. Plus vite !

Meliadus commença à craindre que la défaite de Hawkmoon ne fût pas si aisée à obtenir qu'il l'avait tout d'abord cru. Mais, en pensant à Kalan et à la Machine du Joyau Noir, le sourire lui revint.

Chapitre XIV

LE JOYAU NOIR RÉGÉNÉRÉ

Presque indifférents à cette victoire où ils n'avaient eu à subir que douze morts et vingt blessés légers, les six héros ôtèrent leurs heaumes miroitants et contemplèrent tranquillement les cavaliers en fuite.

— Ils avaient compté sans les Légions de l'Aurore, dit le comte Airain en souriant. Pétrifiés de surprise, ils pouvaient difficilement résister. Mais ils seront mieux préparés pour notre arrivée à Londra.

— Sans doute, dit Hawkmoon, et Meliadus ne manquera pas de nous opposer un bien plus grand nombre de guerriers.

Tout en caressant distraitement l'Amulette Rouge qui pendait à son cou, Hawkmoon jeta un long regard à Yisselda dont les blonds cheveux dansaient dans le vent.

— Vous vous êtes bien battu, dit-elle, vous sembliez multiplié par cent.

— L'Amulette me donne la force d'une cinquantaine d'hommes et votre amour la force d'une autre cinquantaine.

Elle riait doucement.

— Vous ne me flattiez pas tant lors de notre lune de miel.

— Peut-être parce que je vous aime encore plus aujourd'hui.

D'Averc s'éclaircit la gorge.

— Nous ferions mieux d'établir notre camp à une lieue ou deux, loin de toute cette mort.

— Je vais m'occuper des blessés, dit Noblegent en faisant volter sa monture pour rejoindre les cavaliers kamarguais qui avaient mis pied à terre et discutaient par petits groupes, près de leurs chevaux.

— Beau travail, les gars, leur cria le comte Airain. Comme dans le bon vieux temps, non ? Nous nous battions à travers l'Europe ! À présent nous combattons pour la sauver.

Hawkmoon allait prendre la parole, lorsqu'il poussa un terrible hurlement. Son heaume lui échappa et il porta ses deux mains à sa tête, le visage tordu d'horreur et de souffrance. Il vacilla et serait tombé sans le secours d'Oladahn.

— Que se passe-t-il, Duc Dorian, lui demanda-t-il affolé.

— Qu'est-ce qui vous fait souffrir, mon amour ? dit Yisselda en se précipitant pour aider Oladahn à le soutenir.

Les dents serrées, les lèvres pâles, Hawkmoon parvint néanmoins à articuler quelques mots.

— Le… Le… Joyau… Le Joyau Noir… re… recommence à dévorer mon cerveau ! Il revit !

Il chancela encore, puis s'écroula inanimé entre leurs bras. Son visage était d'une blancheur mortelle et ses mains en retombant révélèrent qu'il ne s'était pas trompé. Le Joyau Noir palpitait de nouveau, plein de vie. Il avait retrouvé son lustre et brillait tel un œil malveillant.

— Oladahn, il est mort ? s'écria Yisselda, horrifiée.

Le petit homme secoua la tête.

— Non – il est vivant. Mais pour combien de temps, je l'ignore. Noblegent ! Messire Noblegent !

Noblegent revint en courant. Ce n'était pas la première fois qu'il voyait le Duc de Köln en proie à un tel mal et il blêmit.

— Je vais tenter un remède provisoire, bien que tous mes instruments soient restés au Château Airain.

D'Averc et le comte les rejoignirent bientôt et regardaient avec anxiété Noblegent penché sur Hawkmoon. Enfin, après un long moment, Hawkmoon bougea et ouvrit les yeux.

— Le Joyau, dit-il. Je rêvais qu'il me dévorait le cerveau...

— Ce qu'il fera si nous ne trouvons sans tarder le moyen d'en annihiler le pouvoir, murmura Noblegent. J'ai réussi à le neutraliser pour quelque temps, mais il est impossible de savoir quand, ni avec quelle force il reviendra.

Hawkmoon se releva à grand-peine. Il était livide.

— Nous n'avons plus une seconde à perdre, donc. Marchons sur Londra pendant qu'il est encore temps. S'il n'est pas déjà trop tard.

Noblegent acquiesça gravement.

Chapitre XV

LES PORTES DE LONDRA

Lorsque les six cavaliers parvinrent au faîte de la colline, les troupes les attendaient déjà, massées devant les portes de la cité.

Hawkmoon, ivre de souffrance, serrait l'Amulette Rouge entre ses doigts. Elle seule le maintenait en vie, il le savait, en l'aidant à combattre le pouvoir du Joyau Noir. Quelque part dans la ville, Kalan s'affairait autour de la machine qui insufflait sa force au joyau maléfique. Pour atteindre Kalan, il devait prendre la ville, défaire cette armée immense, prête à la bataille, Meliadus en tête.

Hawkmoon n'hésita pas. Il ne pouvait pas hésiter car chaque seconde de sa vie était précieuse. Il tira la sanglante Épée de l'Aurore et chargea à la tête de ses troupes.

Du haut de la colline les guerriers de Kamarg se ruèrent contre les rangs serrés des Granbretons dont la masse ondulait jusqu'à perte de vue.

Des deux côtés les lances feu crachèrent la mort. Hawkmoon jugea le moment propice et brandit son épée vers le ciel.

— Légions de l'Aurore ! J'appelle à moi les Légions de l'Aurore !

Une violente douleur envahit alors sa tête, le faisant gémir et il sentit la brûlure du Joyau Noir au milieu de son front. Près de lui, Yisselda eut le temps de crier :

— Dorian, qu'avez-vous ?

Mais il ne put répondre.

Déjà, ils étaient perdus dans la mêlée. Les yeux voilés par la souffrance, Hawkmoon voyait à peine l'ennemi et ne parvint tout d'abord pas à distinguer si les Légions de l'Aurore avaient ou non répondu à son appel. Mais elles étaient bien là, leur aura rougeoyant vers les cieux. Il sentit la force de l'Amulette Rouge l'emplir et s'opposer à celle du Joyau Noir. Peu à peu, son énergie lui revenait. Mais pour combien de temps ?

Autour de lui, les chevaux rendus fous par la bataille ruaient et se cabraient en hennissant furieusement ; Hawkmoon abattait son arme de tous côtés sur les guerriers en heaumes de vautour qui brandissaient de longues masses se terminant en griffes d'oiseau de proie. Il para un coup et riposta immédiatement. Son épée traversa l'armure pour plonger dans la poitrine du Vautour qui s'écroula sans vie. Il se dressa sur ses étriers et trancha une tête, évita de justesse une lourde masse qui siffla à ses oreilles et transperça de part en part celui qui avait porté le coup.

Dans le vacarme assourdissant tous se battaient avec une rage impitoyable. Les hurlements de haine et de terreur vibraient jusqu'aux nuages. Hawkmoon n'avait jamais porté son arme dans plus sauvage bataille. Épouvantés et affolés par les Légions surgies de nulle part, les guerriers du Ténébreux Empire avaient brisé leurs rangs, perdu leurs capitaines et combattaient dans le plus grand désordre mais avec un acharnement inouï.

Hawkmoon savait que cette bataille serait effroyablement meurtrière. Rares seraient ceux qui en verraient l'issue. Lui-même sans doute, mourrait avant la fin car, de nouveau, la souffrance allongeait ses tentacules jusqu'au tréfonds de son cerveau.

Aucun de ses amis ne vit périr Oladahn ; il tomba seul et sans gloire, taillé en pièces à coups de haches par une douzaine de soldats de l'Ordre du Cochon.

Mais le comte Airain mourut ainsi :

Il affronta trois barons, Adaz Promp, Mygel Holst et Saka Gerden. Ils le reconnurent, non pour son heaume qui, à part le cimier, ne se distinguait en rien de ceux de ses compagnons, mais pour sa puissante carrure et son armure d'airain. Tous trois ensemble – le Chien, la Chèvre et le Taureau – leurs armes brandies, se précipitèrent vers lui au grand galop.

Le comte venait à peine de faire passer de vie à trépas sa dernière victime – qui ayant tué sa monture ne parvenait néanmoins pas à l'atteindre lui-même – lorsque, levant les yeux, il vit fondre sur lui les barons. À deux mains, il leva son épée au-dessus de sa tête ; la lame siffla dans l'air en coupant sous eux les jambes des trois chevaux. Les barons plongèrent en avant et s'écrasèrent sur le ventre dans la boue du champ de bataille. Adaz Promp mourut à quatre pattes et de fort humiliante façon, Mygel Holst fut décapité en une seconde, à genoux devant le comte et implorant sa grâce. Ne restait plus que Saka Gerden, le Taureau, qui avait eu le temps de se relever et de se mettre dans une position de combat décente. Toutefois, aveuglé par le heaume miroitant du comte Airain, il secouait la tête en tous sens. Voyant cela, le comte arracha son heaume d'argent et le jeta de côté, révélant ainsi sa crinière et sa moustache flamboyantes, son regard plein de fierté et de colère.

— J'en ai pris deux d'assez peu équitable manière, rugit le comte, je me dois donc de vous laisser une chance de m'occire.

Digne représentant de son Ordre, tel un taureau furieux, Saka Gerden bondit en avant. Faisant un pas de côté, le comte porta un terrible coup et le heaume de Saka Gerden vola en éclats, de même que son crâne. Le baron tomba, le comte sourit et un poignard s'enfonça dans sa gorge jusqu'à la garde. Le comte parvint néanmoins à arracher le poignard des mains de son assaillant – un guerrier de l'Ordre de la Chèvre – et, rendant coup pour coup, lui enfonça son épée en travers la gorge. Puis, le comte Airain mourut.

Orland Fank qui avait quitté ses amis avant la bataille les avait rejoints peu après et sa hache-d'armes traçait de terribles sillons dans les rangs des Granbretons. De loin, il avait vu le comte Airain se battre, puis succomber.

Enfin, les forces du Ténébreux Empire à qui manquaient trois de leurs chefs, commencèrent à se regrouper près des portes de la ville, derrière lesquelles tous se seraient volontiers réfugiés. Seule les en empêchait la présence du baron Meliadus si sombre et redoutable avec son armure noire, son heaume de loup et sa grande épée noire.

Mais bientôt, même le baron Meliadus fut contraint de reculer devant la progression irrésistible de Hawkmoon, Yisselda, D'Averc, Noblegent et Orland Fank, à la tête des quelques Kamarguais survivants et des étranges légions qui grondaient leur chant funèbre et lancinant.

Les Granbretons n'eurent même pas le temps de refermer sur eux les portes de la cité, que déjà les héros de Kamarg s'engouffraient à leur suite. Meliadus se rendit compte qu'il avait sous-estimé le pouvoir de Hawkmoon ; sa seule chance d'en triompher serait de rassembler autant de renforts que possible en attendant que Kalan découvrît le moyen d'accroître la force maléfique du Joyau Noir.

Soudain son cœur tressaillit ; Hawkmoon vacillait sur sa selle en portant les mains à son heaume d'argent ; à ses côtés le singulier personnage avec le béret et le pantalon à carreaux s'était précipité pour le soutenir, puis avait saisi le morceau d'étoffe roulé et fixé à sa selle.

— Écoutez-moi, murmura Fank à l'oreille de Hawkmoon, essayez de comprendre. C'est le moment de vous servir du Bâton Runique, le moment de brandir notre étendard. Tout de suite, Hawkmoon, ou vous serez mort d'ici une minute !

La souffrance tournait dans son cerveau comme un rat en cage mais il parvint à prendre le Bâton Runique que lui tendait Fank. Il l'éleva au-dessus de lui et, immédiatement, les vagues et les faisceaux lumineux se mirent à danser dans l'air.

Fank poussa un hurlement sauvage.

— Le Bâton Runique ! Le Bâton Runique ! Nous nous battons pour le Bâton Runique !

Puis il éclata d'un rire tonitruant : les Granbretons se

jetaient en arrière, pleins de terreur. Ils étaient si abattus à présent, qu'en dépit de leur grand nombre, Hawkmoon sentit que la victoire lui appartenait déjà.

Mais le baron Meliadus n'entendait pas se résigner à une telle défaite. Il rappela ses hommes.

— Ce n'est rien qu'un objet ! Un objet inoffensif ! En avant, imbéciles ! Saisissez-vous d'eux ! En avant !

Ils se jetèrent alors les uns contre les autres. Les deux armées allaient s'affronter de nouveau. Hawkmoon, toujours chancelant, avait fait franchir au Bâton Runique les portes de Londra où un million d'hommes s'apprêtaient à les déchirer impitoyablement.

Comme dans un songe, il galopait en tête de ses Légions surnaturelles, guidant son cheval avec les jambes, l'Épée de l'Aurore dans une main et le Bâton Runique dans l'autre.

La pression des Cochons et des Chèvres autour d'eux était si forte qu'ils pouvaient à peine bouger. Hawkmoon aperçut une silhouette en heaume miroitant se débattre farouchement contre une douzaine de Cochons et de Chèvres qui parvinrent finalement à le désarçonner. Il frémit en pensant que ce vaillant guerrier pouvait être Yisselda. Une vague d'énergie désespérée le fit bondir en avant pour se frayer un chemin vers sa compagne en difficulté. C'est alors qu'il se rendit compte de sa méprise : c'était Noblegent qui venait de tomber tandis qu'un autre cavalier en heaume miroitant – Yisselda accourue à son secours – s'acharnait déjà à grands coups de lame contre ses assaillants.

Mais ce fut en vain. Noblegent disparut soudain dans la mêlée, les armes des Chèvres, Cochons et Chiens s'élevèrent pour s'abattre sur son corps jusqu'à ce que l'une des bêtes brandît triomphalement un heaume d'argent tout ensanglanté. Il ne le brandit toutefois qu'un court instant car, d'un seul coup de sa fine épée, Yisselda lui trancha le poignet d'où jaillit un long flot de sang.

Un nouvel assaut de douleur fulgurante l'aveugla. Kalan œuvrait, de plus en plus efficace. Hawkmoon gémit mais parvint néanmoins à se garder des armes qui sifflaient autour de lui, tout en maintenant le Bâton Runique haut vers le ciel rougeoyant.

Lorsque enfin sa vue s'éclaircit un moment, il aperçut D'Averc qui sur son cheval cabré frappait de tous côtés pour se tailler un passage parmi les Granbretons en furie. D'Averc semblait farouchement déterminé. Hawkmoon comprit soudain que son ami tentait d'atteindre le palais pour y rejoindre la femme qu'il aimait, la reine Flana.

Et c'est ainsi que D'Averc mourut :

Il accomplit la prouesse de parvenir au palais où il put s'introduire grâce à la brêche, toujours béante, ouverte lors de l'assaut lancé par Meliadus. Abandonnant son cheval au bas des escaliers, il se précipita vers les gardes qui, armés de lances feu, protégeaient l'entrée principale. N'ayant lui-même qu'une épée, il se jeta au sol dès que les engins se mirent à crépiter et se laissa rouler dans une fosse creusée par le fluide vert et bouillonnant de la machine de Kalan. Il eut la chance d'y trouver une lance feu avec lequel il anéantit tous les gardes en une seconde.

Alors D'Averc bondit et s'engagea dans les hauts corridors. Ses pas résonnaient à l'infini. Il courut et courut jusqu'au portail de la salle du trône. Arrivé là, il dut massacrer un autre groupe de gardes avec sa lance feu. Lui-même ne fut que légèrement brûlé à l'épaule droite. D'un coup de pied, il poussa les battants. L'immense galerie s'étendait devant lui. Tout au fond, à une lieue de là, se dressait le trône, mais il ne pouvait distinguer si Flana s'y trouvait ou non. La salle semblait complètement déserte.

D'Averc reprit sa course en direction du trône.

Ses bottes frappaient bruyamment le dallage et, tout en courant, il criait son nom.

— Flana ! Flana ! Flana !

Flana qui était restée tout le jour à rêver sur son trône, leva les yeux. Une silhouette minuscule courait vers elle. Son nom retentissait dans la salle gigantesque et de toutes parts l'écho répétait :

— Flana ! Flana !

Elle reconnut la voix, mais pensa être encore plongée dans ses songes.

L'homme approchait. Il portait un heaume qui brillait tel de l'argent poli, tel un miroir. Mais cette silhouette – c'était bien la sienne.

— Huillam ? murmura-t-elle incrédule. Huillam D'Averc ?

— Flana !

L'homme arracha, puis jeta au loin son heaume qui tomba sur le dallage en marbre avec un bruit métallique.

— Flana !

— Huillam !

Elle se leva et commença à descendre les marches.

Il ouvrit les bras, un sourire radieux illuminait son visage.

Mais il était déjà mort lorsqu'elle le rejoignit. Un faisceau incandescent jailli d'une haute galerie l'avait frappé au visage, et hurlant de douleur il était tombé à genoux ; un nouvel éclair l'avait alors frappé dans le dos et il s'était écroulé en arrière. C'est ainsi que Flana, le corps secoué de sanglots, le vit mourir à ses pieds.

Une voix satisfaite retentit depuis la haute galerie.

— Ne craignez rien, Madame, vous êtes sauvée.

Chapitre XVI

LE DERNIER COMBAT

La ville grouillait encore d'hommes en armes du Ténébreux Empire, il en surgissait sans cesse de tous côtés et le moindre trou à rat semblait en recéler. Désespéré, Hawkmoon remarquait qu'en revanche les Légions de l'Aurore s'amenuisaient de plus en plus. Car ceux qui tombaient n'étaient plus inévitablement remplacés par d'autres guer-

riers jaillis du néant. Le parfum doux-amer du Bâton Runique flottait en lourdes vagues tout autour de lui, tandis que dansaient les étranges figures lumineuses.

Soudain, Hawkmoon aperçut Meliadus ; au même moment une nouvelle lame de souffrance submergea son cerveau et il s'effondra aux pieds de sa monture.

Abandonnant son coursier noir, Meliadus sauta à terre et s'approcha lentement. Le Bâton Runique gisait au sol, près de Hawkmoon qui n'étreignait plus que faiblement l'Épée de l'Aurore.

Hawkmoon bougea en gémissant. La bataille faisait rage mais tout le fracas et l'agitation lui semblaient extraordinairement lointains. De plus en plus faible et incapable de résister aux assauts fulgurants du mal qui envahissait sa tête, il entrouvrit les yeux. Déjà proche, le Loup aux babines retroussées et aux dents luisantes triomphait et le narguait. La gorge sèche, Hawkmoon fit un mouvement pour saisir le Bâton Runique.

— Enfin, Hawkmoon, enfin, dit Meliadus d'un ton suave. Mais... Vous semblez souffrir. Et... très faible. Je regrette seulement que vous ne surviviez pas assez longtemps pour voir votre ultime défaite de même que ma nouvelle esclave, Yisselda.

Il y avait presque de la pitié et de l'inquiétude dans la voix de Meliadus.

— Pourquoi ne vous levez-vous pas, Hawkmoon ? Le Joyau Noir serait-il en train de vous dévorer derrière votre masque d'argent ? Vous laisserai-je à votre mort misérable ou m'offrirai-je le plaisir de vous achever ? Répondez donc, Hawkmoon ? Ne voulez-vous pas implorer votre grâce ?

D'un geste convulsif, Hawkmoon se traîna vers le Bâton Runique et parvint à le saisir. Un peu de son énergie lui revint presque immédiatement, un peu… suffisamment pour se remettre péniblement sur ses pieds. Haletant et chancelant, le corps plié en deux et l'œil trouble, il regardait le baron Meliadus lever son arme, prêt à l'achever.

Hawkmoon tenta de brandir son épée, mais en vain.

Son ennemi hésita.

— Vous ne pouvez pas. Vous ne pouvez même plus vous défendre. Je vous plains, Hawkmoon.

Il tendit la main.

— Donnez-moi ce petit bout de bâton, Hawkmoon. C'est sur cet objet que j'ai juré vengeance contre le Château Airain. Et l'heure de la vengeance est presque venue maintenant. Donnez-le-moi, Hawkmoon.

Hawkmoon vacilla et fit deux pas en arrière en secouant la tête, trop faible pour parler.

— Allons, Hawkmoon. Il faut me le donner.

— Vous… ne… l'aurez… pas…, articula le duc de Köln d'une voix rauque.

— Je vais donc devoir vous tuer d'abord.

Meliadus leva son arme. Mais soudain, le Bâton Runique jeta un grand éclair lumineux et Meliadus rencontra son propre regard dans le heaume miroitant qui lui renvoyait l'image d'un loup féroce, sa propre image. Surpris, Meliadus hésita.

Hawkmoon rassembla toute la force que lui offrait le Bâton Runique pour brandir son épée. Il ne pourrait frapper qu'une seule fois, il le savait, et ce coup devrait anéantir l'homme qui, pétrifié devant lui, était fasciné par sa propre image.

L'Épée de l'Aurore s'abattit, Meliadus poussa un cri interminable. La lame lui avait déchiré l'épaule et s'était enfoncée jusqu'au cœur. Dans un dernier souffle, ses dernières paroles furent :

— Maudit soit-il. Je crache sur le Bâton Runique ! La ruine de notre empire !

Puis Hawkmoon roula au sol, sachant qu'il allait mourir, de même que Yisselda, de même que Orland Fank. Car leur armée était décimée tandis que pullulaient encore les soldats du Ténébreux Empire.

CHAPITRE XVII

LA REINE TRISTE

Hawkmoon s'éveilla en sursaut, le masque de Serpent du Baron Kalan de Vitall était penché sur son visage. L'esprit en alerte, il se redressa subitement à la recherche d'une arme dont il pût se saisir.

En haussant les épaules, Kalan se tourna vers un groupe qui attendait dans l'ombre.

— Ne vous avais-je pas dit que j'y arriverais ? Je lui ai rendu son cerveau et son énergie, cet homme insensé est rétabli. À présent, Reine Flana, puis-je solliciter de votre bienveillance la permission de reprendre ce que je faisais au moment où vous m'avez interrompu ?

Hawkmoon reconnut le masque de héron. D'un bref signe de tête la reine congédia Kalan qui s'éloigna d'une démarche pleine de lassitude et s'éclipsa dans une autre pièce en refermant soigneusement la porte derrière lui. Hawkmoon se sentit défaillir de joie en apercevant son épouse dans le groupe qui s'avançait vers lui. Ils se jetèrent dans les bras l'un de l'autre, il la serrait très fort tout en baisant la soie de ses paupières.

— Oh, je redoutais tant que, d'une manière ou d'une autre, Kalan ne trahît notre confiance, dit-elle. C'est la reine Flana qui vous a retrouvé après avoir ordonné à ses troupes de cesser le combat. Orland Fank et moi-même étions les derniers survivants et pensions que vous étiez mort. Mais Kalan vous a ramené à la vie en extrayant le Joyau Noir de votre front. Il a démantelé la machine de telle sorte que personne n'aura plus jamais à souffrir de son pouvoir maléfique.

— Que faisait-il lorsque vous l'avez interrompu, Reine Flana ? demanda Hawkmoon. Pourquoi était-il si contrarié ?

— Il allait mettre fin à ses jours, répondit-elle d'une voix où perçait déjà l'autorité de la souveraine. J'ai dû le menacer de le maintenir en vie pour l'éternité s'il refusait de vous ranimer et de détruire le Joyau Noir et la machine.

— D'Averc ? dit Hawkmoon soudain anxieux. Où est D'Averc ?

— Mort, répondit la reine d'un ton égal, tué dans la salle du trône par un garde zélé.

Une ombre de profonde tristesse vint recouvrir la joie de Hawkmoon.

— Le comte Airain, Oladahn, Noblegent ?

— Morts, répondit Orland Fank, mais pour une grande cause, en délivrant des millions d'esclaves. Jusqu'à présent l'Europe n'a connu que le feu, les armes et l'oppression. Peut-être aujourd'hui – après avoir tant souffert de l'horreur des armes – les peuples rechercheront-ils la paix.

— Plus que tout au monde le comte Airain désirait que la paix régnât en Europe, dit Hawkmoon, mais je déplore qu'il n'ait pas vécu assez longtemps pour voir son vœu réalisé.

— Peut-être son petit-fils le verra-t-il, ajouta Yisselda.

— Aussi longtemps que je serai reine, vous n'aurez rien à redouter de la Granbretanne, dit Flana. Londra sera détruite et Kanbery, la cité d'où je viens, deviendra la capitale. La fortune amassée à Londra, qui à elle seule surpasse sans doute la richesse du monde entier, servira à la reconstruction des villes et des campagnes d'Europe, à réparer, autant que possible, tout le mal que nous avons fait.

Elle ôta son masque, révélant son beau visage triste et majestueux.

— Et, j'abolirai le port du masque.

Orland Fank semblait sceptique, mais ne dit mot.

— Le pouvoir de la Granbretanne est brisé à tout jamais, déclara-t-il après un moment, le Bâton Runique a accompli sa tâche ici.

Il mit le ballot sous son bras.

— De même que le Bâton Runique, j'emporte l'Épée de l'Aurore et l'Amulette Rouge pour les mettre en lieu sûr. Mais si cela s'avère un jour nécessaire, ami Hawkmoon, je vous en donne ma parole, ils vous appelleront – ou vous les appellerez – et reviendront en votre possession.

— Je souhaite qu'un tel jour ne revienne jamais, Orland Fank.

Fank soupira.

— Rien ne change jamais vraiment, Dorian Hawkmoon. Il n'existe pas d'équilibre parfait, mais si la balance penche trop dangereusement d'un côté, alors le Bâton Runique doit intervenir pour tenter de rétablir cet équilibre si fragile. Peut-être un siècle ou deux s'écouleront-ils avant qu'il ne soit à nouveau rompu ? Je l'ignore.

Une lueur de malice passa dans le regard de Hawkmoon.

— Vous devriez le savoir – n'êtes-vous pas omniscient ?

Fank sourit.

— Celui que je sers, le Bâton Runique, est omniscient, ami. Pas moi.

— Votre fils, Jehemiah Cohnahlias...

— Ceci est un mystère auquel le Bâton Runique luimême ne saurait répondre.

Fank les regarda en passant sa main sur son nez en lame de couteau.

— Bien, je souhaite longue vie à ceux d'entre vous qui avez survécu. Vous vous êtes battus vaillamment, vous vous êtes battus pour la justice.

— La justice ?

Hawkmoon le rattrapa alors qu'il allait quitter la pièce.

— La justice ? Cela peut-il exister ?

— Cela existe, mais ne se rencontre que très rarement, lui répondit Fank. Seuls un labeur acharné, un combat plein de vaillance et une vie de grande sagesse peuvent aider un homme à en produire quelques fugitives étincelles.

— Oui, acquiesça Hawkmoon, vous avez peut-être raison.

Fank éclata de rire.

— Je sais que j'ai raison.

Mais déjà il était parti. Sa voix résonna une dernière fois dans le lointain.

— Ne pas confondre avec la loi, ni avec l'Ordre, comme cela est si fréquent parmi les hommes. Je parle de Justice – Harmonie, Équilibre de la Balance. N'oubliez pas cela, Hawkmoon, n'oubliez surtout pas.

Hawkmoon passa son bras autour des épaules de Yisselda.

— Je m'en souviendrai, murmura-t-il. À présent, nous devons retourner au Château Airain. Nous ferons rejaillir les sources d'eau claire, renaître les roseaux et les lagunes, revenir les taureaux, les chevaux et les flamants. Nous allons faire revivre notre Kamarg.

— Et jamais plus ne la menacera le pouvoir du Ténébreux Empire, assura la reine Flana, un sourire aux lèvres.

Hawkmoon hocha la tête.

— J'en suis persuadé. Mais si quelque autre péril venait à planer sur le Château Airain, je serai prêt à l'affronter, d'où qu'il vienne, si puissant soit-il. L'harmonie ne règne toujours pas sur le monde. Nous n'avons créé que peu d'étincelles de cette justice dont parlait Fank. Efforçons-nous maintenant d'allumer un éternel flambeau. Adieu, Flana.

Flana les regarda s'éloigner. Elle pleurait.

TABLE DES MATIÈRES

LE JOYAU NOIR

LIVRE PREMIER

LIVRE SECOND

LIVRE TROISIÈME

LE DIEU FOU

LIVRE PREMIER

LIVRE SECOND

L'ÉPÉE DE L'AURORE

LIVRE PREMIER

LIVRE SECOND

LE SECRET DES RUNES

LIVRE PREMIER

LIVRE SECOND

LIVRE TROISIÈME

Composition et mise en pages
Nord Compo à Villeneuve-d'Ascq

Imprimé en Italie par
«La Tipografica Varese Srl» Varese
en mai 2015

POCKET – 12, avenue d'Italie – 75627 Paris Cedex 13

Dépôt légal : mai 2015
S24554/01